融资风云

王国进◎著

天津出版传媒集团
天津人民出版社

图书在版编目(CIP)数据

融资风云 / 王国进著. -- 天津 : 天津人民出版社,
2020.8(2022.4 重印)
ISBN 978-7-201-16115-0

Ⅰ. ①融… Ⅱ. ①王… Ⅲ. ①长篇小说-中国-当代
Ⅳ. ①I247.5

中国版本图书馆 CIP 数据核字(2020)第 111567 号

融资风云
RONG ZI FENG YUN

出　　版	天津人民出版社
出 版 人	刘　庆
地　　址	天津市和平区西康路 35 号康岳大厦
邮政编码	300051
邮购电话	(022)23332469
电子信箱	reader@tjrmcbs.com
策划编辑	王　康
责任编辑	岳　勇
封面设计	明轩文化 TEL:23674746 ·王　烨
印　　刷	高教社(天津)印务有限公司
经　　销	新华书店
开　　本	787 毫米×1092 毫米　1/16
印　　张	28.5
插　　页	2
字　　数	450 千字
版次印次	2020 年 8 月第 1 版　2022 年 4 月第 2 次印刷
定　　价	68.00 元

一切都是最好的安排。

——谨以此书献给所有我认识和认识我的人

本故事纯属虚构,请勿对号入座!

自 序

历史是一面镜子，但历史又纷繁复杂，没有人能完全复原历史。因为即便是现实，也有众多隐匿的细节不为人知。我不是历史学家，但作为亲身经历改革开放伟大变迁的一个普通中国人，却总希望能为这段历史做点记录。这项工程是如此浩大，以至于学识与经历均非常有限的我根本无从下手。但我不想就此放弃，几经反复，终于颤颤巍巍地提起笔，开始了这种自不量力的码字营生。

令我深感意外的是，我那部以新中国股市为背景的首部长篇财经小说《资本迷局》在 2019 年 8 月正式出版前后竟引起了社会各界的广泛关注。这无疑给了我巨大的鼓舞。我不敢懈怠，立即马不停蹄地进入财经小说“四部曲”计划的第二部的写作。直到 2020 年 2 月 16 日，历时八个半月，终于完成了《融资风云》的初稿，随后又用两个月多一点的时间，完成了两遍修改。

在这部《融资风云》里，我以 20 世纪六七十年代的经济困顿和改革开放四十多年的经济振兴为背景，通过一批生于 60 年代的普通人及他们的子女在经商、办厂过程中遇到并最终得以解决的各种融资难题，以及他们在事业发展和感情生活中的错综复杂的关系，力图全景式地再现我国现代制造业发展壮大的恢宏历程，以及中国现代融资市场由无到有、由简到繁、由粗犷到精细、由业余到专业的波澜壮阔的历史。

为了把故事写活，我努力调动自己的一切潜能，通过语言、动作、神态、心理活动等多种描写手法，以及剪不断、理还乱的情感故事，把曾善才、林舒羽、成勇、孙利民、周燕飞、李冲、柳絮、牛锋锋、曾夏生等一批人物写得有血有肉、有爱有恨，从而让这部小说更加跌宕起伏、荡气回肠。

我希望这部小说能对普通人的经商理财有启蒙作用，对专业人士的理性操作有借鉴意义,对回顾和总结新中国融资经验有学术价值,然而效果到底如何,尚需读者自己感受。如若不弃,请您翻卷一阅,或许书中的故事还可以伴您打发一下闲暇时光。

目录

第一章 因家贫肚束三箧 为充饥煞费苦心

曾善才的商业禀赋早在童年时期就异于常人。20 世纪 70 年代初期，10 岁的曾善财不过是个三年级的小学生。当班里的其他同学还在跟着老师的指挥整日里把“斗私批修”之类的口号喊得震天响的时候，他已经开始琢磨起如何才能通过与同龄人交换他们喜爱的玩具或铅笔、本子之类的学习用品，以换得自己家里极为稀罕的焦香锅巴或白面馒头了。

曾善才的家住在大河东岸一个小县城的郊区。虽说离县城较近，但在当时中国经济总体水平比较落后的大环境下，他家和千千万万个农村家庭一样，异常贫困。三间低矮的土坯茅草房既昏暗又潮湿。因为堂屋的一角就是土坯垒砌的鸡圈，屋子里弥漫着刺鼻的臭味。好在大队、小队对“割资本主义尾巴”抓得紧，他家也就养了三母一公共 4 只鸡，否则屋里不知要有多臭。

曾善才的父母带着他年仅 3 岁的小妹妹善玲住在东边的房内。曾善才和 8 岁的善兵、7 岁的善农、5 岁的善田三个弟弟挤在西边房间的一张土坯大“床”上。“床”上铺着厚厚的稻草。夏日里，稻草上面会扔上一块破篾席；冬日里，稻草上会胡乱垫上一床破棉絮，棉絮上再放一条薄薄的黑乎乎的破棉被。夏天还好对付，实在热得不行，他们干脆把席子拿到门外的空地上露天将就一晚。到了冬天，尽管兄弟四人把身上的衣裤一股脑地压在被子上，仍会冻得瑟瑟发抖。迷迷糊糊中，哥几个都竭尽全力把被子往自己身上裹。所以一觉醒来，不是曾善才被冻得肚子疼，就是其他几个兄弟被冻得喷嚏连天。说来也怪，就算这么折腾，小哥几个也很少感冒发烧。

曾善才的家里家徒四壁。堂屋里除了前面提到的那个土坯鸡圈，还有一张东倒西歪、黑不溜秋的小破桌和几块木头墩子、两匹拔秧用的秧马，而木头墩子和秧马是当凳子用的。他父母屋里最贵重的家具就是当年他妈妈结婚时的嫁妆——一只黑乎乎的木箱,几乎别无其他家具。农具倒是有一些,像笆斗、筛子、簸箕之类的日常用品主要堆在曾善才兄弟们住的西屋,稻圈、米缸、面缸则放在他父母住的东屋。然而稻圈里有粮食的时间一般不会超过6个月,也就是从每年的10月到第二年的3月。一旦到了4月,稻圈也就基本见底了。想想每年秋季一家人也就分到一千多斤稻子和一两百斤红薯之类的杂粮,他们这一大家人能够坚持到来年3月底已经相当不易了。为了度过春荒,曾善才的父母只得一方面把每天一干两稀三顿饭改为每天一干一稀两顿饭,把稀饭里的米少放一些,水多放一些;一方面千方百计到野地里寻些荠菜、黄蒿之类能吃的野菜加进稀饭汤里。即使这样将就,仍难免接不上春粮。曾善才的父母只好厚着脸皮端起破瓦盆,东家两碗米,西家两碗面,临时借一点。然而在那个年代,周围比他们家宽裕的邻居很难找到几家。实在没办法了,一家人干脆一天只吃一顿稀饭、一顿野菜汤。

在这种环境中渐渐长大的曾善才最大的奢望就是每天都能吃上饱饭。然而这个愿望对他来说实在遥不可及。饥肠辘辘的曾善才只好找根长麻绳把自己的腰部紧紧地束起来,以便稍稍减轻点饥饿感,然后带领弟妹们到野外觅食。春荒时,他们扛起铁锹满地里挖黄鳝、泥鳅,或者直接把雪白的槐花、嫩绿的豌豆苗大把大把地塞进嘴里。夏天里,他们啪叽啪叽跳进小水坑,试图抓上几只小鱼小虾;或者干脆爬到大树梢上把大大小小的鸟蛋一股脑地揣进兜里;或者到草丛里、菜地里捉蚂蚱、土狗、豆虫之类的小虫子,然后随便在田埂上挖个坑,拣起枯枝烂草放进坑里点着火,将这些战利品扔进去烤一烤,待香气四溢时取出,分而食之……

多年以后,当历经波折的曾善才回忆这段往事时,他印象最深的不是这些野味的鲜香,而是对大米饭和白面馒头的无限向往。有意思的是,当大米饭和白面馒头真正摆在他面前任其取用时,他却再也提不起食欲,反倒无限留恋起槐花的甘甜和蚂蚱的鲜香来。

曾善才的学习成绩与班里的大多数同学差不多,得二三十分是常事,很少有考及格的时候。

老师对学生们的成绩倒是见怪不怪。孩子们连肚皮都填不饱,哪有心思学习呢?就连老师们自己也经常饿得心里发慌、两腿发飘,再加上“读书无用论”的市场很大，所以老师一般也不拿学生的成绩说事。不过，也有例外的情况，那就是孩子们调皮捣蛋的时候。

一次算术课上，曾善才正与同桌的孙利民嘀咕个不停。老师突然用柳条棍猛击自己面前的泥巴讲台，大喝一声："曾善才、孙利民，你们两个给我站起来！"两个小伙伴只好乖乖站了起来。数学老师似乎还不解恨，拎起柳条棍气呼呼地走到他们两人的泥巴课桌前，用柳条棍点着曾善才的脸说："曾善才，你成绩那么差，一点都不害臊吗？自己不学，还去祸害别人，真是'一粒老鼠屎坏了一锅汤'！"老师还不解气，又用柳条棍点着孙利民的脸说："你也太不争气了，跟着好人学好人，跟着瞎婆子跳假神！你这样下去成绩不退步才怪！"

老师发脾气的时候，教室里鸦雀无声，孩子们都把头深深地埋在泥巴台子上，生怕稍不留神会把老师的怒火引向自己。曾善才和孙利民更是垂着头，大气都不敢出一口。老师余怒未消，继续盯着又黑又瘦、鼻涕邋遢的曾善才问："说说看，你们刚才嘀咕什么？既然这么喜欢嘀咕，哪天打上 2 斤酒，割上几斤肉，把孙利民请到你家里好好说去！"

"俺饿……"曾善才迫于老师的压力嗫嚅着说，紧接着，两串白花花的泪珠顺着他的眼角流了下来……

"唉！"老师长长地叹了口气，无奈地摇了摇头，颤巍巍地说："都坐下吧！"

事实上，曾善才刚才的确在与孙利民谈论有关饥饿的话题。这段时间，曾善才家已经像往年一样进入了一天只吃两顿稀饭的春荒日子，他成天肚子饿得咕咕叫。刚才老师在讲课的时候，他正饿得肠胃翻滚、头昏眼花，即便把腰上的麻绳紧了又紧，仍无济于事，就用胳膊肘轻轻碰了碰坐在右边的孙利民说："俺饿昏头了，等下课了，俺俩去东边大地上捡花生吃好不好？"

说起捡花生，孙利民眼睛一亮。他家的条件虽然比曾善才略微好一些，一天吃上三顿稀饭问题还不是太大，却也因为所吃的食物清汤寡水、异常粗糙而常常感觉饥饿难忍。曾善才的提议瞬间勾起了他肚子里的馋虫，他舔着嘴唇，悄声对曾善才说："太好了，那块地去年种过花生，没想到现在还有漏捡的，俺昨天放学看到栓柱他们顺着刚犁过的地里刨，你别说，俺过去还真捡了两个！"

就在两个小伙伴畅想着下课后自己到底能捡到几颗花生的时候，老师的呵斥声打断了他们，接着便发生了前面的一幕。

下课的铃声终于有气无力地“当当”响了起来，曾善才和孙利民顾不上刚刚被老师批评的羞辱，一阵风似地翻过学校东面那道低矮残破的土墙。

“给你。”孙利民边跑边从裤兜里摸出巴掌大一块黑乎乎的死面馍馍，“你不是饿吗？我只有这么多了，你先吃下垫垫吧。”

“好兄弟！”曾善才毫不客气地接过馍馍说，“等我有好吃的了一定还你。”

“嗨！什么还不还的，俺也只有这一点，要不就多给你一些了。”孙利民喘着气说。

曾善才把馍馍小心地塞进嘴里，心想：算了！许诺能有啥用？等俺有本事了再说吧。

干枯的田地里已经聚拢了一大群衣着破烂的小学生。大家都像寻找珍宝一般，弯着腰，低着头，紧盯着脚下的地面，或借助短粗的棍棒，或直接双手并用使劲翻刨……这块地在去年种过花生，秋季花生收过以后，大人们不知已经在地里翻过多少遍，以求颗粒归仓。后来，孩子们又来来回回在地里翻过多遍，按说现在已经不太可能找到几颗花生了。但昨天生产队犁田时，不知是谁率先发现了这里的“遗珍”，一下子又把孩子们的心思勾了过去。

“哈哈！俺找到了一个！”曾善才欣喜地举起手中的花生大声叫着。他的叫声立刻把孩子们的注意力吸引过来。有人投来艳羡的眼光，有人快速向他冲来试图抢走那颗裹着泥土的花生。曾善才缩回手，死死攥住那颗好不容易找到的“珍宝”。

正当大家围着曾善才手中那颗花生闹腾正欢的时候，上课铃响了。孩子们转身往教室奔去，身后腾起一股白茫茫的灰尘。

“给，俺看你一个也没捡到。”曾善才凑近孙利民，把那颗得之不易的花生往他手里塞。

孙利民边跑边用手把曾善才的手挡了回去，说：“你饿了，吃点算点吧。”

曾善才剥开花生，把一粒花生米扔进嘴里，另一粒再往孙利民手里塞，说：“一人一粒吧。”孙利民没再推辞，顺手把这颗花生米扔进嘴里。

上课的时候，曾善才还在慢慢咀嚼那颗花生。他依然无心听课，只是做出认真听课的样子，心里却在苦苦思索一个问题：怎样才能弄到更多的食物呢？

放学路上，曾善才与同学们一起排着整齐的队伍，扯开嗓子高唱着《我是公社小社员》。

途经大队部时，一股浓烈的香气扑面而来。他知道，这是大队油坊里散发出来的,说不定一堆新鲜的豆饼就要下榨了。想到这里,他不禁舔了舔干裂的嘴唇,用手把斜挎在肩上的那只碎布拼接起来的书包往身后甩了甩。他突然感觉肚子更饿了,不由自主地停止唱歌,使劲地吸着空气中的香气,仿佛这样能填饱肚子似的。他想,今晚家里一定还是吃菜糊糊吧?反正又不经饿,不如……

"俺去大队部有点事情。"他与领队的同学打了声招呼,飞也似的朝油坊跑去。

油坊里,五六个壮劳力正七手八脚地把油榨上的豆饼往下搬。曾善才扶着门框眼巴巴地盯着那一块块裹着稻草的圆饼,轻轻咽着唾沫。

"狗肾,你瞅啥?放学了咋不回家?当心晚上你老子揍你!"一个四十多岁的中年汉子喊着曾善才的小名吓唬道。

"李大伯,俺没瞅啥,就是想看看油是咋榨出来的。"曾善才一边恭恭敬敬地回答这位中年汉子的问题,一边贪婪地盯着豆饼问,"要不要俺来帮你一起搬?"

"就你?还没三泡牛屎高,能干什么?快点回家吧!"中年汉子满脸讥笑的神情说。

屋里的其他大人也在一旁起哄。有的问:"家里给你说媳妇了吗?"有的说:"听说东庄那个翠花长得俊,今年刚好也10岁了,回去叫你伯打上2斤小酒请俺帮你做媒去!"

曾善才对男女之事一点都没兴趣,听这些长辈们拿女孩的事跟他寻开心,倒也不怎么害臊,只是嘿嘿傻笑了两声说:"说媳妇那是大人的事,俺现在连肚子都吃不饱,不用你们操心。"

"这么说,你要是吃饱了肚子就需要俺帮你说媳妇了?"姓李的中年汉子一边干活一边问。

"嗯,俺也讲不清楚。"曾善才边说边走近姓李的中年汉子说,"李大伯,俺来帮你搬豆饼吧。"说完果真弯腰从地上捡起一块豆饼往饼堆上送去。一屋子人也不再拦他,只顾继续拿他开着各种半荤半素的玩笑。

天快黑了,油坊里活也干得差不多了。有人点起了汽油灯,房间里立即如同白昼一般明亮。曾善才拍拍手,背起书包,准备回家。刚走到门口,他又转身回到一块被切开的豆饼旁,眼巴巴地看着豆饼。

"狗肾,饿了吧?饿了就吃点。"李姓汉子拿刀切了一小条豆饼递了过来。

曾善才忙活了半天,等的就是这句话!他伸手接过豆饼,快速塞进嘴里。"真香呀！”他蹲下来，大口大口地嚼了起来。

李姓汉子看他吃得香甜，叹了口气问：“家里快断顿了吧？”

“嗯，俺家的米几天前就吃光了，面也不多，这几天家里都是一天两顿菜糊糊。”曾善才低着头说。

李姓汉子又叹了口气说：“这东西倒是管点饿，但也不能吃多，吃多了胀肚子。”

旁边的人接着说：“这是公家的东西，俺们也饿得慌，都不敢随便吃，你出去千万不要跟别人说！要是传出去了，俺们都得挨斗！”

曾善才使劲点着头说：“不说不说，谁都不说！明天俺还来帮你们干活行不？”

几个大人你看看我，我看看你，都不敢轻易表态。最后，还是李姓汉子一拍胸脯说：“算了，就让他来吧！”

从此，每当放学途经大队部的时候，曾善才都会提前离队到油坊里帮大人们一起干干活，吃上几块豆饼或芝麻饼。到了夜里，他的肚子总是胀得鼓鼓的，翻来覆去难以入睡。白天，他的臭屁更是一个接着一个放个不停。班里的同学因此给他取了个“放屁大王”的绰号。曾善才倒也不太计较，他非常明白，比起饥饿来，无论是肚子胀，还是被人叫绰号，都根本不算什么。

当然，不计较并不意味就此认了。每当有人喊他“放屁大王”时，他就忍不住想：怎么才能既填饱肚子，又能不胀肚子、不放屁呢？

第二章 拨浪鼓引来群童 小善才初试融资

星期天下午，曾善才正带着弟妹们在屋后的荒地里打猪草，“咚咚咚”一阵拨浪鼓的声音不紧不慢地从远处传来。

“黑脸挑子来了！”善兵把手中的猪草往破筐里一丢，拔腿就往前面跑。惹得善农、善田、善玲也跟在后面跑。

“黑脸挑子”是村里人对货郎的一种习惯说法。可能因为货郎们长年走村串巷脸被晒得黝黑的缘故，也可能因为早先有人把“货郎挑子”听成“黑脸挑子”，以讹传讹，“货郎”便成了“黑脸挑子”。

曾善才清楚，“黑脸挑子”不仅会给大人们带来针头线脑、打火石、洋火等日常用品，也会给孩子们带来铅笔、小刀、橡皮、曲别针、糖精、火炮子等学习用品和小玩意。更重要的是，“黑脸挑子”还会顺带收购鸡肫皮、乌龟壳、干土鳖、胶鞋底、烂塑料这类东西。曾善才家连饭都难得吃饱，一年到头杀不了几只鸡，所以难得攒下鸡肜皮。至于破解放鞋的鞋底子，曾善才的妈妈会当宝贝一样留下来，只要缝上布鞋帮，就可以给孩子们添双新鞋了，哪有卖的？不过，前段日子，曾善才带领弟弟们在自家锅屋的土灶前抓到了不少土鳖。他们用开水把土鳖烫死以后，放在太阳底下一连晒了好几天。现在这些土鳖已经晒得干干爽爽了。另外，去年冬天，他在干涸的大塘里还捡到过一只乌龟壳。这些东西加在一起应该能卖上几毛钱。

曾善才抬头看了眼弟妹们远去的背影，喊道：“你们又没钱，跑得再快有啥用?！”说着，不紧不慢地拎起半筐猪草也回家去了。

在曾善才家门前不远处的一棵大槐树下，一堆大人孩子正把“黑脸挑子”团团围住，叽叽喳喳说个不停。曾善才从大人们的胳膊弯里挤进去，冲着那位头戴破草帽、身穿蓝粗布褂裤、一脸黝油黑的中年货郎问：“要不要干土鳖和乌龟壳？”当他得到肯定的答复后,兴奋得像条泥鳅一样哧溜一下就从人缝中钻了出去。眨眼工夫,曾善才就用破瓦盆端来小半盆干土鳖和一只乌龟壳。货郎用小秤称了称土鳖,默默地盘算了一会说:"土鳖8毛,乌龟壳5分,加在一起给你8毛5行不行?""行!"曾善才简直不敢相信自己的耳朵:8毛5,这对他来说可是一笔巨款呀!用这些钱可以买到十几个练习本或者削铅笔的小刀!不过,他现在还不想用这笔钱买这些东西。他隔着玻璃仔细查看货郎挑来的那两只盛满小杂货的大方盒子,最后把目光停在火炮子和橡皮筋上面。火炮子是男孩子们最喜欢的玩意儿,可以从整板的火炮纸上一颗一颗地撕下来,放在砖石上,用另一块砖头或石块一砸,便会发出"啪"的响声,也可以放在自制的木头枪上充当火药使用。橡皮筋则是制作木头手枪的必备材料。他决定用2毛钱买2板火炮子,用1毛钱买20只橡胶筋。"想好了吗?"货郎问。"想好了!就这么定了!"曾善才不假思索地说。

货郎把火炮子、橡皮筋如数递了过来。曾善才把橡皮筋往手腕上一套,再小心地拿起红彤彤的火炮子迎着太阳看了看,见火炮子颗颗饱满,嘴角不由得露出满意的笑容。

弟妹们见大哥一下买了这么多东西,都挤到他身边试图沾点光。他用手左推右挡,总算没被他们抢走。

"还剩5毛5,还要买其他东西吗?"货郎问。曾善才皱起眉毛想了想,突然眼睛一亮,说:"再给我5分钱的糖精吧!"货郎从一本旧书上撕下一张纸,将装在小瓶里的糖精往纸上倒了一小撮,熟练地一包,连同剩下的5毛钱递给了曾善才。

曾善才接过钱和糖精,小心拿住那两板火炮子,引着弟妹们麻利地钻出了人堆。一会的工夫,他就用几颗糖精和了一大陶瓷缸的凉水。他和弟妹们一个接一个地端起瓷缸,心满意足地轮流喝了一遍。"真甜!"几个孩子兴奋地咂着嘴说。以前他们只偶尔见过其他孩子喝糖精水,自己连尝也没尝过,今天竟然都喝了个够!想想就足够美上好几天的了!

一番享受之后,曾善才把剩下的5毛钱和火炮子、橡皮筋藏在了只有他自己能找到的一处墙窟窿里。接下来,他打算用它们做些有意思的事。

正当曾善才琢磨如何才能把橡皮筋、火炮子以及5毛钱的"巨款"变成更多的橡皮筋、火炮子和钞票时,几个弟妹开始叽叽喳喳地围着他要求分享这些东西。

善兵、善农对火炮子最感兴趣,早就想亲手砸响几粒火炮子。善田则对橡皮筋感兴趣,他想用橡皮筋制作一把能打麻雀的弹弓。善玲也希望分到几只橡皮筋扎对羊角辫。另外,他们异口同声地都提出钱也不能被大哥独吞了。

“土鳖是我们一起帮你抓的,凭什么你把卖土鳖的钱全都一个人藏起来了?”善兵不服气地代表其他三个弟妹出来主张权利。

“我不是买糖精给你们吃了吗?”曾善才辩解道。

“买糖精才用几分钱?你当我们都是傻子?”善兵气呼呼地反问道。

几个孩子正争得不可开交,父亲曾有粮扛着大锹走了过来。“一天到晚叽哇喊叫,头皮都被你们吵麻了!”身材瘦削的曾有粮瞪着圆滚滚的眼珠子咬牙切齿地大声呵斥道。

善兵用脏兮兮的手背揉着眼睛挪到父亲身边,结结巴巴地道明了事情的原委。

“败家子!”父亲突然抡起巴掌,劈脸给了曾善才一耳刮子,愤愤地说,“家里连买盐的钱都没有,你把钱都花在这些不要紧的上面!”

曾善才被打得满眼金星,捂着脸蹲在地上大气都不敢出一口。父亲仍不解气,用手拄着锹,一个扫堂腿又踢将过来。曾善才被踢翻在地。他感觉连腿杆子痛得要命,赶忙用双手护住小腿,呜呜哭了起来。善兵这帮弟妹看父亲这么狠劲地打大哥,担心自己也会遭殃,都拔腿逃到远处,惊恐地看着这边的动静。

父亲不再动粗,而是左手拄着大锹,右手指点着坐在地上的曾善才说:“跟你说过多少次了,你是老大,要像老大的样子,遇事要让着他们。你倒好,带头不学好,还整天跟他们磨牙!”

曾善才感觉自己很委屈,土鳖的确是他们兄妹们一起抓的,但他并没有打算把卖土鳖换来的钱和物独占,只是想暂时把钱和橡皮筋、火炮子保管在自己手上,等将来有了更多钱再多分给弟妹们一点。不过,他还没来得及将这个打算告诉弟妹们就被父亲撞上,加上他猜测父亲可能非常痛恨他把钱花在橡皮筋和火炮子上,才没敢把自己的计划告诉父亲。现在他见父亲对他打也打了骂也骂了,便斗胆争辩了一句:“俺没打算独吞那些钱,俺是想先借过来用一用,等过上一段时间,每人分给他们更多的钱。”

父亲听他这么一说,气稍稍消了一点,但并不十分相信。他扭过头看了眼站在远处的其他几位子女,手一挥,咕哝了一句:“都过来。”

善兵他们不知父亲什么意图,担心他打了大哥又要打自己,都耷拉着小脑袋不敢动弹。父亲不耐烦地又叫了一声:“都聋了?!”兄妹几个才在善兵的带动下慢慢挪了过来。

父亲对曾善才吼道:“起来!把刚才说的话再说一遍!”

曾善才一手撑地,一手捂着刚才被父亲打过的那边脸,慢吞吞地站了起来,顾不上拍打浑身的灰尘,低着头咕咕哝哝地说:“土鳖和乌龟壳总共卖了8毛5,去掉乌龟壳不算,土鳖总共卖了8毛钱,我们每人平均能分1毛6分钱,你们的钱算是我借的,年底时,我还你们每人2毛钱。”

善兵兄妹四人一听,大哥既然说钱算是借他们的,并且到年底时还能每人多拿到几分钱,心里不禁乐了起来,脸上的表情也变得舒展多了。

父亲的表情也基本恢复到常态,但他没忘对曾善才多教训几句:“人穷不能志短!再穷都不能偷、不能抢,也不能把别人的东西占为自己的。记住了没有?”

“记住了。”曾善才抽搐着应了一声。

父亲又扭头对着善兵兄妹们问:“你们也记住了吗?”

“记住了。”善兵兄妹们参差不齐地应道。

父亲扛起锹转身走开了。曾善才兄妹们你瞅瞅我,我瞅瞅你,在原地卖愣。曾善才快速转身进屋。过了一会,他手里捏着一张小纸片走近善兵。善兵以为大哥要找自己麻烦,转身想溜。曾善才一把拽住他的胳膊,把小纸片塞到他手里。

“自己看看,这下放心了吧?”曾善才没好气地说。

善兵接过纸片,凑近一看,只见小纸片上东倒西歪地写着几行钢笔字:“今借到曾善兵、曾善农、曾善田、曾善玲每人1毛6分钱,年底时每人还2毛钱。借款人:曾善才。1971年春天”

“可以!可以!”善兵手里捏着大哥曾善才亲笔开出的人生第一张融资票据,心满意足地咧嘴笑了。

第三章 木匠铺里学手艺 手抄本中觅商机

每天下午放学后，曾善才依然会找各种借口往大队部方向跑。但他的目的地已经不是油坊，而是木匠铺了。

用一句时髦的话来说，大队部是全大队的政治、经济、文化中心。这里不仅有大队干部们议事的会议室、向全大队发号施令的广播室，还有油坊、磨坊、豆腐坊、代销店、木匠铺、打米机房这些大队办的集体经济。大队部前面有一块兼作打谷场的广场。广场上经常召开忆苦思甜大会、"抓革命，促生产"大会和各类"深揭狠批"大会，在农闲时上演革命样板戏，放《地道战》《地雷战》《小兵张嘎》电影。虽然10岁的曾善才还不太清楚大队部在全大队老百姓生活中的特殊作用，但他已经隐约感到这个区域的不同寻常。

曾善才忍着饥饿，绕过此前常去的油坊，来到位于油坊左后方的木匠铺。他躲在土坯砌成的门边，伸长脑袋向屋内张望。屋内比较空旷，横七竖八地堆放着长长短短的木头、木板和木条之类的东西。两位衣着破烂、秃脑缩腮的小老头正在屋子正中你来我往地扯着大锯，明晃晃的锯条已深深进入一根成年人大腿那么粗的圆木。另一位头发花白的瘦削中年男人则骑在一条长凳上有一搭无一搭地刨着一块几尺长的木条。曾善才对那两位秃顶小老头非常熟悉，知道他们兄弟俩是全大队忆苦思甜大会上的常客，是广大贫下中农唾骂抽打的对象，是两个"十恶不赦"的恶霸地主。他对那位中年男人更加熟悉，知道他与自己家在同一个生产队。不过，这个人的成分似乎也不咋的，是个富农分子。这人的儿子也在小学里读书，虽说已读四年级，比曾善才还高一级，但全校男生谁都可以把他按倒在地，骑在他身上大骂"富农羔子"。曾善才性格温顺，见不得别人欺负人。他不仅没欺负过这位"富农羔子"，还常常劝同伴们不要欺人太甚。

“善才,你有事?”中年男人低眉顺眼地问道。

“没事,就看看。”曾善才索性一脚跨进门内,若无其事地答道。他东瞧瞧、西望望,心想,这里只有两个地主、一个富农,他们能对俺这个贫农怎么样?况且俺平日里对他儿子还不错呢!

曾善才从地上捡起一块小木板,歪着头问中年男人:“这个没用了吧?”

“没,没用了。”中间男人赔着笑答道。

“那就好!我想用它做把盒子枪。”曾善才说。

曾善才说话的工夫,两位秃顶小老头停下手中的活计,眼巴巴地看着他,一副欲言又止的样子。曾善才看在眼里,但并不打算搭理他们,只是兀自走到盛放木工工具的小木箱旁边,弯腰从里拿起一把小砍刀,举到眼前瞅了瞅。

中年男人慌忙走了过来,依然满脸堆笑地说:“当心割到手!”

“嗯。”曾善才轻轻哼了一声,拎起砍刀走到亮堂处,弯腰,低头,开始按照心中的盒子枪模样左砍右削起来。

中年男人跟了过来,无可奈何地叹了口气,摇了摇头,站在一旁怔怔地看着。

突然,曾善才扔下手中的木块和砍刀,“哎哟”惨叫了一声。原来,他右手拿着的砍刀一不小心割到了自己的左手食指,殷红的鲜血瞬间冒了出来。

一旁的中年男人被吓得脸都长了,他一边小声嘀咕着:“这要是被你家大人知道了该咋办?”一边抓起曾善才的左手看了看。

“还好,口子不深。”中年男子如释重负地从喉咙深处咕哝了一句。

“快到外面墙上掐点雨泡灰撒上去!”其中一个秃顶小老头提醒道。

中年男人拉起曾善才走到门外,仔细查看土坯垒砌的外墙,寻找着中意的雨泡灰。“这下没问题了!”他自言自语地掐起一大块雨泡灰,用手指轻轻碾了碾,小心将细如面粉的灰土撒在曾善才的伤口上。细灰很快吸收了血液。曾善才的伤口不再流血。中年男人弯腰从裤子的补丁上“呲”的一声撕下巴掌大一块破布,稍稍折叠一下将破布裹在曾善才的伤口上,随后又撕下几条布条把破布系紧。

“好了!以后一定要当心!”中年男人轻轻拍了拍曾善才的后脑勺说。

曾善才顿感一阵暖流流遍全身,他使劲点了点头,“嗯”了一声,算是答应了。回家的路上,他还在想:原来这些地主、富农并不像以前听说的那么坏嘛!不仅不坏,看来还应该算作好人!

伤口愈合后，曾善才再次走进木匠铺。他不再把这三个地富分子当作坏人，而是把他们当成可以信赖的师傅。在他们的指导下，他很快学会如何正确使用砍刀、凿子、斧头、小锯等工具，并亲手做出了一把样子逼真的木头"盒子枪"。他用木匠铺里废弃的砂纸反复打磨着这把"盒子枪"，把"枪"的表面打磨得既光滑又圆润。他把先前在民兵打靶场上捡到的子弹壳子嵌进木头槽里，把一块铝质的牙膏皮包在与子弹壳屁股相对的活动小木头块上，再套上 6 根橡皮筋，一扣扳机，"啪嗒"一声响起，一只能打火炮子的"盒子枪"最终做成了！他反复摩挲着自己亲手打造出来的杰作，越看越顺眼，越看越自豪。他把"盒子枪"斜插进自己腰间系着的麻绳上，两手掐腰，目送着红彤彤的落日，感觉自己一下变成了一位英武高大的八路军或解放军战士。

曾善才抑制不住内心的激动，踏着夕阳的余晖，哼着《上甘岭》主题曲，雄赳赳、气昂昂地快步往家回去。"一条大河波浪宽，风吹稻花香两岸……"虽然当下离稻花飘香还早着呢，但一望无际的紫云英与黄灿灿的油菜花争相绽放，一阵微风吹来，空气中弥漫的香甜气息扑面而来。曾善才扔下书包，张开双臂，一头扑进紫云英田里。他把脸深深埋进柔软的花丛中，狠狠地吸了几口混着泥土气息的花香，身体一扭接连打了好几个滚。一番闹腾之后，他伸开双臂，张开两腿，舒舒服服地仰面静躺了一会。太阳还没有完全落山，西边的天际火烧般通红，也染红了恰好飘过的几片云朵。曾善才仰望天空，看着蓝天上轻轻飘浮的棉絮般白云，心里盘算着该把这把"盒子枪"卖多少钱才合适。

晚上在家吃完菜糊糊，曾善才悄悄地从墙缝中掏出火炮子，小心撕下几颗塞进口袋，又从书包里掏出"盒子枪"，一个人溜到外面的空地上。他就着朦胧的月光，拉开"盒子枪"的"撞针"，撕下一颗火炮子，放进子弹壳屁股前面的空当里。"我要开枪了，你可一定不能瞎火呀！"曾善才边自言自语咕哝着，边举"枪"瞄向前面不远处的一颗小树干。"啪！"曾善才扣动扳机，火炮子脆生生地响了起来。

"成功了！"曾善才抑制不住内心的激动，攥起拳头，仰面朝天，大声吼了一句。不知是因为听到火炮子的响声，还是听到了哥哥的叫声，善兵兄弟三人呼啦一下围了上来。曾善才依然沉浸在成功的喜悦中，他骄傲地举起手枪向弟弟们炫耀。善兵一把抓住"枪"头试图夺到自己手里。善农、善田也不示弱，一个拽住大哥的胳膊，一个搂住大哥的腿。曾善才担心好容易做出来的宝贝被弟弟们抢坏了，便心平气和地说："都别闹了，今晚每人都有机会玩一下！"几个弟弟这才安静下来。曾善才把"盒子枪"里装好火炮子，让三个弟弟从小到大轮流玩了一遍。兄弟四人无不沉浸在万分的惊喜之中……

第二天课间，当曾善才在顽皮的男生面前不经意地亮出这把做工讲究的"盒子枪"时，他们的心立马被牢牢地吸引过去。一位家境稍稍殷实的同学主动提出用两毛钱把"盒子枪"买下。曾善才想了想说："我费了好大事才做出来，这把枪上的橡皮筋还要几分钱呢，两毛钱少了点！"谁知这位同学眼见这把"盒子枪"心里特别痒痒，竟主动把出价提到了2毛5。曾善才感觉这个价格基本达到预期，便故作不太情愿的样子把"枪"卖给了他。

第一把"盒子枪"卖出以后，曾善才一下子就赚得两毛多钱。他庆幸自己发现了一条生财之道，庆幸自己以后再挨饿时能有钱向同学买点白面馒头什么的填饱肚子了。乡下孩子有的是时间，他很快又做出并卖掉了第二把、第三把……这些"盒子枪"一把比一把精美，却一把比一把难以脱手，因为喜欢玩"盒子枪"又能拿出两毛多钱的同学越来越少。他的第十把"盒子枪"过了好久都无人问津。即便这样，他还是获得了一个新绰号——"投机倒把分子"。不过，相对于"放屁大王"，他对这个新绰号不是太反感。所以每当同学们或真或假地叫他这个绰号时，他只是咧嘴笑笑而已。

到年底时，曾善才已经拥有了将近三块钱。他按照当初的约定，连本带利还给几个弟妹每人两毛钱，自己还剩2块1毛5分钱。曾善才把这些钱装进一只丰收牌香烟盒里，小心藏进一道不起眼的墙缝，只在没人注意的时候，才会拿出来清点一下。看着这一堆叮当作响的硬币和花花绿绿的毛票，他开始琢磨一个新的问题：如何才能让这些钱变成更多的钱呢？

正当曾善才为下一步的生财之道发愁时，学校里开始悄悄流行起手抄本小说，先是《第二次握手》，接着又传来《少女之心》《梅花党》和《一双绣花鞋》。曾善才听人说这些小说非常好看，特别是那本《少女之心》，把男女间的隐秘故事写得活灵活现。可惜"书"少人多，人家好不容易从不知什么地方弄来一本，就算整晚不睡觉，都来不及看完，哪能有给他看的时间。

看到小伙伴们聚在一起谈论小说中的情节，曾善才心里那个急呀！不过，他很快就有了办法：这些小说都是手抄本，别人能抄，咱们为啥不能抄？想归想，这些几万、十几万字的小说可不是抄着玩的！谁有那么多时间不分白天黑夜去抄？就算谁有时间，人家的手抄本后面还排着很多人等着看呢，谁能把小说给你抄那么长时间？

曾善才很快就找到了办法，并且发现了一个小小的赚钱机会。他发现只要把小说拆开了，每人分几张一起抄，就可以在很短的时间内抄出来！如果在抄写的时候使用复写纸，那就可以抄出一式多份了。大家可以凑钱去代销店买些白光纸和复写纸。白光纸一大张可裁成16张，复写纸可按愿意参与的人数每人分几张。等书抄好了，所有权归出钱买纸并参加抄写的同学共同所有。大家自己看完了还可以出租给其他人看。谁要是想买，出个成本价加上几毛功夫钱就行。他把这个办法告诉同学，同班有4位同学认为这是个好主意，并表示愿意一起干。不想参与抄书的同学，也表示将来愿意以5分钱一天的价格租书看。

说干就干，曾善才的抄书生意很快就开张了。他们从总字数不多的《少女之心》入手，夜以继日，仅用两天工夫就完成了第一本书的抄写。曾善才把抄好的小说按顺序理得整整齐齐，从母亲的针线篓子里翻出针线，密密匝匝地缝好，外面再用旧年画一包，还真有点像那么回事。

曾善才一心想尽快赚回买纸付出的本钱，自己都没来得及先看一遍，就迫不及待地向同学出租。谁知他刚把“书”递给一位同班同学，便被班主任老师发现了。这位班主任是个二十刚出头的女青年，姓李，去年刚从城里下放到这里，不知通过什么关系一来就当上了小学的代课教师。李老师把“书”夺过来，随手一翻，见到扉页上写着“少女之心”几个字，脸气得煞白。她当着全班同学的面，用右手食指点着曾善才，嘴唇哆嗦嗦地说：“没想到你小小年纪就这么下流！知道这是什么东西吗？这是黄色小说，是禁书，是大毒草！”

李老师感觉还不解气，又三步并作两步走上讲台，气呼呼地对全班同学说：“曾善才小小年纪不学好，公然传抄黄色小说，这是非常恶劣的事情！要是被校长知道了，非把他开除不可！今天念他是初犯，暂时不追究了，但你们一定要吸取教训，不准再做这类事情！否则，后果自负！这本东西我没收了，回头扔到火里烧掉。”说完狠狠地瞪了曾善才一眼，把那本手抄本《少女之心》往胳肢窝里一夹，气哼哼地走了……

曾善才吓得两腿发软，半天都没有缓过气来。他的抄书生意还没见到一分钱回来，就被李老师扼杀在摇篮之中。非但如此，他还白白损失了至少2毛的买纸钱。这事过了大半年以后，他还心痛不已。

做“盒子枪”，无人再买。抄小说，被明令禁止。一心想赚钱的曾善才一时没有更好的办法，只好把眼光重新转到捡土鳖、撸槐树叶这类传统的生钱途径上来。他这样下去，学习成绩自然好不到哪去。到小学毕业那年，他因语、算两门课加起来也没过100分而被挡在初中大门之外。

看到同班不少同学高高兴兴背起书包去集上的初中读书，他的心里无比失落。怎么办？留级明年再考吧，不一定就能考得上。回家参加生产队里的劳动吧，恐怕自己连半个劳动力都算不上。他开始苦闷起来，整天挖空心思寻思新的门路。

第四章 失学儿摆摊谋生 疤痕男聚众砸场

无学可上的曾善才就像断了线的风筝，整日在田野里、街道上、学校旁游荡。春夏之交的一天中午，曾善才在集上的初中附近看到两个初中生模样的男孩一前一后追赶着，跑在前面的男孩手里还拿着一本画册子。眼看后面的男孩就要抓住前面男孩的后襟，前面男孩回身一个后转又把追赶者甩了老远。但被追男孩运气似乎不是太好，正在快步如飞的时候，被一根烂树枝绊了个嘴啃泥。追赶者紧追几步，两腿一跨，骑到被追者背上。虽然被追者把画册子死死攥在手里，压在胸前，但最终没能敌得过追赶者的死缠烂打，画册子最终成了追赶者的战利品。

曾善才看着看着突然眼睛一亮，心想：既然大家这么喜欢看画册子，俺为啥不去满足一下他们的需求呢？他记得以前与父亲逛县城时见过别人出租画册，一分钱看一本，只要你有钱，想看多少本就可以看多少本。

曾善才专门跑了趟县城新华书店，花两块钱买来二十来本崭新的画册子，又花了将近两块钱从旧书摊、废品收购站等处淘来几十本旧画册子。准备停当之后，他开始在午饭后直到下午放学这段时间在集上的中学附近摆摊。他把牛皮纸往地上一铺，把画册子往上面一摆，学生们就在课间源源不断地围了上来。价格不贵，一分钱当面看一本，再穷的学生也能挤出几分钱。一天下来，曾善才收入两三毛钱不成问题，一个月后，他居然挣了将近六块钱。此后，他又陆续添置了一些新、旧画册子，使得画册子的总数达到了一百多本。

然而随着天气的炎热和暑假的到来，出租画册子的生意越来越难做下去了。好在他此时已经攒下十几块钱，于是便打算加入到卖冰棍儿的小贩队伍中去。他到大队木匠铺用木匠们扔下的边角料做了只小木箱，木箱外面用破棉絮一裹，外用再用不知从哪捡到的塑料皮子一包，两边拴上粗粗的麻绳，一只简易的冰棍儿箱就做成了。

整个夏天，只要天气晴朗，曾善才就会戴上破草帽，在上午10点多钟的时候步行五六里路赶到县城的冷饮厂排队批发冰棍儿。等他箱子里装满了新鲜的冰棍儿，时间差不多就到了12点。他背起沉甸甸的冰棍儿箱，快速离开冷饮厂，途经一家卖馒头的小店买上一只大馒头，一边吃，一边沿街吆喝着往自己家的方向走。"卖冰棍儿喽，香蕉冰棍儿5分钱一根，豆沙冰棍儿7分钱一根，奶油冰棍儿1毛钱一根！"曾善才喘着粗气扯开嗓子可劲吆喝着……

曾善才的冰棍儿箱子不大，一箱也就装一百五十根左右。如果顺利的话，到下午3点多的时候可以全部卖光，净赚三块五毛钱左右。顺利意味着炎热，天气越热冰棍儿越好卖。有时候，只要曾善才往人多的做活场里一进，一会的工夫冰棍儿箱子就能卖个底朝天。顺利也意味着辛苦。因为天气过于炎热，曾善才经常会被太阳晒得浑身刺痛，头昏脑涨。再加上不断地吆喝，他的嗓子干得都能冒出烟来。这时候，他最大的愿望就是像别人一样拿根凉冰冰的冰棍儿塞进嘴里。但在大多数情况下，他都会打消这个念头，因为吃一根香蕉冰棍儿，即使按成本算也是3分钱呀！

曾善才也会经常遇到不顺的情况，那就是天气突变，刚刚还是骄阳似火，一眨眼就不知从什么地方飘过来一大片乌云，紧接着就是一阵噼里啪啦的暴雨倾盆而下。被暴雨淋得浑身湿透倒在其次，最要命的是，一旦天气凉爽下来，人们吃冰棍儿的意愿立即就会降得极低。尽管冰棍儿箱外裹着厚厚的棉絮，但时间稍长一点，里面的冰棍儿还是会融化变小甚至融化得无影无踪。如果不及时处理，曾善才就会血本无归。所以一旦遇到这种情况，他只能按成本价甚至亏本把冰棍儿处理掉。

整个夏天，曾善才就在既盼着天晴天热，又盼着凉风吹来的矛盾中艰难熬过。从生意的角度看，曾善才运气不算太坏，他所盼望的"好天气"占了绝大多数时间。到9月中旬的时候，曾善才以浑身蜕皮、肤色黝黑、脚长厚茧为代价赚到了120块钱。眼看天气一天比一天凉爽，冰棍儿一天比一天难卖，他决定收起冰棍儿箱，重新做画册出租生意。

随着一股强冷空气的到来，室外的气温迅速下降。一阵大风突然刮过，曾善才的画册摊子瞬间被埋上一层厚厚的枯叶、烂草和灰土，不少画册还被大风卷到很远的地方。他哆哆嗦嗦打着寒战，从枯枝烂叶中捡起那些帮他挣钱的宝贝。

正当他手忙脚乱忙得不可开交时，一双破旧的解放鞋出现在他的眼前。曾善才下意识地抬起头，原来是老同学孙利民。

“利民，天这么冷，你咋不好好待在教室里做作业？”曾善才问。

“我看风刮这么大，怕你一个人顾不过来，跑过来看看，有没有要帮忙的。”孙利民边说边把刚刚捡起的画册子塞进曾善才身上背着的破布包里。

“不要紧，我一个人应付得了，你快回去吧！”

孙利民并没离开，继续低头从枯枝烂叶中捡起画册子递给曾善才。在两人的合力找寻下，七零八落的画册子终于都回到了曾善才的破布包里。

“善才，你成天在外面摆地摊也不是办法呀，为什么不回学校读书去？”孙利民拍打着手上的灰土说。

“看你说的，俺不是没考上吗？”曾善才咧咧嘴尴尬地笑了笑说。

“你可以再从五年级开始上呀，说不定明年就能考上了呢！”孙利民丢下这句话飞快地往教室跑去。

曾善才望着小伙伴的背影，无奈地摇了摇头，苦笑了一下，心想：俺脑子笨，不是读书的料，你又不是不知道！再说，善兵都读五年级了，难道你要俺跟他坐在同一间教室里？就算俺不怕丢人，读书又能有啥用？弄不到钱，还不得饿肚子吗？

曾善才没有理会孙利民的建议，待天气稍稍好转，又开始了画册出租生意。一天下午，初中的学生们正在上课，画册摊前不知从哪里呼啦一下围上来四五个与他年龄差不多的男孩。这些人大呼小叫地胡乱翻弄着摆放整齐的画册子。曾善才很心疼，多次劝他们不要乱拿，要一本一本地看，但这帮人只把他的话当作耳旁风。

有个左脸上长着铜钱大疤痕的男孩似乎对刚翻开几页的这本画册子很不满意，竟张口骂道：“这都啥破玩意，敢拿来糊弄老子！”说着，一甩手，把那本画册子扔出老远。

曾善才很恼火，使劲瞪了疤痕男孩一眼。这一瞪可不得了，疤痕男孩甩开膀子，恶狠狠地把脚伸进牛皮纸下面，使劲往上一挑，原来就被翻乱的画册子一下子被挑得七零八散。曾善才急了，哇啦一声大叫着向疤痕男孩扑去，与他扭作一团。与疤痕男孩一同过来的孩子一看同伴与人打了起来，纷纷扔掉手中的画册子，加入了群殴曾善才的阵营。曾善才对付一个疤痕男孩或许问题不是太大，但一下子对付这么多人,哪里吃得消?不一会的工夫,曾善才就被众人打得鼻青眼肿,口吐鲜血。那帮孩子似乎还不解恨,分出两个人分别控制曾善才的手和脚,疤痕男孩则牢牢骑在曾善才身上,抡起双手,左右开弓,抽打他的双脸。疤痕男孩打骂了一会儿,叫旁边观战的两个同伴从地上捡来画册子一本接一本地撕碎后把碎纸狠狠甩到曾善才的脸上。一顿宣泄之后,疤痕男孩骂骂咧咧地把曾善才口袋里的钱全部掏了出来,然后把手伸进嘴里吹了声响亮的口哨,一挥手说:"走吧,兄弟们!"这帮孩子这才住手,每人照着曾善才的身体狠狠吐了一口浓痰,一溜烟跑掉了。

曾善才躺在地上半天才缓过来气。他用手强撑着地面,虚弱地从烂纸堆里抬起头来。看着满地的烂纸,曾善才再也抑制不住内心的悲痛,坐在地上号啕大哭起来。他的哭声引来了下课的学生。他们三三两两围了过来,问长问短,有人还热心帮他从地上捡起尚未破损的画册子。

孙利民挤进围观的人群,快步走到曾善才身边,伸出双手把他搀了起来。"哎!这帮王八蛋,欺人太甚了!"孙利民叹了口气,一边拍打着曾善才满身的灰尘,一边替他抱不平。

曾善才没有吭声,他泪眼婆娑地蹲下来清点了一下未损的画册子,总共只剩十几本了。他突然感觉天一下子塌了下来,整个世界顿时一片死寂。

"完了!完了!这下子彻底完了!"曾善才用手背蹭蹭双眼,抽搐着对孙利民说。突然,他像想起什么似的,拾起地上的画册子往孙利民手中一塞,说:"都不要了,你把它们分给朋友吧!"说完,一瘸一拐地回家去了。

疤痕男孩带着同伴沿着柏油马路一路向西跑去。眼见迎面走来一个衣衫褴褛、挑着两篮红彤彤烘柿子的老头,一位同伴吧嗒吧嗒嘴,狠狠咽了口吐沫说:"乖乖,这柿子真排场!喝起来肯定过瘾!"

疤痕男孩斜睨了他一眼,轻蔑地说:"看你这点出息,八百年没吃过东西一样!真要想吃,俺给你们表演一下不花钱买东西。"说完,迎头走过去对老头说:"大爷,卖烘柿呀!俺来帮你挑吧!"

老头诧异地看了一眼疤痕男孩说:"不用不用!"

疤痕男孩满脸堆笑着说:"不要客气,看你怪累的,俺帮你挑几步吧!"

老头一边继续往前走,一边说:"你这孩子,真懂事!"

疤痕男孩自谦道:“懂啥事?想帮你挑几步,你又不要!俺那小奶最近身体还好吧?”

老头疑惑地瞥了一眼疤痕男孩,说:“最近还行,你认识俺们?”

“咋能不认识?俺跟你一个大队,你不记得了?”疤痕男孩语气肯定地应道。

老头又看了看疤痕男孩,嘀咕了一句:“你姓张?”

“哎!对呀对呀,你总算想起来了!”疤痕男孩面露喜色。

“噢!你伯是张道春?”老头又跟了一句。

“没错,俺伯去年还带俺到你家拜过年呢!那天你碰巧不在家,俺小奶给俺口袋里装了好多花生瓜子!”

“这么说,俺想起来了,怪不得看起来面熟呢!你小的时候,你妈常带你到俺家串门子。”

“小时候的事情俺全忘了,这些年只顾上学,没怎么到你家玩。”疤痕男孩说着,伸手要接过老头的扁担,却被老头用手挡了回来。

“你还小,这一挑东西不轻呢!”老头说。

“大爷,你太客气了!这烘柿卖不卖?要不,你先歇一会,俺来买几个给同学吃。”疤痕男孩满脸诚恳地说。

老头放下挑子,一拍脑门说:“这孩子真懂事!你不说要买,俺还忘了呢!都是本大队的,咋能收你钱呢?”说罢,伸手拣了几个最大最红的烘柿递了过来,“快用褂襟兜起来,俺再给你们挑几个好的!”

疤痕男孩伸出双手扯起黄布褂前襟,老头一股气拿出十几只又大又红的烘柿放在上面,把疤痕男孩的褂襟堆得像小山一般。

“好了,好了!就买这么多吧!总共要多少钱呀?”疤痕男孩问。

“刚才不是说过不要钱吗?快拿去吃吧,回去给你爷你伯带个好!”老头说完,挑起篮子继续向前赶路去了。

疤痕男孩双手扯着褂襟跟在后面走了两步,说:“哎呀!这怎么行?俺该给你钱呢!”

老头只管挑着篮子继续往前赶路,仅仅丢下一句话:“不要钱,快回去吧。”

疤痕男孩与老头对话的时候,他的同伴们尽力屏住表情。待老头稍稍走远一点,这群孩子忍不住哈哈大笑起来。有的用手指着疤痕男孩问:“李冲呀李冲,你啥时改姓张了？那俺以后就喊你张冲了！”有的一手捂嘴一手捧着肚子蹲到了地上。有的干脆在地上打起了滚。

疤痕男孩收起笑容，吆喝道：“都别闹了，快起来喝柿子！”同伴们纷纷起身，从疤痕男孩怀里拿起烘柿，“哧溜哧溜”喝了起来。

“李冲，你真厉害！今天俺算是见识了，以后哥几个就跟你混了！”一个黑乎乎、胖墩墩的男孩抹着嘴边黄澄澄的汁水说。其他几个男孩也都纷纷表示赞同。

疤痕男孩用袖口蹭了一下鼻涕，摇头晃脑地说：“这话可都是你们自己说的，以后谁要反悔，谁就是狗！”

“绝不反悔！”其他四个男孩异口同声地说。

“好！有难同当，有福同享！来，看看咱们今天弄到几毛钱。”疤痕男孩伸手从口袋里掏出一把钱来，往地上一蹲，随手把钱丢到地上。几位同伴也围着钱蹲了下来。经过清点，这堆从曾善才兜里抢来的钱总共有1块2毛2，疤痕男孩给其他4人每人分2毛5分钱，自己还剩2毛2分钱。

“李冲，你爸来了！”黑胖男孩低头轻轻咕噜了一声。疤痕男孩抬头一看，一位头戴黄军帽，身穿军干服的干部模样的中年男人骑着加重自行车从远处而来。果真是他爸！疤痕男孩吓得脸色煞白，赶忙将钱装进口袋，恨不得找道地缝一头钻进去。

时间已经来不及了。疤痕男孩的父亲咔嚓一声刹住了车，右腿一甩，怒气冲冲地从自行车上跳了下来。

“孽障！不好好在学校读书，在这光马路边寻什么鬼魂？！”疤痕男孩的父亲双目圆睁，大声呵斥道。他感觉还不解恨，随手从路边的小树上折下一根枝条，劈头盖脸朝疤痕男孩抽将下来。

疤痕男孩的四个同伴见到如此情形，早已悄悄退到远处，一转身，很快跑得无影无踪，只留下疤痕男孩在空当当的柏油路上鬼哭狼嚎般承受父亲的打骂。

原来疤痕男孩是个初一学生，姓李，名冲。李冲的脑子还算聪明，就是不爱读书，在学校里不是打架斗殴，就是逃学闲逛。他脸上的那块疤痕就是先前跟同学打架留下的。老师见他个性顽劣、脾气暴躁，甚至连老师也经常辱骂，加上他父亲又容不得别人说他儿子不好，也都拿他没有办法。

说起李冲的父亲，他可是当地的一个头面人物，大名李宏达，任公社革委会副主任。李宏达平日里忙于公社事务和人情往来，没有太多时间管儿子。但他对儿子又非常看好，认为老子英雄儿好汉，绝不承认儿子比一般老百姓的孩子差。因此，无论谁说他儿子不好，他都打心眼里不相信，除非他自己亲自发现了什么。

其实，李冲的脑袋瓜子还是不差的，就算学习没怎么花工夫，考试的时候也还将就着过得去。要不，怎么能考上初中呢？

第五章 重归校园遇旧恨 被迫还手意难平

却说曾善才被李冲一伙一顿暴打之后，费了好大劲才蹒跚着回到家里。他无心回答父母兄弟的询问，一头钻进黑漆漆、臭烘烘的里屋，把头深深埋进破破烂烂的棉絮堆里，号啕大哭起来。一家人见曾善才哭得伤心，都围了过来。

“到底怎么了？你的画册子呢？”父亲和母亲都走进来关切地问。

“送……送人了，别管俺，让俺自己躺一会。”曾善才抽搐着说。

父母见曾善才并无大碍，就招呼孩子们出去了。曾善才一个人躺在床上哭了一会，渐渐开始考虑了一个非常现实的问题：今后怎么办？继续出租画册子吗？今天的损失倒不大，画册子加上口袋里的钱在一起也不过值七八块钱，重新置办起来，问题倒也不大，可是如果那伙人又来捣乱怎么办？不出租画册子，又能干些什么呢？想来想去，能做的事还真不多！最重要的是，就算今天那伙人不来搞破坏，做生意也不是什么好营生，总像低人一等似的，今天有人追着你喊“投机倒把分子”，明天又会有人要割你的“资本主义尾巴”。他左思右想，头痛欲裂，怎么也想不出一个好办法，不久便昏昏沉沉地睡着了。

“善才，你整天到处游逛，咋不来上学呢？”曾善才似乎听到有人喊他，扭头一看，原来是孙利民。

“嘿嘿！你又逗俺玩了，你又不是不知道俺脑子笨，再说，你都上初二了，俺能到哪去上！”

“谁说你脑子笨，脑子笨能做成生意吗？”

“上学是上学，做生意是做生意，它们两个不知差了十万八千里呢！就算俺能读得好书，将来也找不到人推荐俺们去上大学！”

“有啥用俺也讲不清楚，至少能多认几个字，算账也可以利索点吧！当下还可以避开那帮王八蛋的捣乱呢！”

“嗯，说得是呀！那俺到哪里上学呢？”

“去大队学校接着上五年级呀！”

“好，就这么定了！”为显示决心，曾善才伸出拳头照着眼前的土墙狠狠砸去。

“哎哟！”一阵钻心的疼痛迅速传遍全身，曾善才本能地睁开眼睛。原来他仍然躺在床上，刚才不过一场梦而已。

第二天，曾善才鼓起勇气，找到了大队小学的老师，把读书的愿望认真表达了一番。老师见他态度诚恳，也就接收了。曾善才终于与弟弟曾善兵并肩坐进了同一间低矮的教室。

曾善才虽然如愿以偿地重新走进了小学五年级教室，但无论如何努力，成绩提高得都不明显。稍稍值得欣慰的是，在次年的升学考试中，他终于以仅仅高出录取分数线3分的成绩与弟弟善兵双双考取了初中。

眼看天气渐热，曾善才再次背起冰棍儿箱开始了艰苦的走街串巷营生。一个夏季下来，又挣了一百多块辛苦钱。他拿出20块钱交给父母用于改善生活，又拿出几块钱准备为自己和善兵交学费，把剩余的钱全部存进了去年在信用社里开办的存折里。

开学那一天，曾善才迈着轻盈的步伐走进了他原本只能隔着护校沟摆摆地摊的初中校门，报名、交费、领书，一切都非常流畅。当他开开心心地抱着散发油墨清香的新书走进自己所在的初一(2)班教室时，一道冰冷的寒光刺得他不禁打了个寒战。这道寒光是从一个脸有疤痕的同学眼睛里射出来的。曾善才立即想起了上年初冬时节的那场屈辱经历。

原来，因成天打架斗殴、东窜西逛，还算聪明的李冲在上一学年期末考试时成绩一塌糊涂，没能升上初二。他那个当公社革委会副主任的父亲偏偏又认为他是个读书的好苗子，便在对他一顿拳打脚踢后，责令他留级再读。

果真是“不是冤家不聚首”！这对昔日的冤家就这样鬼使神差地进到了同一个班级。

曾善才心里虽然怨恨，但面子上就当没事一样，选了个距离李冲稍远的座位暂时坐了下来。按理说，如果一对一交手，曾善才未必打不过李冲，甚至还可能略占上风。这些年,他顶风冒雨、辗转奔走,加上手中有钱后生活稍微好过一些,身体早已比同龄人结实不少。所以他一点都不担心那个曾暴打过他的人再来找茬,更何况隔壁的教室里还坐着他的亲弟弟呢!

“小子,还认识我吗?”李冲一摇三摆地来到曾善才旁边,歪斜着头,上翻着眼,轻撇大嘴,双臂抱胸,不紧不慢地抖动着微微叉开的双腿。

曾善才假装没看见,拿起书随意地翻看着。哪知李冲并不善罢甘休,竟然夺过曾善才手中的新书,“哧溜”一下甩出老远。这下可戳到了曾善才的痛处,他费尽千辛万苦好容易获得的教科书怎能被人如此对待?只见他大吼一声:“你小子,不要欺人太甚!”那李冲原以为曾善才是自己手下败将,见了自己,本该唯唯诺诺、点头哈腰才是,现在曾善才不仅没表现出半点害怕的样子,还胆敢骂自己!他李冲是谁?他可是街头上有名的打架大王,手下有一帮随叫随到的小兄弟,更重要的是他爸可是公社里的大领导!

李冲决定再给这小子一个教训。念以至此,他突然抡起右拳,照着曾善才的眼眶打将过来。曾善才只觉眼冒金星,疼痛欲裂,一个趔趄倒在地上。教室里的同学看到两人大打出手,虽然相互还不太熟悉,却也纷纷围过来好意相劝。李冲哪里听劝,他紧咬牙关,怒目圆睁,抬脚就要朝曾善才肚子上踩,幸亏一位同学从后面拦腰抱住李冲,不然这一脚下来,曾善才不知会伤成什么样呢!

旧恨新仇加在一起,曾善才怒火万丈。他挣扎着从地上爬起来,手扶课桌,低头略略调整了一下气息,随后“哇”的一声大吼,一个饿虎扑食将李冲按倒在地,紧接着双腿一跨狠狠地坐在李冲的身上,用雨点般的拳头照着李冲的眼睛、鼻子、嘴巴上胡乱砸将下去。

正当曾善才打得解恨之时,教室里传来一个成年男人的威严呵斥声:“都给我住手!”有同学从后面抱起曾善才,并贴在他的耳边嘀咕了一声:“老师来了!”曾善才这才停止出拳,顺势站了起来。哪知他尚未站稳,李冲不知从哪里拽了根板凳腿劈头砸将下来,曾善才的头顶顿时鲜血直流。老师再次大喝一声,夺下李冲手中的板凳腿,周围的同学跟着抱的抱,拉的拉,总算把两人分开了。

这一架下来,两人都没占到绝对便宜。曾善才的头被打了个窟窿,李冲则丢了颗门牙。学校考虑到两人开学首日便大打出手,影响非常恶劣,决定对此事严肃处理,以正校规校纪。可在如何处理的问题上却陷入了空前的困境。

还原李冲与曾善才的打架过程并不难。教室里不少同学都看得真切,也都如实作了证明:李冲不仅挑事在先,骂人在先,也是动手在先,曾善才不过是自卫而已。如果要处分或批评,李冲该受的处分或批评总归要比曾善才严重些。不过,因此事涉及公社领导之子,特别是考虑到李宏达一向厌恶别人说自己儿子不好,学校对处理方式异常小心。经过反复权衡,学校决定对两人都不给予处分,仅在全校大会上进行公开批评。

然而全校大会还没来得及开,得知处理决定的李宏达便气哼哼地找到了学校。校长率校领导班子和初一(2)班班主任王明理在狭窄的校长办公室集体迎接领导的到来。李宏达尚未坐稳,便翻着眼睛问:"听说学校准备放过那个欺负李冲的凶手?"

校长是个满头白发的老先生,姓赵,名祚。赵校长本是个明白人,见李宏达这么问,马上意识到事情变得复杂了。他没有立即回答李宏达的问话,而是转脸看了下王明理,说:"你把那天两个孩子打架的情况向李主任汇报一下吧。"

这个王明理老师也是个明白人,知道校长的意思是叫他通过还原当时的情形,委婉地告诉李宏达,那个欺负人的孩子不是别人,正是他李宏达自己的儿子。于是,王明理老师开始认认真真汇报起来。谁知他还没讲几句,李宏达便不耐烦地一甩手,打断了他的讲话。

"这些情况我早就听你们说过了,事实到底是不是真这样,俺们可以先不追究。现在的问题是李冲的门牙没了,他明显是受害者嘛!"

"可曾善才的脑袋也破了个窟窿!"王明理老师赔着笑小声提醒道。

"窟窿可以很快结疤,门牙却没法再长出来了!你们做老师的不能随便偏袒坏孩子呀!"李宏达用带有威胁意味的口气说。

王明理老师被噎得脸色铁青,一时不知说啥才好。幸亏赵校长接过话茬说:"李主任一向秉公办事,不徇私情,我们全校老师对你都非常敬佩。作为老师,我们一向以你为榜样,对全校几百个学生一视同仁,谁犯了错误都会一样惩处。李冲这孩子虽然活泼好动,却非常懂事,也比较遵守校规校纪,这次与同学打架,一定还有其他我们没有掌握的情况。李主任再给我们几天时间吧,等我们进一步把事情调查清楚,一定会给你和孩子一个圆满的说法!"

李宏达听后，嘴角稍稍扬了扬，说：“赵校长过奖了，俺没有你说得那么好。只是作为父母，俺对孩子还是要求挺严的。这次要不是李冲明显被人欺负，俺也不会到学校找你们了。听说那个打人的坏孩子是个投机倒把分子，你们要好好查一查，不能让这样的坏分子混进学校，带坏学校的风气。”李宏达从凳子上站起来，环顾了一下四周，最后把眼光停留在赵校长的脸上，说，“我先走了，公社那边还有个重要的会要开，你们再好好查一下，该是谁的责任，就追究谁的责任，千万不要因为李冲是俺李宏达的儿子就去偏袒他！”

赵校长也赶忙起身，客客气气地把李宏达送到校门口。看到李宏达骑上自行车离开很远，赵校长才招手把众人重新召集到办公室里。

“李主任的意思大家都明白了吧？”赵校长问道。

“明白是明白，他不就是不想让自己儿子受处罚，还要学校重重处罚曾善才吗？可他儿子明明应该负主要责任嘛！”王明理老师为难地说。

“事实的确如此，但我们也没有更好的选择呀。你们看李主任今天这个态度，他能善罢甘休吗？看来，我们得推倒前面的处理办法了！”赵校长重重叹了口气说。

几天后，学校召开了新学期首场师生大会。大会就在校舍前尘土飞扬的操场上举行。初一两个班学生坐在最靠主席台的位置，中间是初二学生，最后是初三学生。

会前，曾善才已从班主任王明理老师口中得知学校要在这次大会上宣布对他与李冲打架事件的处理结果。虽然他自认为责任不大，也大概知道学校将如何处理自己，但打架毕竟不是什么好事，心里多少还是有些紧张，所以一进会场就低头不语，仅偶尔抬头向主席台上偷瞄一下。只见由几条课桌接在一起、上面铺着紫红绒布的主席台上一溜烟坐着五位神情严肃的校领导，中间一位白头发的老者面前放着一只裹着红绸布的话筒。他不敢多看，又慌忙把头低了下来。

会议开始了。曾善才心神不宁地坐在凳子上听校领导们讲话。当听到赵校长义愤填膺地说初一(2)班有同学严重违反校规校纪时，他的脑袋顿时嗡的一声。他把头耷拉得更低了，头顶那块浸透了血液的纱布巴子在太阳的照射下发出刺眼的光泽。尽管如此，他还是非常认真地听着。

“鉴于曾善才同学这次打架是初犯，认错态度也比较诚恳，学校本着惩前毖后、治病救人的原则，决定对曾善才同学免予处分，给予全校公开批评。但因曾善才出手过重，致使被打同学门牙脱落，责令曾善才赔偿医药费20元，用于对方修复牙齿。希望曾善才同学认真吸取教训，严格遵守校规校纪，保证以后不再犯类似错误！"赵校长说到这里，抬头威严地扫视了一下台下的学生，伸手揣起桌上的搪瓷缸，咕噜咕噜连喝了两口水，接着说，"此外，有同学反映曾善才有低买高卖的投机倒把经历，学校经调查暂没发现他入学后有过类似行为。希望曾善才严格要求自己，不要把以前的坏毛病带到中学里来。也请同学们严格监督，如发现他有类似行为，可及时向老师报告，学校一定会严肃处理！"

处理决定与先前王明理老师跟他说的完全一样。他长长地舒了一口气。然而，当他竖起耳朵准备听接下来学校如何处理李冲时，主持大会的老师却宣布会议进入下一项议程。

"曾善才，散会了，你咋不回教室？"同班的一个同学推了推正双手抱着后脑勺、额头垂及双膝的他。

曾善才无力地抬起头，茫然地搬起独凳子朝教室走去。快到教室门口时，正好看到李冲龇着黑洞洞的门牙，神气活现地从教室里出来。曾善才强压心中的不平，假装没有看到对方，快步走进教室，趴在座位上呜呜哭了起来。

晚上，曾善才躺在家里那张东倒西歪的土坯床上，久久无法入睡。他想找个机会，再把李冲狠狠揍上一顿，但又怕因此背上更大的处分。转念又一想，处分就处分吧，只要能继续上学就行。要是万一学校不让自己上学怎么办？想到这里，他心一横，不上就不上，把那个龟孙狠凑一顿，然后跑得远远的。然而，能跑到哪里呢？听大人们说，现在随便出个门，就得带上介绍信。俺真要打了人，能找谁开介绍信呢？"哎！"他抡起拳头往床边的土坯床腿上用力砸了下去，头上的伤疤被震得隐隐作痛。

第二天早上，他坐在床沿又想了半天，最后还是背起书包与善兵一起上学去了。他深知这次上学机会来之不易，无论有多艰难，他都必须把三年书读完。

"曾善才，还好吧？"正低头走路的曾善才被一个人从后面轻轻拍了拍肩膀。他抬头一看，是正在上初三的孙利民。

"好什么？情况你都知道了！"曾善才摇摇头无奈地说。

"自认倒霉吧！比起上学来，受点委屈不过是小事。你好容易考上初中，还是先考虑怎么把书念好吧！”孙利民边走边说。

“也只能这样了。不过,昨天开会时,校长还说不许俺做生意了。这个可有点难办。不做生意,俺不是又得饿肚子了?!”曾善才说到这里,心里一紧,不由自主地又长长叹了口气。

第六章 落榜善才卖冰棍儿 升学李冲两面光

此后的3年里，曾善才忍辱负重，忍气吞声，摒弃杂念，一心苦读，不知熬过了多少个漫漫长夜，也不知被迫压制了多少次做点小生意的强烈冲动。尽管如此，命运女神还是丝毫不肯眷顾他。

1978年，曾善才初中毕业时，因各科成绩均不及格而再次被挡在高中学校的大门之外。与他一起落榜的还有弟弟曾善兵。那位喜欢惹是生非的李冲倒是在已升任公社书记的老爹严加看管下，轻松考取了县城的高中。特别值得一提的是，曾善才的小学同学孙利民在读过两年高中后，赶上了恢复高考制度以后的第二次高考，顺利考上了位于省城的4年制本科大学。

知道考试结果那一天，曾善才异常平静，因为这完全在意料之中。他甚至还有一种如释重负般的解脱感：既然上不了高中，那就老老实实回去务农吧，农闲时还可以做点小生意补贴补贴家用呢。

与他一起落选的弟弟善兵却是另外一种心境。善兵的平时成绩其实还将就，在班里算得上中等偏上水平。但他运气似乎不是太好，毕业考试那几天赶上了打摆子，以致考试成绩大失水准。所以当他知道考试结果时，完全是一副垂头丧气的模样。

“善兵，你情绪怎么这么低落？不就是没考上吗？”从学校回家的路上，曾善才悄悄地对弟弟说道。

“大哥，考不上高中就得回去干农活。你看俺这身板真要干起农活来，3天不就累垮了?! 这还不算，一想到没书读，俺心里就空落落的，感觉就像掉进一个黑乎乎的无底洞一样。”

“你果真还想读书？”

“当然了！你知道俺爱书如命。”

“想读就接着读吧！回头你找老师说说看能不能留个级，明年再考。”

善兵听哥哥这么说，眼睛顿时一亮。但他很快又把脑袋耷拉下来，喃喃道：“学校那边应该问题不大，就怕俺伯不支持。”

“家里的意见你就别管了，俺去做工作。学校那边你自己找老师说去。”

善兵的情绪很快又好转起来，他开心地说：“学校那边俺自己肯定能说好，就怕家里你说不通。”

“这个你就不用管了，俺自有办法！”

“什么办法？”

“俺回去当农民，反正俺也不是读书的料！”曾善才果断地说。他咽了口唾沫又接着补充道：“其实，就算俺俩今年都能考上高中，家里也供不起了。俺们兄妹们都大了，一家人的吃饭问题越来越大。俺今年已经17岁了，很快就可算得上一个整劳力了。俺回去后，可以给家里多挣不少工分呢。”

“这么说，那点工分恐怕也分不到多少粮食吧？”善兵又忧心忡忡起来。

“别想这些没用的，只要你能学得进去，俺来想办法支持你。”曾善才说。

“咱家五辈以上都是农民，没有知识，也没有关系，还能有啥办法？”

“你别忘了，俺会做生意！这些年为了能把初中读完，俺忍气吞声，完全按学校要求，啥生意都不敢做，以前做生意攒下的一两百块钱也被俺兄妹几人的学、杂费耗得没剩几个钱了。现在好了，俺不用管学校的要求了！”

“可是做生意也不是只赚不赔吧？万一……”

不待善兵说完，曾善才就打断了他：“哪有那么多‘万一’？做生意当然不容易，但俺可能更适合做生意。只要国家不管得太死，俺总能想到办法吧？你呀，就别管这些了。你只管好好学习，争取也能像孙利民那样考上省城的大学！其他的事你都甭管，俺来供你读书！”

天气一天比一天热，这为曾善才重操旧业创造了得天独厚的条件。他从土坯床下拽出了积满灰尘的冰棍儿箱，擦洗干净以后，头戴破草帽，肩搭干毛巾，揣上仅剩的十几块钱，再次开始了贩卖冰棍儿的营生。

“卖冰棍儿啰，清凉解渴的香蕉冰棍儿！5分钱一支，5分钱一支，走过路过，不要错过！”与3年前相比，曾善才不仅身体高大强壮许多，更将各种有形无形的羁绊彻底抛到九霄云外。所以他几乎是在用一种游戏人生的姿态做这个小生意了。

一天午后，惨白的太阳肆意炙烤着大地，就连路边的杨柳也被晒得垂下本就无力的腰肢。正当曾善才背着沉重的冰棍儿箱在滚烫、粘脚的柏油路上小心行走的时候，他的身后传来一句极不友好的声音：“喂，小子，有豆沙冰棍儿吗？”

问话的人虽然出言不逊，但毕竟是在传达购买之意。曾善才强忍着满腔怒火，循着话音回头望过去。问话人原来是李冲。他的心里咯噔一下，脑子里迅速思考着应对之策。

“怎么？才几天你就不认识老子了？！”李冲歪头嘲笑着。

曾善才环顾四周，目光所及之处再无第三人。他想：真是天赐良机，看俺今天怎么收拾这个狗东西！想到这里，他把冰棍儿箱轻轻放在树荫下面，撸了撸袖子，迎着李冲边走边呵斥道：“怎么了，你小子的皮又痒了？”

李冲没想到曾善才对他竟无丝毫忌惮之意，看看四周无人，连忙换了一副面孔，满脸堆笑地说：“我当是谁呢，原来是善才呀！你看这大热的天，俺热得嗓子冒烟、胸口发闷，正要买根冰棍儿解渴呢！来来，快给俺拿一根！”

李冲的态度转变令曾善才始料未及，他一时不知该怎么办才好。

“老同学，你怎么还愣着呀？俺要买冰棍儿，你总不至于不卖吧？”

李冲的问话反倒令曾善才不好意思起来，他突然意识到自己真是小肚鸡肠，心想：俺是做小生意的，人家客客气气要买东西，俺有啥理由不卖给人家呢？于是，他也赶紧换出一副笑脸，说：“卖，俺正愁卖不掉呢！你要几根？”

“一根就行！”李冲满脸诚恳地说。

曾善才折回头，打开冰棍儿箱，从里面翻出一根冰棍儿递了过去：“来根豆沙的吧！”

“豆沙的贵，俺没那么多钱。”李冲故作尴尬地回道。

“不要紧，一分钱不要，算俺请你吃的！”曾善才憨笑着说。

“真的？”李冲一边接过冰棍儿，一边张大嘴巴，表示自己并不相信。

“真的！同学一场，请你吃根冰棍儿而已！”曾善才顺手拽下脖子上的毛巾，擦了擦满头的汗水。

“那怎么行？你大热天的也不容易，这钱俺一定要给。”李冲边说边朝口袋摸去,可摸了半天也没见他掏出钱来,“不对呀!俺明明带着钱呢,怎么找不到了?”

“别找了!就算俺祝贺你考取高中的一点小心意吧!”曾善才连连摆手说,“真的,不跟你啰唆了,俺还要抓紧赶路呢!”

“感谢,感谢!”李冲欣喜地撕开裹在冰棍儿外面的薄纸,张嘴使劲吮吸了一口,闭上眼睛享受了片刻的清凉说,“爽!真太爽了!”

“爽就好!你就慢慢享受吧,俺走了!”曾善才扭头走了几步,又回头向李冲挥挥手,快步继续往前赶路。

“卖冰棍儿喽,卖冰棍儿喽,5分钱一根的香蕉冰棍儿!”曾善才向昔日的对手送出冰棍儿后心里非常舒服。他想:真有意思,这个李冲竟然从一个大浑球变成讲情顺理的文明人了!

就在曾善才感叹不已之时,只听“咣当”一声,一颗小石子从背后砸中了他的冰棍儿箱子。他下意识地回头看了看,只见李冲远远地冲他傻乐呢!

“小子,真懂事,你给爷进贡的豆沙冰棍儿吃起来真爽啊!爷明天还在这等你,别忘了再过来孝敬爷啊!”李冲见曾善才回头,一手高举着冰棍儿,一手指着曾善才嬉皮笑脸地叫骂着。

曾善才心里那个堵呀!他撂下冰棍儿箱,满腔怒火地回头朝李冲追去。李冲见他追来,扭头便跑。因为两人距离本来就远,曾善才跑得再快,又哪里追得上?更可气的是,李冲见他追不上,又回头对他叫道:“追呀!追呀!老子告诉你,就你这熊样,这辈子都别想追上老子!”

上了高中的李冲就像变了一个人一样。他成了老师眼中尊师守纪、刻苦学习的典型,在开学一个月之后的首次摸底考试上就一举夺得班级第一名,还因此被班主任沈自强指定为班长。

除了数理化成绩不错外,李冲特别擅长写作文。这与班里大多数同学一听老师布置作文题就急得抓耳挠腮的囧样形成了鲜明的对比。李冲的作文以立意高远见长。无论写啥题目,他都能把自己放进时代的大背景中慷慨陈词。

升入高中不久,他就因一篇命题作文《我的理想》引起了兼授语文课的沈老师的注意。沈老师特意在作文讲解课上深情地朗诵并逐段讲解了这篇作文。他谆谆教导同学们:“作文并不可怕,你们只要记住‘言为心声’这一点,肯定都能写出好作文！”沈老师随口朗诵道：“每个人都有理想：有的人理想是吃饱穿暖；有的人理想是占到便宜；有的人理想是升官发财……我的理想是在马列主义、毛泽东思想指导下……刻苦学习，顽强拼搏，掌握更多的科学文化知识，竭尽所能地帮助广大贫下中农过上好日子，为祖国的‘四个现代化’建设做出突出的贡献……”沈老师缓缓地抬起头，用他那双深邃的目光扫视了一下教室，慢条思理地说：“听到了吧？这就是心声！把你们的心声如实写出来，就是一篇好文章！当然了，如果能像李冲这样有更高的境界和更广的胸怀，文章立意自然更高，也更有感染力！”沈老师的话刚一落音，教室里立即响起热烈的掌声。

下课了，同学们把李冲团团围住。有人问：“班长真厉害，沈老师说你境界高，能介绍一下你是怎么训练出这高境界的吗？”

李冲嘿嘿一笑说：“境界就是境界，哪里需要训练？俺爸是公社书记，俺平时听惯了他人前人后说‘国家大事’‘公而忘私’，一不小心就记住了。”

“这不就是训练吗？”那位问话的同学接着说，“真羡慕你有这么厉害的爸爸，无意中竟把你熏陶成作文大王了！”

李冲又嘿嘿笑道：“哪里哪里！”

又有同学走过来拍了拍李冲的肩膀说：“班长，今天沈老师又表扬你了，你该请客了！”

“没问题！小事一桩！”李冲满口应承着。

“噢，班长要请客了！”旁边的同学都兴奋地鼓起掌来。

“对了，班长准备怎么请呀？”一位同学问。

李冲伸手把这位同学拉到身边，俯下身来，在其耳边如此这般地嘀咕了一番。那位同学听后吃惊地张大了嘴巴。

当晚，晚自习结束后，李冲和同学陆续回到三房通连的集体宿舍里。大家刷牙的刷牙，洗脚的洗脚，闲扯的闲扯，忙得不亦乐乎。此时，一位弯腰驼背的老头挑着两篮白面馒头和煮鸡蛋之类的食物吆喝着从门口走过。

“馒头多少钱一个？”李冲坐在铁皮床的下铺，懒洋洋地问道。

“和鸡蛋一个价，一毛一个。”老头答道。

“好，快进来吧，我们都想买。”李冲说。

听说学生们要买馒头，老头颤颤巍巍地走进了宿舍，卸下担子，把篮子放在地上。这帮学生立马叽叽喳喳地围了上来。有人说要买馒头,有人说想买鸡蛋。突然,“咔嚓”一声,宿舍屋顶悬下来的那盏100瓦白炽灯灭了。

“哎,这破灯泡,怎么又炸了?!谁有手电筒?我来换灯泡!”混乱中,李冲大声吆喝了一句。没有人应答。过了一小会,李冲再次吆喝:“黑灯瞎火的,连洗脚水也没法倒了,谁有手电筒快拿出来!”话音刚落,那盏白炽灯居然“啪”的一声又亮了。

“我的馒头!”刚刚还好好的驼背老头一屁股坐在光光的泥灰地上嘤嘤哭了起来。

“怎么了?”李冲穿上鞋走到老头身边故作关切地问道。

“我的馒头!”老头伸出袖口蹭了蹭眼泪,环顾了一下宿舍说,“刚刚篮子还是满的,怎么一下子都空了?”

“不会吧!你是不是早就卖光了?”李冲一本正经地问。

“一个还没卖过,这可怎么办呢!”老头越哭越伤心起来。

“你一定弄错了!不是卖完了,馒头总不会自己长腿跑掉吧?老头子,你帮帮忙,我们上了一天课,都困得要死,你快回去吧!”李冲说完,冲一旁看热闹的同学使了个眼色,大家七手八脚地把老头架了出去,“砰”的一声关上了寝室房门。十几分钟之后,李冲估摸老头已经走远,以一副家长的口气对同学们说:“老头走远了,把东西都拿出来吃吧!”话音刚落,刚刚还鸦雀无声的宿舍一下又热闹起来,大家纷纷拿出刚刚趁黑摸到的馒头和鸡蛋狼吞虎咽起来。有一个同学因为摸到的鸡蛋比较多,还特意塞给李冲两个,说:“班长果真足智多谋,以后兄弟们就跟你混了!”李冲也不客气,一边心满意足地享用着煮鸡蛋,一边得意扬扬地说:“今天不过是小试一下牛刀,以后让你们好好见识见识!”

高中生活紧张而单调,而李冲总有办法将课余生活过得有滋有味。他最乐此不疲的游戏就是带领一帮铁杆兄弟在天黑以后溜到学校近旁的那条柏油马路边,乘黑将路边的碎石、烂砖胡乱堆到马路上,然后猫在高高的河坝埂后面一边拉屎一边欣赏来往车辆被障碍物硌得东倒西歪、轮胎爆裂的画面。如果运气好,他们还能在车过之后从路边捡到一捆棉布、两袋花生之类的物品。

然而,常在河边走,哪能不湿鞋?李冲及其同伴也有运气特别不好的时候。一个春夏之交的晚上,天特别黑,几乎伸手不见五指。李冲一伙不辞劳苦摸索着将石块杂物好容易在柏油路上摆好，一个同伴捂着肚子对李冲道："班长，俺肚子痛得要命，赶紧上河坝埂去，不然要拉裤裆了！"

李冲撇嘴刚骂了句"你他娘的就是懒驴上磨屎尿多"，便觉自己肚子也不太舒服，于是赶忙招呼众人爬到路旁的河坝埂上。几人还没站稳，便迫不及待解开裤子稀里哗啦飚了起来。"爽啊！"李冲抬头瞥了一眼夜空上的点点繁星，无比畅快地说。

此时，一辆大货车开着两道雪亮的前灯呼啸而来。眼看车子就要轧过那道路障，只听一阵刺耳的摩擦声急急响过之后，大货车戛然停了下来。紧接着，从车上跳下三四个五大三粗的壮汉，手忙脚乱忙乎了半天，总算把路面清理干净。

借着雪亮的车灯，李冲把这帮人忙忙碌碌的窘态看得真真切切，忍不住"扑哧"一声笑了出来。那几个壮汉听到有人在笑，方明白暗算者正躲在一旁，气得咬牙切齿，其中一人弯腰捡起几块碎石朝旁边三人嘀咕几句后，那三人也纷纷弯腰捡起碎石，紧随着刚才那人往河坝埂上冲来。李冲一见情况危急，提起裤子落荒而逃，那股刚拉了一半的稀屎着着实实地飚进了裤裆。

幸亏李冲一伙反应迅速，当壮汉们追到坝顶时，他们已跑出几丈开外。壮汉们眼看无法追上，纷纷将手中的碎石块雨点般地扔了过来。李冲觉得屁股上一阵钻心的疼痛，却不敢停步，只得咬紧牙关闭眼往前奔命。这帮人闷头跑了足有一里路，瞅瞅身后已经没有动静，才稍稍放慢脚步，停下来低头检视污臭不堪的裤裆……

两年的高中生活很快结束。老师眼中的优等生李冲毫无悬念地一举考入中原大学经济系，成了孙利民的学弟。拿到录取通知书那天，李宏达开心地嘴都合不拢。听说李书记的宝贝儿子考取了大学，跟李宏达稍稍熟悉一点的干部群众纷纷去他家祝贺。有人拎来一筐西瓜，有人抱来几只鸡鸭……大家纷纷称赞李书记教子有方，为国家培养了一个优秀的人才。那李宏达本来就能说会道，在众人面前哪肯独自揽功？每当有人夸他教子有方时，他马上一脸严肃地连连摇手说："哪里哪里！这都是党中央的政策好！是学校老师们的教育水平高！俺们做家长的不过是顺应了时代发展的要求，对孩子的学习给了必要的支持罢了！"

李冲自己对考上大学还算满意。不过，想到自己那么智慧超群，却只考了个省内的本科，多少还是有些不甘心。特别是一想到马上就要同那个曾与他共读一个初中、先于他两年考上大学的孙利民同校，他的心里竟多少有些不自在，甚至有些愤愤不平起来。因为在他的印象中，孙利民不过是个笨头笨脑的穷小子，而这个笨小子据说还与那个曾经打掉他门牙的曾善才关系极好！

“卖冰棍儿了！5分钱一根的香蕉冰棍儿！”刚刚在家吃过中饭，正对着电风扇猛吹的李冲听到这熟悉心声音，心中不禁一阵狂喜：看来俺又要有免费的冰棍儿享用了。想到这里，他的嘴角挂上得意的笑容。他随手拿起蒲扇，趿着海绵拖鞋，“吱呀”一声打开了面向公路的院门。

“哎哟喂！这不是老同学曾善才吗？”李冲吧嗒吧嗒摇着蒲扇向迎面而来的骑车人问道，“怎么了？两年不见你还在卖冰棍儿呀？”

曾善才抬头一看，原来是李冲！他立马气不打一处来。他虽然已从弟弟曾善兵的口中得知李冲刚刚考取了省城的大学，但想到此人一向为非作歹，并不怎么羡慕，便假装没看到一样，随口喊了声：“卖冰棍儿喽！卖冰棍儿喽！5分钱一根的香蕉冰棍儿！”紧接着猛踩几下脚踏，自行车就像离弦之箭快速向远处驶去了。

李冲讨了个没趣。他原以为曾善才见了他这个“天之骄子”会忘记前嫌，肃然起敬，甚至乖乖地奉上豆沙或奶油冰棍儿来。没想到这小子竟然视自己如空气，连句漂亮话都不肯说就跑得无影无踪。

“奶奶个熊，哪天转到老子手下，不弄死你个王八羔子才怪！”李冲朝着曾善才远去的背影狠狠地吐了口唾沫。他仍不解气，感觉心头有股强烈的怒火无处发泄，这种怒火与头顶上那轮红日散发的热浪内外夹攻，令他浑身上下火辣辣的难以忍受。他轮起蒲扇使劲摇动几下，却丝毫不觉清凉。“妈的！”他狠狠骂了一句，猛然一跺脚，“扑通扑通”走进院门，“哐当”一声关上厚重的院门，三步并作两步冲到院内的压水井旁，哐啷哐啷压出大半盆凉水，顺着头顶“哗”的一声倒将下来……

曾善才一鼓作气将自行车骑到很远的地方，才慢慢减低速度。这两年，人们的高考热情在被压抑了10年之后如火山般喷涌而出。而学习资料的极度短缺让无缘上学的曾善才实实在在地沾了一把高考的光。

原来，失学在家的曾善才在卖完当年最后一箱冰棍儿后，见生产队里暂时还没有多少活要做，便来到县城到处转悠。当他转到新华书店门口时，发现好多人在那里排队，队伍从书店屋内一直排到大街上。排队的人从十五六岁的大姑娘、小伙子到三四十岁的中年人全部面露焦急神情。曾善才好奇地拉住一位与他年纪相仿的小伙子问了问,才知这些人是在排队买一套叫什么《数理化自学丛书》的书,这批新书刚到,还没开始发售。

曾善才想到自己也没啥要紧事,就在一旁冷眼瞧着。没过多久,就见有人开始抱着厚厚一摞新书喜笑颜开地陆续从书店出来。又过了一会,出来的人手中只拿两三本书,并且情绪比较低落。再后来,一个二十多岁的青年人垂头丧气地走到门口,对后面的人挥挥手说:"别排了,排也没用,全卖完了!"这人还没说完,书店里面的人就"呼啦"一下挤了出来,七嘴八舌地叹着苦经。

曾善才逮住一个年龄稍大的中年男人客客气气地问道:"看你们没买到书都很难受,那几本书有那么重要吗?"

中年人白了他一眼说:"你也像读过书的人,怎么问起话来这么外行?《数理化自学丛书》是读书人的宝典,只要能把这套书老老实实学完,大学的门就能为你敞开,你不知道吗?"

曾善才尴尬地笑了笑说:"俺读书不行,你说的俺真不知道呢!"

中年人道:"这也难怪!这套《数理化自学丛书》一共有 17 本,是 1962 年上海一批特级老教师编的,非常适合自学。"他叹了口气,接着说,"可惜呀!现在想买这套书的人太多了,出版社来不及重印,好容易印了几本出来,根本就不够卖!"

说者无意,听者有心。曾善才听到一套破书这么受欢迎,立马意识到这是一个挣钱的大好机会。新书来不及印,那就买旧书嘛!既然这套书是 1962 年出的,废品收购站里说不定就能翻得到。于是,他又向这些买书人详细了解了这套书的具体情况。

此后,他走遍了全县大小废品收购站,从成堆的旧书中翻出了零零散散的《数理化自学丛书》,再一套一套把这些书理出来。他论斤收买,按定价成套出售,整整做了两年的旧书生意,足足挣了四五百块钱。

"卖冰棍儿喽!清凉解渴的香蕉冰棍儿!5 分钱一根,5 分钱一根!"曾善才骑着刚买的半新自行车,愉快地穿行在大街小巷。历经多年的磨炼,他现在做起生意来已经非常得心应手,但废品收购站里的《数理化自学丛书》已经越来越难以找到,他必须在这季冰棍儿生意结束前找到新的生财之路。

第七章 孙利民夜访老友 曾善才首闯广州

却说曾善才正在为今后的生财之道发愁的时候,老同学孙利民找上门来。

这天晚上,曾善才和弟妹们正像往常一样在门口的空地上乘凉,只见远处有人打着手电筒走了过来。他张口喊了一嗓子:“谁?”

“是俺,孙利民。”

“哎呀,大晚上的你怎么来了?”曾善才欣喜地从凳子上站起来,快走几步迎了上去。善兵等听见是大学生孙利民来了,都纷纷站起来让座。

“俺来看看你,白天你又不在家,只好晚上来。再过两天,俺就要回省城上学了,有些话想跟你说说。”孙利民说。

“什么话?先坐下吧!”曾善才就着孙利民的手电筒亮光把他安顿坐下,自己也搬过小凳子与老同学脸对脸坐了下来。

“今年的冰棍儿生意还不错吧?”孙利民并没急于说出此行的目的。

“还行吧,跟往年差不多,一个夏天也就赚个一百多块。”

“有没有想过天凉了怎么办?”

“有!俺正愁着呢!你是大学生,又在省城里读书,见多识广,有什么好主意给俺出出吗?”

“你是做生意的老手,俺哪能给你出什么主意?不过,你今天卖冰棍儿,明天贩旧书,有没有想过做点稳定的事情?”

“哪能不想?俺正为这发愁呢!”

“不会吧?这话从别人嘴里说出来我还相信,从你这个十来岁就开始做生意的老手嘴里说出来,俺还真不敢相信!”

“信不信由你。”曾善才笑笑,他似乎想起了什么,扭头对曾善兵说,“你进屋去把那件喇叭裤拿过来。”

孙利民不知曾善才为何突然叫弟弟拿喇叭裤,心想,这大热天的,光着上身,穿条裤衩都热得慌,你总不至于为了在俺面前显摆显摆就去穿它吧?就算为了显摆,黑灯瞎火的俺也看不见呀!他没再多想,转而问善兵学习咋样。

“能咋样?前年他初三留了一级,去年好容易考上了高中。用功倒是蛮用功,可就是脑子不开窍,成绩在班里垫底,在他们同一个年级更是边都沾不上。他们那个高中水平又不高,想考大学门都没有。看来俺们兄弟都不是读书的料呀!”

两人正说着,曾善兵回来把裤子递到曾善才手中。曾善才随手又把裤子递给孙利民,说,“来,试试看合不合身。”

孙利民不知道曾善才葫芦里卖的什么药,便推说天气热,穿上会出一身汗。

“叫你试你就试嘛,又不会少一块肉。”曾善才坚持把裤子往孙利民手里塞。孙利民没法拒绝,便勉强接过来,在黑暗中直接将喇叭裤穿在短裤外面。

曾善才打开手电筒往孙利民的腿上照了照,说:“太合身了!”善兵等兄妹们也在一旁附和着。

孙利民就着灯光低头看了看:这是一条当下最流行的蓝色的确良喇叭裤,穿在身上非常合身,也非常时髦。

“不错,不错!俺就说不会买错!这条裤子要是配上白衬衫和尖头皮鞋一定很神气!”曾善才笑呵呵地说。

“神气是神气,俺也不能把你的裤子穿走呀!”孙利民随口应道。

“谁说不可以穿走?这条裤子本来就是你的,算是俺对老同学的一点小心意。你今天要是不来,俺正寻思着找时间给你送过去呢!”曾善才说。

“那怎么成?俺哪能随便要你东西?”孙利民说。

“为啥不成?这条裤子是俺专门为你买的。你个子高,你要是不要,俺们兄弟几个没一个人能穿得上,总不能扔掉吧?”曾善才着急地反问道。

孙利民见曾善才诚心诚意,感觉不好驳了他的面子,便嘿嘿憨笑了两声说:“恭敬不如从命,老同学这么上心,俺只好收下了。不过,咱们先说好,下不为例!你挣点钱不容易,俺真不忍心要你东西呢!”

“说来说去,你还在瞎客套!一点心意而已,你就不要再说了!这些年俺多少能挣点钱,肚子不像以前那么饿了。当年,咱俩巴掌大一块馍馍和一颗花生都能伙着吃,现在就不能分享一条裤子了?"

"好!不啰嗦了,这条裤子俺收下!"孙利民啪嗒啪嗒挥舞着手中的蒲扇说,"对了,前面你不是说正为下一步的生意门路发愁吗?"

曾善才"嗯"了一声。

孙利民说:"有句话俺想问,但感觉不合适。"

"什么话?"

孙利民尴尬地笑了笑说:"这条裤子你花几块钱买的?"

"12 块。"

"你知道在广州这条裤子多少钱能批发得到吗?"

"不知道。"曾善才一拍脑门,"想起来了,你是提醒俺去做喇叭裤生意!"

"还是老同学反应快!俺听说这种喇叭裤在广州也就五六块钱一条,你要是能跑到广州把货弄回来,保证不少赚!"

"我的天,一倍的利润呀!"曾善才吃惊地叫道,他激动地从小凳子上站起来,来来回回走动着,嘴里还不住地说,"太感谢了,兄弟!这么好的生意不去做,等待何时?"刚说到这里,他突然停下来,若有所思地嘀咕道:"如果贩服装,那生意就要做大了,会不会被当成投机倒把分子抓起来坐牢啊?"

"怎么会?!时代早已变了!俺大学的老师天天在讲,国家抓经济发展的决心非常大,当前正在大力鼓励个体经济发展。放心吧,只要合法经营,赚多少钱,国家都不会找你麻烦!"

"怎么才算合法经营?"

"像你目前这样应该不太合法,因为你没有营业执照。你要想把生意做大,得抓紧时间到县里办一下个体工商户执照。"

"明白了,还是读书人有远见!俺明天就去琢磨这事!"曾善才兴奋地拍着孙利民的肩膀说。

第二天,心急的曾善才早早起床,在去冷饮厂批发冰棍儿前抽空跑到了县革委会工商行政管理科。待他快到县革委会工商行政管理科所在的红砖青瓦房门前,老远就见那里排了长长的队伍。他走近一问,方知排队人都在申领个体工商营业执照,不由得嘀咕一句:"这得排到什么时候?"队尾一位二十五六岁的少妇见他犹豫不决的样子，亮开嗓门说道："要排队快抓紧了，每天都是这样！"曾善才一想，既然来了，就老老实实排着吧，大不了今天的冰棍儿不卖了！他赶紧找了个阴凉的地方，把自行车停下，锁好，排在了队伍的尾部。

9月初的太阳依然非常毒辣。好在大家都有备无患。有人拿出蒲扇啪嗒啪嗒地摇着，有人手执破草帽不紧不慢地晃着。尽管如此，因为人与人挨得太近，空气中弥漫着刺鼻的汗臊味。曾善才出身贫苦农民家庭，自己身上的汗味就够浓烈的了，所以对这点气味还能忍得了。但他特别怕闻狐臭味，偏巧刚才与他搭话的少妇身上就有这味，而她就在曾善才前面站着，那股特别的气息随着那忽上忽下的蒲扇不时飘过来，熏得他不由得皱起眉头……

一周之后，曾善才的个体工商户营业执照就拿到手了。他拿着崭新的营业执照，左看右看，上看下看，越看越爱不释手。这是一张奖状大小的厚纸，橙黄的背景色上印着大小不一的仿宋体黑字，空白处用毛笔工工整整填写着他的姓名、经营范围、发证日期等内容，接近纸头四边的地方还用长条状蓝色花纹精心修饰一番。他逐字逐句地看着，不由自主地读出了声音："中原省临河专区个体工商户登记证，曾善才在本县从事个体工商业务，经审查合格特发此证。经营性质：个体。业务范围：服装鞋帽。营业地址：河东县城关镇。签发机关：河东县革命委员会工商行政管理科。1980年9月8日。"

"小伙子，这么高兴，往后准备做什么大生意啊？"

正在兴头上的曾善才抬头一看，原来是那天与他一起排队申领营业执照的少妇，就礼貌地回了句："哪有什么大生意?! 俺想着等天气凉爽一点去弄点服装来卖。"

"这么巧啊，俺也准备做服装生意呢！"少妇两手一拍，同时歪头朝曾善才的营业执照上瞄了一眼，说，"曾善才，这名字好！"

"好啥？"曾善才抓着后脑勺问。

"善于发财呀！这名字谁起的？"少妇捂着嘴笑道。

"名字是俺伯起的，他大字不识几个，谁知他怎么想起来给俺起这名的！"曾善才说完，仔细打量起眼前这位少妇来，发现她眉眼长得挺好的，脸圆肤白，头发又黑又长，扎着两条粗粗的长辫子，上穿白色的确良小圆领衬衫，里面的白底碎花胸衣若隐若现，下穿一条银灰色涤卡喇叭裤，脚上穿着一双褐色塑料凉鞋，那肉色的尼龙丝袜子看起来特别时髦。

“喂,你在想啥呢?”

少妇的一声问话,令曾善才一下子面红耳赤起来。“哦,我……”曾善才结结巴巴“我”了半天,也没能说出一句完整的话来。原来,他从上至下把少妇打量一番之后,便把目光停留在少妇若隐若现的胸衣上,竟痴痴地发起呆来。

那少妇本是个过来人,见曾善才如此窘样,心里便明白了八九分。她无意揭穿面前这位个头不高、面色黝黑、长相平平的小男人,便故意把话题岔开道:“你以前做过服装生意吗?”

“没。”曾善才总算回过神来,“俺以前出租过画册子,卖过冰棍儿,贩过旧书,都不是什么正经生意,现在也没法再做下去了。听朋友说做服装生意很赚钱,想试试这一行。”

“那你打算到哪进货?进什么货?有门面吗?”少妇一连串抛出好几个问题。

“听说广州货好,也便宜得要命,俺打算去广州进货。”

少妇听后,眼睛一亮,说:“真是太巧了,俺也打算去广州进货,可俺一个女人家连河东县都没出过,更别说广州了。这下好了,以后要是去广州进货,俺俩搭伴吧!”

“嗯,也是啊!”曾善才咬了咬嘴唇,接着说,“俺跟你一样,长这么大就没出过河东县。你刚才问进什么货,俺想主要去进点喇叭裤吧。”

“那门面呢?你还没说呢!”少妇又提醒道。

“这个俺也没想过,俺以前做的那点生意也不需要门面,要么在地上铺一张牛皮纸就行,要么就背着冰棍儿箱子到处走。”

“哎呀!你倒提醒我了,做服装生意也可以不要门面。反正俺现在本钱也少,能将就着批发几件衣服,再剩点从河东到广州来回的路费就不错了。”

“俺也没有几个本钱,那就继续摆地摊吧。”曾善才附和道。

两人就这样站在路边聊了半天,要不是不知哪里窜出来一个瘸腿男人把少妇叫走,他们还不知要聊多久。

曾善才走到停车处,正待掏出钥匙打开自行车,刚才那位少妇又从身后叫住了他。

“刚才聊了半天,也没问你家住哪里。”少妇说完主动把自己的住址告诉曾善才。

曾善才也把自己的住址告诉了少妇。两人相约一周后一起前往广州进货。

一周后,曾善才果真怀揣不足四百块钱与之前偶遇的那个少妇双双登上了去省城的长途客车,颠簸大半天之后,才在省城换上了去广州的火车。一路上,两人饿了就啃自带的凉馍馍,渴了就用搪瓷缸接上大半缸热水喝。

曾善才长这么大,还是第一次坐火车,心里自然十分激动。他坐在草绿色的硬座上东瞧瞧,西望望。看到窗外的高矮建筑、宽窄河流、胖瘦行人等各种新鲜的景象快速后退,他心里暗自赞叹:咱们的国土真大,风景真美,人口真多……

火车"哐当哐当"不紧不慢地行驶着,车厢内的人声渐渐稀疏下来,灯光也在广播提醒之后果断地熄灭了。曾善才依然毫无睡意,他透过车窗仰望着天上的繁星,想象着广州的繁华。

"曾善才,俺突然想到一个问题,你把钱放好了吗?"身边的少妇把嘴巴贴在他的耳朵上问。

"放好了,你放心吧!你的放好了吗?"曾善才也压低了嗓门,凑近少妇的耳朵轻声说道。

"俺的肯定没问题,刚才上厕所时俺还检查了一遍。"少妇再次低声说道,"俺就担心你没放好,前面在长途汽车上人那么多,别让人掏走了。"

曾善才听少妇说上厕所时还在检查钱在不在,心里便明白了。他出门前,母亲对他一次带那么多钱出远门也非常不放心。他设想了不下十来种藏钱的办法,都被母亲一一否定。最后,还是母亲做主帮他拿定主意,并亲手在他贴身穿的裤头上替他缝了个大布口袋,将350张拾元的钞票装进布口袋里,再仔细缝上袋口,剩下四十多块钱装在外面口袋,留在路上花。想必少妇的钱也是这么藏的吧,要不她为何要去厕所检查呢?

"怎么不说话了?"少妇用胳臂肘碰了碰他。

曾善才轻轻笑了笑,又把嘴凑近少妇的耳朵说:"说啥呢?俺的钱藏的地方可能跟你一样,丢不掉的!"

少妇"哦"了一声,开始放松地把头靠在座位后背上,不再说话。窗外除了偶尔有几点影影绰绰的亮光以外, 几乎什么也看不见了。曾善才把目光从窗外收回,也闭上眼睛,把头往后背上靠了靠。他仍旧处在极度的亢奋状态,眼闭着也白搭。少妇身上的花露水味不可阻挡地窜进他的鼻孔，他深深吸了几下，感觉非常舒服。心想：好奇怪，第一次见到她时，差点没被她身上那股狐臭味熏倒，怎么今天这么好闻？

少妇的头开始偏了过来。他感觉脸上有点发烫，心脏扑通扑通跳得越来越急。这是他第一次离一个成熟的女人如此之近。在这以前，他见了稍微漂亮一点的女孩或少妇都会脸红，尽管稍微离远以后，他又会偷偷地瞄上几眼。眼看少妇的头就要靠上了他的肩膀，他有点不好意思起来。他想向旁边避一避，又担心少妇没了支撑会摔倒。经过反复思想斗争，他把心一横，靠就靠吧，她要是能睡得安稳些，自己也能踏实一点，毕竟两人一起出远门，应当相互照顾好一点。

少妇的头彻底倒在他的肩上，就连那柔软的发丝也粘在他的脸和脖子上。他感觉自己的脸比先前更烫，被少妇发丝触及之处又痒舒舒的，非常奇妙。他想起了少妇的身世。白天他俩在火车站候车时，少妇断断续续都告诉了他。

少妇姓周，名燕飞，今年25岁，比他整整大6岁，家住城关镇，父母都是工人，父亲在县委食堂搞后勤，母亲在县麻纺厂看管织机。周燕飞在家排行第一，家里还有一个妹妹，两个弟弟。因父母都要上班，母亲还常常上夜班，周燕飞自打小学二三年级起就帮父母做些家务。她学习成绩一般般，初中毕业后，父母就叫她在家里专做家务。眼看她快到20岁了，因家里没有什么关系，找不到正当工作做，父母开始为她的工作和终身大事着急起来。恰在这时，有一个邻家男孩看上她了，缠着父母托人替他说媒。

男孩姓屠，名鹏远，比她大1岁，长得还算精神，给一个县革委会副主任当驾驶员。她父母看男方家庭条件还行，估摸着女儿将来要是嫁过去，说不定还能凭着男孩与领导的关系，为女儿找份工作干干，于是便答应了这门亲事，并很快将女儿嫁了过去。也该周燕飞命苦。两人结婚没到一个星期，屠鹏远就在一次行车时遇上了车祸，昏迷了三天三夜。后来虽经抢救保住了性命，却丢掉了一条左腿，剩下这条右腿也不太利索了。

“太可怜了！”曾善才想到周燕飞白天跟他讲述这段不堪往事时那混杂着不甘、幽怨的痛苦表情时，不由得暗暗替身边这个洋溢着青春气息的美少妇叫屈。

火车还在哐当哐当地行驶在黑暗之中。曾善才隐约听见有人喊他：“善才，快过来！快过来！这边的花多香呀……”

曾善才循声望去，眼前除了一堵低矮的土墙，连个人影都没有。“奇怪，明明听到有个女的喊俺，怎么看不到人呢？”曾善才对着那道灰秃秃的矮墙自言自语道，“那人该不是躲在墙后吧？”他慢慢挪到矮墙近旁。有意思的是，随着他不断接近矮墙，那堵墙竟然一点点长高起来。待他走到墙根时，那道墙已经稍稍超过了他的头顶。他试图往上蹦一蹦，希望看见墙内到底什么景象，但不知为何，他的双腿像灌了铅似的，怎么也蹦不起来。

正在曾善才一筹莫展的时候，墙内又传来那个女人的声音：“善才，你咋这半天还没过来？”

是周燕飞的声音！曾善才这次听得真真切切。他连忙应道：“墙太高，俺过不去！”

“傻子！你一定要翻墙呀？不能从旁边的小门进来吗？”周燕飞的声音越发娇媚起来。

曾善才被她说得有点不好意思。他感觉心脏扑通扑通跳得厉害，两腿更加酸软无力，但墙内的娇音还在不停地牵引着他：“善才，善才……”他双手扶住土墙，颤颤巍巍地往旁边走了几步，果真发现两扇虚掩着的对开门。他轻轻推了推，那扇门“吱呀”一声打开了，一股沁人心脾的花香扑面而来。他伸长脖子往里看了看，眼前是一望无际的花海，花海里开满五颜六色的鲜花，花海的中央有一棵足够几人合抱的参天大树，大树密密匝匝的叶冠上开满了粉嘟嘟的绒花。除此之外，他连个人影都没发现。

“燕飞，俺来了，你在哪呢？”曾善才双手做喇叭状对着空旷的草地大声呼唤道。他的话音刚落，绒花树的树干后面探出一张粉嫩嫩的笑脸来。

的确是燕飞！曾善才迈开轻快的步伐，三步并作两步来到树旁。他没有一下子走到树的那一面，而是背靠着大树蹑手蹑脚地一点一点往另一面挪动。但等他挪到另一面时，那里却空无一人。“噫，怎么又没人了？”他自言自语嘀咕了一句。

“傻子，我在这呢！”周燕飞的声音又从树干的另一面传过来。

曾善才担心周燕飞再次远离自己的视线，便不再轻手轻脚，而是甩开膀子绕树快跑起来。这一招的确很灵。本欲再次躲开的周燕飞发现曾善才大步跑来，一下子双手抱膝背靠着树干坐到地上，还把头深深地埋在两腿之间。

“哈哈，终于找到你了！”曾善才开心地大叫一声，一脚跨到周燕飞身边。

周燕飞保持着原状，并不抬头。曾善才小心翼翼地伸出双手轻轻揽起那两根又黑又粗的长辫。

“讨厌！”周燕飞晃动着脑袋，发出细如蚊子的声音。

“这可怎么办？她说俺讨厌！”曾善才有点焦急起来。然而当他发现周燕飞并没有进一步表达反感之意时，他的胆子开始变得大起来。“嘿嘿！”曾善才憨憨地笑了笑，挨着周燕飞靠树坐了下来。他一边继续抚摸着周燕飞的长辫，一边嬉皮笑脸地问：“是你喊俺过来的，怎么又嫌俺讨厌了呢？”周燕飞仍然埋着头不吱一声，曾善才的胆子变得更大了。他放下手中的长辫，从侧面紧紧箍住了周燕飞。现在他们的距离是如此之近，以至于周燕飞身上的花露水味把曾善才熏得昏昏沉沉。曾善才就势歪倒在乱花丛中，而周燕飞也随他一起倒下。

突然，曾善才感觉有一种软绵绵、热乎乎的东西进入自己嘴里，那东西还不停地搅动着搅动着。他想睁眼看看到底怎么回事，怎奈浑身虚弱无力，在身心最深处却有一种洪水决堤般的压迫感。他奋力箍紧身边的周燕飞，任凭洪水滚滚奔流……

“傻子，睡得香吗？”蒙眬中，曾善才听到周燕飞又在喊自己。他努力睁眼，但尚未睁开，便觉头顶上雪白的日光晃得他无法睁眼。他继续闭着眼睛。他感觉有一种毛茸茸的东西在自己的脸上、脖子上爬来爬去，奇痒无比。他再次努力睁眼。这下终于睁开了。他发现自己正头枕在周燕飞的腿上，周燕飞却低头用手捻着粉红的绒花在他的脸上、鼻孔上、嘴唇上、脖子上轻轻游动。

曾善才轻轻推开她的手，嗔道：“痒！”

“你也有怕痒的时候？”谁知周燕飞并没有停手，一边继续用绒花挠着他的嘴唇，一边说，“你要是能说出这是什么花，俺就不挠你了！”

“这还不简单？它就叫绒花嘛！俺打小就喜欢用它逗弄熟睡同学的鼻孔，经常会把他们逗得喷嚏连天呢！”曾善才得意扬扬地说。

“真是个傻子！你知道它还有啥名字吗？”周燕飞伸出一只手指头在他脑门上轻轻戳了一下。

“难道它还有小名吗？”曾善才一脸懵懂。

“当然了！这种花又叫合欢花，我们旁边的这棵大树又叫合欢树。”周燕飞说完这句话，双眼弯得像一道新月。

曾善才恍然大悟。他嘴里喃喃道:“合欢花,合欢花,合欢树下合欢人……”一句话还没说完,他的嘴巴就被周燕飞捂上了。紧接着曾善才感觉鼻子也被周燕飞捂上了。他憋得难受,伸手使劲推开周燕飞的胳膊。这一推不要紧,只听“扑棱棱”一阵响动,周燕飞化作一只轻巧的燕子箭一般飞往遥远的天际……

“燕飞！燕飞……”曾善才朝着燕子飞去的方向一边挥手一边高声大喊着。

正当曾善才心如刀绞之时,他突然感觉身体被人重重推了几下。

“大半夜的,你那么大声喊俺干啥？”身边的周燕飞低声问道。

“哦？”曾善才使劲揉了揉眼睛,尴尬地笑了笑说,“没……没什么！刚才看你飞走了。”

“俺会飞？怎么可能？你一定在做梦！”周燕飞凑到曾善才的耳边轻声说,“好奇怪！俺刚才也做了一个梦,你猜梦的啥？”

此时的曾善才已经醒了大半,他抬眼瞥见车厢内好多人都在往自己这边瞧。好在车厢内并无灯光,这些人顶多只能看到他的影子,不然,他得臊死了。他感觉嘴里又干又苦,便咽了咽唾沫,咕哝道:“你做啥梦,俺咋知道？倒是俺刚才梦见你坐在一块草地中央的大树下面,然后你就变成一只燕子飞走了。”

“啊！还有这么巧的事？！俺刚才也梦见你跑到树底下来拽俺辫子,然后……然后……”周燕飞说着说着感觉不好意思再说下去了。

曾善才心里已经明白了八九分。他没再追问,起身摸索着去了趟厕所。

第二天天快黑的时候,火车终于到达广州火车站。他俩初来乍到,两眼一抹黑,不敢轻易到大街上行走,又不想乱花兜里本来不多的那点零碎钱,就在车站内胡乱吃了碗面,靠在候车室的座椅上将就了一夜。

次日,他们打听到服装批发市场的大致方向,急匆匆赶了过去。服装批发市场就在火车站附近。一条狭窄的老街上到处挤满了操着各种口音的生意人。两人好容易挤到一处露天的地摊旁,只见一间屋子大小的地面上乱糟糟堆满了各式各样的衣服。他们随手拿起几件,一问价格,果真便宜得一塌糊涂。两人又走了几处,情况都大同小异,便选定一处照看人看起来比较靠谱的地摊,把身上的现金一股脑地换成了满满两大编织袋新款服装。

几天后,当曾善才和周燕飞把那批广州货摆在河东县城关镇的路边时,很快就招来一批又一批热情的购买者。曾善才看着大家购买欲望强烈，非常兴奋，便扯开嗓子大声吆喝起来："都来看，都来买，新到的广州货！喇叭裤、海魂衫、拉链夹克，各式秋冬衣服，品种繁多、价格公道！走过路过，不要错过！"

令他们始料未及的是，仅用两天工夫，两人批发来的衣服便因质优价廉被人抢购一空。望着那些空手而归者的遗憾表情，曾善才心里就像吃了蜜一样甜。他"砰、砰"地拍着胸脯，向围观者表着决心："都不用着急，顶多再过5天，你们再来，保管你们都能买到称心如意的衣服！"

当晚，曾善才开心地骑上自己那辆破自行车把周燕飞送到她家门口。临走前他拍着自己那装满钞票的口袋笑眯眯地对周燕飞说："想过这生意能挣钱，没想到这么能挣钱，更没想到这么快就能挣这么多钱！"周燕飞也同曾善才一样，高兴得合不拢嘴。两人粗粗盘算了一下，这一周下来，每人差不多都挣了将近一倍的钱。想到一个星期就能挣三四百块，要是每次连本带利再投进去，一个月下来就能挣到好几千块，两人都难以抑制内心的激动，他们相约休息一天后再次结伴南下。

当他们再次登上南下的列车时，心境已与上次完全不同。除了嫌卧铺贵了点以外，他们开始走进火车餐车，炒两个热菜，吃一碗热乎的白米饭。曾善才还破天荒地要了一瓶啤酒，为自己和周燕飞各倒了一杯。

曾善才举起杯子，望着杯口那不断膨起的泡沫对周燕飞说："周姐，俺敬你一杯吧！自从遇到你以后，运气就像这杯啤酒的泡沫一样，越来越大！"

周燕飞抿嘴笑了笑说："你怎么把俺想说的话先说掉了？那俺该说什么呢？"

"哈哈！那就都不说了，谁也不要感谢谁，俺俩运气都好！来，喝了这一杯，但愿以后的路一天比一天顺！"

因为有过一次来广州的经历，他们这次到达广州火车站以后，没再缩进火车站过夜，而是直奔服装批发市场。市场里灯火通明，熙熙攘攘，与白昼没啥区别。他们熟练地挑选了中意的货品，很快又踏上了归途。

第八章 大洋湖畔情意浓 长途车上险象生

一个月下来，曾善才和周燕飞已往返广州4次，带回去的货品越来越多，搬运起来越来越吃力。当然，赚到的钱也越来越多。现在，曾善才手中已有将近五千块钱，周燕飞也有四千多块钱。此时，一个新的问题出现了。那就是，到第四趟从广州返家时，他们能搬得动的货物已经达到了极限，所带回的货物也需要更长的时间才能卖得掉。有货就卖、没货进货模式的效率低下问题开始明明白白地摆在了他们面前。怎么办？两人卖完最后一件夹克衫后，曾善才抬头看看太阳还高，就提议一起去县城西边的大洋湖边透口气，顺便商量下今后的打算。

曾善才的自行车虽然比较老旧，但仍旧比较结实。一路上，曾善才悠闲地吹着口哨，不紧不慢地踩着脚踏，仅用不到一刻钟就到达大洋湖岸。曾善才看中一处树木茂盛、芳草萋萋的高地，就直接驶了过去。

"周姐，咱们就在这里坐会吧！"曾善才说罢，随手拨了下车铃，不待周燕飞答话，便在清脆的"丁零"声中按下了车刹。

"你说哪就是哪！"周燕飞一边说，一边轻巧地从车上跳下来。

大洋湖是河东县内最大的天然湖泊，总面积有好几个公社那么大。这里碧波荡漾、鹅鸭成群。周燕飞走到一棵大叶柳树下，两脚并用踏平了树下的杂草，叫曾善才拿来一块垫服装的帆布往上一铺，面对湖面依树而坐。曾善才则有样学样坐到旁边一棵树下。

太阳越来越低。微风吹来，大洋湖上金光闪闪。不远处，一只不知名的水鸟箭一般地俯冲而下，在湖面荡起一圈圈金色涟漪后，瞬间就消失得无影无踪，倏然，又从很远的水面探出脑袋，悠闲地在原地打着转转。通红的夕阳将周燕飞那本就细嫩光滑的圆脸映得煞是好看。曾善才不由得心驰神往起来。

见曾善才呆愣愣地盯着自己,周燕飞抢先打破了宁静:“善才,你不是说要过来商量一下往后怎么办吗?怎么不说话呢?”

曾善才坐在原处没有任何反应,直到周燕飞随手抠了一小块干土丢进他的怀里,他才猛然一惊,忙问:“周姐刚才说啥?”

周燕飞撇了撇嘴道:“没说啥!”

曾善才有些不好意思起来。19岁的他正值青春似火之年,青涩的外表很难掩饰内心的狂野。他咬了咬嘴唇,吞吞吐吐地说:“俺又想起了第一次去广州时在火车上做的那个梦了。”

周燕飞听后立马回他个白眼,说:“这是哪跟哪呀?大白天还能想到梦!还是说正事吧,你打算下一步咋办?”

“噢,你看俺这记性,这可是大事!”曾善才摇了摇头说,“依俺看,这服装生意还真有的做,就是老照现在这样做下去也不是办法,要是有个门面就好了。”

“对!看来俺俩想到一块去了。以前资金少,又没路子,只好像打游击一样,干一单是一单。现在不一样了,以前不敢想也做不到的,现在可以做起来了。”周燕飞附和道。

“俺还有个想法,不知道合适不合适。”曾善才挠了挠头说。

“说吧,不要讲半拉子话!”

受到鼓励的曾善才挺了挺胸脯,说:“俺俩挺合得来的,要是能合在一起做服装生意就好了。一来,可以免去相互竞争;二来可以互相照应。”

“说得好!不瞒你说,俺也有过这种想法,就怕你嫌跟俺一个结过婚的女人在一起做事影响你以后成家。”

“哪能呢?!你是大姐,又是城里人。你都不怕,俺一个农村穷小子能有啥担心的。”

“说得对!俺们光明正大地一起做生意。一不偷,二不抢,谁愿意嚼舌头谁就嚼去!”

“别人也就算了,俺就怕姐夫别有啥想法。”

“你说他呀?哎……”周燕飞沮丧地垂下了头。

大沣湖的西面,刚刚还在水面上露出半边脸的太阳也似乎受到周燕飞的感染,一下子探下头去。天色随之暗下不少。一阵微风吹来,刚刚开始发焦的树叶相互摩擦着发出“沙沙”的声响。远处的水鸟也“嘎儿，嘎儿”地叫出淡淡的忧伤。

“天黑了，要回去吗？”曾善才轻声问道。

“哦，不要紧，再坐会吧。”

“有风，别受凉了。”

“不冷，就是有点怕。”

“怕就走吧。”

“不急，你能离俺近些吗？”

曾善才没说话，双手撑地，往周燕飞身边挪了挪。

“还是怕。”

曾善才干脆把身下的帆布拿起来与周燕飞身下的帆布拼在一起，紧挨着她坐了下来。周燕飞不再吱声。她闭上眼睛，把头靠在树干上，一动也不动。突然，她“哇”得一声哭了起来。这哭声在朦胧的夜色中显得那么突兀，以致树梢里刚刚安歇的大鸟小雀被惊得扑棱棱快速逃离。曾善才被这突如其来的变化弄得手足无措。他一边忙着问：“怎么了？周姐。”一边伸手轻轻拍打着周燕飞的后背。

周燕飞在曾善才的安抚下渐渐止住了抽泣。她把那圆润的身体紧紧贴向曾善才。曾善才也随即报以更加热烈的回应。大沣湖畔，夜色苍茫，轻柔的晚风如丝般润滑。两颗炽热的心幕天席地，融为一体，携手谱写着生命的欢歌。树下的秋虫屏住了呼吸，水上的野鸭闭上了眼睛，就连刚刚探出头来的月牙儿也羞得躲进了密云……

10月底的时候，曾善才与周燕飞各出5000块钱合伙开的服装小店正式开业了。不用鲜花、不用掌声，曾善才只用一挂万响鞭炮就宣告了这间连名字都没有的不足十平方米小屋从此承载了新的使命。

两人的生意获得了双方家人的大力支持。周燕飞的钱原本不足5000块，她的两个已经出嫁的妹妹毫不含糊地把自己的私房钱拿出来，硬是帮她凑足了5000块。就连周燕飞的残疾男人屠鹏远也撑着双拐在他们南下进货时坐进小店照看几天生意。在县城高中读书的曾善兵则常常利用星期天的时间到店里帮忙。看到哥哥生意红火，却非常辛苦，懂事的曾善兵想到自己成绩差得要命，高考基本无望，便好几次提出停止学业帮哥哥一起干。要不是曾善才坚决反对，曾善兵还真可能就不上学了。

两人的小店前每天都人来人往,络绎不绝。一个月下来,他俩粗粗一算,整整赚了一万多块!

然而就在他俩一门心思盘算着如何把生意做得更大时,周燕飞的身体似乎出现了状况。她整天浑身乏力,无精打采,随时都可能要睡着的样子。

一天晚饭时,周燕飞刚端起饭碗,突然感觉肚子里一阵翻江倒海。她赶忙放下饭碗,捂着肚子就朝门口跑,未待前脚跨出门槛,便哇的一口吐出好多酸水。屠鹏远想过去搀上一把,可惜自己腿脚不便,只好坐在小椅子里焦急地看着。

待周燕飞一番折腾,重新坐回饭桌前,屠鹏远笑呵呵地说道:“赶明儿去医院查一下吧,俺猜应该是怀上了!”

周燕飞听后,脑袋“嗡”得一声,脸色立马变得煞白。她没有说话,只是木然地盯着桌上的饭菜,两串晶莹的泪珠顺着雪白的脸颊滚落下来。

“你咋还哭上了呢?真要是怀上了,那可是天大的喜事呢!”屠鹏远沉默了一会接着说,“这些年俺心里一直愧疚得很,俺是个十足的废人,也就刚结婚那几天让你做过女人。这还不算,俺还要连累你照顾,连累你辛苦挣钱。俺知道你心里苦,俺实在于心不忍呀!现在好了,你以后有孩子了,不管男孩,还是女孩,等孩子长大了,多少也能照顾你一下。”

“别说了,俺对不起你。”周燕飞趴在桌子上,把脸深深埋进自己的臂弯里。

“要说对不起,也是俺对不起你!这些年,你忙前忙后、忙里忙外不说,还一定坚持跟俺扮演有名无实的夫妻。按说你早就可以离俺远去,过上正常人的日子,可你没有,俺这辈子欠你实在太多了!”屠鹏远说着说着,那胡子拉碴的脸上呈现出远不止26岁的沧桑来。

“好了,别说了!”周燕飞伸手捂住了屠鹏远的嘴,低声说道,“你放心,既然做了你的婆娘,俺这辈子都是你的人。只要你不嫌弃,这个孩子也就是你的亲生孩子!”

“那敢情好,俺要当爹了!”屠鹏远满是皱褶的脸上现出心满意足的笑容。

从此以后,屠鹏远更加频繁地去小店帮忙。曾善才见他一个残疾人跑前跑后,很不方便,感觉于心不忍,时常劝他多在家里待着。屠鹏远却总是憨厚地笑着说:“自家兄弟,不要客气,俺一个残疾人其实也帮不了你们多少,就是做一点是一点吧。你周姐身子越来越不方便,往后店里的事还得你多操心一些。”

对于周燕飞体态上的变化，曾善才倒也注意到了。他隐约感觉这事可能跟自己有关，有好几次乘屠鹏远不在的时候，都想问问周燕飞。可每次一张嘴都不知该怎么说下去。这天他好容易鼓起勇气把自己的疑问说了出来。

哪知周燕飞听后把眼睛一瞪，嗔道："净胡思乱想，你一个二十岁不到的毛头小伙子还能有那能耐？！"

曾善才被弄得一头雾水，心想：周姐这是咋了？听老人说，从前男孩、女孩十五六岁就结婚生子了，俺一个快二十岁的壮汉还能哑火不成？

周燕飞似乎看出了他的心思，忙补了一句："俺与你屠哥结婚这么多年，一直盼着有个孩子，现在终于有了念想，他成天高兴得合不拢嘴，你没见他最近干活起劲得要命吗？"

"哦，这样呀！那……那就好……"曾善才似懂非懂地回应道。不过，他心里暗下决心，不管这孩子跟他有没有关系，他都会在周燕飞怀孕期间尽力多做一些。

周燕飞因为身体原因，没法再陪曾善才一起南下进货了。没有周燕飞陪伴的曾善才只好一个人挨过那漫长、孤寂的旅程。

天冷了，眼看春节越来越近，曾善才决定再去广州进趟货。为确保一个人外出平安，他特意按当下混混的时髦造型，请理发师帮他剪了个大背头，耳边蓄起了带弯钩的大鬓角，上唇留起又浓又密的八字胡。一切准备停当之后，他穿上时下最流行的棕色皮夹克、喇叭裤和尖头皮鞋，戴上茶色蛤蟆镜，拎起黑色人造革皮包，一个人登上了去省城的长途客车。

车上人并不多，四五十人的座位上只稀稀拉拉地坐了十几个人，曾善才选了个空荡荡的中间靠左三人座坐了下来。尽管寒风随着车门的"哐当哐当"声不断从各处的缝隙拼命往车内挤，曾善才还是戴着蛤蟆镜，怀抱黑皮包，头枕车椅背昏昏沉沉地打起了盹。

就在半梦半醒之间，曾善才突然感到怀里的皮包一下子飞了出去。他来不及细想，"唰"地一下从座位上弹跳起来，快速扫视半圈，便一眼看到他那只黑皮包正抓在身后一个与他年纪相仿、打扮相近的青年男子手中，而那个人的左右两边还坐着与他同样年龄和相近打扮的男青年。他二话没说，伸手便从那人手中拽回了皮包，"哗"地一下拉开皮包拉链，从包里拿出一包大前门牌过滤嘴香烟，随手抽出几支向那三人分别递了过去。三人快速交换了一下眼神,伸手接过香烟。曾善才又赶忙拿出打火机"啪"地按了一下,蓝莹莹的火苗瞬间蹿得老高。

曾善才为三人点烟的时候,通过眼睛的余光发现在他的前方和右侧座位上还有三四个衣着打扮跟这三人差不多的男青年。他赶忙又掏出香烟给他们一一递了过去。这帮人有的接了香烟,有的摇手表示拒绝。对摇手的,曾善才并不坚持。

令人意想不到的是,曾善才还没来得及考虑下一步的应对方法,他身后的三个人率先站了起来,抢包的那个男青年叫了声"停车",伸手拍了拍他的肩膀道了声"对不起啊",便领着同行的六人快速下车了。

长途客车重新启动后,车内一下子热闹起来。有的说:"你真够厉害的,一个人对付了六七个,他们竟然连根毫毛都没敢动你。"有的说:"刚才见一下子上来这么多痞子,俺吓得连大气都不敢出。"还有的说:"这帮痞子大概看车上没几个人,都不像有钱人,又赶上你这么识相,就连俺们也都放过了。"这人说完,大家才似乎回过味来,纷纷表示,多亏曾善才应付自如,把大家都保住了!曾善才也不多说,只是责问司机为什么停车让这帮痞子上车,这不是明摆着放他们上来抢劫吗?谁知未待司机答话,车里就有人替司机说话了:"这也怪不上师傅,一来人家要坐车,你怎么能不让人坐呢,况且车里的确很空;二来师傅每天都要从这条道上走,得罪这帮人,他们总有办法报复,随便扔几块砖头不就行了吗?"曾善才想想也是,人家司机也有自己的难处。好在自己把大把的钞票藏在内裤里,包里压根没几个钱,自己又应对得当,除了几根香烟,并没有什么损失,便安心坐下不再言语。

从广州回来后,曾善才把此次广州之行一五一十地向周燕飞讲述一遍。当他说到长途车上的一幕时,周燕飞惊得下巴都快掉下来了。她满怀歉疚地说:"都是俺不好,让你一个人担这么大的风险!"曾善才则轻松地笑了笑说:"看你说到哪里了!你不是身体不方便吗?俺不多做,谁来做呢?其实,也幸亏你身体不方便,要不然在车上还不知会发生什么意外呢?!好在这事已经过去了,那就不要再想了吧!"

曾善才嘴上虽说不想了,却在此后,无论单独出行,还是与人结伴出行,再困也不敢轻易打盹了。

第九章 服装店前揍冤家 看守所里过大年

春节前几天,曾善才与周燕飞的服装小店前人头攒动,往来不绝。正独自照看小店的周燕飞刚刚把前一位顾客交来的钱放进抽屉里,马上就被好几个人围着追问各自心仪的服装价格。

“喂!这件蝙蝠衫多少钱一件?”周燕飞扭头看时,只见一位蓄着二分头,身穿黑色皮夹克的男青年正抖弄着摊位上的一件鹅黄色蝙蝠衫。男青年的身旁还站着一位长相清甜、打扮时髦的女孩。

“这是今年的最新款,料子不错,价格也公道。”周燕飞笑着说。

“你这个人怎么这么啰唆?俺问你价格,你一口气讲了那么多不相干的东西,难道俺就不知道这件衣服好吗?”男青年不耐烦地回道,脸上的疤痕一颤一颤地抖动着。

周燕飞见来人有点难缠,马上以更加客气的语气简单应道:“25一件。”

“太贵了!比省城的价格一点不便宜。”男青年一副居高临下的口气说。

因为还有其他顾客等着买衣服,周燕飞没再理会男青年。谁知男青年见自己的话没有得到回应,气不打一处来,他用手点着周燕飞问:“跟你说话呢,怎么一点反应都没有,你到底要不要做生意?”

周燕飞听言,转过身来赔着笑脸说:“对不起啊,这位大姐正好也要买衣服。”

谁知周燕飞不说还好。这一说,那位男青年脾气更大了。他憋红了脸呵斥道:“她是顾客,难道俺就不是?”

周燕飞赶忙解释:“真对不起,现在店里就俺一个人,你多担待点!”

男青年身边的那位漂亮姑娘也忙不迭地拽他的衣后襟,示意他不要动怒。谁知男青年依然不依不饶,越叫越起劲,用手点着周燕飞吼道:“忙不过来就不要忙,不要在这里耽误别人时间！”

男青年闹得正欢时，曾善才从周燕飞家中吃过午饭赶了回来。他老远就听到小店这边吵吵闹闹，便加快步伐，拨开围拢的人群探明究竟。及至看清吵闹者嘴脸，他连问都没问，就一把抓过那个男青年的衣领，瞪圆了双眼质问道：“你小子都上大学了，怎么还吃屎的狗离不开茅厕？！”话音未落，便抡起拳头准备将那人狠揍一顿。周燕飞担心事情闹大，赶忙蹒跚着过来拉住曾善才的胳膊。男青年身边的漂亮女孩也使劲把男青年往一旁拖。

曾善才一拳落空，气得直跺脚。他颇为遗憾地对周燕飞说：“要不是怕你动了胎气，你使再大劲也别想拦住俺。这小子就是个二流子，不是抢人东西，就是骗人钱财，俺早就想把他揍顿狠的了，没想到他今天又上门找碴儿！”

周燕飞听到此言，大吃一惊，忙说：“原来你们认识？既然是熟人，那就算了吧！”

“岂止认识？扒了他的皮，我都能认得他的骨头！这人是出了名的二流子，他不惹俺也就算了，今天既然又惹上门来，俺哪能放过他？”

原来这个男青年不是别人，正是李冲，放寒假回家，把大学里刚谈的女朋友也带了回来。李冲见曾善才被服装店女店主拉回去了，还当着自己女朋友的面说他是二流子，心里那股邪劲突然又蹿了出来。他挣脱了女朋友的拉扯，用手点着曾善才，阴阳怪气地说：“哎哟嘿！不得了啰，傍上城里人，还开店了！你他娘的说俺是二流子，你让在场的各位评一评，到底谁是二流子？看你那流氓发型、你那流氓衣服，敢说俺是二流子！俺一个堂堂中原大学的大学生怎么可能是二流子？你问问在场的人信么？真是颠倒是非，反了天了！”

曾善才被李冲这么一说，气得直瞪眼，想想自己这副模样，的确与流氓区别不大。不过，眼见李冲这位劣迹斑斑的二流子又跑到自己的小店前胡搅蛮缠，他心中的愤恨再次涌了上来。他把心一横，心想，管你是不是大学生，休想在俺的店门口胡闹！于是他趁周燕飞不注意，一个箭步冲到李冲身边，飞起一脚，直踢到李冲的右腿弯。李冲顿觉右腿一软，“扑通”一声跪到地上。曾善才乘势跨上去把他压在身下，两只拳头雨点般地砸了下去。

曾善才骑在李冲背上正打得解恨，李冲瞅准一个空档，腾地一翻身把曾善才甩出老远。未待曾善才反应过来，李冲一下子反扑在曾善才身上，挥拳乱打起来。

原本到服装店买衣服的顾客见两人打得难舍难分，都不敢贸然上前拉架，仅围在远处观望。只有周燕飞和李冲带来的漂亮姑娘生怕两人一失手弄出个好歹，跑前跑后地在一旁呼叫、拉扯。然而她的努力一点效果都没有。曾善才和李冲两人像两只斗红了眼的大公鸡，时而你翻在我身上一顿乱打，时而我翻到你身上一番猛击，谁都不肯先住手。突然，围观的人群里有人喊道："公安来了！"话音刚落，两个头戴白色大檐帽、上身穿白色警服、下身穿蓝色警裤的民警拨开围观的群众，走到曾善才和李冲的近前。

"都别打了，快点起来！"两个民警齐声喝道。

曾善才听说民警过来，不再动手。李冲却趁机又使劲给了曾善才几拳。若不是民警伸手把李冲拽起来，不知他还要多打多少拳。

曾善才也跟着爬了起来。他感觉鼻孔里有热乎的东西往外流，顾不上拍打浑身上下的灰土，赶忙用脏兮兮的手背抹了一把，低头一看，满手都是鲜血。曾善才又偷偷瞄了一眼李冲，见他衣衫不整，浑身是灰，再往上看，却是头发蓬乱，眼眶青紫，满脸血污。尤为好笑的是，李冲的鼻尖上还有一层厚厚的白灰，与京戏里的小丑相差无几。曾善才心想，还好，多少能给他点教训。

曾善才的好心情连半小时都没能维持。他和李冲被带到公安局问过话便被直接关进了看守所里。公安局的理由是曾善才出手在先，而且还打断了李冲的鼻梁骨，而曾善才除了流点鼻血之外，几乎没有受伤。

年三十那天，曾善才和一帮地痞流氓挤在看守所里，听着外面的辞岁鞭炮噼里啪啦响个不停，内心里出奇的宁静。这是他第一次被关进看守所，也是他第一次不能在家里过年。不过，他似乎并不十分难过，一个人猫在墙角里，冷眼看着那帮与他年龄相仿的混混胡吹瞎侃。他突然想到了周燕飞。这时候她该在干啥呢？是在与他那个瘸腿男人脸对脸吃年夜饭，还是捂着越来越凸起的肚皮在为他曾善才担忧呢？想到周燕飞的肚子，他总感觉这与自己有关。"真有意思，明明是俺的杰作，她怎么就是不肯认账呢？"想到这里，曾善才忍不住笑了，"真相是掩盖不住的，等孩子生出来，俺倒要看看长得像不像屠鹏远！"

"小子，你一个人在那儿发什么愣？"与他同处一室的一个小混混晃晃悠悠走到他身旁，极不友好地问道。

"没啥，俺就是想静一静。"曾善才怎么说也是走过南闯过北的人，几个月以前，同时面对六七个陌生流氓都没有畏惧过，此时根本就没把眼前的小混混看在眼里。

谁知这个小混混见曾善才没怎么拿他当回事，非常恼火，便一步步凑到曾善才近旁，抡起拳头照着他的眼窝打将过来。曾善才眼疾手快，往旁边一闪，伸手抓住小混混的胳膊往后一带，小混混便哐当一下一头撞到硬邦邦的水泥墙上。曾善才又紧跟着从后面把小混混的双手抓到背后，来了个驾飞机的姿势。

“狗娘养的，也不撒泡尿照照影子！想跟俺找碴儿，你还嫩着呢！”曾善才一边抬起右脚使劲往小混混的屁股上踹了一脚，一边骂骂咧咧地说。

曾善才三下五除二把小混混收拾得服服帖帖，这令同室的其他混混们佩服得五体投地。这帮人热烈地鼓起掌来，纷纷向曾善才竖起了大拇指。就连刚才被打的小混混也点头哈腰地对曾善才说：“大哥的确是个人物！刚才小弟有眼无珠，冒犯了大哥，望大哥大人不计小人过，有啥本事多教教小弟，俺保证从今往后唯大哥马首是瞻！”

曾善才轻轻拢了拢自己的大背头，轻松地笑了笑，说：“都别客气，俺也没啥大本事。往后你们只要记着不要软了欺硬了怕就行！”

先前被打的那个小混混赶忙说：“大哥说得好！俺听说你把一个大学生揍了一顿，以为你也就能欺负个软蛋的学生罢了，谁知大哥个头不高，却力大如牛，真正有股蛮力呢！”

曾善才听罢，感觉非常好笑。他不屑一顾地说：“你以为那个王八蛋顶着个大学生的花帽子就是可怜的小白兔？告诉你，他要真是小白兔，俺真不会揍他！俺这个人从来就不欺软怕硬！”

曾善才的一席话令一屋子混混莫不顶礼膜拜。从此以后，他们再也不敢无事生非，找他麻烦了。

正月初六那天，民警打开了曾善才的那间房门，把他喊了出去：“曾善才，你可以回家了！”

曾善才听罢异常兴奋，他顾不上与屋内刚刚熟悉的同伴打声招呼，便快步跟随民警走到了看守所大门之外。

第十章 曾善才举杯谢友 孙利民苦涩忆旧

看守所大门外，周燕飞、孙利民和曾善兵三人已等候多时。三人看到曾善才走出大门，赶忙迎了上去。曾善才朝三人挥了挥手，表示自己看到他们了。他没再往前跨步，而是慵懒地站在原处，双手背后，抬头看了看湛蓝的天空中那棉絮般轻轻飘荡的白云。阳光有些刺眼。他轻轻眨了眨眼睛，又往四周环顾了一圈。树枝上成串成串的冰凌在阳光的照耀下折射出五颜六色的光泽，地面和屋脊上的积雪还没有来得及融化，到处都是白茫茫的一片。“还是外面好哇！”曾善才自言自语道。

“善才，在里面辛苦了！”孙利民伸手拍了拍曾善才的后背说。

“辛苦倒不辛苦，又不用干活，就是有点憋闷。”曾善才一边随着三人往县城方向走，一边说道。突然，他想起什么似的，扭头看着孙利民问：“你怎么也来了？”

没待孙利民答话，周燕飞用胳膊肘碰了碰曾善才，说：“亏你问得出口，要不是你这位同学帮忙，还不知你要关到什么时候呢！”

曾善才一脸的懵懂，他瞅了瞅孙利民，又瞅了瞅周燕飞和曾善兵，见三人都欲言又止的样子，明白其中确有故事，便不再追问，只是闷头跟随三人往前走。

一路上，四人很少说话，八只脚踩在雪地上发出的咯吱咯吱声分外响亮。到了县城，曾善才习惯性地往他与周燕飞合开的服装小店方向走。

“善才，你还是先回家养几天吧，这几天就不用去服装店了，反正该买的年前都买过了，没人会在大年初几跑到大街上买衣服。我和鹏远过年前已把店里收拾清爽了，你不用惦记，咱们过了正月十五再开门吧。”周燕飞停下脚步对曾善才说。

“哦。”曾善才木然地应了一声，转而又问周燕飞：“那你也要回家吗？”

周燕飞“扑哧”一声笑了：“看你说的，俺不回家，难不成就在大街上冻着?!”

曾善才被她这么一说，脸上窘得通红。他借口手冷，将两只手攥成圆筒放在嘴边呵了几口气，才若无其事地说：“看我这记性，那你回去吧，走路要当心，别滑倒了。”

“放心吧，俺现在感觉比前几个月好多了，身子也还算轻便，你们走路也要当心啊！”周燕飞说着转身朝自家方向走去。

曾善才站在原处痴痴地看着周燕飞渐渐远去的背影。若不是孙利民拍了一下他的肩膀，还不知道他会站到多久。

“老同学怎么了？人家都走那么远了，你还不放心呀，又不是你老婆！”孙利民调侃道。

“嘿！看你说哪去了？她现在不是肚子有点挺了吗？路上滑，万一摔了一跤，可不是闹着玩的！过了正月十五，俺还指望她帮忙一起把生意做得更好呢！”曾善才一本正经地说。

“大哥，周姐看起来应该没啥问题，咱们也赶紧回去吧！利民大哥为你的事跑前跑后，没少操心，不能老让他在大街上陪咱俩冻着。家里今天准备了酒菜，你快陪利民大哥回去吃点热乎饭菜吧！”半天没有说话的曾善兵催促道。

“好，那咱们赶快回去吧。”曾善才说完，推了一把孙利民的后背，快步往自家方向走去。没走几步，又扭头问孙利民：“利民，这到底是咋回事？”

孙利民叹了口气说：“一言难尽，先回家，俺慢慢说给你听。”

曾善才不再追问。三人踏着嘎吱嘎吱的积雪，聊着七零八碎的闲话，不紧不慢地往家走去。

“善才，你真厉害，没想到你的服装生意这么快就做起来了，而且听说你们已经赚了不少钱！”孙利民说。

“钱是赚了一点，但也没有外面传的那么多，好歹算是找到了一条生路。真要说起来，俺还得好好感谢感谢你呢！”曾善才回应道。

“感谢俺作甚？”孙利民不解地问。

“要不是你去年夏天专门跑到俺家给俺指条做服装生意的路子，俺现在还不知道在哪里晃荡呢！”曾善才道。

“俺那也只是随口一说，要不是你送俺一条喇叭裤，俺也想不到做服装生意这回事。不过，话又说回来了，你天生就是做生意的料，就算不做服装生意，你也会发现其他什么门路。好在现在国家正下大力气抓经济发展，机会多得是。哎！就是看到你披头散发、流里流气的样子，闭上眼都能想到你多不容易！”

“哈哈！你又瞎客套了！要说受苦，还真被你说对了。”曾善才开始把他第一次南下进货如何省吃俭用以及后来在长途汽车上如何冷静应对一帮小流氓的故事绘声绘色地说了一遍。

孙利民听罢连声说：“真不容易！真不容易！要是换了俺，早就吓蒙了！”

三人边走边聊，快到曾善才家时，孙利民转身准备回自家去，却被曾善才一把拉住。“大正月的，眼看就要吃中饭了，怎么能让你回家呢？更何况你为了俺的事操了那么多心，怎么说也要到家吃顿便饭吧！”曾善才说着就把孙利民往自家拽。曾善兵见大哥要留客，忙拉住孙利民的另一只手。孙利民力气再大也抵挡不住兄弟两人一起拉，便连声说道：“好好好！恭敬不如从命，俺就去你家里讨口饭吃吧，正好也给大伯大娘拜个年。”

曾善才一家仍住在他小时候那三间低矮的破草房里。稍微有些不同的是，他们家前几年用土坯围了个小院子，前面盖了两间小屋，一间当作厨房，另一间兼作他父亲的卧室和粮仓，原来在堂屋里的鸡圈也挪到了小院子里。

三人尚未跨进前屋右侧的“狗头”门楼子，院子里的大黄狗便开始“汪汪”狂叫起来。曾善才推开大门，“呼”的吹了声响亮的口哨，大黄狗便摇着尾巴一蹦三跳地迎了上来。曾善才的父母和弟妹们听见外面动静也纷纷从屋里出来，见曾善才毫发无损回到家，个个欢天喜地，忙不迭地向孙利民一边道着谢，一边让进堂屋休息。

曾善才陪孙利民没坐多久，他父母便开始张罗吃中饭。大家七手八脚把八仙桌移至堂屋正中，放好八只靠背椅。在父亲的指挥下，曾善才好容易才把孙利民按在了头座的位子上。头座是河东县风俗里专为家中最尊贵客人所设的座位，一般位于朝门座位的左上侧。孙利民开始时很不愿意坐在头座，但禁不住曾善才一家人的热情拉扯，只好硬着头皮坐上了他之前很少能坐到的位置上。曾善才坐在孙利民对面，这是二座，因为没有其他客人，曾善才在家里又排行老大，所以这个座位自然归他了。最上首的位置是留给曾善才父母的。在河东县，家里有客人时，老人一般坐在这个位置。曾善才的四个弟妹们则按大小顺序分别落座。曾善才一家七人，加上孙利民正好八人，一张八仙桌坐得满满当当。

正月初六仍是河东县最冷的时候，但曾家屋内却是热气腾腾。曾善才的父亲从红彤彤的小手炉上拎起陶质小酒壶，准备顺手帮孙利民斟上。谁知孙利民眼疾手快，伸手捂住面前的小酒杯，忙说："大伯别累手了，俺不会喝酒！"曾善才父亲"嘿嘿"笑了两声说："累啥手，这是热酒，大冷天的，多少喝一点，身体也热乎些。"孙利民还要推辞，曾善才父亲又接着说："孩子，你就不要推辞了！俺让你喝这杯酒还有两个说法。第一呢，要感谢你费了那么大劲让善才免去了牢狱之灾；第二呢，是想让你分享一下善才这一年的收成。你也知道俺家里穷，要不是善才去年做生意挣了点钱，俺这一大家人哪能吃上这么好的饭菜，更别提喝杯烧酒了。"孙利民见老人说得实在，只好把手移到一边，任凭老人给他斟了满满一杯。老人随后又给自己和曾善才分别斟满，提起酒杯向孙利民扬了扬。孙利民赶忙双手捧杯恭恭敬敬地与老人碰了一下，"吱"的一声抿了小半杯。

曾善才母亲见孙利民刚喝进一小口酒就皱起眉头，赶忙夹起几片腊鹅肫放进孙利民的碗里，说："孩子，吃点菜，别呛着了。俺家不比你家，一直穷，今天也没啥菜，你将就着吃些，别见怪！"

孙利民抬头看了眼满桌的菜肴，笑了笑说："大娘太客气了！你这有腊鸡、腊鸭、腊肫爪，还有清烩老母鸡、羊肉火锅，鲜的腊的都有，可不少呢！就是俺家，还不一定能弄出这些菜来呢。"

曾善才母亲听孙利民这么一说，心里很愉快，马上接着说："也是今年才能弄这么多菜。多亏善才去年挣了点钱，给家里贴补了些，要不然，你今天来能有肉吃就不错了！哎，要是善才一时出不来，明年正月就吃不上这些了。"说着，竟然有些哽咽起来。

曾善才父亲赶忙制止："大正月的，提那些伤心事干啥？善才这不是出来了吗？"

曾善才也赶忙出来打圆场："妈确是说多了，利民难得到俺家吃顿饭，今天都少说那些伤心事，开开心心吃点喝点吧。"说完也举起酒杯对孙利民说："来，俺俩把这杯喝完！"

孙利民没再推辞，拿起酒杯，一仰脖子，把杯中酒喝了个底朝天，说："俺酒量的确不行，大娘做了这么多好菜，你们让俺多吃菜少喝酒好不好？"

曾善才对喝酒本来没啥兴趣，便劝父亲不要再央孙利民喝酒。曾善才父亲接受了他的提议，开始专心吃饭。大家你推我让，都吃得满头大汗。曾善才父亲见家人都吃得差不多了，示意大家都放下碗筷到一边去，自己又把酒壶放在小手炉上热了热，分别给孙利民和曾善才斟满，说："你们哥俩再喝两杯，慢慢聊着，俺们先下桌了。"

曾善才见父母和弟妹们都撤出堂屋，便收拾碗筷坐在父亲原来坐的位置，说："利民，今天俺真要好好感谢你一下！现在这屋里也没其他人了，你能说说，你是怎么帮俺弄出来的吗？"

孙利民抿了口酒，微微一笑说："咱俩是好朋友，帮忙是应该的。按理说，你这次打架后果也不是太严重，给你 10 天行政拘留也就到顶了。但那个李冲和他家里人偏要把你往死里整，想动用关系判你一两年有期徒刑。所以我只好想办法让他们放弃这个念头。"

曾善才听他这么一说，忙问："你还能想到办法让他们改变念头？"

"是啊，很难！"孙利民神情落寞地说，"但是我还是拐弯抹角做通了他们的工作。"

曾善才见孙利民情绪低落，深感不安，忙说："真不好意思，为了俺这破事，让你费了那么大的功夫！"

孙利民苦笑了一下，说："费事倒不费事，就是有点费心。"

曾善才听他这么一说，感觉有点丈二和尚摸不着头脑。他怔怔地看着孙利民，希望从他的表情中找到一些答案。

孙利民似乎看穿了他的心事，悠悠地说："你这么看一天也没用，俺要是不说，你不可能知道真相。"

曾善才尴尬地笑了两声，说："那个真相你方便就说，不方便就不说吧。来，咱哥俩啥都不说了，把杯底这点酒干了吧！"

孙利民举杯相迎。"当"的一声之后，两人同时饮完杯中之酒。

"善才，其实俺费的那个心跟你也没有关系。"孙利民涨红了脸说，"俺不过是跑了一趟路，找到了那个可以让李冲一家人改变主意的人，而那个人曾经让俺费过很多的心。"

"那个人是谁？这么有能耐！"

"这个人你见过，就是那天与李冲一起去你们小店的姑娘。"

"那个姑娘的确非常漂亮，没想到你也认识她！"

"岂止是认识？！"孙利民说完陷入了长久的沉默。

那是一个初秋的早晨,东边的天空刚刚现出鱼肚白,习惯早起锻炼的孙利民像往常一样小跑着奔向操场。他拐过一道弯,即将进入下一条直道时,眼前突然一亮:一个身穿玫瑰色运动服的身影出现在他前面四五十米远的地方,那个人走得很慢,似乎正在捧书苦读。他下意识地放慢了脚步。就在这时,他发现那人的书中悠悠地飘下一块粉红色的纸片。他跑过去伸手将纸片捡起,原来是一张自制的书签。书签上用小楷工工整整地抄录着徐志摩的《再别康桥》。孙利民感觉书签上的字体非常娟秀可爱,不禁随口读道:"轻轻地我走了,正如我轻轻地来……"那人听见背后有人,下意识地回头看了一眼,一张灿若桃花、略带娇羞的脸完整地呈现在孙利民的眼前。四目交汇,一股强大的电流随即传遍孙利民全身。

"你……你的书签掉了。"孙利民涨红着脸把手中捏着的书签朝那人晃了晃。

那人停下脚步,转过身来。孙利民快走几步将书签递了过去。"你的字写得真漂亮!"他没话找话地说。

"谢谢!你过奖了,这字丑死了!俺写着玩的。"那人的声音与她清丽、脱俗的长相极配,也令孙利民的心再次颤动了一下。

"你太谦虚了!这字非常漂亮!"孙利民本想继续往前跑动,可两只脚一点都不听使唤。他突然想到眼前这位美女的口音与自己很接近,便问:"听口音你也是河东县的吗?"

"不是。不过,俺也是临河专区的。"

"哦,怪不得口音那么接近!"孙利民表面上强作镇静,但心脏却扑通扑通跳得厉害。

"真巧,没想到大清早遇到老乡了!"那位美女落落大方地说,"俺姓林,林黛玉的林,叫林舒羽,中文系的,今年大一。"

"你名字起得真好,舒展羽翼,一听就很有诗情画意!"孙利民搜肠刮肚地说出了一句恭维话,"俺姓孙,孙悟空的孙,叫孙利民,经济系大二的。"

"哦?俺还是第一次听人说俺名字起得好。不过,这名字是俺爸起的,俺不过是用个现成的。你的名字也不错啊,利民,谋利于民,多大气呀!"

孙利民也赶忙自谦,说这名也是父亲起的。两人有一搭无一搭说着话,不知不觉顺着操场转了好几圈。

从此以后,两人你来我往,书信不断。周围的同学见他俩来往密切,都喜欢拿他们开玩笑。

有一天,孙利民的一位室友趁寝室里没有他人,一本正经地告诉孙利民:"你小子真是走红运了,交了那么漂亮的女朋友!更重要的是你找到了个大靠山,将来毕业分配肯定不用愁了!"

孙利民听后,马上正色道:"看你说到哪里了?俺交女朋友,一不图人漂亮,二不图人家境,俺就看中她既聪明又有才华!"

谁知那位室友竟哈哈大笑:"见过虚伪的,没有见过这么虚伪的!你明明找了个高官的漂亮千金,却一口咬定只图人家聪明,这话谁信呢?!"

孙利民听他这么说,倒是愣住了,心想:高官的千金?俺怎么一点都不知道。

室友见他发愣,明白孙利民可能真不知道林舒羽的家庭背景,便认真地对孙利民说:"俺有个好朋友与你女朋友拐弯抹角有点亲戚,听这位朋友说你女朋友的父亲是地委副书记。"

"噢,她自己从没说过,俺也从来没有问过。果真如此也没啥大不了的。他当他的地委副书记,俺做俺的大学生。就算将来毕业了,俺也能凭自己的努力找到工作。"孙利民说。

孙利民嘴上是这么说的,心里其实也是这么想的。他发自内心地喜欢林舒羽,喜欢她的清纯,喜欢她的聪明,喜欢她的善良……就是没考虑过她的家庭,他一个农村娃,也根本不可能对家庭出身这种事想得太多。他们越处越情浓意蜜,越处越难舍难分。直到他们相识后的第二个秋天,因为一个人的突然闯入,情况才开始发生变化。

突然闯入的那个人不是别人,正是李冲。自从进入省城大学经济系以后,李冲更加自由散漫。他仗着自己头脑聪明,每天很晚了还在省城的大街小巷里面随意游走,白天则一觉睡到日上三竿。至于去教室上课,那完全要看他的心情。心情好时,他会到教室里露个脸,点个卯,然后趴在座位上睡觉或看闲书。心情不好时,他干脆连教室也懒得去,就躲在宿舍里,靠在窗前审视着楼下人行道上的来往行人。

这天下午,李冲正懒洋洋地趴在宿舍的窗台上瞅着楼下,突然,一个上身穿鹅黄色宽松毛衣,下身穿黑色长裙的美丽姑娘进入了他的视野。他定睛一看,姑娘肤白脸圆,头发不长,色黑而密,略带波浪,头顶上还戴个鹅黄色头箍,身材圆润,步履轻快。李冲越发感到这个姑娘美得出奇,不禁被她牵走了魂魄。眼看姑娘即将离开自己的视线,他快步冲到楼下,远远地跟在姑娘身后,直到她走进女生宿舍的大门。

这以后,李冲有事没事就在那位姑娘的宿舍门前转悠,发现她从宿舍出来后就远远跟在后面。很快,李冲便弄清了她的基本情况:姑娘名叫林舒羽,是中文系二年学生,比他自己高一级。继续跟踪几日后,他发现这位林舒羽居然已经有了男朋友,而且她的男朋友不是别人,正是与他曾在一个初中读过书、根本入不了他法眼的孙利民。“他娘的,孙利民这个土包子居然把这么漂亮的姑娘弄到手了!”李冲在心里愤愤不平地骂道,“真是太可惜了,一朵鲜花插在牛粪上呀!”

李冲就是李冲,他没有止步于愤愤不平。经过多方打探,他还了解到林舒羽的家庭背景。一想到这个长相清甜、家境优越的姑娘已被别人抢了先,他就气不打一处来。于是,一股强烈的占有欲迅速扩散至他全身的每一个细胞。他开始了对林舒羽的猛烈追求。先是每天写一封情意绵绵的情书,偷偷放进林舒羽的宿舍传达室。为了制造神秘感,他仅在情书的末尾署上“你的仰慕者”几个字,绝对不留自己的名字。半个月之后,他在情书中又增加了自己为了林舒羽如何茶不饮,饭不思,睡不香的凄惨景象。又过了一个多星期,他才开始在情书中放进了一张《神秘的大佛》电影票,希望林舒羽第二天晚上能跟他一起去学校附近的电影院共同观赏这部刚刚上映的大片。

林舒羽刚开始接到李冲的情书时并不是太在意。老实说,李冲在写情书时虽然花了很大的工夫,自以为写得文采飞扬,但在中文系高才生林舒羽的眼里简直就同小学生作文一般,既幼稚,又苍白。况且李冲除了调皮捣蛋爱打架以外,对学习一直心气浮躁,那一手字写得东倒西歪,缺胳膊掉腿,令人不忍直视。所以林舒羽并没有把这些情书当回事,每次只是匆匆拆开大概瞄上一眼,便随手扔在一边。但李冲的信写得多了,她的心里竟渐渐有了一种特别的感觉,甚至每天一觉醒来,还有了对再次收到来信的小小的期盼。再后来,当她看到她的暗恋者在情书中说自己因为她寝食难安、形容憔悴时,竟动起了恻隐之心。

每一个女孩子的心中都住着一位公主。美丽聪慧的林舒羽也不例外。虽然她已与孙利民交往了一年多,但如今发现还有一个人能够那样痴情地暗恋自己,她的心里无疑还是非常甜蜜的。接到李冲寄来电影票的第二天晚上,林舒羽终于在甜蜜、好奇以及恻隐之心的驱使下，婉拒了孙利民的约请，把自己打扮得漂漂亮亮地来到了电影院门前。

林舒羽距电影院尚有几十米远的时候，就见一位上身穿咖啡色皮夹克，下身穿劳动布裤子，脚蹬三接头黑色牛皮鞋的男青年笑嘻嘻地迎面走了过来。

“林师姐，总算把你盼来了！”男青年异常恭敬地打着招呼！

一句“师姐”立即使林舒羽飘飘欲仙，也彻底放下了仅存的一点警惕之心。她羞涩地看了一眼对面这位男青年，见对方除了左脸上方有一块铜钱大的疤痕外，无论长相、身材，还是衣着、气质都要比孙利民高出半截，即使那块疤痕似乎也不是十分碍眼，倒凭空增添了几分阳刚之气，心里竟顿时生了不少好感。

“你就是那个每天写信的人吗？”林舒羽问道。

“对，对！非常冒昧，给师姐添麻烦了！俺叫李冲，今年刚进经济系，以后还请师姐多多指导呀！”李冲说着，伸手示意林舒羽进电影院，“电影就要开场了，等散了电影，俺再详细向你介绍自己吧。”

电影情节曲折，场面惊心动魄，刘晓庆扮演的梦捷更是文武双全、美丽睿智。但是李冲却无心安静欣赏电影。此时的他心绪尤为复杂。他万万没有想到身边这个如花似玉的美人竟然能在他一个月的情书攻势下如此安安稳稳地坐在了自己的身旁。他忘情地想象着自己与这位美女今后发展的种种情形，他甚至想到了林舒羽一丝不挂地依偎在他怀中的娇羞模样。他还想到了孙利民，想象着那个他根本不屑一顾的穷小子在得知自己被林舒羽抛弃之后的绝望神态。他不由得“嘿嘿”冷笑两声。这笑声与银幕上怪面人残忍挖去法师一只眼睛的紧张气氛极不相称。周围的人立即把目光投向李冲身上。坐在李冲身边的林舒羽感觉非常不自在。她轻轻推了推李冲，低声说道：“大家都在看你呢！”李冲仍然沉浸在自己的遐想中，没有丝毫反应。林舒羽再次推了他一把。李冲才一个激灵回到现实之中。他看了看银幕上不断变化的场景，心想：什么狗屁电影？居然把这帮人哄得眼睛发直！还是快点散了吧，也让俺好跟身边这个美人好好聊聊。

然而，电影的节奏并没有随李冲的心愿而改变，该怎么演绎还是怎么演绎，直把李冲急得心如猫抓一样难受。直到银幕上出现海能法师带着梦捷等人找到了那座代表着佛财的金佛时，李冲才如释重负。他知道电影终于就要结束了，于是长长地舒了一口气。

电影院的灯光“啪”的一下亮了。李冲一下子从座位上弹了起来，恨不得立即拉上林舒羽冲到外面。而林舒羽却依旧沉浸在电影的情节之中，坐在位子上没有反应。

“散场了，咱们回去吧！”经过李冲的提醒，林舒羽才缓缓站起来，跟随李冲随着人流往外走。

皎洁的月光洒满了省城的大街小巷。李冲和林舒羽踏着高低不平的石板路慢慢前行。一阵清风吹来，林舒羽不禁打了个寒战。她微微拢了拢袖口，缩起了脖子。这一切被身边的李冲看了个真真切切。他随手脱下身上的皮夹克，披到林舒羽的肩上。一股男人的气息直冲林舒羽的鼻孔而来，她有点慌乱，忙说：“不冷的，你拿回去吧！”那李冲倒显得十分绅士，不紧不慢地说：“不冷也披上吧，刚才你都打寒战！”林舒羽本来还想说“你脱了衣服也会冷”，但话到嘴边却又咽了下去。不知为什么，她突然感觉皮夹克上的气味非常好闻，也非常温暖。

李冲见林舒羽不再坚持脱下皮夹克，心里非常得意，浑身热血沸腾起来。又一阵微风吹来，李冲感觉非常受用。他开始滔滔不绝地向林舒羽吹嘘自己的人生奇遇。这些故事虽然多少有些影子，但大多被李冲进行了巧妙的修饰。在他的故事里，他李冲不是个路见不平、拔刀相助的大侠，就是一个通过艰苦努力华丽转身的学霸，直听得林舒羽连声赞他“有趣”。李冲见林舒羽对自己的好感在一点点增加，知道自己有戏，眼看着即将到达林舒羽的宿舍门口，便不失时机地发出了第二次的约会邀请。

林舒羽与李冲交往的事很快传到了孙利民的耳朵里。他感觉非常伤心，便找到林舒羽询问情况是否属实。谁知林舒羽丝毫没有隐瞒，反倒轻描淡写地说：“也就是一起看了几场电影，压过几次马路。”孙利民又问林舒羽是不是喜欢上李冲了，林舒羽一脸天真地仰脸看着天空嬉笑说，现在还说不上。孙利民没办法，只好提醒林舒羽，自己与她已交往一年多了，而且的确深爱着她。林舒羽听他这么说，竟“咯咯”笑了两声说：“既然你那么爱我，又是大三的学长，你不会那么没信心，怕我被一个一年级的学弟抢去了吧？”孙利民说，不是对自己没信心，而是担心林舒羽上当受骗，接着，孙利民把李冲上中学时的种种劣行大致说了一通。然而未待他说完，林舒羽就撅起小嘴，奚落道：“你一个大男人，怎么突然变得婆婆妈妈，背后说起人闲话了，俺又不是没见过世面的小孩子，难不成他还吃了俺？”孙利民见自己说不动她,只好垂头丧气地走开了。

孙利民刚刚走到一处假山背面,就听身后有人喊他,回头看时,李冲正双手插在裤兜里,歪着头,斜着眼,看他呢。孙利民站住了。李冲双手插兜,一摇三晃地走到孙利民近前。

“孙师兄好啊!”李冲阴阳怪气地说,“看在咱们一个地方出来的面子,俺今天还恭恭敬敬地喊你一声师兄。但是师兄可不地道呀,师弟的女朋友你也好意思打主意?”

孙利民听后,一股莫名之火腾地就上来了。他牙关紧咬,拳头攥得铁紧,没好气地瞪了李冲一眼说:“俺跟林舒羽已处了一年多时间,你半路里冲出来夺人之爱,现在居然倒打一耙,说什么俺夺了你的女朋友!你这个人怎么这无耻?”

李冲听孙利民说自己无耻,邪劲一下子就上来了,他狠狠地向孙利民吐了一口唾沫,说:“说我无耻?别给你脸不要脸!你追求林舒羽不就是看上人家老爸是地委副书记吗?”

“你,你,你胡说!”孙利民气得浑身发抖,真想扑上去给李冲使劲扇几个耳刮子。但他很快就冷静下来。他默默地告诫自己,这里是大学校园,自己是个大学生,千万不能跟李冲这样的下三烂计较。

李冲见孙利民除了生气并无其他办法,更加得寸进尺,一边嬉皮笑脸地继续说孙利民追林舒羽就是想抱人家大腿,一边逼近孙利民。眼看李冲就要踩到孙利民的右脚,孙利民下意识地伸手挡了一下,没想到李冲咣当一声栽倒在地。

“打人了!打人了!”李冲躺在地上并不急于爬起来,而是大声吆喝起来,引得过路同学纷纷围拢过来。围拢的同学越来越多,李冲开始在吆喝声中增添几分凄惨之状:“学长打学弟,还抢人家女朋友,太欺负人了!”说着说着,竟嘤嘤哭了起来。孙利民见李冲这副泼皮模样,真是百口难变,气得一跺脚走开了。

李冲约莫孙利民走远了,悄悄抬头确认了一下,便自己爬了起来,一边咕哝着“欺负人”之类的话,一边拍拍身上的灰土自行回宿舍去了。

当晚,李冲就把孙利民如何对他大打出手,如何对他污言大骂,绘声绘色地向林舒羽讲述了一遍,还说,要不是考虑到闹大了对林舒羽不好,自己肯定不能就这样认了。说到动情处,李冲竟然挤出了几滴委屈的泪水。林舒羽不由得对孙利民增加了几分厌恶之情,心想,这个孙利民看起来温文尔雅,想不到竟是这么一个心胸狭隘的粗鄙之人!

第二天晚上,林舒羽找到孙利民,气呼呼对他说:“孙利民,你太让我失望了!李冲哪里惹你了?你竟把他推倒在地?有本事,你来打俺呀!”

孙利民没想到林舒羽真相信自己打李冲,心里那个堵呀。他涨红了脸结结巴巴地说:“我,我,我怎么会打李冲?我也不一定打得过他呀!明明是他自己摔倒的,怎么就成我把他推倒了?”不过,孙利民的辩解并没取得林舒羽的原谅,她没听几句就赌气要走。孙利民明知她受到李冲蒙蔽,但又无法说服她,只好叹了口气说:“俺对你一片真心,你看不上俺不要紧,但有一点俺要提醒你,李冲是个无赖,你跟他相处千万要小心谨慎!”林舒羽哪里听得进去,只冷冷地丢下一句:“人家都是无赖,就你好!”便一甩头发,气哼哼地走掉了。

孙利民想到这里,不由得趴在桌子上。曾善才以为孙利民不胜酒力,忙用手轻轻拍打他的后背,说:“总共也没喝几杯酒,你怎么就喝醉了呢?”

孙利民把头摇晃了几下,随后慢慢抬起头来,苦笑了一下,说:“酒量再小,也不会因为两三杯酒就醉倒,俺不过是想趴一会,稍稍缓口气。”

曾善才明白孙利民一定是想到什么伤心事了,便不再吭声。

两人默默地坐了几分钟。孙利民突然站起来抓过曾善才手边的小酒壶,分别给曾善才和自己斟满杯,举起酒杯,笑了笑说:“都过去了,来!咱哥俩把这杯酒干了吧,感谢你们一家置办这么丰盛的饭菜招待俺!”

曾善才听他这么说,伸手一挡,说:“看你说哪去了!怎么说也该俺谢你呀,若不是你,俺还不知道会在牢里待多久呢!对了,你还没说怎么认识跟李冲一起的那位姑娘呢。”

孙利民抬头看了他一眼,本想道出实情,但是话到嘴边,又被他咽了下去。他感觉,事情既然已经无法挽回,再提它,除了伤心,还能有啥用?!

曾善才没有等到老朋友的回答,明白这里面一定还有很多故事,只是孙利民不想说而已,为避免老友尴尬,便陪着叹了口气,没再追问。

孙利民则长长地舒了一口气,摇摇头说:“过去了,都过去了!俺寒假回来没多久,就听说你因为与李冲打架被公安局抓了起来。俺一想,这下麻烦大了,李冲他爸现在已是咱县分管政法的副书记,正红得发紫。你打谁不好,偏偏打了他!后来俺听说,他们家想狠狠借此出口气,正在设法把你定为刑事犯,判你一两年呢。”

曾善才张大嘴巴,嘟哝了一句:“这么狠!”

“可不是嘛!”孙利民接着说,“俺打听到那天是李冲找碴儿在先,骂人在先,而且李冲的女朋友也在场。于是,俺就找到她,请求她看在一个底层农民求生不易的份上,想办法说服李家不要把事情做得太过分。好在她本质上是个善良的姑娘,明白是非曲直,又目睹了事情的全过程。不然的话……”他“嘿嘿”干笑两声,端起酒杯自顾自抿了一小口酒。一股辛辣之火瞬间顺着喉咙烧到胃里,他不由得连连咳了好几声……

第十一章 见陈货善才眼热 靠融资一战成名

正月十六那天，曾善才与周燕飞的服装小店重新开门迎客。半年后，周燕飞顺利生了个大胖小子。屠鹏远高兴得合不拢嘴，不顾身体残疾，拄着双拐跑前跑后，忙得不亦乐乎。有意思的是，当周燕飞叫他给孩子起名时，他却连连摇手，说："还是叫善才起吧。"周燕飞明白他的心思，也不坚持，就把屠鹏远的话转述给曾善才听。曾善才倒也不推辞，心想，看孩子长得塌鼻子塌脸，十有八九就是俺的孩子，于是憨憨地笑了笑说："俺也没啥文化，起不了太雅的名字，一定要俺起，那就叫夏生吧，因为是夏天生的嘛！"

周燕飞坐月子期间，曾善才几乎一人承揽了店里的所有事务。幸好有刚刚参加完高考的曾善兵帮忙，不然的话，曾善才一个人还真忙不过来。不过，曾善兵在帮忙期间发现小店的生意好得出奇，心里逐渐变得活泛起来。不久之后，曾善兵拿到了高考成绩，比当年的最低高考录取分数线足足低了二百多分。一想到做生意这么赚钱，而自己成绩那么差，似乎跟哥哥一样不是读书的料，曾善兵决定从此放弃学业，跟哥哥一起做生意。他瞅准一个机会把自己的想法向曾善才吞吞吐吐地说了一遍。没想到曾善才马上变了脸。他异常严肃地说："俺当年做生意纯粹是没有出路，要不是成天吃不饱肚子，俺肯定还是要读下去的。你别以为自己读书不行，就一定能做好生意。其实，你要真做生意，说不定也做不好。这个书你必须读下去，哪怕从初一读起也行！"

1982年9月新学年开始后，曾善兵果真从初一开始重读了初中课程。至于他新的求学之路到底怎么样，这是后话。有意思的是，作为老二的曾善兵成了正读初三的老三曾善农学弟和正读初一的老四曾善田的同学。

周燕飞经过一个夏天的休养，身体恢复得不错。因为有母亲照料夏生，周燕飞除了一天给孩子喂几遍奶外，主要精力又重新放在她与曾善才二人合开的服装小店上。

日子过得简单充实，生意做得波澜不惊。这天上午，曾善才趁店里暂时没有顾客，喜滋滋地逗着已满周岁的夏生。一旁坐着的周燕飞有一搭无一搭地说着家长里短、市井新闻。

“听说县百货公司最近要一次性处理一批陈货，折扣挺大的，平均只要3折，比咱们从广州拿货还要便宜呢！”

“有这样的好事，人家还愁卖？”曾善才感觉这个消息一点都不靠谱。

“不愁卖那是肯定的！只是听说人家不搞零售，而是要一次性处理掉。”

“哦，那不如咱们去盘下来，也省得再到广州折腾。”

“这个主意俺早就想到了，城关镇的其他商户也应该早想得到了。问题是，这批货价值太大，一般商户根本就拿不出那么多的钱！人家国营商场又不肯把货借给咱们这样的个体户，非得拿现钱才行。”

“总共需要多少钱？”

“听说加在一起一千多万吧。”

“喔，那是没人能买得起。”

“不过，听说这次要处理的东西有好几样，买家可以挑自己中意的一种商品全部买下。”

“这倒还行。”

“行什么？据说单一品种货值最低200万呢！俺们目前拿出20万没问题。就算这样，也只够买下十分之一！”

“可以再找几家联手拿下呀！”

“可以倒是可以，但是你要再找到9家能拿得出20万的商户也挺难的。就算找得到，大家各有各的想法，也不一定愿意和咱们一起拼单。再说了，真要是好东西，咱们为什么不单独拿下呢？”

曾善才想想也是，便不再言语。但他一想到其中利润巨大，便开始心神不宁起来。“总得想点办法才是！”他默默地盘算着。

周燕飞见曾善才一副心事重重的样子，知道他一定不想轻易放弃这次机会，便鼓励曾善才去百货公司看个究竟。

“去就去,看看又不要钱!”曾善才骑上自行车,十来分钟的时间就赶到了百货公司。公司经理正在为处理这批货发愁呢,听说有人要来看货,赶忙叫人把曾善才请进自己的办公室。但当他看到眼前的客人不过是个二十来岁的小青年时,眼睛顿时失去了光芒。

“你要看货?”经理漫不经心地朝空中吐了一串又大又圆的烟圈。

曾善才眼见这位大腹便便的中年大叔明显不相信自己的实力,倒也不去较真,只是平淡地“嗯”了一声。

经理又抽了口烟,双肘撑在桌面,眼睛半睁半闭地说:“这批货总共得一千多万呢!你拿得出这么多钱吗?”

“不是说可以拆开卖吗?”

“我们只按品种拆开卖。就算这样,单品最少也要二百多万。”经理伸出右手的拇指和中指比了个2。

“跟俺了解到的情况一样。”曾善才一副志在必得的口气说,“只要货好,价格足够低,钱不是问题。”

“哦?你口气还真不小呢!”经理见曾善才一副举重若轻的样子,内心开始不淡定了,但又不想在眼前这位毛头小伙子面前表现出来。于是,他故作沉着地喊来一位女店员把曾善才带到仓库看看。

仓库里各种物品堆积如山。女店员指着仓库一角的纺织品对曾善才说:“要处理的商品都在这里了。”

曾善才一看,有过季童装、劳动布裤子、被面被单,还有五彩缤纷的毛线。曾善才一一问明了单价,并在心里与广州批发市场上的商品暗暗进行比较,发现性价比最高的非毛线莫属了。一方面,伏天已经过去,穿毛衣的季节很快就要到来,考虑到编织毛衣有一个过程,现在这个时候买毛线正当其时。当然,如果东西足够好,价格又足够有吸引力,这些毛线很快就可以卖得掉。想到这里,他随口问女店员这批毛线的价格如何。当他听女店员说,只需市场价的三折不到而且质量绝对属于上乘时,便脱口而出:“好东西!这些毛线俺要定了。你估计大概需要多少钱?”

“三百多万吧。”女店员疑惑地看着他,似乎在问:“你能拿得出这么多钱吗?”

曾善才眼下的确拿不出这么多钱。但这并不妨碍他对这批毛线商业价值的判断,以及拿下这批毛线的决心。办法都是人想出来的。只要有赚头,总能想得到办法。曾善才粗略算了笔账，这批毛线即使按翻倍价零售，也只相当于市场价打6折，销路肯定不愁。要是再便宜一点，比如按市场价打对折，大家不挤破头来买才怪。这样下来，保守估计毛利也能赚到200万元。200万呀！曾善才想想都激动。这么多钱按小店现在的赚钱速度差不多要20年才能挣得到！

曾善才抑制不住内心的激动，跨上自行车飞速返回服装小店，把自己看到的情况和可能的利润空间向周燕飞大致说了一遍。周燕飞听后也非常感兴趣，但一想到要拿出三百多万才能拿下这批货，便立马泄了气。曾善才见状，赶忙安慰她："你要是真感兴趣，咱们可以想想办法。"

"这么说，你已经有主意了？"

"那当然，就不知能不能行得通。"

"快说说看。"周燕飞催促道。

"好。咱手头不是有二十来万吗？能不能先拿出15万给百货公司，等两个月之后货卖完了，再付清全部货款？"

周燕飞一听乐了："这样做实际上还是赊账呀，人家不是不愿意赊吗？"

"对，是赊账。但俺说的这15万是额外支付的费用，你可以叫它货品利息，也可以叫它定金。两个月之后，货要是卖得完，咱们如数付清全部货款，要是卖不完，这15万就算违约金。"

"这倒是个办法。俺要是百货公司经理，一定能同意。"

"既然你认为能行得通，不如咱们一起过去找经理试试，你也顺便看看货咋样。"

两人趁顾客暂时不多，锁上店门，一阵风似地来到百货公司。经理见刚才那个毛头小伙子这么快就回头，而且还带了个女人一起过来，知道对方是真心想要货，态度比先前见到曾善才时要和气多了，又是给两人让座，又是张罗倒水。曾善才没敢耽搁，直接把周燕飞拉到仓库。周燕飞看到货品后的反应与曾善才几乎完全一致，便趁带路的女店员不注意，用拳头轻轻捅了捅曾善才的后腰，低声说道："的确不错，咱们赶快找经理，按原计划跟他商量。"曾善才会意地点了点头。两人跟随女店员重新回到了经理办公室。

"看样子，你们是打定主意啰！"经理捧着大茶缸，笑容满面地说。

"早就打定主意了。"曾善才应道。

“太好了！打算什么时候拿货？”经理问。

“随时都可拿。只是付款方式能不能再商量一下？”曾善才试探着问。

“哦？只要是现款,都好说。”经理说。

曾善才把他与周燕飞先前商量的付款方案详细地向经理做了陈述。

经理听罢,眉头又重新皱了起来。他闭上眼睛,往座椅后面靠了靠,说:“弄了半天,你这不还是要赊账吗？”

“不完全是赊账。而是整整多付15万的押金给你们。”曾善才辩解道。

“赊账就是赊账,什么叫不完全是？”经理一脸的嘲讽表情。

眼见经理的态度变得消极起来,周燕飞在一旁接过话茬:“你说的对,这的确还是赊账。不过,百货公司不用担一点风险,又能凭空多赚15万,你们为什么不同意这种方式呢？”

“没有风险？你说得倒轻巧！两个月之后,你们要是卖不完,肯定会把货退回来,公司还得重新寻找买主。时间都被你们耽误掉了,要这15万违约金有啥用？反过来,要是你们把货全部卖完了,却悄悄拿着这三百多万货款逃走了怎么办？”经理一脸严肃地说。

周燕飞见经理不肯松口,有点着急了。她瞪大眼睛问:“就是说你们横竖不肯接受押金拿货的方式了？”

经理想了想说:“那也未必,除非……”

“除非什么？我们可以再想办法嘛！”没待经理说完,曾善才便迫不及待地问道。那样子,似乎只要经理提出把他曾善才自己押上都没有一点问题。

经理当然不指望把曾善才押过去。就算押了,他也保不准曾善才到时不来个金蝉脱壳,所以他只是淡淡地说:“除非你们能找到人担保。”

“就这么简单？”曾善才一听乐了。

一旁的周燕飞却递了个眼色给他,说:“你让经理把话说完,什么样的人担保才有效。”

经理没有立即回答,而是鼓着一双灯泡般的眼珠子欣赏了一会自己刚刚吐出的、正悬在半空的烟圈。

曾善才虽是个急性子,但想到现在正有求于别人,只好咽了口吐沫,眼巴巴地等经理把话说出来。

刚刚那串烟圈终于一点点飘散开来，经理又猛吸一口香烟，往空中重新送上一串浑圆的烟圈后才慢条斯理地说："有能力在你拿不出钱的时候替你交钱的人才能做担保人。"

曾善才一听傻眼了。他估摸着整个河东县都找不出这样的人来。就算能找到这样的人，人家也未必愿意帮他担保！但他又不死心，就壮着胆子问："如果不找个人，而是找政府或单位来担保行不行？"

"那还用说吗？只要哪家单位肯在担保书上签字盖章，百货公司就可以立即给你发货！"经理爽快地答道。

"好，先这么着吧！俺来想办法。"曾善才说完，向经理点了点头，便带着周燕飞返回了小店。

"你想到办法了？"两人还未进屋，周燕飞便好奇地问道。

"还没有，俺一个乡下人总共也不认得几个吃皇粮的，到哪去找单位帮俺担保。你是城里人，认识的官家一定比俺多，俺还指望你来找人呢！"

周燕飞因为实地看了货，清楚这批货的价值，所以也很愿意动用社会关系试一试。此后一连两天时间，她不知扣响了多少熟悉、不熟悉人家的大门，也不知送出了多少只老母鸡、老母鸭，但对方一听说要自己出面说服领导为一家个体户做三百多万元的担保，大都吓得直摇手，说出来的话也大同小异："哎哟我的妈呀！别说担保300万，就是3万，俺们单位也不可能凭白揽这么个事！就算揽了，将来也根本拿不出这么多钱呀！"

当周燕飞把了解到的情况告诉曾善才时，他不禁苦笑了一下，说："他们说得没错，一般单位哪能拿出那么多钱，又不是开银行……"刚吐出"银行"两个字，曾善才一拍脑袋，说"对呀，绕了那么大的弯，为啥不直接去找银行呢？"

"银行的钱就那么好拿？"周燕飞碰了那么多钉子，这下真不敢再抱什么希望了。

"你忘了？根据经理的要求，俺们只需要找单位担保，又不是真要它替咱付钱！"曾善才提醒道。

"说得没错！但你有没有想过人家凭什么要替咱们担保？"

"凭好处！"曾善才紧接着向周燕飞详细说出了自己的理由和计划。周燕飞听后，感觉非常有理，又补充了一些自己的想法。

两人很快找到了县信用社,向柜台人员说明了来意。柜台人员一听涉及金额非常巨大,便向领导做了汇报。很快,一位领导模样的中年男子出面接待了他们。曾善才把自己的来意向领导详细介绍后强调说:“两个月之后,俺肯定能把这批货卖掉,欠百货公司的钱绝对能还得上。就算这些货不能全卖掉,那货不是还在吗?该给百货公司的违约金已经给了,大不了把剩余的货再退给他们。你们信用社不过是做个担保,又没啥风险。再说了,俺们也不可能叫你们白干,该付多少钱绝对一分不少!”

领导听后沉思片刻,和气地对曾善才说:“你说得很好!信用社的确不可能平白无故帮人做担保,如果能有些收益,这个担保还是可以做的。”

曾善才和周燕飞见情况有了转机,不禁同时舒展眉头,说:“太好了!”曾善才还说:“你给俺担保两个月,俺按货值总额给信用社5%的担保费如何?”

领导一听,乐了,心想:两个月5%,年化就是30%,这种好事到哪里找去?于是,他笑着说:“俺看行。不过,这事俺一个人也做不了主,你下午再来,俺们研究一下再说。”随后,又向曾善才了解了具体货值。

曾善才回答货值320万元后,便与周燕飞回去了。

到了下午,曾善才早早来到信用社。领导一见曾善才就笑了:“你来得还挺快的!俺们研究下来,决定帮你担保。”

曾善才一听,心里那个乐呀,不知该怎么表达喜悦之情,只是一个劲地作揖鞠躬。

领导接着说:“信用社经过研究,决定给你开一张320万元的承兑汇票,两个月的资金占用费按5%也就是16万元算。”

“啥叫承兑汇票?”曾善才不解地问。

“承兑汇票就是办理过承兑手续的汇票。说白了,就相当于信用社替你开给百货公司的担保书,到时候,你要是给不上百货公司货款,百货公司就可以拿着承兑汇票找信用社要钱。”领导解释道。

曾善才听后,连连点头称好,却又有点不解地问:“你们就不怕俺们把货卖完卷款跑路吗?”

领导咧嘴一笑说:“跑?往哪跑?信用社肯定要全程跟踪你们拿货和销货的情况,你们在向百货公司拿第二批货之前至少要把所卖前一批货的本钱存进本信用社。”

曾善才感觉领导说的在理，也就认了。

第二天，曾善才和周燕飞与县百货公司郑重签下协议，承诺要在两个月内卖完百货公司要处理的全部毛线，并向百货公司支付15万元作为押金或货品利息。如果两个月卖不完，这15万元就是违约金，曾善才和周燕飞不得要回。具体拿货时，每次不超过15万元货值。同时，曾善才和周燕飞还以16万元资金占用费的代价以及将售货款存入信用社的承诺，从县信用社那里拿到了一张320万元的承兑汇票，并将这张承兑汇票抵押给了县百货公司。

一切妥当之后，曾善才和周燕飞终于拿到了百货公司的毛线。为了尽快将货卖完，他们没敢把零售价定得太高，只比百货公司的处理价上浮了40%。同时，他们还花了上千块钱，买来油印机、蜡纸、油墨、红色对联纸，油印了一批红彤彤的售货传单，雇人到本县各公社，趁逢集人多时广为散发。

因为毛线质量上乘、价格足够便宜，加上宣传到位，一个月以后，那批货已卖掉大半，接近收回全部货款，付不上货款的风险已接近于零。此时，曾善才不仅一身轻松，还有了新的想法。

“周姐，你看咱们要不要调整一下毛线的零售价？”曾善才试探着问周燕飞。

“你是想再降降价，把手头的货尽快清光吗？”周燕飞问。

“你看呢？”曾善才再次把问题抛给了周燕飞。

“我没有意见呀！反正剩下那些货都是利润了。稍微再降点价，只是少赚点钱的问题。”

“为什么要降价？当初我们定价的时候，对能不能卖得掉，心里把握还不是太大，所以只比成本价定高了4成。实际上，就算定价比成本价翻一倍也比零售价少4成呢！所以依俺看，不如咱们把剩下这点货抬抬价，按成本价的一倍卖怎么样？”

周燕飞想了一会，说：“俺说不清楚，就感觉你这样做挺怪的。人家都是货快卖完时把价压得更低一些，你倒好，不降反升！”

曾善才哈哈大笑说：“周姐，你怎么突然变得这么迂？做生意哪有什么固定的路数？能多挣点钱，为什么不多挣？咱们先提价试试，要是效果不好，再把价降下来不迟！”

“行，那就先试试吧！”

统一了意见以后，他们把毛线的价格大幅提高到成本价的一倍，并声称今后可能再度提价，直到这批毛线的价格达到外地的零售价水平。谁知提价不仅没有把顾客吓退，反倒因为有再提价的可能，引来了更多的顾客。第二个月时间还没有过半，他们就把三百多万货值的毛线全部卖光了。他们如期与百货公司结账，取回了押在百货公司的承兑汇票。至此，这一战役圆满结束。粗略算来，去掉付给百货公司的15万货款利息和付给信用社的16万资金占用费及油印广告等一些杂七杂八的成本，他们最后净赚115万元。

这天，天快黑的时候，外面突然下起了大雨。曾善才和周燕飞关上了店门，肩并肩盘腿坐在小店的地上，一遍又一遍地数着各自名下存折上的“零”。数了一会，又交换着数对方存折上的“零”。两人就这样不停地数呀，数呀，似乎这就是天底下最美妙的游戏。

也不知又过了多少时间，周燕飞终于忍不住问道：“有没有想过要这么多钱干什么？”

曾善才没有答话，而是一把揽过周燕飞的肩膀，把自己的嘴唇紧紧地压在她的嘴上，一顿猛吸之后，又顺势把她按倒在铺满5块、10块钞票的地面上……

一番激情之后，曾善才双手扳过周燕飞的脸，盯着那双清澈的眼睛，气喘吁吁地说：“俺要用这些钱把你娶回去给俺再生个夏生！”

周燕飞闭着眼睛轻轻地推了他一把，嗔道：“想得美！你屠大哥肯定不会同意的。”

“为什么不同意？俺可以多给他留点钱。”曾善才有点急了，起身靠墙坐下，把周燕飞的头轻轻挪到自己的腿上，又低头照着周燕飞的嘴唇轻轻吻了一口。

“这不是钱的问题。”周燕飞闭起眼睛安心享受着来自曾善才的温存，“鹏远虽是个残疾人，但他也需要有个完整的家。俺这些年跟他过惯了，真不忍心抛开他。”

“俺知道你是个有情义的人，但俺俩这样下去也不是个办法呀！”曾善才用手轻轻摩挲着她白雪般的肌肤说。

周燕飞再次发出欢快的低吟：“不……不要紧。他……他都知……知道。”

“你说啥？”曾善才着实吓了一跳，那双不安分的手也突然变得僵硬起来，“那……那可咋办？”

“凉拌！”周燕飞伸手戳了一下曾善才的脑门说，“看你那点出息！鹏远要是想找你闹事,早就闹了,他感激你还来不及呢!”

“啥意思?”曾善才被周燕飞的一番话闹得没了方向。

“哎,你真是个糊涂蛋!”周燕飞脸露悲凄之色,接着说,“一个男人,要不是遇到特别的难处,谁能忍心看着自己的老婆跟别的男人好?鹏远苦呀!”

听她这么说,曾善才更加慌了神,他嗫嚅着说:“没想到,真没想到,俺伤着屠大哥了!可……可俺对你也是一片真心的呀!”

“傻瓜,俺知道你是真心的!要不,俺成啥了?”周燕飞说着说着双眼噙满了泪花,“鹏远虽然在那年车祸中拣回了一条命,人却差不多废掉一大半,但俺俩感情一直很好,他看俺不仅要照顾他,还守着活寡,多次劝俺把婚离了,再找个健全人。老实说,俺心里不是没有活泛过。可做人总要讲点良心,你要俺就这么丢下他,俺心里真不忍呢!直到后来遇上你,俺才重新找回做女人的感觉。他见俺气色一天天滋润起来,早就明白怎么回事了。看得出,他不仅没吃醋,还真心为俺高兴呢!你说,这么懂情顺理的人,俺这时能抛下他不管吗?”

曾善才静静地听着,越发不知该如何回答了。

周燕飞则继续喃喃自语道:“其实,抛开鹏远不说,俺也不能跟你去。”

“为什么?”曾善才心有不甘地问。

周燕飞用手撑地,也靠墙坐了起来。“这还用问吗?俺比你大好几岁,又是结过婚的人,那样对你不公平。”

曾善才没等周燕飞说完,就一把捂住她的嘴巴,说:“咋又扯远了!两个人真心相处,还谈什么吃不吃亏吗?”说到这里,他脑子里突然又冒出一个新问题:“你刚才说屠大哥身体不中用,那夏生应该是俺的儿子啰?”

“你说呢?”周燕飞意味深长地瞄了他一眼说。

“要俺说,夏生就是俺儿子,别的不说,看看他那只塌鼻子就知道他本该姓曾!”

“是吗?天下只有你一个人塌鼻子?”周燕飞说完“咯咯咯”笑了起来。

曾善才见她如此发笑,心里便彻底明白了。他再次把周燕飞扳倒在铺满钞票的地面上,忘情地吮吸着她浑身上下每一寸肌肤。屋外的雨噼里啪啦地下着,屋内的汗酣畅淋漓地淌着……

第十二章 火车上巧遇故知 梦乡里角色互换

曾善才与周燕飞的服装生意重新回归到先前的轨道。眼看又临近春节，两人决定把小店委托给屠鹏远照看几天，他俩再结伴去广州进趟货，顺便去南粤转转。

临行前，周燕飞把夏生送到了娘家。夏生见到姥姥很高兴，手舞足蹈地动着，咿咿呀呀地叫着。但眼见妈妈转身要走，嘴一瘪，大哭起来。半年多来，周燕飞还没离开过夏生一天以上时间。见儿子哭得厉害，她非常揪心，忍不住回头又亲了亲夏生胖乎乎的小脸蛋。

开往省城的长途客车依旧缓慢而颠簸，但此时的曾善才和周燕飞早已没有了首次南下时的紧张与新奇。他们相互依偎着对抗门窗缝隙里钻进来的丝丝凉风，时不时抬眼看一会窗外。眼见白茫茫的大地上那一幢幢低矮的草房和一丛丛干枯的树枝不紧不慢地往车后闪去，曾善才想起了自家的破草房。

“想啥呢？”周燕飞用胳膊肘碰了碰他。

“想房子呢。你看这些房子破的，跟俺家的差不多。都该换新的了！”

周燕飞一听立即精神起来，她摩挲着曾善才的手说：“对，赚了钱，你也该给家里盖几间新房子了，等房子盖好了，你再娶个漂亮媳妇回去。”

曾善才假装没听见，继续若有所思地望着窗外，心想：说得好听，俺真要是娶个媳妇回来，你就该伤心了，但是不娶媳妇，也不算个事呀！曾善才皱起眉头，越想越感觉难办。

“还在想你的房子吗？”周燕飞柔声问道。

“嗯。”

“想就盖吧，现在盖几间房对你应该不算个事吧，怎么还愁眉不展了呢？”

“是吗？”

“当然。瞒得过别人,还能瞒得过我吗？”

曾善才傻笑了一下,说:“俺也没想瞒你呀！”

“那你说说为啥发愁呢？”

“俺发愁了吗？”曾善才冷笑了一声,“俺只是在想该盖几间房,要不要给夏生也留一间。”

“要盖几间房,那是你们家的事,咋还扯上夏生了呢？”

“因为夏生是俺大儿子呀！”

“去你的！”周燕飞从曾善才怀里坐直了身体,正言道,“以后不许再说这样的话！鹏远听到会伤心死了。”

曾善才“哦”了一声,转而又说,“可是俺也不能不尽到做爹的责任呀！”

“善才,你以后真不用再想这事了！啥责任不责任的？你给了他生命,这就是最大的责任！况且俺俩合伙做生意,还不得仰仗你又费心又费力吗？俺们合伙的生意发达了,也就相当于夏生发达了。别的不说,将来俺和鹏远名下的财产还不都是夏生的?！”

曾善才想想也是,便不再言语。

到达省城后,他们面临着买硬座还是买卧铺的问题。曾善才考虑到周燕飞生过小孩才半年多,身体还没有完全恢复过来,加上平时带小孩和做生意都比较辛苦,想买卧铺去广州。谁知,他的话刚一出口,便被周燕飞坚决驳了回来:“虽说现在咱们手里有点钱了,但这些钱得来不易,担了多少心,受了多少怕,你自己还不清楚吗？以前咱们都是坐硬座过去的,从来也没感觉累过,这次你就不要逞能了。出门在外,花钱的地方多着呢,还是把钱留到刀刃上用吧！”曾善才拗不过她,只好照旧买了两张硬座的票。

座位可以将就,但吃饭不能再将就了。到了用餐时间,列车员推着小车,声嘶力竭地喊道:“啤酒、饮料、矿泉水,花生、瓜子、火腿肠。”他们没再理会,而是直接走进餐车。

“哟,这不是善才吗？”曾善才和周燕飞刚走进餐车,便听见身后有人喊他。他回头一看,不禁愣住了。

那人不是别人,正是他的小学同学孙利民。曾善才又惊又喜。惊的是,两个好朋友居然在没有事先联系的情况下在火车上相遇,这得有多巧呀！喜的是,这次南方之行前,自己积累了很多问题需要找到答案,孙利民是大学生,现在正好可以问问他。他一把抓住孙利民,感觉不过瘾,又伸出拳头照他胸脯轻轻敲了几拳。孙利民也回手敲了曾善才几拳。若不是周燕飞提醒他们这是在餐车上,还不知他们要闹到什么时候。

孙利民比着曾善才叫了声“周姐”,便和曾善才一起跟着她来到一张空闲餐桌前坐了下来。曾善才把点菜任务交给周燕飞后迫不及待地问道:“你不会也是去广州吧?”

“为什么不会?俺要去的地方比广州还要远一点呢!”

“是南粤吗?”

“嗯。”

“真是太巧了!俺们这趟南下不仅要去广州进点年货,也想顺便去南粤看看呢!”

“那好啊!俺这是第一次去南方,正愁路不熟,你们常走这条道,正好当向导!”

“你该不是也要去进货吧?”

“当然不是。俺这不是要毕业了吗?毕业之前要写个毕业论文,俺选的题目是特区制度研究。光看书不行,俺得亲自过去跑一趟,这样心里才能有点底。”

“怪不得!你好不容易考上大学,将来总要当个领导啥的,不至于跟俺一样做个二道贩子!”

“啥叫二道贩子?你是正儿八经的商人!谁规定大学毕业生不能去做商人?”

两人说话间,餐车服务员陆续把菜端了上来。曾善才一看,都是些家常菜,无非就是木耳炒肉片、醋熘土豆丝、红烧牛柳、鸡蛋番茄汤之类。他感觉有点不好意思,笑着对孙利民说:“没办法,看来火车上也就这点东西了,你将就吃一点,等到了广州,俺再……”

他的话还没落音,就被孙利民打断了:“不对呀,善才!这些菜不都是挺好的吗?你咋还挑剔上了?还记得当年咱们连肚子都吃不饱的感觉吗?”

曾善才的脸唰的一下涨得通红。一旁的周燕飞一看,立即接过话茬,说:“俗话说‘在家千日好,出外一时难’,火车上的饭菜口味的确不咋地,勉强填饱肚子还行,你们哥俩好容易在火车上碰面,快点趁热吃起来吧!”

“对对,快吃吧,俺肚子早就咕咕叫了。”曾善才抓起筷子赶忙狼吞虎咽起来,一碗白米饭很快被他扒拉掉一大半,惹得周燕飞捂着嘴直笑。曾善才被她笑得浑身发毛,把筷子举到半空中,直愣愣地望着他问:“笑什么?”

“笑你只顾自己吃饭,也不招呼一下客人。”周燕飞答道。

“周姐,不用客气,俺跟他从小一起长大,不分彼此,什么客人不客人的。”孙利民笑着替曾善才打圆场。

“对呀,俺俩谁跟谁,自家兄弟一般!”曾善才也附和道。突然,他的眼光停在邻桌的啤酒瓶上,一拍脑袋,说:“你看俺这出息,咱哥俩在火车上偶遇,连啤酒也没想起来要一瓶!”说完,便招呼餐车服务员过来。

孙利民忙伸手制止,说:“算了!俺不会喝酒,你是知道的。先填饱肚子吧,酒就算了!”

曾善才还想坚持,孙利民又跟着说了一句:“俺知道你这两年可能挣到不少钱,但那些钱也不是风刮来的,还是留着慢慢花吧。”曾善才被他这么一说,感觉更不好意思,便不再坚持。

饭后,周燕飞想到他们两位老朋友难得见上一面,一定有很多话要说,而自己在旁边可能又不太方便,就主动与孙利民调换了座位。

两位老同学刚一坐定,孙利民就侧过身贼兮兮地看着曾善才,问:“你该不是交大运了吧?”

“啥?你看俺这张苦瓜脸,天下人都交了大运也轮不到俺!”曾善才一副不惊不乍的样子说。

“不对吧?你啥时学会瞒俺了?”孙利民用手指了指周燕飞远去的背影问。

曾善才此时已明白了八九分,但他故意装糊涂,只是一本正经地说:“这趟出来之前,俺的确做成了一笔大生意。”接着,就把他如何用15万元货款利息与16万元资金占用款从县百货公司低成本拿到毛线的事一五一十向孙利民作了介绍。

孙利民听得目瞪口呆,连称:“厉害!厉害!”接着又一脸诚恳地说:“你这个高中都考不上的后进生比俺这个经济系大学生都更懂金融呀!以后你可要多多带带俺哟!”

“哪里哪里,俺这也是被逼出来的!你太谦虚了,喝了那么多墨水,咋说也要比俺这个初中生强上百倍!”曾善才憨厚地笑着说。

孙利民没有继续回应,转而问道:“善才,没想到你现在越来越精了,俺问你最近是不是交桃花运了，你绕了半天，差点把俺带到阴沟里了！快如实招来，你跟这位周姐到底是咋回事？”

“还能咋回事？合伙做生意呗。”曾善才轻描淡写地答道。没待孙利民反应，他反过来问道：“你前面说正在研究特区，能说说啥叫特区吗？”

孙利民转身瞅了瞅曾善才，嬉笑着说：“你又转移话题了！好，俺先帮你解释一下什么是特区，然后你要老实交代与周姐的关系。”听到曾善才说“好”，他才接着说下去，“特区说白了就是特别的区域，有政治特区，也有经济特区，咱们国家正在搞的特区是经济特区。就是在国内划出一定范围，实行特殊的经济政策，这些政策要比国内现行政策开放得多，也灵活得多”。

“要是大家感觉特区好，都想跑过去咋办？”曾善才忍不住问道。

“这个不用操心，国家肯定有办法！”

“啥办法？”

孙利民不再搭腔，只把眼睛瞥向窗外。太阳正在西沉，西边的天空红得火烧一般。路边的稻茬田里，三五只水牛正懒洋洋地摇晃着尾巴，抬头呆望着呼啸而过的绿皮车。

曾善才明白该自己说话了，便低下头悠悠地说：“其实周姐很不容易，男人是个废人，一家的担子都压在她一个女人身上。”

“哦，你不说俺还不知道。但再没用的男人也不会不在乎老婆跟别人吧，你经常同她单独外出，她男人就不吃醋吗？”

“嘿嘿，不说了，不说了，家家都有一本难念的经呀！”曾善才摇晃着脑袋苦笑着说。

孙利民见状，也就不再追问。太阳正在加速下沉，夕阳的余晖染红了大地，也透过车窗玻璃染红了他与曾善才的脸。他指了指窗外的一处农家小院对曾善才说：“看到那个院子了吗？如果那家主人不开门，你能随便进去吗？”

“当然不能。”曾善才想都没想便脱口而出。

“那不就得了！只要国家在特区周围建一圈高墙或者围个栅栏什么的，外面的人不就进不去了吗？”

“嗯，你这样一讲，俺明白了。只是把这道墙建起来也要花不少钱呢！”

“这算啥？咱们老祖宗在技术和国力都不怎么样的时候都能把万里长城建

起来,现在的国家那么强大,技术也比当年发达得多,想在个小地方建道墙能费啥事?”

曾善才想想也是,便不再言语。

太阳彻底落山了。周燕飞过来把两人喊到餐车胡乱吃了点热饭热菜,便重新回到孙利民原来的座位上昏昏沉沉地睡去了。曾善才与孙利民仍然沉浸在意外重逢的兴奋状态中。

“利民,你再过几个月就要毕业了吧?毕业以后会到哪里工作?”

“不知道,反正国家包分配。”

“还是大学生享福,啥都是国家管。不像俺,成天要操心下一步该咋走。”说到这里,曾善才忽然感觉不太合适,忙转变口气,“嘿,看俺说到哪里了,大学俺不是考不上吗?!”

“国家管有国家管的好处,比如,不用自己操心干啥工作,时间一到就有工资领。但是国家管也有国家管的坏处,比如,国家分配给你的工作不一定是你想做的,国家给你的工资可能也不太多。”

“那你是想要国家管,还是不想要国家管呢?”

“俺现在还说不清楚。按说当年费了那么大的力气,不就是想吃上皇粮吗?但是吃了皇粮又能怎样?那些吃皇粮的中小学老师,还有机关里的一般干部们能赚几个钱?”

“说得没错!但吃皇粮有吃皇粮的好处,比如安稳呀,哪像俺一天到晚累得像头牛!”

“哈哈!各有利弊吧!现在国家改革开放的力度很大,以后大家的选择也会更多:愿意吃皇粮,就想办法弄皇粮吃;要是嫌生活单调、清苦,那就扔掉身份,像你这样自己找食吃去。”

曾善才拍了拍孙利民的肩膀说:“你看得真开!依俺看,还得多读书!俺就没办法,只能自己找食吃。不然,也可以多一条路!”

火车慢吞吞地向前爬着。曾善才瞥了一眼漆黑的窗外,舒舒服服地伸了个懒腰。连续两个月的鏖战早已使他筋疲力尽,与好友的意外重逢又使他彻底放松。“睡吧,兄弟!”说完,他头一歪,枕在孙利民的肩上打起呼噜来了。

孙利民倒不太困倦。他早已习惯了挑灯夜战,不到深夜12点,即使躺在床上也很难入睡。车厢里的灯早已熄灭，身旁又紧紧依靠着呼呼大睡的曾善才，他不便动弹，只好僵硬地坐着。曾善才如此之快的成功令他始料未及，也使他不得不重新审视自己的求学之路。再过几个月他就要毕业了，不出意外的话，他将顺利被分配到机关、银行或事业单位，舒舒服服地吃上皇粮，当上国家干部，然后按部就班地终老一生。他设想自己很快会变成一只提线木偶却又要故作欢欣，竟无端凄然起来。他的眼皮开始僵硬，脑袋开始昏沉，迷蒙之中，竟走进了一条悠长的时光隧道……

孙利民跌跌撞撞进了高考考场，眼盯着艰涩难懂的高考试卷脑袋一片空白，只得胡乱在试卷上涂抹一番。二十多天后，高考放榜。他挤在黑压压的人群中，吃力地寻找着自己的名字，可从头看到底，又从底看到头，都没有发现自己的名字。恰在此时，一个个熟悉的身影心满意足地从自己身边擦过。他伤心到了极点，坐到地上呜呜哭了起来。没多久，有人轻轻拍着他安慰道："没考上就没考上吧，每个人头上都有个露水珠子，你考不上，难道老天要把你饿死不成？"他抬头一看，原来是曾善才，只见他手里拿着红彤彤的大学录取通知书，正冲他挤眉弄眼取乐呢。他更加伤心起来，嘟囔道："善才，你可太不地道了，俺俩这么多年的好朋友，你考上大学就考上大学吧，何必故意在俺面前显摆？"曾善才也不言语，龇牙一笑，把眼角的疤痕挤成了一堆，倏尔又拉下脸来，面目狰狞地说："睁开你的狗眼好好看看，谁是曾善才？"他定睛一瞧，果然不是曾善才，而是李冲。他一向反感李冲，便扭头不再理他，但感觉更加憋闷，心想，这种无赖都能考上大学，俺真是太无能了！岂料李冲见他不理自己，竟转到他前面将手中的大学录取通知书展开，口中还咕咕哝哝地说："看，这就是老子的大学录取通知书，给你开开眼界！"孙利民气得肺都要炸了，他想起身一把抓过李冲手中的大学录取通知书把它撕个粉碎，可自己浑身软绵绵的，根本就动弹不得，而李冲却一步跳到几丈开外，一手高举着红彤彤的录取通知书，一手勾着对他挑逗："来呀，来呀，来抢老子的录取通知书呀！"孙利民再次尝试跳起来追打李冲，依然浑身瘫软，连抬脚的力量都没有，不禁悲从中来，哇啦大喊一声："小子，等老子抓住你，非碾碎你个狗东西不可！"

"怎么啦，兄弟？"正当孙利民极度悲愤之时，曾善才拍打着他的肩膀问道。他迷迷糊糊睁眼看了看，原来是一场噩梦！他把梦中的情形向曾善才轻声述说了一遍。惹得曾善才扑哧笑了："幸亏你梦中的俺一转眼变成了李冲，不然，俺还真感觉对不住你呢！”不过，曾善才随即又叹了口气说：“俺要是真能拿到大学录取通知书就好了！”

两人调整坐姿，很快又昏昏入睡。没多久曾善才也做了一个梦。梦中他果真拿到了大学录取通知书，而孙利民却迫于生活压力做了小贩。几年后，曾善才大学毕业，被国家分配到省委办公厅，不久便当上了领导。有一天，他下基层视察，在一帮基层干部的前呼后拥下，来到了河东县商业大街，正往前走时，一眼看到孙利民站在一家小服装店门前东张西望。他走过去一问，原来孙利民后来有了积蓄之后就开了一家小服装店，平时从广州进些便宜货来卖，刚开始时服装店生意还好，但周围的人看他做生意赚钱很快，纷纷模仿，开了不少相近的店铺。孙利民的生意越来越差，眼见着出多进少，把孙利民急得像热锅上的蚂蚁，成天唉声叹气地在小店门口发愁。听完之后，曾善才热情地握着孙利民的手说：“好兄弟，不用愁，要多想办法，要相信党，相信政府，真有什么困难自己解决不掉可以向当地政府反映，政府一定不会坐视不管！”孙利民听后很激动，一边紧握着曾善才的手连称老同学说得好，一边扭头从小店里喊出了周燕飞，两人一唱一和地向曾善才道着谢，说着夸奖的话。看着周燕飞那雪白的圆脸，曾善才突然感觉很别扭，正要警告孙利民“朋友之妻不可欺”，孙利民倒抢先说：“谁说她是你老婆？人家是屠鹏远的老婆好吧？”他感觉心里很不自在，刚想拂袖而去，孙利民又换了口气，嬉笑着说：“老同学当上大领导，脾气也变大了，你再仔细看一看，这哪里有周燕飞？”待他仔细看时，眼前的确没有周燕飞，倒有一个一脸清纯的女大学生站在跟前，他努力想了想，这人名字似乎叫林舒羽。他感觉很奇怪：林舒羽不是李冲的女朋友吗？怎么跟孙利民弄到一起了呢？

恰在此时，列车广播响起：“乘客同志们你们好，前方就是终点站广州站了，请大家收拾好行李，准备下车。”

曾善才心里一惊，睁眼看时，窗外的楼房多了起来，果然已快到广州。再环顾四周，周燕飞已拎着行李站在身边。他连忙推醒孙利民。三人相互问候一番之后开始收拾行李。

火车开始减速，曾善才望着路边那熟悉的铁丝栅栏和斑斑驳驳的厂房外墙，把自己的梦也悄悄说与孙利民听。孙利民听后哈哈大笑，说：“都说梦是反的，看来真没错！就像俺梦见自己没考上大学其实考上了一样，你梦见自己当了什么大领导可能就是提醒你没那个机会了！”

曾善才笑笑说：“没错，俺一个做小生意的能当上大官才怪呢！”他怕孙利民心里有负担，又好言替他打消顾虑，说：“梦里的东西都是胡说八道，千万别当真，正的反的都不能当真，现在社会上都说你们大学生是天之骄子，等你毕业了，国家少不得要重用呢！”

孙利民没有吱声，只咧嘴干笑了两声。此时车已停稳，三人默默跟在人群后面，慢慢向车门口挪去。出站后，他们直接去购票大厅买好了下午去南粤的火车票，才背起简单的行囊在火车站周围闲逛起来。

第十三章 三人结伴游南粤 利民详解开放情

孙利民首次来广州，少不得左瞧右看，仔细观察。曾善才笑着问他广州与中原省城比起来如何。孙利民闭口不言，只是歪头反问一句："你说呢？"

曾善才虽笑他会踢皮球，还是认真作答："从表面上看都是省城，除了楼房式样不太一样外，没啥大区别。但往细里看，差别可不是一般的大。别的不说，你看大街上当地人走路的速度就比咱省城快。再仔细瞧瞧这些人的衣着打扮，是不是都挺时髦的？你再看看这两边的商铺，哪家不是人来人往，热热闹闹？"

孙利民听他说得有理，伸手拍拍他的肩膀说："你观察得这么细，表达得这么准，不去读大学搞研究真是可惜了！"

周燕飞也在一旁逗他："人家大学生都夸你了，善才可不能骄傲哟。"

曾善才脸一红，说道："你们两个合着谋来取笑俺，明知俺笨，偏要说俺聪明，俺要是真聪明，老早就考上大学了，哪能沦落到今天这个样子！"

孙利民马上纠正道："这话说远了！俗话说，'行行出状元'，天下又不是只有考大学这一条路，再说，你现在的生意不是很出色吗？"

三人边走边说，把火车站周边几条街道转了个遍。眼看时间不早了，他们随意找了家小店吃了点便饭，就匆匆赶回火车站，没多久就登上了前往南粤的火车。一路上花红草绿，天高云淡，仅用个把小时便到达南粤。

曾善才和周燕飞虽然多次南下，却是首次踏上南粤的土地。那孙利民更是连南方也不曾来过。三人对这个边陲小城的印象大多停留在报纸和收音机的新闻报道中。原本以为，这么一个国家高度重视、知名度那么大的城市一定要比广州还要强上百倍。然而，一出火车站，他们全部傻眼了：火车站前的广场还没有农家打谷场大，地面上也没铺石子、水泥之类的东西，到处坑坑洼洼、尘土飞扬，甚至还有几辆牛车不紧不慢地招摇过市，有一头牛竟然走着走着尾巴一撅当街拉下一堆大粪,哪有半点繁华的踪影？分明连河东县城都不如！

三人来不及埋怨,便被一大群衣衫褴褛、身背行军包般行囊的老乡裹挟着到了街角。他们只好在原地站了老半天,待这帮老乡稍稍远去,才踩着厚厚的灰尘向前走去。没有特定目的地,他们只顾往前走,目光所及之处,到处是高高竖起的脚手架和建了半拉子的高矮楼房。不时有或东摇西晃的解放牌大货车满载各种货物,拖着长长的黑烟从他们身边急驰而过,顺势又带起一阵阵黄色的尘土。他们只好闭眼掩面站在原处,待空气稍稍干净点才继续往前行走。就这样,他们不知走了多久,终于在太阳还剩丈把高的时候,来到一处老街。

这处老街与曾善才所熟悉的家乡老街并无二致:一两丈宽的街道两边是一幢接一幢的两层小楼,有的小楼平顶,有的楼顶上覆着青色的小瓦,瓦片之上布满厚厚的青苔。二楼的阳台上一般都装有齐腰高的水泥护栏,只是花样稍有不同:有长条形的,有“8”字形的,还有“X”形的……不过,大多数护栏都比较残旧,有的甚至缺少一两根栏杆,令人担心那家主人会一不小心从缺口掉下来。或许因为天色渐晚,不少一楼沿街商铺都早早地关上了业已发白的紫漆板门。房屋的墙面和廊柱一律被石灰粉刷过,但因为岁月的冲刷,早已变得斑斑驳驳,甚至裸露出下面的水泥或砖块来。

街道上行人不多,烂纸、烂菜叶散落得遍地都是,偶有戴着尖草帽,穿着黄、蓝夹袄的人摇着加重自行车铃铛匆匆驶过,一不小心轧在小水洼上,溅得周燕飞满身星星点点的泥水。她一边从上至下拍打着衣服,一边催促两位小伙加快步伐往前赶路。

街道不长,三人又走了十来分钟的光景,终于见到一家用竹棍挑着“吃饭住宿”白粗布招牌的小店。他们进去走了一圈,感觉屋内还算干净。曾善才一屁股坐进一张竹制的藤椅内,来回摇晃了几下,感觉非常舒适,便不想再动,任凭周燕飞和孙利民跑前跑后查看店内情况。

店主是一位四十来岁黑瘦的本地人,说起普通话来,令人感觉云天雾地,幸亏周燕飞已多次南下,勉强能与他沟通一下。店主接过周燕飞递来的介绍信和边境证,快速瞄了一眼,问他们想开几个房间,并指着孙利民问,他是否要与周燕飞住同一个房间。孙利民好容易听懂后,吓得一边摇手,一边扭头看着曾善才连连往后退。店主见状倒是一副见怪不怪的样子，慢条斯理地说："没关系啦，这里是特区，你们爱怎么住就怎么住啦。3个人开一间房间可以，开两间房间也没问题啦。"周燕飞脸上一红，对店老板说："那就开两间吧，他们两个男的住一间，俺一个人住一间。"店老板点头说"好"。交完押金后，店老板叫来一位同样矮瘦的姑娘，吩咐她把三人带进位于后院的客房。曾善才与孙利民同住的那间房实际上共有4张床，只是暂时还没有其他人入住。而周燕飞的房间也是个三人间，里面已有一个北方来的中年妇女住下了。

安顿好之后，三人回到门厅，在店主的引导下，走进了小店内部餐馆。餐馆不大，总共也就放了四张方桌，方桌与北方的八仙桌差不多大，四边各放了两张木制椅子。孙利民拖走多余的椅子，三人各占一方舒舒服服坐了下来。周燕飞从一个年轻的餐厅女服务员手中要过菜单，仔细看过，上面不过写着白灼菜心、水煮芥蓝、醋熘土豆丝、蒜蓉生蚝、清蒸比目鱼、荔茸香酥鸭等十几个荤素菜品。想到孙利民是曾善才的儿时好友，自车上偶遇以来，又没有吃过一顿像样的饭菜，便有心点了北方没有的菜品。

没多久，服务员便端上四盘热腾腾的菜：水煮芥蓝、蒜蓉生蚝、清蒸比目鱼、荔茸香酥鸭。曾善才扫视了一下桌面，感觉还缺些什么，便问服务员有没有凉茶。孙利民想，南粤虽然气温较高，但此时也正值冬季，哪有大冬天喝凉茶的道理，便伸手要拦。谁知曾善才根本容不得他说话，抢先说道："喝凉茶是南方人的习惯，咱们都不喜欢喝酒，不如品尝一下当地的凉茶。"孙利民不好再说，便由着他指使服务员捧来满满一瓦罐凉茶并给三人各倒了大半碗。

曾善才双手端起茶碗，以东道主的口气对孙利民说："来，利民，一路上辛苦了，没啥好招待的，以茶代酒，咱们先喝上一口吧。"说完带头喝了一口。孙利民忙跟着端起茶碗，送到嘴边，咕咚喝了一口，感觉清冽香甜，非常受用，便笑着说："喝起来不错，要是在夏天喝肯定更加惬意！"三人你敬我，我敬你，很快将旅途的疲惫抛到九霄云外。

吃到兴奋处，孙利民叫来服务员，问她一月能拿多少钱。姑娘吞吞吐吐地说："哪有多少？不过七八十块罢了！"孙利民和曾善才齐呼不信。姑娘说："信不信由你，老板也赚不得多少钱，要不然，他家的兄弟也不会跑到对岸去！"周燕飞一听对岸，两眼露出诧异之色，轻轻推了推曾善才问："对岸是哪里？"曾善才眼睛咕噜噜转了半天也没想出来，孙利民见状忙压低声音说："是香港。"曾善才与周燕飞惊得嘴都合不拢，似乎在问："这里不是很好吗？为啥要逃到那万恶的资本主义社会？"

孙利民似乎看透了他们的心思，也不解释，只是对服务员说："快去请你们老板过来，我们有事要向他请教！"

服务员出去没多久，老板就笑呵呵地走了进来。孙利民赶忙站起来，请老板坐在空出来的那一边，并用普通话对老板说："我们正好有问题要向你请教，如果不介意，请与我们一起吃饭如何？"老板倒是随和，大大方方坐了下来，命服务员再添红油牛肚、凉拌木耳两个凉菜。

孙利民亲自帮老板倒了碗凉茶，双手捧起，满脸诚意地说："老板是老南粤人，对南粤设立特区前后的变化一定有不少直接感受。我们三人第一次来这里，有很多问题想向你请教，比如，特区开建以来，你们的日子是不是比以前好多了？"

老板撇了撇嘴说："好个鬼头！到处乱哄哄的，没见比以前好多少。"

听他这么一说，曾善才非常不解，就说："不对呀！南粤到处都在搞建设，怎么说也比以前机会多呀！俺们一出火车站就看到很多北方人成群结队到这里找工作呢。"

老板喝了口凉茶道："要说机会，多少有一点，比你们北方肯定多一些。但是这边的工资比你们那里也多不了几个钱，比对岸可就少多了！"

曾善才一听，兴趣上来了，迫不及待地问："大概能少多少？"

老板眼一斜，说："少多少？告诉你可别吓着！那边的工资少说也是这边的七八倍，同样做服务小姐，这边七八十块一个月，那边少说也有六七百块！要不是现在管得严，我早就游到对岸了。到那边当个饭店服务员也比在这里当老板赚得多，还不用操心着急！"

周燕飞在一旁听得真切，心想，有这么高的工资你咋不过去呢？

老板好像看穿了她的心思一般，没等她发问便主动说："我还有两个兄弟，前些年日子实在过不下去，眼见对岸的大楼越盖越高，到了晚上灯火通明，我们就在夏天晚上假装游泳，准备逃过去。我水性不好，还没游丈把远就被这边的巡逻部队发现，只好调头回来。我那两个哥哥一头缩进水里，终于潜水到了对岸。"

曾善才和孙利民还好，周燕飞像听天书一样，感觉非常不可思议，忍不住插了一句："水面再窄，总归是海，那得多好的水性才能游过去？"

老板嘿嘿笑了笑说："信不信由你，我们当初游泳的那个地方离对岸也就里把路远，这点距离对游泳高手根本不是问题。其实还有更近的，中间只隔一条二三十米宽的小河。最近的地方连河也不隔，还共用一条街道。不过，部队对这些地方看得更紧，不是那个村的人根本去不了，所以我们只能渡海过去。"

听说南粤离香港那么近，三个人变得兴奋起来，都表示想过去瞧个究竟。老板吃了口菜，不紧不慢地说："看看没问题，只是路不太好，又不通车。"

"能帮我们找几辆自行车吗？我们可以付租金。"孙利民巴巴结结地问道。

老板点头说自家有一辆，回头再找邻居试试。孙利民一行三人都非常高兴，同时举起杯中的凉茶向老板表示感谢。

几人吃了一会东西，孙利民想起老板说有两个哥哥前几年偷渡到了香港，就问他们在那边过得怎么样，兄弟们有没有机会见上面。老板说，两个哥哥在香港过得都很好，大哥找了份开大货车的工作，每个月能挣七八百块港币，现在开放了，他大哥经常开车回南粤往香港拉货，会顺道回来看看家里人，丢下点钱物；二哥在那边市场里做上了搬运工，每个月也能挣五六百块港币，哪像这边收入那么低，就算是那些设计楼房的工程师也不过拿百十块一个月的薪水！老板还说，他饭店里曾经来过一个在附近设计楼房的工程师，这个人亲口告诉他，每个月工资只比他先前在内地多六块钱的特区补贴，要不是看在这里能买到香港便宜货的便利条件，他才不愿意到这里受洋罪呢！

孙利民听后很吃惊，说："现在国家对特区建设宣传得那么热火，真想不到这边的工资却不比内地高多少！"

老板头一梗，说："宣传归宣传，这些年要不是两个哥哥时不时带些钱物回来，日子还真不好过！"

老板的回答令孙利民深感意外。他怎么也想不到自己那么看好的特区建设前景，在南粤当地人的嘴里如此不值一提。他不死心，又接着说道："现在国家对南粤的建设那么支持，要不了多久这里肯定能大变样！"

谁知老板却摇着头说："哪有什么支持？也就是给了一堆政策，好把境外的资金引过来！就连市里专给外商们建的南粤经贸城都是向银行贷款3000万元，外加一些财政上挤出来的钱才开得起工的。你们没看到，现在市里那帮大小领导才叫苦呢，每天两眼一睁就猫到大酒店里，见到稍微像样一点的港商就跑上去缠着人家过来投资。就这样的基础,还想发展?你们回头到外面走走,看看对面,再看看南粤,差距有多大就清楚了。反正依我看,两边的距离差得不是一般的远,猴年马月也别想赶上那边!”

孙利民不死心,对老板说:“你别只看眼前,这几年特区建设的速度快呀,听说,现在正在建的国贸大厦三天就能建一层呢!”说完,孙利民扭头看了看曾善才和周燕飞,问道:“你们知道吗?香港建楼的最快速度是五天一层,美国也不过四天一层!”

“吹牛皮!假大空!光盖一两栋楼有啥用?”老板不屑地说,“总体赶得上对岸才算真本事!”

老板的一番话令孙利民等三人心里冰冰凉。饭后,他们根据老板的提议走到外面的空地上向南眺望,只见不远处的南方高楼林立,灯火通明,而他们所在的这一边却是黑咕隆咚,冷冷清清,偶尔还会传来几声狗吠。这哪里是城市?分明就是农村嘛!他们无心闲逛,黑灯瞎火的,也没法闲逛,便蔫巴巴地回房睡觉去了。

第二天,天刚蒙蒙亮,孙利民就一骨碌翻起来。他想看看南粤的早晨是什么样子。穿过堆满杂物的窄巷,踏着茂盛的杂草,孙利民来到街道后面的一块空地上。他极目四望,只见北面和东面的群山上草木葱茏,笼罩着一层薄薄的雾霭,似乎尚未从沉睡中苏醒;西面的村庄和远处的地平线清晰可见,间有早起的人家升起了袅袅的炊烟;南面的香港高楼耸立,鳞次栉比,忙碌了一夜的霓虹灯尚未熄灭,争相在太阳出来之前释放着不羁的热情;而他所在的这一块中部开阔地带散落着高高低低的在建楼房,楼房四周那长长短短如同刺猬一般的脚手架上已开始出现三三两两的人影……

早饭后,三人骑上店老板找来的自行车首先向店老板所说的那个海上逃港处进发。一路上,车来车往,尘土飞扬,没有城市的繁华,倒是随处可见大片的稻茬田或碧绿的菜地,农田的中间不时出现覆着石棉瓦的低矮歪斜小屋。大概上午十来点钟的时候,他们终于到达首个目的地。

这里与对岸的香港果真近在咫尺,只是两边物景呈天壤之别。海的那一边,造型各异的楼房密密匝匝,高耸入云。海的这一边,除了岸边那一丛丛红树尚显生机外,几乎一片灰暗。黑色的泥滩上散落着成堆的牡蛎壳,在阳光的照射下反射着惨白的光。

孙利民随手捡起一块牡蛎壳朝曾善才晃了晃说："看到了吧？这处海湾的确不宽，估计你都能游得过去，真正给偷渡者制造障碍的除了边防部队外，还有这个玩意。"

曾善才接过牡蛎壳，顺手摸了摸那如刀口般锋利的边缘，嘀咕道："乖乖，跟刀一样！"

孙利民接着说："那些偷渡者就算能避开边防军的眼睛，一定很难避开这些锋利的牡蛎壳。听说这处海湾牡蛎壳特别多，所以勉强游到香港的人几乎人人会被它们划得血肉模糊。"

听到他俩的对话，周燕飞叹了口气说："要不是生活艰难，谁愿意遭这么大罪往外逃呀！"

"吃苦还算好的！听说还有一处逃港路线，海里虽然没啥牡蛎壳，但鲨鱼特别多，很多试图逃港的边民躲过了边防军的眼睛，却躲不过鲨鱼尖锐的牙齿，这二三十年不知有多少人丧生鱼腹！"孙利民接着说。

三人好半天没再说话，暗暗思考着自己会不会冒险偷渡的问题。一阵海风吹来，大家都不自觉地打了个寒战。时间不早了。他们跨上自行车，沿着南粤湾一路向西，不到一个小时就见到了南粤河的入海口。

道路越来越差，三人推车西进。南粤河不宽，入海口也就一百四五十米宽的样子，越往西走，河面越窄。河的北面是典型的南方农村，高高低低的田地间散落着大大小小的村庄。河的南岸虽然也有大块的农田，建筑物却明显比这一边高大整齐，并且多以十来层高的楼房为主。

"快看，前面好多人！"周燕飞指着西边说。

孙利民和曾善才抬头一看，不远处的南粤河两岸各有几十号人，指手画脚地相互喊着话。

"看来这就是传说中的界河会了！"孙利民说。

"啥叫界河会？"周燕飞和曾善才齐声问。

"这个说来话长，前些年不是从这边逃过去很多人吗？能逃过去的一般是年轻力壮、水性好的，家里的老人、妇女、孩子却留在了这边。人家好容易逃过去，怎么说也不会轻易再回来吧？所以两边的亲人只能约好时间，隔着这条界河相互看上一眼，报个平安。"

三人加快了步伐,及至近前,方见两边的男女老幼正用粤语大声对着话,因河面不过二三十米宽,对岸人的声音、面目都清晰可见,只是不少人说着说着竟痛哭流涕起来。初次见到这种场景,三人都感觉非常震撼,但看到这些人不得已用这种方式会见亲人,又都非常伤感。稍微停留了一会,他们继续往西赶路。

没走多远,就见前面一座高大的青石牌楼赫然出现在眼前,走近一看,牌楼顶部工工整整地写着“桥头街”三个烫金大字。

“这条街应该就是中英街,也就是逃港最便捷的通道了!”孙利民解说道。

因为进街需要特别通行证,而办理特别通行证又至少需要排队一天以上,三人只好放弃进街打算。他们站在牌楼门口,伸长脖子向里张望。只见街道不过丈把宽的样子,两边铺面低矮,行人匆匆。街道的中央有一块比膝盖稍高的界碑,一边站着香港警察,一边站着大陆公安。

曾善才拦住一位刚从桥头街里面出来的游客,见他手里拎着满满两大旅行袋,就问他里面都买了些什么东西、大概都是什么价格。那位游客兴奋地说:“都是大陆少见的东西,有电子表、收音机、录音机,还有金项链、金戒指。有当地产的,也有进口的,物美价廉!嘿,光听我说有什么用?你们该亲自进去看看,保准开眼界!”曾善才解释说事先没有准备,来不及办特别通行证了,又问了问里面商品的大致价格。他与周燕飞听后连称便宜,比广州的批发价还要便宜。周燕飞说,要能顺道买一点带回去,回头就不用从广州下去进货了。曾善才一听有理,便决定乘天色还早排队办特别通行证。周燕飞当然没有意见。孙利民来南粤本来就是为了调研,也欣然同意。

排队的人很多。天快黑的时候,他们才把进街申请递进去。也算他们运气好,工作人员告诉他们第二天就可以过来取通行证。三人欢天喜地摸黑返回住处。因为路不熟,加上路面崎岖不平,直到夜晚九点多钟,他们才回到落脚的小旅馆。

老板见三人平安回来,笑嘻嘻地迎出来问候,听说他们还没吃晚饭,又招呼内部饭馆给他们弄点吃的。

一天的骑行令三人都筋疲力尽,加上白天他们只是对付着吃了点干粮,晚上吃起饭来格外香甜。好在人都年轻,体力恢复得也快,刚吃了一半,三人就满血复活,兴奋地议论起白天的见闻。

曾善才首先发问:“利民,你是大学生,看问题比俺们初中生肯定要深刻。俺问你,今天亲眼看到南粤与香港的差距,你对老板昨晚说的话相信了吗?”

“什么话?”孙利民似乎已忘记老板昨晚都讲了些什么。

“他不是说南粤要赶上香港根本不可能吗?”曾善才提醒道。

“哦,你问这个呀!”孙利民咕嘟咕嘟喝了两口汤,才慢慢抬起头说,“要说差距,这是明摆着的,至于能不能赶得上,现在还很难说,但是我敢说南粤今后的发展速度会非常快!照现在的速度发展下去,再过十来年,这里一定会大变样!”

“你这么有把握呀?老板说,他在这当老板的收入都远远赶不上在香港当伙计,南粤本地人还成天想着偷渡到香港呢,能安心在这里搞建设?况且国家又没给南粤投钱,就靠市里从银行贷款的3000万元和一点点财政资金,哪能应付得了这么大面积的投资需求?”曾善才反问道。

孙利民笑笑说:“问得好!用我们经济学的知识来说,发展经济离不开劳动力、土地、资本、企业家这四个要素。从南粤目前的情况来看,劳动力看起来是一个问题,因为跟近在眼前的香港比较,这里的工资水平差不多只有那边的1/10,所以,本地参与经济建设的积极性不是太高。但是这里毕竟比内地要稍微高点,工作又好找,全国近十亿人口,想来这里挣钱的应该不会太少。当然,搞经济建设对劳动力的技能也会有一定的要求。听说国家为了支持南粤搞建设,特意派了四千多个工程兵过来。有了这些工程兵带头,一般人的劳动力技能也可以很快得到提高。所以这第一个要素就不成问题。”

他又喝了两口汤,接着说:“再说土地,咱们今天已经看到了,在南粤这东西长49千米、南北宽7千米的区域内空地远比建筑多,所以这个要素根本也不是问题。”

“那资本该是个问题了吧?”曾善才问道。

“资本同样不是问题!香港今天的确非常繁荣,但俺还没有听说过英国政府直接在香港投资过多少钱。那它为什么发展起来呢?因为经济制度!咱们以前是限制个体、私营经济发展的。现在不同了。国家不仅大力鼓励个体、私营经济发展,还在南粤这块特区欢迎外资前来发展,给他们开出各种各样的优惠政策,搞来料加工、来样加工、补偿贸易。那些外资一看,南粤政策那么优惠,为什么不去试试呢?再说了,前面提到的南粤工资水平仅有香港的1/10,这其实也是一个特别大的吸引力。你们想想,只要把工厂从香港搬到南粤,单单工资成本一项就能节省差不多

90%,那些港资能不来吗？”

曾善才听后,不住地点头,说:“你说的四个要素有三个没问题了,不知道企业家这个问题大不大？”

孙利民答道:“这个问题稍稍有一点。新中国搞了几十年计划经济,厂长、书记倒有不少,能够直接面向市场,按市场规律开展经营的企业家却不多。但是这应该也不是个大问题。一方面,外资在进来的时候,肯定有一些能力出众的企业家跟着进来。另一方面,现在国家发展经济的政策那么明确,中国本土的企业家也会很快成长起来,像善才你这样敢闯、敢干、有市场意识的人就能成为优秀的企业家。只是不知道你愿不愿来南粤发展呢？”

曾善才正听得投入,没想到孙利民突然问了这么一句,一下子没有反应过来,只是傻乎乎地望着周燕飞,结结巴巴地说:“俺……俺……”

周燕飞和孙利民都被曾善才的窘样逗乐了。周燕飞红着脸嗔道:“你咋一下变得这么婆婆妈妈？人家大学生给你指了一条明路,愿不愿来南粤发展你倒说句爽快话嘛！”孙利民也在一旁起哄说:“没错,周姐又没拿绳子把你拴住,你瞅她做啥？”一句话把周燕飞也说得脸上一阵红一阵白。

好在曾善才已在社会闯荡多年,见的世面比较多,很快就镇静下来。他拍了拍孙利民的肩膀说:“前面你说的俺都听明白了,要发展经济,肯定离不开人、钱、土地,这人和土地嘛南粤多的是,就算眼下不够,还有那么大的国家在背后支持呢,不怕!最关键的问题应该就是缺钱。所以国家就给南粤开了个口子,允许它使用特殊政策把国外的钱吸引过来。这就像下棋一样,钱来了,一盘棋也就活了！”

孙利民边竖起大拇指边说:“善才的脑子就是灵！没错,关键就是钱,比钱更关键的是制度,也就是做事的规矩！所以别看南粤现在跟香港没法比,但它已经有了跟香港差不多的做事规矩,我们还用担心它发展不起来吗?!”

曾善才被他夸得有点不好意思,忙说道:“别夸俺！俺不是外商,又没那么多钱,估计南粤不会欢迎俺这样的老土。”

周燕飞也在一旁帮腔:“善才说得是呢！利民刚才说的南粤开放政策,听起来主要是面向香港那边大老板的,俺们这些北方人来也行吗？”

孙利民道:“目前看,南粤的开放的确主要是对外开放,这其中的原因恐怕与咱们自己资金不多,技术水平、市场观念与发达国家差距大有关,国家希望通过对外开放弥补咱们自己在这方面的不足。但是对外开放并不意味对内封杀，国内的资金、劳动力应该也能在这里找到国内其他地方难以找到的大机会。别的不说，外国人来了，要住房子，要吃饭，要坐车，要娱乐，对吧？那你围绕这些做点服务不就成了吗？人家南粤市政府就想得明白，没有钱问银行借也要先把外商来后的基本生活设施建起来，这样，既可以让外商稳定下来，又可以通过把这些设施卖给外商赚到一些利润，然后再用这些利润去建开发区，吸引更多的外资进来。”

孙利民的一席话令曾善才血脉贲张。他盯着周燕飞的眼睛说：“这么说俺也该来南粤发展啰？”像是自言自语，又像是征询她的意见。

周燕飞和孙利民都被他故作天真的样子逗乐了。

孙利民乘势捅了曾善才一把，凑近他耳边轻声说道：“天不早了，今晚你最好睡到周姐那边，你俩好好合计合计，听说她那个房间今天只剩她一个人了。”说完他起身与周燕飞打了个招呼便匆匆回房，啪嗒一声把房门上了保险。任凭随后赶到的曾善才怎么请求，他就是不开门，仅在门内丢下一句话：“到周姐房去吧，俺不能再搅和你们的好事了！”曾善才已经多日没与周燕飞共享鱼水之欢，内心早已焦渴难耐，此时正好借故敲开周燕飞的房门。两人虽累了一天，却都不愿放过这个难得的机会，便半推半就，你来我往，着着实实共度了一个美妙的夜晚。

第二天，三人见面只是相互问个好，绝口不提昨晚睡得如何。吃过早饭，三人再次骑上自行车，揣好边防证，吹着轻快的口哨向桥头街骑行。一路颠簸，一路风尘，自不在话下。因为抄了近路，不到两个钟头便到达那个一街两制的特殊小街——桥头街。

桥头街北半侧人头攒动。曾善才一行三人挨个探访每一家店面，仔细了解每一件商品的特色和价格。他们用了至少一个小时才把仅仅250米长的街道走到尽头。这里的东西果真品类繁多、价格便宜，平时在内地难得一见的外国产家用电器、钟表眼镜、金银珠宝等堆得如同一座座小山。

曾善才和周燕飞经过反复比选后决定集中买入一批体积小、价格低的机械和电子手表回去零售，并挑选了一些小电器和金银首饰等自己享用或赠送亲朋好友。曾善才还特意挑了只造型别致的电子表要送给孙利民。孙利民哪里肯要，推搡了半天，才在曾善才的诚恳坚持和周燕飞的热情劝说下接受下来。

临近中午的时候，他们拎着沉甸甸的旅行袋站在出口处依依不舍地回望这条饱经沧桑的老街,心里默默念叨:希望内地中国人能够早日在南半侧自由行走!

因为自行车后架上一下子增加了不少货物,加之道路高低不平、穿梭忙碌的大小车辆卷起的烟尘又大,曾善才等三人返回小旅馆的行程格外辛苦。他们只好走走停停,没想到不仅得到了休息,还得以更细致地品味这座年轻的城市。这里虽然还很蛮荒、空旷,但已有太多内地难得一见的东西:无论是路边东摇西晃的小破屋外墙上东倒西歪的“大哥大”“寻呼机”字样,还是发廊妹那时髦的打扮和慵懒、迷蒙的眼神,工厂宿舍走廊上内地打工妹捧着大瓷缸边吃饭边眺望大街的模样,以及商场门口那伴随动感音乐扭着腰肢、走着猫步的时装模特,这些都令他们感觉无比新奇……

次日一早,曾善才一行三人告别了热情的小店老板,背起沉重的旅行袋来到了南粤火车站。时值春节临近,火车站内外人山人海,很多北方的农民工三五成群地围坐在一起,焦急地等待着自己那班列车早点到来;还有不少农民工为了排队买票或为了省下一个晚上的旅馆房费,竟在候车大厅的墙角打着地铺,三四个人挤在一条薄被下面木然地消磨着时间。

他们三人早已买好了去广州的火车票,没等多久便等来了北上的列车。进站的闸门一开,车站里以民工为主的乘客们便神色紧张地拽起大包小袋跌跌撞撞冲向站台。短短百十米的路程上,你呼我叫,你搀我扶,生怕错过这一年中最难得的一次回家团聚机会。到了车门口,这些民工更加急切,眼看走门无望,纷纷扒上车窗,不管男女老幼,不知哪来那么大的巧劲,哧溜一下就能钻进车里,然后,再从同伴手中接过行李或伸手把同伴拽进车内。

很快就到广州了,曾善才请孙利民在车站帮忙照看行李,自己与周燕飞匆忙去服装批发市场又进了些时新服装。一切都很顺利,三人在广州火车站美餐一顿之后,不慌不忙地登上了返回省城的列车。

“这几天真像做梦一样!”孙利民望着车窗外快速后退的南国山水,感慨万千地说。

“可不是嘛!俺和周姐来南方这么多次,竟第一次去南粤!”曾善才接着说。

“幸亏以前没来过,要不然,哪有同大学生一起来收获大呢?!”周燕飞也插话道。

“哈哈!周姐言过了,俺哪有那么重要?依俺说,俺倒成了你们两人间的电灯泡了,要是没俺在,你们两个一定轻松自在多了!”孙利民拱手自谦道。

“都是自家兄弟,你就别在这虚情假意了!”曾善才捅了捅孙利民的侧腰说,“最起码俺们多了一个背货的免费伙计!”

“嗯,没说错,这个用处俺认了!”孙利民咧嘴笑道。

“何止是背货?没有大学生在,俺们这样的笨眼哪能看得到南粤的好处?肯定只能看见这边的脏乱差,更别提跑到什么‘中英街’进货了!”周燕飞纠正道。

“没错没错,周姐说得对!还是利民有眼光,看得远!”曾善才跷起大拇指说。

“好!就算俺有眼光,行了吧?俺问你,你愿不愿来南粤做生意呢?”孙利民说完扭头盯着曾善才的眼睛等待答案。

“这个嘛……”曾善才看了看坐在对面座位上的周燕飞,闭上眼睛嘀咕了一声,“先养养神吧,兄弟!”

第十四章 为融资厂长登门 因失足鹏远归西

关于是否来南粤发展的问题，曾善才已与周燕飞独处时反复讨论过了。这些年，曾善才在做生意上练就了非凡的敏感性，他怎么能放过南粤的机会呢？然而，就他们现在的实力，还无法找到合适的切入口：来做个建筑工人的吧，显然不是他们这样多少有点积累的生意人要考虑的事；来开个工厂吧，明显又没那么大的实力；来这里继续做个商贩吧，倒不如把南粤的便宜货弄到老家卖划算……两人最后决定，先不急着过来，反正以后还要来进货，到时好好考察考察再作决定不迟。然而，他们回到老家后发生的两件大事却使他们不得不暂时放弃南下的打算。

第一件事起因于当地一家螺丝厂的融资请求。曾善才和周燕飞两人到家的第二天，螺丝厂的赵向阳厂长就找到他们的小店。赵厂长说，听说他们从百货公司盘下的那批毛线赚了不少钱，眼下年关临近，工厂还没筹到一二月份的职工工资，想找曾善才融资，规模嘛，有三五十万就行。还说，除了给工人发工资，还要偿还银行贷款。曾善才开始还不太明白啥叫融资，赵厂长解释说，就是借钱的意思。曾善才感觉非常好笑，心想：借钱就借钱吧，还说得这么玄乎！另外，哪有政府办的工厂找私人借钱的道理？但他又不好明说，只说自己是小本生意，一下子拿不出那么多钱，并建议赵厂长去找银行借钱，说他们都是国家的单位，怎么也会相互帮衬一下。赵厂长听后沉吟半晌，终于道出了实情。

原来螺丝厂已经向县内的几家银行连续借了好几年的钱，加在一起有一两百万的规模，现在银行不仅不肯再借款给他们，还天天催螺丝厂把先前的旧账还掉。赵厂长面对银行的逼债和工人们嗷嗷待哺的眼神，急得如同热锅上的蚂蚁一样，也不知听谁说曾善才和周燕飞手中有钱，只好病急乱投医，找到了他们的服装小店，却恰好赶上他们去南方进货。曾善才出身于社会最底层，小时候吃不饱饭的情形历历在目，对螺丝厂工人拿不到工资的难处深有体会，有心想帮他们一把，哪怕先熬过年关也成，就说自己需要考虑一下，请赵厂长第二天再来听信。但他在征求周燕飞意见之后却犹豫了。周燕飞没多说什么，只问了两个问题："螺丝厂连银行的钱都还不上，你相信他们能还上你的钱吗？再就是，咱们这些钱在银行存1年还能拿到5个多点的利息，他们能给利息吗？"

第二天，赵厂长果真又早早地找上门来。曾善才非常尴尬地说出了自己的担忧。哪知赵厂长并不死心，胸脯一拍说："俺们是正经八百的公家工厂，还能赖你账不成？要不是临近年关，俺也不会这么急着向你借钱！"见曾善才仍旧犹豫不决，厂长急得满脸通红，紧接着又跟了一句，"这样吧，听说你上次为了拿到百货公司的毛线，用年利率30%的代价从银行拿到了承兑汇票抵押给百货公司，螺丝厂借你们钱也不会白借，利息总会付的。当然，俺们借的时间要长一些，至少半年，就按年利率10%付利息怎么样？"

曾善才笑笑说："这首先不是给不给利息的事，俺也知道你说的利率已经比银行存款高多了，只是……"

一旁的周燕飞不待他说完就插话道："善才的意思是，俺们是小本生意，万一你们不能按时还款，或者过了一年半载，你们工厂更加困难，压根就还上这笔钱，俺们岂不是白瞎了？！"

厂长一拍大腿道："原来你们担心这个呀？俺来之前已经跟几个副厂长商量过了，螺丝厂现在的净资产还值50万，你们要是真不放心，俺们可把螺丝厂抵押给你们，如果到时还不上钱，螺丝厂就归你们了！"

曾善才与周燕飞交换了一下眼神，看得出周燕飞有些心动。但他不想这么快答应对方，便故作为难的样子说："俺们做点小生意还将就，真要把螺丝厂给俺们，也不知该咋办呀！话说回来，政府也不可能同意把工厂赔给私人嘛！就算政府允许工厂赔给私人，估计你这个厂长也做不了主！"

曾善才的话还没说完，厂长的脸就开始发红，及至说到"估计你这个厂长也做不了主"时，厂长的脸色变得简直就像猪肝一样。他长长地叹了口气说："你还真没说错！俺得回去跟几位副厂长商量一下，看看还有没有其他什么办法。"

次日，厂长再次找到曾善才，简单寒暄之后便递上一张纸片。曾善才接过纸片，快速扫了一眼，才知道这原来是一张借条，仔细一看，只见上面工工整整地写着:“今借曾善才同志人民币伍拾万元整,借期一年,年利率百分之十。河东县螺丝厂以价值五十万元的固定资产作为抵押物,河东县螺丝厂全体班子成员以个人名义作为担保人。”落款处写着河东县螺丝厂。曾善才看完没吭声,而是随手将借条递给了周燕飞。

“怎么样?这样写该放心了吧?”长厂试探着问道。

周燕飞看完借条向曾善才微微点了点头。曾善才这才慢条斯理地对厂长说:“也只能这样了!按说10%的年利率不算什么,抵押物对俺们来说也不过就是个安慰,到时螺丝厂要是还不了钱,俺们还真没办法把工厂拿到手里!不过,看在厂领导们亲自担保的面子上,俺们也只好接下这单不怎么赚钱的生意了。还有一样,这张借条需要当场重签一下,俺和周姐合伙做生意,这张借条上也应该把她的名字加上。”

赵厂长尴尬地笑笑说:“行,重写借据,当场签名盖章,这样你总该放心了吧?”

曾善才与螺丝厂很快办好了相关手续,用他与周燕飞好不容易挣下的50万元换到了一张搞不清楚到时能不能拿到本钱的借条,尽管这张借条上除敲了红彤彤的螺丝厂大印外,还签着厂长、副厂长们的大名。

春节前两天,河东县地界下了场漫天大雪。仅过一天一夜的工夫,大雪就没过成人膝盖。大雪给人们的出行带来了不便,不过,习惯了在正月里走亲戚、串朋友、相互拜年的河东人依然要沿袭自古以来的传统习俗。

正月初二这天上午,周燕飞欢天喜地地抱起夏生,背上礼品,与屠鹏远一起踏上了回娘家的路。自打有了夏生,屠鹏远情绪格外高昂,双腿的残缺丝毫不影响他跑前跑后为孩子做任何力所能及的事情。周燕飞不在家的时候,屠鹏远最大的乐趣就是逗孩子玩耍。每当看到夏生咧嘴发出咯咯的笑声,他的心里就像吃了蜜糖一样甜美。

路面很滑。周燕飞怀抱夏生艰难地走在前面,屠鹏远拄着双拐小心地跟在后面。夏生看到处处白茫茫的景象,感觉非常新奇,一路上手舞足蹈,“啊呜,啊呜”地叫着。屠鹏远见孩子兴趣盎然,不时停下来指着路边的雪人和屋檐下的冰凌之类的东西给夏生看。

就在一家三口欢欢喜喜地走上一座不算太高的公路桥时,一辆电三轮车“突突突”迎面开来，屠鹏远慌忙避让，却因拐杖打滑，一个趔趄摔倒在地，直接滑到桥下的小河里，把厚厚的冰面硬是砸出了一个大窟窿，紧接着慢慢沉到水里。周燕飞顿时傻了眼，她拼命呼喊周围的行人。然而待大家手忙脚乱把屠鹏远从水里捞起时，他已经连摔带冻昏迷不醒了。周燕飞号啕大哭，请求大家赶快把屠鹏远抬到医院抢救。人命关天，路人和医生都不敢怠慢，大家都尽到了最大的努力。几个小时候后，医生还是遗憾地宣布：屠鹏远彻底离开了人世。

因为时值正月初几，交通又因大雪而十分不便，尚与家人一起住在城郊农舍的曾善才直到正月初六才得知屠鹏远不幸离世的消息。他想安慰周燕飞，却又不知该说些什么，只能随大流地说些“人死不能复生”之类不痛不痒的话来。这些话非但不能让周燕飞减轻忧伤，反倒令她更加难受。对周燕飞来说，她与屠鹏远的夫妻关系虽然早已名存实亡，但毕竟一起朝夕相处了那么多年，特别是看到屠鹏远对一个明知不是自己的孩子还那么疼爱，她甚至还有一种非常强烈的负罪感。所以对于屠鹏远的突然离世，她的确非常悲伤。

从此以后，曾善才主动留在周燕飞的家里，一来为周燕飞做做伴，二来也帮忙做些家庭琐事和照顾孩子。周燕飞很久都没能走出伤悲，时常坐着坐着就因想起屠鹏远而泪流满面。每当这个时候，曾善才也只好陪着叹叹气。只有夏生，似乎跟从前一样，并没有感觉家里发生了什么变故，该哭就哭，该笑就笑。稍微有点不同的是，可能因为天然的基因联系，夏生在与曾善才在一起的时候，笑得更多，也更开心。

第十五章 痴心善才娶燕飞 爽快利民藏大志

冬去春来，失去亲人的悲痛渐渐耗散于嫩绿、柔长的柳丝和粉红、幽香的桃花。为了转移周燕飞的注意力，曾善才特意挑选了一个阳光明媚的日子，锁上店门，抱起夏生，把周燕飞带到大沣湖畔踏青。

大沣湖上波澜不惊。微风拂过，湖面上荡起千万条亮晶晶的银纹。欢快的野鸭你追着我，我撵着你，肆意挥洒着积蓄了一冬的激情。夏生见到如此新奇的景象，高兴得手舞足蹈，哇啦哇啦叫个不停。曾善才和周燕飞选了个草厚光足的地方，在地上铺好帆布，把夏生放了下来，由着他在地上翻滚、爬行。

和煦的阳光很快就把曾善才晒得浑身舒软。他懒洋洋地靠在粗壮的大叶柳树干上，眯起眼睛看一会夏生，再歪头瞧一会周燕飞。这里是他与周燕飞定情的地方，看着眼前的一切，他不由自主地忆起了前年初秋那个奇妙的夜晚。

“你笑什么？”周燕飞无意中发现曾善才痴痴傻笑，便用胳膊肘碰了碰他。

“没啥。”曾善才遥望着远处一对追逐嬉戏的野鸭反问道，“还记得俺俩第一次来大沣湖的那个夜晚吗？”

周燕飞的双颊腾的一下羞得通红。她把头歪向一边，嗔道：“死样！在孩子面前也没个正形！”

“孩子这么小，懂个啥？”曾善才嬉皮笑脸地说，“不过，俺正好想跟你商量个事。”

“啥事？”

“俺俩把事办了吧！”曾善才很快换了一幅严肃的面孔说。

“这个……”周燕飞吞吞吐吐了半天也没说句完整的话来。

“给个痛快话嘛！这样下去也不能算个事。”曾善才催促道。

周燕飞低头沉思了一会,缓缓地说:“俺俩不合适,还是分开好。”

“你说啥?分开?”曾善才瞪大眼睛瞅着周燕飞问,随后一骨碌翻起来,呼哧呼哧喘着粗气,背着手围着他们刚刚紧靠在一起的大叶柳和地上的夏生大踏步地走了两圈,面朝周燕飞蹲下来问:“夏生咋办?”

“夏生是夏生,别人都知道他是俺和屠鹏远的儿子,不管俺自己带他,还是俺带上他改嫁,都不会让他受委屈。”周燕飞不紧不慢地说。

“不!你不能把夏生从俺身边带走!”曾善才气急败坏地说。

“善才,不要着急,俺这么说都是为你好。”

“啥叫为俺好?你把夏生从俺身边夺走,还说为俺好?”

“你搞错了,没有人能把夏生从你身边夺走,他事实上就是你的儿子。只是俺比你整整大6岁,又是结过婚的,在一块做做生意还行,真要是结了婚,周围的人肯定会说闲话。”

“俺们过自己的日子,关别人啥事?”

“咋不关别人的事?别的不说,你父母这一关就过不去!”

“不可能!他们不用花一分钱就能娶到媳妇,还有现成的孙子,为啥要反对?”

“可能不可能,你说了不算,俺说了也不算!”

“好,先不争这个。要是他们不反对,你总该答应吧?”

“那也不成。”

“为啥?”

“因为对你太不公平。”

“你喜欢俺吗?”

“喜欢。”

“这不就得了!你喜欢俺,俺也喜欢你,俺俩成家过日子,还讲什么公平不公平?”

“不,不是这样的!”周燕飞使劲摇着头说,“俺比你大6岁,你现在不觉得有啥不对劲,但女人一过30,很快就会老得不成样子。到时候,恐怕你连看都懒得看俺一眼,不如俺一个人单过,或者找一个年龄大的男人嫁了!”

“唉!原来你担心这些呀,俺当着大沣湖和夏生的面给你发个誓该可以了吧?”曾善才说完便闭起眼睛嘟囔道,“大沣湖和夏生你们都听着,俺曾善才真心喜欢周燕飞，不管再过10年还是20年，如果俺要因为周燕飞衰老变丑而嫌弃她，必遭天打……”

曾善才刚说到“天打”，周燕飞伸手捂住了他的嘴巴：“不许胡说，你还年轻！”

曾善才用力扳过周燕飞的手，一口气把那句“天打五雷轰”的毒誓说完。

周燕飞叹了口气说：“你这是何必呢！”说完抱起夏生闷头往前走去。

夏生并不理解两个大人之间发生了什么，眼见草长莺飞、阳光灿烂，只是一个劲地挥舞着小手“嗷嗷”欢叫。突然，两只喜鹊“喳喳”叫着从他们头顶上一闪而过。夏生循声望去，竟也学着“喳喳”叫了两声。

曾善才被夏生逗得开怀大笑，伸手从周燕飞怀中抢过夏生，噘嘴对准夏生胖乎乎的小脸使劲亲了两口，感觉不过瘾，又把夏生往空中一抛，伸手接住后又使劲亲了两口。然后，再抛，再接，再亲，直逗得夏生“咯咯”笑个不停。

周燕飞虽然还没有完全松口，曾善才却已经等不及了。踏青后的第二天，曾善才便匆匆赶到家里。简单吃过晚饭，他亲手帮父亲点着自己刚从县城里带回的大前门牌过滤嘴香烟，就着昏暗的煤油灯向父母说出了自己迎娶周燕飞的打算。

“你说啥？”父亲把刚吸了几口的香烟狠狠地摔到地上，似乎感觉还不解恨，又踏上一只脚，用力在地上搓了几下，说，“人家比你足足大6岁，还拖了个不到一岁的孩子，你穷疯了，非得娶一个寡妇？”

母亲也在一旁帮腔：“你伯说得对，你一个大小伙子咋能娶个半路婆娘？”

曾善才想到父母可能反对，却没想到他们情绪那么激烈，连忙站起来扶住父亲肩膀，请他坐下来听自己慢慢解释。可他父亲正在气头上，哪里肯坐？不仅不坐，还梗着脖子准备走出屋子。曾善才只好耷拉着脑袋，跟在父亲后面嗫嚅着说：“那孩子是……是俺的。”

父亲听后在原地站了半天，突然扭头对曾善才咆哮道：“你这个不肖子，这种事你都能做得出来？！”倒是母亲听说儿子又有了儿子，双眼立马放出两道光芒。

曾善才像做了错事的小学生一样，垂臂低首，大气都不敢出一声。气氛非常紧张，但曾善才并不想退缩，他挺了挺胸，壮着胆子又补了一句：“俺知道，像俺这样的年轻人娶个大一点的媳妇可能没啥面子。但是俺小的时候连饭都吃不饱，能保命就不错了，谁还能想到脸面值几个钱一斤？周燕飞不是个随便的女子，她懂事、心好、能干活，能看上俺那算是俺的造化了。你们要是感觉娶了这样的儿媳妇没面子，那就只当俺当年饿死了不就心静了吗？”

父亲听他这么说，气不打一处来，举手就往曾善才脸上打来，要不是母亲及时站起来拦住，这一巴掌下来，肯定得让曾善才脸上发烧半天。

“他伯，别动怒。善才说得没错，脸面算啥？咱们一不偷，二不抢，娶什么样的媳妇那是俺自家的事，还能怕人笑话？这些年家里有的吃，有的喝，善才可没有少出力，孩子的事就由着他们自己吧！”曾善才母亲说。

“由着他，由着他，这堆孩子都是你惯坏的！”父亲虽然嘴上还在咬牙切齿地说着气话，脚却没再往屋外走。

曾善才见情况略有好转，便不失时机地说：“夏生马上就周岁了，最近老是哇啦哇啦想说话。”

“这孩子！”曾善才母亲不由得感叹了一声，“会说啥了？哪天带回来住两天吧！”

“现在人家还姓屠，就怕屠家人不同意！”曾善才说。

“凭什么？！”母亲焦急地喊道，刚喊完似乎感觉哪里不对劲，又悻悻地说，“也是啊。”

曾善才感觉母亲的心已经开始偏向他，便主动从烟盒里又抽出一支香烟递给父亲，恭恭敬敬地替父亲点着，说：“俺伯，坐下吧。周燕飞的确是个本分的女子。”待父亲重新坐下后，曾善才简明扼要地把周燕飞与屠鹏远之间的关系以及他与周燕飞如何认识、如何互相赏识、如何与屠鹏远友好共处说了一遍。

母亲听后连声叹息：“别说了！别说了！燕飞这孩子真够命苦的！”

父亲低头沉默半晌后抛下一句话：“你大了，想咋办就咋办吧！”

曾善才明白父亲心结已开，只是碍于面子不好拐那么大的弯，于是便岔开话题说：“家里房子太破了，俺想今年盖几间大瓦房给你们住。”

“大瓦房？”父亲瞪大眼睛问，“那得多少钱？”

“要不了多少，两三万块钱就能盖四间大瓦房、三间小瓦房，外加两道院墙。”曾善才轻描淡写地说。

“说得轻巧，两三万块钱还算少？俺这辈子都没见过那么多钱！”

曾善才轻轻笑了笑说：“钱的事你们就别管了，只要你们不怕麻烦，同意盖就行，花多少钱都由俺来出，不用你们出一分钱！”

父亲没再说话，看得出，他已经默认了曾善才的想法。

自5月初开始，曾善才同时在农村老家和县城周燕飞的老宅基上建起了房子。到8月底的时候，两处房子全部完工。

农村的房子面南背北，前后各有4间。前面的房子是小房子，从东数第一间是厨房，第二间是过道，第三、第四间是卧室兼储粮室。后面4间是大房子，从东数第二间是堂屋，其余全部是卧室。前后房屋皆是红砖碧瓦，就连两边的院墙也是如此。

城里的房子是以周燕飞的名义建的，因地基不大，正屋只好往上盖成了两层小楼，前面则盖了两间红砖碧瓦的小房子，一间做过道，一间做厨房。

老曾家的大瓦房一下子成了本村人茶余饭后的谈资。他们做梦也想不到，几年前还穷得连饭都吃不饱的曾家这么快就发迹了。于是这些知根知底的邻居们开始发挥他们的想象力。有的猜，老曾家八成是挖到了屋后那棵大榆树下老财主埋下的那坛大元宝了；有的猜，曾善才打小就成天往外跑，听说他在什么地方捡到运钞车上掉下的整麻袋钞票了；更有对曾善才与周燕飞关系略知一二的人说，你们都不晓得，与曾善才合伙做生意的那个寡妇的婆家从前是国民党高官，给他们家留下过不少银圆，寡妇的男人一死，那些财产不都归曾善才了吗？要不然，他怎么甘心娶一个比他大6岁又拖着个孩子的寡妇呢？传言越来越玄乎，越来越离谱，有些传言最后拐弯抹角又传到曾家，弄得一家人哭笑不得。曾善才的父亲只好心一横，当着全家人的面说："咱既没偷也没抢，人家爱咋编就咋编吧！"

刚刚大学毕业、特意赶在去工作单位报到前回家看望父母的孙利民听到传言后感觉很好笑，当即就对父母说："别听那些人胡咧咧，人家完全凭本事、靠吃苦赚点钱，你们可不要跟在后面瞎传！"不过，当他见到老同学曾善才时，却故意用传言跟曾善才打趣："听说咱们村那个老财主埋的元宝被你们家挖去了，咋没留一块给俺见识见识？"

曾善才感觉很好笑，使劲瞪了他一眼道："你这么有知识的人怎么也跟在后面瞎起哄？俺怎么挣的钱，别人不知道，你还能不清楚？"

"嘿嘿，常言道'人无外财不富，马无夜草不肥'，这些年俺也没跟你在一块，谁知道你这些钱都是从哪弄来的？"孙利民故意逗曾善才道。

曾善才被他气得干瞪眼，却又拿这个老同学没办法，只好转移话题道："算了算了，不跟你瞎掰了！说说你自己吧，如果俺没有记错的话，你应该大学毕业准备工作了吧？能透露一下，你是去南粤，还是去其他什么地方了？"

没想到这句普通的问话触到了孙利民的哪根神经，他的神情立马灰暗下来，吞吞吐吐地说："国家培养俺不容易，俺不能感情用事，应该服从国家统一分配，现在俺已根据国家的需要去了北方。"

"去了北方？那一定是首都了！"曾善才吃惊地问，见孙利民点头，立马换了一幅开心的面孔说，"去首都好啊，那是全国人民都向往的地方，说不定用不了多久，你就可以当上大领导了！"

"你以为在首都工作的都是大领导吗？"孙利民反问道。

"那可不是?!"曾善才认真应道。

孙利民苦笑道："老同学呀老同学，你大概是做生意做傻了，要是在首都工作的都是大领导，那大领导也太多了！实话告诉你，俺现在去首都不过做做机关里的小办事员，级别连公社副书记都赶不上，离大领导要差十万八千里呢！"

曾善才似懂非懂地点点头说："哦，原来是这样啊！在首都当办事员总归比在公社当办事员要强得多吧？"

"不一定！但是既然国家分配俺过去，不管心里愿意不愿意，总是要去的！"孙利民说。

曾善才再次似懂非懂地点点头，紧接着又问："要是让你自己选，你会到哪里呢？"

"南粤。"孙利民不假思索地答道。

"真是计划赶不上变化呀！"曾善才惆怅地说，"原本俺俩都想去南粤的，结果都没去成。俺是因为家里出了这么多的事情，走不掉了，没想到你也会因为必须服从分配去不成那里！"

孙利民点点头。其实，在他的潜意识里还是倾向于北上进机关的。虽说南粤的巨大发展前景曾经使他一度动心，但那里毕竟才刚刚起步，谁知道它什么时候才能赶得上对岸那座城市？在这种情况下，他巴不得能有一个冠冕堂皇的借口来掩盖内心深处对南下不确定性的顾虑。更何况，对于一个乡下孩子来说，从政、当个大领导是那么有诱惑力的目标！因此，面对曾善才所表现出的遗憾表情，他并不想多作解释,只是用一句轻巧的“服从分配”来搪塞老同学。好在曾善才还有一大堆的事情需要处理,并没有多少闲心去推测孙利民的理由靠不靠得住。

曾善才最急需办的事情是婚礼。他好容易做通了自己父母的工作,却没料到周燕飞的娘、婆二家对他与周燕飞要结婚的事也反应那么激烈。

周燕飞的父母原本对女儿与曾善才合伙做生意并没太在意,但当他们听说女儿真要嫁给一个乡下小子时,却立刻换了一副面孔,说什么也不同意。他们的理由很简单,女儿是城里人,就算死了男人,仍然要比农村人不知高出几等,现在又有钱了,将来再找个条件差不多的城里人嫁掉根本就不是问题,哪能随随便便嫁给一个乡下人呢?当周燕飞把她父母的疑虑告诉曾善才时,他足足愣了5分钟。其实,他又能说什么呢?农村与城市的巨大差距是明摆着的,他曾善才尽管多少有了点钱,但这根本改变不了他是乡下人的事实。好在周燕飞虽然起初对曾善才的求婚不太积极,但她不积极的原因并非看不上农村人,而是担心自己容颜衰老以后会被曾善才嫌弃。所以面对父母的反对,她反倒变得义无反顾了,不仅坚定地站在曾善才一边,还苦口婆心地做父母工作:“乡下人怎么了?凭自己本事挣钱,过得不一定就比城里人差!俺要是再找个城里人也许不是太难,但想找到像善才那么能干,还对俺好的肯定比登天还难!”在周燕飞的坚持和劝说下,她父母终于不再反对。

周燕飞的婆家人倒是没法反对她再嫁,眼见儿子当年车祸致残后都是周燕飞在支撑这个家,还给他们屠家生了个大胖小子,他们感激还来不及呢!但既然儿子已不在人世,周燕飞当年做得再好,也与他们关系不大了。现在周燕飞改嫁有两件事与他们关系极大。一件是夏生该何去何从?尽管他们隐隐约约地感觉夏生可能并不是屠鹏远亲生,但因为没有确凿的证据,加上屠鹏远本来就是他们家的独苗,屠鹏远死后,夏生对于屠家传宗接代的意义就更加非同小可了。在这种情况下,屠家怎么也无法容忍自己的后人稀里糊涂随母亲跟了一个外姓人。他们声称,如果周燕飞一定要改嫁,必须把夏生留在屠家抚养。另一件涉及宅基地。那块不大的宅基地本是屠家新中国成立后从政府手中分得的,要是周燕飞嫁给了曾善才,宅基地一定也会跟着改名换姓。周燕飞原本对曾善才的求婚就比较犹豫,好容易说服父母,现在见公婆这么反对,为表示自己“身为屠家的人,死为屠家的鬼”,反倒重新变得摇摆不定了。曾善才见状,心里那个急呀!他一方面更加诚恳地向周燕飞表达衷心,一方面设法摸清周燕飞公婆反对的原因。待了解清楚屠家反对的真实原因后,曾善才决定,他与周燕飞结婚后,夏生仍旧姓屠,平时跟他与周燕飞生活在一起,过年过节回到屠家,屠家人啥时想看夏生啥时就来看,啥时想带走啥时就带走。至于宅基地,曾善才表示决不图谋哪怕一寸的权利,所有权利都归周燕飞和夏生。不仅如此,他个人还愿意拿出5000元现金补偿屠家。为了尽快与周燕飞名正言顺地在一起,他一个人悄悄地来到屠家把自己的决定说给他们听。一次不行就两次,两次不行就三次。在曾善才的不懈努力下,屠家终于答应不再阻挠他与周燕飞的婚姻。

功夫不负有心人。曾善才凭借自己的坚持,终于清除了一个又一个拦在他与周燕飞婚姻之路上的障碍。1983年10月1日,当全国人民欢度国庆的时候,曾善才终于在他老家的大瓦房里迎娶了那个比他整整大了6岁的周燕飞。尽管他的那群发小怀着莫名其妙的心态在当晚闹新房时开出了“一对新夫妻,两个旧玩意”的玩笑,曾善才却笑呵呵地一点也不计较。因为他非常清楚:日子是自己的,根本就不关别人啥事!

第十六章 为讨债善才送礼 因宿怨书记赖账

曾善才与周燕飞的婚后生活平静而温馨。不知不觉间又一个春节将近，螺丝厂借曾善才和周燕飞的50万现金也到期了。曾善才对这个时间点记得特别牢，这天一大早就盼着螺丝厂来人把钱送过来。可是他一直等到天黑也没有等到那个该来的人。

“螺丝厂那边的钱可能还不上了。”曾善才一边吃晚饭，一边在心里嘀咕道。今天的晚饭是周燕飞做的，花样不多，仅一荤一素而已。荤菜是干饭头上蒸腊肉。肉块不大，肥多瘦少，因被周燕飞片得极薄，黄澄澄亮晶晶香喷喷的，令人一见便垂涎欲滴。渗过油的大米饭更是饱满发亮，香气扑鼻。素菜是炕豆腐烩黑叶青菜。那薄薄的豆腐被炕得两面金黄，配着深绿色的青菜，看起来格外舒爽。平日里，曾善才最爱吃这些，一顿饭吃掉十几块腊肉、三四碗米饭根本不在话下。饱餐之后，再吃上半碗青菜，压压油腻，感觉神仙的日子也不过如此。然而，今天曾善才从头到尾都没吃出味来。直到周燕飞把一块巴掌大的黄澄澄、油晶晶的香锅巴递到他手上时，他仍然没有丝毫的惊喜感。

“善才，你今天咋的了？从开始吃饭到现在就没见你高兴过，该不是吃腊肉吃腻了吧？”周燕飞不解地问。

“是吗？”曾善才咬了口锅巴，那原本香酥可口的餐后美食今天也变得味同嚼蜡，丝毫找不到往日的感觉。倒是一旁的夏生见到锅巴馋得厉害，把胖乎乎的小手伸得老长，欲从父亲手中抢下那剩余的小半块。曾善才无意再吃，便随手掰下一小块塞进夏生嘴里。夏生的大牙尚未长出，只能用牙板慢慢磨，弄得口水直流。周燕飞见状，一把拉过夏生，把右手食指伸进夏生嘴里硬是把那块锅巴掏了出来。

“你今天到底怎么了？”一向温婉的周燕飞瞪大眼睛朝曾善才嚷道，“夏生还没有扎大牙,你要是把他卡坏了怎么办?”

“哦,没想过这个问题。”曾善才这才回过神来,抱过号啕大哭的夏生,又是抚摸他的后脑勺,又是噘嘴亲他的小胖脸,最后,干脆嚼了一口锅巴送进夏生嘴里,夏生这才渐渐止住哭声。

眼见儿子不再哭闹,曾善才转身对周燕飞说:“螺丝厂那边到现在都没吭一声,怕是真还不上了。”

“你一整天心神不宁,原来就为这个呀?!”周燕飞放下正在收拾的碗筷,顺势坐下来说,“看样子,年前还真够呛!”

“哎!这事都怨俺!要不是担心那些工人过不去年,俺说啥也不把这笔钱借出去。现在好了,俺俩辛辛苦苦挣的那些钱说不定就要打水漂了!”曾善才懊恼地说。

“事已至此,后悔也没用,谁让咱们心软呢?!要不,你明天去厂里看看到底咋回事?”周燕飞提醒道。

曾善才苦笑了一下,说:“也只能这么着了!”

第二天,曾善才早早起床,匆匆喝了大半碗豇豆稀饭,便骑上自行车朝螺丝厂冲去。自前几天下过一场中雪以来,河东县的天气一直阴阴沉沉。一阵北风吹过,曾善才感觉全身上下刺骨的冷,他木然地缩了缩脖子,把一只手腾出来送到嘴边呵了口热气,又把另一只手也腾出来呵了口热气。一路上,曾善才一直不忘盘算:那笔钱到底能不能要得到?如果要不到自己该咋办?

将近四十分钟后,曾善才终于到达螺丝厂门口。这里地处偏僻,人烟稀少,周围一片土灰色,见不到一丝生气,只有寒风卷着满地的烂纸片、枯树枝和大小土粒在哗哗作响。曾善才一不小心吃了满口灰土,只得连声“呸呸”着将灰土吐出去。螺丝厂大门紧闭,传达室的窗户缝里还能挤出几丝黑烟。他感觉非常晦气,猫着腰把自行车停在门口的空地上,上好锁,急急忙忙走向传达室。

透过灰蒙蒙的玻璃,曾善才看到传达室内仅有的一位中年男人正仰靠在一只小竹椅里,拢着袖口,闭目养神。这人面前的陶制火盆内堆满了枯树枝,因为烧得不旺,弄得满屋都是浓烟。曾善才使劲拍着窗玻璃,好容易才将那人吵醒,待说明来意,那人不耐烦地打着手势说:“快回去吧,厂长好几天都没来上班了,你叫俺去哪找?”

曾善才哪里肯回?50万呀,就算那5万块的利息不要了,本钱总该拿回来吧?

找不到厂长,那就找副厂长吧,反正当初在借条上签上大名的也不止厂长一人!

曾善才从兜里掏出大前门牌过滤嘴香烟,抽出一根,顺着窗户上的一条小缝塞了进去。门卫翻眼一看是根过滤嘴香烟,比自己常抽的9分钱一包的丰收烟至少要强10倍,脸上的表情立即由阴转晴,忙不迭地从竹椅里跳了起来,一步跨到窗边,伸手就把香烟拽了进去。曾善才明显感觉对方在拽香烟时用了很大的力气,生怕对方会把香烟收回去一样。门卫迫不及待地用火钳从火盆里夹出一小块通红的木块,点着香烟,闭上眼睛猛吸一口后,将烟雾在肚子里憋了足有半分钟才万分不舍地顺着鼻孔将烟气释放出来。

"哈哈,这烟不错,到底是过滤嘴的,就是不一样!"门卫心满意足地夸道。

曾善才见门卫如此爱烟,心想:幸亏自己出门前把这大半包烟带上了,否则人家还真懒得理俺,便顺手又从烟盒里抽出一根塞了进去。

门卫两眼放光,一个箭步冲到窗口,再次用力将香烟拽进怀里,顺势往耳朵上一夹,满脸堆笑着说:"你真客气!"

曾善才正事未办,心里尚在着急,也不跟他客套,只是咧嘴笑了笑,问:"其他领导在吗?"

"啥?你瞧瞧这个院子,现在全厂就俺一个人在上班,哪里还有什么其他领导?连个工人都别想找到!"

曾善才一下子愣住了,心想:完了,完了,这钱笔要打水漂了!但他不死心,又接着问了一句:"离过年还有好几天呢,为啥都不上班了?"

"哎,咱们厂生产的那些破螺丝又卖不掉!生产得越多亏得越多,眼看又要过年了,厂里还欠工人好几个月的工资呢,谁还来上班?就算还开班,人也来不齐,稀稀拉拉的,成天不是打架,就是骂街,哪像个工厂的样?领导也头大,只好提前放年假,省得都窝在这里烦心。"门卫因为有烟抽,说起话来比先前精神多了。曾善才见他正吸着的这根烟越来越短,随手又抽了一根从窗缝里塞了进去。门卫眼疾手快,仍然以一种特有的力度夺过香烟,把正在吸的这根香烟过滤嘴抠掉,又稍稍捻了捻刚拿到的香烟头部,熟练地将新旧两根香烟接在一起,再送到嘴里使劲吸了一口,咽下,屏住,慢慢将烟雾释放出来。"对了,你找厂长干啥?"门卫连续接了曾善才三根过滤嘴香烟,感觉特别有面子,他到这里当门卫已经三年有余,从未像今天这样被人重视,所以也特别想帮对方解决点问题。

“有些生意上的事要跟他商量商量。”曾善才轻描淡写地说道。

听说有生意，门卫开始起劲了。他虽然只是个不起眼的门卫，却也希望螺丝厂能尽快好起来，于是神秘兮兮地对曾善才说：“既然要谈生意，咋不去厂长家里找他？”

曾善才心想：说得轻巧，俺哪里知道他家在何处，就连你刚才不还说找不到他吗？不过，他并没把这些话说出来，只是自言自语道：“要是知道厂长家在哪就好了！”

“你问俺呀！”门卫刚刚说完，又感觉有点不对，就盯着曾善才问：“你不会还有其他事吧？”

“没有，真要找他谈生意。”曾善才语气肯定地应道。

“好，看你像个实诚人，俺就把厂长家的地址告诉你吧。”门卫说完，从抽屉里拿出来一本《新华字典》大小的工作笔记来，随手翻了几页，指着笔记本读出了厂长家的住址，怕曾善才没听清，又特意重复了两遍。

曾善才得到了厂长家的住址，喜上眉梢，随手掏出怀中仅剩的半包大前门香烟，全部从窗缝塞了进去。门卫一把抓过香烟盒，眼中充满了千般欣喜，万般感激。眼看曾善才转身朝自行车走去，门卫随手裹紧身上的黄大衣，一把拉开传达室的房门跑了出来，冲着曾善才的背影又是点头，又是致谢，直到曾善才一撩腿跨上自行车，还高举着右手与他道别呢！

曾善才很快摸到厂长家门口。这是一处典型的河东富家宅院：前面是三间红砖碧瓦小房，后面是上下各三间大房的两层楼房，屋顶同样覆盖碧瓦，两边则用高高的围墙围起，中间则是宽大的院落。

曾善才在大铁门上轻轻叩了几声，里面随即传出大狼狗的狂吠之声。不多时，随着“吱呀”一声门响，一位打扮入时的富态中年妇女打开了大铁门。曾善才恭恭敬敬地问道：“赵厂长在家吗？”中年妇女警惕地对曾善才上下打量一番，半晌才发声反问：“找他作甚？”曾善才担心说要钱会吓着这人，反而找不到厂长，便谎称有笔生意要找厂长合作。听说有生意可做，妇人稍稍放松了警惕，扭头冲院内喊道：“老赵，有人找你，快出来看看。”直到此时，那位赵厂长才从堂屋里探出头来，见曾善才找到自家门口，稍稍犹豫了一下，马上换出一副笑脸迎了上来：“快请进堂屋说话！”

好容易见到赵厂长本尊,曾善才也不客气,大大方方地一脚跨进门槛。先前汪汪狂吠的大狼狗见两位主人都客客气气地迎接客人,把尾巴摇得像拨浪鼓一样,老老实实地跟在后面。

厂长家的院子非常大,比一个标准的篮球场还要大出一圈。一条宽阔的砖铺路把院子一分为二。院子的东半边是一个巨大的花池,虽正值隆冬,却仍然生机盎然,几株一人多高的柏树和马尾松展示着勃勃生机,苍劲古雅的蜡梅和红梅则散发着诱人的清香,即便是那些业已枯萎的夏季花草也被修剪得整整齐齐。院子的西半边则用来晾晒衣物和各种食材。在这里,两只粗壮的人字形木头支架上横放着一根小腿粗的圆木,上面挂满了腊鹅、腊鸭、腊鸡、腊肫爪、腊猪蹄、腊猪座、腊牛肉,另外,还有好几只风得半干的整羊、整狗。曾善才心想:真够丰盛的!螺丝厂连工资都发不出,厂长家居然还这么富足,还是当官好呀!

赵厂长把曾善才央进堂屋并请他坐进铺着雪白羊皮的宽大真皮沙发,自己则随手拉过一张小木椅隔着茶几坐在曾善才对面,并对妇人说:“这位是咱们县数一数二的大富翁,快倒水去。”曾善才还没来得及谦让,那位贵妇就扭着肥厚的屁股一摇三摆地到前面厨房弄水去了。曾善才趁空快速扫视了堂屋的布局:对门的正墙上悬挂着一张巨幅山水画,画面上一条汩汩流淌的小溪旁,寥寥几根翠竹破石而出,画面虽然简洁,却鲜活灵动;画的两边悬挂着“春风得意年年旺,翠竹繁枝节节高”的对联。画的下面摆着高大的条案,条案下方是一张厚实的八仙桌,八仙桌的两边各放一张太师椅。这些家具一律雕着精美的花纹并漆成紫红色,异常庄重、喜庆。两边的墙上也各挂着四幅山水画。一边靠墙摆着一张真皮沙发,真皮沙发前放着一张高不及膝盖的木制茶几,另一边则摆着四张高背靠椅。

曾善才正暗暗惊叹赵厂长家的大气与富庶时,贵妇端来两杯香气扑鼻的热茶,分别放在曾善才和赵厂长的面前,赵厂长尴尬地笑了笑说:“俺们公家工厂干部工资低、手头紧,家里住得紧巴,你不要见笑啊!”

曾善才心想:真有你的!住这么大的房子,家里这么多的东西,居然还跟俺哭穷!但他也知道这种话是万万不能说出来的,又不知该怎么回应,只好咧嘴傻笑一下把话题岔开了:“俺刚才去螺丝厂了,没想到你们这么早就放年假了!”

赵厂长摇摇头说:“没办法,这个厂一年比一年难干了,开不出工资,只能先把人放掉。你说有生意要谈?”

这下轮到曾善才尴尬了。他明明是来要账的，怕厂长不开门，才不得已撒了个谎。现在赵厂长拿这事较真，他还真不知该怎么回答，只好吞吞吐吐地说："去年……厂里借俺的……50万……昨天……到……到期了，俺想……想来问问你们……怎么……怎么打算的？"

"哦，原来你为这事呀？"厂长故作吃惊地问，随后向曾善才做了个请他喝茶的手势，自己也端起茶杯，轻轻地吹了吹浮在上面的茶叶，喝了一小口，接着说，"这么大的事俺怎么能忘得了？这两天正在帮你想办法呢！"

"想到了吗？"曾善才焦急地问。

"嗯，有点难呀，老弟！"赵厂长慢条斯理地说。

曾善才心急如焚，心想：欠债还钱，天经地义，怎么搞得反像自己欠了厂长的钱一样呢？

赵厂长继续悠闲地喝着热茶。但曾善才的耐心已经消磨殆尽。他红着脸说："这笔钱已经到期了，俺这一年花销很大，手头现在也紧得很，厂里能不能想想办法，年前把钱还掉。"

赵厂长手一摊说："难呀！"

曾善才见状，心里更加难受，便皱着眉头问："你去年借钱时不是打包票说按时还钱没问题吗？"

"没错，俺是说过这话，可是计划赶不上变化呀！这一年，俺们领导班子拍破了脑袋，跑断了腿，囫囵觉都没睡上几天，愣是没弄出余钱来。哎！你不知道，外面市场有多难做！"

赵厂长还想接着诉苦，却被曾善才打断了："俺也是做生意的，知道市场难做，所以要找你想办法把钱还上呀，不然，俺这个年关也难过呢！"

"老弟呀，不瞒你说，别说要厂里还你去年的钱，俺这两天还在琢磨再找你借个四五十万呢，原来你也没钱了，这可怎么办？！"赵厂长一副苦大仇深的模样说。

"俺知道你一定也有难处，可你们总归是国家的厂子，'瘦死的骆驼比马大'，你还是费心想想办法吧！"曾善才反过来恳求道。

"老弟呀，骆驼再大也没用，它不是死了吗？你看县里这几家公家工厂，哪家不是吃了上顿没下顿？就算银行吧，背着那么多厂子的坏账，日子也好不到哪去！"赵厂长继续不紧不慢地说。

曾善才想:你说这些有啥用呢?关键是俺的钱啥时能还?于是再次央求道:“公家再难也比私人强,你就费心帮俺想想办法吧!”

赵厂长嘿嘿一笑,说:“办法肯定会想,俺自个也在借条上签过字呢!这么着吧,你先回去,容我两天时间,你再过来看看。”

曾善才没法,只得怏怏地回去了。到家后与周燕飞一说,周燕飞也非常着急,就嘀咕了一句:“真是借钱容易要钱难呀!早知这样,俺去年说啥也要拦住你别借给他们,现在可好,白守着一张借条,还得反过来求人家!”

“说的也是!但这怨不得你,都怪俺心太软,想着那么多工人年关难过,厂长看起来又像个实诚人,就把钱稀里糊涂借出去了!”曾善才内疚地说。

两个人脸对着脸沉默了半天,谁也想不出接下来该怎么办。后来,还是周燕飞先开口说了话:“咱俩挣这些钱也不容易,总不能不管了,你过两天再找厂长问问,多说说好话,要不,给他带只腊鹅过去,人家或许能上心点。”

“一只腊鹅?你就是背条整猪过去,人家都不一定稀罕!”说完,曾善才又把他在厂长院子里看到的情形以及厂长家的房屋、陈设等仔细说了一通。

周燕飞听后长长地叹了一口气,说:“怪不得螺丝厂搞成那样!”回过头一想,接着说:“算了,说人家干啥?爱咋滴咋滴,咱也管不了人家,只要能把咱的钱还了就行!”

两天后,曾善才再次早早起床,准备到厂长家去碰碰运气。临行前,周燕飞好说歹说翻出一条大前门牌过滤嘴香烟塞到曾善才手里,说:“带上吧,现在算咱求人家,俗话说‘恶狗不咬送礼的’,你拿条烟给他,至少他态度要好些吧!”

曾善才想想也是,就把烟往自行车篮里一放出发了。到了赵厂长家门口,轻轻叩门后,赵厂长老婆笑嘻嘻地开了门。

门内的景致与两天前差不多,只是多了一个工人模样的人正忙着往外走,厂长站在堂屋廊台上朝这位工人挥了挥手,说:“大家现在日子都挺紧巴的,下次再拿东西来,俺可就恼了!”然后又朝曾善才招手说:“快到堂屋里坐!”曾善才走到院子中间时,看到地上两只被捆着脚的老母鸡正“咯咯”叫着挣扎,心想:这两只鸡大概就是刚才这位工人送的吧,真够可怜的,连工资都领不上了,还要给厂长送老母鸡!他心里不禁颤动了一下,但他没露声色,顺着赵厂长的指引坐进了真皮沙发里。

“一点小心意。”曾善才尚未坐定,便伸手将香烟递给赵厂长。

“老弟,你太客气了!俺又不抽烟,你带这玩意干啥?”坐在曾善才对面的赵厂长淡淡地说。曾善才感觉很难为情,又不好把烟收回,只得顺手把香烟放在茶几上,说:“你留着接待客人用吧!”

厂长不再推辞,只是睁大两只眼睛像打量怪物一样盯着曾善才看了一会,半晌才说:“老弟,你今天来得正好,俺这两天为了给你筹钱算是操碎了心!俺正要问你,你在县里是不是得罪过什么人?”

曾善才被厂长冷不丁问得愣住了,心想:谁没得罪过人?有的是明着得罪的,自己心里有数,有的是不知不觉得罪的,自己压根就不知道,厂长为何突然问这个问题?难道……

厂长好像看穿了他的心思一样,主动说道:“你得罪的这个人可不是一般的人,这个人直接影响到你能不能顺利拿到钱!”

曾善才更加纳闷了。他绞尽脑汁想了半天也想不出自己能把哪位大人物得罪了,只好摇摇头说,实在想不起来。

“认识李书记吗?”

“哪个李书记?”

“还有哪个李书记?咱们县最大的领导李宏达书记呀!”

曾善才终于想起来了:这个李宏达就是李冲的父亲,听说最近当上县里的一把手了。自己虽然与他没有正面接触过,却把他儿子李冲狠揍过两次。一次打掉了李冲的门牙,一次打断了李冲的鼻梁骨。第二次还因此被关进看守所一周时间,要不是孙利民设法搭救,还不知得在里面蹲多久呢?!但是这段陈年旧事与自己能不能拿回借出去的钱有啥关系呢?

赵厂长见曾善才仍在沉思,便慢悠悠地说:“看来传说没有错,你应该的确得罪过李书记!哎……这就难办了!”

曾善才急了,不顾自己是在别人家里,竟脱口质问道:“有啥难办的?难道你们借了钱还准备不还了?”

“别急,老弟!”赵厂长抬起手做了个往下压的动作,说,“没人说不还你钱。但是现在厂里不是拿不出钱吗?俺也是个堂堂国家干部,怎么着也不会跟你个人赖账!俺已经跟几个副厂长商量好了,准备按借条上的约定,把价值50万元的厂房、机器之类的固定资产着人估估价过户给你。原本大家也都同意了,但是这件事情牵涉面太大,以前从没发生过公家厂财产抵押给私人的事,俺们这些当厂长的哪能做得了主?所以就给县工业局打了报告。县工业局也不敢随便做主,又向县委打了报告。县委专门召开了常委会,李书记问清事情来龙去脉后大发雷霆,狠狠批评了局长,说国家的资产怎么能随便拿来抵债呢?还说县里再困难也要想办法把钱凑出来给人家还上,只是利息太高了,属于高利贷盘剥,县委做主不付利息了。局长挨批后又把俺找去狠狠批了一顿,临了又把李书记的方案跟俺透了底。俺一想,既然县里愿意出面弄钱,这顿批挨得也算值了。”

曾善才听到这里,脸上渐渐露出轻松之色,嘴上则说:“也行,先拿到本钱再说吧,只是让你受委屈了!”

“行什么?”厂长哀怨地看了看曾善才说,“本来有戏了,谁知李书记后来好奇,就问秘书,咱们县还有一次能拿出50万现金的人呀?秘书来找俺,俺就把你姓啥名谁,如何能干、如何脑子活络的故事跟他说了一遍。不料秘书回去汇报时,李书记刚听到你的名字就脸色大变,详细了解你的情况后严厉地说:‘那个曾善才俺早就认识,他不过就是个地痞流氓,哪有那么大的本事?!’还要秘书通知相关部门领导准备查你的财产来源呢!要是你的钱财来路不明,不要说这笔钱不会还你,还可能让你吃官司呢!”

赵厂长的一席话,令曾善才大为震惊,自己好心借出去的辛苦钱不仅至今看不到拿回的希望,还可能落得一身埋怨,甚至遭受牢狱之灾。即便这样,他还不想放弃哪怕一丝希望。他沮丧地对厂长说:“你知道吗?俺这钱来得多不容易!当初借钱给你们并不是为了赚那几万块钱的利息,而是看你连跑几趟,又是为了全厂工人能过上安稳年。所以你一定要想办法帮俺把这笔钱还上,哪怕一分钱利息不给,俺都认了!”

赵厂长再次两手一摊说:“老弟言外了!不是俺跟你赖账,俺现在也做不了主啊!要么你先回去,你的钱要是果真来路清楚,应该不会有大麻烦,只是年前恐怕拿不到钱了,看过了年领导们咋说吧。”

话已至此,再坐无宜。曾善才只好起身要走。赵厂长起身相送,却绝口不再提香烟之事。岂料,刚走至院中,厂长家的那条大狼狗不知从哪里突然蹿了出来,对准曾善才的小腿“啊呜”一口咬将下去。曾善才吓得魂飞魄散,一步跳到好几尺开外。赵厂长两口子齐声喝住狼狗,曾善才这才脱离险境,低头看时,裤管已被狼狗撕裂,幸亏里面还穿着毛线裤,不然肯定会被咬得皮开肉绽!曾善才惊魂未定,匆忙告别厂长夫妇,迅速跨上自行车,飞也似的逃走了……

曾善才一鼓作气骑回服装小店,把自行车往地上一丢,踉踉跄跄走进店内,一屁股坐到地上。周燕飞正在帮一位顾客拿衣服,见曾善才如此狼狈,忙把衣服往摊子上一丢,转身过来询问。

曾善才大口大口喘着粗气,呜呜囔囔了半天,也没说出一句完整的话。周燕飞拿出干毛巾心疼地帮曾善才擦拭着额头上的汗水,毛巾很快就变得湿漉漉的。她只好又找了条干毛巾递过去。曾善才解开棉衣将毛巾伸入前胸后背处,这条毛巾很快又被擦湿。两人手忙脚乱地折腾了半天,曾善才才渐渐平静下来。

"到底咋啦?"周燕飞再次关切地问道。待曾善才把此次面见厂长的情形详细道来,一向温柔贤惠的周燕飞气得目瞪口呆,但见曾善才情绪那么低落,不得已反过来劝曾善才想开点,说马上就要过年了,好容易在乡下和县城两处都盖了新房子,一家人应该快快活活把年过好。

曾善才嘴上答应着,脑子里却很难不想这事,春节前前后后十几天时间里,总感觉如鲠在喉,经常一愣就是半天,一则为自己辛苦挣得的50万现金无法顺利拿回而深感焦虑,二则也为李宏达插手此事的复杂性而深感不安。那年他被关进看守所,若不是孙利民从中周旋,不知还要受多少苦。现在正值"严打",要是大权在握的李宏达随便捏造一个什么罪名扣在他头上,他可就在劫难逃了!

曾善才把自己的担忧告诉周燕飞。周燕飞也感觉问题很大,但又想不出好主意,只好劝他以拜年为由头再去厂长家套套近乎。曾善才当即就把这个建议否决了:"找他有啥用?看他那熊样,巴不得这笔钱不还了,还能指望他替咱们说好话吗?就是他家那条大狼狗估计也不欢迎俺去!"周燕飞想想也是,便不再言语,只好陪着曾善才熬一天算一天。

好容易熬过了正月十五,各类机关和厂矿企业开始真正复工。曾善才和周燕飞一合计,感觉这样等下去总不能算个事,"没做亏心事,不怕鬼叫门",自己辛苦挣得的钱总不能真不要了,于是便打起精神再次赶往螺丝厂。

守门的仍是年前那位门卫。见到曾善才,门卫不待他掏出烟来,就笑眯眯地从传达室内迎了出来,又是拱手,又是问候新年。曾善才递上香烟,道明来意后,门卫满面春风地说："你来得正好，今天几位厂长都在。"说着，便引着曾善才来到厂长办公室门口。

赵厂长见到曾善才倒还客气。两人相互拜了晚年，赵厂长请曾善才坐下说话。曾善才也不谦让，在赵厂长对面的靠背椅上坐了下来。

赵厂长的办公室看起来比较简朴，偌大的一个房间内，只放了一张办公桌、三把靠背椅。两边的墙上，一边贴着"团结起来，振兴中华"的红纸黑字标语，另一边则贴着各种规章制度。

未等曾善才开口，赵厂长主动说："对不住呀，年前没让你拿到钱！"

曾善才心想：说对不住有啥用呢？俺现在担心的是你们年后也给不上，不仅给不上，还可能找俺麻烦。但他不便都说出来，只好赔着笑脸说："俺知道你们也有难处，拖几天就拖几天吧，现在能还上也行！"

"嘿嘿……"赵厂长冷笑了一声，做出为难的样子说，"老弟呀，不是俺不帮你，年前已经跟你说过，虽然厂里还不起，但县里还是准备想办法的，谁知你得罪过李书记呢，要不然，这笔钱你年前就该拿到了！"

曾善才听后，气不打一处来，心想：欠债还钱，天经地义！原本是俺看你们艰难，帮你们渡过难关，怎么现在就变成你帮俺了呢?!

赵厂长见曾善才不说话，态度越来越傲慢，没多久干脆直接下了逐客令："老弟呀，你要多包涵，不是俺不帮你，李书记那关确实难过呀！你看，今天是节后第一天正式开班，厂里还有一大堆事情要处理，要不，再等两天，看李书记怎么说？"

赵厂长话已至此，曾善才只得起身告辞。赵厂长刚送到办公室门口，说了声"慢走"，就折回头"哐当"一声把办公室门牢牢关上了。

曾善才气血上涌，头脑一阵晕眩。他挣扎着扶住墙，稍稍定了定神，狠狠地骂了声："狗日的！"便脚踩棉花一般，轻飘飘地走到大门口。门卫见他脸色灰暗，走路不稳，知他可能与厂长发生了不快，巴不得躲得远远的。岂料曾善才见到门卫就像见到亲人一样，竟主动向他走来，快到跟前时，还从兜里摸出一整包大前门牌过滤嘴香烟塞到他手里，随即快速跨上自行车，一阵风似的远去了，留下门卫紧握着手中的香烟在寒风中呆呆伫立着……

第十七章 莫名其妙遭传讯 无可奈何租工厂

曾善才又在焦虑中等了一个星期。这天上午，他正与周燕飞在店里忙着招呼顾客，两位公安人员找上门来。

曾善才茫然地问："找俺有事？"

公安答："当然，领导要俺们来找你了解些情况。"

"要紧吗？俺现在手头正忙。"

"忙也要配合，快点跟俺们走！"

曾善才很无奈，只得与周燕飞打了个招呼，跟随两名公安走了。路上，他听见周围有人指指点点道："快看，公安又抓了个土痞子，看来这次'严打'是动真格的了！"曾善才听后，怒火中烧，心想：自己一不偷，二不抢，三不打群架，老实经营，规矩纳税，怎么就成土痞子了？但他不好当公安的面发作，只好使劲咽了口唾沫，假装什么也没听到。

两名公安一直将曾善才带进县公安局大院内的一间小会议室里，命他坐下稍等片刻。曾善才虽然自以为没做过亏心事，但多少还是有些紧张，心里面似乎有十五只吊桶打水——七上八下，来回翻腾。没多久，之前找他的一位公安陪同一位领导模样的公安人员走进屋内，待领导坐稳后，那位公安对曾善才说："这是咱们局负责经济案件的陈股长。"曾善才听到"经济案件"几个字，稍稍放了点心，却又有点疑惑：自己能犯啥经济罪呢？

陈股长在曾善才对面坐定后，用一双犀利的眼睛对曾善才上上下下打量了半天，才开口问道："你就是曾善才？"

陈股长的声音正如他的眼神一样，异常寒意袭人。曾善才不由得哆嗦了一下，小声应道："是。"

陈股长又盯着他的头发问:“什么时候开始留这种头的?”

“两年前。”曾善才如实答道。这种大背头还是他前年外出进货为防流氓欺负而蓄起来的,后来习惯了,也就一直没变过发型。

“这是流氓头,知道吗?”陈股长问。

“知道。俺经常出去进货,外面流氓多,俺估摸着跟他们留一样的发型会少受点欺负,就一直留到现在。”曾善才解释道。

“你这叫同流合污!”陈股长义正词严地呵斥道。

曾善才多少也懂一些胳膊扭不过大腿的道理,就低头不再言语。

陈股长接着说:“回去先把这个长头发铰了,今天找你倒是为别的事。”

曾善才没吭声,只是瞪大眼睛安静地听着。

“你借给县螺丝厂的钱是从哪里弄来的?”

这下曾善才没法不吭声了。他挺了挺身,认真答道:“做生意赚的。”

“做什么生意能赚那么多钱?俺查了一下,你是1980年9月才拿到营业执照的,短短两年多的时间你就能赚到五十多万?你知道一般干部一年的工资能拿多少吗?”陈股长明确表示自己根本不信。

“的确是俺做生意赚的,你们可以调查。要说一般干部能挣多少钱俺还真不知道。”

“俺们当然会继续调查!因为你这笔钱来得太不明不白。你刚才不是说不知道一般干部赚多少钱吗?现在俺可以告诉你,别人不说,俺自己一个月就五十多块,一年全部加在一起不到七百块,三年也就两千来块。俺就不信你三年能挣五十多万!”

陈股长既然把话说到这个份上,曾善才只好把自己如何与周燕飞合伙做服装生意,如何渐渐有了一点积累,又是如何看好县百货公司处理的毛线市场潜力,以及自己因无钱拿货不得已用30%的年化利率从信用社拿到320万元承兑汇票的过程详详细细说了一遍。

陈股长听后略显震惊之色,指示身边的公安人员认真做好记录,接着又问道:“有人说你跟百货公司的经理相互勾结,所以才能用那么低的价格拿到他们处理的货,这种情况是否属实?”

曾善才感觉很荒唐,果断答道:“完全不可能!百货公司要处理陈货的消息放出去好多天以后,俺才得到消息。再说,俺和经理以前根本就不认识,怎么能跟他勾结?”

陈股长仍然不依不饶地追问:“为什么这批毛线只被你一个人弄到了?”

“那是因为百货公司希望一次性处理掉这批货，在整个河东县基本没有能拿出三百多万现金的商户,所以俺才捡了个漏子。况且,俺为了拿到这批货,整整比百货公司的要价还多付了15万的保证金。要是俺与百货公司经理有勾结,至少这15万不用多花了,更不需要向信用社融资,多花16万资金占用费!”

陈股长低头沉思片刻，盯着曾善才又看了一会才说:“希望你讲的都是实情,不然,吃亏的肯定还是你自己!”随后,就放曾善才回去了。

曾善才和周燕飞又在煎熬中度过了十来天。没想到螺丝厂赵厂长主动找上门来。小店里顾客正多,曾善才只好抱歉地朝厂长笑笑说:“店面太小,也没地方坐,要么去俺家里坐坐行不?”

赵厂长摆摆手说:“不用了,去俺办公室吧。”

曾善才心想,厂长的办公室地处郊外,骑车过去至少要四十多分钟才能到,能有啥比还钱更重要的事一定要到办公室去说?不过,既然人家提出来了,去就去吧。他跟周燕飞打了个招呼,随手就要推自行车,却被赵厂长伸手制止了。

“不用骑车,几分钟就走过去了。”赵厂长说完,带头往前走。曾善才更加纳闷,跟在厂长后面往前走。仅仅十来分钟的光景,厂长拐进了县工业局大院,在一处平房门前停下,从兜里掏出钥匙打开房门,请曾善才进去。

“请坐吧。”赵厂长望着满脸疑惑的曾善才说,“这是俺的新办公室。”

“赵厂长高升了?”曾善才问。

厂长“嘿嘿”笑着在自己的椅子上坐了下来,说:“工业局这边正好缺个有工厂管理经验的副局长,不知道领导咋就看上俺了,把俺选来挑这个担子。反正都是为国家工作,也算不了什么。”

“那俺该喊你赵局长了?”曾善才担心厂里人事变化,今后自己的钱恐怕更难要,有些焦急地问,“螺丝厂那边怎么办?谁来接你的位子?”

“不用客气,你继续喊厂长也没错。螺丝厂那边,你也不用担心,俺暂时还兼着那边的职务。”赵厂长说。

曾善才听后,稍稍舒了口气,下意识地说:“这样好!”

“从你的角度看当然好,但对俺来说,两头都要操心,往后更苦喽!”赵厂长摊了摊手,做出一幅非常为难的样子说。

曾善才想着现在自己反过来要哄厂长还钱,便言不由衷地说:“能者多劳!领导让你仍然兼着一定是有道理的!”

“哈哈!你还挺会说话的。”赵厂长端起茶杯喝了口水,接着说,“还真被你猜到了,领导让俺继续兼任的确有些道理,这个道理跟你还有点关系!”

“跟俺?”曾善才更加疑惑了。

“对,跟你。实话告诉你,李书记这段时间已通过公安系统对你的情况作了全面调查。有些事情你可能知道,有些事情你可能并不知道。”

曾善才立即想起了10天前自己被叫到县公安局的情形,不由得点了点头。

赵厂长接着说:“公安局找你的事情我就不说了,但公安局找县百货公司和信用社了解情况的事你大概就不知道了吧?”

曾善才再次点了点头。

赵厂长又干笑了两声,说:“老弟呀,俺要恭喜你了!”

“恭喜俺?”曾善才一脸的懵懂,心想,你们借俺那50万还不知道啥时能拿回来呢,有啥可恭喜的?

“对呀!你想想,咱们县的一把手下那么大力气都没有找到你的毛病,那还不得恭喜呀?”赵厂长意味深长地说。

“俺就是一个普通老百姓,老老实实做生意,平平安安过日子,除了脑子笨一点外,本来就没有啥大毛病。俺现在只想啥时能拿回你们借去的50万。”曾善才平静地说。

“好,现在俺就来跟你谈谈那50万的问题。”赵厂长说话的声音有些激动。

听说要谈50万借款的事情,曾善才立即精神抖擞起来。他坐直了身体,伸长了脖子,就等对方说下去了。

赵厂长见他急于听到解决方案,反而不说话了,只是不动声色地摆弄着手中的陶瓷缸,仿佛那是一件价值连城的宝贝似的。过了半晌,赵厂长才不紧不慢地说:“你是个经商奇才,像你这样的人不仅在咱河东县难找第二个,就算在整个中国估计也不多。”

曾善才不知道他葫芦里卖的啥药,只好听着。

赵厂长接着说："有没有想过自己搞个螺丝厂干干？"

曾善才心想，明明要谈你们啥时还俺50万，怎么越扯越远了？但自己不好明说，只能把头摇得像拨浪鼓一样，说："俺做做小生意糊个口还将就，螺丝厂那可不是搞着玩的！"

"老弟，你不用谦虚！俺知道你可能想说，'你都没搞好，俺怎么行？'"

曾善才忙说："没有，俺绝对没这么想，就是感觉自己不行！"

"想也好，没想也好，都不要紧。要紧的是，接下来你可能真要搞螺丝厂了！"厂长盯着曾善才诡异地笑了笑，接着说，"按照合同，螺丝厂借你的50万就算还不上，也应该把同等价值的厂房、机器过户给你。可是李书记说了，这些都是国家的财产，不能随便给了私人。还说现在国家鼓励个人承包工矿企业，你既然这么有本事，可以把螺丝厂承包过去，或者说把厂房、机器租过去，县里可以在租金上给你优惠，比如，一年只收你5万，总共租给你11年，正好把厂里借你的本利抵消掉。"

赵厂长提出的还钱办法完全出乎曾善才的意料，他愣愣地坐了半天，也没想出该如何回应。

赵厂长倒是一副不急不躁的神情。他用双手手指在办公桌上快速弹击了一下，眯着眼睛对曾善才说："这是俺们眼下能想到的最好办法了。不用急，你回去好好考虑考虑再说。"

曾善才虽然年轻，但脑子可不糊涂。他完全明白厂长的话外音：要么租下厂房和设备，要么继续干等着，除此之外，根本没有第三条路好走。

曾善才蔫蔫巴巴地回到小店。周燕飞见他那个样子，心里面便明白了八九分，所以也没再追问。直到吃过晚饭，曾善才才绝望地把饭碗一推，叹了口气说："完了！俺们那50万真要打水漂了！"

周燕飞一边收拾碗筷，一边安慰道："你上午一回来，俺就看出来了。能说说具体咋回事吗？"

曾善才点点头，原原本本地把厂长跟他说的解决方案复述了一遍。周燕飞听后一愣神，差点把手中的一只瓷碗摔掉了，等调整好站姿，气愤地说："这不就是强买强卖吗？！"

"谁说不是呢？"曾善才回应道，"他们把一个好端端的工厂弄得一塌糊涂，最后想把烂摊子甩给俺来收拾。唉，这笔钱借得……俺咋就这么窝囊！"

“别急坏了身子！事已至此，急也没用，再想想办法，看能不能想到其他法子！”

“还能有啥法子？除非咱们不要这笔钱了！”

“不要肯定不成。真不行，咱们就把工厂租过来？”

“唉，那可是个无底洞呀！况且，咱俩做做小生意，还应付得了，开工厂一点底都没有呀。那个螺丝厂连工资都发不出，真要是把工厂租过来了，说不定还得扔50万进去！”

“说的也是呀！不能为了拿到先前的50万，又另外砸进去50万！”

夫妻俩从晚饭后一直讨论到安顿好夏生睡觉，也没想到一个好法子。最后，两人决定先不答应租厂房和设备，过几天就去找那个赵厂长要一次钱，钱是他经手借的，他也是担保人之一，这钱就该问他要！

从此以后，曾善才果真每过几天就去找一趟赵厂长。但赵厂长似乎有意躲他一样。曾善才找到工业局，别人说他去螺丝厂了；找到螺丝厂，别人又说他去工业局了。偶尔幸运地找到赵厂长，他不是诉苦说没钱，就是劝曾善才不要错过租厂的机会。曾善才没办法，只得也学厂长借钱时的可怜样(实际上也真是因为拿不回这大一笔钱而焦虑得有点可怜)。但是赵厂长并没被打动，反而更起劲地劝曾善才把工厂租下，说现在政策比以前宽松，要搁在以前，你想把工厂包了，那可连门都没有！曾善才就反问，既然机会这么好，赵厂长咋不亲自租下来？两人把话说到这个份上，便基本陷入了僵局，因为赵厂长不是脸色难看，就是借口还有重要会议而匆匆溜掉。

那个螺丝厂门卫见曾善才每次都焦急而来，失望而去，就试探着问曾善才到底有啥难事。曾善才不大愿意把情况都说出来，就拐弯抹角问他螺丝厂的一些事情。提起螺丝厂，门卫唾沫星子飞溅，不是骂那些工人不好好工作，只会打架、斗殴、磨洋工；就是骂那些手中有这样那样权力的厂长、副厂长、班组长，甚至销售员如何贪得无厌、吃拿卡要、占着茅坑不拉屎；或者骂上级主管部门任人唯亲，奖懒罚勤，说赵厂长把工厂搞成这个样子，居然还能升官……曾善才被门卫说得更加没有信心，回过头，就把厂长盯得更紧。而厂长呢，躲他躲得更远。曾善才常常接连几次都扑空。

曾善才与赵厂长之间的你找我藏游戏一直持续到4月底。就在曾善才对能否拿到50万元万念俱灰的时候，赵厂长再次主动上门找他来了。

那是一天的下午，曾善才与周燕飞如往常一样在服装小店里忙乎着。这时，赵厂长满脸堆笑地出现在他俩面前。曾善才很诧异，热情邀请赵厂长到店里坐坐。店里的顾客正好不多。赵厂长也不客气，一转身就走进店内，尚未坐稳，就火急火燎地从兜里掏出一张折叠得平平整整的报纸，往曾善才手里一塞说："老弟，看看这张报纸，瞧瞧人家多有胆量！"

曾善才打开报纸，首先映入眼帘的是一行粗大的黑体字："我向领导班子表决心"，黑体字的下面还有一行稍小的字："马胜利承包石家庄市造纸厂纪实"。

"怎么样？看看人家的胆量！"赵厂长对曾善才说，"你先慢慢看着，等看完了咱们再聊。"

说话间，周燕飞抽空给赵厂长倒了杯茶递过来，歉意地说："店里地方太挤，委屈厂长了！"

赵厂长倒很随和，笑笑说："不委屈，你们那么有钱都能待得了，俺有啥不能待的？"

"那不一样，你是领导！再说，俺们也没几个钱，好容易攒下50万，现在也拿不回来呀！赵厂长，你今天既然来了，俺正好当面求你多替俺想想办法！"周燕飞可怜巴巴地说。

赵厂长再次轻松地笑笑说："先别急，俺今天来就是要帮你们解决这个问题的！"说罢，朝曾善才那边努努嘴，做了个鬼脸，"等他看完了再商量！"

此时，店里正好又来了几个顾客，周燕飞抱歉地跟赵厂长打了个招呼，接待顾客去了。

赵厂长一个人坐在小竹椅里，悠闲地跷起二郎腿，啜了几口茶，耐心地看着曾善才读报。曾善才似乎已被报纸内容深深吸引，时而双眉紧锁，时而会心微笑，时而缓缓颔首……

"怎么样？有什么想法吗？"赵厂长终于等到曾善才收起报纸，漫不经心地问了一句。

"哦，没……还没有……"曾善才似乎还没有从报纸上传递的信息中回过神来，一边说，一边把报纸折叠好，递了回来。

赵厂长轻轻推开曾善才的手，撇了撇嘴说："报纸你先留着，你们两口子得空再好好看看。想好了再来找俺。"说完，双手撑着膝盖慢慢站起来，拍拍屁股转身就往门外走。

曾善才跟出门外。周燕飞也出门送赵厂长。赵厂长回身要曾善才留步。那曾善才哪肯留步，快走两步，追上赵厂长说：“那笔钱已经过期几个月了，你无论如何也要替俺好好想想办法呀！”

赵厂长伸手拍了拍曾善才的肩膀说：“老弟，你怎么搞了半天还没看明白呢？厂里要能拿得出钱，早就还你了。俺原本想按去年的约定把部分厂房设备抵押给你，李书记又说啥不同意。他能接受的方案只有一个，那就是你把厂房设备租过去，厂里用11年租金抵扣那笔借款。这个方案跟河北那个马胜利承包造纸厂没啥区别，国家肯定大力支持，李书记也免得担责。俺劝你就死了拿现钱这条心吧。好好学学人家马胜利！”

“俺哪能比得上人家！他本来就是造纸厂的销售科长，对造纸行当肯定门清得很！俺对螺丝厂完全是外行，明知做不了，怎么敢逞那个能？”他略微停顿一下，接着说，“按说，既然国家鼓励承包，你们螺丝厂内部的人肯定比俺……”

不待曾善才说完，赵厂长嘿嘿一笑打断了他的话：“俺知道你想说什么。其实厂里真有不少人想学马胜利把螺丝厂承包了。但是眼下最大的困难是你这50万现金没着落呀。不管谁承包螺丝厂，首先还不得把你的50万还上？俺看来看去，谁也没这个能耐。所以呀，老弟！这个厂你租也得租，不租也得租啰！”

曾善才还想说点什么，可他们已走到县工业局大门口。赵厂长止步对曾善才说：“该说的已经都说了，你要相信县委、县政府，要相信县工业局！好了，俺还有个重要会议要开，你回去再好好看看报纸，两口子好好商量商量，想明白了再来找俺。”

曾善才只得闷闷不乐地折身回到小店，把那张报纸往周燕飞眼前一丢，说：“你也看看吧！”恰在这时，店里又来了几批顾客。周燕飞直到下午日落西山才断断续续看完那篇关于马胜利的长文。

夫妻两人身心俱疲地走在回家的路上。马路两边店铺早已打烊，行人稀稀落落，偶有晚归的学童一晃而过。周燕飞忍不住问道：“看过报纸后有啥想法？”

“能有啥想法？人家马胜利对造纸厂门清门清的，知道先前问题出在啥地方，也知道外面的市场有多大。俺们又没在工厂干过，只是这段时间从门卫那里了解到一些情况，准不准还难说呢！”

“如果俺们不租他们的厂房和机器，螺丝厂能把俺们那50万还上吗？”

“还个鬼！他们欠了一屁股债，用啥还？”

“你下午送厂长走，他有其他的办法吗？”

“没有。”

“那就是说，俺们租也得租，不租也得租了？”

“嗯，除非这笔钱不想要了！”

周燕飞不再吭声。两人默默地往回走。夏生的欢快笑脸没能使他们忘却忧虑，可口的饭菜对他们来说也味同嚼蜡，直到躺到床上，曾善才还在唉声叹气。

周燕飞终于忍不住了，试探着说：“善才，真不行咱们就把螺丝厂租下来吧。”

曾善才苦笑着说：“除了租下来也没有其他办法呀！要紧的是租下来以后咋办？”

“俺倒有个主意，不知行不行？”

“管他行不行，说说看！”

“不如先答应他们，试租两年，如果能干得下去，再接着租满11年。”

“嗯，还是这样好！”曾善才的双眼释放出久违的光芒，“俺咋就没想到?!”说完一把按住周燕飞，不顾她的竭力反抗，三下五除二扯掉她身上仅存的一点小衣服。

“你要干啥？”周燕飞呵斥道，“夏生还没睡着呢，快住手！”

曾善才哪肯住手？他那年仅23岁的强健体魄里本来就蕴藏着地下岩浆般的强大能量，只是因为索账无门而被强行封锁了好长一段时日。今天报纸上的这篇报道和周燕飞的试租办法令他豁然开朗，他内心里的那股熔岩再也无法压制，瞬间便将周燕飞彻底消融……不知又过了多久，两人终于同时滑入一道深不可测的幽谷。

几天后，经过艰难的讨价还价，曾善才终于同螺丝厂达成了一个折中的租赁协议。按照这个协议，曾善才以每年5万元的租金试租螺丝厂厂房及设备3年。3年后，如果曾善才愿意续租，双方再签订一个8年的租赁合同，螺丝厂不用偿还曾善才所余40万元本息；如果曾善才不愿续租，螺丝厂必须在当年偿还曾善才剩余的40万元本息。曾善才租得螺丝厂厂房和设备后，仅拥有使用权，不得将厂房和设备用于抵押或其他非螺丝生产、销售等活动。对于厂里的干部和工人，除上级另有任用及个人主动辞职或犯有重大错误外，曾善才不得擅自解除他们的工作，但可以调整他们的职务、岗位和工资。

租赁时间从1984年5月11日正式开始。因为这件事在河东县国企发展的历史上从未出现过,县里要求螺丝厂召开一个有螺丝厂全体干部工人参加的交接大会。会场安排在螺丝厂大院内。靠近墙根的地方,一溜烟放着几张长桌,算是主席台了。

会议原定上午9点半开始。但刚过9点,螺丝厂院内就挤满了人。大家议论纷纷:有拍手称快的,认为螺丝厂的苦日子就要到头了;也有不满骂娘的,说县里厂里那帮王八蛋不知得到人家啥好处,硬是把一个好端端的厂子租给一个乳臭未干的小流氓;更多的是麻木观望的,他们深知原来那帮领导、那套做法肯定玩不下去了,但对要租下工厂的曾善才也不抱什么希望。

9点25分,县里的主要领导和工业局的局长、副局长们在原螺丝厂厂长、县工业局副局长的陪同下悉数走上主席台,按主次坐下,曾善才被安排到原厂长的旁边。会议由原厂长主持。他首先恭恭敬敬地挨个介绍了来参会的大小领导,最后表情复杂地介绍了曾善才,说:"这位曾善才同志是俺们县有名的经商奇才,今后3年他就是螺丝厂的新厂长了,希望同志们能像当年支持俺一样,支持好曾厂长的工作!"老厂长的话音未落,台下的工人们就爆发出一阵嘻嘻哈哈的轻浮笑声,老厂长顿时涨红了脸,连说了几遍"请大家安静",可他不说还好,这一说,台下的场面更加混乱了!

螺丝厂交接大会在混乱中走完大多数议程,进入了尾声。当主持会议的老厂长提请大家以热烈的掌声欢迎县委书记李宏达作重要指示后,参会的人群中爆发出一阵嘈杂的喧闹声,中间还夹杂着刺耳的口哨声和咒骂声。李宏达见怪不怪,气定神闲,丝毫没有恼怒、不快之意。他先缓缓扫视一遍台下,接着往左右两边瞧了瞧。当他的眼光与曾善才的眼光交汇时,嘴角微微动了一下,露出了神秘的微笑。这是他与曾善才第一次正面相遇,那笑容令曾善才莫名其妙地打了个寒战。

曾善才突然有一种逃离会场、退掉租约的强烈冲动。但想归想,他心里非常明白,逃是逃不掉了,除非自己那笔50万元的本金不想要了。李宏达开始讲话,台下的哄闹声更大了。曾善才脑子里嗡嗡直响。尽管他与李宏达仅有几人之隔,但李宏达到底在讲啥,曾善才基本听不清楚,只能断断续续听到一些零星的词句:"改革""脱困""大方向""顾全大局""曾善才""非常能干",等等。李宏达说完,主席台上的十来个人奋力鼓起手掌，曾善才也不得不跟着拍起手来。可无论台上这些人如何使劲，台下却很难听见掌声。

李宏达不愧为一县书记，面对如此混乱场面，竟看不出丝毫不爽。曾善才几次偷眼瞧时，竟发现他脸上有一种如释重负的轻松、一种幸灾乐祸的狡黠……曾善才再次哆嗦了一下，呆呆地目送着李宏达在一群河东头面人物的簇拥下离去。

第十八章 善才初掌螺丝厂 成勇毛遂自荐来

租赁交接大会终于在嘈杂声中结束了，而曾善才的承租经营之路才刚刚开始。事情纷繁复杂，这对于曾善才这个只做过个体户，却从没有管理过哪怕仅有三五个人的小工厂的23岁小青年来说，的确不是一般的难。好在曾善才在此之前对螺丝厂多少了解一些，大体上知道螺丝厂经营困难的原因所在：需求不是问题，有问题的是联系市场的人既严重不足，又不能尽心尽力，以至于厂里到现在还积压着前几年生产的螺丝，粗粗算来，成本价也值二三十万元；产出方面问题很大，一个突出的问题是生产效率极低，光见有人上班，不见螺丝产出，另一个突出问题是次品率太高，好容易生产出来的螺丝次品率常常高达30%。

曾善才不敢耽搁，县、局领导们刚出螺丝厂大门，曾善才就把螺丝厂班、组长以上的干部召集到会议室里。他深知这些大、小头头们没有一个是省油的灯，因此，对这些人异常客气。他从自己多年的经商经历中悟出一个道理：光对人客气还不够，更重要的是要给他们实实在在的好处，如果能得到好处，你对他稍稍不客气一点也问题不大。

干部们虽然个个脸上写满了"不情愿"三个字，但还算配合，至少都无一缺席地坐进会议室里。曾善才不懂开会的规矩，也不知自己该坐在什么地方，便随便选了个靠墙的椅子坐下。见人到得差不多了，意识到自己该讲话了。他使劲清了清嗓子，却突然忘记该说啥，嘴巴张了又闭，闭了又张，竟一个字都没吐出来。干部们见状，态度更加轻佻，聊起天来声音更大。曾善才脑门上顿时渗出了豆大的汗珠，他伸手使劲捏了一把自己的大腿，告诫自己千万不要害怕，虽然这个厂只是暂时租过来的，那自己也是不折不扣的厂长，应该拿出领导的样子来。他想起了刚才坐在主席台上的那些人，哪个也没有三头六臂，哪个不是说起话来唾沫星子四溅？他再次捏了一把自己的大腿，眼盯着对面墙上的标语，终于蹦出了第一句话："开会了！"干部们见他终于开口，一下子静了下来。

曾善才脑子突然又是一片空白，他嘴唇颤动了两下，好容易才想起几句昨天晚上准备的台词，赶忙咳嗽两声把话吐了出来："俺没……没在工厂干……干过，租这个厂其实……其实也没有办法。俺不……不想夺你们的饭碗，只有……有一条，干……干好了，有奖励，干得越好，奖励越多。从现在起，生产先停下，原先的职务也先停下。大家一起想办法先把仓库里的货卖出去，谁有把握把货卖出去，谁就来报名当临时销售科科长，临时销售科科长的名额没有限制。"曾善才越说越流利，干部们的神情也越来越专注。待他说完"临时销售科长没有名额限制"时，会议室里响起了热烈的掌声。

会议短得出奇，十来分钟就开完了。干部们感觉很不习惯，直到曾善才拍拍屁股走出会议室，他们才意犹未尽地慢慢散去。

此后的3天时间内，先后有5位干部甚至工人找到曾善才，毛遂自荐要当销售科科长。曾善才果真照单全收，分别任命他们为销售一至五科科长，再由这五个科长从全厂干部、工人中挑选销售员，被挑中的人可以接受挑选，也可以拒绝挑选。工人也可找自己看中的销售科长报名，销售科科长可以接受，也可以拒绝。曾善才还要求，每个科最多10人，少则不限。有意思的是，厂里原负责销售的李副厂长也来应征销售科科长。但是愿意跟他一起做销售员的却一个人都没有，这位新任李科长成了一个名副其实的光杆司令。反倒是原来的销售科赵科长和张、王两位副科长都招到了不少"人马"。最令人吃惊的是厂团委宣传部部长成勇。这家伙居然一下子招来十几名工人，这些人大多是貌美如花的俏姑娘。但按照曾善才每个科不能超过十人的要求，成勇只好采用抽签的方式决定哪些人留下。消息传到曾善才耳朵里，令他深感好奇，决定找机会跟成勇好好聊聊。

第四天一大早，曾善才就骑车来到螺丝厂，尚未到达办公室，就远远看到一个比他年龄稍小的青年人在他办公室门口徘徊。

曾善才紧走两步，喊了声："成勇，来这么早呀！"

成勇多少有点拘束，搓了搓手说："厂长也早呀！"

曾善才赶紧掏出钥匙打开房门，将成勇请进屋内。成勇长相英俊，长方脸，大耳垂；双眼皮，大眼睛；鼻直口方，面色红润；个头中等偏上，身材结实挺拔；蓄着蓬松大分头，穿着新潮夹克衫；腕带一只镀金机械表，脚蹬一双宽头牛皮鞋。曾善才看在眼里，心里不禁暗暗赞叹：奇特之人必有超凡之处，这个成勇看来不是一般人物，待俺慢慢跟他聊聊。

“听说你这次招兵买马吸引了不少人，能说说原因吗？”曾善才开口就问。

成勇随意坐了下来，说：“俺也不晓得，俺前年大专毕业后，就被分配到螺丝厂，在销售科做业务员。去年赵厂长说俺学历高，又是干部身份，非要俺当团委宣传部长。按说这个职务也不能算个官，还不知道能不能管得好这些人呢！”

“团委宣传部部长好歹也是个官吧？要说当官，俺更不沾边，读书的时候成绩差，连个小组长都没当过，后来没书读了，只好做点小生意，自己干还行，从来没有管过人，现在弄了这么大一个厂，能不能管得好，心里一点底都没有呀！以后还得靠你们多帮忙啊！”曾善才顿了顿，接着说，“好了，先不说这些。有那么多人愿意跟你干，你必然有不同常人的东西。俺知道，你是螺丝厂里少有的大专生。俺就想了解一下，除了学问高，你认为自己最大的长处是什么呢？”

成勇尴尬地笑了笑，说：“曾厂长真会开玩笑，俺的学问也不能算高，其他方面嘛，俺除了爱玩，还真没啥长处。”

“哦？爱玩？你喜欢玩啥？”曾善才好奇地问。

“能玩啥？无非就是弹弹琴、下下棋、唱唱歌、跳跳舞、逗逗乐啥的。”成勇红着脸应道。

“这么厉害！你说的这些，俺一样都不会，以后找机会跟你好好学学！”曾善才说。

“这哪成？你是一厂之长，哪能跟下属学！”成勇连连摇手道。

“先别急着推辞呀！你不是一般的下属，光比学问，俺就要差十万八千里！其实俺也特别爱玩，就是都上不了台面，吹吹牛、斗斗嘴还行，稍微有点技术的，俺一样都不会。对了，你弹的是什么琴？”曾善才问。

“吉他、二胡、手风琴、小提琴、萨克斯，都会一点。乐器嘛，反正都大同小异，会了一样，再玩其他的也就一通百通了。”

曾善才眼睛瞪得像铜铃一样，心想：乖乖，这么厉害！前些年，俺学个口琴都没学会，他居然一下会这么多！以后先不说别的，一定先跟他把口琴学会。他接着又问：“会啥棋呢？”

“象棋、围棋、麻将都行，还有六周。”成勇答。

曾善才一听来了劲，他对象棋、军棋多少会一点，不过一般斗不过人。他最喜欢下的是六周。这是河东县的土棋。类似文人雅士喜欢下的围棋。不过既没有棋盘，也没有棋子。河东人随手在地上抓个树棒子唰唰几下就可以把棋盘画好，然后拣起一堆小土块，或者将枯草折成短小的棒子作为棋子，往地上一坐就可以杀上半天。于是，他喜笑颜开地说：“俺也喜欢下六周，哪天咱俩杀几盘如何？”

“哪敢跟厂长杀？”成勇赶忙摇手。

“客气啥？俺这个厂长是临时的，等不租螺丝厂了，大家还不是一样?!”曾善才说。

曾善才接着又问成勇唱歌、跳舞方面的情况。他对这些东西更不沾边，见成勇说起“玩”来，似有聊不尽的话题，心想：别说姑娘们喜欢他，换上俺不也想跟他一起玩吗？但曾善才毕竟是生意人，被动租下螺丝厂可不是为了来玩的。他想把话题拉回到生意上，便说：“成勇呀，你这么会玩，朋友一定不少！”

成勇自觉与曾善才聊得投机，咧嘴哈哈一笑说：“可不是吗?! 你说这人呀，有几个不爱玩的？所以越爱玩的人，朋友就越多！”

曾善才摇摇头，说：“俺也挺爱玩的，为什么总感觉朋友不多呢？”

成勇脱口而出：“那是你玩得还不够！”

曾善才心想，这家伙说得轻巧，要是俺一天玩到晚，一家老小喝西北风去呀！俺倒要瞧瞧你怎么才能把生意玩起来。于是，他先为自己简单辩解道：“俺也没办法，成天有做不完的事。”随后，他话锋一转问：“你说玩怎么跟工作就这么水火不容呢？”

成勇似乎并未发觉曾善才的疑虑，一本正经地对曾善才道：“曾厂长，玩跟工作还真不能说水火不容。不说别的，工作累了，要休息吧，玩就是一种最好的休息。有的人累了就想睡觉，这样做其实很傻。如果人活着除了吃饭，只剩下工作和睡觉，那还有啥意思呢？不过，俺说玩对工作的好处还不止这些。比如，对俺们做销售的来说，越会玩，工作就越能做得更好。”

“哦？”曾善才诧异地睁大了眼睛，心想，这家伙越讲越离谱了，俺倒要看看他如何白话下去。

成勇何等聪明？他对于曾善才心里的疑虑明镜似的。不过，他倒也不介意，只是不紧不慢地接着说："做销售首先要知道哪里有需求吧？"

曾善才点点头。

成勇接着说："要想知道哪里有需求，除了做好广告，不是得多交朋友吗？"

曾善才又点点头。

"好！交朋友可以有多种方式，比如给别人送点好吃好喝的，或者其他什么好处，但是如果我们拿不出这些好处，或者制度不允许我们拿出这些好处，那不就得会玩吗？能玩到一起的人越多，获得的信息不也就越多吗？"

成勇的话讲得似乎非常在理，但曾善才并不完全认同。他自己就是做销售的，并没有多少朋友，不是照样把生意做得红红火火？当然，他也并不否认成勇的说法。现在，他倒想听一听成勇获得需求信息后怎么通过玩把生意做成功，于是他直接问道："知道哪里有需求以后，你一般怎么办？"

"好办，还要靠玩！"成勇毫不含糊地说，"找到了买家，就要想办法让他买咱们的产品。如果你跟他仅仅是认识，你说自己的产品有多好多便宜都没啥用。最有用的就是给他好处。还是前面说的，俺们拿不出好处，制度也不允许俺送他好处。这时候，最好的办法就是跟他成为玩伴。他喜欢音乐，你就跟他聊音乐，玩乐器；他喜欢下棋，你就陪他下棋，必要时让他多赢两把；他喜欢书画，你就跟他切磋切磋书法、探讨探讨名画；他喜欢跳舞，你就陪他跳跳舞……反正，他喜欢玩什么，你就陪他玩什么，一来二往，大家不就成好朋友了吗？既然已是好朋友，那让对方支持支持工作总归没啥大问题吧？"

曾善才越听越感觉眼前这个同龄人不一般，也越来越惊喜地发现销售也有不同的做法。他不禁连连点头，表示赞赏。

成勇见曾善才态度比先前更加积极，神秘地笑着问曾善才："曾厂长，你知道俺还有一样什么东西玩得特别溜吗？"

曾善才摇摇头。

成勇压低声音说："俺打麻将最在行！"

曾善才道："哦，俺还不会。"

成勇忙说："不要紧，哪天有空，俺来教教你！玩麻将非常重要，曾厂长一定要早点学会。据俺所知，现在的厂长还真没几个不会打麻将的。俺以前帮厂里搞销售就是靠打麻将打通一条条路的。"

曾善才感觉非常好奇，心想，这个成勇说得越来越玄乎了，难道他把麻将打出花来了不成？

成勇一眼瞥见曾善才双眼流露出来的不信任情绪，明白曾善才对他的麻将水平并不看好。虽然以后日子还长，但他也不想一开始就给这个新厂长留下不靠谱的印象。于是，他灵机一动，对曾善才说："咱俩下几盘六周如何？"

曾善才听后愣了愣神，他完全没想到眼前这个毛遂自荐的销售五科科长会在工作时间向他提出这么一个建议。

成勇见曾善才没有立即回应，也明白自己这个建议比较唐突，便给自己找台阶说："厂长不方便就算了，以后再说。"说着就要转身离开。谁知曾善才却开口把他留了下来："先别走，咱们下三盘试试。"

成勇很快从门外找来一块干土，在房间内选了一块平整的地面唰唰几下就画好了七纵七横共三十六个小方格的六周棋盘，自己折了一堆小树棒作"棋子"。曾善才则找来一张废纸，撕成很多小块后揉成一个个小纸团。

成勇说曾善才是领导，应该先下。曾善才也不客气，拿起小纸团就在"棋盘"中间的一处交叉点上放了下去。成勇则不慌不忙在靠近自己一边的最边沿一处交叉点上把一根小树棒放了下去。两人你来我往，时而曾善才做成一个"三斜"，吃掉成勇一颗子；时而成勇做成一个"四斜"，吃掉曾善才一颗子；时而曾善才做成一个"五斜"，吃掉成勇两颗子；时而成勇做成一个"六斜"，吃掉曾善才三颗子。没过多久，成勇拥有的"成子"（横向六颗子）和"斗子"（小方格四角各有一子）数量就开始超过曾善才。曾善才好容易做成一个"三斜"或"六斜"，却发现对方的子要么在"成子"上，要么在"斗子"上，根本没法吃，他吃的子总是成勇原本不太在意的子。而成勇那边却越杀越勇，"棋盘"上，枯树棒越来越多，小纸团越来越少……眼看已回天无力，曾善才只好认输。

第二盘，成勇先落子。有意思的是，曾善才每次在自己认为最重要的"棋子"被对方吃掉后，马上就会出现更加有利于自己的机会。而成勇看起来在并没有出现什么明显失误的前提下，却节节败退，"棋盘"上的枯树棒越来越少，最终缴械投降。第三盘，又是曾善才先落子，但情况几乎和第二盘一模一样：曾善才越下越顺，成勇则很快退守一隅，最终丢子认输。

曾善才三盘两胜，不禁喜上眉梢。成勇连输两盘却丝毫不见失意之色。

“曾厂长,没想到你六周下得这么好!”成勇说。

“哪里哪里,今天运气不错!俺看你第一盘下得干脆利落,以为要连输三盘呢,谁知后两盘有如神助一般,居然把你这个强手彻底打败了!”说到这里,曾善才脸上堆满了兴奋的笑容。

“可是厂长有没有想过,俺第一盘下得那么利落,为啥后两盘却根本不是你的对手了呢?”

“对呀!”曾善才一拍后脑勺,说,“俺咋没想到这个问题呢?难道你是有意让俺的吗?”

“哈哈,你说呢?”

曾善才不语。成勇接着说:“不敢说让你,但你是领导,俺肯定不能叫你不快活,所以俺一定不能赢你。不仅不能赢你,还得让你感觉你在同高手下棋,你的水平更高。所以俺第一盘必须拿出实力,就是要让你感觉到对手不是一般水平。”

曾善才点点头说:“的确感觉到了。”

“对俺来说,真正的功夫在后两盘。俺不能突然变得像傻瓜一样,一定要自然而然地把好的局面留给你,这样你才会有一种自己水平更高的感觉!”

曾善才若有所思。成勇接着说:“假如你就是那个要买俺们厂螺丝的大客户,假如俺俩刚才不是下六周,而是打麻将,你说你能不对俺顿生几分好感吗?”

曾善才再次点点头,心想:这个成勇果真有两把刷子,能把麻将打到这个份上,还愁厂里积压的那点货处理不掉吗?

第十九章 遇美女成勇情迷 因吃醋李露大醉

一切准备停当。曾善才一声令下,五个销售科科长各带两名销售员(李科长除外),兵分五路,分赴东南西北中五个方位。李科长因为手下无兵跑最近的中线。成勇因为早想感受南方的改革气息,主动请缨去了此前未曾涉足的南线。

为确保此次出行取得预期效果,成勇从自己的这支销售员队伍中精心挑选了两名长相最清甜、处事最机灵的美女与自己同行。这两位美女一个名叫李露,年方二十,鹅蛋脸,柳叶眉,皮肤白里透红,身材上凸下翘,蓄着两条又粗又长的大辫子,说起话来有如莺声燕语;另一个名唤曹艳,刚过廿一,圆胖脸,小翘鼻,肤如凝脂,身似白燕,一头乌黑的短发,满身得体的衣着。两人文化程度都不高,李露刚刚初中毕业,父亲担心他将来找不到工作,没到五十就提前"病退",把别人朝思暮想的工作机会留给了宝贝女儿;曹艳只念到初二,她母亲就因螺丝厂流行"父母提前退休,儿女顶替上岗"而找人办了"病退",把工作交给了她。

李露和曹艳被成勇挑中一起南行,心里别提有多高兴。一则两位姑娘都未出过远门,一下有了去南方的机会,当然感觉特美;二则两位姑娘与厂里众多的美女一样,对成勇早已心生向往,但碍于平时并没有太多机会与成勇交流谈心,只能远远地偷看他帅气地甩一甩飘逸的长发,潇洒地挥动小提琴的琴弓拉响那扣人心弦的《牧羊曲》,现在,她们不仅不用偷看,还可以近距离、长时间地与他朝夕相处,心里能不美吗?

成勇自知自己在女孩们心中的地位,但不知为何,他放眼全厂年轻姑娘,竟无一人能入得了他的法眼。有的姑娘长相出众,成勇却感觉她举止粗鄙,除了会发嗲,与自己毫无共同语言;有的姑娘略通文墨,成勇却又嫌弃她长相一般,与自己超凡脱俗的形象一点也不匹配;有的姑娘既长相甜美,又能歌善舞,成勇却又担心人家水性杨花……因此，李露和曹艳虽被成勇选中，却不知道成勇仅出于工作方面的考虑。

李露和曹艳哪里明白成勇的心思。她们一方面为自己能被成勇选中而兴奋不已，另一方面却又隐约感觉到另一个人的存在是对自己最大的干扰，所以不仅费尽心力把自己打扮得花枝招展，还要处处留心，以防对方在与成勇交往中占据了上风。对此，成勇看在眼里，记在心里，默默地与两人都保持着合适的距离。买火车票时，成勇把两个姑娘的座位买在一起，将自己的座位买在与她们隔上两排的地方，这样，大家既能彼此照应，又不至于靠得太近……

南下的火车人满为患，成勇带着两个姑娘好容易挤上火车，却发现自己的座位被一个中年汉子占了。他掏出车票跟中年汉子一番理论后，那人才极不情愿地让出位子。成勇回头看了看隔了两排的两位姑娘，发现她俩都已坐定，这才放心地闭上眼睛靠在座位上养了养神。没多久，火车"呜，呜"叫了两声，便"哐当哐当"驶离了站台。

成勇感觉一身轻松，他睁眼朝窗外瞄了一眼，站台、建筑、树木、行人都越来越快地被甩到身后，他感觉有些晕眩，随即把目光从窗外收回。突然，他眼前一亮，浑身像被电击一般震颤了一下。就在他的正对面，一名红衣女青年正手捧杂志安静地读着。只见她时而蹙眉凝思，时而嘴角露笑，完全沉浸在自己的世界之中。那眉宇之间既有一种知性和优雅，又有一种高贵和从容，甚至还有一种单纯和俏皮。成勇的心瞬间被她俘获了，这人不就是那个千百次走进自己梦中的女神吗？

火车继续"哐当哐当"地往前爬行着。成勇眼睛直勾勾地盯着对面的美女，心里却扑通扑通跳得厉害。他感觉很奇怪，自己身边一向美女如云，从来就见怪不怪，怎么今天就像怀里揣了只小兔子一样，心慌得如此难受？他调了调坐姿，将目光抛向窗外。外面阳光明媚，白云悠悠，繁花似锦，柳长莺啼，偶尔还可见到几只水牛摇着尾巴，悠闲地在低头吃草……"真不错！"他在心里暗自赞叹，"但这些与俺有啥关系呢？"他不由自主地又把头转了回来。

美女放下手中的杂志，一抬眼发现成勇正在眼巴巴地盯着自己看，羞涩地抿嘴一笑，两片红霞顿时飞上双颊。她起身欲往外走，但过道里人满为患，好容易才走到厕所门口，却发现两边的厕所都是大门敞开，里面竟然都挤着三四个男人。她请求他们出来一下，但里面的男人就像没听见一样，你瞅瞅我，我瞅瞅你，就是不挪脚。她非常无奈,只得重新挤回座位。

约莫半个小时后,美女的表情越来越痛苦。她不断扭动着身体,额头开始渗出细密的汗珠。成勇看在眼里,怜在心里,一种行侠仗义之情油然而生。他刷的一下站起来,对美女招招手说:“跟我来!”说完,左推右挡,硬是为美女开辟出一条畅行之道。既然有人帮忙开路,美女乐得跟在后面。及至厕所门口,成勇先客客气气地跟里面人商量,请求他们暂时把厕所让出来,好让这位姑娘进去方便一下。然而和刚才一样,里面的人木然地没有任何反应。成勇瞄了眼美女,见她表情比先前更加痛苦,眼神中充满着期待。成勇又看了看厕所里的几个男人,那几张漠然的面孔刺得他无比心痛。他勃然大怒,瞪大了眼睛,用手指着里面的几个人破口大骂。没想到这招还真灵,其中一人叫苦道:“不是俺们不让,外面那么挤,俺们出去也没地方待呀!”成勇想想也是,便呵斥着厕所门口的人,强令他们再往旁边挤一点,留出空隙好让厕所里的人暂时出来一下。折腾了半天,总算把厕所腾了出来。美女一闪身进了厕所,“哐当”一声把门关上。

成勇始终候在门口,直到美女一脸轻松地开门出来。成勇叫她在门口稍等片刻,自己也进去方便了一下。待他走出厕所,美女用无比感激的笑脸迎接他,就像迎接凯旋归来的战士一般。

又费了半天工夫,两人总算挤回座位。美女从座位下面拉出旅行包,从里面掏出一把大白兔奶糖塞到成勇手里,说:“俺姓林,正在中原省城读书,你以后要是来省城,可去俺们学校玩玩。”

美女主动发出邀请,成勇喜不自胜,忙问对方啥学校。美女说是大学。成勇伸了伸舌头,说:“你是大学生?怪不得看起来这么有学问!”

美女莞尔一笑,说:“俺连话都没怎么说,你就能看出俺有学问?”

成勇道:“那当然!有学问的人一眼就能看得出来!”

美女再次笑了笑,说:“你真逗!这么说,你也是个有学问的人吧?”

“为啥?”成勇稍显不解。

美女咯咯笑道:“也是看的呗。”

成勇眨了眨眼睛,俏皮地说:“看来俺这个大专生也要当大学问家了!不过,俺跟‘学问’两个字虽然不沾边,却非常崇拜有学问的人。平日里,也喜欢读读书、写写字。”

两人越聊越投机,不知不觉地过去了好几个大站。太阳快落山的时候,美女稍显遗憾地说:“时间过得真快!俺马上就要到站了,希望今后还能见到你。”说完,从包里掏出一个小笔记本,撕下一张纸,快速写下自己的姓名和地址,又撕一张纸,连同钢笔一起递给成勇说:“你也留个联系方式吧!”

成勇接过美女递来的小纸片,见到那娟秀的字体连声赞叹:“原来你的字写得这么漂亮!”再仔细看时,却发现美女所留的地址是临河专区,就说,“怪不得听你的口音跟俺们差不多呢,原来咱们还是一个专区的!”

当成勇把自己写的地址递给美女时,同样也迎来她的啧啧称赞:“哇,你的字这么漂亮!看来你还真是个大学问家!”

火车徐徐进站。成勇知道眼前这位林姓美女很快就要离他而去,内心无比留恋。他默默地祈祷火车开慢点,再开慢点。他甚至有一种与美女一起下车的强烈冲动。

火车终于在站台上停下了。车厢内你推我搡,一阵忙乱。眼看车门口挤作一团,有人担心耽误了下车,干脆打开车门,欲从车窗直接翻下去。这一开窗不要紧,站台上的乘客正愁挤不进车门呢!林姓美女见门内门外挤得一团糟,急得直跺脚。成勇笑着安抚她说:“不用急,要么你也从窗户下去吧。”美女伸头看了看窗外,皱了皱眉头,虽然心里有一百二十个不情愿,还是咬了咬嘴唇,使劲点了点头。得到美女允许后,成勇刷的一下打开车窗。站台上的人见窗口打开,呼啦一下挤过来两三个人,抓着窗沿就往里翻。成勇眼睛一瞪,大叫一声:“先下后上!”这一嚷还真管用,窗外之人果真闪到一边去了。成勇给美女递了个眼色。美女会意,脸朝车内,一条腿先探出窗外,两只手牢牢抓住窗沿,但毕竟动作僵硬,手一打滑,差点摔落站台。成勇眼疾手快,快速俯身用双手托住美女的双腋。得到成勇的支持后,美女将另一条腿也伸到窗外,身体轻松往下沉去。就在美女双脚即将接触地面的一瞬间,她无比感激地抬眼看了下成勇,没想到头还没完全抬起来,双唇竟恰好碰到成勇的额头。一股强大的电流霎时传遍两人全身。成勇明显感觉美女浑身战栗,他自己也哆嗦了好几下。他感觉很尴尬,这是他人生第一次在异性面前有些失态。美女更是脸红到耳朵根子,腿一软,差点摔倒,幸亏成勇还在牢牢地托住她的双腋……

火车缓缓发动了。满脸失落的成勇将脸贴在车窗上看着同样失落的美女,久久不肯扭过头去,直到美女越来越远,越来越小,才想起向她挥一挥手。然而远处的美女可能什么也没有看见。“或许她能感受到俺的不舍吧！”成勇想。百无聊赖中，他从兜里掏出美女留下的那张小纸片，低头用鼻子嗅了嗅，一股淡淡的茉莉花香直透心脾。他把头靠在椅背上，闭上眼睛，细细品味着花香，仿佛刚才那个美女仍在自己身边一样。他重新摊开纸片，一个字一个字地仔细欣赏。“林……舒……羽……”他轻声念叨着她的名字，心想，这名字起得真美，就像她本人一模一样，超凡、脱俗、飘逸、只有仙女才配起这个名字吧！但何时才能再次见到她呢？他不禁迷惘起来……

第二天早晨，火车到达广州火车站。成勇揉着惺忪的睡眼，机械地收拾好行李就低头往门口走，根本不管同行的李露和曹艳，似乎这趟差就他一个人出来一样。幸亏两位姑娘早有准备，相互使了个眼色，默默地跟在成勇身后。及至踏上站台，成勇仍然沉醉在自己的思绪之中，一个劲地往前走。李露和曹艳再也忍不住了，撅起嘴巴，快走几步，走到了成勇的前面。成勇这才发现，原来自己还带了两个同伴，就没话找话地对两位姑娘说：“夜里在火车上睡得还好吧？”两位姑娘也不搭话，只是抿嘴僵硬地笑了笑。

原来，成勇在火车上护送陌生美女如厕及后来两人之间的互动情景均被李露和曹艳看得一清二楚。两人开始时还在为成勇的义举暗暗叫好，但眼见他俩越来越热乎，心里一下子凉了半截，及至后来看到成勇一副失魂落魄的样子，内心更加失落。她们原本以为被成勇挑中南下出差，多少是因为他对她俩有好感，这样，一路上那么长的时间总有机会表达自己对他的爱慕之情。现在好了，还没有下火车，成勇的魂魄就被那位陌生姑娘勾走了，自己的希望这么快就泡了汤！既然这样，那就公事公办吧，她们再也不用刻意去讨成勇的欢心了，再也不用相互防备了！

成勇一行三人很快在一家招待所安顿下来。而成勇自己已经完全从先前的魂不守舍状态中恢复过来。他深知出趟远门不容易，异地的市场开拓更不容易，于是草草地带领两位姑娘在路边吃了碗潮州肠粉，便根据肠粉店主的指引匆匆赶往一家五金商店。他想从五金商店这里了解下当地机械类工厂的分布情况。

五金商店的老板是一个三十出头的男子，典型的南方人长相：个头不高，身材消瘦，皮肤略黑，嘴唇偏厚。这人上穿花格子衬衫，下穿蓝色牛仔裤，头发蓬松，胡子拉碴，手中夹着过滤嘴香烟，一副逍遥自得的样子。成勇用生硬的普通话跟他打招呼，他以为成勇要买东西，便将香烟随手放在烟灰缸边缘，走到柜台边，说：“你要买乜野？”成勇没听懂啥意思，却又不想表现得像个没见过世面的土老帽，便轻松地笑了笑说：“刚好从门口路过，见你们这个店面特别大气，就走进来了。”说着，从兜里摸出一包过滤嘴香烟，抽出一根，隔着柜台递了进去。老板见成勇这么客气，心里顿生好感，伸手接过香烟。成勇又抽出一根香烟叼在自己嘴里，随后不慌不忙地掏出不锈钢打火机，“啪”的一下按将下去，一股蓝莹莹的火苗瞬间蹿得老高。他将打火机凑近老板叼在嘴上的香烟，将烟点着，又将自己的香烟也点着。两人几乎同时深吸了一口，又几乎同时吐出口中的白烟，房间内很快烟雾缭绕起来。成勇对香烟兴趣不大，但在场面上经历得久了，对抽烟的架势还是能拿捏得极其到位的。倒是李露和曹艳这两位美女对烟气不甚习惯，随着屋内烟雾渐渐变浓，眉头开始皱了起来。曹艳还捂住嘴巴连咳了两声。

老板斜眼瞟了一下李露和曹艳，神秘地对成勇笑笑说：“这两位靓女身材很正啊！”成勇大致听懂了对方的意思，心想这个人真够色的，还没混熟呢，就开始打俺身边美女的主意了！不过，他并不怎么在意。一则，两个美女跟他仅仅是工作关系，他犯不着吃醋；二则，带上两个美女随行，不就是为了便于跟人沟通吗？所以成勇不仅没有表现出丝毫的不耐烦，还欲擒故纵地说：“不瞒大哥您说，这两个姑娘都是俺厂的厂花，后面追求的人多了去了！”成勇这么说，老板却听出了另外一层意思，明白眼前这俩姑娘应该都不是成勇的女朋友，于是态度更加放肆起来，两只眼睛直勾勾地盯着俩姑娘，害得两位姑娘浑身直起鸡皮疙瘩，借口受不了屋里的烟气，飞快地逃到屋外。老板见状，眯起眼睛摇了摇头，随后，吐出了一大串烟圈。

“你们是什么工厂？能有这么靓的姑娘？”老板问。

“螺丝厂。”成勇赶忙应答，心想：总算接触正题了！

“噢……”老板点了点头说，“怪不得你们厂会有这么靓的姑娘！”

成勇不明白螺丝厂与姑娘漂亮不漂亮能有多大关系，但又不想继续纠缠这个话题，便问：“你们这里也有螺丝厂吗？”

老板道：“当然有啦，我们这里机械厂多，对螺丝的需求量大，每家螺丝厂都供不应求，厂里赚得多，工人的收入就高，外面那些靓女不就托关系、走后门往螺丝厂里挤吗？时间一久，螺丝厂里的靓女不就多了吗？”

成勇听到这里才明白老板的意思。不过，他关心的倒不是螺丝厂里的美女多不多，而是这里的螺丝需求量到底有多大。现在，老板已将谜底帮他揭晓了，接下去再搞清楚机械厂都在什么地方、哪些机械厂的螺丝需求量更大不就成了吗？想到这里，他又掏出一根香烟递给老板，说："俺姓成，成吉思汗的成，刚才跟你聊得很投机。俺这次来广州也没啥大事，就是想多交几个朋友。你要是不嫌弃，今晚咱们找个地方喝点小酒怎么样？"

老板听后，稍稍犹豫了一下，问："就我们两个？"

"那怎么能？俺这里不是还有两个姑娘吗，一起出来的，俺不能自己跟人吃饭，把她们撇到一边吧？不过……"成勇故意顿了顿，接着说，"你要是嫌她俩碍事，吃饭的时候不让她们参加也可以。"

老板连忙摇头说："不嫌弃，不嫌弃，那就一起吃饭吧。你们远道而来，这个客应当我来请。"

成勇看他说话时将瘦长的脖子拧得像根麻花似的，心里感觉非常好笑。

成勇与老板说好了晚上见面的时间、地点，便走出五金店。李露和曹艳见成勇终于出来，都长长舒了一口气。她们相互使了个眼色，嘴角现出了轻松的笑靥。成勇明白她们的心思，但并不点破，带着两位姑娘沿街行走，慢慢感受这个南方城市的忙碌与繁华。

成勇深知找到一个市场线索不容易。太阳还有一两丈高的时候，他就带着两个姑娘匆匆赶往上午与五金店老板约定好的饭店。刚踏进店门，成勇就看到五金店老板坐在靠窗的一张长桌边伸长脖子焦急地向门口张望。当五金店老板的目光与成勇的目光撞在一起的时候，他腾的一下从椅子上弹了起来，三步并着两步朝门口迎上去，一把抓住成勇的双手，嘴里唠唠叨叨地说："成科长，你总算来了！"那样子就像见到了失散多年的老朋友一样，只是眼睛有点不听使唤地瞟向成勇身后的两个姑娘，把两个姑娘看得恨不得插上翅膀飞得越远越好。

成勇对五金店老板的心思看得一清二楚，心里对他多少有些厌恶，但碍于业务开拓需要，仍以笑脸相迎，客客气气地说："失敬！失敬！本以为俺们能早点到，没想到被您抢先了！"

五金店老板一边用左手拉着成勇的手，一边张开右臂，试图借双方客套之机去揽李露的后背，却被李露身子一歪躲了过去，那长长的辫梢恰好从他手背上快速滑了过去。五金店老板丝毫不觉尴尬，反倒因为刚刚碰触到李露的辫梢而面呈得意之色，并打算趁热打铁，再下一城，随即将手伸向曹艳。哪知曹艳早有准备，灵巧地向前轻轻一跨,完美地把五金店老板甩在身后,只把一阵悠香留了下来。五金店老板深深吸了口气,又把右手手背凑近鼻子,似乎这样就能将两位姑娘的体香吸纳于胸。

四人真真假假地相互推让一番之后,在五金店老板先前坐过的那张条桌前落了坐。虽然两位姑娘谁都不愿意坐在五金店老板身边,但毕竟不能让成勇与他坐在一边,那样压根没法交流,而他们此次广州之行的最主要目的就是通过与人交流,了解螺丝的市场需求。最后,还是成勇拍板,指名要求李露与五金店老板坐在一边,他自己在五金店老板对面坐了下来。

曹艳面露轻松之色,李露的心却"怦怦"直跳,生怕五金店老板的那双咸猪手随时伸过来,故而坐得距离五金店老板尽可能远一点,并将身体侧向一边。成勇看了觉得好笑,却也不好多说什么。五金店老板哪肯放过这种千载难逢的机会,主动把屁股往李露那边挪了挪,恨不得紧紧贴上去。

服务员走过来送上菜单。不待成勇伸手接过,五金店老板一把夺过菜单,嘴里还嚷嚷着:"这个店你们不熟,说好的我请客,当然也要亲自点菜啦。"说着随口念出了一大串菜名,都是潮州烧鹅、蜜汁叉烧、蚝烙、白灼虾等地道粤菜,点完了菜还吩咐服务员端上四大杯扎啤。两位姑娘平时滴酒不沾,一看这架势,心里面吓得直打鼓。

"欢迎成科长和两位靓女来广州!"五金店老板端起啤酒向成勇和两位姑娘扬了扬说,"前面一直没来得及向各位介绍,我姓伍,伍块钱的伍,叫伍二郎……"五金店老板刚说到这里,一直低头摆弄套在手脖子上橡皮筋的曹艳忍不住"噗"的一声笑了出来。成勇感觉有点尴尬,忙用胳膊肘碰了碰她。李露也几乎同时给她使了个眼色。曹艳自觉有些失态,脸一下憋得通红,忙用手掩住嘴巴,把头深深埋下去,仅露出紫红紫红的脖颈。

这位伍老板倒是挺大度地摇了摇头说:"不要紧, 我这个名字的确有点怪,初次见面的朋友听我说出名字,没几个能忍住笑的。"他又接着说道,"我是土生土长的广东人,以前和你们一样,在机械厂里当工人。前几年工厂效益太差,厂里连工资都发不下来,没办法,只好自谋生路啦。先是跟亲戚朋友凑了点钱,摆了个五金地摊,没想到,生意越做越好,后来就租了现在这间店面。哎!日子总算好起来啰!你们来一趟南方不容易,来,我们先把这杯酒干了!"说完,一仰脖子咕咚咕咚喝下去大半杯。

成勇抽烟、玩耍都行，就是酒量稍稍欠了点，看到伍老板喝起酒来如此畅快，心里不禁暗暗叫苦。两位姑娘更是惊得目瞪口呆，心想，这下完了，看来，今晚逃不过一场大醉了！

就在成勇一行三人心里打鼓的时候，伍老板已把杯中啤酒喝了个底朝天。他骄傲地把杯口朝下晃了晃，那样子绝对不输于凯旋的将军。“成科长，该你了！”伍老板挑衅地说。

成勇明知自己酒量有限，哪敢轻易应战？于是拱手道：“伍老板真是好酒量！俺们三个酒量都不行，正好俺这杯没动过，你要是还想喝就喝这杯吧！”说着，把手中的啤酒放在伍老板面前。

伍老板用手一挡，说：“这怎么行？你们是北方人，哪有不会喝酒的道理？”随即又把这杯酒推到成勇面前，一抬手，“啪”地打了个响指，嚷道：“服务员，再来两大杯扎啤！”服务员听到吆喝，一路小跑着又送来满满两大杯。伍老板令服务员将其中一杯放到成勇面前，另一杯放到自己面前。

成勇见这架势，明白自己逃不掉了，只好硬着头皮端起啤酒对伍老板说：“伍老板真是小弟的好榜样呀！向您学习！”说完，也仰头咕咚咕咚喝了好几口才放下杯子。

“哎，成科长，你不能放下呀！我都喝完了嘛！”伍老板面露不悦地说道。

“俺酒量小，一口气喝不完。”成勇指着满桌的美味佳肴说，“这么多好吃的，俺还没有尝过呢，您就让俺解解馋行吗？”

伍老板听他这么说，咧嘴笑笑说：“对，对，你们是客人，都不要客气！”说着，夹起一大块烧鹅，体贴地先放进李露的碗里，又接着为曹艳、成勇分别夹了一大块，说，“成科长不要介意啊，女士优先，我要先照顾好两位靓女！”

“哈哈，不要紧，还是你们南方人懂规矩！”成勇应了一句，开始享用烧鹅。

待成勇吃得差不多了，伍老板又开始盯着他喝酒了：“成科长，你杯中的酒还没有喝完呢！”

成勇为难地瞅瞅剩下的那大半杯啤酒，苦笑着说：“真不敢多喝！”

没想到一旁的曹艳伸手端起成勇喝剩下的那大半杯啤酒，说：“俺来替成科长喝吧！”她刚刚抓到杯把，成勇和伍老板都伸手制止她。

成勇说："你也不能喝，哪能让你帮俺带？"

伍老板也眯起眼睛说："成科长说得对，只听说男人帮女人带酒，没听过女人帮男人带酒。这杯酒是成科长的，他应该自己喝完。你要是真喜欢喝，一会我来陪你喝！"

曹艳被他这么一激，心想：俺自己喝醉倒没啥，还有成科长保护着，要是成科长喝醉了，就没有人保护俺和李露了。于是，她随手端起面前的满杯啤酒对伍老板说："那俺就用自己的酒来敬你吧。"

伍老板一见，开心得眼睛眯成一条缝，端起酒杯迎上去，"咣当"一声，两人杯中的酒都溅得老高。伍老板抽回酒杯，又咕咚咕咚连喝了几大口。眼看就要喝光了，伍老板却突然停下来，盯着曹艳问："靓女怎么还不喝？"

曹艳莞尔一笑，说："都说好男不跟女斗，伍老板怎么还跟小女子计较起来了？"说着端起酒杯也连喝几口，接着说，"君子一言，驷马难追，俺虽然不是君子，但也不能言而无信。刚才没喝，不是耍赖，而是要显示对您的尊重。"

伍老板听她这么说，高兴得喜笑颜开，说："没想到你们北方的靓女也这么豪爽！好，我先干为敬！"说完，果真咕咚咕咚把杯中酒喝个底朝天，又像刚才一样，把杯口倒过来得意地晃了晃，随后又打了个响指，嚷道："服务员，再来两杯！"

成勇担心照这样喝下去，自己和两位姑娘不仅会喝得酩酊大醉，还可能耽误了解市场情况的正事，便与伍老板商量："伍老板，您看咱们能不能都少喝点，您虽然海量，喝多了也伤身体不是？再说，俺还有事要向您请教呢！"

哪知伍老板满满两杯啤酒下肚，情绪更加高涨，根本听不进成勇的劝阻，伸出两个指头对服务员说："别听他的，快去拿酒来！"随后又对成勇说："成科长别着急，等我们俩再喝一杯，立马就跟你说！"

服务员很快又送来满满两大杯扎啤。伍老板接过啤酒，一杯放在自己面前，另一杯放到成勇面前。

一直没怎么说话的李露受到曹艳刚才主动喝酒的启发，把心一横，也端起面前的啤酒，侧身对伍老板说："伍老板，我也敬你一杯吧！"

伍老板嘿嘿一笑说："你们要打车轮战？"

成勇赶忙接过话茬说："没有！没有！俺们三个人加起来也没您酒量大呀，怎么敢跟您打车轮战？！"

“哈哈，成科长还是挺实在的！不要紧，车轮战就车轮战，你不要参加，让我一个人陪两个靓女好好喝几杯！”伍老板嬉笑着说。

成勇心里再次暗暗叫苦，心想：虽然伍老板放过了自己，但也不能眼睁睁地看着两个姑娘喝醉啊！

成勇的担心并非无中生有。伍老板刚说完便端起酒杯试图往李露身上靠，吓得李露直往后面躲。哪知李露越躲，伍老板越兴奋。他双眼放光，伸手拽住李露的胳膊，嬉皮笑脸地说：“刚才你还主动说要跟我喝，怎么现在又躲起来了？来，我们喝个交杯酒！”李露的脸羞得通红，又不好发脾气。

正当李露不知所措时，成勇忍不住站起来说：“伍老板真会开玩笑，她连对象都没有呢，怎么好意思跟您喝交杯酒？要么，这杯酒还是俺来喝吧！”然而，伍老板哪里听得进去？只管盯着李露要交杯。

李露见自己反正躲不过去，干脆把心一横，正颜厉色地对伍老板说：“伍老板，您也知道，成科长现在最关心的不是喝酒，而是哪里需要螺丝。既然您这么喜欢喝酒，不如先把这里的螺丝需求情况说一下。等您说完了，这杯酒我一定喝下去！”

“此话当真？”伍老板问。

“当真。”李露语气肯定地回答。

“喝交杯酒吗？”伍老板死皮赖脸地又补了一句。

“行。”李露牙一咬，再次肯定地答道。

“好！这可是你自己说的！”伍老板又看看成勇和曹艳，接着说，“你们都要作证啊！”

成勇哪肯作证，急得直给李露使眼色。李露却像没看见一样。

伍老板倒也说话算话，挑了块蜜汁叉烧放进嘴里，一边慢慢咀嚼，一边不紧不慢地说出了他所知道的螺丝市场需求情况。

成勇听得非常认真，还不时在随身携带的工作笔记上记下一些机械厂的名称、地址、联系人等重要信息。待伍老板讲完，成勇兴奋地合上工作笔记，双手捧起面前的扎啤站起来，说：“伍老板真是爽快人，俺再不能喝也要把这杯干了！”说完，果真一仰脖子，咕咚咕咚把酒喝了个精光。

“哈哈，这才像个科长的样子！”早已满脸通红的伍老板竖起大拇指说，“不过，这杯酒是我跟靓女之间的事，你喝了也不算！”说完，歪头瞟了一眼身边的李露。

李露明白成勇因为当晚的目标已经实现才会这么不顾酒量地主动跳出来,所以早已把作为姑娘的羞涩与矜持抛到九霄云外去了。她也学着成勇的样子,双手捧起啤酒杯,恭恭敬敬地站起来对伍老板说:“伍老板这么爽快,俺也要言出必行,来,您看俺是怎么把这杯酒喝完的!”说完,仰起脖子就要喝。然而,她的嘴唇还没碰上杯口就被伍老板伸手挡住了。

“这么喝有什么意思?不是说好的要喝交杯酒吗?”伍老板面呈期待之色说。

李露稍稍犹豫了一下,用左手把垂到胸前的一只长辫向后一甩,毫不含糊地说:“交杯就交杯,有啥大不了的!”

伍老板一听,乐得满脸开花,拎起酒杯巴巴结结地站起来凑近李露,急吼吼地把自己的右臂穿进李露的右臂臂弯。李露则涨红着脸笨拙地配合着行动。两人的右臂很快交叉在一起,而伍老板更是借此与李露贴得更紧。成勇和曹艳在对面看得心直慌,却也不好多说什么,只能眼睁睁地看着他俩咕咚咕咚把各自杯里的啤酒喝得越来越少。

两人手中那硕大的啤酒杯很快见底,成勇带头送上热烈的掌声,曹艳紧跟着拍起白嫩的小手。伍老板兴奋得双手高高举起,用广东话哇啦哇啦大叫着。李露也没想到自己居然这么能喝,开心得直攥拳头。

四人的狂热终于引来周围客人的抗议。服务员赶紧跑过来示意他们说话小声点。伍老板正在兴头,根本听不进去,不仅继续手舞足蹈,还歪过头对准李露白嫩的脸蛋飞快地亲了一口。李露毫无准备,身子一偏,眼看就要倒地。伍老板眼疾手快,一把抓住她的臂膀,李露这才没有摔倒,不过,却被伍老板借故碰触了一下圆滚滚的胸部。长这么大,李露这处高度隐秘之地还是第一次被男人碰触,而且是在大庭广众之下,羞得她双手捂脸,瘫坐在椅子上,许久不敢抬头。得了便宜的伍老板一边心满意足地挑了只白灼虾放进嘴里,一边自言自语道:“这有什么?真不经玩!”

成勇担心伍老板接下来还会闹出更加离谱的事情,抬腕看了看表说:“时间不早了,俺们该回去了。”随即对站在不远处的服务员招了招手说:“结账。”

伍老板扑哧一声笑了出来,说:“什么结账不结账的?应该叫买单!说好的我请客,你们不用管了。”说完,摇摇晃晃地站起来就要往收银台冲。成勇说:“那哪成?怎么着这顿客都该俺请!”两人拉扯了半天,成勇总算成功买单。老板请客不成,看着满桌没怎么动的菜肴,想留成勇他们再坐一会,吃点东西。成勇撤退之念十分强烈,只是碍于情面稍稍又坐了一会,陪着伍老板把几只杯子里剩余的啤酒喝光,便果断起身与伍老板告别。

深夜的广州城灯火辉煌,人来人往。一阵微风吹来,成勇不由得打了个激灵,昏沉沉的脑袋顿时清醒了许多。李露刚才喝下的啤酒开始发力,走起路来东摇西晃。成勇令曹艳小心搀扶着她。走着走着,李露开始时笑时哭起来,嘴里断断续续地呼唤着成勇的名字:"成勇……成勇……你……你别老是端着呀!今天俺……帮……帮你挡了驾,你……你准备拿……拿什么来……来谢俺?"

因为一顿酒席,成勇一行三人得到了打开广东市场的线索。他们顺藤摸瓜,访工厂,进工地,不知又喝了多少顿大酒,打了多少把麻将,跳了多少次交谊舞,终于在半个月之后,拿到了总共近十五万元的螺丝订单,登上了返家的列车。

其他四路销售队伍的情况也都不错,除李科长只带回不到两万元订单外,其他三路平均都在五万以上。不过,考虑到李科长只是一个人行动,他的业绩也算非常不错了。

通过半个多月的努力,五路人马共带回三十多万元的订单,基本能把螺丝厂里积压的陈货一举清空。

第二十章 善才欲借回笼款 局长成心打太极

首战告捷。曾善才的心里别提有多美了！他整天笑呵呵的，琢磨着如何趁热打铁，把处理陈货的资金投入新一轮的生产中去。不过，当螺丝厂卖出去的这批陈货资金全部回笼以后，他再也没有心情高兴了。

原来，按照他与螺丝厂签订的协议，他与螺丝厂之间的关系只是租赁关系，在未来十年里，他有权使用工厂和设备，却无权把处理陈货的资金按照自己的意愿进行支配。钱就在公司的账上趴着，他一点办法都没有。无奈之下，他又找到了已经彻底甩掉厂长帽子，正一心一意当县工业局副局长的老厂长赵向阳。

赵向阳把曾善才迎进自己的办公室。主客双方还没有完全落座，赵向阳就笑容可掬地说："善才呀，听说你把厂里那批陈货都处理掉了，一下子就为厂里回笼了三十多万资金，我要代表工业局向你表示感谢！"

曾善才不好意思地笑了笑，说："赵局长过奖了！把陈货处理掉，这是我的责任，不用感谢。俺今天来也没其他事，就是想问问回笼的那三十多万现金能不能让俺先用起来？现在市场已经找到了，接下去要是不及时把生产搞起来，怕是好容易打开的市场很快又会断掉。"

曾善才刚说到一半，赵向阳的脸色就开始变沉，及至他说完，赵向阳的脸色已经相当严肃了。"善才呀，你现在是一厂之长，思想不能还停留在个体户阶段。虽然这个厂只是你承包的，但你也算是一个国企的厂长了，应该有一个国企厂长的觉悟。厂里的工人也还是国企工人身份。这些工人对螺丝厂的发展曾经做出过巨大贡献。这些年，外面的环境不景气，工厂经营困难，工人们也跟着受了不少苦，工资都不能正常拿到。前年向你借那 50 万，还不是要给工人发工资吗？现在你运气好，刚承包工厂，就赶上经济环境好转，很快就把积压多少年的陈货处理掉了。但是你不能只想着自己的发展,还应该多为工人们着想着想呀。”

曾善才越听越别扭,心想:明明是你做厂长时不用心做事,导致厂里积压那么多的产品,现在却把责任推给了经营环境;明明是你只顾自己捞好处,导致工人心灰意冷,现在却口口声声要为工人着想,还说俺不关心工人,你这张脸皮咋这么厚呢?但现在自己有求于他,只得强忍着反感,说:“赵局长放心,俺既然承包了工厂,肯定会尽力把工作做好。工厂的活还指望工人们去干呢,俺肯定不会亏待他们,不然谁会好好干活呢?”

“嗯,这还差不多!那就抓紧时间把厂里拖欠工人的工资给发掉吧。”赵向阳身子往后一靠,以一副公正长者的语气说。

曾善才虽然听着很不自在,但又找不出这话的毛病,只能回应说:“赵局长说得好!俺也非常赞成用这笔钱把拖欠工人的工资给发掉,但是这个钱俺掌握不了,啥时给工人们补发工资,还得赵局长早日发句话呀。”

“哎呀!你不说,俺还真忘了这档事!”赵向阳一拍脑门说,“根据县委、县政府的指示,螺丝厂的旧账还归俺管,明天吧,明天俺就把这笔补发工资的单子签掉,你回去叫人事科赶快把工资表做好。”

“没问题!”曾善才接着问道:“几个月的工资不过十来万块,还有二十来万,能不能让俺先用起来?现在恢复生产要紧,没有钱,生产搞不起来呀!”

“这个嘛,你先别急,厂里以前的窟窿比较大,欠的钱也多,剩下的二十来万派啥用场,俺还得请示一下上级。”

曾善才一听真急了,他清楚,没有流动资金,接下来的生产根本没法恢复,于是,他向赵向阳恳求道:“你们再去研究,不知道啥时才能有结果,你看能不能先借给俺用几个月,等生产正常了,俺再把这笔钱还上不就行了吗?”

赵向阳摆摆手,慢条斯理地说:“叫你先别急,你还是急了,急也没用!这样吧,过两天你再来。”

曾善才在煎熬中度过两个日夜。第三天一大早,他就急不可耐地跑到县工业局赵副局长的办公室门前。工业局大院内,树木挺拔繁茂,房屋高大阔气。虽然已有一两只知了耐不住寂寞“吱吱”鸣叫起来,但院内却显得格外安静。曾善才在赵副局长办公室门前的空旷走廊里心神不宁地来回踱着步。他感觉自己特别渺小、特别孤独,对此行的结果也有一种极不乐观的预感。

大院里的行人逐渐多了起来。有面色红润、大腹便便、踱着方步慢慢行走的干部模样的人,也有神色拘谨、身材消瘦、步履匆匆的一般办事员模样的人。曾善才紧紧盯着大门口,烦躁地打量着每一个跨进大门的行人,感觉他们都酷似赵副局长,又都一点不像。有好几次,他都差一点冲着刚进大门的行人喊出了"赵局长"三个字。待他意识到那人根本不是赵副局长时,赶忙伸手捂住了自己的嘴巴。

赵副局长旁边的两间房门已经打开。房间的主人(估计也是副局长之类的干部)偶尔好奇地打量一下他,但没有人跟他搭上哪怕半句话,他也不敢轻易跟他们说话。他等得实在有点不耐烦了,抬腕看了看表,时针已经指向10点。他想,这个赵副局长今天大概不会来了。但是他又不死心,想到重新开展生产必须要有一大笔现金,而螺丝厂的账上正好有这么一笔钱,他咬咬牙决定再等一会。

太阳越升越高。阳光透过密密匝匝的枝叶缝隙在大院的水泥地面上投下大大小小的光斑。心急如焚的曾善才开始尝试着转移注意力。他盯着地面上的光斑,琢磨起他们的形状,发现有的像星星,有的像月牙儿,有的像猪,有的像狗……看着看着,他扑哧一下笑了。他发现那个酷似大狼狗的光斑旁,有一个人形的光斑。他越看那个光斑越像赵副局长。突然,他有一种不怀好意的冲动,他希望那条大狼狗能跳出去一口咬住赵副局长的大腿,就像那年赵副局长的狼狗咬他一样。但是一阵风吹过,地上的狼狗很快消失了,地上的赵副局长也一下变成了一只大狗熊,一副慢吞吞、懒洋洋的样子。他很失望,又抬腕看了看表:已经11点多了,看样子,赵副局长上午不会进办公室了。

他决定不再等了,走到车棚里推出了那辆老旧自行车。自行车坐垫很烫,他抬了抬屁股,心想,到底是天热了,自行车放在车棚里,也能这么烫!滚烫的车座垫明明白白地提醒他,现在已是7月,从他5月11日签下螺丝厂租赁协议至今已整整过了两个月时间。这两个月里,他虽然动了不少脑筋,帮螺丝厂处理了陈货,回笼了三十多万元的资金,却似乎没为自己做任何事情。接下来,一定要把生产搞起来。否则的话,他借给螺丝厂的50万元现金不仅收不回来,还得另外拿钱为厂里百十号工人发工资。前两个月的工资,就是他从自己与周燕飞攒下的钱里挤出来垫付的。全厂工资每个月需要万把块钱。垫付三四个月问题还不大,要是一直垫付下去,他与周燕飞那点家底恐怕不出两年就要垫光了。想到这里,他感觉后背凉飕飕的。虽然是大热天,他竟然还打了个寒战。

他很快回到服装小店门前，无精打采地走进店里。因为天热，又时近中午，店里一个客人都没有。周燕飞孤零零地坐在椅子上，使劲地摇着蒲扇。见曾善才情绪比较低落，周燕飞心疼地起身走到他身边，对着他使劲扇了几下。曾善才再次打了个激灵。周燕飞感觉很奇怪，就问："大热天的，你怎么还怕风？"

曾善才木然地应道："谁知道呢？刚才在路上就打过寒战，也许是心里面发凉吧！"

周燕飞不放心，伸手摸了摸曾善才的额头：体温很正常，应该不是生病。她这才放心，转身把前面准备好的凉茶端给曾善才。曾善才咕咚咕咚喝了几口，感觉舒服多了，随手接过周燕飞递来的蒲扇，在小竹椅上坐了下来。

曾善才垂首发了一会呆，突然抬头问道："燕飞，咱们家还能拿出来多少钱？"

自曾善才踏进门槛那一刻起，周燕飞就看出了他此次出师不利，但万万没想到曾善才居然又打起了自家的主意。她没好气地说："咱们那点家当，你不都清楚吗？怎么还要问俺？"

曾善才没接话。

周燕飞接着说："前年帮百货公司处理毛线，咱俩加在一起净赚 115 万，借给螺丝厂 50 万，两处盖房子总共花掉 15 万，咱们自己还剩下 50 万。你也知道，亲戚朋友们听说咱们有钱了，今天你借 1 万，明天他借 2 万，总共借出去 20 多万。这些借出去的钱大多数都是有去无回，咱们手里实际上只剩 20 多万。你这两年被螺丝厂弄得魂不守舍的，咱们的服装店就指望俺一个人扛着，生意早已不如当年，光货就压了十几万的资金。现在存折上也就十来万的存款了。"

"十来万不少了！要不，先取出来给俺用起来。现在，螺丝厂一天不开工，俺是一天不踏实呀！"曾善才说。

"你不是说要开工至少得 20 万吗？"

"没错。没有 20 万投入，生产根本上不了规模。上不了规模，就很难达到盈亏平衡。"

"明知道很难赚钱，你为啥还要把这 10 万扔进去？"

"俺是想用这 10 万先把原材料置办起来，再想办法借个十来万。"

"你确定螺丝厂里的 20 万元借不到吗？"

"基本确定。俺心里明白得很，不管是县里的那个李书记，还是局里的赵副局长,都不太可能让俺轻易碰到那笔钱。”

“那你今天还去找那个赵副局长?”

“就是想试试运气。从今天上午的情况来看,赵副局长那边基本没戏。所以俺得早做准备了!”

“你今天只是没找到他,并不代表一定没戏吧?难道你就决定不去找他了?”

“俺相信自己的直觉不会错,他那里真的没啥希望。当然,找还是要找的,下午俺就再去找他。”

“好,如果你见到他,确定借不到厂里的那笔钱,俺就把那10万块钱的存款拿出来给你用。可是,那笔钱是3年的定期存款,已经存快2年了,如果现在取出来,要损失不少利息呢!”

“嗯。”曾善才的脑门上抽搐了一下,他一拍大腿,无奈地说,“那也要取出来,要是不赶紧把生产搞起来,损失只会更大!”

说到这里,周燕飞的母亲挎着竹篮,牵着夏生给他们送饭来了。周燕飞从母亲手里接过竹篮,从里面拿出四只盖着盖子的搪瓷缸并把它们放到小方桌上。四只搪瓷缸里,两只装着白米饭,两只装着下饭菜。周燕飞揭开缸盖,瞅瞅装菜的缸子,扭头对曾善才说:“快吃饭吧,今天妈做的是腊肉烧黄鳝和韭菜炒鸡蛋,都是你喜欢吃的!”曾善才应了一声,从周燕飞手中接过饭缸和筷子,伸出筷子夹了一块黄鳝放进嘴里,咂了几口,感觉味同嚼蜡,一点习惯中的香味都找不到。他又夹了一块,迎着亮光看了看,没发现与平时有啥不同:块大肉厚,最关键的是,跟岳母平时做的一样,鳝身在洗好切断之前还被棒槌捶打过。这样处理过的黄鳝在同腊肉一起闷烧以后应该最为香酥可口的,怎么今天一点都尝不出味美来了?“真奇怪!”曾善才嘀咕了一声。

3岁的夏生正是顽皮的时候,也是特别嘴馋的时候,见父母都在吃黄鳝,迅速伸手从搪瓷缸里捏了一块放进嘴里。夏生姥姥佯装生气地拍着他的后脑勺说道:“这孩子真够馋的,在家里吃那么多了,还没吃好吗?”曾善才听言,抬头看了看夏生,见他吃得嘴角冒油,忍不住笑了。他心里一下子敞亮不少,随手又夹了一块放进嘴里,嚼了几下,感觉和以前完全一样美味!

夏生的嘴馋模样令曾善才心情一下子变得舒展多了。他伸手把夏生揽到身边,用额头轻轻蹭了蹭夏生胖乎乎的脸蛋,又重新夹了块黄鳝放进夏生嘴里。夏生又有了东西吃,欢喜地哇哇直叫。曾善才开心地连扒了几口饭,一抬眼却发现周燕飞眉头紧锁,半天没咽下一口饭。他感觉很好奇,刚刚还在劝俺呢,才一会的工夫咋就不高兴了呢?就问:"怎么了?"

"没啥,这阵子有点怕荤腥,刚才吃了一小块腊肉,感觉有点恶心,恐怕是……"

周燕飞还没说完,她母亲的脸上便乐开了花:"好事呀!俺早就琢磨你们该再添一个了,这下好了!"说完,拉过夏生对他嘀咕道:"夏生马上就有做伴的了!"

她们娘儿俩这么一说,曾善才一下子全明白了。他不知该喜还是该愁。按说,他应该高兴才是。夏生虽然实际上是他的孩子,名义上却算屠鹏远的儿子。老婆现在怀上了,又不违反计划生育,咋能不开心的?但他又多少有点发愁。不是愁养不起,而是愁忙不过来。一个螺丝厂不知要占用他多少精力,还不晓得啥时才能正常运转起来。周燕飞在这个节骨眼上怀上孩子,可能就意味着他们的服装小店很快就会面临勉强有人照看,却无人外出进货的尴尬局面。他一下子感觉压力更大了,快速吃完瓷缸里的饭菜,亲了亲夏生的小胖脸,便转身出门,跨上自行车一溜烟远去了。

从他的小店到工业局,这段路程本来不远,骑自行车几分钟就能到。可曾善才仍嫌速度不够快,恨不得一眨眼就能到。他可着劲踩着脚踏,一不小心,差一点撞上了一个拉板车的老头。他顿时出了一身冷汗,前后闸"咯吱"一声同时按下去,一咕噜跳下车,一手扶着自行车把,一手捂住胸口,嘴里喘着粗气,直到老头消失在远处,才敢重新上车。这一耽误,至少过去了5分钟,他算是体会到什么是欲速则不达了!

他不敢再骑车,生怕又撞上哪个老头、老太,耽误了自己的正事。正午的太阳如火一般炙烤着大地,也炙烤着曾善才。他浑身大汗淋漓,脑门被晒得昏昏沉沉。大街上的柏油路面被晒得差不多变成了黑泥,还散发出刺鼻的味道。曾善才每走一步都很艰难,既要忍受着脚底的灼热,又要使出很大的气力把脚抬离路面。他丝毫不敢懈怠,尽可能把步子迈得更大一些,更快一些。剩余的路程不过一两百米路的样子,但他却感觉自己似乎在走万里长征,内心深处有了一种义无反顾地决绝,一种坚韧不拔的豪情。

几分钟之后,曾善才终于到达赵副局长的办公室门口。那扇门仍然紧闭着,就连旁边的几扇门也同样紧闭着。曾善才无法确定赵副局长在不在屋内。河东县夏天有午睡的习惯,也许赵副局长在屋里睡午觉吧。他想敲门试试运气,又怕打扰了赵副局长的美梦,破坏赵副局长的心情。他想转身回去,却又不甘心白跑一趟。他在赵副局长门前的走廊上一边使劲搓着双手,一边挖空心思想着办法,跟热锅上的蚂蚁没什么两样。

工业局的大院里空无一人,无数只知了扯开嗓门尖叫着,仿佛只有这样,才能把郁积在心中的烦躁统统甩掉。曾善才突然也想做一只知了,不为别的,最起码可以把愁苦全部叫出来。但他明白,自己毕竟是个人,如果无端尖叫,不被当作疯子驱赶才怪!

"嗯嗯……啊……呜呜……"赵副局长的办公室内隐约传出了奇怪的呻吟声。曾善才竖起耳朵听了一会,果真是呻吟声,一个年轻女子的呻吟声!"他奶奶的,屋里居然有人,害得老子站在这里等了半天!"他弓起手指准备叩门,就在手指即将碰触门板的一刹那,却突然停住了。"不对呀,赵副局长明明是个男的,怎么传出女人的声音?"曾善才想到这里,似乎明白了什么,"这么热的天,还有兴致干这种勾当?!"本来盼着房门早点打开的他却突然感觉门口是个是非之地。他不敢在这里久留,赶紧跑到远处的树荫底下,焦急地观望着赵副局长办公室房门的动静……

树叶虽密,但一丝风都没有,躲在树荫下的曾善才还是热得浑身虚脱。他一遍又一遍抬腕看表,心想:赵向阳这个老王八蛋居然能干这么久,真够猛的!又一想,天这么热,要是他中了暑,或者因中暑加受累一命呜呼了,算不算因公殉职呢?毕竟现在算是工作时间,事情又发生在他的办公室里!

就在曾善才胡思乱想的时候,赵副局长的门"吱呀"一声打开了一条小缝。曾善才赶忙躲到树后,透过前面两棵树之间形成的狭窄空档朝门口观望。赵副局长探出头来,四下里张望一下,发现没人,又缩回脑袋。紧接着从门内闪出一名年轻女子,二十刚出头的样子,扎着马尾辫,身穿月白色碎花连衣裙。女子在门口警惕地张望了一下,确认周围没人,轻身一跃,一下子就与赵副局长的房门保持了较为安全的距离。她稍稍停顿了一下,迈开小碎步,低着头很快走出了工业局大门。

当女子的裙摆完全消失在院墙后面时,曾善才终于从树后探出身子。他蹑手蹑脚地走到赵副局长的门口,轻轻叩了叩门。里面没有应答。他又加重了力气,把门敲得"梆梆"直响。

赵副局长终于不耐烦地喊了一声:"谁呀?"

曾善才轻声应道:“是俺,曾善才。”

赵副局长的声音更不耐烦了:“大中午的,连个午觉都不让人睡安稳!”

曾善才心里骂道:“你小子真要在睡午觉,俺还真不敢随便打扰。”但他嘴里依然非常恭敬地说:“没办法呀,赵局长,螺丝厂在等米下锅呢!俺今天来就是想知道个准信:厂里那二十来万能不能先借给俺用起来?”

门终于打开了。赵副局长扶着门框一脸疲惫地嘟囔道:“你们这些生意人啊,只知道自己的那一亩三分地!你知道政府有多难吗?”

好容易见到赵副局长,曾善才生怕他又跑了,便不管他有没有邀请自己进屋,厚着脸皮“哧溜”一下顺着不大的缝隙挤了进去。曾善才本来就没有太在意这个赵副局长,现在又亲眼看见他大中午在办公室里行苟且之事,已经彻底把他看扁了。不过,因为资金一事还需要他的支持,曾善才依然保持着谦恭之态,说:“赵局长对螺丝厂的情况最熟悉,要把生产再搞起来,少了20万不行呀!再说,现在厂里账上剩下的20万也是俺想办法处理陈货回笼来的,俺不指望拿奖励,暂时借用几个月总行吧?”

赵副局长从放在墙角的洗脸架上拽下半干的毛巾,擦了把额头和脖子上的汗水,一边随手把毛巾放回原处,一边漫不经心地说:“善才呀,不是俺不帮你,这几天俺为你的事腿都跑断了,可厂里欠的旧账太多,人家听说厂里一下回笼了那么多资金,都不肯放过这个大机会。昨天,县里还专门为这事开了一次协调会,李书记亲自主持,说咱们厂也要讲信誉,欠人家的账不能赖着不还,而且要还一定要先还老账,新账可以稍微晚一点。俺跟李书记说,善才承包螺丝厂不容易,这笔钱是他带着销售人员想尽办法盘回来的,能不能把剩下的这20万借给他先用起来,等生产搞起来了,再叫他还上?谁知李书记听后,两只眼睛瞪得像灯泡一样,当时就把俺狠狠地训了一顿,说俺不讲大局,偏袒小个体户,还问俺是不是从你这里得到什么好处了。哎!你说俺冤不冤?真从你这里得到好处也就罢了,可是你自己说说,你给俺送过啥东西?”

曾善才听赵副局长这么说,明白借钱的事算是彻底没戏了。对于这样的结果,他虽然早有预料,但当这话明明白白地从赵副局长嘴里说出来的时候,他还是感觉非常沮丧。

第二十一章 成勇借故寻舒羽 夜宿街头异梦来

曾善才承包的螺丝厂因为缺乏开展生产的启动资金，在忙碌了两个多月，清理完厂里积压的陈货之后，已重新陷入停滞和混乱状态。天本来就热得要命，既然无活可干，工人们巴不得猫在家里，反正那个叫曾善才的娃娃厂长到时候也不敢不发工资。

此时的成勇和工厂里的其他工人及中层干部一样，重新陷入迷茫之中。百无聊赖时，他想起了那个叫林舒羽的漂亮姑娘：她现在怎么样了？还能记得住俺吗？他把那张小纸片翻出来，反复摩挲着。突然，他有了一种冲动：反正工厂也不用上班，在家待着又没事，不如按她留的地址找找她去！说去就去。成勇一大早就搭上了去临河的长途客车。虽然正常情况下也就大半天的路程，但成勇总嫌那辆破长途车走得太慢，恨不得插上翅膀瞬间到达目的地。实在难以忍受了，他就仔细回忆姑娘的美貌，琢磨着见到姑娘时自己该说点啥。

然而当成勇真的按照林舒羽留下的地址找到她家门口时，他反而犹豫了。敲门吗？她要是不在家怎么办？她家里人会不会反感？她要是在家怎么办？会不会不搭理俺？火辣辣的太阳晒得他头皮发麻，豆大的汗珠顺着他的脖子一直滴到脚下，他感觉自己很好笑，人家留下地址不就是便于联系的吗？好容易找到门口，咋就不敢敲门了呢？算了，别想那么多了！他终于鼓足勇气，伸手准备叩门。正在这时，大门“吱呀”一声，从里面打开了。

“这么巧？”开门的不是别人，正是林舒羽。她身穿一袭桃红色连衣裙，脚踏一双乳白色皮凉鞋，清雅而飘逸。“你怎么来了？俺正准备出门呢！”林舒羽吐吐舌头说。

成勇本来憋了一肚子话，现在反而不知该说什么才好。他挠挠后脑勺，涨红着脸，打着哈哈，说："俺……俺……"

"行，别磨蹭了，快进屋吧，外面热死了！"林舒羽做出邀请的手势，成勇不太愿意进去，在门口犹豫了一下。恰在这时，后面正屋里一个中年大妈探头看了看，说："谁呀？别只顾在门口站着，快进来喝口水，擦把汗！"

"这是俺妈。你既然已经找到家门口了，还是快进来坐一会吧。要不，俺妈又该说俺对客人没礼貌了！"林舒羽在一旁低声说道。

一向潇洒自如的成勇已经没法再躲，只好腼腆地走进前厅，跟着林舒羽进了堂屋。踏进门槛的一刹那，一股清凉之气扑面而来。成勇顿觉神清气爽。他恭恭敬敬地向林舒羽母亲点了点头，叫了声"阿姨好"。林舒羽母亲慈祥地应了声，说，"你们聊！"便走进里屋，关上房门，没再出来。

林舒羽请成勇坐下，自己拎起洗脸盆走到院子里，一会儿工夫端进来大半盆清水，放到洗脸架子上。"刚从井里打的，赶快趁凉洗把脸吧。"林舒羽伸手递过来一条雪白的毛巾说。

成勇感觉这水来得正是时候，自己浑身黏糊糊的，正好擦一把，清凉清凉，于是接过毛巾探入脸盆里。一股宜人的清凉顺着他的双手一直钻进心窝。他引颈伸头，把蘸足了水的毛巾一把捂在自己的脸上。"太爽了！"他心里嘀咕道，好长时间没舍得拿开毛巾，直到毛巾被捂得有点热乎了，才取下来，重新放进脸盆里，蘸足凉水后，再次捂在脸上和脖子上。反复几次以后，他感觉自己的体温似乎降下来好几度，这才拧干毛巾，把头上、脸上、脖子上的水珠轻轻拭去。"用过的水倒哪去？"成勇侧身问道。

"你先坐下歇着，一会儿我来倒。"林舒羽示意成勇在藤椅里坐下，自己端起脸盆出去了，没多大工夫，就像变戏法似的端进来一大盘切成薄片的西瓜，轻轻放在他旁边的小桌子上。"这西瓜也是刚刚从井里捞上来的，快点吃吧！"林舒羽从盘子里拿起一块红彤彤的西瓜递到成勇手里，又转身把立在墙角的落地电扇对准了他。一切停当之后，林舒羽才拉过一把藤椅在成勇对面坐下来。

正低头吃西瓜的成勇无意中发现对面的林舒羽一手托腮，一手搭在藤椅扶手上，用一种安静的眼神看着他。他心头一颤，顿觉一股电流传遍全身。这种感觉跟那天在火车上林舒羽双唇碰到他额头时的感觉一模一样。"真奇怪，身体又没有接触，怎么也会有这种感觉？"成勇在心里嘀咕道。

林舒羽发现成勇表情不太自然，还以为他初次来到自己家心里紧张，就笑着安慰道："别紧张，俺妈到里屋了，这里又没有外人。"

成勇尴尬地应道："没，没紧张。"

林舒羽不想继续在这个问题上纠缠，便问："你来有事吗？"

"给厂里出趟差，俺们搞销售的少不了到处跑。"成勇不想说自己是专门来找林舒羽的，便撒谎道。

林舒羽并没有多想，就随口问道："你们厂里的情况还好吧？"

"一点也不好。前段时间还行，新来个厂长，跟螺丝厂签了10年租约，带着俺们只用一两个月时间就把螺丝厂的陈货都处理掉了。可惜，现在这位新厂长没米下锅了！"成勇说到这里不由自主地叹了一口气。

"承包工厂？你们这个新厂长还是蛮有魄力的嘛！可是你们刚刚把陈货处理掉，按说应该回收不少资金，怎么会没米下锅了呢？"林舒羽感觉非常不解。

"可不是吗！厂里总共回收了三十多万资金呢！但这些钱应该归老厂所有，新厂长只是厂房、设备的租客，没权动用这笔资金。"

"哦。你们那个新厂长为什么不把这笔钱借下来呢？"

"他倒是想借，可谁愿意借给他呢？"

"为啥？"

"听说他得罪人了。"

"得罪谁了？"

"听说得罪过咱们县最大的领导李书记。"

"李宏达？"

"对，就是他。听说咱们那个新厂长前几年把他儿子的鼻梁骨打断过，还因为这事蹲过几天派出所。"

"你们那个新厂长是不是姓曾？"

"是，你认识他？"

"认识。"林舒羽说完这两个字，不禁陷入了沉思。就在半年前，她与李冲的关系终于走到了尽头。

那是一个月黑风高的夜晚，她像往常一样与李冲肩并肩走在校园外面的林荫小道上，有一搭无一搭地谈论着春节期间上演的香港大片《A计划》，李冲突然拉住她的手，并强行把她往自己怀里揽。林舒羽是个崇尚精神交流的清纯女孩，她完全想不到平日里对她尊重有加、连说话都轻声细语的李冲突然会变成一个粗鲁的色狼，吓得失声大叫："你干啥！"

"这还用说吗？俺俩认识这么久了，还没亲过嘴呢！"李冲说着，硬把嘴凑上来。就在李冲那张臭嘴即将贴到她的香唇时，林舒羽轮起右手就抽了他一个大嘴巴子。这一抽不要紧，李冲内心深处压抑已久的邪劲被彻底激发了出来。他一边用之前惯用的肮脏、恶毒之语狠狠咒骂着林舒羽，一边使劲扳过林舒羽的肩膀。眼看林舒羽就要被李冲压倒在地，她的惊呼声终于引起两个夜跑男生的注意。"住手！"两位男生厉声呵斥道。

李冲虽然没少打过架，但一见两个高大的黑影齐刷刷朝自己冲过来，知道自己不是对手，立马就软了下来。"没，没什么，俺俩谈恋爱，刚刚拌嘴了。"李冲撒谎道。与此同时，也放开了之前他牢牢抓着的林舒羽的左手。

"是这样的吗？"两位男生问林舒羽。

林舒羽惊魂未定，只是一个劲地哭。

两位男生见状，认定李冲是流氓，一人扯起他的一只胳膊，就要扭送到学校保卫处。李冲魂都吓飞了，忙使出一副癞皮狗的嘴脸，对林舒羽哀求道："舒羽，现在只有你能救俺了，你快跟他们说，俺俩是正常谈恋爱！"

林舒羽见李冲这副嘴脸，立马又将其看扁了几分。她没好气地说："呸，正常恋爱有你这样欺负人的吗？"

李冲明白林舒羽可能一时心气难平，担心两位男生真把他扭送到保卫处了，情急之下，扑通一声跪到地上，哭诉道："舒羽呀，俺对你一片真心，你就算看不上俺，也不能毁了俺呀！求求你了，快让他们放了俺吧，俺以后再也不敢欺负你了！"

"你们两个认识？"两位见义勇为的男生异口同声地问。

没等林舒羽答话，李冲抢先答道："当然认识了，不认识怎么会谈恋爱？"

林舒羽此时已彻底看扁李冲，朝他吐了一口唾沫，说："真不要脸！"又转身对两位男生深深鞠了一躬，说："真是太感谢你们了！你们随便处置他吧。"说罢，兀自走开了。

两位男生此时已明白了八九分，在李冲的再三哀求下，最终选择放掉李冲。

从此以后，林舒羽便与李冲形同陌路……

成勇见林舒羽目光呆滞、沉默不语，还以为自己说错了话，不无歉意地说："对不起，俺不知道你认识曾善才。"

成勇的话一下子把林舒羽拉回到现实。她微微一笑说："你道啥子歉？"接着又自言自语道，"曾善才是个很能干的人，只可惜……"

成勇发现林舒羽并不是因为自己说话不当而发生情绪变化，心情一下子放松多了，未待她说完，就接过话茬说："只可惜他遇上李宏达这个昏官！"

林舒羽再次微微一笑，说："没办法，这就是他的命！其实，俺刚才想说的是，这次帮不上他了。"

成勇被她说得有些糊涂，但又不好追问。林舒羽也不想说得太明，只有她自己知道，上次能帮曾善才早日走出看守所是因为孙利民从中求情，而当时她正与李冲热恋，说句话李冲还是能听得进去的；但现在他与李冲已经分手，不可能再找他求情。另外，当时她父亲是临河专区的副专员，是李宏达的上司，真不行还可找父亲去说个情；但现在她父亲已调至外地，说话也不一定顶用。既然帮不上曾善才了，那就祝他好运吧。林舒羽想到这里，伸手又拿过一块西瓜递到成勇手里，说："来，再吃一块！"

两人又聊了会曾善才，但都感觉自己无力帮忙，心情不觉沉重起来。恰在这时，不知从哪里挤进屋的一只硕大绿头苍蝇一头撞到成勇刚刚丢在灰铲里的西瓜皮上。林舒羽厌恶地皱起眉毛咕哝道："真讨厌！纱门关这么紧，它都能钻进来！"说着，她站起身从墙角摸出一只塑料苍蝇拍子，蹑手蹑脚地走近灰铲，对准苍蝇，奋力一拍，那只刚刚还嘤嘤嗡嗡飞来跳去的苍蝇便像一小块烂纸一般紧紧黏在西瓜皮上。

成勇全程欣赏了这一战况。他突然感觉很过瘾，仿佛那只苍蝇是李宏达的化身，眼见着它瞬间幻化为一小块烂纸，不由得大叫一声："好！"

林舒羽被成勇的叫声逗笑了："一只苍蝇而已，你咋就这么高兴？"

成勇不想掩饰刚才的失态，便如实相告："俺刚才把它看成李宏达了。"

听他这么一说，林舒羽"扑哧"一笑，差点没岔过气去。她把苍蝇拍往墙角一丢，双手捂住胸口，弯腰蹲了下来。成勇目睹林舒羽颤动的双肩，也不禁跟着"嘿嘿”笑了起来。

“啥这么好笑？”随着“吱呀”一声门响，林舒羽母亲探头问道。

成勇赶忙欠了欠身，算是有个回应。

林舒羽则撒娇道：“没啥，说了你也不懂。”随后，一边抹着眼角的泪珠，一边直起身子。

林舒羽母亲对女儿说：“都大学毕业了，还疯疯傻傻地！太阳都偏西了，你也不问问客人要不要在家吃晚饭！”

一句话点醒梦中人。成勇赶忙站起来，歉意地说：“只顾说话，倒忘记时间了。俺该走了，晚上还有事呢。”

“有事也要先吃饭吧！”林舒羽伸手示意他坐回去。

林母也在一边帮腔：“这孩子！俺要是不出来，你也不会这么急着走吧？家里没啥好招待的，俺一会出去买点机器面条，吃碗面条再走也不迟。”

“对！对！俺家旁边刚开了个机器面条店，只要把别人带的面往机器里一倒，一会的工夫就可以把面条压出来了，方便着呢！”

尽管母女俩挽留得十分诚恳，成勇还是坚决要离开，说是跟人约好了，不能去得太晚。母女两人只好相信。林母还叮嘱林舒羽送送成勇。林舒羽答应着，随同成勇走出家门。

两人沿着狭窄的小巷一前一后往前走。西沉的太阳顺着房屋间的缝隙把彤红的霞光洒在小巷里，也洒在林舒羽的脸上和身上。走在前面的成勇扭头欲止住林舒羽送行的脚步，却无意间看到被霞光染得俏丽无比的面容。他心里不禁一颤，原本要说的“快回去吧”竟稀里糊涂变成了“真美！”

林舒羽似乎没听见一样，只是莞尔一笑，说：“要么还是跟我回去，吃完晚饭再走吧！”

成勇一下子又回到了现实。他尴尬地笑了笑说：“真有事，你别送了，外面热，快回去吧！”

林舒羽并不止步，只是淡淡地说：“你既然坚持要走，俺就不留你了。今天你来得正好，过两天俺就要回省城了。”

走在前面的成勇“嗯”了一声。

林舒羽继续说：“这次回省城是要到工作单位报到了。”

成勇再次“嗯”了一声。

“工作单位是省政府办公厅，等俺安顿好了给你写信，你方便时也可到省城去玩。”

“太好了！省政府办公厅该是管全省的吧？等你安顿好了，一定要多帮帮俺们螺丝厂啊！”成勇兴奋地转身对林舒羽说。

“看你说的！俺一个刚进门的大学毕业生哪能有那大能耐?!”林舒羽说完低下了头。

成勇想想也是，眼看自己出了小巷，便再次回身要求林舒羽回去。

林舒羽只好止住脚步，目送着成勇的背影，直到他淹没在前面的人群之中。

成勇其实并没有其他事。看望林舒羽是他这次来临河的唯一目的。现在这个目的已经达到，他感觉无比轻松，开始回忆起林舒羽的一颦一笑。“真美！”想起刚才自己赞美林舒羽的情形，他忍不住笑了。

太阳已经完全不见了，西边的天空火一般红艳，把整个大街都映得通红。大街的两边，有人搬出长凳，支起了竹床；有人端出木盆，倒进了温水；有人抬出小桌，摆上了碗筷……成勇明白，夜幕即将降临。他突然想起，从早晨到现在，他除了出发前在家啃过一块凉馍，下午在林舒羽家吃过几片西瓜外，还没有正儿八经吃过一顿饭。他望着路边饭桌上大盆大盆的稀饭或面条，真想跑过去直接端起来喝上几大口。当然，他知道自己不能这么做，于是使劲咽了口唾沫，加快脚步向长途汽车站走去。

长途汽车站门前冷冷清清，早已没有了白天的热闹与喧嚣。成勇环顾四周，仅发现一处门扉半掩的小杂货店还亮着昏暗的灯光，便迎着灯光走过去。杂货店里能吃的东西并不多。成勇不得已买了一包饼干，向店主要了一碗凉白开，靠在候车室门前的廊柱上吃了起来。

太阳已经完全落下山去。西边天空的红云开始出现了黑边。成勇慢慢咀嚼着饼干，细细回味着林舒羽的一颦一笑……

“你咋睡在这里了？”一个熟悉的声音在成勇耳际响起。他借着皎洁的月光定睛一看，原来是穿着桃红色连衣裙的林舒羽正向他款款走来。

成勇一骨碌从地上爬起来，不好意思地咧嘴笑笑说：“俺刚才坐在这里看星星，谁知就睡着了！”

“你这个人呀,叫你在家里吃饭,你偏要虚情假意说有事。现在好了,你不仅没地方吃饭,连睡觉的地方都没有。这里蚊子多,看你脸上被蚊子叮的!”林舒羽一边说,一边心疼地伸手轻轻抚摸成勇的脸颊。

成勇顿觉脸上发烧、心跳加速,却极力掩饰着内心的狂野,说:“不要紧,现在是夏天,随便在哪都能将就一晚。”

“那也不能在外面喂蚊子呀!”

林舒羽说话的声音明显带有哭腔。一股暖流迅速传遍成勇的全身。他一把抓过林舒羽的双手,将它们紧紧贴在自己胸前。

“你坏!”林舒羽羞涩地把头扭过去,却并没把手抽回。

成勇感觉自己的行为得到了鼓励,便张开双臂把林舒羽揽进怀中。而林舒羽就像一只乖巧的猫咪,任由成勇轻拍她的后背……

“快来看呀,这里有人野合!”不待成勇继续深入下去,一个脸上长疤、眼露凶光的男人突然号叫着从一棵粗壮的老槐树后跳了出来。成勇被吓了一跳,立即放开怀中的林舒羽,拉起她就跑,没跑几步,就感觉双腿发软,寸步难行。他努力调集浑身的力量,依然无济于事。而林舒羽也被越聚越多的人吓得面色惨白,伏在他的肩上嘤嘤地哭了起来。

怎么办?成勇越想越急,再次调集浑身力量,拉紧林舒羽,奋力往前一跳,却“扑通”一声掉进了水塘。他咕嘟咕嘟连喝了几口水,好容易挣扎着到了浅水处,却发现林舒羽已经不在身边。

“舒羽,你在哪里?”成勇声嘶力竭地哭嚎着……

“喂,小伙子,是不是做梦了?”

成勇感觉有人晃动自己的肩膀,睁眼一看,原来是一位早起清扫街道的大爷。他翻身坐起来,冲着大爷憨厚地笑了笑,心想:还真是做梦了!

东方已经发白,早起的人越来越多。成勇揉着惺忪的睡眼,无精打采地在长途汽车站前的广场上转了一圈又一圈,终于等到去河东县城的客车即将发车的通知。他快步跨上汽车,在一个靠窗的位子上坐了下来。

一路上,成勇呆呆地看着快速退后的村庄和树木,一遍又一遍回想着林舒羽的美丽容颜和那个令人心慌的噩梦。“为什么会做这种梦呢?”他百思不得其解。

第二十二章 融资之路多断绝 斗胆借来高利贷

成勇直接回到螺丝厂。刚进大门不久，就碰见李露和曹艳两人无精打采地往大门口走。

“你们两个不好好上班，又要去哪里？”成勇拦住她俩问道。

“你不也没上班吗？”心直口快的李露没好气地反问道。略显沉稳的曹艳则干脆撇了撇嘴，没有说话。自从三人一起南下出差，成勇当着两位姑娘的面表现出自己对一个陌生姑娘的别样情感，两位姑娘早已不对他心存幻想。再加上大家齐心协力好容易把厂里的陈货处理干净，本以为今后螺丝厂就要走上康庄大道，却因为新厂长曾善才一时无法借到足够的流动资金而使螺丝厂重新陷入前途渺茫之境。在这种情况下，两位姑娘自然也少了些对成勇的敬畏感。

成勇知道大家心里都憋屈，加上他本来就没把自己当作官看，便咧嘴笑笑，直接往曾善才办公室走去。

曾善才的办公室房门虚掩。成勇轻轻在门上敲了两声，小心把门推开一条小缝，一股刺鼻的汗臊味扑面而来。他努力屏住呼吸，探头往里瞅了瞅，只见曾善才正同采购科和生产科的几位科长、副科长凑在大吊扇下面说着话。曾善才听见门响，抬头一看是成勇，便向他招手说：“来得正好，刚才还在到处找你呢！”

成勇听说曾善才要找自己，便大大方方走进屋来。他向在场的各位科长、副科长点了点头，便拽了只方凳也凑近房屋正中的吊扇坐了下来。

曾善才对成勇说：“俺们正开会研究螺丝厂复工问题，正巧，刚刚开了个头，你就来了。”然后又对其他几位科长、副科长说，“我们接着开吧。”

成勇感觉很纳闷，心想：前两天曾善才还在愁眉苦脸到处弄钱，今天就要复工，莫不是他已找到钱了？

正当成勇胡思乱想时，曾善才的话音响了起来："今天把大家找过来主要是想商量一下复工问题。前一阵子，俺钱不凑手，工厂也没法开工。现在俺将就弄出点钱，可以勉强开工了。俺算了算，就俺现在搞到的这点钱，可以开动一半机器，虽然不太经济，总比把厂房、机器都闲在这里要强得多。俺没啥文化，也没有眼光，就是闲不下来。俺看厂里的工人们也都跟俺差不多。这段日子，厂里好容易聚起来的人气因为俺弄不到钱，散掉了不少。接下来，还要拜托你们几位把人气重新聚起来呀！"曾善才说着，双手抱拳，深深向在座的科长、副科长们鞠了一躬。

大家感觉曾善才很不容易，纷纷表态说："厂长说远了，要说眼光，俺们谁都赶不上你，你的难处俺们也都明白，可是俺们能力有限，干着急没办法呀！现在能开工，总归是好事。厂长你放心，俺们一定尽心尽力，把手头的活尽量做漂亮些！"

成勇还不太清楚曾善才是怎么搞到钱的，见大家都表态，也稀里糊涂跟在后面表决心！

曾善才见大家对他这么支持，感动得泪水在眼眶里打转。但他毕竟是个男人，很快便调整好情绪，与大伙仔细商量了复工后的细节。

天色渐渐暗了下来。曾善才瞅瞅窗外，又挨个凝视了房间内的各位科长、副科长们，喃喃地说："今天就到这里吧，从明天起，大家就要各就各位干起来了。大夏天的，干点活不容易，俺在这里拜托你们了！"说罢，扭过头去，只用右手摆了摆，示意大家可以离开了。

成勇跟随大家走到门口，想想曾善才刚才的样子，感觉挺可怜的，便故意放慢脚步，落到最后，待大家走远了，回身又进到曾善才的办公室。此时的曾善才正目光呆滞、一动不动地立在自己的办公桌前，就像一尊泥塑雕像一般。成勇顿觉鼻子一酸，轻轻喊了声："厂长！"

曾善才猛然一惊，扭头一看，是成勇，这才放松地坐了下来。

成勇拉过一把木椅，在曾善才对面坐下，问："你好像情绪不太好。"

曾善才苦涩地笑了笑，又慢慢摇了摇头。

"俺昨天去临河了。"成勇识趣地转移话题。

"哦。"曾善才似乎并不关心成勇去了哪里。他对厂里的人心涣散情况了如指掌，换上他自己也不会大热天还老老实实在厂里熬着。

"俺去看林舒羽了。"成勇又追了一句。

“哦。”曾善才依然没有表现出什么兴趣。其实,成勇不太清楚,在曾善才的记忆中,他没有在看守所关太久,那完全是老同学孙利民从中周旋的结果。至于孙利民找谁帮的忙,他只知道大概,压根不知道孙利民与林舒羽是什么关系。而痛失初恋对象的孙利民也根本不可能把他与林舒羽之间的关系说得那么具体。

“林舒羽说她认识你。”成勇接着说。

“是吗?”曾善才终于从嘴里多蹦出来一个字。

成勇说得没错。当初孙利民要把曾善才弄出来,肯定没少在林舒羽面前夸奖这个老同学,而林舒羽当时正好也在曾善才与李冲打架的现场,对曾善才的精明能干还是看得比较真切的。再加上,林舒羽与李冲分手后越来越发现自己错爱了人,因此,也就更加相信曾善才是个能干的大好人了。

“她还说这次可能帮不上你了。”成勇又添了一句。

“哦?你说的是她吗?”曾善才这才想起当初孙利民似乎说起过这个与李冲一同出现的漂亮女孩,当时,他还以为这个女孩肯定是昏了头了,才去找李冲这样的大坏蛋。

但是成勇却不明白曾善才所说的“是她吗”具体是啥意思,只好似懂非懂地点点头。

“她当初好像是李冲,也就是李宏达书记儿子的女朋友。”曾善才说。

“哦,还有这事?”成勇有点不相信自己的耳朵。

“俺也是瞎猜的,你跟她很熟吗?”曾善才问。

“哦,有点……”成勇感觉有点复杂,脑子里不禁浮现出清早做的那个梦。

“她还好吧?”曾善才又问。

“哦,好……她还好。”成勇心里很乱,他不想再谈这个话题,便把话题又转到复工上面:“厂里终于复工,该不是李书记开恩,答应把那笔钱借给你周转了?”

听到成勇再次提起“李书记”三个字,曾善才有一肚子的愤懑,却不好表现出来,他只能冷冷地笑了笑,长长地叹了口气。这些天,他总算明白了,胳膊拧不过大腿。虽然他无意与李宏达为冤作仇,但自己儿时与其子李冲的矛盾却多次给他带来麻烦:前几年自己差点被当成严打对象;这两年是借出去的钱不仅要不回来,还不得已承包了螺丝厂,好容易把螺丝厂的陈货卖掉吧,却连暂借那笔钱的机会都得不到。更令曾善才心焦的是,他现在不仅借不到螺丝厂的那笔钱,就连银行的钱,他也借不到了。

原来,在工业局赵副局长那里多次碰壁以后,曾善才渐渐明白,既然李宏达明确要求赵向阳不能把钱借给他,他跑得再多也没用。于是他开始把眼光转向银行。他当初做毛线生意时不就是银行那边做的担保吗?可是当他再次走进县信用社,说明来意后,当初那个接待过他的业务人员却明确对他说:"不行!"

曾善才一听急了,说:"俺刚讲了个大概,你怎么就说不行呢?咱们以前又不是没打过交道,该给信用社啥好处,俺绝不少你们一分钱!"

业务员说:"这跟以前打没打过交道没关系。你现在虽然承包了螺丝厂,但厂房和机器都是国家的,你又不能拿这些东西来抵押,所以信用社没法给你贷款。"

听说借钱需要抵押,曾善才灵机一动,问:"那俺用县城里新盖的两层楼房抵押行不行?"

"那也不行!"业务员冷冷地回道。

"为啥?"曾善才有点不死心。

"这不是明摆着的吗?谁知道你那几间房子到底值多少钱?就算知道值多少钱,如果到时候你还不上钱,信用社要你那几间破房子能有啥用?"业务员说。

听业务员说他的房子是"破房子",曾善才一下子急了,额头上的青筋绷得老高,说:"俺的房子是前年刚盖的,崭新着呢!"

业务员不想跟他争辩,干脆扭头跟屋内的同事聊起天来。

曾善才没法,只好怏怏地回家去了。

"厂长,你好像有点不舒服。"成勇见曾善才身体僵硬、脸色紫黑、半天没有出声,还以为他生病了。

其实,曾善才一点毛病都没有,只因想起融资的艰辛,才憋成那样。成勇的话把他拉回到现实,他抬头瞥了成勇一眼,问:"你还有事吗?"

"没啦。就是想过来看看还有没有什么需要我做的。"成勇答道。

"哦,现在也没啥,等螺丝产出来了才会涉及销售的事吧?"曾善才问。

成勇"嗯"了一声,接着说,"不过,如果厂里资金凑手的话倒是可以先往外面跑跑了,省得螺丝生产出来了,又要急着找买家。"

“是啊！”曾善才摇摇头说，“按说搞生产的要围着市场转才对，生产什么、生产多少还得看市场的脸色。在生产之前，一定要先把市场情况摸清楚才行。可……”曾善才又摇摇头，“现在钱还是不凑手啊，能勉强让机器转起来就不错了！”

成勇听后哑然。因为他根本不知该说啥才好：说帮忙吧，自己肯定没有那个能力；说几句安慰的话吧，不咸不淡的，也没啥实质上的作用；把李宏达骂上几句吧，好像也不太合适。

曾善才也没指望成勇能说什么话。既然他是螺丝厂的承租人，再苦再难他都得自己扛下来。他看了看窗外逐渐黯淡的天色，朝成勇挥了挥手说：“天马上黑透了，你还是回去吧。”

成勇感觉曾善才很可怜，就说：“你也该回了。”

“我想再一个人坐一会。”曾善才说。

成勇本想陪曾善才再坐一会，听他这么说，只好起身往外走，快到门口时，突然想到屋里很暗，又折身去摸电灯开关的线头。

“还是关掉吧。”就在房屋正中那盏60瓦白炽灯点亮的一瞬间，曾善才咕哝了一声。

成勇只好“啪嗒”一声又关掉了电灯，轻轻把门虚掩上，径直走开了。

天色越来越暗。曾善才的办公室内又热又闷，成群结队的饿蚊肆无忌惮地往曾善才脸上、脖子上、胳膊上所有裸露的地方胡乱冲撞，肆意叮咬。他却压根没有知觉一样，重新陷入了回忆之中。

那天，曾善才从县信用社回到家里以后，越想越不明白：他跟信用社打过交道，以前留下的印象应该不错，怎么今天突然变得这么生分了呢？他把自己的疑惑说给周燕飞听。周燕飞也弄不明白，不过却给他出了个主意：想办法找到信用社的负责人不就行了吗？曾善才感觉有理，便托亲拜友去找信用社主任说情。

县城本来不大，人上托人，没绕几道弯就找到了县信用社主任。

当陪同曾善才一同前往信用社主任家的朋友替曾善才说明来意后，那位看起来满脸忠厚的中年汉子为难地说：“善才厂长在咱们县早就是名人了，跟信用社也打过交道。按说信用社应该很信任他，如果他能拿出足够的资产作抵押，信用社还是可以给他贷款的。但是这一次情况特殊，李书记那边早已派人跟信用社打了招呼，要求俺们严把贷款关，绝不能轻易贷给那些靠不住的个体户。来传话的那位领导怕俺们听不明白,还特意说,李书记预料善才厂长可能会因为资金紧张向信用社借贷,担心他拿到钱以后办不好事,将来没能力还账。你想想,大家谁都不糊涂,他们都把话说到这个份上,明摆着就是不让信用社借钱给善才。所以呀,这一次俺是真帮不上忙了,也不敢帮这个忙啊!"说完这些,信用社主任还特别强调:"今天说的这些千万不能说出去,不然,李书记肯定要生气了!"

曾善才彻底醒悟了。他知道,无论是找赵副局长,还是找信用社,或者县里其他什么有钱单位,都不可能融到资。因为李宏达早已把所有的公家融资通道给他封掉了!从那以后,曾善才也彻底死了心。为减少损失,他说服周燕飞从箱底翻出定期存折,把那十来万还有半年多就要到期的定期存款忍痛取了出来。这才有了下午这次开复工会的场景。

"掉到一个无底洞里了,真倒霉!"曾善才狠狠地骂了一句,"接下来该咋办呢?"他一遍又一遍地问自己,搜肠刮肚地寻找着办法。然而,就凭他如此短暂的社会阅历、如此简单的社会关系,这的确有点难!

屋内依然无比闷热,汗水雨点般地从他的头上、身上"啪嗒啪嗒"往下掉,成群结队的蚊子"嗡嗡"地吹着挑衅的号角向他发起一轮又一轮猖狂进攻。曾善才终于忍不住了,他"哇啦"一声大叫,抡起巴掌朝自己的脸上、胳膊上一顿猛打,边打边狠狠地叫着:"狗日的,打死你们,叫你们还咬!"那叫声如同一声声孤狼的哀号,把窗户上的玻璃震得"哗哗"直响。但蚊子并没有因为他的发怒而停止进攻,片刻之后,又一群蚊子快速集结起来,向他发起更猛烈的进攻。他再次挥起双手向自己裸露在外的皮肤上"啪啪"打了过去。他就这样,打一会,叫一会,停一会,与成团的蚊子反反复复进行着较量。尽管在这个过程中,可能有不少蚊子命丧黄泉,但他终于没能彻底消灭它们,却把自己折腾得近乎虚脱。

"笃笃笃",有人敲门。

"谁?"疲惫不堪的曾善才发出微弱的问询声。

"我,老李头。"

是螺丝厂的门卫。曾善才听出来了。自从他承租了螺丝厂,当初那位抽过他过滤嘴香烟,也给他提供过信息的门卫变得更加恭敬。每当他远远看见曾善才骑着自行车来厂,或者看到曾善才要出厂时,他都会快速从门卫室里冲到门口毕恭毕敬地向曾善才鞠躬问好,并帮他搬动自行车。有时曾善才在厂里加班走得晚了些,这个被称为老李头的门卫还会到他办公室门前看看有没有自己能帮得上忙的。曾善才见他这么大年纪，对自己还这么恭敬，心里也不太过意，常常递包香烟或面包、饼干之类的零食给他。老李头对曾善才的礼品也不谦让，每次都会眯起眼睛千恩万谢地接过去。

“啥事？”曾善才问。

“俺来看看。屋里热，蚊子多，你别闷坏了！”

老李头简短的几句话顿时令曾善才泪流满面。他再次大叫起来：“啊……”这凄厉的惨叫声透过厚厚的玻璃，穿过密密的丛林，划破黢黑的夜空，直达遥远的天际。或许，只有在那里才有人听得懂他内心的苦楚。

办公室门口，老李头安静地站着。直到几分钟后，当曾善才的叫声停下时，他才叹了口气，说：“吼吼也好！你的担子太重了，哪是你这大年纪的人能挑得动的？厂里没有其他人，周围也没什么人家，你要是想吼就接着吼吧，过一会儿俺再过来看你。”说完，老李头兀自走开了。

房间内又恢复了黑暗和宁静。曾善才一个人呆呆地坐着，任凭蚊虫肆无忌惮地叮咬，任凭汗水如同泄洪的闸水一般奔流……突然，他双手使劲捶击桌面，自言自语道：“公家融资的通道被彻底封住了，只有走这条路了！”

原来，早在几天前的一个晚上，曾善才的家里来了个不常登门的远亲。这个远亲实际上是周燕飞的亲戚——一名五十多岁的富态女人，姓朱，从辈分论，算是周燕飞的表姑。当时，曾善才和周燕飞刚刚吃过晚饭，正准备烧水为儿子洗澡，这位表姑风风火火地闯进院里，刚一进门，就高声嚷嚷道：“燕飞在家吗？天大的好事，俺来给你们送好消息了！”

周燕飞闻声快步迎出门外，借着朦胧的月光，见是自己的表姑，忙把她请进小院，客套道：“什么风把您吹过来了？”

表姑倒也不客气，搬过竹椅一屁股坐了下来，嘴里呼哧呼哧喘着粗气说：“嘿，这丫头真会说话，没有风，表姑就不能来了？”

周燕飞赶忙赔礼道：“表姑说远了，俺这破屋小院的，你只要愿来，还能不随时欢迎吗？”

表姑喘着粗气，断断续续地说：“这还像个样，告诉你吧，表姑可不是吃素的，听说你们开工厂缺钱，俺也着急呢，这不，刚刚给你们寻了个大财主，钱多的是，要多少有多少，只要你们出得起利息就成！”

在一旁收拾碗筷的曾善才一听，赶忙凑过来问：“他们想要多少利息？”

表姑没有说话，只像个见多识广的大老板娘那样，理直气壮地伸出了三根手指手头。

曾善才心头一颤，感叹道：“原来还有这么低的利息啊！”

表姑瞥了他一眼：“侄女婿真是财大气粗！3分的利还低吗？看来俺应该跟你说4分、5分利，这样俺也可以赚个差价。”

“5分也不算多，银行一年期贷款利率现在都7.2%了，问题是还借不到。”曾善才急不可耐地接着问，“表姑，快说那个大财主在哪里？俺那个螺丝厂正好缺10万块钱！”

表姑一拍大腿，连声说：“嗨！两码事，两码事，俺说的是月利！”

“妈呀，一个月就3分，这不是高利贷吗？”曾善才大失所望。

“可不是嘛？无利不起早！要不，谁愿意把钞票拿出来给人白使？”表姑说。

两人说话的工夫，周燕飞端出一盘切好的西瓜，顺手取了一块递给表姑，说：“善才俺俩这些年没借过高利贷，不知道行情。要不，表姑再帮俺们问问那个大财主，利息能不能便宜一点？”

“哎，你们两个呀，这些年生意做顺了，没怎么借过钱，哪知道现在的借贷行情哟！3分利算低的，很多人急着用钱，4分、5分的利钱都敢用。”表姑说。

曾善才吐了吐舌头说：“那一年下来不是要付差不多本金一半那么多的利息吗？”

“什么？你真敢说！”表姑道，“既然说的是月利，那每个月都是要结的，如果月底还不上，本息加起来再滚。”

“哦，原来是这样啊！”曾善才和周燕飞异口同声地叹道，“这么高的利息谁敢用？！”

“啥？没人敢用？看来你们还是不够着急！真要是急了，你们肯定不会这么说！”表姑说。

三个大人说话间，夏生冷不丁哭了起来。大家扭头一看，原来，夏生吃完妈妈递给他的西瓜，随手把瓜皮扔到地上，跑过来准备再抢一块西瓜吃，哪知自己不小心踩到西瓜皮上,摔了个仰八叉!周燕飞赶忙过去扶起儿子。表姑也站起来“乖”一声、“孩”一声地劝着。曾善才本来心里就烦躁,夏生的哭声令他更加心烦意乱,他不耐烦地吼了声:“哭什么哭?你自己摔倒的,又没人推你!”

夏生被这么一训,哭得更加厉害。周燕飞没好气地责备曾善才说:“你自己心情不好,不要拿孩子撒气!”表姑马上跟在后面打圆场:“燕飞,你也少说一句,先把孩子哄好!”周燕飞挑了块靠中间的西瓜递给夏生,拉着他到一边去了。那夏生又得到一块更好的西瓜,便强忍着大哭,一边哼哼唧唧抽泣着,一边大口大口啃着西瓜。

表姑坐回原位,继续对曾善才道:“俺今天就是来给你们捎个信,你们回头再商量商量,要是打定主意了,给俺捎个信,俺就帮你说去。”

曾善才“嗯”了一声,问:“他们要啥抵押吗?”

“当然要。一般小钱不需要,有个中间人做个担保就行了。要是借得多了,中间人也不敢担保。万一还不上,放款人会找担保人麻烦。俺们是亲戚,当然不怕麻烦,但放款人也不一定相信俺有这个能力来担保。所以俺估摸着,要是你们借得多了,八成得用房子啥的作抵押。”

曾善才听后没有吱声。过了一会,感觉不妥,就东一榔头西一棒槌地跟表姑聊了聊闲话。表姑又坐了一会,感觉该说的话已经说完了,就起身准备离开。周燕飞听说表姑要走,忙抱着夏生过来挽留,两个人站在月光下拉了几句家常,表姑便匆匆告辞了。

当天晚上,曾善才躺在闷热的蚊帐里,翻来覆去怎么也睡不着。周燕飞知他心里着急,一边替他扇着蒲扇,一边轻声嘀咕道:“别发愁了,都走到这一步了,咱们闭着眼也得走下去,你再好好算一算,螺丝厂到底还需要多少钱?这笔钱最短要用多长时间?真不行咱们把房子押给人家,只要你的账能算得过来就行。”

曾善才虽然读书时成绩较差,但现在已经是23岁的成年人,对简单的加减乘除还是会算的。听周燕飞要他算算账,他感觉非常有道理。不算不知道,一算吓一跳:根据表姑所说的利滚利原则,如果借10万块钱,一个月还不上来,问题还不大,要是三个月还不上来,本息加在一块就能达到109273块。要是半年还不上,本息加在一块就是119400块。要是一年还不上,本息加在一块就是142600块。也就是说3分的月利,年率实际上是42.6%。

在这之前，曾善才对螺丝的毛利率已经有了充分的了解。螺丝这东西看着不起眼，但是对技术和工艺的要求还是比较高的，一不小心就会出大量次品。一旦出了次品，原料也就白白浪费了，淌出去的汗也就白流了。如果产品一时卖不掉，资金不能快速回收，还会影响下一轮的生产。所以一般情况下，螺丝的毛利率不超过10%。考虑到螺丝从生产到交货一般需要两至三个月时间，资金的全年毛利率也不过30%至40%。这样算来，如果借一年的高利贷，到最后，很可能连利息都挣不上来。况且这还只是毛利率，再去掉工人工资和销售费用之类的成本，净利润更不够付高利贷利息了！既然赚到的钱远不够付利息，那为啥要去借这个高利贷呢?!

然而，曾善才又的确需要再搞一笔钱。否则，工厂只能半开工，影响工人的士气不说，眼下看，也最不经济。

曾善才就这样陷入借与不借高利贷的两难境地。说到底还是这笔账算不过来！因此，经过再三盘算，他才决定先用自家的10万块钱把工复起来再说。但是他也明白，这样下去总不能算回事，说不定还会越做窟窿越大。

就这样，他在纠结中做出了复工的决定，又在纠结中把自己关在闷热的办公室里任凭蚊叮虫咬、大汗淋漓……他想，借高利贷可能亏，不借高利贷也可能亏，那就干脆拼一把，于是他用那记响亮的捶击桌面声宣告了自己借高利贷的决心。

然而，当那一记响亮的锤击声过后，曾善才开始冷静了。他用左手轻轻抚摸着火辣辣的右手，反复告诫自己，做生意不是赌博，虽然借高利贷是没有办法的办法，但自己必须想出点办法才行，至少要确保不亏本。他是靠低买高卖、薄利多销起家的，虽然没有开过工厂，但产品不能积压的道理还是懂得的。对！首先要确保螺丝生产出来就有人要，千万不能堆在库里了！最好是没生产出来就有人要，这样，他就可以放心大胆地开动机器了。他想到了成勇和其他几位销售科长，决定找他们好好聊聊，叫他们好好想想办法，把市场需求情况摸清楚，把订单提前拿到手。

曾善才坐在黑暗里继续往下想："要是市场问题解决了，那就要看生产能不能跟得上了。从开始生产到交货一般需要三至四个月时间，不过这毕竟是一般水平，应该有办法把这个时间缩短，比如，可'早、中、晚三班倒'，让机器一刻不停地转起来，那个谁不是搞个什么'满负荷工作'吗？人家能搞，俺为啥不能搞？"

他还想到了劳动比赛，想到把工人们的潜力调动起来：“把奖励和惩罚都做得更细些，让能干的人多赚点钱，让懒虫和没本事的人混不下去……对，就这么定了！明天把生产科的几个人叫过来，让他们一起想想办法，俺就不信这个时间不能缩短！”

“如果能把市场问题和生产问题都解决了，那差不多问题就不大了吧？”曾善才自言自语地问自己，但转念一想，又感觉没那么简单，“产品的合格率应该也很关键，要是次品太多，白费功夫不说，钱不也白白浪费了吗？还有，原料问题也不能不当回事，听说螺丝厂以前就经常出现原料购买价太高、质量又不过关的问题！”

“得把这些工作都做扎实了才行！”曾善才暗暗告诫自己。他又静静地在办公室里坐了一会，把可能的办法都仔仔细细想了一遍又一遍。

“喔喔……”远处的村落传来了清脆的公鸡打鸣声。曾善才终于起身走出办公室。门外漆黑一团，但比屋内凉爽多了，一阵微风吹来，他感觉特别舒爽。他理了理湿透了的衣衫，迎着习习的凉风，迈开大步朝厂门口走去。

曾善才到家时，鸡已经叫到第三遍。他从院子的水井里打了大半桶井水，快速擦洗了身子，一头钻进蚊帐内，呼呼大睡起来。

周燕飞知道他回来得晚，起床时蹑手蹑脚，生怕把他吵醒。其实，周燕飞根本不必如此小心。因为曾善才睡得特别沉，就连夏生起床后的大声哭闹都没有把他吵醒。

上午 11 点多，曾善才终于被热醒。他稍微定了定神，便一骨碌爬起来。望着竹席上清晰可见的人字形汗痕，曾善才嘀咕了一声：“这一觉睡得过瘾，连身都没有翻！”

周燕飞和夏生都不在家。洗漱完毕后，曾善才来到厨房，一眼就看到小饭桌上的纱罩下面整整齐齐地摆着早餐。他掀开纱罩，一小盆南瓜绿豆汤赫然映入眼帘，这是他在炎炎夏日里的最爱，一股暖流瞬间传遍全身。他顺势坐在小凳上，双手捧起汤盆，伸头尝了一口，汤已经凉透。他闭起眼睛“吱吱”大喝几口，从嘴到心很快被酣畅的甘甜浸透……

曾善才赶到小店时，已经 12 点多了。周燕飞和夏生正在吃母亲从自家做好送过来的午饭。曾善才默默地搬只小凳子坐在一边看着。

“看到桌上的绿豆汤了吗？”周燕飞抬头问道。

“看到了,被俺喝个底朝天!”曾善才心满意足地说。

“妈送来的饭有多的,你要不要再吃点?”周燕飞又问。

“不吃了。现在感觉正好!”

“也罢。你昨晚回来那么晚,想你也没有胃口吃其他东西,只好给你熬点绿豆南瓜汤了!”

“你知道俺最爱这一口。”曾善才深情地看了眼周燕飞。他突然有一种抱紧周燕飞的冲动,但碍于丈母娘和儿子在一旁,只好舔了舔嘴唇,强忍着内心的躁动。

“咋不去厂里?”周燕飞又问。

“哦,我……我……”曾善才竟不知该如何回答了。是呀,他为啥不去螺丝厂而要来店里呢?他把头转向门外,火辣辣的太阳把大街上不多的几棵小树烤得蔫拉吧唧,没有一丝生气。他本来是要找周燕飞商量借高利贷的,但丈母娘和夏生都在,根本没法静下心商量。

周燕飞似乎看透了他的心事,加快了吞咽的速度,很快就吃完了饭缸里的饭,紧接着又哄着夏生快点吃。周燕飞的母亲是个明白人,待夏生吃完饭,便快速收拾碗筷,拉着夏生,顶着烈日回家去了。

店里只剩他们夫妻二人。周燕飞扇着蒲扇瞄了眼曾善才说:“快说吧!”

“还记得你表姑说她能帮忙借到高利贷吗?”曾善才吞吞吐吐地问。

“啥叫‘你表姑’?难道不是你表姑吗?”周燕飞瞥了他一眼反问道。

曾善才被她逗笑了,忙说:“好,好,俺表姑!俺想好了,准备找她赶快把钱弄到手。”

“果真想好了?”

“果真!”

“账也能算得过来吗?”

“按一般情况算,是有点算不过来。”

“那你还要借?”

“没有其他办法了,只有这一条路可走。”

周燕飞不再吭声。曾善才暂时也没接着往下说。小屋内静得出奇……

过了足有半袋烟的工夫,曾善才终于鼓足勇气往下说:“昨晚俺在厂里一个人反反复复盘算了一下,这钱必须借!虽然按一般情况,这笔账算不过来,但是如果俺能在购料、生产、销售上都改一改以前的做法,应该还是有希望的。”紧接着,曾善才把自己的计划详详细细地告诉了周燕飞。

周燕飞听后,不住地点头:“听起来不错,就不知道这些办法能不能推得下去?”

“试试吧。”曾善才叹了口气,说,“总不能就这样把自己拖死!”

“是呀!就算前面是死胡同也得往前赶了,大不了到时候再想办法把堵住胡同的墙刨开了。厂里的事俺不明白,既然你决心下了,那就试吧!”周燕飞瞪大眼睛盯着曾善才说。

几天后,曾善才通过表姑以他在县城和老家的所有房屋和店里的存货作抵押拿到了月利3分的10万块钱高利贷。钱到账的那一天,他把全厂的科长、副科长们召集在一起。他已经为他们准备了一份详细的复工方案和一大堆新的规章制度……

第二十三章 空仓库里谈复工 背水一战终转机

会议是在一间空旷的仓库里举行的。螺丝厂并不是没有会议室，能开中层干部会的会议室还是有的。再不济也可以挤在曾善才的办公室里开会。因为曾善才承租螺丝厂以后，不仅不设副厂长，还对部门设置和管理人员作了精简，中层除了设置5个销售科以外，仅剩采购科、生产科、会计科、办公室等3科1室，这3科1室每科只配正、副科长(或正、副主任)两人。因为销售科不设副科长，所有中层干部加在一块也就13个人。而党支部、工会、团委等组织都不设专职干部，由那些表现出众，群众基础好的中层干部或工人兼任。这样算来，全厂加上曾善才在内仅有14个有编制的干部。

曾善才之所以要把复工大会放在空旷的仓库里，是有特别打算的。至于啥打算，他一直憋在心里，没跟任何人说，只是在会议开始前授意办公室主任把仓库打扫干净，然后搬进去七八张条桌，在仓库正中围成一圈。办公室主任得令后，不知道曾善才葫芦里卖的啥药，又不好多问，只好落实下去。科长们进了仓库充当的会议室都感觉很新奇：一则把会议放在仓库里开，这在以前是没有过的事；二则把桌子围成一圈，他们也没有经历过，以前开会都是大领导在上面坐着，其他人面对着大领导坐，随时等待接受大领导的训话。

仓库高大而空旷，库门和若干个巨大的窗户全部敞开着，屋内凉风习习，异常舒爽。科长们就座后，纷纷感叹曾厂长会选地方，个个脸上现出舒爽的神情。曾善才似乎把大家的心思看得很透，他环顾了一下每个人的脸，笑着问："感觉怎么样？"

在座的干部们个个喜笑颜开，七嘴八舌地说："那还用说吗？这屋子高，拉风！比大吊扇在头顶上呼啦啦吹着舒坦多了！"

曾善才把目光停在办公室主任脸上，说：“你先说说看吧。”办公室主任正襟危坐，以无比崇敬的口气说：“还是曾厂长考虑周到，现在天热，如果今天这场会还在会议室开，就算把头上的吊扇开到最大挡，也没有这里凉快！还有就是今天桌子这么摆好，可以方便大家讨论问题，这也是曾厂长交代的。”

曾善才没吭声，又看看生产科科长。生产科科长是个四十来岁的中年汉子，他不紧不慢地说：“俺是搞生产的，一般都在车间里待着，能有会开，就算休息了，今天在这里开会，不仅能休息，还能乘凉，真是想都没想到！”

曾善才还是没吭声，把目光移向采购科科长。采购科科长是个五十多岁的老同志，见多识广，沉稳有加。见曾善才看他，明白也要说几句话，就清了清嗓子，说：“俺也没啥好说的，善才厂长有眼光，又体贴人，连开会都安排在风凉的地方。俺就表个态吧，复工后，俺坚决把采购工作做好，保证不耽误生产！”

曾善才继续保持沉默，只是把头耷拉下来，直愣愣地盯着桌子发呆。会计科及销售一至四科科长知道自己也该说几句，便不待曾善才看自己，纷纷接着称赞今天这个会场选得好，并且表示，厂长这么关心大家，复工后一定会尽力做好本职工作。

有意思的是，在他们发言的时候，曾善才的头再也没有抬起过，而且越垂越低，差不多要碰到桌面了。

对于曾善才表情的变化，成勇看在眼里，急在心里。虽然他并不十分清楚曾善才为何会把头越垂越低，但他明白，曾善才一定不会是因为听到大家夸他而开心地垂头。在开会之前，他隐约听说过曾善才刚借了10万块钱高利贷的事情。在走进仓库这个临时会场时，他就感觉曾善才选择在此开会一定有特别的用意。刚才听到其他几个科长的发言，他很失望，因为从他们的嘴里他并没听到能解开自己心中谜团的话。于是他站起来，大声说道：“大家都说得差不多了，俺也要说几句！”

成勇的话引来全场目光的关注，就连曾善才也一下子抬起头来，怔怔地看着他。成勇不慌不忙地环视了一下在座的每一个人，以自责的口气说：“今天这个会场的确很凉快，但是俺却感觉很过意不去，也不想下次的会还在这里开！”

成勇的话令大家疑惑不解。大家你看看我，我看看你，心想：“不就是换个开会地方吗？怎么就过意不去了？”

成勇没有理会大家的疑惑，接着说：“俺们今天坐的这个地方的确凉快，但它不是用来开会，而是用来储存原材料和产品的。俺宁愿继续坐在又闷又热的会议室里开会，也不愿坐在这里吹凉风！更何况，再过半年，这里可能也会比其他地方更冷，到时候，大家还愿意在这里开会吗？”

成勇的话令大家幡然醒悟，在座的科长、副科长们脸上开始现出愧色。曾善才的脸上则露出了赞赏的神色。

成勇看到曾善才表情的变化，心里开始有了底气。他继续说道：“厂长很不容易，前几天已经给大家开过一次复工会，听说那次复工会能开起来，是因为他把家里所有的定期存款都提前取了出来。但是大家应该比俺还明白，那些钱只能勉强支撑半复工，其实是很不经济的。曾厂长也是不得已才决定那么做。那次散会后，厂长一个人把自己关在办公室里，俺不知道他在想什么，反正过去跟他打招呼时，感觉他很痛苦。”

曾善才听他这么说，摆了摆手，尴尬地咧嘴笑着插话道：“不说这个。”

成勇并不听他的，只管接着说：“厂长太客气了，你的事就是厂里的事，该让大家知道的还是要让大家知道。俺听说厂长最近又借了一笔月利3分的高利贷，如果俺没有猜错的话，今天这场第二次复工会，应该与这笔高利贷有关。”成勇再次环视了一遍在座的人，咽了口唾沫，说，“俺就说这些，瞎逼逼，瞎逼逼，到底该咋办，还是听厂长的吧。”

“大家都说完了吧？”曾善才看了看各位，接着说，“大家都知道，接手螺丝厂，不是俺的本意。但既然走到这一步了，也只好走下去。成科长刚才说得没错，前一笔钱是俺把家里没到期的定期存款提前拿出来的，但那笔钱只够开半个工，瞎混混还行，能混多久就不知道了。现在钱难借，俺两眼一抹黑，没门路，只能去借高利贷。月利3分，一年下来就是42.6%。按以前的经验，咱们螺丝厂一年能挣多少钱，大家应该都很清楚。怎么办呢？所以俺今天要把大家请到一块，好好商量商量。”

听到曾善才亲口说出借高利贷来复工，在场的科长、副科长们个个瞪大了眼睛。因为他们明白，按照以往经验，肯定做不盈。

曾善才当然也明白他们的心思，接着说：“俺今天选择仓库作会场不是心血来潮，也不是图凉快。就像成科长刚才说的一样，仓库自有仓库的用处，用它作会场，肯定不合适！但是如果工厂不能正常开工，它也只有作会场的用处了。问题是就算拿它作会场，咱们的会又能开多少次呢？等俺手头这点钱耗干了，螺丝厂也就到头了,咱们还能人模狗样地在这里开会吗?”

曾善才说到这里,在座的各位都被深深感染了,纷纷摇头小声嘀咕说:“不能!”

“好,既然大家都说不能,咱们就一起想想办法。俺自己也反复估算过,按照以前的做法,工厂一年下来的利润肯定不够付这笔高利贷的利息。但是如果咱们把以前的老办法变一变,用一些新办法搞生产,找市场,说不定还能蹚出一条活路。只是用新办法可能会让你们辛苦一些。不知道大家愿不愿意一起试一下呢?”

“愿意!”曾善才的话还没有落音,仓库里便爆发出响亮的回应声。那声音穿透仓库的屋顶,跨过洞开的门窗,在螺丝厂的上空久久回荡……

第二次复工大会召开以后,整个螺丝厂士气大振,机器轰鸣。大家行色匆匆,无不以前所未有的热情投入到各自的工作之中。一方面,大家深知此次复工来之不易,特别感佩曾善才的行为,也就从感情上愿意多替曾善才分担一些;另一方面,曾善才在复工大会上宣布的满负荷工作思路和相应的奖惩措施对大家的触动也特别大,先别说将来能得到多大的奖赏,至少谁也不想因为工作拖沓、不卖力而受到惩处,甚至丢了饭碗。

大伙的努力没有白费,到1985年元月底的时候,螺丝厂已经实现净利润8万多元。考虑到高利贷的利息高得吓人,曾善才留下1万多元用于员工的奖金,拿出69400块钱还掉了半年的高利贷利息和5万块钱本金。

干部和工人们见曾善才说到做到,答应过的奖金毫不含糊,奖金拿得多的能有五百多块,相当于一个普通工人一年的工资收入,因此,工作干得也更加尽心尽力。而曾善才因为还掉了一半的本金,加上螺丝厂的面貌焕然一新,也一下子轻松不少。

到1985年6月初的时候,螺丝厂的净利润便再次达到八万多元。曾善才从中拿出将近六万块钱,彻底还清了高利贷本息。当曾善才从放款人手中接过他退回来的借据时,差一点喜极而泣。但是他还是强力克制住了。他明白,自己是一个24岁的汉子、一个管理着一百多职工的螺丝厂厂长,怎么能轻易在别人面前掉泪呢?

但是他又的确需要大哭一场。这几年,他从借钱给先前的螺丝厂,到屡次讨要、屡次被拒;从不得已租下螺丝厂,到借不到自己辛苦努力卖掉仓库陈货换回来的现金;从提前取出即将到期的定期存款,到铤而走险借高利贷补充流动资金……真是步步艰难,步步惊心!

他跳上自行车,飞一般地往大沣湖飞驰而去。一路上,他顾不上躲避汽车,顾不上躲避行人,有好几次差点被同样飞驰的汽车撞倒,或撞倒与他同样鲁莽的行人。他几乎失去听力,两只耳朵里只剩下呼呼的风声。他脑子里一片空白,甚至连劳累都已经完全忘记。直到四十多分钟之后,当他驶进大沣湖畔的那片密林深处时,才一下子瘫软下来。他把破旧的自行车往旁边随手一丢,一头扑在松软的草地上,"呜呜"大哭起来……

大沣湖上,风高浪涌,百鸟低鸣,仿佛是为曾善才送上安慰,又仿佛是替曾善才鸣不平,还仿佛是以特有的方式为曾善才今后的行程送上祝福……曾善才越哭声音越低,越哭越浑身无力,不知又过了多长时间,曾善才被一阵归巢野鸭的呱呱大叫声惊醒。他揉着惺忪的睡眼,在草地上翻了个身。西边的天空血一般红艳,绵柔的晚风轻轻吹拂着他的身体。他感觉前所未有的轻松,前所未有的舒爽。他一动不动地在草地上躺着,双眼直愣愣地盯着在风中打转的树叶,什么都不想,任凭天色一点点暗下去,任凭天上的繁星一个个亮起,任凭密密麻麻的萤火虫提着灯笼呼朋唤友地打闹嬉戏……

几天后的一个晚上,无债一身轻的曾善才为全面总结复工以来的生产管理经验,再次把自己关进办公室里。在此之前,他与所有的科长、副科长们做了一次系统的沟通,与不少一线工人和销售人员也做了长谈。通过交流,加上自己的观察,他发现螺丝厂在生产和经营方面还有不少值得改进的地方。今天,他要再次把可能的改进办法仔仔细细想一遍。

第二十四章 再进仓库为改革 善才意外成明星

时间刚进入6月。天气虽然已经明显转暖，但与前一年曾善才独自待在办公室不同的是，这一次的气温并没有那么炎热，蚊虫也没有那么肆虐。曾善才悠闲地坐在办公室里，一边喝着刚上市不久的六安瓜片，一边筹划着新一轮的治厂方案调整。

先要把科室设置再调整一下，他想。他刚接手螺丝厂的时候，为了把仓库里的陈货处理掉，特意设置了五个销售科。现在一切走向正规，没有必要再搞那么多销售科了。一年多下来，成勇无论在开拓市场方面，还是在内部管理方面，都比其他人突出得多，实际业绩也比其他四个销售科好得多，经他手卖出去的产品差不多有其他四个销售科卖出去的总量那么多了。

“该把五个销售科并在一起了！”曾善才自言自语道，“让成勇来做合并后的销售科科长，再从其他五个科长中选两个业绩排名靠前的原科长来给成勇做副手。”但他转念一想，排名靠后的两名原销售科科长中有一个是老厂的副厂长，这一年多虽然销售方面的业绩做得不太好，但还算是很尽力的，如果连个副科长都不让他做，有点难为情。考虑到这个老兄以前分管过生产，加上当下生产任务也饱满起来，曾善才决定让他去做生产科的副科长。而对另一个业绩排名靠后的原销售科科长，曾善才决定把他安排到采购科任副科长。“好，就这么办了！”曾善才感觉这个决定挺不错的，既能体现他希望的奖优罚劣的初衷，又多少保住了被降职者的颜面。“反正制度放在那里，等将来他们表现好了，还可以重新启用！”曾善才默默地给自己打圆场。

窗外月光如银。轻柔的晚风透过微开的窗户吹进曾善才的办公室里。他感觉无比畅快，提起茶杯喝了口热茶，一片茶叶顺着茶水进入他的口中，他舍不得吐掉,开始慢慢咀嚼起来。茶叶微苦、略涩,他又抿了一口喷香的茶水,把嚼碎了的茶叶咽了下去。又过了一会,他感觉满嘴香甜,刚才的苦涩感一去不返。"茶叶这玩意儿真有意思,先苦后甜,就跟人过日子差不离!"曾善才不由自主地笑了。

他慢慢踱到窗边,抬眼看了看天上微缺的月亮,心想,这月亮也挺有意思,前几天还圆得像只银盆似的,今天就变成歪脸老太了。这样一想,他突然打了个激灵:月亮能由缺变圆,也能由圆变缺,俺还是小心为好,不能日子稍微好点就不知哪面朝前了!他重新走回座位,在刚才做出的部门设置调整基础之上,又对先前的规章制度和奖惩办法做了改进。

几天后,曾善才把全厂的中层干部再次召集到上一年开过会的那间仓库里。与上次会议不同的是,仓库不再空旷,而是一半空间堆满了刚从机器上生产出来的大小螺丝,另一半空间堆满了原料钢。他们的会议桌只能挤在仓库中间所剩的一小块地方。还有一点不同的是,大家入座以后,仓库里不再凉爽,而是显得异常闷热,虽然与上一年相比,这时的气温远没有去年开会时高。

不过,没有人在意气温的高低。大家更在意的是从曾善才口中出来的决定。当曾善才说完他对部门设置和相关制度的调整之后,会场里许久没有人声。包括成勇在内,大家都感到了一种特别的压力。这种压力与曾善才答应的奖励措施一样实实在在,不容得他们不去重视。

这次会议以后,全厂上下以一种更加紧张、更加积极的态度投入到工作之中。到年底时,曾善才所承包的螺丝厂居然又创造出了12万元的净利润。粗粗算来,仅仅一年半的时间,曾善才带领螺丝厂不仅总共创造了25万多元的净利润,还掉了高利贷本息,还使螺丝厂进入了一个空前快速的发展阶段。

1986年,曾善才承包的螺丝厂当年实现净利润20万元。曾善才已成为河东县家喻户晓的大能人。一时间,掌声、鲜花、镁光灯纷至沓来,就连省城的《中原日报》也对曾善才做了专访,并且以"中原的马胜利"为题用整整一个版面,对曾善才承包螺丝厂前后螺丝厂经济效益和工人精神面貌所发生的翻天覆地变化作了全面、深入的报道。这篇报道还特别引用河东县书记李宏达的话说:"曾善才的成功是河东县贯彻落实中央改革开放方针政策的重大成功,是河东县探索用新体制、新办法搞活老矿老厂的重大成功,还是县委县政府对普通承包人扶上马送一程工作方式的重大成功。"

李宏达还说："1984 年 4 月、5 月份河北马胜利承包造纸厂的消息传到河东县以后，县委、县政府高度重视学习河北省的改革经验，立即成立了改革工作组，并决定对工业基础最好的县螺丝厂进行改革试点。试点消息传出后，很多人都想承包螺丝厂。但县委、县政府本着公平公正的原则，对所有报名承包的同志进行了认真的考察和筛选，考虑到曾善才同志有成功的经营经验，最后决定让曾善才来承包。现在看来，我们当初的决定是科学的，也是公正的。当然，随着形势的发展变化，县委、县政府的工作思路也会进行必要的调整，力争能让更多有才华、有干劲的河东儿女享受到改革开放的伟大成果！"

"真不要脸地扯！"一边端着大饭缸吃饭，一边在螺丝厂报栏前看报的成勇狠狠地骂了一句。骂完后，他感觉仍不解恨，端着饭碗气冲冲地往曾善才办公室走去。没走几步，就迎头碰上曾善才。

"厂长才来吃饭啊？俺正要找你呢！"成勇激动地迎上去说。

"找俺？你又找到新客户了？"曾善才随口问道。这段日子，成勇带领销售科开拓了不少新客户，曾善才以为成勇又为这事找自己呢。

"今天不是为这事。"成勇伸出一只手把曾善才拉到报栏边，指着报纸对曾善才说，"看到了吧，这上面又有你的新闻了！"

"我道是啥事呢，原来为这呀！"曾善才看到报纸上那又粗又大的标题——"中原的马胜利"几个字后，语气轻松地说。现在新闻里对他的报道太多，他早就麻木了，所以准备转身离开。

"先别走呀，厂长看过这篇报道吗？"成勇拦住他问。

"没看过，这有啥好看的？"曾善才摇摇头说，"前几天《中原日报》有个记者来采访过俺，该说的俺都如实说了，报纸上的那些东西不都是俺自己说的话吗？"

"不光有你自己说的话，还有别人说的话。如果没看过，那你还真得看一下，看看李宏达是怎么往自己脸上贴金的。"成勇继续坚持道。

"他爱贴就贴吧，人家是领导，给自己贴点金还不正常？"曾善才说着又拔腿要走。

成勇急了，跟在后面嘀咕道："光贴金也就罢了，俺看他的意图可不是贴点金那么简单哟！"

"哦？"曾善才愣了一下。

“李宏达在这篇报道里说，县里以后会调整思路，要让更多的人分享改革成果呢！”成勇凑近曾善才说道。

“他说要调整螺丝厂的思路了吗？”曾善才问。

“那倒没有，但是俺记得你当初跟厂里签合同时先签的3年试租合同，再过几个月你的试租合同就要到期了，要是李宏达变卦，不让你续租了咋办？”成勇问。

成勇的话一下子点醒了曾善才。他停下脚步，略微沉吟了一会，侧身对成勇道：“明白了，你先忙去吧。”随后加快了去食堂的步伐，打好饭立即折身回到办公室，从报夹上取出当日的《中原日报》，一边吃饭，一边迫不及待地品读那篇长篇通讯——《中原的马胜利》。

这篇通讯的开头主要是夸奖曾善才聪明能干，说他不仅有胆有识，在螺丝厂刚开始发出改革信息的时候，就果断出手租下螺丝厂，还善于调动干部和工人的积极性，把一个大厂、老厂带上了快速发展轨道。对于这类夸奖，曾善才早已司空见惯，不以为奇，所以看得也非常快。但是看着看着，他的眉头开始蹙了起来。心想，“这个李宏达的确不要脸呀，明明是螺丝厂还不上俺的钱，逼俺租螺丝厂抵债，现在却被他说成主动改革，还说很多人踊跃参与改革！”不过，这些倒没有令他太不舒适，他也明白这些都是李宏达的官话而已。

曾善才匆匆扒拉两口饭菜。冬天的饭菜凉得快，但他似乎并没感觉凉，因为他已经亲眼看到李宏达要对现行工作思路进行调整那句话了。“他娘的，真要憋坏招了！”曾善才愤愤不平地骂道。刚骂完这句话，他就听见嘴里咔嘣一声脆响，一阵酸痛随即传遍全身。他哇啦一口把嘴里嚼了一半的饭菜吐了一地，定睛一看，只见满地的鲜血。他又“呸呸”连吐了几口，伸手往嘴里一探，才发现左上角的一颗大牙缺了大半，赶忙弯腰在满地的污秽里扒拉半天，终于找到被沙粒崩掉的那大半颗牙齿。

曾善才非常沮丧。他把陶瓷缸往桌上一丢，捂着腮帮子泥塑一般愣愣地瘫坐在椅子里，半天没有动弹。

“笃笃笃”，有人敲门。曾善才说了声“进来”。成勇应声推门而入。曾善才没有吭声，只是轻轻摇了摇手。

成勇一时没搞明白曾善才的意图，但见满地的饭菜和着血污，心里便明白了八九分，随口问道：“厂长，你这是硌掉大牙了？”

曾善才没搭理他，仅用眼斜了他一下。

“哎，八成是那个李宏达给闹的！”成勇拿起扫帚打扫地上的污秽。

曾善才仍然没有说话。

成勇倒也不太在意。这大半年来，他同曾善才的关系越来越亲密，也越来越随意，很多时候不像下属与领导的关系，倒像一对无话不说的好兄弟。他刚进门时便看到了曾善才办公桌上摊开的报纸，猜想曾善才一定在为李宏达的那些屁话闹心，于是便试探着说：“你跟李宏达之间的梁子早已是秃子头上的虱子——明摆着的，当初他下套让你接手螺丝厂时就没打算让你从螺丝厂得到什么好处，现在你这么大红大紫，他一定肠子都悔青了。要是不找你碴，那算你走运。要是找你碴，你还真跑不掉！”

“嗯。”曾善才抬起头，用空洞的眼神怔怔地盯着成勇，似在征询意见，又似在埋怨命运的不公。

“俗话说，官大一级压死人，李宏达比你何止官大一级、两级？别看你现在是一厂之长，他要是把螺丝厂的租赁权收回了，你仍然不过是个个体户，一介平民而已！”成勇打扫清爽地面，随手搬了张椅子坐在曾善才的对面说。

“嗯。”曾善才再次从鼻子里挤出点声音。

“现在已是元月，再过几个月你的试租合同就要到期了。该怎么办？你最好早作准备。你这几年往螺丝厂里扔进了不少钱，要是李宏达真不让你租螺丝厂了，你该怎么办呢？”成勇用眼光快速向窗外瞟了一下，撸了撸厚厚的袄袖，抬腕看了看表，歉意地冲曾善才笑了笑，接着说，“俺就瞎说说，你别当真，一会儿俺还要跟销售科的弟兄们商量去省城出差的事，你这里还有啥要交代的吗？”

“去省城？”曾善才的眼睛一亮，从椅子里跳起来，快步走到墙角的铁皮柜前，拉开柜门，拽出一只银灰色塑料包装袋，“哧”的一声打开袋口的塑料拉链，从里面抽出一件桃红色羊毛衫，在成勇眼前晃了晃，说，“这是今年新款的羊毛衫，你嫂子特意为林舒羽挑的，你正好给她带过去吧！”

第二十五章 仗义成勇求恋人 通达舒羽解实情

两年前,林舒羽大学毕业后,就被分配到省政府办公厅综合处。尽管出身于高干家庭,她却一点也不娇气。从进办公厅工作第一天起,她就低调得出奇,不管是对领导,还是对一起工作的同事,都恭恭敬敬、客客气气,两年多过去了,周围的同事根本不知道她的家庭背景。在工作方面,林舒羽更没得说。综合处有永远写不完的领导讲话,永远查不完的各类资料,林舒羽总能勤勤恳恳,毫无怨言,加班更是家常便饭。为了多做些工作,又能多睡点觉,她干脆在办公室里放了个铺盖卷,有时加班实在太晚了,她就把铺盖摊在桌子底下将就一晚。

同一个办公室的老大姐们见林舒羽这么拼,都暗地里劝她,说:"你一个姑娘家这么拼干啥?就算你家庭条件不够好,凭你一个大学生,长得又这么漂亮,将来嫁个好人家不就啥都有了吗?你要是照这样拼下去,累垮了身子不说,模样也会变老气,到时候就难找合适的对象了!"

林舒羽知道她们都是好意,但她认为工作就该这么干,跟是男是女没啥关系,所以也不争辩,只是微微一笑说:"知道了,下次一定注意!"可是几天后,甚至当晚她就可能再次因加班一个人睡在黑黢黢的办公桌底下。再后来,那些老大姐们见说也没用,也就不再多说什么了。

渐渐地,林舒羽加班就成为一种常态。如果林舒羽有一段时间没有加班,老大姐们反倒不习惯了,甚至会问:"舒羽呀,最近咋不加班了?"林舒羽则俏皮地说:"俺这不是按照你们的要求搞好休息吗?"

除了关心林舒羽的工作和休息, 那些老大姐们对她的婚姻大事也非常上心,想尽办法给她介绍对象。遇到这种情况,林舒羽就没有谈论工作和休息时那么随意,往往笑而不语。事实上,因为长相出众,林舒羽到办公厅没多久便隔三岔五地收到仰慕者的求爱信。不过,她的心里除了成勇已经容不下第二个追求者了,尽管这些追求者中有的条件看起来要比成勇好。

在林舒羽的眼睛里,成勇浑身上下没有一点不好:他长相英俊,衣着时尚,是个典型的美男子;他幽默风趣,多才多艺,拥有一般人都不具备的亲和力;他心地善良,敢说敢干,让人感觉特别靠谱……最重要的是林舒羽与他在一起时特别有安全感!

这两年,成勇因为工作的关系,常常去外省出差,每次出差途经省城时,都会顺路看望一下林舒羽。开始时,他还对林舒羽与李冲之间的关系心存疑虑。但随着时间的推移,他被林舒羽的清纯、脱俗和高雅深深吸引,而林舒羽也明确告诉过他自己没有男朋友。于是他不再有任何顾忌,只遵从自己内心的呼唤。两人虽没彼此说过你情我爱,却都暗暗把对方当成将要共入婚姻殿堂的唯一选择。

成勇一行来到省城后,天色已晚。安排好同伴后,他把林舒羽约到他们常去的人民饭店,选了一处安静的位子坐了下来。

"这是曾厂长要俺带给你的。"成勇从手提包里掏出羊毛衫往林舒羽怀里一推说。

"你咋老是拿人家东西?你夏天带过来的那条连衣裙俺还没来得及穿呢!"

"啥叫老拿人家东西?这件羊毛衫是他送给你的,又不是送给俺的。"成勇故作严肃地纠正道。

"就算是送给俺的,那还不是你经手带过来的?你也不替俺推掉?"林舒羽嗔道。

"好,好,都是俺的错,你要是看不中,回头俺再退给他不就成了吗?"

林舒羽没吭声,只是剜了他一眼,随即打开包装袋,把羊毛衫拽出,抖开,双手捏住羊毛衫的两肩往胸前一摊,歪起头笑眯眯地看着成勇问:"咋样?"

"漂亮!"成勇不假思索地大叫一声,引得旁边的人纷纷侧目。

两朵红霞顿时飞上林舒羽的双颊,她低头欣喜地欣赏了一会这件玫瑰色的羊毛衫,左看右看,越看越满意。

成勇不失时机地说:"这件羊毛衫好像是专门为你一个人做的,看在曾厂长两口子的一番心意上,你就收下吧!"

"好!那俺就不客气了,回头你可要好好谢谢人家!"林舒羽快速收起羊毛衫并装进了手提包里。

“你看咱们吃点啥？”

“还用说吗？”

成勇与林舒羽相视一笑，同时一字一顿地说出了“雪菜肉丝面”几个字，说完，又一起捂嘴笑了起来。

饭后，林舒羽同成勇并肩走在马路边上。天色已暗，华灯初上，凛冽的北风呼呼地直往两人的衣领里钻，但他们似乎毫无觉察，不紧不慢地往前走着。

“你们螺丝厂现在这么火，你今后有啥打算？”林舒羽问。

“火吗？俺咋没觉着！”成勇苦笑着说。

“《中原日报》都报道你们了，还不够火吗？”

“哦，你是说那篇文章呀！”成勇摇摇头，接着说，“估计你没细看。”

“没错，我平时事情多，当时在报纸上看到后只瞄了一眼标题，就被领导喊过去分派任务了。说说看，你为啥不看好这篇文章？”

成勇把李宏达要对工作思路进行调整的那些话告诉了林舒羽，并急切地问：“看到人家刚刚有起色，就开始憋坏招，你说这种人可恶不可恶？”

谁知林舒羽听罢并没有他那么激动，只是轻描淡写地说：“他只是说对工作思路进行调整，没有说要对曾善才怎么样呀？”

“还要怎么明说？反正他已经先把话撂这了，等明年曾善才试租期满，他八成不会让曾善才再租下去了。”

“好吧，就算这样，那也是他的权力呀！”

“可他明明是公报私仇嘛！”

“那也没办法，只要他的所作所为能说得过去，曾善才只能认了。”

虽然林舒羽已经把话说到这个份上，成勇仍然不死心。他拉了一把林舒羽的袖口，说：“你在省政府里工作，能不能提前跟李宏达打个招呼，让他到时候不要阻挠曾善才继续租赁螺丝厂？要不然，曾善才租不了，这好端端的一个螺丝厂很快又得黄了！”

“啥？”林舒羽缩回袖子，“俺哪有那能耐？再怎么说人家是一县书记，俺不过是一个小科员，哪能对他指手画脚？”

“找你们办公厅的领导试试呢？”成勇依然不死心。

“哎,怎么说呢?找俺们领导也不成,离得太远,人家是正常开展工作,也不好说呀!何况俺们领导也不可能听俺的!”

“真没办法?”

“真没有。”

成勇停下脚步,扶着行道树冰凉的树干,仰天长叹一声,说:“完了完了,好端端的一个螺丝厂又要完了!”

林舒羽体贴地走过来扶住他,轻声说道:“急也没用,你回去跟曾善才好好说说,他要是真想继续租螺丝厂,最好主动跟上级部门提前沟通好。”

成勇不再言语。他感到螺丝厂的前途一片灰暗,自己的未来也重新变得飘忽不定起来。而这又使他不得不重新考虑自己与林舒羽的关系。他虽说是大专毕业,却只是一名县属工厂的销售科科长,能得到林舒羽这个在省政府工作的本科生的厚爱已是传奇。假如螺丝厂重回老样子,他恐怕连个科长都当不上了,那样的话,他与林舒羽的距离岂不是更远?他越想越感觉沮丧,从树干上缩回手来,耷拉着脑袋默默地往前行走。

林舒羽不知他思想上的变化,只当他还在为曾善才租赁螺丝厂的事情发愁,便上前揽住成勇的胳膊,把头靠在成勇的肩上,低声说道:“你这么重情重义,曾善才知道一定会感激死了!”

谁知成勇听罢,心情更加沉重,他痛苦地说:“要他感激什么?俺又帮不上他!”

“现在急也没办法。要么主动跟上级沟通,争取能够续租;要么提前做好最坏打算。有一句话不是说‘车到山前必有路’吗?曾善才那么能干,他一定能再次闯过难关!”

成勇没再吱声,只是机械地往前行走。夜更深了,呼呼的冷风比先前更加强劲,就像鞭子一样使劲地抽打着两人的面颊。成勇心里乱糟糟的,但想到如此走下去,自己倒没什么,要是冻坏林舒羽就麻烦了,于是他主动停下脚步,对林舒羽说:“天太冷了,俺送你回宿舍吧!”

林舒羽听后,心中非常不忍,两人好容易见上一面,感觉还有好多话要对成勇说,便撒娇地甩了甩两臂,说:“不嘛!再走一会儿!”

成勇哪有心思再走一会儿?他果断地拉着林舒羽的衣袖把她送到宿舍大院门口,亲眼看到她娇美的身影消失在一扇厚重的大门之后,才缓缓折身而归。

第二十六章 为续租善才心烦 讨主意老友点醒

成勇回到螺丝厂后，把林舒羽的建议转告了曾善才，问他是不是还想租下去。曾善才费了那么大力气，把螺丝厂刚刚带上快速发展通道，当然还想继续租下去。春节前几天，他马不停蹄地拜访各路神仙。今天拎两只咸鹅去见赵副局长，明天拎两只猪蹄膀去看张县长……这些人收到礼物倒也开心，说起话来也还算客气，但曾善才一提起明年续租的事，他们就开始打哈哈："还早着呢，想那么多干啥？"曾善才不死心，便跟上一句："不早，还有4个来月就到期了！"这些人要么说："4个月以后的事谁知道？"要么说："放心吧，你现在名气这么大，到时候不让你租，还能让谁租？"然而，他们越要曾善才放心，他越是放不下心。

大年三十那天，曾善才按惯例带着周燕飞和夏生回到父母家吃年夜饭。虽然兄弟姐妹们都离得不远，但一年下来也难得齐全地聚在一起。按说，工厂做得顺风顺水的曾善才应该高兴才是，可他一想到几个月以后工厂不一定还能租得下来，而不能续租就意味着这两三年那么大的投入白费劲了，所以怎么也高兴不起来。

要开饭了。曾有粮招呼一家人站在屋檐下观看鞭炮燃放。曾善兵用长竹竿挑着一万响的鞭炮，曾善农点燃一支香烟凑近炮引，小院里很快噼里啪啦腾起一团团刺鼻的硝烟。男人们背手仰头看着棍头上四溅的火花，女人们侧身皱眉捂着耳朵，夏生则兴奋地随时准备冲出去捡拾哑火的炮仗。曾善才却不待鞭炮放完，就早早回到屋内，默默地坐到自己的位子上。

曾有粮看到一家人聚得这么齐，开心得嘴都合不拢，不待孩子们动手，便迫不及待地打开了临河大曲，先给老伴倒了半杯，再给自己斟满，随后把酒瓶递给曾善才，说："来，难得聚在一起，你们多少都喝点！"曾善才接过酒瓶为自己和几个弟弟都斟上。曾有粮端起酒杯咪了一小口，把酒杯"啪"的一声掼到桌上，笑眯眯地挨个看了一遍儿子、儿媳、女儿、孙子、孙女们，感慨万千地说："这些年日子越过越好，跟做梦一样，放在五六年前，俺是连想也不敢想呀！"曾善才母亲马上接过话茬说："是呢！都是善才带给家里的福气！"曾善才心里还在想事，但父母既然这样夸他，他也不好不回应，只好站起身对父母作揖道："俺伯俺妈，你们讲远了！也是这些年托祖先的福，运气还行，能帮家里一点总要帮的，你们苦了那么多年，过两年好日子也是应该的！"说罢，示意周燕飞和他一起端起酒杯向父母敬酒。

曾善兵两口子看到哥嫂已向父母敬酒，也赶忙起身敬酒。曾善兵当年听从大哥的建议，从初一开始复读，终于考上本县的师范学校，前年师范毕业后被分配到本乡初中当老师，半年前与本校一起分来的一名女老师结婚，现在两个人的小日子过得非常美满。父亲喝过他们两口子敬的酒以后，不忘添上一句："你们有今天，多亏你大哥，待会要好好敬他一杯！"曾善兵响亮地应了一声："哎！一定敬！"

曾善农比曾善兵小一岁，虽然名字里有个"农"字，但天资聪明，学习也非常用功，高中只复读了一年，便考上了师范大学，专业是中文系，目前正在读大三。见二哥敬过父母，也起身恭恭敬敬地向父母敬了酒。父亲乐滋滋地说："咱们家就你文化最高，你这些年读书，你大哥没少替你花钱，将来有本事了，可别忘了多帮帮你大哥！"曾善农也脆生生地"哎"了一声。

曾善田刚刚20岁，与曾善农相比，不仅天资一般，学习也非常不用功，见他大哥生意做得好，初中没读完，就读不下去了，宁愿在家里做农民，也不愿再上学。曾善才说过他几次都没用，只好笑着说，"你名字里面有个'田'字，看来注定要种田了！"后来，他承包螺丝厂，便把曾善田带到厂里。现在曾善田倒不用种田，而是当工人了。目前他最需要大哥帮他照应着，所以敬过父母以后，便主动说："一会我好好敬大哥一杯。"

曾善玲最小，但过了年也有18岁了，现在正在读高二。她不会喝酒，但也想像哥哥们一样敬父母一杯，便在小酒杯里倒进白开水向父母敬酒。

待儿女们都挨个敬过酒，父亲放下筷子对曾善才说："善才今天好像有心事。你们在外边的事俺也搞不清楚，今天是大年三十，难得一家人团聚，还是开开心心吃喝最好。真要有什么难处，明天拜年时找孙利民商量去，他今年也回来过年了。"听说老同学孙利民回来了，曾善才一下子振作起来，恨不得立马跑到他家里去。

大年初一，接年的鞭炮刚开始稀稀落落地炸响，东边的天空才放出鱼肚般的白色,曾善才就一骨碌翻身起床,随便刷了刷牙,洗了把脸,就快步往孙利民父母家奔去。

孙利民的父母仍旧住在村西头的土坯稻草老房里。曾善才仅用半个多小时就来到他父母的家门口。孙家的大黄狗见到陌生人,可着劲地狂叫。正当曾善才为避开黄狗发愁之时,孙家的院门“吱呀”一声打开了。孙利民父亲探头看了看,发现是曾善才,忙说:“善才呀,咋起得这么早?”曾善才忙说:“初一拜年要趁早,俺这是给孙大伯和孙大妈拜年来了!”孙利民父亲比曾善才父亲大几岁,曾善才平常就称孙利民父母为大伯、大妈。孙大伯听后嘿嘿一笑,说:“这孩子,越来越会说话了!你这哪是来拜年?分明是来找利民嘛!快进屋,他昨晚守夜,鸡叫才睡,现在还赖在被窝里呢!”曾善才也不多说,一步跨进孙家大门,在孙大伯的引导下直奔孙利民睡觉的小屋。

曾善才进屋后,蹑手蹑脚地走到孙利民床边,把两只冰凉的大手贴着孙利民的衣领一下子伸到他热乎乎的胸脯上。孙利民遭此一冰,一个激灵从床上跳了起来。发现是曾善才捣鬼,气得一拳打将过来:“臭小子!你咋学会坑人了呢?”曾善才也不躲闪,任凭老朋友将拳头狠狠地砸在他厚实的胸脯上。

“骚捞上来了,好了吧?”曾善才歪起头,龇着牙,坏笑道。

“捞个屁!俺刚把被窝焐热,你就把凉爪子伸进来了!”孙利民说着,快速缩进被窝,使劲掖了掖两边,把自己卷得像只粽子,仅露出半拉脑袋,呜呜哝哝地问,“大清早,不好好在家搂着老马子焐被窝,跑这里祸害俺干啥?”

“老马子”是河东人对老婆的一种轻浮说法。曾善才听到这个词从念过大学的孙利民嘴里蹦出来,一下子被逗乐了。他一屁股坐在床沿上,双手做作势掐着孙利民的脖子道:“嘿,你这个嫩仔鸡,这么骚!老实交代你这些年挎了几个花子?”孙利民哪里肯说,曾善才威胁他说,再不说又要把手插到被窝里了!孙利民只好说出一大堆可怜话,请求曾善才高抬贵手。曾善才根本听不进去,说伸手就把凉冰冰的双手再次伸进了被窝。两个近三十岁的大男人就像十来岁的小孩子一样,闹了好半晌,孙利民才懒洋洋地钻出被窝,披上老棉袄,靠在床头。曾善才也开始严肃起来,依然坐在床边,侧身对孙利民说:“说实在的,你去京城三年多才回来一次,挺想你的。昨晚听俺伯说你回来了,俺恨不得吃过年夜饭就过来找你!怕搅了你们一家人吃年夜饭,才憋到今早才过来。快说说,你在京城咋样,当官了没有?”

“当官？哪有那么容易的？”孙利民叹了口气，两眼无神地翻向屋顶。他家的房子建得早，现在已黑黢黢并且布满蜘蛛网了。“像咱们这样的出身，在大城市里就像没有根的浮萍草一样，能活下来都算福大命大造化大了，哪能做那不切实际的梦？再说了，俺自由散漫惯了，给俺官当也当不好呀！”孙利民接着说。

曾善才想想也是，就说：“不当也罢，俺们农村人本本分分把日子过好才是正理！”他瞅了瞅墙角上层层叠叠的蜘蛛网接着说，“你跟俺一样，在家里也是老大。不同的是，你一直读书，家里整个少了一个劳动力不说，多多少少还要给你贴补一些，这些年下来，你家的家底好像没有先前厚实了。”

“何止不厚实？现在简直穷得叮当响了！过了正月十五，俺二弟要娶媳妇，弟媳娘家那边张口就要一竿子彩礼钱，俺伯整天都在发愁。还好，俺这次回来，把平时省下的200块钱交了出来，好歹也能给他们应点急吧！”孙利民木然地说。

说者无心，听者有意。曾善才心里明白“一竿子”就是1000块的意思，对于现在的他来说，这并不是个很大的数字，但对于一般农户来说，这的确是一笔很多年都难以凑足的巨款。他心里顿时咯噔一下，红着脸说：“都是俺这个做兄弟的不好，平时只顾着生意和自家那点事，没想过你们家的难处。这样吧，俺回头给你们拿1000过来，一部分给你家里用，一部分你带回京城去，你一个人在外不容易，不能太苦了自己！”

孙利民连连摆手说：“那哪成？你挣点钱也不容易！”

曾善才按住他的手，诚恳地说：“先别忙着说不要，就算俺借给你的，快起来吧，俺正好还要跟你商量点事。”

老朋友一句“有事商量”就把孙利民勾出了热被窝。他快速洗漱完毕，按照父母的吩咐，拉着曾善才往堂屋走去。曾善才倒不客气，吃就吃吧，一顿早饭而已，在哪不是吃呢？谁知进了堂屋，才发现这并不是普通的早饭。堂屋正中的八仙桌上早已摆好了四凉四热总共八个菜，桌子的正中还有一大盆热腾腾的饺子。

“快坐吧！”孙大伯热情地把曾善才往背东面西的头座上拉。

曾善才不依，连声说：“俺是小辈，这个位子应当您来坐！”

孙大伯说：“这孩子，啥小辈不小辈的？今天你是客人，又是开年后第一个来拜年的，这位子你不坐谁坐？”

孙利民也走过来拉扯，硬把曾善才按到头座上。他自己则紧挨着曾善才坐在下手。两人坐定后，孙大伯、孙大妈面南背北，孙利民的弟弟孙利强和小妹妹孙利英面东背西坐在他们的对面。

看到客人和自家人全部落座，孙大妈起身盛了满满一大碗饺子递给曾善才，说：“尝尝俺做的荠菜油渣饺子，昨晚刚炒的熟馅，香着呢。”

曾善才起身谦让，说：“大妈累手，俺哪能吃掉这大一碗！”

“吃得掉，孩子，你年轻轻的，正拿食！趁热吃，一会饺子皮破了就不好了！”孙大妈劝道。

孙大伯和孙利民也在一边相劝。曾善才只好双手接过孙大妈手中的大碗饺子。待孙大妈给自家人全部盛好，孙大伯开口说话：“大年初一吃饺子，主要是图个团圆吉利。今年可好，俺自家团圆了，还来了个贵客！怪不得大清早一开门喜鹊就冲俺喳喳叫呢！”

孙大伯这么一说，曾善才倒很不好意思了。他红着脸说：“俺是孙大伯看着长大的，算啥贵人？”

“你这孩子真实诚！你承包螺丝厂自己挣了大钱，还把一个破烂厂搞得红红火火，工人们也跟在后面过了好日子，听说现在报纸上天天有你的故事，俺看不着报纸不知真假，反正县里的话匣子成天都在夸你。你说，你不是贵人，谁是贵人？”孙大伯神采飞扬地说。

“哎哟，善才，几年不见，你都这么厉害了！”孙利民伸出筷子夹了只腊鸡腿放在曾善才的碗里说，“来，奖励你的！”

“利民，别忙着给俺夹菜，你多吃点。”曾善才跟老友谦让了一下，偏过头对孙大伯说：“大伯可能不知道，俺其实就是坨驴屎蛋，外面光溜里面毛。前些年不知吃了多少苦，好容易才有今天这个样子，还能光溜多久就难说了！”

孙大伯听出曾善才话里有话，却又不好细问，便打岔说：“别想多了，大年初一的，多往好处想一想，来，快吃饺子！”

大家都不再多言语，各自呼呼啦啦享用着碗里的水饺。曾善才后悔因为自己不经意流露出的消极情绪坏了人家一家人的兴致，便没话找话地说：“大妈，你做的饺子真香！”

孙大妈听到曾善才夸自己，开心得眼睛眯成了一条线。孙利民在一旁说：“觉得好吃就多吃一点，在俺们小的时候，哪能一下吃到这多好吃的！”

“是呀，虽说现在难处还有不少，比起咱小时候，那可真是一个天上，一个地下！”曾善才颇有感触地说。说完，看了一眼对面的孙利强，笑着说：“听说再过几天你就要做新郎官了，有什么需要俺帮忙的，可不要客气啊！”

“真的？”孙利强眼睛一亮。

“那还用说，只要俺能帮得上！”曾善才语气肯定地说。

“太好了！别的也没啥，听说你们螺丝厂现在正红火，要是俺也能去厂里上班就好了！”孙利强吞吞吐吐地说。

“也是啊！现在农民还是苦，没有工人挣得多，要么你就帮帮忙，让利强到你那里打打下手，你呢，多个自己人，总归自在些。”孙利民也顺势帮腔。

令兄弟俩意外的是，原本以为弄个人进螺丝厂只是一句话这么简单，到了曾善才这里却变得很难似的。只见曾善才尴尬地垂下头，无力地叹了口气说：“哎！螺丝厂能干多久还不知道呢？要是再过几个月俺还能做主，一定把你招进去！”

一旁的孙大伯发现曾善才似乎有难言之隐，便打圆场说：“大年初一的，少谈正事，多吃菜！”并对孙利民说：“快给善才多夹点菜！”

曾善才心想：俺今天过来就是要谈正事的，吃不吃菜倒无所谓，于是，便笑着对孙利民说：“别累手夹了，饺子里面包的都是菜，等吃完饭俺俩好好聊聊。”

饭后，孙利民把曾善才拉进自己睡觉的小屋。孙利强端来一只红彤彤的火盆，放在屋子正中，又搬来两只小竹椅放在火盆两边，再垫上棉垫。孙利英则将墙角的小方桌移到火盆边，放上一大盘瓜子、花生，沏好了香气扑鼻的茉莉花茶。

“来，咱哥俩就在这里聊吧！”孙利民示意曾善才坐下说话。

曾善才就势坐下，用火钳捅了捅红彤彤的炭火。一阵轻细的白灰弥散过后，火盆里的火烧得更旺了。

“兄弟，还记得李宏达吗？”曾善才盯着火盆悠悠地问。

“你是说李冲那个狗杂种的混蛋老子吗？”

“没错。没想到你还记得！”

“咋能不记得？这一对父子真是世上少有的无赖！”

“何止是无赖？简直就是恶魔！成天不干正事，尽琢磨着怎么占人好处，一旦占不到便宜，就费尽心机给人使绊子，下狠手。”

“对，这种人的存在真是社会的悲哀！李宏达最近又招惹你了吗？”

老同学的问话令曾善才的怒火腾地一下上来了,他把手中刚剥掉的花生壳用力摔进火盆里,一股红色的火苗和浓烈的黑烟随之高高腾起。

“别激动,慢慢说!”孙利民摆手道。

“可不是吗?”曾善才擦了把眼角处被浓烟呛出来的眼泪说,“当初俺被迫租下螺丝厂就是因为他在后面使坏, 租下后一时弄不到钱正常开工还是他在使坏,现在俺好容易用月息3分的高利贷把螺丝厂搞起来了,他又开始憋坏!”

在老同学的鼓励下,曾善才把自己租赁螺丝厂以来的艰难历程原原本本地述说了一遍。

孙利民听后非常感动。他起身在屋子里踱了几步, 捏紧拳头愤愤不平地说:“这个坏蛋,真是吃屎的狗离不开茅厕! 兄弟,没想到你这么艰难!”

“艰难也就算了,干啥容易呢?俺是农民出身,读书时成绩又差,能有今天的好日子全靠国家的政策好。可国家那么大,总会有李宏达这样的恶人出来作怪。你在京城大机关里当干部,见多识广,快帮俺出出主意,看看能不能在李宏达出手之前想到好办法!”

“善才,你说得对,林子大了,啥鸟都有,李宏达能一再作恶,倒不奇怪。”孙利民尴尬地笑了笑,接着说,“只可惜俺也帮不了你啥忙。”

“啥?你是京城的大干部,在李宏达面前走两步,他还不吓得尿裤裆?”曾善才焦急地问。

“兄弟呀,不瞒你说,俺早已不在机关干了。就算还在里面干,也只是个小办事员,不算啥干部,更谈不上令李宏达惧怕了。”孙利民语气平静地说。

“哦,你这话说得跟林舒羽差不多。”曾善才随口道。

“啥?林舒羽?你们还在联系?”孙利民双眼闪着光芒,连声追问。

“俺哪能跟她套上近乎呀?人家是大学生,又在省政府工作!”

“那你刚才怎么说起她?”

“噢,这还不简单?螺丝厂的一名销售经理正在跟她谈恋爱,这个销售经理又是俺的好兄弟,所以就知道了。”

“跟她谈恋爱?”

“是呀!”

孙利民的脸上现出疑惑的神情,若有所思地问:“她不跟李冲谈了?”

“应该是吧。”

孙利民听后低头不语。他的心里像打翻了调料盒子一样，五味杂陈。要说高兴吧，毕竟在李冲之前，他跟林舒羽好过一阵，那段美好的日子至今仍令他刻骨铭心；要说吃醋吧，毕竟曾善才的那个兄弟不是从他手里抢走的林舒羽，要吃醋也该李冲吃醋才对。

“咋不说话了？”曾善才发现孙利民情绪变化很大，感觉很纳闷。

“哦，俺……俺是……”孙利民嗫嚅了半天，才抬起头来，“俺是想那个……那个狗日的李冲活该！哦，对了，知道这小子现在咋样吗？”

听到孙利民打听李冲，曾善才脸露厌恶之色。他没有立即回答，而是咳了口痰吐进通红的火盆里，随着一阵哧哧的响声，一股恶臭在房间内弥漫开来。

曾善才皱着眉头指着火盆说：“看到了吧，李冲好比这一口脏痰，含在嘴里恶心人，吐到地上还是恶心人，你就算把他烧成灰，他也会在化灰之前恶心你一把！”

“是呀，对这种人还是躲得越远越好！”孙利民捏着鼻子说。

“哎！你算是躲过他了，俺咋就这么倒霉，绕来绕去，还是绕不开他！”曾善才鼓着腮帮子说。

“啥？你俩又搞到一起去了？”

“可不是吗？这小子大学毕业后，不在大城市工作，反倒回河东县了！”

“真的？”

“真的。”

“噢，这小子真够贼的，一定是他老子帮他走的后门！从明处说，他可以落个‘主动要求分配到基层工作’的美名；从暗处说，他可以凭借他老子的权力，达到快速升迁的目的。”

“这么说，还真是那么回事。看来还是你这样喝过大学墨水的人见多识广！”

“看你说的，咱哥俩还需要互相吹捧吗？”

“不是吹捧，是心里话。俺先前还琢磨着这小子是不是读书时犯过啥事，才在毕业分配时被发配到小县城里的工业局，哪像你和林舒羽，不是被分到省政府，就是去京城！”

“什么？李冲就在你们工业局？”

“嗯，都来一年多了！”

孙利民没再追问。他低头沉思了一会,抬眼望了下曾善才,咕哝道:“你可能真要倒霉了!”

虽然曾善才早已有此预感,但这句话从好朋友的口中说出来,还是令他愣了一下。他也低头沉思了一会,半晌才叹口气,说:“连你也这么认为,看来这次又躲不掉了。你估计他们会怎么使坏呢?”

“不好猜。俺是根据他们父子的德行瞎猜的,最大的可能是随便找个借口让你没法再租下去。”

“这个俺也想到过,可他们应该知道,这个螺丝厂,县里搞了那么多年都没搞好,要不是俺接手,老早就关门了。俺要是不租了,谁能搞得好?”

“那倒未必!这个世界缺了谁地球都照样转,更何况李宏达父子绝不会认为自己不如你!李冲完全可能直接把螺丝厂承包下来,连租金都不用付。你现在把螺丝厂基础打得好,就算将来他把螺丝厂又搞垮了,也可以先享受几年,再找个替罪羊帮他顶包。”

曾善才彻底无言。孙利民的分析与他平日里想象的完全一致。既然大家都这么认为,那就只好像林舒羽说的那样,去做最坏的打算了。想到这里,他突然感觉自己超脱了,于是“嘿嘿”干笑两声道:“算了,不说这糗事了,大不了再回头贩服装去!”

“你能这么想就好,有些事情必须做好最坏的打算!”

“对,林舒羽也是这么说的,看来还是你们上过大学的有远见!”

又是林舒羽!孙利民心里一颤:三年多没见了,她现在过得咋样呢?

“利民,想啥呢?怎么每次提到林舒羽,你的脸色都不太好看?”

“哦,是吗?可能是烟熏的吧。”

“尽瞎说,现在哪还有烟?算了,算了,俺这个大老粗也弄不明白你们这些文化人的事。说说你这几年在京城的工作吧,也让俺长长见识。”

“能咋样?俺在京城只工作一年,对机关那套很不习惯,俺想着混下去也不算个事,就找机会考了个研究生,现在又做学生快两年了。”孙利民淡淡地说。

“研究生?”曾善才听后,眼珠子都快蹦出来了,“乖乖,你真行!上个大学都让俺崇拜得不行,现如今又读研究生了!”

“别瞎起哄!读个书而已,真没啥!”

“好,不说这个了,说说你读完研究生还准备干啥？”

“还没想好。等再过一年,快毕业时再说吧。”

孙利民既然不愿多说,曾善才也就不再追问。两人又天南海北地聊了一回,曾善才听到院子里人声嘈杂,知道孙家的亲戚开始来拜年了,便起身告辞。孙利民父子拉着曾善才的手挽留了半天,也没能将他留住。

孙利民一直把曾善才送到路口, 紧紧地握住他的手说:“该来的总归会来,躲也躲不过。好在天无绝人之路,你已经闯过那么多难关,这个难关应该也能闯得过去！”

第二十七章 为续租违心送礼 因醉酒意乱情迷

孙利民说得没错：该来的的确还是来了！不过，令两人都意想不到的是，它会以那么一种让人绝望的方式到来。事情的起因是这样的——

曾善才从孙利民家回去以后，就做好了无法续租的最坏准备。但是他并没有彻底死心，开始以拜年的名义千方百计拉近与县里大小领导的关系，甚至连李宏达家里都硬着头皮跑了一趟。

那是正月初三的上午，曾善才拎起年前特意让成勇从省城给他带回来的 4 瓶高档洋酒，怀着既厌恶又忐忑的矛盾心情叩响了李宏达的院门。

“哎哟喂，这不是曾大厂长吗？你咋有空来俺这个穷家破院？是视察工作，还是……”前来开门的李冲见来人是曾善才，故意拉长了语调，露出门牙的缺口，阴阳怪气地一边说，一边弯腰做了个邀请的手势，“快请进！”

曾善才与李冲虽然同在一个小县城，螺丝厂又在工业局管辖之下，但平日里见面机会并不多，就算有见面的机会，曾善才也把他当成瘟神一样，避之唯恐不及。今天却不一样，自己主动蹭上人家的大门，躲肯定是没法躲了，只好满脸堆笑地看着李冲门牙上那个黑洞洞的豁口，说：“新年好，李股长！俺是来给李书记拜年的！”

“哎呀，老同学，咋这么生分呢？什么李股长不李股长的，直接叫俺李冲就行。”李冲快速瞟了眼曾善才手中的洋酒，态度一下子变得和善起来，“外面冷，快进屋热乎热乎！”说着，顺手接过曾善才的洋酒，朝堂屋里喊了一嗓子：“俺爸，有贵客！”

曾善才的心头突然感觉一热，心想：毕竟是念过大学的，看人家心多宽！相比之下俺就太小肚鸡肠了，把他们父子俩想得那么龌龊！于是，他也学着李冲的口气谦虚了一把：“啥贵客？叫俺善才吧！”

两人正相互谦让时,李宏达从堂屋里探头往院门口张望了一下,见是曾善才,也忙向他招手,说:“善才呀,你咋来了?”

“李书记新年好!俺是专门过来给您拜年的!”曾善才朝站在堂屋门口的李宏达大声说道。实际上,李家的院子非常大,他也必须把声音喊大点,否则李宏达都有可能听不到他说啥。曾善才加快了步伐,以近乎小跑的姿势来到了李家堂屋前,恭恭敬敬向李宏达鞠了个躬,又说了一遍“李书记好”。

“善才,别客气,快坐!”李宏达热情地招呼曾善才坐在宽大的乳白色三人座真皮沙发上,自己则在一侧的单人沙发上坐下。

“这是善才带来的酒。”随后跨进堂屋的李冲把手里拎着的洋酒朝他父亲眼前扬了扬。

李宏达的脸一下子沉了下来,说:“善才,你这样做可不太好呀!拜年就拜年吧,拎这么贵重的东西干啥?”

曾善才被李宏达这么一说,反倒有点别扭了,他忸怩着说:“李书记,您太客气,大正月里拜年哪能空手呢?”

“咋就不能空手?一般的亲戚朋友之间相互送点小礼物也就算了,俺是党培养出来的干部,不能占老百姓的便宜!”李宏达义正词严地说。

曾善才更加别扭了,感觉自己就是一个试图投机取巧的小人。他从没有这么近距离地跟李宏达说过话,今天要不是为了能到时续租螺丝厂,才不会厚着脸皮来敲李家的大门。他低着头,用眼睛的余光扫了下李宏达那张一本正经、油光水滑的大脸盘,想到李宏达竟然这么正派,他的脸憋得通红,恨不得找个地缝钻进去。

“俺爸,善才跟俺是初中同学,他也该算作亲戚朋友吧?”正当曾善才深感尴尬的时候,一旁立着的李冲朝他父亲嘀咕了一句。

“哦,俺咋把这事给忘了?!”李宏达紧绷着的脸一下子松弛下来,他用肥厚、短粗的手掌轻轻拍了拍沙发扶手,笑眯眯地对李冲说,“你同学到家来了,还不赶快把糖果盘端过来!”

“好勒!”李冲脆生生地答应着从茶几下面端出了一只精致的果盘,放在茶几上面,并随手挑了颗巧克力塞到曾善才手里。

曾善才受宠若惊,忙从沙发上欠了欠屁股,嘴里则连声说:“客气了,客气了!”

李冲转身又给他父亲和曾善才各倒了一杯热茶,才挨着曾善才坐了下来。

“善才呀，你现在可是咱们县的大名人了！”李宏达一边吹着覆在杯口的茶叶，一边以长者特有的和善语气说。

“李书记，俺才刚起步，哪敢称名人？要说名人，您才是俺们县最大的名人！”曾善才出于对先前自己怨恨李宏达父子的歉疚之意，由衷地说道。

李宏达听后哈哈大笑，他用短粗的右手食指点着曾善才说：“这孩子，还挺会说话的！不过，以后不许喊俺李书记了！”

曾善才一愣，心想：不喊李书记，难道喊“李宏达”？

李宏达不紧不慢地接着说：“你跟李冲是同学，应该喊‘李叔’才对！”

李宏达的话令曾善才非常意外，他赶忙欠身向李宏达作揖道：“李叔，那俺可攀上高枝了！”

“啥叫高枝？俺不过是个普通干部，说白了就是人民的勤务员，就是为你们这些干实事的人服务的！”李宏达晃动着肥硕的脑袋说。

一旁的李冲也伸手拍了拍曾善才的后背，说：“俺爸最没架子了，你以后就直接叫李叔吧，不过，在公开场合还是叫李书记比较好！”

“明白，明白。”曾善才连连点头。因为感觉李宏达父子对待自己的态度非常友好，他的胆子开始大了起来，便笑嘻嘻地说：“李叔，俺有个问题不知当不当问。”

“啥事？说说看。”李宏达鼓励道。

“俺承包螺丝厂的事，您大概也了解。再过几个月，俺的3年试租期就要到了，这些年俺好容易摸到螺丝厂的门路，还想继续租下去！”

“这个呀，俺倒是知道一些。不过，俺不管这些具体事情。依俺看，你想接着租，这完全没有问题。你现在是大名人，做得又好，你要是想接着租，谁也抢不去。再说了，那么大的摊子，别人也干不好啊！要说县里担心你不续租还说得过去，说到时候不让你续租，这完全不可能嘛！这样吧，回头叫李冲也帮你留意一下，这是他们工业局的事。”李宏达的话听起来非常善解人意。

曾善才彻底被感动了，他没想到这一对他痛恨了那么多年的父子并不像他想象的那样不是东西，反倒更加感觉自己小肚鸡肠。他完全放下戒备之心，把这些年自己承包螺丝厂的经验得失敞开心扉向李宏达父子俩诉说了一通。而李家父子也表现出了足够的耐心和理解，认真地听他讲述。要不是李家来了一波拎着大包小包拜年的客人，曾善才还不知道要说到什么时候。他起身要走，李宏达父子一起挽留他吃中饭,但曾善才不想突然间热乎太快,坚决告辞了。

李冲一直把曾善才送到大门口,并反复叮嘱:“这下你算找到门了,以后一定要常来串门,只有一条,下次来千万不要再带东西了!”

曾善才客气地应道:“你和李叔这么热情,俺以后一定常来!”

曾善才走了很远后,还在心里面嘀咕:“今天真像做梦一样,俺以前真是心眼太小了!”想到这里,他不禁回头瞅了眼李家那高大气派的门楼,心中充满了意外中奖的欢乐。

曾善才回家后兴高采烈地把自己在李家的梦幻经历绘声绘色地讲给周燕飞听。周燕飞把头摇得像拨浪鼓一样,还伸手摸了摸曾善才的额头,自言自语道:“没有发烧呀,怎么尽讲胡话?”

曾善才撇了撇嘴,用眼剜了她一眼说:“果真是头毛长见识短!人家当了那么大的官,思想早就比俺们这些普通老百姓高尚多了!”

“好,就算是吧!那李冲的变化又咋解释呢?”

“这还不简单?人家上了大学,老子又当了大官,在他老子的影响下思想也该进步了,更何况俺手里还拎了4瓶高级洋酒呢?!”

周燕飞也撇了撇嘴,说:“你前面几条理由都是瞎说,最后一条理由倒可能被你说到点子上了,4瓶洋酒在咱河东县可是重礼呢!俗话说,恶狗不咬笑脸人,你腆着脸带了重礼,人家当然会对你客气一点!”

曾善才想想也是,就拍了拍周燕飞明显凸起的小肚子,喃喃道:“不管因为啥,反正冤家易解不宜结,人家不跟俺为冤做仇,咱一个小老百姓又何必看人家不顺眼呢?你安心在家保胎,等再过几个月俺把续租的合同签好了,老二也就可以美美地生出来了!”

“净想美事!”周燕飞把他的手一推,嗔道。

曾善才其实并不是只会瞎想美事的主。要不是美事撞上门来,他根本不会凭空乱想。自从他给李宏达拜了年,发现李家父子对他比较友好以后,心情就格外放松,美事也开始不想自来。

正月十八这天是河东县春节后正式开工的第三天。早在几天前,曾善才就接到县工业局通知,正月十八这天县里要召开一次全县工商系统改革大会,他被县委书记李宏达点名要求在这次大会上作重点交流发言,主要介绍他是如何在县委县政府领导下坚持改革，勇抓市场机遇，把一个困难老厂带上快速发展之路的。这一天，曾善才早早起床，把胡子刮得干干净，快速洗漱完毕后，便急吼吼地去厨房盛了碗米还没煮开花的稀饭，顾不上烫不烫嘴，便呼呼啦啦快速喝完，惹得周燕飞在一旁直笑他“夹不住屎尿”。曾善才倒也不计较，整理好藏青色呢绒军干服，戴上草绿色呢子帽，换上翻毛皮棉鞋，就匆匆出门了。刚走出去没几步又折身回来，心急火燎地从写字台的抽屉里翻出了叠得整整齐齐的发言稿。这份发言稿是他前几天特意找来螺丝厂办公室副主任与他一起搞了整整两天才弄出来的，要是开会时不带上，白忙不说，指不定会耽误多大事呢！

大会是在县委小礼堂里面召开的。曾善才被安排到第一排最中间的位子上。他尚未坐定，身边的人便纷纷凑向他套近乎。有的说：“曾厂长新年好！你把螺丝厂搞得那么好，等过段时间，俺要带人去你那取经！”有的说：“曾厂长如今是咱们县的大名人，听说你还是李书记面前的大红人，以后在李书记面前可要多替俺说好话呀！”曾善才心想：取经没问题，要俺在李宏达面前说好话可能没那么容易，俺自己还等着你们说好话呢。不过，他也不好明说，只是不停地打着哈哈。

随着主持会议的县长严肃地对准麦克风说了声“会议马上要开始了”，会场立马安静下来。曾善才也正襟危坐。他这才发现，原来他与主席台上的李宏达正好是脸对脸，便下意识地朝李宏达咧嘴笑了笑。李宏达也在台上朝他笑笑，亲切地点了点头。这个细小的互动情节很快被会场里的人捕捉到。曾善才发现，四面八方的人都向他投来艳羡的目光，就连坐在主席台上的其他县领导们也跟着李宏达冲他点头微笑，他左右的两个其他厂领导还悄悄用胳膊肘碰了他一下。

会议开始了。县长宣布会议的第一项议程是请李宏达书记做关于本县深化改革发展的重要报告。话音刚落，会场里爆发了热烈的掌声。李宏达清清嗓子，庄重地抬头缓缓扫视了一下会场，随后才用短粗肥硕的双手郑重地打开早已准备好的稿子，慢条斯理地开始讲话：“同志们！我们今天隆重召开全县工商系统干部大会，是要进一步贯彻党中央、国务院和省委、省政府关于深化改革的方针政策，把河东县改革发展工作推向一个新高度……”李宏达接下来讲的内容与平时广播、电视上领导们的报告并没有多大区别，因为平时听得多了，加上李宏达的讲话已持续了将近一个小时，曾善才开始走神。他乘李宏达低头看稿子的机会，偷偷瞄了眼两边的人，发现他们个个坐得端端正正，脸上的表情像乖巧的小学生一样。他突然意识到自己的走神非常不该,便用手掐了掐大腿,迫使自己保持清醒。

“同志们！今天这样的火热改革局面来得非常不容易，我们要衷心感谢党中央、国务院的英明领导！我们也要衷心感谢那些拼搏在改革一线的建设者们！螺丝厂厂长曾善才同志就是我们河东县改革大潮中涌现的佼佼者之一,他的先进事迹大家都非常熟悉,我就不再细说了,一会儿他还要做交流发言,希望同志们认真倾听,谦虚学习,会后把他的改革经验落实到你们的具体工作中去……”

曾善才做梦也想不到李宏达会在这么隆重的场合对他给予这么高的评价,他的心里扑扑直跳,脸一直红到脖子根。

就在曾善才不知所措的时候，主持大会的陈县长宣布会议进入交流发言阶段,第一个要上台发言的就是曾善才。他慌忙起身整了整衣冠,在热烈的掌声中深一脚浅一脚地向主席台右侧的发言席走去。说实话,尽管这几年他已成为媒体红人,但在县委小礼堂里当着这么多县里的大人物们发言还是第一次,心里还真有点紧张。他默默地提醒自己:别紧张,别紧张,兜里有稿子呢！终于走到发言席,他掏出发言稿,颤抖着双手打开稿子,连头也不敢抬就开始读起来:“尊敬的李书记、陈县长……”读着读着,他的声音开始沉着、响亮起来。

曾善才的发言并不长,内容大体上是感谢党和国家的政策好,感谢县委县政府的英明领导,对自己如何艰苦打拼、如何坚持改革倒没怎么提到。他的发言很快就结束了,在热烈的掌声中跌跌撞撞走回自己的座位。在他之后又有两位代表发言,但人家说些啥,他基本没听进去,只注意到在会议快结束时李宏达还在大声号召全县干部群众向曾善才学习。

按照会前的安排,会后,主要参会人员要在县委招待所宴会厅会餐。曾善才仍然没有从这次会议上被置于众星捧月地位的晕眩中清醒过来,他一边机械地回应身边人的热情问候,一边随着人流向前走。

宴会厅规模不是太大,一共只放了6张大圆桌。曾善才被安排在第三桌。他就座后快速扫视了一下屋内各桌的情况，发现第一、第二张桌子旁坐的是县委、人大、政府、政协的领导,他这一桌和第四桌坐的是工业局的领导和各厂的领导,第五、第六桌坐的则是商业局领导和百货商场的领导。曾善才的左侧坐的是赵副局长,右侧坐的是李冲。

李宏达作了简要的致酒辞后,宴会正式开始。虽然桌上摆满了河东当地最精美的菜肴和陈年佳酿河东大曲，但因为大家放开量吃喝了大半个正月，加上参加宴会的都是县里的头面人物，所以面对这些美酒佳肴还真没有太大本事消受了。

不过，河东县有拼酒的风俗，既然酒席已开，谁也不想在吃喝特别是喝酒上当孬种。相互谦让的气氛仅维持不到半小时，从第一桌开始便响起热闹的划拳声……

曾善才这一桌在工业局局长的提议下，列队到第一、第二桌上向领导敬过酒以后，大家很快回到原座。曾善才偷眼看了看第一桌首座上的李宏达，见他正涨红了脸伸出短粗的指头专心致志地与陈县长猜拳，李宏达似乎输了一拳，没用别人催促，便毫不含糊地端起满满一大杯酒，一饮而尽。

"老同学，在卖啥愣呢？"身边的李冲轻轻地捅了捅他的后腰。

"哦，俺在看李叔喝酒，他的酒量很厉害呀！"曾善才凑近李冲的耳边说。

"他那不算啥！俺绝对比他能喝！"李冲不服气地说。

"那是，老子英雄儿好汉嘛！李叔都那么厉害，你一定差不了！"曾善才顺着李冲的话夸道。

"兄弟，你这么看得起俺！"李冲激动地用力一拍曾善才的肩膀说，"来，咱哥俩也划几个。"

曾善才吓得抱拳告饶："不成，不成，俺连酒都喝不了几杯，哪能划得好拳？"

两人正说着，赵副局长探头问了声："你们两位说啥悄悄话呢？"

"赵局长，俺们没说悄悄话，李股长要跟俺划拳，俺哪是他的对手，正在这里告饶呢！"曾善才赔着笑答道。

"哦，那你可不能驳了他的面子，虽说你现在是个大名人，但怎么说李股长也是螺丝厂主管单位的领导呀！"赵副局长满脸严肃地说。

曾善才被他这么一说，感觉还真不好推掉，只好硬着头皮道："俺读书时算术就差，拳肯定划不来，也没划过，真不行，俺跟李股长打杠子吧！"

"打杠子就打杠子！"李冲言罢，兴冲冲地一手举起一根筷子，"说好了，三把两胜，输家喝一满杯酒！"

曾善才用手挠挠后脑勺，心想：看来躲不过去了，硬上吧！

其实，曾善才也只能硬上了。因为就在他挠头的时候，左边的赵副局长再次催促："善才，你好歹也是个大厂厂长，怎么婆婆妈妈的，打个杠子还要磨蹭半天！"

曾善才尴尬地说:“俺不是不会喝酒吗?”说话间也拿起筷子,准备应战。

赵副局长兴奋地拍了一把曾善才的后背说:“对了,这才像话嘛!”随即瞪大了眼睛盯着两人的手势。

“杠子杠子……老虎。”

“杠子杠子……鸡。”

曾善才的老虎吃李冲的鸡。

“杠子杠子……虫。”

“杠子杠子……杠子。”

曾善才的虫钻李冲的杠子。

第一局,已分出胜负。李冲毫不犹豫地抓过满满一杯河东大曲,眼都没眨,便一饮而尽。

李冲的筷子很快又举了起来。曾善才再次应战,还是赢。李冲依然举杯痛饮。

“曾厂长厉害呀!”赵副局长啧啧称叹。

曾善才紧张得连连摇头,说:“走狗屎运而已,俺哪里是李股长的对手?要么俺来陪一杯,今天到此为止行吗?”随即端起杯子闭着眼睛像喝毒药一般将酒喝了下去。

“陪一个可以,到此为止免谈!”李冲刚刚夹了块红烧鸡脯丢进嘴里,鼓胀着腮帮子说。

赵副局长也在一旁帮腔:“这才刚开始呢,咋能结束呢?”

曾善才没办法,只好再次举起筷子应战。几个回合下来,虽说曾善才赢多输少,但还是喝了五六杯。他渐渐感觉脑袋肿胀、眼睛模糊,几次请求停战,都被李冲拒绝了。同桌的其他人,包括工业局局长,见曾善才赢多输少,也跟赵副局长一样,劝曾善才继续战下去,理由很简单:输了的一方都没提罢战,你曾善才赢了这么多,咋好意思罢战呢?反观李冲,虽然喝了不少酒,却脸不变色,话不啰唆,大有越输越勇之势。

曾善才在众人的催促下,强打精神再次迎战。也不知又战了几个回合,曾善才终于脑袋一片空白,一头栽到桌子上趴了下来……

就在半梦半醒之间,曾善才发现一名美女推开半掩的房门,向他飘然走来。这名美女二十出头的样子,上穿宽厚羽绒服,扣子没扣,恰好露出淡紫色紧身高领羊毛衫，下穿黑白相间大方格长裙，一头齐肩长发随着脚步的款款挪动呼扇呼扇地飘动着，长发下方那一对高高耸立的巨乳也随着她的脚步微微颤动。

曾善才看得目瞪口呆，隐隐觉得眼前这个美女很像一个人。他挖空心思搜寻着自己的记忆，希望叫出她的名字。

“曾厂长，你终于醒过来了。”美女娇滴滴地对曾善才抛了个媚眼说，而她脚下的步子仍没有停下的意思。

眼看美女已接近曾善才的床边，他突然想起了一个名字——林舒羽，对，就是她！他不由自主地咕哝一声：“林舒羽？”

美女笑了：“你们这些臭男人都是一个德行，就知道林什么鱼，俺可不是鱼！”

美女说着话一屁股坐在了床沿上。曾善才吓得一个激灵翻身而起，却不料露出了光溜溜的上身。

“哇，你身上的腱子肉这么多呀？”美女尖叫着伸手就来抚摸曾善才的胸大肌。

曾善才赶紧拽过被子裹紧身体，不知所措地问：“你……你到底是谁？”

“反正俺不是什么鱼！”美女一边说，一边解开长裙，掀开被子，哧溜一下钻进了被窝，“告诉你吧，俺是只猫。”

美女还在继续脱衣，很快露出了雪白的上身。曾善才顿感双目晕眩。说实话，他从没见过如此白嫩、如此圆润、如此挺拔的双乳。事实上，直到目前为止，他除了周燕飞，还没见过其他女人的裸体。他的脑袋嗡嗡作响，感觉自己一下子坠入了一个幽暗的黑洞。他想推开她，可浑身软软的一点力气都没有；他想大声喊叫，可嗓子眼干得直冒烟。

美女已经脱到只剩一条粉红色的小内裤了。曾善才开始大声喘起粗气来，他不知该不该拦住美女那只正欲褪去小内裤的手。就在犹豫之时，美女果断地褪掉了内裤。曾善才顿时血脉贲张，一股原始的冲动就像翻滚的岩浆一样喷薄而出，只用几秒钟的工夫就把自己脱个精光，身子一翻，便把同样精光的美女牢牢压在身下……

然而没待曾善才做出其他什么举动，他身下的美女突然收起笑脸，大声尖叫起来：“救命呀！救命呀！”紧接着又是哭嚎，又是双手乱抓。曾善才未及躲闪，脸上、身上顿感火辣辣的疼。他下意识地回手朝美女脸上猛抽两巴掌。美女哭得更惨了，可着劲地乱蹬乱叫……

“干什么?住手!”随着“哐当”一声门响,七八个五大三粗的壮汉喳喳呼呼地冲了进来。曾善才像泄了气的皮球一样顿时瘫软在床,美女则用被子把自己裹紧,号啕大哭起来。

“怎么回事?”领头的大汉呵斥道。

美女蒙着头在被子里哭诉道:“曾厂长,他……他……”话还没说完,又大哭起来,那哭声要多凄惨就有多凄惨。

“啊?你就是曾厂长?在电视上看过你,人模狗样的,没想到你竟然做这种伤天害理的坏事!”领头的汉子一边呵斥,一边指挥着同伴:“快,把这个畜生从床上拖下来!”

随行的汉子得到命令后,不由分说,七手八脚地抬起曾善才,“哐当”一声把他扔到了光溜溜的水泥地上。曾善才赤裸的身体被冰得凉到骨髓。他一面挣扎着试图站起来拿到自己的衣服,一面不停地解释:“你们搞错了,是她自己……”

还没等他说完,一个满脸横肉的大汉一脚踢在他的脸上,嘴里还骂道:“你他娘的,都被俺们抓现形了还嘴硬!”

旁边一个大汉也嚷道:“对,还真不能让他穿衣服,这要是穿好了衣服,他更不认账了!快找根绳子把他绑起来,看他还抵赖。”这人的话音刚落,果然有人递了根粗麻绳过来,一帮人三下五除二很快把曾善才绑得结结实实,动弹不得。

“叫公安了吗?”为首的大汉见曾善才已被控制,用脚踢了踢他,向身边的人询问道。

“叫了,刚刚打了电话。”一个大汉说。

屋内嘈嘈杂杂,屋外人声鼎沸。听说有个经常上报的名人在宾馆强奸被抓现行,大家都争先恐后地跑来看热闹,把房门围得水泄不通。

一丝不挂的曾善才被五花大绑蜷缩在屋子中央。地上实在太凉了,他不停地打着寒战,却在脑子里快速思考几个问题:这是什么地方?俺怎么会在这里?那个女的到底是咋回事?俺刚才不是在做梦吗?怎么就成真的了?他偷眼瞧了瞧,从房间内的陈设来看,这里应该是招待所,但是“俺怎么会在招待所里呢?”他似乎想起了一点:他和李冲打杠子不胜酒力趴在桌上以后,李冲好像在他耳边嘀咕说要送他去县委招待所休息休息,随后的事他就一点都不记得了。

“让一让,让一让,公安来了!”

曾善才侧眼一看，果真有几个身穿黄制服、头戴大檐帽的公安人员从人缝中挤进屋里。他心头一紧，心想：完了，完了，这下彻底完了！

“这个就是强奸犯吗？”一个公安问。

“是。”前面冲进来的几个汉子争先恐后地应道。

“俺不是强奸犯！刚才做梦时，梦到有个女的自己走进屋里的！”曾善才哆哆嗦嗦地强辩道。

“这小子嘴真硬，都被抓现行了，还想抵赖！”一个汉子踢了他一脚，指着床上说，“姑娘还在这里，就想抵赖！”

床上的姑娘则裹紧了被子，声嘶力竭地哭诉道：“俺从门口经过，听到他在屋里喊‘要喝水’，声音像是有病的样子，就好心进来看看，谁知他趁俺不注意，一把捂住俺的嘴，还扯掉俺的衣服，呜呜……俺在招待所干这么多年，还是第一次碰到这样的事，呜呜……俺出去怎么见人啊？”

“胡说！是你自己爬到床上的！”曾善才怒不可遏地反驳道。

“臭不要脸的，都到这份上了，还敢耍横！”一个汉子飞起一脚就要踹他，要不是旁边的公安拦了一把，这一脚肯定够他受的。然而，门外围观的人却不乐意了。他们纷纷挥起拳头，高声呼喊：“打死他！打死他……”

在场的公安人员见场面有失控的趋势，忙劝退屋内先前到达的壮汉和门口围观的群众，令曾善才和美女都穿好衣服，把他们带往公安局去了。

曾善才又羞又恨。然而一切都晚了。虽然他通过律师反复强调那个女的是主动找上门的，他自己又处在醉酒状态，根本没有强奸的主观动机，但是人证、物证都在，他就算长一百张嘴，也无法自证清白。半年后，曾善才因强奸罪(未遂)被判处有期徒刑3年。

曾善才感到万念俱灰：自己老老实实、辛辛苦苦地挣到一份家业，过上安稳的小日子，如今却莫名其妙地背上了“强奸犯”的罪名。更令他心灰心冷的是，周燕飞自从听到他在县委招待所强奸女服务员被当场抓获，气得连面也没给他见一次，并在他入监后不久找人给他送来了离婚协议书。他不想离婚，不想失去周燕飞，不想失去夏生，不想失去三个月以前刚刚出生的小儿子，不想……那个小儿子是在5月出生的，他还是从律师口里知道的，但这个小儿子是胖还是瘦？像他还是像周燕飞？他却一点不知道，也不好在短暂的会客时间打听这些。

对“罪犯”曾善才来说，白天还算好过，无非是干各种各样的活，接受各式各样的教育。他本身就是个农民，啥苦没吃过？就算后来租下了螺丝厂，他也没少干活。然而一到夜里他就陷入了难以名状的失眠痛苦。他一遍又一遍地追问自己：你果真打算强奸人家吗？你怎么能对别的女人心存邪恶念头？这种问题问得多了，他竟感觉自己果真就是个十恶不赦的强奸犯。他开始厌恶自己，开始自暴自弃。有时候，他也想过，是不是李冲父子在他强奸这件事上做过什么手脚，比如，他还隐约记得，那个女的说过“你们这些臭男人都是一个德行，就知道林什么鱼”，她为啥这么说？莫非她认识李冲，而李冲恰好在她面前提到过林舒羽？或者李冲就是把她当作林舒羽的替身？不过，他很快就否定了自己的猜测：假如这个女的跟李冲很熟，甚至是李冲女朋友的话，李冲怎么能忍心让她脱光了衣服来诱惑别人？然而，当前来探监的二弟曾善兵把螺丝厂的近况告诉曾善才以后，他越来越强烈地意识到背后做手脚的十有八九就是李冲父子。

原来，曾善才被公安人员抓走后，县里成立了应对螺丝厂厂长空缺的5人紧急工作组。工作组组长由赵副局长担任，理由是他曾经做过螺丝厂的厂长，对螺丝厂情况熟悉。工作组成员主要由县工业局相关科室成员组成，其中就有李冲。工作组进驻螺丝厂以后，虽然宣布说要确保各项工作不断不乱，但干部、工人们如同丢了魂一样，哪有心思继续搞好工作？特别是关于曾善才如何强奸女服务员的各种细节被人们绘声绘色地传播以后，大家都明显感觉到曾善才不可能在短时间内回到螺丝厂了。于是工厂里的风气重新回到曾善才租厂之前的状态。到曾善才被正式宣判前不久，螺丝厂已经完全回复到曾善才入主前的不死不活状态。也就是在这个当口，县工业局宣布由于原承租人曾善才涉嫌犯罪，不能正常主持螺丝厂工作，为确保螺丝厂的稳定运营，县工业局决定中止螺丝厂与曾善才之间的租赁关系，相关账目待清查后与当时还未与曾善才离婚的周燕飞对接处理。县工业局还同时决定，由李冲兼任螺丝厂厂长。

曾善才彻底陷入绝望之境。他像一块真正的行尸走肉一般浑浑噩噩地混过一天又一天。他甚至连出狱的意愿都没有，因为他不知道自己顶着一顶“强奸犯”的帽子还咋见人。他思念周燕飞，但她已跟自己离了婚，就算找到她，估计她也不会搭理自己；他思念夏生，但等他刑满释放，夏生也该9岁了，如果他知道自己的父亲因为强奸被关在监狱3年，他肯定也不会搭理自己；还有那个他未曾见面的小儿子，待他出狱，这孩子该3岁了，那正是一个孩子最可爱的时候……他不敢想下去了，所有那些他最在乎、最思念的人又似乎都不可能原谅他，所以他非常清楚，就算出去了，自己又能怎么样呢？

第二十八章 出监狱善才惆怅 聊厂事三人义愤

时间就是这样，你要是不太在意它，它就会过得非常快。曾善才因为顶着个“强奸犯”的大帽子，自打进了监狱就成天琢磨着出去后还怎么有脸见人，对出不出监狱根本不关心，他甚至希望能在监狱里多待上一段时间，这样就不至于见到熟人抬不起头了。所以3年的刑期对他来说很快也就过去了。

1990年2月底的一天，曾善才重获自由。当他走出监狱大门时，一种莫名的惆怅感油然而生。他抬头看了看天空，日光异常炫目，他不由得连连打了三个喷嚏。

“曾厂长，你终于出来了！”

曾善才循着声音看去，只见角落里快步走出来两个人：一个是曾善兵，一个是成勇。他鼻子一酸，赶忙低下头，缓缓迎了上去。

成勇和曾善兵则加快了脚步。待双方仅剩不到两步之遥时，成勇身体前倾并向曾善才伸出了双手，嘴里说：“受苦了，厂长！”

曾善才鼻子又一酸，往前跨上一步，用双手使劲捏住成勇的双手，低着头半晌才吐出一句话：“俺被他们下套了！”

“知道。这里不是说话之地，走，俺带你去一个地方。”成勇凝视着曾善才低声道。

“能到哪去呢？”曾善才心里嘀咕道，事实上，直到走出监狱大门那一刻，曾善才还不知道自己有什么地方好去。他与周燕飞已经离婚，那个他们曾经共同的家肯定没法去了。唯一能去的地方只有父母家。在那里，父母还给他留了一间卧室。他没进监狱时，逢年过节回去看父母时会在那里小住一两天。现在看，那间卧室可能要成为他的长住之地了。

成勇并没告诉他，要把他带到什么地方。曾善兵似乎也一头雾水。他只好坐上成勇的自行车由着他拐弯抹角往前骑。

个把小时后,他们来到县城边的一处小巷。成勇招呼曾善才兄弟俩在小巷中间的一处小院门前下车,自己则熟练地掏出钥匙打开了铁皮院门。

“请进！”成勇做出邀请的手势,“这是俺的小家。”

曾善才满脸疑惑地跨进院门。小院不大,但很清静,青砖铺就的地面上一尘不染,墙角的栀子花枝繁叶茂、绿意盎然,也为小院平添了几分顽强与清幽的气息。正屋是河东常见的三居室青砖青瓦起脊房。

成勇打开堂屋门上的锁,“吱呀”一声把门推开,一股热气扑面而来。“到家了！快进来歇着！”成勇热情地说。

“到家了！”曾善才也在心里默念着,尽管他非常明白,这个家并不是他的。

成勇家的堂屋宽敞而简洁:正对门靠墙摆放着紫漆条几,条几下面摆放着紫漆八仙桌,条几上方挂着仙鹤梅花中堂画;两侧的墙上挂着春、夏、秋、冬风景条幅,靠墙处各放4张紫漆靠背大椅。堂屋的正中则放着一只大火盆,火盆的周围放着几张木制小椅,盆里的火虽然不太旺了,但还隐约露出通红的木炭,怪不得屋里这么暖和。

三人围着火盆坐了下来。曾善才快速环顾了四周,侧面墙上的镜框里一幅巨大的婚纱照引起了他的注意,定睛一看,原来是成勇和林舒羽。“你……”

曾善才刚说出“你”字,成勇便快速接过了话茬:“是的,俺前年就跟舒羽结婚了。”

“哦。”曾善才下意识地点了点头。他突然有一种负罪感,心想:这次进监狱就是因为那个与林舒羽长相相近的人,俺的确不是东西,咋能对林舒羽存有邪念呢?!

“曾厂长,该过去的都过去了,还是想开一些吧。”成勇见曾善才仍然忧心忡忡,安慰道。

曾善才再次“哦”了一声,他知道成勇不会明白他为何情绪又低落下来,但他不知道该如何摆脱目前的负罪感。幸亏成勇给他递来了装满花生瓜子的盘子。他伸手抓了一把葵花籽,一颗一颗地认真嗑起来,才多少分散了对那幅婚纱照的注意力。

“舒羽还在省政府办公厅上班,周末和节假日才偶尔回这边住住,俺也常去省城住上几天。所以这边的房子里大多数时间只有俺一个人住。现在你出来了,就在俺这里住吧,西边这间屋子本来就是空着的。”成勇往西屋一指说,“你暂时就在这里住,早晚俺俩也好商量商量。”

三人闲聊了一会,成勇起身说:“你们哥俩先坐一会儿,我去弄饭吃。”

提起吃饭,曾善才早已饿得难受,只是碍于面子没有说出来,既然成勇说去做饭,那就让他做好了。

不到一刻钟的工夫,成勇就从前面的厨房端进一只嗤嗤作响的铜火锅。“早就准备好了,今天咱们就吃一个菜:羊肉火锅!”成勇说着,把铜火锅放在八仙桌中央。曾善兵忙站起来帮他把桌子抬到房屋中间,并随同成勇去厨房拿来碗筷。成勇自己则捧着一只大竹篓,里面装满了大头白菜、菠菜、芫荽、大蒜、葱白、萝卜条、冻豆腐、粉条等。

曾善才笑了:“不是说只有一个菜吗?你这一下就添了好几个!”

成勇见曾善才笑,心情也大为好转:“这些都是配菜,再多也不能替代羊肉,就像俺和善兵一定要以你为尊一样。来,今天你坐上首!”说着,成勇把曾善才推到面朝门的位子上坐下,自己和曾善兵则分坐两侧。曾善才想,就三个人,也就没有谦让。

“俺这里还有一瓶陈年河东大曲,要不要拿出来助助兴?”成勇从条几的柜子里拿出一瓶布满灰尘的白酒向曾善才征求意见。

“不喝了!坚决不喝了!再也不敢喝了!”曾善才把头摇得如同拨浪鼓一样。

“少喝一点,一来为你压压惊,二来也好助助兴!”成勇又跟了一句。

“要喝你们俩喝吧!俺真不敢再喝了,当初要不是因为喝酒,也不至于有今天!”曾善才神情落寞地说。

成勇敏锐地注意到了曾善才情绪上的变化,随手把酒瓶重新塞进柜子,“啪”的一声关上柜门,说:“不喝也罢,吃热锅子本身就是件热乎事,不需要助兴!”

听说不用喝酒了,曾善才很快放松下来,黄铜火锅里的嗤嗤声和满屋的肉香味早已令他垂涎欲滴,他毫不客气地伸出筷子从火锅里捞起一大块羊肉送进嘴里。羊肉很烫,他赶紧张大嘴巴从嗓子眼里呼出气体把羊肉温度降下来,稍稍凉了一点便大口咀嚼起来。整整3年了,他终于又吃到了如此美味的羊肉!

“大哥,慢点吃,别烫着!”曾善兵见大哥吃相不雅,轻声提醒道。

“哦。”曾善才应了声。

“厂长，不要紧，这里只有俺们3个，你想怎么吃就怎么吃吧，在里面没好吃的……”成勇说到这里，嗓子一紧，说不下去了，干脆拿起曾善才面前的饭碗，给他捞了整整一大碗肉和菜，“先放在碗里凉一凉，就不会太烫了……”

“谢谢兄弟！”曾善才道谢之后，很快就风卷残云般把这一碗消灭掉了。成勇又给他捞了第二碗、第三碗。三碗肉菜之后，曾善才终于停下来。他用手背抹了抹油乎乎的嘴唇，往椅背上一靠，长长舒了口气说：“3年都没有吃到像样东西了，好在吃牢饭也比小时候吃不上饭强！”

“厂长受委屈了！”成勇安慰道。

“哎！啥叫委屈？”曾善才摇摇头，露出了满脸的无奈，“厂里还好吧？”

“能好吗？早就回到老样子了！”成勇道。

“你咋样？”曾善才又问。

“俺也回到老样子了，李冲说俺是你的余党，也不是好东西，就把俺削职为民了，把那个喜欢溜须拍马、吃拿卡要的老销售经理老吴又换回去做销售经理。”成勇面呈怒色。

“都是俺连累了你！”曾善才歉意道。

“说远了！俺本来就是个小工人，没有你，俺根本就不可能当什么销售科科长。但是俺做销售科科长这些年长了不少见识，也算过了把官瘾，所以说来说去，还是得感谢你！”

曾善才被成勇的幽默逗乐了：“销售科科长也算是官吗？”

“当然算，要不然，现在官复原职的老吴咋会对李冲那么巴结，又咋会那么趾高气扬！”成勇站起身，离开座位，把手往身后一背，肚子往前一腆，下巴往上一翘，嘴巴往旁边一撇，眼珠往上一翻，围着八仙桌走了半圈，接着说，“看见了吧，人家老吴现在走起路来都像这样啰！”

成勇的一番表演逗得兄弟俩哈哈大笑。曾善才刚送进嘴里的一块冻豆腐还没来得及完全嚼烂，差一点被自己喷了出来。他伸出手背擦了擦眼角边笑出来的泪水说：“别丑化人家了，俺就不信，当个销售科科长能转成这个样子！”

成勇坐回自己的位子，笑着对曾善才说：“厂长你还真别不信，有句话不是说‘权力是最好的春药’吗？你再吃一点，待会儿俺慢慢跟你说说那些新近得势的人都是怎么得瑟的！”

成勇又接连讲了几个“官复原职”者的摆谱故事。曾善才哥俩听得笑声不断，曾善才不时插话问这问那，显示出他对这个曾经付出过心血的工厂百般不舍之情。一段沉默之后，曾善才心情沉重地叹了口气说：“好端端的一个厂又被他们搞得乌烟瘴气了！”

“何止是乌烟瘴气？螺丝厂差不多成李冲的后宫了！”成勇厌恶地说。

“怎么回事？”曾善才满脸不解地问。

“李冲兼任螺丝厂厂长后不久，就把那个告你强奸的女服务员从县委招待所调到螺丝厂办公室了，起先也就是个一般工作人员，大家也没太在意。谁知没到半年，李冲就把她升到办公室副主任了。去年下半年，李冲再次提拔她做办公室主任。”

提到这个女人，曾善才的表情一下变得复杂起来。他狠狠地朝地上吐了一口痰，用鞋底使劲碾了碾，骂道：“这个女人真她娘的坏透了，俺跟她前世无冤，今世无仇，她为何要害俺妻离子散坐班房？！”

成勇看了看曾善才，眼皮翻向房顶，半晌才悠悠地说：“只能说是鬼迷心窍了！”

“对，就是鬼迷心窍！”曾善才“啪”地一拍桌子，“这个鬼就是李冲！”

“厂长，你终于明白了！”成勇说，“其实厂里的人早就看穿了，这个女人就是李冲手里的提线木偶，不知道李冲给她灌了什么迷魂药，李冲叫她朝东，她不会朝西，李冲叫她栽赃陷害，她绝不会对人心慈手软！”

“什么迷魂药，这还用说吗？也就是封官许愿这一套吧。”半晌没吱声的曾善兵添了一句，“也够可怜的，为了这点好处，完全把自己出卖了！”

“真能把自己卖得掉，那还算她走运。以俺看，她不过是李冲穿过的一双破鞋，想啥时扔就啥时扔！”说到这里，成勇给曾善才哥俩讲述了这个本名郑艳娥的女人与李露、曹艳三人混战的故事——

那是去年春夏之交的一个中午，郑艳娥像往常一样怀抱文件夹来敲李冲办公室的房门，敲了两下没人应答，她便掏出钥匙准备开锁，谁知开了半天，居然打不开。恰在这时，旁边一个姑娘阴阳怪气地说：“没想到你那把钥匙也有不灵的时候吧？”

郑艳娥扭头一看，曹艳正双手抱在胸前，斜眼瞟着她。想到曹艳常常趁她不注意与李冲眉来眼去，她顿时火冒三丈，骂道：“小婊子！与你何干？老老实实做你的销售去，不要有事没事就跑过来卖骚！”

曹艳这些年走南闯北，见的多了，哪肯轻易受人之辱？便不依不饶地回了一句：“你才是小婊子！你要不是小婊子，咋会把人家曾善才勾搭到监狱里去？又咋会跑到螺丝厂硬往李厂长的床上挤？”

曹艳这两句骂得够狠，更要命的是曹艳依旧双手抱在胸前，用一副不屑一顾的眼神向郑艳娥挑衅。郑艳娥的脸立马变得如同猪肝一般颜色，站在原处，胸脯起起伏伏憋了足有一分钟的光景后，突然把手中的文件夹狠狠往地上一摔，“哇啦”一声狂叫着扑向曹艳，一只手使劲拽住曹艳的齐耳短发，一只手抡圆了抽向曹艳又白又嫩的圆脸。曹艳也不是吃素的，况且早有准备，便一边躲，一边伸出两只长着长长指甲的利爪，往郑艳娥脸上乱抓，郑艳娥的脸上顿时现出好几条血淋淋的抓痕……

正当二人打得不可开交的时候，厂里无所事事的人纷纷跑来看热闹，把李冲办公室门口围得水泄不通。不知是谁喊了一声：“你们两个傻货，人家两个人在屋里面快活，你们倒在这里打上了，有本事，你们把门砸开，把里面两个人拖出来揍一顿呀！”厂里很多人平日里看见李冲与几个美女牵扯不清，都非常反感，围观者中马上有人接着起哄道：“对呀！有本事你们把门砸开呀！”还有人说：“俺亲眼看到他俩进去的，你刚才不是打不开锁吗？那是因为人家早已从里面把门反锁上了！”

一句话点醒梦中人，郑艳娥停止撕扯曹艳，转身对着李冲的房门又捶又踢起来。曹艳本来就没怎么吃亏，自己又想看热闹，便不再撕扯郑艳娥，而是整了整衣服，恢复双手抱在胸前的老姿势，退到一边冷眼观望去了。

郑艳娥朝李冲的办公室房门一阵乱踢乱砸之后，李冲终于揉着通红的眼睛打开了房门。围观的工人“哗”的一下退后了好几步，有的甚至扭头想走，怎耐退路被人堵住了，挤了半天也没挤出去，急得抓耳挠腮。

郑艳娥则瞅准一个空档“哧溜”一下钻进屋里。李冲伸手去拦，没有拦住，只能对着曹艳和围观的工人吹胡子瞪眼道：“都在这起啥哄？该干啥干啥去！”

围观的人一看这架势，感觉再待在这里没趣，纷纷掉头离开。曹艳毫无惧色，反倒朝李冲挤了挤眼，往屋内指了指。李冲回头一看，郑艳娥正伸手准备拉开衣柜的柜门。他慌了，折身冲进屋内，大嚷道："没事开俺柜门干啥？"可惜为时已晚，郑艳娥又是"哇啦"一声大叫，把怀里的文件夹狠狠砸向柜子。衣柜里随即"哎哟"一声，蹦出个衣衫零乱的李露。李露怒不可遏，挥起拳头就向郑艳娥砸去。郑艳娥刚与曹艳交过手，正处在极度兴奋状态，哪能把李露放在眼里？只见她身子往旁边一歪，抓起李露的长辫子，使劲往下拽。李露被她拽得面目扭曲，大哭着一头撞向郑艳娥。郑艳娥"扑通"一声栽倒在地上。李露迅疾抬腿跨过，一屁股坐在郑艳娥的小肚子上，伸手就去拉扯她的红肚兜。郑艳娥忙用双手去护。李露一边用力撕扯，一边咬牙切齿地骂道："不要脸的娼妇，现在知道护你那对不值钱的烂奶子了，当初勾引曾善才的时候咋就不知道丑呢？"

"够了，都给我住手！"李冲拎起李露的衣领试图把她拉起来，没想到李露把郑艳娥抓得很紧，李冲没把李露拉起来，倒"呲啦"一声把李露薄如蝉翼的乔其纱白色对襟小褂撕了个大口子，李露那对挺拔的双峰一下子裸露无余，羞得她眼泪像决堤的洪水奔涌出来。郑艳娥乘此之空，一个鲤鱼翻身又把李露压倒在身下，干脆把李露的上衣扯了个精光。

"打，都使劲地打呀！"在一旁看热闹的曹艳拍着双手肆无忌惮地笑着。

"打你娘的蛋！"气急败坏的李冲竟随手给了曹艳一巴掌。

在众人面前意外吃了巴掌的曹艳一下子蒙了，愣在原地足有一分钟的工夫，突然号啕大哭，像个疯子一样，抬起右脚，把她那血色尖头皮鞋狠狠踢向正压在李露身上的郑艳娥。郑艳娥"妈呀"一声尖叫，倒在地上痛苦地抽搐起来。曹艳见状，吓得脸色煞白，恐怕自己闯了大祸，转身就往门外逃，却被李冲拽住了胳膊。曹艳干脆一不做二不休，身子一矮，伸出另一只手往李冲裆下抓去。李冲顿时蹲在地上哭爹喊娘，嗷嗷直叫。要不是他手下的几员干将及时赶到，拉开了曹艳，李冲这辈子恐怕再没能力招惹姑娘了……

成勇讲到这里，曾善才狠狠地从嗓子眼里挤出几个字："便宜了这个狗杂种！"

"可不是便宜他了！"成勇也附和了一句。

"对了，曹艳和李露不是你们销售科的吗？怎么跟李冲混到一块了？"

成勇没有搭话，却把头低了下来，似有难言之隐。曾善才见状不再追问。房间里的空气像凝固了一样，异常沉闷。过了半晌，成勇才缓缓吐了口气说："哎！都怪俺没有照顾好她们。俺也不知造的啥孽，居然让两个姑娘都上了心。可是俺心里只有林舒羽。等俺跟林舒羽结婚的事被她俩知道后，她们就像丢了魂一样，整天疯疯癫癫。那个李冲呢，自打来到螺丝厂，除了把郑艳娥弄到厂里来，还有事没事到各个车间溜达，专找姑娘、少妇，见到稍有姿色一点的就死乞白赖叫人家单独去他办公室谈心。没多久，李冲开始隔三岔五去找曹艳和李露。俺知道以后非常担心。”

“对！你应该提醒她们不要上了李冲的当。”曾善才插话道。

“可不是吗？俺与她俩虽然没缘共同生活，但毕竟一起工作过那么长时间，不能眼看着他们往火坑里跳啊！后来，俺就找机会跟她俩说了自己的担忧。谁知不说还好，这一说，她们往李冲那边跑得更勤了，好像故意跟俺赌气一样！”

“爱之深，恨之切。”曾善兵摇头晃脑地说，“你要是不掺和，她俩也许还不会在李冲那边陷得那样深！”

“谁懂呢?!”成勇痛苦地摇摇头，接着说，“算了，算了，不说这些了！咱们还是商量商量今后咋办吧。”

成勇的提议得到了曾善才的呼应。然而，刚刚谈到什么生意能干，曾善才突然没声了。他放下筷子，胳膊肘撑在桌子上，一动不动地盯着咕咕噜噜的火锅发愣。整整3年，他与外面的世界相互隔绝，什么生意能做，什么生意好做，他几乎一无所知。更何况，他与周燕飞已经离婚，连生意本都没有，就算找到了门路，又能咋办？

“厂长在愁钱的事吧？”成勇似乎看穿了曾善才的心事，不失时机地问道。

“有点吧，俺琢磨着要是不想回去当农民，最好还是做点生意，这条路，俺多少还有一点经验。只是刚刚出来，两眼一抹黑，手中又没有分文，能做啥生意呢？”曾善才应道。

“俺手里有点小钱，可以借点给你。”成勇说。

“俺这里也攒了一些，你先拿去用吧。”曾善兵也说。

曾善才摇摇头，说：“你们两位一个刚刚结婚，一个工资也不高，能有多少钱？”停了片刻，问道：“俺想到周燕飞那里去试试运气，你们看咋样？”

“可以呀！”成勇和曾善兵同声说。成勇还补充道：“嫂子和你离婚前，几乎天天都到螺丝厂去闹，说厂里借你们家50万，到期了拖着不还，现在好了，愣是把你拖进班房了。还说你不管犯了多大的罪，将来怎么判，当初螺丝厂借的钱必须得还，否则,他们孤儿寡母就一头撞死在螺丝厂。那时候兼任厂长的还是赵副局长,他被嫂子缠得没办法,加上厂里前几年在你手里也积累了一些钱,赵副局长就七拼八凑把当初借你们家的钱全部还给嫂子了。你们虽然离婚了,但当初的钱是你们一起挣的,你至少可以拿回来一半。"

"这些俺都知道,但俺不能跟她要那么多,能有个万把两万的就行。她一个人要带俩孩子,估计也没法做生意了,俺要是拿多了,他们娘仨将来咋办?"曾善才说。

"说得也是啊!那你准备啥时去找嫂子呢?"成勇问。

"今晚就去,俺还想见见儿子呢!"曾善才脸上现出无限的向往之情。

第二十九章 善才无缘见亲儿 成勇果断别娇妻

当天晚上，曾善才在成勇家早早吃完饭，天刚刚黑，就急不可待地跨出大门。天气依然寒冷。他裹紧了棉袄，把鸭舌帽的帽檐狠狠地往下拉了拉，快步往那个自己与周燕飞曾经的爱巢走去。不知为啥，曾善才越是接近目的地，心里越乱，两条腿竟不听使唤地发起抖来。等他能够看到那栋熟悉的两层小楼透出来的乳白色灯光时，两条腿竟然挪不动了。他虚弱地依在路边的树干上，仰天长叹一声，心里反复提醒自己："不要紧张！不要紧张！俺是被人下套才进监狱的！"约莫过了十分钟左右的时间，他转身使劲捶击了一下树干，用双手从胸口往下捋了几下，稍稍平复了一下心情，才重新迈开脚步往前走去。

然而等他到达小院大门前时，又犹豫了，几次手举到半空，又缩了回来。他明白，一旦他叩响了大门，里面的人就一定能够听见。虽然他已经设想过各种与周燕飞和两个儿子见面的场景，但在任何一个场景里，他都无法坦然面对他们。怎么办？他又没了主意，干脆一屁股坐在门前的台阶上。

小院里，小男孩的哭闹声、大男孩跑来跑去的脚步声、周燕飞的训斥声、厨房里哗哗啦啦的刷碗声不时传到曾善才的耳朵里，这些他原本非常熟悉的声音，现在声声刺痛着他的心。那两个男孩应该就是他的两个儿子了！他把头深深埋在双膝上，想象着小儿子的模样，想象着夏生和周燕飞现在的模样，就像他之前在监狱里时常想象的那样。他多么想见到他们，多么想挨个抱起他们，但现在不行了，最起码不能再抱周燕飞了。敲门吗？他再次询问自己。如果不敲，他就得回去了。但是这个门总是要敲的，对周燕飞，他至少还是要见上一面的，对两个孩子，他更是要见的。

终于，他起身了，轻轻拍了拍屁股后面的灰尘，大口大口地换了几口气，随后才郑重举起右手,“啷,啷啷,啷啷啷……”声音越来越大,越来越连续!

响亮的敲门声很快引起了院内人的注意。一个脆生生的大男孩声音问道:“谁?”这应是夏生的声音,曾善才心头一紧,颤巍巍地应道:“是我。”男孩又问:“你是谁?”曾善才应道:“你伯。”“俺伯回来了!”男孩拔腿就往前门跑,但刚跑两步就被喝止了:“你伯早死了,快给我回来!”这是周燕飞的声音,曾善才听得很真切。男孩的脚步止住了,曾善才心头刚刚燃起的火苗一下子熄灭了,手腕也随之软了下来。更令他无所适从的是,他分明听到正屋房门发出了重重的“哐当”声,紧接着,院子里一片沉寂。

事态的发展完全出乎曾善才的意料。怎么办?他在门前呆立了半晌,脑子里一片空白。但是他又不想轻易离开,他好容易才走到这里,好容易才鼓足勇气叩响了大门,怎么能轻易离开呢?继续敲门吗?看来也不是办法,正屋的门已紧紧关闭,敲得再响,里面的人也未必听得见,况且也不能真敲得太响,否则,街坊四邻意见就大了。他实在想不出好办法,只能重新坐回台阶。

夜越来越深了。周围住户的灯光也熄灭得差不多了。曾善才感觉自己像掉进了冰窖一样,浑身从上到下、从外到内冷得出奇。他裹紧了衣服,把双手拢进袄袖里,把头尽可能地缩进衣领里,但这些动作丝毫不解决问题,他很快又被冻得浑身哆嗦。尽管这样,他还是不愿离开,而是起身顺着长长的小巷跑了个来回,身上总算暖和了一些。他重新坐回台阶,很快又被冻得瑟瑟发抖。他只好再次起身跑个来回。如此反复,不知来回跑了多少趟。后来,他实在困得厉害,竟然迷迷糊糊地睡着了。

当他一觉醒来的时候,东方已现出鱼肚白。他揉了揉惺忪的睡眼,接连打了四个喷嚏。为了尽快暖和起来,他赶紧又沿着小巷跑了两个来回。巧的是,他第二次回到门口时,那扇紧紧关了一夜的大门从里面打开了。周燕飞一手拎着煤炉,一手用火钳夹着一块蜂窝煤走了出来。当她与曾善才四目相对时,眼泪就像决堤的洪水一下子奔涌出来。她赶忙折身退回,但曾善才已抢先一步跨进了门槛。

周燕飞没办法,只好重重地放下煤炉、煤块和火钳,哀怨地瞪了一眼曾善才说:“你还有脸到这里来?”

“没脸,确实没脸。”曾善才一边说,一边伸手掩住了大门,他不想让两人的尴尬见面情形被过路之人看到。

"那你还过来干什么?"周燕飞拽过一把小木椅,侧身坐了下来。

"俺想看看你和孩子。"曾善才也在另一边靠墙处的椅子上坐了下来。

"俺俩已经没有关系,不需要你来看,两个孩子也不需要当过强奸犯的爹!"周燕飞眼盯着正屋的门楣说。

"俺被人下套了。"曾善才嗫嚅着说。

"被人下套?大街上那么多人,为什么单单给你下套?苍蝇不叮无缝的蛋,你要是没生邪念,谁能套得住你?"

这句话还真把曾善才被问住了。是啊,他要是不对那个光着身子爬进被窝里的女人动了邪念,或许结果还没有这么惨。当然,李冲他们一定不会善罢甘休,还会把类似的罪名安在他身上,因为毕竟那个女人光着身子出现在他的床上。

"怎么样?找不到借口了吧?"周燕飞把眼翻向灰蒙蒙的天空说。

"俺没想找借口,事已至此,反正是跳进黄河也洗不清了!"曾善才说完,看了眼周燕飞。几年不见,她已明显变得衰老,脸色不再像以前那样红润饱满,而是灰暗瘦削了。她的眼角布满了密密的鱼尾纹,这对于一个刚刚33岁的女人来说,未免早了点。

曾善才不忍再看。他明白,若不是生活过于艰难,周燕飞是不会如此苍老的。他也把眼光移向天空,喃喃地说:"都是俺不好,让你吃苦了!"

"说这些有啥用呢?"周燕飞抹了一把眼泪,催促道,"你该走了,俺还要生火给孩子们做饭吃。"

"放心,俺不会待多久,能让俺看看孩子吗?"曾善才试探着问。

"不行!你要是把孩子吵醒了,跟他们咋说?说你这个强奸犯现在刑满释放了?"周燕飞坚决制止道。

"俺悄悄走进去,看一眼就走。"曾善才恳求道。

"不行!"周燕飞仍然坚决拒绝,"其他的要求都可以考虑,就是不能看孩子!"

曾善才没有办法,只好强忍着对儿子的思念,退一步说:"能借点钱吗?"

"不用借。当初你借给螺丝厂的钱都被俺要回来了,按说这些钱应该给你一半,但是两个孩子在俺这里,这几年,俺一个人忙不过来,生意差得很,眼看坐吃山空,所以你应该多给孩子留点。这样吧,给你15万。回头俺去银行取出来给你。"

曾善才没想到周燕飞能一开口给他那么多钱,心里顿时一热。但是他深知周燕飞的艰难，并不想向她要那么多。“有两万就行了，算是借的。”曾善才平静地说。

周燕飞愣了半晌才说：“这可是你自己说的！”

“没错，俺自己说的，俺有个生意本就行，等今后挣到钱，再还给你。”

“还就不用了！”

周燕飞叫曾善才在前屋坐着别动，自己起身进了正屋。为防止曾善才跟着挤进正屋，她一进屋就把门插上了。曾善才看着紧闭的屋门，无奈地摇了摇头。没过多久，周燕飞手里提着一只小布袋走了出来，快到曾善才身边时，把手中的布袋往他怀里一扔，说：“屋里正好还有两万块现金，你拿了赶快走，两个孩子马上要醒了！”周燕飞说话的时候，眼神非常冷淡。这眼神像两盆冰冷的凉水，从头到脚淋了下来，把曾善才淋得凉透心扉。他木然地站起来朝门口走去。就在他手拉大门的一瞬间，还万般不舍地回望了一眼正屋，那里面有他的两个儿子，他却无法看到他们……

曾善才在成勇家里又住了几日。因为曾善才担心回父母家时碰上本村熟人，曾善兵还带着父母、弟妹来看过曾善才两次。除此之外的大多数时间里，两人都憋在屋里商量着下一步的打算。在交流中，曾善才还得知，李冲因为知道成勇娶到了林舒羽，隔三岔五便找成勇的茬子，而林舒羽也告诉了成勇她与李冲之间曾经的恩怨，所以成勇其实也没法在螺丝厂待下去了。最后，两人决定，一起离开河东县到外面找机会。而在具体到哪的问题上，两人几乎同时指向了一个地方：南粤！一方面，对这个地方，他们以前都去过，亲眼看到它从一个渔村一点点长高，变大，知道这个地方充满了活力与生机；另一方面，曾善才还从曾善兵口中得知，孙利民研究生毕业后直接从京城去了南粤，他相信这个老同学的眼光，也期盼着能与老同学一起在南粤打下一片新天地。

3月初的一天早晨，曾善才与成勇一起踏上了前往省城的长途客车。当汽车驶出河东县界碑时，曾善才突然感觉无比轻松，就如同胸口有一块巨石一下子被搬掉了一样。整整3年，他顶着“强奸犯”的大帽子被禁锢在一个狭小的空间。现在，他终于要远离这里了。出了这里，没有多少人会认识他这张面孔，更不会把他与“强奸犯”三个字联系在一起。他不必像刚出狱这些天那样缩在成勇的小院里不敢露头，也不必在偶尔出门时把帽檐拉得很低。他可以尽情地在商海中找寻新的机会，尽管他现在对外面世界的变化还处在未知状态。他还可以重新向世人证明他曾善才是一个重情重义、堂堂正正的汉子，尽管他现在连曾经与他患过难的周燕飞都没法说服。

然而，曾善才对身后快速远去的一切又是那样的不舍。因为那里还生活着他的父母兄弟，生活着他的一双小儿，生活着他曾经的结发妻子。不仅如此，那里还记载着他的苦难与辉煌，浸润着他的汗水与血泪……

“厂长，你不想走吗？”成勇看出了曾善才的不舍，用胳膊肘碰了碰他，问道。

“有一点。”曾善才苦笑了一下说，“这一去，还不知道啥时候能回来。”

“总要干出个样子才行！”成勇自言自语道。

“没错。可干出样子也不是容易的，只能走一步算一步了。”曾善才再次回望了一眼身后，果断地把头扭回来。他闭上眼睛，把刚才的画面深深地印在脑子里。

到达省城后，曾善才找了个小旅馆住了下来。成勇则一个人去了林舒羽刚分到的一间筒子楼宿舍里。他有房门的钥匙，随时可以打开这扇门。宿舍不大，十几平方米的样子，被一条粉红色碎花布帘子一分为二。帘子的里面放着一张双人高低床，床边有一只床头柜和一只衣柜，靠窗的地方则放着一张写字台，所有的家具一律刷上了淡黄色树纹漆。因为空间本来不大，尽管家具不多，却显得十分拥挤。不过，所有的物件都被林舒羽收拾得整整齐齐，总体感觉非常温馨。帘子的外面则放着煤炉和锅碗瓢勺等厨房用品，外加一张条桌、一张小圆桌、几把小木凳。

成勇放下行李，打开煤炉下方的风门，热气很快在小屋内升腾起来。他稍稍坐了一会，喝了杯热茶，便卷起袖子开始准备晚餐。作为案板的条桌下多的是大头白菜、大蒜、土豆、萝卜之类的家常菜，他从河东还带来了煮好的香肠、猪蹄、牛肉，不一会儿的工夫，一股股诱人的肉香味便从屋内飘散到外面的楼道里。

正当成勇弯腰从条桌下面拿大蒜的时候，他的后背被人轻轻拍了一下，抬头一看，林舒羽正冲他吐舌头做鬼脸呢！

成勇故作生气地说：“小样，进屋也不吭一声，把俺魂都吓没了！你咋知道俺过来了呢？”

“一进楼道就满是扑鼻的香味，除了你，谁还能来这里做活雷锋啊？”林舒羽说着，伸手掀开锅盖，惊喜地叫道，“哇，这个红烧牛肉做得地道！”

吃饭的时候，林舒羽不解地问：“今天不是周末，你咋有时间过来？”

成勇没有正面回答，而是反问道：“你认为俺在螺丝厂还能待下去吗？”

林舒羽沉默不语。老实说，她并不认为成勇继续待在螺丝厂有啥好结果，但是，在找到出路之前，那个地方还需要待下去。对于这个问题，他们两人之前已经讨论过多次，只是没有想到好办法而已。

成勇见林舒羽没吱声，便接着往下说："俺走前跟厂里请了个半年的长假，准备跟曾善才一起去南粤找找出路。"

说起曾善才，林舒羽眼睛一亮，问："他出狱了？"

"嗯。"

"你们商量好了一起去南粤？"

"嗯。"

林舒羽又沉默了。对于曾善才，她虽然先前印象不错，也帮过他，但一想到他是因为强奸罪被判了3年，就感觉特别别扭。

成勇知道林舒羽在看待曾善才入狱原因的问题上与自己的观点并不完全一致，就再次开导她说："俺问曾善才了，他的确是被李冲父子俩下套的。"接着把曾善才给他回顾的细节又原原本本地跟林舒羽说了一遍。

林舒羽仍然半信半疑，说："李冲父子俩的确有给曾善才下套的动机，事态的发展也越来越证明李冲是曾善才入狱的最大受益者。但是你别忘了，每一个犯了错误的人都有掩盖自己错误的理由。曾善才即使被下套了，那也是因为他在某些方面露出了可被下套的破绽。"

成勇咧了咧嘴说："你现在说话越来越高深了！依俺看，被下套了就是被下套了，没有你说的那么复杂。曾善才因为被李冲灌醉了，才头脑发昏起了色念，否则，依俺对他人品的了解，他绝对不会对任何美女动歪心思！"

"好，先不说他本质上正派不正派，你刚才也说他是因为被李冲灌醉才起色念的。这就是社会的复杂之处！你说要与他一起去南粤找机会，但你能保证在一个新的环境里，不会被其他人给你们下套吗？"

成勇愣了一下，他完全没想到林舒羽会对他提出这样的问题。而对这个问题，他又的确没法回答。

"没话说了吧？"林舒羽得意地扬了扬俏媚的柳叶眉问。

成勇不愿就此认输，就回了一句："好男不跟女斗，跟你辩这个问题有啥意思？"

谁知林舒羽紧追不放,盯着他说:“啥叫没意思?今天你必须想清楚这个问题,你们在自己熟悉的家乡都能被人下套,到了人生地不熟的南粤,难道就不会有人给你们下套?所以你们必须先想清楚这个问题!”

“放心吧,肯定想清楚了!你所担心的诱惑也好、陷阱也好,到哪里都少不了,但南粤是改革开放的最前线,有国家政策上的支持,那里面的机会肯定比家乡要多得多!所以单单冲着那边的机会,也该过去搏一把。”

“好!既然你已经铁了心要去,俺也不拦你。不过,俺还是要提醒你,到了那边凡事要多留几个心眼!不要像曾善才那样稀里糊涂钻进了别人的套子里!另外,那边也没有熟人可依赖,要是工作不是太顺,你不要顾面子,要早点回来,再想办法。”

“嗯。熟人多少也有一些,俺前些年去南方搞销售认识了几个当地人。曾善才有个小学同学从北京读完研究生,已到南粤有两年时间,现在应该也扎住根了。”

听说曾善才的小学同学也在南粤,林舒羽的脸色突然一沉,问:“那个同学叫啥名字?”

“孙利民。”成勇随口应道。

当林舒羽清清楚楚地从成勇口中听到“孙利民”三个字时,再也无法保持平静。她“妈呀”一声尖叫,随即意识到不妥,准备伸手捂嘴时,竟碰翻了面前的饭碗。“啪!”雪白的陶瓷碗摔得粉碎,连同里面同样雪白的大米饭瞬间铺陈了一地,与乌黑、冰冷的水泥地形成了鲜明的反差。

蒙在鼓里的成勇并不明白林舒羽为何在此时突然失态,还一个劲地安慰道:“碎碎平安,碎碎平安!这是好兆头啊,说明俺这次南下,一定万事平安,也一定会平安归来!这下你该放心了吧?”

林舒羽没有搭腔。她双手停在半空,依然保持着掉碗时的惊慌状态。在她的内心深处,却正在快速地把成勇与孙利民、李冲两个人联系起来,成勇因为被李冲发现娶了自己而遭受非难,假如孙利民也知道成勇娶了自己,那会咋样呢?这个世界真奇怪,咋还有这么巧的事呢?

成勇并没有留意林舒羽的情绪变化,收拾好地上的碎碗渣子和大米饭,又殷勤地帮她重新盛了半碗饭。林舒羽也很快平复情绪,一边享受美食,一边与成勇探讨南下后需要注意的一些生活细节问题。

当晚,小别数日的小夫妻少不得颠鸾倒凤,肆意享受对方的温存。对于成勇来说,这一去啥时才能回来远未可知,所以做起来格外卖力,似乎只有这样才能牢牢拴住身下这位冰清玉洁的绝色美人。对于林舒羽来说,她隐隐有一种不祥的预感,这位肌肉健硕、才华横溢的夫君在面对商业社会特有的红灯绿酒时很难不被诱惑,也很难不成为诱惑之源,所以也极尽迎合,似乎只有这样才能将他的精华一举吸干榨尽。情到浓处,林舒羽一扫往日的羞涩与矜持,一口咬住成勇的肩膀,"呜呜"低吟着,把十个指甲深深嵌进他的后背皮肤里。成勇却丝毫不觉疼痛,反倒像一头凶猛的雄狮一样越战越勇,越战越久……

第二天白天,成勇陪同曾善才游览了省城的大街小巷并买好了次日去南粤的火车票。

当晚,成勇与林舒羽再次赤膊相拥。两人都越来越明白,此去之后,再聚无期,但谁也不想率先开口说出这个残酷的事实,只是紧紧地、紧紧地贴住对方的身体。他们甚至不再说话,不敢睡觉,生怕一旦睡着,对方会从自己身边彻底溜走。直到天快亮的时候,他们实在熬不下去了,才不知不觉地闭上眼睛。

很快,急促的闹铃声就把他们惊醒。成勇挣开紧紧箍着他后腰的双手,翻身下床,飞快洗漱完毕,提起行李回到床边。望着林舒羽泪汪汪的双眼,成勇俯身亲吻她红润的双颊。林舒羽闭眼任凭那两片热唇在她的脸上、唇上、鼻上随意游走,突然又从被窝里伸出双臂紧紧箍住成勇的脖子,喃喃道:"要经得起诱惑!""知道。"成勇对准她殷红的双唇再次猛吸了两口,果断抬头,转身,跨步,开门,"俺走了!"成勇扭头隔着帘子轻轻说道。林舒羽没有吱声。她甚至连身子也还保持着原状。成勇不再犹豫,他"啪"的一声带上房门,以尽可能快的速度走出了楼道……

南下的列车不紧不慢地"哐当、哐当"往前爬着。曾善才和成勇虽然都不是第一次南下,却都难掩激动。因为此次南下,他们必须闯出一条生路。一路上,两人很少说话,大多数时间都各自默默看着窗外。离开河东时,杨柳刚刚萌芽,大地尚处在沉寂状态。随着列车越来越远离省城,路边的柳絮开始纷飞,大地上的植物也变得生动起来,红的、黄的、白的、紫的各色无名小花争先恐后地绽放着,高的、矮的、胖的、瘦的各种神情的男女也来去匆匆地忙碌着。

曾善才的眼前突然闪现一堵低矮的泥墙,仔细看时,隐约看到一扇通往墙内的小门和门内的一株高大绒花树。他不由得想起了10年前他与周燕飞一起南下时在火车上做的那个神秘之梦。仅仅10年,物是人非,一股酸楚顿时涌上心头。他闭上眼睛,希望把刚才那个曾在梦中出现过的景观深深刻在脑海里。

与曾善才不同的是,他身边的成勇则沉浸在另外一种思绪之中。他在想,那个在他离开时缠着他脖子不肯撒手的美人儿后来停止哭泣了吗?她一个人能耐得了多久独自一人的煎熬?假如自己南下寻路未果,还能坦然面对那双清澈的眸子吗?

第三十章 见老友满心欢喜 谈工作别有滋味

曾善才和成勇两人到达南粤后，无心逛街观景，直接按曾善兵给的地址去寻孙利民。孙利民的住处是南粤北部一栋依山而建的宿舍楼，楼不高，总共也就5层。孙利民住在第三层。他们到的时候，孙利民的房门是铁将军守门，锁得牢牢的。两人只好下楼等候。直到晚上8点多，两人肚子饿得咕咕叫，正商量着到附近找个小饭馆先垫垫肚子，孙利民摇着自行车铃在他们面前戛然停下。

“善才，什么风把你吹过来了？”孙利民跳下自行车，连支架都没顾得放好，就张开双臂来抱曾善才，要不是成勇眼疾手快一把抓住车把，轰然倒掉的自行车一定会把某个人的脚面砸出瘀青来。

曾善才见到孙利民也格外高兴，张开双臂迎了上去。久别重逢的两位老同学轮番抱起对方，久久不肯放开。过了足有半根烟的工夫，曾善才突然想起了什么，他把孙利民往旁边轻轻一推，指着成勇说：“忘介绍了，这位是成勇，以前俺在螺丝厂时候的销售科科长，现在李冲承包了螺丝厂，他也待不下去了，俺俩就商量着一起过来投奔你。”

“欢迎！欢迎！善才的兄弟就是俺的兄弟！”孙利民热情地与成勇握了握手，说，“你们都饿了吧？走，吃夜宵去！”说罢，也不回宿舍，直接拉着曾、成二人往旁边的街道走去。

与他们的北方家乡不同，到了夜晚，南粤街道上反比白天更加热闹，人来人往，络绎不绝。孙利民在一处海鲜排档前驻下脚步，指着地上一盆盆的鱼虾蟹贝说：“南粤人喜欢吃海鲜，你们刚从内地过来，今天俺请你们吃海鲜如何？”曾善才反正也饿了，立即点头应允。成勇对南方的饮食习惯非常了解，对海鲜也情有独钟，便跟在曾善才后面表态道：“海鲜好！俺们来投奔你，你说干啥咱就干啥，有这么地道的海鲜吃，谁还能忍心拒绝？”既然大家意见如此统一，孙利民便吆喝老板过来招呼。老板麻利地收拾出一张小方桌，放好小竹椅，三人随意落座。孙利民刚刚点好菜，老板就变戏法似的把一份份热气腾腾的饭菜端了上来。每人两碗海鲜捞饭下肚，三人开始悠闲地嗑起海瓜子来。

“善才呀，这些年你受苦了，咱们喝杯二锅头吧，一来为你压压惊，二来也为成勇兄弟洗洗尘，好不好？”孙利民小心征询着曾善才的意见。

听说要喝酒，曾善才满脸惊恐，如同在成勇家一样，连连摇手说：“不喝，不喝，再也不敢喝了！”

“果真不喝？”孙利民追问道。

“果真不喝！要喝你们俩喝。”曾善才果断地说。

“永远不喝？”孙利民再次追问。

“永远不喝！你们一起帮俺见证！”曾善才再次果断应答。

“哎，不喝也罢！俺们老家那里就这个风俗害人！”孙利民深有感触地说。

“可不是嘛！曾厂长要不是因为喝酒，咋能进了李冲的圈套？”成勇道，“俺虽然能喝几杯，但也是因为在那个环境里，身不由己呀！”

“是呀！善才委屈了！俺知道你心里苦，可遇到李冲这种恶人咋办呢？”孙利民拍拍曾善才的肩膀说，“既然你坚决不喝，俺俩也不喝了，省得你在旁边看着别扭！”

“不别扭。你们喝吧，酒这种东西，少喝一点还是可以的，就怕过量了。”曾善才说。

“不喝了，都不喝了！”成勇也坚持不喝。

在喝不喝酒的问题上，三个人意见高度统一。但他们的聊天并没有因为无酒而停下来。曾、成二人大老远来到南粤，目的是要寻找新的生存机会，因此，他们的话题很快转到南粤的市场机会上。有意思的是，一提起这里的机会，孙利民立马两眼放光，手舞足蹈地向曾、成二人回顾了自己前来南粤的经过。

原来，孙利民硕士研究生毕业后，本来还可以回到原单位的，原单位也非常欢迎他回去工作，并许诺，他一旦到位，将在半年之内解决他的副处级职位问题。但是他当年辞职去读研究生就是因为厌倦了机关里不温不火的工作氛围，加上他在读研期间对改革开放的政策前景研究得非常透彻,之前又与曾善才一起感受过南粤的生机和活力,所以他婉言谢绝了原单位伸出的橄榄枝,毅然独闯南粤。

孙利民来到南粤后,并没有立即去找工作,而是租了辆半新自行车,历时十多天把南粤的大街小巷、犄角旮旯全部查看了一遍。那时正值盛夏,即使什么都不干,走到外面也是一身臭汗。但是孙利民硬是凭着满腔的热情和他对这片土地的信心,一天接着一天走完了行程。与6年前相比,这里的楼房明显多了,高了,也洋气了,只是各处的建设依然没有停步的迹象,到处都是脚手架,到处都有搅拌机的轰鸣声……

经过反复比较,孙利民看中了南粤北部的电子工业区,这里分散着大大小小总共几百家电子工厂。根据他对电子行业的理解,他敏感地意识到这处地方将是引领南粤经济未来的兴盛之地。接下来的数天时间,他怀揣着硕士研究生毕业证书和硕士学位证书,在总面积十几万平方米的工业区内,见到顺眼的工厂就打起精神进去自荐。原以为人家见到京城来的经济学硕士,一定会视若天神,肃然起敬,岂料不少人事负责人看到他递上来的简历后,并没有特别的反应,只是淡淡地笑笑,用拉长了语调的粤语说:“你是研究生,不错,不错,可是我们电子厂现在更需要在车间干活的工人和跑市场的销售员。叫你来做工人吧,你肯定不甘心;叫你去跑市场吧,恐怕你放不下身段。建议你再到其他地方试试。”壁碰得多了,孙利民不等对方说出“恐怕你放不下身段”之类的话,便抢先说道:“如果有类似销售员这样的机会,我也非常乐意尝试一下。”哪知人家照样给他闭门羹吃,说:“你一个经济学研究生搞搞研究估计没问题,搞销售嘛……呵呵,你还是到其他地方看看吧!”

孙利民感觉很无奈,他完全没想到,在南粤这个如此有活力的地方,竟然不需要人才,他连份销售员的差事都找不到!实际上,当时的南粤对人才需求还是很强烈的,只是他没有找对地方。因为工业区里都是电子类工厂,人家要么需要技术人才,要么需要干活的工人。孙利民虽然学历高,但那是经济学的学历,人家当时还真不怎么需要。至于做工人,他肯定不会甘心。而销售这一块一般都是企业老板亲自去做,不会轻易把岗位让给外来人。

眼看口袋里为数不多的钞票即将耗尽,孙利民心急如焚。他降低了自己的心理预期,见到样子不是太中看的破烂工厂,也尝试着进去试试运气。没想到目标降低以后,很快就有一家生产电子模具的工厂人事负责人把他推荐给了老板。

这位老板是个典型的广东人，四十岁上下的年纪，个子不高，身体清瘦，但看起来非常精明。人事经理把孙利民领过去时，老板正在用粤语打电话，见他进门，两只眼睛滴溜溜地从上至下、从左到右把他打量了好几遍，才示意他坐下等候。哪知老板这通电话打得没完没了。

半个多小时后，老板才撂下电话，狠狠地唾了一口唾沫，用生硬的普通话骂道："不识抬举！"孙利民还听不懂粤语，不知老板为何骂出此话，也不便多言，就老老实实地坐在原处。老板再次把他打量一番，问："你是研究生？"孙利民谦卑地点点头。老板又问他对工作有啥要求。孙利民心想马上快要断粮了，哪还敢提什么要求，就说："除了体力活干不动，其他都行。"其实，他也不是干不动，只是想自己读了这么多年的书，怎么着也不能再干体力活了。老板听后，满意地点点头说："你很实在，这样吧，做我秘书怎么样？"孙利民见老板不像有文化的样子，心里不是太情愿，但嘴里还是连声称好。老板接着又说："你是研究生，工资给你定高点，150块一个月怎么样？"孙利民心想工资还行，比京城的工资水平至少要高出60块钱，赶忙笑着答应了下来。就这样，孙利民在南粤的第一份工作便有了着落。

没过多久，孙利民慢慢意识到他这个秘书并没有太多的事要做。做得最多的事情就是在老板出门时帮他拎包。老板跟人谈生意或跟人一起吃饭、喝茶时，命他在一边恭恭敬敬地侍立。而老板每次跟客人寒暄之后，都会把他隆重地介绍给对方："这是我的秘书，京城著名大学的研究生，水平没得说！"之后，便把他撂到一边，用粤语跟人交谈去了。起初，孙利民并没有什么感觉，但次数多了，他渐渐明白，老板要他只是为了做个花瓶而已，自己除了得到一点赖以糊口的工资外，什么长劲都不会有。三个月之后，他感觉自己多少有了些余钱，对电子工业区的总体环境也比较熟悉了，便毫不犹豫地辞掉了这份工作。

听说孙利民仅用三个月便火速辞掉那份花瓶工作，曾、成二人都向他竖起了大拇指。但曾善才很快就开始为老同学的生计担忧起来。不过，还没等他开口说话，孙利民便喜笑颜开地说："算俺运气不错，没多久俺就找到一份比较适合的工作。"

原来，南粤电子工业区从改革开放初期就因为特区政府注重电子工业发展而吸引了一批来自香港和内地的厂家。到了20世纪80年代中期,南粤市政府决定将分散的小型电子企业整合一下。1987年,在南粤市政府的主导下,以本省、本市和电子工业部所属的电子企业为基础,吸收其他部门所属电子企业参加的南粤电子集团公司正式成立了。集团公司成立后,对高素质人才的需求开始多了起来。孙利民辞职后正好赶上南粤电子集团的公开招聘。他因为学历高,并且有京城机关和南粤电子工业区的工作经验,很快就被录用到集团公司市场调查与开发部。

有了新工作的孙利民情绪高昂,浑身都是干劲。南粤电子集团是国有企业,工资收入虽然一般,但管理还算规范,更重要的是孙利民感觉在市场调查与开发部工作既能发挥自己的专业优势,又能借力集团公司的地位快速了解并融入他自己强力看好的电子工业。

然而没多久,他就碰到一个令他非常头疼的难题:集团公司传达市政府的文件,要求集团所有党员和一般员工都踊跃认购南粤市首家股份制企业南粤发展的股票,党员每人必须认购2000股,一般群众每人必须认购1000股。为完成市政府下达的指标,集团公司对认购者每股补贴0.5元,相当于半价认购。集团公司的要求下达后,大家议论纷纷,都说:买股票不就是出钱给别人玩吗?先别说人家能不能把你的钱玩好,就算玩好了也不一定给出钱的人什么好处,所以呀,别说每股补贴5毛,就算再多补贴2毛,能不买也不去买。然而,他们又不得不买,因为这是任务!

孙利民虽然新进公司不久,却也不得不完成集团下达的任务。和很多同事一样,他也非常苦恼。不过,他苦恼的原因不是怕得不到好处,而是没钱。他手中只有二百多块余钱,就算不吃不喝全部拿出来买南粤发展的股票,还差300块钱才够在享受集团的补贴后完成买1000股南粤发展的任务。当然,对于南粤发展,他也不一定有多看好。作为经济学硕士,他非常清楚,企业发行股票不过是一种融资的手段,这种融资手段的一个显著特点是企业将来不用还钱。企业融到资了会去补充流动资金,或者购买厂房、设备等固定资产。如果企业融资后经营管理得好,买股票的人可以获得一定的红利;如果市场对发行股票的企业未来前景非常看好,并踊跃购买股票,那么这家企业的股票价格就会持续走高,买股票的人还可以获得股票的溢价收益,用专业术语说就是资本利得。但是如果企业融资后经营管理得不好,那么买了股票,可能不仅得不到理想的分红,还会因股票价格下跌而在转让股票时亏本。所以说,尽管孙利民对南粤的发展前景非常看好,但对于南粤发展这家股份制银行将来能走到哪里心里却没有多少底。

孙利民跟曾、成二人回忆到这里，发现桌上的菜快被吃完，起身要去喊老板过来添菜。曾善才正听得入迷，便用手拉住他的衣襟说："先别急着添菜，快说你后来到底有没有买那个股票。"

孙利民只好重新坐下，说："能不买吗？那是必须完成的任务！俺那个部门的经理见俺迟迟不去缴款，就来催俺。等俺说明原因，他问俺要是有钱会不会买，俺就说，至少可以完成任务。他听了很高兴，就说他可以借钱给俺，前提是要借就借 800 块，把他那份任务也完成了，以后俺每月领到工资后还他 100 块，直到还完为止。俺一想，又没有其他更好的办法，就答应他了。"说到这里，孙利民再次起身，却又被曾善才拉住了。

"后来咋样了？"曾善才问。

"嘿嘿，你还是老样子，对新鲜的事情总是那么好奇！"孙利民笑着对曾善才说，"完成任务后，俺就一门心思省钱还账，到 1988 年夏天的时候，俺终于把欠经理的钱还光了！但是俺把股票压到箱子底下整整两年也没分到多少红利。今年元旦一过，不知哪来的春风，南粤发展的股票价格居然涨起来了，俺那 2000 块面值的股票要是拿到市场上去卖，现在可以赚三千多块了！知道吗？那个借钱给俺的经理现在后悔得肠子都青了！"

曾、成二人听得目瞪口呆。曾善才叹道："乖乖，还是这玩意有意思！"

"这对你算啥？你可是赚过大钱的人！"孙利民说。

成勇也随声附和："对，对，厂长赚过大钱！"

曾善才连忙摆手："好汉不提当年勇！俺现在身上只有两万块钱了，要是也能买到南粤发展这样的股票就好了！"

当晚，曾、成二人随孙利民回到他的宿舍。宿舍里只有一张单人床。孙利民说南粤天暖，问曾、成二人在他宿舍里打地铺行不行。曾、成二人兜里虽然多少有点钱，但那是生意本，能不花就不花，所以满口答应。打好了地铺，三人为谁在床上睡，谁在地上睡，相互推让了半天。结果，孙、曾二人达成一致，两人是老同学，应该一起在地上睡。成勇推不过二人，就一个人睡到床上去了。

躺定之后，三人少不得又说了些闲话。曾善才冷不丁问孙利民："你现在咋还是一个人过？”

孙利民叹了口气说：“不瞒老同学你说，俺一个人在外漂泊多年，刚刚才有一份稳定工作，要钱没钱，要房没房，拿什么去养媳妇？”

曾善才说：“婚可以暂时不结，对象总该先谈起来吧？”

孙利民过了好半天才说：“不是没有找过，在京城工作和读研究生时，都有人帮俺介绍过，但不知为啥，总感觉与心里的那个人差太远。”

“你心里那个人是啥样呢？”曾善才又问。

“漂亮、大方、有修养，就像俺上大学时的一个学妹。”孙利民悠悠地说。

“那你去追她不就行了吗！”曾善才说。

“追过，也好过，可是……哎，不说了！”孙利民翻了个身，不再吱声，没过多久便发出均匀的鼾声。

曾善才却怎么也睡不着，满脑子里都是晚上吃饭时孙利民说的那个南粤发展。他感觉这家企业很有意思，可以用别人的钱做自己的事，最关键的是拿了别人的钱还不用还。想到自己那些年为了凑点生意本，费尽千辛万苦，好容易借到钱，总担心生意失败最终还不上人家，他的心里无限感慨，决定第二天一定要去看看这家企业到底是怎么回事。

也不知又过多久，曾善才终于迷迷糊糊地睡着了。但是他睡得很不踏实，一夜不知做了多少个有关南粤发展和股票的梦。第二天，天刚麻麻亮，他就被一个跟借钱相关的梦惊醒了。他一咕噜翻起来，没想到碰醒了睡在另一头的孙利民。

孙利民含含糊糊地问：“天刚亮，你起来那么早干啥？”

“刚刚做了个梦，正被一帮人拿刀追着讨债，俺吓得到处躲，慌乱中掉进了一个大坑，里面全是各色各样的毒蛇……”曾善才心有余悸地说。

“哦，你一定是被当年被迫借钱搞螺丝厂吓坏了！”孙利民重新闭上眼睛说，“别想那么多了，再睡一会吧！”

“睡不着了，俺想去看看你昨天说的那个南粤发展。”曾善才说。

“可以，但是人家还没上班。想看南粤发展这家银行，你得等到9点钟人家开门了才行；想看南粤发展股票的买卖情况，你还要再多等半小时。所以你现在急也没用，再睡一会吧。”孙利民咕哝道。

曾善才只好重新躺下，但是仍旧睡不着，不到7点，就率先爬了起来。

第三十一章 观股市善才顿悟 寻商机利民助力

三人草草在街头吃了些早餐，曾善才就拉着成勇按孙利民给的地址匆匆赶往位于金融街上的南粤证券公司。他们到的时候，才8点50分，南粤证券公司还没有开门，但门口已经聚集了很多人。这些人个个神色亢奋，三三两两地围在一起谈论着什么。曾善才凑近一听，原来都在说股票的事。有人说，南粤发展真带劲，两个多月就涨了两倍多，还说南粤发展前途无量，今天无论如何也要再买几百股；有人说，他更看好南粤地产，南粤这个地方肯定还要盖更多的楼房，南粤地产的机会一定比南粤发展更大，更重要的是它年初以来涨得少，接下去肯定会赶上甚至超过南粤发展的涨幅；还有的说，他更看好南粤百货，理由是大家有了钱肯定会去买好吃的、好穿的、好用的，南粤百货的生意非常红火，钱肯定也没少赚……听了半天，几乎所有的人都说想买股票，没什么人说想卖。曾善才感觉很有意思，心想，如果没啥人卖，那股票的价格肯定还会再涨。

9点整，南粤证券公司的大门从里面打开了。在门口等候多时的人们一窝蜂地往里挤。两三个穿着同样款式白衬衫的男女一面引导着人流，一面大声喊道："不要急，不要急，都排好队！"然而，好容易挤进大厅的人们哪里肯听他们的指挥，纷纷伸手去抢一种红色的单子。抢到红色单子的人满脸欣喜，没有抢到的人则是一副垂头丧气的模样。曾善才后来才知道这种单子是买进股票的申报单，另一种蓝色的单子是卖出股票的申报单。当然，他对股票是咋回事还没有弄得太明白，看看热闹还可以，自己断然不会跟在后面抢的。

9点15分，大厅里的人开始把手里填好的红色单子递进柜台里。9点30分之后，买到股票的人开始心满意足地从大厅里走出来。一直在门口伸长脖子往里看的曾、成二人忙把那人截住。曾善才问："看你这么高兴，一定是赚到钱了吧？"

那人是个四十岁上下的中年男人,见曾善才说自己赚钱了,嘴角现出嘲讽的表情,说:“你肯定没有买过股票,哪有刚买到手就赚到钱的?”说完,似乎想起了什么,转身趴在窗户上盯着厅里的大屏幕看了一会,兴高采烈地回头对曾善才说:“对不起啊,兄弟!我还真赚了!一转眼就赚5%,你说神奇不神奇?!”

曾、成二人听他这么一说,也趴在窗户上,往里看了一会儿。只见大厅墙上的那面巨大电子屏幕上,全是红彤彤的文字和数字,那些数字闪烁着、变动着。再仔细一看,上面显示的五只股票涨幅全在2%以上,而南粤发展涨幅最大,已经达到8%了,想必那个人买的是南粤发展。曾善才就对刚才那个人说:“恭喜恭喜!你的股票又涨了3个点!”

“不是又涨了3个点。我前面买的时候,是在昨天收盘价上涨3%基础上买的,现在它的涨幅是8%,我的盈利大概就是5%。”那人说话的态度比刚才和气多了。

曾善才点点头。他感觉股票这玩意儿太有意思了,一转眼就能赚5%,这也太快了吧!他决定在这里好好看一看。

没多久,南粤证券公司门口来了一批游客。领头的是个二十来岁的漂亮女青年。她左手举着一面“大为旅行社”的小旗帜,右手提着小喇叭正向身边的游客介绍南粤证券公司的情况。曾、成二人很好奇,便凑过去听了一会。

“厂长,有没有注意到这个女孩口音跟咱们差不多?”成勇用胳膊肘碰了碰曾善才问。

“嗯,估计是老乡!”曾善才说,“不信,你去问问她。”

没多久,成勇逮住一个空当,走近姑娘,用地道的河东方言问:“听你讲话不像本地人,倒像俺们河东人!”

姑娘愣了愣,高兴地用河东话回应道:“没错,俺老家也是河东县的,家住桃花谷,俺叫花巧凤,你们是河东哪里的?”

在远离家乡的南粤,遇到了本县老乡,曾、成二人都异常兴奋,忙把各自的姓名和老家具体地址向花巧凤作了介绍。然而,花巧凤作为导游还有众多游客需要照顾,压根没有闲空陪他们多聊,只好从背包里掏出纸笔,留下旅行社的地址和自己的暂住地址。曾、成二人也将他们的姓名和孙利民的宿舍地址留给了花巧凤,双方约定方便时走动走动。

花巧凤很快就带领游客登上面包车去下一个景点了。曾、成二人又在证券公司门口观望了个把小时。交易大厅里依然人满为患，大厅外依然有不少人三五成群地聚在一起议论股票。他俩从窗户里看了看电子显示屏幕，南粤发展的涨幅已经超过10%，其他4只股票的涨幅也都超过5%。这时，有人因为一大早抢到红色交易单并成功买到股票而狂喜不已，也有人因为晚了一二十分钟才买到股票并因此少赚几个百分点而扼腕叹息，更有人因为好容易抢到红色交易单却一时买不到股票而垂头丧气……

曾善才突然想到自己当年在地摊上卖服装的情景。他想，啥股票不股票的？说得很神秘，俺看它与服装也没啥区别，东西好，市面上又少，买的人肯定就多。想到这里，他在心里琢磨起来，既然这么多人都想买股票，要是俺也能变出股票弄到市面上去卖就好了！

“厂长在想啥呢？”成勇见曾善才盯着电子显示屏幕发愣，好奇地问道。

“俺在想这么多人挤在这里买股票，为啥不多弄一些股票出来卖呢？”曾善才说。

“是呢，看来股票这东西不是一般人能印得了的！时间不早了，咱们去看看那家涨得最多的南粤发展到底是啥样的银行，哄得这么多人来抢它的股票。”成勇建议道。

曾善才感觉有道理，就与成勇一起离开证券公司前往南粤发展去了。

南粤发展银行距离南粤证券公司仅仅5站路的距离。这是一栋10层高的楼房，楼房外墙上斑斑驳驳的瓷砖似在诉说自己的沧桑，而大门上头六个崭新的黄铜大字“南粤发展银行”又似乎在昭示自己是何等不同凡响。曾善才和成勇围着这栋楼房转了一圈，最后在大楼门口的一排玻璃橱窗前停下了脚步。橱窗里面详尽展示着南粤发展银行的发展历程。

原来，南粤发展银行是在1987年南粤市政府为适应当地经济快速发展带来资金和金融服务需求成倍增长的新形势而推动成立的。它的前身是8家南粤本地的农村信用合作社。虽然南粤市政府为这家新成立的区域性银行制定了雄心勃勃的发展目标和迥异于一般传统国有银行的内部管理和市场化激励机制，但是由于人们对股票到底是啥还不太清楚，对于股票能不能挣钱甚至能不能回本都没有把握，南粤发展在1987年首次发行股票时只被投资者认购一半不到，筹集资金只有七百九十多万元。这还是在南粤市政府对全市机关、事业单位及国有企业下了行政命令后才达到的数字！好在南粤发展的领导人非常负责，上任后立即带领同事们制定出一整套有别于传统计划经济思维、与市场接轨的各项规章制度，彻底打破大锅饭，实行干部能上能下、个人收入与绩效挂钩的新管理制度。短短两年多的时间，南粤发展的税后利润就由成立当年的八百多万元上升到1989年底的八千多万元，整整上升了十倍！

“怪不得那么多人挤破头要买南粤发展的股票呢！这家银行的效益提高得这么快，未来前景不可限量呀！”曾善才由衷地感叹道。

“的确不错！你有没有注意到，人家背后有市政府的支持？当年你搞螺丝厂，李宏达千方百计在后面使绊子，你还能把螺丝厂搞那么好，要是能有南粤市政府这样的支持，那可不得了呀！”成勇说出了与曾善才略有不同的看法。

“哪能这样比呢？根本不是一回事！”曾善才谦虚地笑笑说，心里却开始翻腾起来。他想，同样是搞企业，处在不同的环境就会有不同的结果。看来大环境真挺重要的，这次来南粤还真是来对了！不过，他心里更念念不忘的还是怎么样用别人的钱来做自己的事。

当天晚上，三人没再去外面吃饭，而是早早地买好菜在宿舍里将就做了顿饭。对曾、成二人来说，他们是到南粤寻求发展机会的，现在一分钱还没有赚到，哪能天天下饭店呢？

饭后，两人在孙利民的引导下来到南粤湾散心。天还没有黑透，西边的红霞把海面染得通红，一阵微风吹过，海面上现出无数个红点，就像无数颗星星，一闪一闪的，非常壮观。彼岸的香港已经灯火辉煌，此岸的南粤也毫不逊色。与6年前曾善才、周燕飞、孙利民三人首次来这里相比，南粤湾边楼房高了起来，霓虹灯亮了起来，花草树木密了起来，海边的人行步道宽了起来……亲眼看到6年前荒芜、冷清的此岸变得如此生机勃勃，曾善才心中无比感慨。不过，他此时的兴趣点不在观赏美景和享受海风的轻柔，而是如何才能像南粤发展那样通过发行股票把别人的钱聚集到自己手中，然后去做一番自己想做的大事业。

“善才，南粤这几年变化大吧？”孙利民拍拍老同学的肩膀问。

“太大了！要是那年俺留在这里不回去就好了。”曾善才惆怅地说，“至少不会莫名其妙坐3年大牢！”

“也是啊，可能你命中就有此劫。不过，现在来也不迟，南粤的发展空间大着呢！”孙利民手扶护栏，面朝大海，意味深长地说，“只有经历过磨难，才有应对挑战的本钱！”

“厂长，利民说得对！大家都知道你是被冤枉的，就不要再纠结了，俺陪你从南粤重新开始！”成勇也在一旁打气。

两位好友的理解和支持令曾善才十分感动。他弯腰捡起一块石子，使劲扔进海边的一片红树林里，一群夜宿的水鸟被吓得呼啦啦飞向远处。他突然有一种如释重负的轻松感。“好！既然你们都这么支持俺，俺绝不让你们失望！”曾善才豪情满怀地说。

“对！这才像我的老同学！”孙利民再次猛拍了一下曾善才的肩膀，问：“是不是今天看了一天，也想加入到炒股队伍？”

“那倒不是。俺是做服装生意起家的，当时赚钱是因为可以批发到货真价廉的服装。以前不知道股票是咋回事，今天去证券公司一看才知道，那些人挤破头要买的股票似乎不是批发来的，而是从其他的人手中买过来的二手货。这就像有人从商场里买了件衣服，穿了一段时间不想要了，或者根本没穿也不想要了，就拿回市场再卖给别人。既然那些要卖股票的人当初买入的时候付的不是批发价，而是零售价，那他再次卖出时能卖出更高价格的可能性也不会太大，盈亏比例以充其量五五开。所以俺要是做股票生意，也只做一手的批发生意，绝不做二手生意！”

曾善才的一番话令孙利民和成勇都深感意外，他们万万没有想到曾善才能把股票买卖与服装生意放在一起进行比较。孙利民跟着说了一句：“其实股票买卖也有批发和零售的区别，你们今天在证券公司看到的是零售买卖，用专业术语说那叫二级市场。俺先前被迫买到的 2000 股南粤发展是在它刚成立时认购的，是原始股，虽然只有 2000 股，却可以算批发来的。但是俺当初买的时候，大家都不愿买，后来好长时间内，这 2000 股的价格也不比它发行时的价格高，有时候甚至还稍微低一些。所以说，你做批发生意也未必就能赚钱呀！”

“你说的这些俺当然知道！不过，俺今天看了一天，对股票的批发和零售生意都不感兴趣，像南粤发展那样拿别人的钱做自己的事却不用偿还，或者说自己把股票印出来卖给别人，那才有意思！”曾善才说。

孙利民听曾善才说想印股票卖，感觉有点意外，就说：“还以为你打算炒股呢，你倒好，直接奔着印股票去了！不过，印股票的事可不是闹着玩的。首先，你得有公司。有了公司,还得让人觉得你的公司行,有前途。这样,政府才能支持你印股票。不过,据俺所知,想让政府支持更不容易,公司得符合一定的条件才行!”

“啥条件?”曾善才迫不及待地问。

“看你急的!一句话两句话也说不清楚。你要是真想印股票卖,还是先把公司弄出来,印股票的事俺慢慢跟你说。”孙利民说。

“只要有一家公司就可以吗?”曾善才又问。

“当然不是!开公司就是开公司,你首先别想着能不能上市,要多想一想你能不能做得好?将来的市场前景有多大?说白了,就是现在和将来能挣多少钱?如果挣钱能力强,企业发展前景好,自然就有印股票的机会!”孙利民怕曾善才听不懂,特意把话说得很直白。

“行,那咱们就先想办法弄一家公司吧!”曾善才爽快地提议道。

曾善才的提议得到了孙利民和成勇的积极回应。但是,在什么可以做以及他们现在的实力能做什么的问题上,三人讨论半天也没找到方向。最后,孙利民说:“咱们先别急,你们俩刚来一天,对南粤当下的情况还不太了解,最好多走走、多看看,过段时间再说。”

曾、成二人都感觉孙利民的话在理,一致同意好好了解情况以后再做决定。

在此后的半个多月时间里,曾善才和成勇租了两辆自行车对南粤市开展了地毯式考察。他们走街串巷,登山览海,逛商场,进菜场,看工厂,仔细观察,随时访谈。对于不能随便进出的政府和事业单位,他们就耐心候在门口仔细查看宣传栏,绝不放过任何他们认为有价值的信息。然而,当考察结束、孙利民问他俩到底发现了啥机会时,他们却一时不知如何回答。不是南粤没机会,而是他们还没有发现适合自己的机会。

既然还没有找到合适的机会,那就只好再找找看了。不过,两人又闲逛了没几天,曾善才就开始着急了。他悄悄对成勇说:“老这样坐吃山空不能算事呀!真不行,咱俩得找个地方打工去了。”成勇也认为曾善才说得对。两人商量着第二天就去劳务市场碰碰运气。然而,他们还没有来得及把打工的设想告诉孙利民,一个巨大的机会便从天而降。

原来,自打半个月前曾善才说出想印股票,孙利民便把创立公司的事放在了重中之重的位置。曾、成二人对南粤开展地毯式考察的时候,孙利民也利用自己作为南粤电子集团市场调查与开发部工作人员的便利条件,千方百计寻找适合曾善才和成勇的商机。一个非常偶然的机会,他得知香港雄鹰通信公司正在为刚刚下线的一款新型高效程控交换机的市场推广而发愁。孙利民当即大喜。因为根据他这两三年对电子通信产业的调研心得,未来中国内地将会出现一股家用电话的普及潮流,而程控交换机无疑是普及家用电话的枢纽。因此,要是能在这家香港公司急于打开大陆市场的关键时刻拿下独家代理权,一定能快速赚得大笔利润。于是他抽空悄悄地与对方负责人取得联系,告知对方自己可以帮他们打开大陆市场。那位负责人一听喜出望外,但当他得知孙利民只是一个国企的打工仔时,态度立马冷淡下来,毫不客气地说:"你一个打工仔能做得了什么主?"孙利民心想:"俺现在是做不了主,但这不代表俺今后做不了主,俺回去动员善才和成勇一起成立个贸易公司不就行了?!"

当孙利民把自己的想法告诉曾、成二人时,他们当即热烈回应。曾善才还喜出望外地说:"真是踏破铁鞋无觅处,得来全不费功夫呀!"经过一番仔细分析和推敲,三人决定立即成立一家贸易公司,注册资金3万元人民币,其中,曾善才出资2万元人民币,孙利民出资6千元人民币,成勇出资4千元人民币。公司成立后,曾善才任法人代表,孙利民任经理,成勇任副经理。在公司还没有盈利之前,暂时不雇人,三人既要充当领导,又必须当好业务员。

不久之后,也就是1990年5月,他们三人共同出资的南粤鲲鹏贸易有限公司正式成立。孙利民辞掉南粤电子集团的安稳工作,与曾、成二人共同挤进了南粤电子工业区内一间不到二十平方米的门面房。在接下来的岁月里,他们将在这间既是办公室又是卧室的小房间里携手挥洒青春的激情与汗水。

第三十一章 鲲鹏翼翅初长成 成勇两爱皆难舍

曾善才是靠贩卖服装起家的，成勇也在螺丝厂做过多年的销售工作，他们都是销售方面的行家。孙利民虽然没有直接做过销售，但他在南粤电子集团做了两年多的市场调查与开拓工作，本质上也是做销售的。所以选择代理作为事业发展新起点真是太合适不过了。

当他们真正进入这个行业，才发现程控交换机市场虽然非常巨大，生产程控交换机的企业并非香港雄鹰通信公司一家，很多欧美日通信企业也看中了中国的市场机会，早已在中国布下销售网点，形成了中国市场上程控交换机“8 国 9 制”(即 8 个国家 9 种制式)的怪异现象。一个月下来，他们不知跑了多少家工厂、旅馆和企、事业单位，总共也没有推销掉几台，仅仅赚了点吃饭钱。

面对这种市场格局，他们做出了两个重大决定：一是说服香港雄鹰公司把程控交换机的价格降低 10%—15%，以便能在价格上形成优势；二是改变公司暂不招人的计划，先每人招收 2 名年轻漂亮的姑娘作为业务助理，以便能在业务开拓中吸引那些大权在握的好色之徒。

第一个决定最初是曾善才提议的。因为降价是香港公司的事，对自己只有好处，没有损失，所以孙、成二人很爽快地就答应了。只是要说服香港公司并没有那么容易。他们三人轮番上阵，对香港公司的老板动之以情，晓之以理，并主动把代理佣金往下降了 5%，老板才稍稍露出点可以考虑的口风。于是他们又趁热打铁，推举成勇出面把老板请到刚刚开业不久的一家夜总会潇洒了一晚，才最终让心满意足的老板同意下调价格。

第二个决定最初是成勇提议的。不过，当他说出这个建议时，曾、孙二人都没怎么接茬。成勇不死心，瞅准一次三人同去滨海区政府推销却遭遇办公室主任冷脸的时机，再次力陈招收女助理的必要性。“看到没？人家一见咱们三个大男人就提不起精神，连话都懒得跟咱们说，还怎么能把东西推销给他？要是有两个漂亮姑娘在一旁，主任长主任短地叫着，他一定心花怒放，咱们自然就有机会跟他谈程控交换机的事了！”曾、孙二人听后，感觉似乎在理，这才勉强同意。建议被采纳后，成勇丝毫不敢耽误，立即着手开展招聘工作。他把招聘海报张贴到美女比例较高的纺织厂门口，许以大大高出纺织厂平均工资水平的薪资待遇。鲲鹏贸易公司门口很快就被一群年轻漂亮的姑娘围得水泄不通。成勇又亲自把关，按长相、文化程度、语言表达等多个条件对应聘者精挑细选，最后才由三人根据喜好各自选中两人作为自己的助理。

两个重大决定相继实施后，鲲鹏贸易公司的业务量果真直线上升。到年底的时候，公司已实现盈利近二十万元。大半年的时间就挣了这么多钱，三人都非常高兴。

1991 年元旦那一天晚上，经曾善才提议，他们特意在南粤最高档的潮州菜馆订了一间大包房，把 6 位美女助理一起叫上，准备尽情欢度元旦。冷、热菜品很快上了满满一大桌。曾善才依然坚持滴酒不沾，却在晚宴正式开始前为大家点了进口干红，并致了热情洋溢的祝酒词。他说：“时间过得真快，没想到我这个坐过 3 年大牢的土老帽一转眼又从穷光蛋变成了老家人眼中的有钱人。感谢孙总在我们最没有出路的时候收留我们，并且找到了代理程控交换机这么好的机会！也要感谢成总辞掉老家的工作，告别新婚不久的妻子，陪我来南粤闯荡。老实说，我们刚到南粤的时候，真是两眼一抹黑，哪里想到能有今天？6 位姑娘也不容易，自打来到鲲鹏公司几乎一天都没闲着，有时候还得跟那些色狼们斗智斗勇，不容易啊，不容易！来吧，俺以茶代酒祝你们……”曾善才刚刚说到这里，突然想到这几年的遭遇，不禁哽咽了一下。他的哽咽迅速感染了其他 8 人，大家个个眼圈发红，起身高高举起手中的高脚杯，乒乒乓乓地碰在了一起。

包房内的气氛变得悲壮起来。成勇左右一瞅，开口打破了宁静：“今天是元旦聚会，该过去的都过去了，我提议大家忘掉烦恼，多想美事，一醉方休！”说完带头喝掉了杯中之酒。

曾善才对“醉”字非常敏感，心里不由得打了个激灵，本想提醒成勇控制下喝酒进度，但考虑到大家忙了大半年，都非常不容易，就没把话说出来。岂料成勇越喝越猛，越喝越兴奋，他的两名助理又一个劲地劝他喝，没用多久，成勇就与其中一个助理缠抱在一起。

那名助理姓钱，名艳娥，刚过二十，初中没上完，就来南粤打工，至今已五年有余，是个老南粤了。钱艳娥身高一米六五左右，长相清丽、高冷，对一般人还真看不上，但自从做了成勇的销售助理，就被他的多才多艺和幽默风趣迷得神魂颠倒，常常主动往成勇身上靠。成勇做了那么多年的销售，身边一直美女环绕，早就练就了与美女虚与委蛇的高超本领，加上他心里惦记林舒羽，对钱艳娥的各种暗示甚至投怀送抱假装看不明白，常把钱艳娥气得咬牙切齿，时常借故在成勇面前要点小性子，而成勇依旧不温不火，弄得她更加魂不守舍。

今晚聚会之前，钱艳娥早就悄悄给成勇的另一名美女助理金灵灵吹了风，说自己如何喜欢成勇，简直到无法活下去的程度，请求她在聚会时趁成勇高兴多替自己说说好话。虽然金灵灵提醒钱艳娥成勇已经结婚，但她却坚持说又不打算拆散人家家庭，只是想趁他老婆不在南粤，帮忙照顾一下成勇。说着说着，眼圈一红，差点流下泪来。金灵灵心一软，就答应了。

聚会开始不久，钱艳娥一边热情地给成勇敬酒，一边向他频送秋波。金灵灵也在一边说着成勇如何智勇双全、如何多才多艺之类的话。成勇被两个美女左右夹攻，鼓吹得耳热心跳，再加上酒精的刺激，动作越发随意起来，面对钱艳娥不断凑近的身子不再像以前那样刻意回避，甚至还故意讲些荤段子，逗得一屋子人哈哈大笑，钱艳娥干脆趴在成勇的肩上咯咯笑个不停。金灵灵见时机成熟，就提议成勇与钱艳娥喝个交杯酒。钱艳娥当然不会拒绝，举起杯子就要与成勇相碰，成勇犹豫了一下，却被在座的5位美女齐声嘲笑，说他胆小，不像个大男人。成勇哪肯轻易落此口实，脖子一挺，站了起来，毫不含糊地说："交杯就交杯，还能少块肉不成？"当他手执高脚杯穿过钱艳娥的臂弯时，钱艳娥故意把胸脯往前挺了挺，正好碰压到成勇的手背，并当即红着脸小声嗔道："你坏，专门碰人家不好意思的地方！"成勇明知钱艳娥是故意的，又不好明说，竟一下子乱了方寸，脸憋成酱紫色。稀里糊涂地喝完交杯酒后，成勇在众人的哄笑声中坐回自己的椅子，正准备夹口菜送进嘴里，没想到钱艳娥竟趴在桌子上嘤嘤哭了起来。

钱艳娥的哭声把全桌人的注意力都引了过去。曾善才滴酒未沾，脑子非常清醒，为化解尴尬，忙半真半假地问成勇："刚刚你俩还好好的，她怎么突然哭了？是不是你趁机占人家便宜了？"

“没有啊。”成勇满脸无辜地辩解道。

“那人家为啥要哭呢？”曾善才不依不饶地问。

“不知道呢！”成勇依然满脸无辜。

钱艳娥哭得更厉害了，肩膀也跟着迅速颤动。金灵灵没想到她会哭，而且哭得还这么厉害，忙伏在她的耳边轻声问：“刚才还好好的，怎么突然这么伤心？”钱艳娥也不回答，继续伏在桌上哼哼唧唧地哭。众人一下都没了方向。曾善才搓着手问孙利民该咋办，孙利民更加没有方向，就随口说道：“咋办？凉拌！”没想到他这句话倒提醒了曾善才，心想：还别说，真得冷处理！曾善才清了清嗓子，环视了一下在场各位，说：“各就各位吧！先让她一个人安静一会。”大家也都心领神会，默默回到自己座位上。曾善才又说：“一年下来很不容易，大家都辛苦了，多吃点菜，不够再添！”

冷处理这一招还真灵。没多久，钱艳娥停止哭泣，慢慢抬起头来，掏出手帕慢慢擦拭眼睛。金灵灵问她是不是哪里不舒服，她羞涩地说：“没有不舒服，就是……”话还没说完，又趴到桌上抽泣起来。成勇这时已似乎明白，钱艳娥的确不是因为哪里不舒服，而极可能是高兴哭的，心里不禁一阵感动，心想：真是一个痴情的姑娘！想到这里，他伸手为钱艳娥盛了半碗海参鱼肚羹，用胳膊肘碰了碰她说：“趁热喝点汤吧！”钱艳娥果真停止抽泣，抬起头慢慢把碗里的汤喝完了。众人一看钱艳娥的确没事，又重新恢复了刚才的热闹劲，一直闹到服务员第三次过来催他们离场，才你搀我扶地走出饭店。

元旦聚餐后仅过一周，成勇就搬出他与曾善才、孙利民三人共同居住的、既当办公室又当卧室的门面房。曾善才问他要搬到哪里，还说马上就要过年了，大家都要回家，租了房子空在那里很不划算，不如过了年大家统一在外面租房住，反正现在生意做开了，改善一下生活条件也是应该的。成勇支支吾吾不肯多说。曾善才也就没有再问。又过了两天，他才从自己的销售助理口里得知成勇在附近不远的一处小区里租了间一室一厅，与钱艳娥过起了小日子。他感觉问题很严重，感觉很对不住林舒羽，决定找成勇好好聊聊。

曾善才特意挑了个比较空闲的晚饭时间把成勇留下，说是春节前三个人再商量一下过年期间的安排。成勇不好拒绝，勉强同意了，但整个晚上都心神不宁。

曾善才心里明白他是因为没法按时回到钱艳娥身边才如此焦躁，却并不点破，只是随口问他和孙利民：“马上要过年了，你们准备哪天回去？”

成勇摇摇头说今年不准备回去了。孙利民则说准备腊月二十三过小年那天回。

曾善才故作吃惊地看着成勇说:“咱俩出来大半年了,俺是坐过牢的人,怕回去见到熟人别扭,你要是不回去,林舒羽不难受吗?”

曾善才说完,成勇还没来得及应答,孙利民倒是张大嘴巴,瞪大眼睛,一副非常吃惊的样子。其实,也难怪他吃惊,三个人在一起朝夕相处那么长时间,曾善才和成勇都没有在他面前提过林舒羽。孙利民虽说隐约知道成勇那个在老家省城上班的老婆就是林舒羽,但他一直不愿主动往这上面想。今天曾善才明确对成勇提到林舒羽,这深深刺痛了他那颗难以割舍旧爱的心。不过,曾善才和成勇都没注意到孙利民的表情变化。

成勇低头想了一会说:“难受也没办法,这不是走不掉吗?”

“怎么能走不掉?过年期间大家都放假了,就算待在这里也做不成生意,你不回去该不是另有原因吧?”曾善才反问道。

“还能有啥原因?”成勇咕哝了一句。

曾善才见成勇不肯说出真正原因,便对成勇把话挑明了:“你跟钱艳娥的事俺和利民都知道了。”

成勇的脸瞬间涨得通红。他躲过曾善才的眼光说:“她……她太可怜了!”

“她可怜,那林舒羽就不可怜吗?”曾善才问。

成勇低下头,没吭声。

此时的孙利民心里如翻江倒海一般。他既替林舒羽深感不值,又对成勇的行为酸恨交加。他甚至都想扑上去把成勇狠揍一顿,以解心头之恨。不过,他最终还是强忍动手的冲动,对成勇吼道:“你老婆那么优秀,你却一点都不珍惜,太过分了!”

孙利民的突然发飙令曾善才和成勇都非常意外,他们完全想不到一向温文尔雅的孙利民突然会有这么大的脾气。成勇怔怔地看着孙利民,半晌才说:“你说的对,俺的确有点昏头了!”

曾善才紧接着说:“兄弟,你不仅对不起林舒羽,也对不起你自己呀!咱们在南粤能有今天多不容易?你忘了俺当年是怎么在女人身上栽跟头的吗?”

在曾善才和孙利民两人的轮番责备下,成勇的表情越来越复杂,有羞愧,也有悔恨,还有委屈。他吞吞吐吐地说:“钱艳娥挺可怜的,只是一句话两句话说不清楚。”

“行,说不清楚就不说吧,你只要多想想林舒羽的好处,快点跟钱艳娥分开就好!”曾善才语气生硬地说完后盯着成勇看了一会,又补了一句,“越快越好!”

孙利民也附和道:“对,必须分开!”说完这句话,他的眼前不禁浮现出林舒羽得知成勇另有新欢的绝望、凄惨形象,他顿时心如刀绞。他怎么也不明白,这么一个优秀、善良的美女为何与自己这个忠贞不贰的痴情郎缘尽人散!成勇啊成勇,你真是身在福中不知福呀!“哎……”孙利民长叹一声后快步走出屋外,把满腔的怒火狠狠地顺着捏紧的拳头释放到坚硬的廊柱上。

仍在屋内的成勇沉默了一会,终于点头对曾善才说:“放心,俺会处理好的!”

两天后,成勇主动跟曾善才说准备回老家过年。曾善才很高兴,就问:“想开了?准备跟钱艳娥分手了吗?”

成勇挠挠头,没有正面回答,却说:“舒羽写信说要来南粤过年,俺一想,南粤这边过年冷冷清清的,春运期间火车上又挤,叫她来受这份苦干啥?还是俺回去吧!”

曾善才感觉很好笑,心想,成勇一定是怕林舒羽发现隐情,但转念一想,成勇回去过年毕竟是好事,说明他还是舍不得林舒羽,便搂着成勇的肩膀说:“回去好!林舒羽一人在家多不容易,你回去要多关心关心人家!这边呢,要想办法尽快跟钱艳娥了断,千万不能伤了林舒羽的心!”

成勇点点头,没有说话。

其实,曾善才并不完全理解成勇。他并非薄情寡义之徒,而是重情重义之人。正因为太重情义,他才不忍心看到钱艳娥因为得不到他而陷入深深的痛苦之中。在螺丝厂时,曹艳、李露两人就因为得不到他,才自暴自弃成了李冲的情妇。如果钱艳娥也因为同样的原因走上自暴自弃之路,他成勇一定更加于心不安。正是基于这种矛盾的感情,成勇才与钱艳娥住到了一起。但在两人共同生活的日日夜夜,成勇又无时无刻不感觉自己愧对林舒羽,所以听说林舒羽要来南粤过年,他又感觉自己应该回去照顾一下这个结发妻子。好在钱艳娥果真像她自己曾经说过的那样,只想照顾成勇,并不想拆散他们的家庭,对成勇要回老家过年的打算表示理解和支持。而这又反过来令成勇感觉对不住钱艳娥,对她更加爱怜与呵护。

成勇春节从老家再次回到南粤后,为避免曾善才和孙利民唠叨,主动从他与钱艳娥共住的地方搬回去与曾善才住在一起,只在暗地里隔三岔五地回到钱艳娥那里与她幽会。成勇在两个如花似玉的女人中间痛苦地煎熬着,忘情地享受着,小心翼翼保持着微妙的平衡。直到1991年深秋,这种平衡才因为林舒羽的临产而出现松动的迹象。

那是一个与平常同样忙碌的下午,成勇接到林舒羽的来信。在信中,她刚向他诉说两句相思之苦,便迫不及待地告诉成勇,她很快就要临产了,而且据医生说,自己怀的是双胞胎,还说,身边有母亲照顾,叫成勇安心在南粤搞事业。成勇看完信以后,哪里还能安心得了?整个晚上都心神不宁,躺在床上翻来覆去睡不着。身边的钱艳娥知道他收到了老家来信,猜想成勇的表现一定与那封来信有关系,就试探着问他。成勇心想,这么大的事,瞒也瞒不住,便如实告诉了钱艳娥。

钱艳娥叹了口气,说:"你该回去一趟。"

成勇没吭声。钱艳娥翻身搂住他的臂膀,把脸埋进他的胸口,又补了一句:"回去吧,知道你舍不得那边!"

成勇终于说话:"我也舍不得你呀!"

"知道。"钱艳娥抬头亲了一口成勇的下巴,"回去吧,以后还能在你心里给我留下一丁点地方,我就知足了。"

成勇被她这么一说,心里一阵酸楚,感觉非常对不住她。可是一想到林舒羽对她的依恋以及即将诞生的双胞胎孩子,他更加不忍心不回去一趟。直到这个时候,这个年届三十的男人才第一次感觉到游离于两个同样美丽、同样善良的女人之间竟然是一件难以名状的痛苦之事。他把钱艳娥用力揽进怀里,尽可能多给她一些温暖和快慰……

几天后,当守在产房门口的成勇看到护士抱出来的一双粉嘟嘟的小儿时,他的心都要化了。他三步并作两步,冲到林舒羽的床边,轻揉地抚摸着她潮湿的长发,柔声细语地说:"辛苦你了!"也就是从那一刻起,他暗自下定决心,再回南粤时,他一定要设法让钱艳娥对自己心生厌恶,从而在没有多少留恋的情况下从他身边走到更适合的地方去。

然而当他回到南粤,回到那间他与钱艳娥共同居住了一年多的小房间时,他一下子呆住了。钱艳娥连同她的衣服和生活用品全部消失得无影无踪,只在窗前的写字台上留下了一封写着他名字的信封。他赶忙把信封拆开，从里面抽出一张信纸。纸上只工工整整写了短短几句话：

亲爱的勇：我走了，永远从你身边走开了。感谢你给我的爱！但我知道我必须走开，必须去一个很远的地方。你不必找我，你也不可能找到我。请放心，我会好好活着。吻你！你曾经的艳娥

钱艳娥的不辞而别令成勇始料未及。他呆呆地坐在窗前，满脑子里全是她的身影。他轻轻呼唤着她的名字："艳娥……艳娥……"然而那个他无比熟悉的、无比娇嫩、无比清甜的声音从此不再出现……

第二十三章 鲲鹏转型搞制造 舒羽加盟士气增

鲲鹏贸易有限公司开张后，整整火了 3 年。到 1993 年夏天的时候，鲲鹏贸易已经拥有了将近八百万元的结余。然而，曾善才他们还没来得及庆贺一下，国内市场上突然杀出了一款南粤本地产的程控交换机，市场价格比欧美产的同类程控交换机低了 2/3 以上。他们代理的香港雄鹰公司程控交换机本来在性价比上与欧美产品相比还略有优势，现在却完全被南粤本地产的这款程控交换机远远甩在了后面。怎么办？曾善才和成勇首先想到帮这家本地企业做代理，后来一打听，才知道人家就是代理出身的，无论是销售队伍还是销售能力都比鲲鹏贸易强得多，只好打消了帮他们做代理的念头。

面对同行的突然转型，曾善才等三人都无比震惊。曾善才深感内疚地说："人家也是搞代理的，却没有满足代理，居然不声不响开发出了自己的产品！相比之下，俺们眼光太短浅了！"

对这家本地企业多少了解一些的孙利民虽然也心有不甘，却在一旁安慰曾善才："人家早在 1987 年就开始代理香港另一家通信公司的程控交换机了，起步比咱们早，钱也比咱们赚得多，再加上人家确实比咱们有心，对程控交换机行业的市场格局也比咱们看得透，决心又比咱们更大，他们能把程控交换机研制出来并不意外。听说去年他们刚开始研发程控交换机的时候还挺悲壮的，可以说是背水一战。因为如果研发不成功，他们前些年好容易挣到的钱就会全部打水漂。现在他们的确是成功了，也堵住了咱们今后的路，要是不成功，他们就比咱们苦多了。不过，咱们也不用急，可以好好向他们学学，看看今后咱们自己该咋办。"

"是啊，代理程控交换机这条路没法再走了。要不，咱们也去搞制造吧。"曾善才说。

“搞制造好是好，咱们本来就搞过制造，而且搞得还算不错，只是咱们搞啥方面的制造呢？搞程控机吧，咱们没有技术；搞螺丝吧，跟南粤这边的市场环境也不太搭。”成勇说。

“那就继续搞电子、通信吧。这是南粤这边最鼓励发展的行当，咱们好歹还有些基础。”孙利民说。

曾善才和成勇都认为孙利民说的有道理。于是他们决定暂停鲲鹏贸易的代理业务，着手酝酿新的业务方向。

经过深入调研和反复比选，他们决定从投资规模和技术要求都不是太高但市场潜力比较大的固定电话机组装入手，把原南粤鲲鹏贸易有限公司更名为南粤鲲鹏电子通信有限公司，以此为新起点开展业务转型，待转型成功后再考虑下一步的发展。工厂就选在南粤电子工业区内，这里是全国著名的电子元器件集散地，既可以就近购得质优价廉的元器件，又能及时了解电子通信行业的发展动向。

年底时，工厂正式投入生产。这个仅有三条生产线、两个技术员、几十个工人的家用电话机组装工厂正好赶上了中国家用电话快速普及的大好时光，很快便达到了盈亏平衡。

到 1995 年底时，鲲鹏公司原有的三条生产线已不能满足市场需要。这时，那就是要不要继续扩大生产规模？对于这个问题，他们已经议论过多次，但一直没有定论。曾善才深知市场瞬息万变，决定与孙利民和成勇一起好好议一议。

这次讨论是在鲲鹏公司夏天刚租的办公楼内举行的。三人围坐在曾善才办公室内的椭圆形小型会议桌前，一边悠闲地喝着香气扑鼻的速溶咖啡，一边各自陈述着自己的观点。

成勇率先发言。他说：“俺是搞销售出身的，以俺的经验来看，只要市场需求还在，就不应该轻易改变业务方向。目前家用电话在大城市比较普及，但在小城镇和农村地区，电话还非常少见。在这种情况下，完全有必要趁热打铁，把咱们的电话机组装线扩大至少一倍。”

孙利民则提出疑问：“你对市场的分析很有道理，但是电话组装的门槛并不高，咱们看到的市场机会，别人也看到了，据俺了解，现在很多电话组装企业都打算扩大生产规模，一些从没有生产过电话的企业，也随时准备挤进来。俺现在就是担心，等咱们的新生产线建好了，市场竞争环境会激烈得多。依俺看，咱们应该吸取代理程控交换机时的教训，早点进入高门槛领域。”

成勇感觉孙利民说的有道理，就说：“能早做准备当然好，可是转到什么方向好呢？”

“寻呼机！”一直静静听孙、成二人发言的曾善才把桌子一拍，兴奋地说。

“对，俺正想说这事呢！”孙利民开心地把眼睛眯成一条缝说，“寻呼机这玩意这两年越来越普及，现在谁腰里要是不别一部寻呼机，那就是老土！但是，现在国内的寻呼机市场几乎都被摩托罗拉垄断了，国内仅有一家浙江的乡镇企业生产寻呼机。要是咱们这时候进入寻呼机市场，应该算是走在前面的了！”

“未必吧！”成勇不紧不慢地提出了不同意见，“寻呼机看起来时髦，但能火多久很难说。这两年手提电话越来越小，越来越轻，俺估摸着这玩意很快就会普及开来。要是能一步到位，搞两条手提电话生产线就好了！”

“你说的手提电话俺也考虑过，能搞得起来当然好了。但是，当下来看，难度还相当大。手提电话的技术门槛相当高，当前国内还没有一家公司能够生产出手提电话。再说，国家还没有对手提电话立过项，就算咱们能弄到手提电话的生产技术，国家要是不批准，也甭想生产！”孙利民提醒道。

孙利民的话令曾、成二人都陷入了沉思。对于鲲鹏通讯来说，虽然这些年赚了点钱，但几乎没有多少技术积累，真要转身去做技术比家用电话复杂的手提电话，难度还真不小，况且国家还未必允许生产呢！既然这样，那还不如先做几年寻呼机试试。可是，到哪里能找得到寻呼机生产技术呢？

“这个问题俺已经考虑过了！”孙利民胸有成竹地说，“数字寻呼机的确已经落伍了，现在中文寻呼机还比较少见，价格又贵，如果要做寻呼机，那就做中文寻呼机吧。俺有个朋友以前在南粤市政府工作，接触过浙江那家企业老板当年递交给市政府的中文寻呼机立项报告，他跟俺说起过那篇报告的大致内容。俺前阵子还请教过南粤大学电子工程系的一位教授，他说生产中文寻呼机在技术上不是难事。要是能把这位教授聘过来做顾问，那咱们的中文寻呼机生产线很快就能干起来了！”

孙利民的建议得到曾、成二人的积极回应。三人紧接着又围绕建设中文寻呼机生产线的细节问题进行了深入讨论。

此后，曾善才等三人全力推进中文寻呼机生产线建设。经过不懈努力，到 1996

年夏天时，鲲鹏通讯的首条中文寻呼机生产线便正式建成投产了。

没过多久，鲲鹏通讯的首批中文寻呼机就下线了。守在生产线旁边的曾善才、孙利民和成勇三个人开心得嘴都合不拢。曾善才从生产部长递过来的三只中文寻呼机中挑出来两只，把它们亲手别在孙利民和成勇的皮带上，最后将第三只别在自己的皮带上。“怎么样？不比摩托罗拉差吧?！”曾善才得意地拍了拍自己腰间那只巴掌大的长方形寻呼机。成勇则随手抓起电话把自己的新寻呼机号码发到林舒羽的寻呼机上。

“滴！”成勇挂掉电话才几分钟，他腰间那只寻呼机竟发出了收到信息的提醒声。“这么快就有信息来了！”他欣喜地从腰间取下寻呼机，按下查寻键一看，淡绿色的显示屏上清晰地出现几行黑字：“成龙、成虎说想爸爸了，闹着要去南粤看你。俺已买好明天去南粤的火车票……”看到这里，成勇忍不住嘟囔了一句：“这俩小子，真懂事，还知道他们有个爹！”

“咋这么开心？”曾善才问。

“舒羽要带两个小家伙来南粤，后天下午就到！”成勇咧开大嘴笑着说。

“是吗？来得正是时候，咱们的寻呼机已经完美生产出来，你正好可以带他们娘仨好好休息一下。”曾善才对林舒羽母子三人的到来表示欢迎。

就在两人对话的时候，一旁的孙利民感觉极不自在。自从那年他从曾善才与孙利民的对话中得知林舒羽已嫁作成勇之妇，他就时常被一种莫名的惆怅与心痛所折磨，他既希望能早一日重见林舒羽，又怕真正面对面的时候无法掩饰自己的尴尬……

“利民，要么咱们摆一桌酒席，既为林舒羽和孩子接个风，也为咱们自己的中文机下线庆个功，你看怎么样？”曾善才看了一眼孙利民问道。

“哦……当……当然……”孙利民结结巴巴地应道。

曾善才并没注意到孙利民情绪上的变化，亮开嗓子说：“好，就这么定了！”说罢，意味深长地对成勇说：“公司的事你这两天少管，你现在的任务只有一个，就是养精蓄锐！”

听曾善才这么一说，孙利民更感别扭，却故作轻松地附和道：“对，对，养精蓄锐！”

第三天下午5点钟不到，成勇就乘坐公司的桑塔纳2000型轿车守在南粤火车站出口。他不停地抬腕看表。火车如果准点的话，应该在5点30分到站。但这一天，火车似乎有意与他为难，直到5点45分才喘着粗气，慢悠悠地驶入火车站。又过了十来分钟，成勇才看到有人提着大包小包走出长长的出口通道。他伸长脖子，使劲往人群张望。林舒羽终于出现了。她身着乳白色连衣裙，一手拉着黑色拉杆箱，一手拉着成龙，成龙则拉着成虎。林舒羽依然那么丰姿绰约。成勇心头一热，用力朝妻儿招手。几乎在同时，林舒羽也发现了成勇。她俏皮地对成勇努努嘴，低头对两个孩子说："爸爸在前面向你们招手呢！"成龙、成虎抬头一看，他们日思夜想的爸爸正弯着腰、张着双臂等待他们的到来，但因为长时间未见，有些生疏，俩孩子扭捏着相互把对方往前推了几把，才撒开脚丫子往门口奔来。快到近前时，更是加快脚步，咯咯笑着一头扑进成勇的怀里。很快，林舒羽也来到近旁。成勇一只胳膊弯里抱着一个孩子，林舒羽拉着拉杆箱紧随其后。一家四口其乐融融，羡煞路人。

小车直接把他们一家人送到了南粤湾边的一家粤菜馆门口。曾善才和孙利民早已在门口恭候。成勇首先打开副驾驶室的车门，一步跨下车来，随即拉开后面的车门。当林舒羽优雅地从车里探出头来时，她的目光第一时间撞上了孙利民的目光。孙利民心中一阵慌乱，脸色骤然变红，赶忙扭过头去。

两人表情的变化被曾善才尽收眼底，他笑着向林舒羽问过好，便扭头朝孙利民小声打趣道："利民今天咋了？怎么见到美女往后躲呢？"

孙利民假装没听见，顺手接过驾驶员手中的拉杆箱就往饭店里面走，这才稍稍化解刚才的尴尬。

孙利民到底没能躲得过去。他的座位被曾善才安排到林舒羽的斜对面。虽然他试图把座位换一换，然而，加上两个孩子总共只有6个人，人家一家四口还要坐在一起，回旋余地太小，最后只好作罢。"尽量不抬头吧。"孙利民默默地在心里念叨。然而，这个对策也几乎不太可能实施。他越是不想抬头，越是会下意识地抬一抬头，而每次抬头，他都能瞥见林舒羽娇好的面容。岁月在她身上似乎一点痕迹都没有留下。十几年过去了，她依然像个大学生一样年轻而充满活力。孙利民的心脏怦怦直跳，思绪不时回到当年的大学校园。他至今也没弄明白，那个头上长疮、脚底冒脓、奇坏无比的李冲为何能那么轻松地从他手中抢走林舒羽？因此，越来越陷入"曾经沧海难为水，除却巫山不是云"的执着，如今三十有五仍孑然一身。

"利民，咱们以茶代酒向舒羽敬一杯吧！"曾善才的提议打乱了孙利民的思绪，他猛然一惊,颤巍巍地拿起茶杯站了起来,僵硬地笑着把茶杯伸到林舒羽的面前。

对于孙利民的情绪变化,林舒羽看得非常真切,也非常清楚背后的原因是什么。在她来南粤之前,就断断续续从成勇无意中说出的信息里得知了孙利民的现状,也明白孙利民至今未婚的原因可能与自己有关。她感念孙利民当年对他的爱护与照顾,对自己离开孙利民隐隐有些自责,很希望自己能亲自帮孙利民走出他自设的心理牢笼。这也是她这次来南粤的目的之一。当然,她从未在成勇面前说过自己与孙利民的关系,只是默默地做着准备。

林舒羽大大方方地与曾善才和孙利民各自碰了下杯子,抿嘴一笑说:"哎呀,你们都太客气了!俺们娘仨要给你们添麻烦了!"说着拍了拍成龙、成虎的头,"你俩也给两位伯伯敬杯茶吧!"俩孩子先是把头埋在桌面上不肯动,之后在成勇的鼓励下才端起面前的西瓜汁扭扭捏捏地分别走向曾善才和孙利民。孩子的参与很快令房间内的气氛轻松起来,大家一边夸赞孩子可爱,一边夸奖林舒羽教育有方。

"好啥?成勇不在家,俺一个人根本对付不过来俩孩子!"林舒羽瞪了一眼成勇,故作埋怨地说。

林舒羽不经意间说出的这句话,令曾善才心里一紧。他放下筷子,仔细端详起成龙、成虎,脑子里却浮现出夏生和秋生的模样来。6年了,夏生早已出落成玉树临风的少年,正在老家读初二,而秋生也已9岁,正在老家读小学二年级。随着岁月的流逝,周燕飞虽然不那么怨恨曾善才了,但还是禁止他与两个孩子接触,说是怕曾善才把他们带坏了。曾善才很无奈,加上南粤的生意忙,这些年只能靠在老家当教师的弟弟曾善兵寄来的孩子照片聊以慰藉自己那颗思儿之心。

"董事长,俺和成勇也要回敬你一杯!"林舒羽的话把曾善才拉回了现实。

"哦,不要客气!"曾善才赶忙站起来说,"你一个人在家带两个孩子,不容易!又坐了这么远的火车,肯定累得够呛,多吃些,早点休息!"

"还行,不算太累。"林舒羽说,"俺就是想和成勇一起当面感谢你一下,这些年,你一直这么关照他。"

成勇也举起茶杯在一旁附和道:"是呀,是呀,多亏董事长赏识俺!"

"不能这么说,要说就说咱俩比较投缘吧。其实,当年成总放弃螺丝厂的工作,把你一个人扔在老家,跟俺一起来到南粤,做了很大的牺牲。不像俺,一个人吃饱,全家不饿。所以要说感谢,应该俺感谢你们才对。"曾善才客套道。

“对了,听成勇说你现在还是单身呀?”林舒羽与曾善才碰了碰杯子,接着说,“遇到合适的可以再找一个了。你工作这么忙,身边有人关心会好一些。”

“不说这个,不说这个!”曾善才咧嘴笑着说。其实,这些年曾善才也处过几个对象,有刚过二十的漂亮姑娘,也有年近三十的成熟少妇,有的还短暂在一起生活过,但曾善才总找不到可以白头到老的感觉,所以至今还是名义上的单身汉。

成勇对曾善才的内心世界甚为了解,就在一旁替他解围,说:“董事长身边不缺美女,只是他对另一半的要求太高,所以到现在还是一个人过。真正需要关心的不是他,而是孙总。”说罢拉着林舒羽走到孙利民身边。

孙利民对成勇夫妻俩与曾善才的对话听得一清二楚,见他们走过来,忙拎起茶杯起身迎接。

“孙总是中原大学毕业的吧?”林舒羽微笑着问孙利民。

孙利民没想到他会问出这么个问题,紧张得一时不知说什么才好。幸好林舒羽接着又说了一句:“上大学时就经常见你在大会上演讲,没想到多年之后能在南粤见到你,而且你还跟俺孩子爸在一起开公司!”

“哦,是……是吗?”林舒羽如此解释两人的关系令孙利民多少定了定心,他也装作两人不曾认识的样子问,“你也是中原大学的?”

“是呀,俺比你低一届,又是中文系的,你肯定注意不到俺!”林舒羽的话彻底让孙利民宽了心。

半天没有开口的成勇接过话茬,对林舒羽说:“既然你和孙总是校友,将来有合适的帮他介绍一个!”

“没问题,关键是孙总想找啥样的?”林舒羽认真地问。

“哦,这还真难说。这样吧,反正你也不是明天就走,哪天俺想好了再跟你说,怎么样?”孙利民回应道。

“好,一言为定!”林舒羽伸出酒杯与孙利民碰了一下。恰在这时,成龙、成虎兄弟俩因为父母离开座位时间稍长,开始变得不安分起来,林舒羽赶忙归位哄孩子去了。

接下去,大家随意聊了一会家常话。考虑到林舒羽和孩子一路上比较辛苦,在曾善才的提议下,这场聚会早早就结束了。

几天后的一个下午,孙利民因为业务上的事情敲开成勇办公室的房门。开门的却是林舒羽。孙利民伸头往屋里瞧了瞧，问："成总不在？"

"刚带俩孩子出去买雪糕了，应该很快就回来，你进来坐一会吧！"林舒羽应道。

孙利民犹豫了一下，还是进了门。这是时隔十几年的分别之后，两人第一次单独相处。事实上，因为有太多的疑问需要当面弄清，他在潜意识里根本就无法拒绝这一天赐良机。林舒羽请孙利民在房间一角的沙发里坐下，自己起身为他倒了杯热茶，双手递了过来。孙利民欠身接过茶杯，一股浓烈的香味扑面而来。这是他最爱喝的六安瓜片，一种莫名的感动瞬间传遍全身。当年在大学读书时，林舒羽就经常送他最新最上等的六安瓜片。两个人在一起的时候，林舒羽会把茶泡得浓浓的塞进他的手里。

"真香！"孙利民感叹道。

"香就好。知道你喜欢喝瓜片，这次来特意给你带了 2 斤，还没来得及拿给你呢！"

"你还记得？"

"当然。"

"谢谢！"孙利民吹开覆在杯口的茶叶，小心地喝了一口。

"谢什么！有些事情是注定忘不了的，只是大家都有了新生活，总不能靠回忆过日子！"坐在孙利民侧面沙发上的林舒羽盯着窗外的蓝天悠悠地说。

"你是说俺吗？"

"也许吧。咱们都是受过高等教育的人，这点理解能力你应该还是有的。"

"俺太愚钝了。"

"不，你一点都不愚钝！你只是太沉醉于过去了！"

"可俺总忘不了那段时光。"

"俺也没忘，但你必须面对现实！"

"俺能面对。"

"你没有。俺知道你一直在纠结一个问题，那就是为啥俺当年会离开你找李冲。"

"嗯，为什么呢？"

"其实，原因很简单，俺被他的谎言蒙蔽了眼睛。后来，俺意识到这是一个错误,但错已铸成,俺也只能接受错误的惩罚。痛苦之后,俺选择面对现实。希望你也能。”

“俺尝试过,可做不到面对现实,太难了!”

“不,你能做到!你也必须做到!生命很短,趁现在年龄还不是太大,抓紧享受生命的精彩吧!”林舒羽说完这句话,把眼光从窗外移到孙利民的脸上。

孙利民看得很真切,那目光一如当年的柔和与温婉。他不敢再看下去,快速收回目光,低头喝茶去了。

“那天成勇开玩笑说,要俺给你介绍对象,其实你只要走出自设的屏障,完全不需要人介绍,俺在南粤又没有熟人,也根本没法给你介绍。”

孙利民没说话,又低头喝了几口茶,才缓缓地抬起头来,说:“谢谢你还惦记着俺,放心吧,俺能处理好自己的事情!”说着,站起身来,“成总可能一时回不来了,俺先回去吧。”

恰在此时,成龙、成虎相互打闹着推开了虚掩的房门,紧接着成勇也跨进屋来。

“真巧,正说你呢,你就回来了!”林舒羽拉过两个孩子说,“你们聊着,我带孩子回去做饭。”走出门口时,又扭头对成勇说:“孙总好像很喜欢喝瓜片,回头你把俺刚才带来的那2斤先让他带回去!”

成勇答应了一声,便坐下来与孙利民交谈。事情不大,两人很快就商量好了。话题自然就转移到林舒羽娘仨身上。

成勇不经意地说了句:“舒羽也想来南粤。”

“啥?她在机关里干得好好的,都当副处长了,怎么想起来南粤了?”

“还不是两地分居闹的!”

“也是啊。能在一起生活当然是好事。不过,要是能调过来就好了。”

“俺也这么跟她说过,可你猜她咋说?”

“咋说?”

“她说现在全国都在忙着分流干部,哪有多余的位子留着?再说,现在提倡停薪留职,干好了,自己赚钱自己花;干不好,将来还可以回到机关。机会难得呀!她身边已有好几个干部办了停薪留职手续,她脑子也就跟着活泛了。”

“这么说,还真是件大好事!正好咱们公司人手也不太够,她在政府里当过领导,可以帮咱们搞政府关系,就是不知道她自己愿不愿意。”

“应该愿意。俺回去再问问她的意见,要是她愿意的话,回头你在善才那边也帮着吹吹风吧。”

“吹风没问题,但是凭你跟善才的关系,哪能用得上俺去吹风?”

“哈哈,那不一样!多个人支持不是更保险吗?”

孙利民本来就是一个热心肠的人。尽管他感觉非常别扭,还是决定按照成勇的希望帮他吹吹风。从成勇办公室出来以后,孙利民直接敲开了曾善才的房门。

“利民,你来就来吧,咋还拎着茶叶来了?”曾善才瞅着孙利民手里拎着的茶叶,茶叶盒子上明明白白地写着“六安瓜片”四个字。

“别自作多情了,这是林舒羽送给俺的!再说,你不是对喝茶无所谓吗?”孙利民嬉皮笑脸地反问道。

“说的也是。算了,既然是林舒羽专门送给你的,俺就不跟你抢了,省得你心里不自在!”曾善才说着,一屁股坐进老板椅里,“你是不是还有事?”

“嗯。”孙利民松松垮垮地在曾善才对面的椅子上坐下来,“还真有事,不过,是件好事!”他故意卖了个关子。

“啥好事?”

“猜猜看。”

“你找到媳妇了。”

“不是。”

“那猜不到了,快说吧。”

“咱们公司要来个高人了!”

“啥?俺咋不知道?”

“你当然不知道!因为人家还没确定来不来呢。”

“哦,什么高人能让你喜欢成这个样?”

“林……舒……羽!”

“她?”

“她!”

“她不是在省城当领导吗?来这里能干啥?”

“我说善才,这就是你的不是了!你就忍心看着人家两口子分居两地?”

“当然不忍心！但是她能忍心放着领导不当跑到这里来吗？再说了，咱们这么小的庙，也装不下她这个大菩萨呀！”

“你只要想装，还是能装下的！咱们的中文寻呼机刚下线，以后还要扩大生产规模，既需要解决场地不足的问题，又需要通过融资解决资金不足问题，少不得要跟地方政府打交道。林舒羽当过领导，知道怎么跟政府打交道。她要是真能加入咱们鲲鹏，那可是巴之不得的呀！”

“嗯，是这么个道理！她啥时能到位？”

“看你急的，人家还没有决定到底要不要停薪留职来南粤，更甭提来鲲鹏了！”

“你去做做工作嘛！”

“俺哪有那大面子？要做工作，也得你亲自出面呀！”

“好，俺抽空问问去！”

曾善才当晚就跑到成勇的租住处。成勇开了门，把曾善才让到沙发上坐下。正在厨房刷碗的林舒羽也赶忙擦干手过来打招呼。三个大人落座后，成龙、成虎分别依偎在爸爸、妈妈怀里。曾善才看到他们一家人欢欢喜喜的样子，心里不勉又回忆起当年自己与周燕飞带着夏生的情景。

“董事长难得大晚上跑来坐一会，该不是有事吧？”成勇问。

曾善才瞅瞅成龙，又瞅瞅成虎，不紧不慢地说：“一家人住在一块就是好呀！”

“那是，那是。”成勇感慨地说，“这些年难得在一起。”

“听说林处长准备辞官不做了？”曾善才问。

“啥处长不处长的，直接叫舒羽好了！”林舒羽说。

“你本来就是处长嘛，俺又没叫错！你这个官在老家可是大官了，听说相当于咱们河东的副县长。你说，见到副县长可以直呼其名吗？”

成勇和林舒羽都被逗笑了，俩孩子不知大人们笑啥，看看这个，瞧瞧那个，也跟在后面咯咯笑了起来。

“现在全国都在提倡经济建设，当官也得为地方经济服务。”林舒羽说。

“你说的俺听说过一点。话归正题，你辞不辞官俺不敢瞎掺和，如果你一定要辞，就来咱鲲鹏吧。一来你们一家人可以团聚，二来也可以帮帮俺们。”曾善才诚恳地说。

“谢谢！你太热心了！不过，俺还没有想好要不要停薪留职，就算想好了，也不能去鲲鹏呀,成勇已经给你添了这么多年的麻烦,俺不能也来添麻烦！”林舒羽说。

曾善才有些急了,赶忙摆手说:“啥叫添麻烦?你这话可说远了!成总当年是在俺最倒霉的时候,辞掉工作,陪俺一起来南粤闯荡。要说添麻烦,那也是俺给你们两口子添麻烦。你是当领导的,如果辞官后能来鲲鹏,那可是俺做梦也不敢想的事,就更不能说添麻烦了！”

“董事长总是这么谦虚,添麻烦就是添麻烦！不过,舒羽俺俩私下里也商量过这事,俺想着鲲鹏正在大发展的节骨眼上,恰好也需要人,希望她能来鲲鹏。她却说两口子挤在一家公司不像话,会让领导难办事。不瞒你说,俺下午已经跟孙总说过这事。”成勇接过话茬说。

“俺就是听他说的。你说得对,咱们鲲鹏正好需要人,与其用那些不熟悉的人,为啥不用林处长这样知根知底的呢?只是咱们的庙太小,真要到鲲鹏来,倒是委屈她了。”曾善才恳切地说。

“不委屈,不委屈！你们已经打了这么好的基础,俺半路过来,坐享其成,倒是委屈你们了！”林舒羽说。

“什么叫坐享其成?俺还等你来发挥作用呢!好了,既然你不认为委屈,真要是下海了,一定要到鲲鹏来呀！”曾善才说。

“行,一定！”林舒羽爽快地应道。

“太好了！回头俺再跟利民也通下气,他应该也非常欢迎！”曾善才欣喜地说。

一个月之后,林舒羽在遍布全国的下海潮推动下,果断地办好了停薪留职手续,带着两个孩子再次来到南粤。根据曾善才与孙利民、成勇之前达成的共识,林舒羽来南粤后直接进入鲲鹏通信,任副总经理,主要分管公司的行政、人事和政府关系等工作。这样,鲲鹏公司除了有以曾善才为董事长、以孙利民和成勇为董事的董事会,还健全了以孙利民为总经理、以成勇和林舒羽夫妻俩为副总经理的经营班子,一个权责明确、分工有序的现代通信企业从此站到了一个新的起点上。

曾善才对林舒羽的加盟高度重视,特意选择 9 月 2 日这个月份的首个工作日召开全公司的干部大会。在会上,他回顾了 6 年来鲲鹏公司从一家代理公司发展成一家电子制造公司的艰难历程,真诚地感谢了南粤这处胸怀博大、发展神速的创业热土以及他的两个创业伙伴——孙利民和成勇, 随后便隆重推出了林舒羽,称她不仅是他曾善才个人的大福星,更是鲲鹏通信的大福星。他还开玩笑说:“林总之前是正经八百的省政府机关副处长，现在来做咱们鲲鹏公司的副总经理，这意味着什么？这意味着咱们鲲鹏公司也是个处级单位了，俺曾善才一不小心成了处级干部，在俺老家就是县长了，也算是祖坟冒烟了！”

曾善才的玩笑话逗得在场各位哄堂大笑，也实实在在地振奋了鲲鹏通信上下几百号人的士气。大家奔走相告，对鲲鹏通信的未来充满了无限的希望，每个人的脸上都洋溢着灿烂的笑容。

林舒羽加盟鲲鹏通信后，在自己负责的领域内悄然刮起三股新风。

第一股新风是改变办公室作风。鲲鹏通信虽然是一家民营企业，但随着规模的扩大，公司内部的官僚主义气息逐渐萌生。自办公室主任到一般工作人员全部唯三位老板是尊，对三位老板又按级别高低采取微妙的差异化对待。除此之外，对待其他同僚和级别较低的员工不理不睬还算客气的，编造谣言、冷嘲热讽、栽赃陷害的事情更是家常便饭。有一次，办公室主任竟当众对常年打拼在市场前线的市场部经理阴阳怪气地说：“还是你们日子过得舒服，整天在外游山玩水！”事实上，真正利用工作便利游山玩水、吃拿卡要、占尽便宜的倒是他们自己。林舒羽原本在机关也是个专注业务的实干家，对这种媚上欺下的官僚作风看得非常真切，也深受其害，曾立志要改变这种风气，现在要她分管办公室，她当然要做出不一样的规矩来。为此，她对办公室约法三章：第一，鲲鹏通信的办公室宗旨是服务于业务，而不是服务于老板，凡与业务相关的活动，牵头人即便不是几个老板，办公室也应该按照该业务工作的轻重缓急全力做好配合工作；第二，鲲鹏通信的办公室文化必须风清气正，不得拉帮结派、尔虞我诈；第三，鲲鹏通信的办公室人员必须了解市场环境和一线工作的艰辛，要做业务开拓的参与者和支持者，而不是点评家和落井下石者。

第二股新风是倡导一种尊重人、发展人的企业文化。她认为，人是鲲鹏通信白手起家的最重要财富。过去靠人，现在靠人，今后更得靠人。最初的人实际上就是曾善才、孙利民、成勇这三位创业者，他们互相尊重、取长补短，把自己的潜力充分挖掘出来，才有现在的规模。现在的人来源广泛，能力和素质参差不齐。如果能使他们人尽其才，最大程度发挥自己的潜能，那么在这些个体得益的同时，鲲鹏通信一定也能跟着得益，甚至比个体得益更多。为此，林舒羽不厌其烦地在曾善才等三位公司创始人面前推介自己的主张并很快获得了他们的支持。在林舒羽的具体推动下，鲲鹏通信建立了超前的员工绩效考核、收入分配、培养储备和晋升机制。为确保鲲鹏通信适应未来发展对专业技术人员的需求，林舒羽还说服曾善才等人在第二年大中专学生毕业季以高出当年应届毕业生平均工资水平50%的高薪招收了一批通信专业的优秀硕士和学士毕业生，并以此为起点，形成了一个专业人才储备、培养和使用的长效机制，这为鲲鹏公司此后的大发展奠定了坚实的人才基础。

第三股新风是理顺了鲲鹏通信与政府之间的关系。林舒羽出身于干部家庭，又在省政府机关工作多年。她深知政府权力巨大，也深知不少企业为了自身利益会不惜一切追逐权力。但是，她也目睹了不少滥用权力或追逐权力者身败名裂、甚至身陷囹圄的鲜活案例。为了能使鲲鹏通信走得更远、飞得更高，她积极倡导在鲲鹏通信与政府部门间建立一种友好互动、简单清爽的关系，对政府想做、愿意支持的事情，尽可能走在前面，对政府不想做甚至反对的事情坚决远离不做，这样，企业就会少了很多被无故刁难或寻租的可能。她常说的一句话是：政府公务员也是人，也有七情六欲、喜怒哀乐和利益追求，与其为了企业不合时宜的利益去拉拢、腐蚀那些公务员，最终把他们和自己都拉入水中，还不如通过做政府想做、别人没看到或做不了的事情来给政府排忧解难、提升业绩。同样是做事，前者蝇营狗苟、相互防备，后者光明磊落、皆大欢喜，那我们为什么不把力量花在后者上呢？

林舒羽带来的新风使鲲鹏通信的普通员工得到了前所未有的尊重，也使他们看到了公司和自己的光明前景，更使曾善才等三位公司创始人有了稳固并且能打硬仗的专业团队。

第三十四章 再转型舒羽立功 既功成成勇身退

时间就像鲲鹏通信的中文寻呼机生产线一样，只管按自己的节奏往前飞驰。1998年底的一天上午，在鲲鹏通信宽敞明亮的大会议室里，曾善才像往常一样主持公司的晨会。

财务经理首先汇报了年度预决算：因鲲鹏中文寻呼机产销两旺，公司的年度销售额再创新高，同比增幅可达30%以上，净利润增幅也可达25%以上。会议室里立即爆发出热烈的掌声，大多数人的脸上都洋溢着欢乐的表情，因为这意味着他们很快就会有大笔的奖金进账。

短暂的躁动之后，市场部经理神情阴郁地通报了一组数据，从10月份开始，本是销售旺季的第四季度中文寻呼机销售量与第三季度持平，并且第四季度每月销售量呈逐月递减之势。他还忧心忡忡地补充道：市场部在促销方面动足了脑筋，除了继续压低批发价格以外，还采用了增加广告投放量、向中西部地区县、乡市场渗透等多种手段，不可谓不动脑筋，不可谓不竭尽全力，可市场需求就是带不起来，若不是在市场开拓上下的功夫大，可能最后三个月销售量下降的幅度会更大。

市场部经理的发言一下子把会议室里的温度降至冰点。曾善才环视了一下会议室，把目光落到市场部经理的脸上，急切地问："其他品牌的中文寻呼机销量咋样？"

"初步了解了一下，比我们的更差。我们的中文寻呼机因为销售价格比同类产品低得多，最近又开发出接收股票信息的功能，还是有人愿意买的。"市场部经理答道。

曾善才点点头，随即又把头转向身边的孙利民，说："寻呼机的路看来也要走到头了，其实当年搞寻呼机也是不得已的事，咱们倒是想转型生产手提电话，可条件不允许呀！”

正在低头看手机短信的孙利民“啪”的一下合上了那款新买的翻盖摩托罗拉手机，慢条斯理地说：“现在，外部条件倒是有了，信息产业部的5号文件已下发多时，手机生产可以立项了，就是审批条件太苛刻，目前看咱们自身的条件还跟不上！”

“那就说说咱们到底差在哪里吧。”曾善才鼓励道。

“大体说来，咱们还不具备生产整机的核心技术，国内的元器件供应也可能跟不上。当然，这些还不是最重要的。”孙利民说。

“这还不是最重要的？”曾善才瞪大眼睛问。

“当然。因为这两个条件咱们可以通过与国外手机企业合资来获得。据我了解，现在国家严格限制外国手机企业在咱们国内投资设厂，但是他们可以通过与国内企业合资，以出让控股权的方式进入中国市场。”

“你的意思是，只要能找到愿意合资的外国手机企业，咱们自己的条件也就不是问题了。那啥是最重要的条件呢？”曾善才追问道。

“南粤市政府的态度。”孙利民答道。

“哦？需要我做什么吗？”林舒羽接过话茬。

自从林舒羽那年向孙利民道出自己离开他的原因后，孙利民的心结多少解开了一些。经林舒羽牵线，孙利民与南粤大学一个叫赵冬梅的青年女教师建立了恋爱关系并于1997年秋天走进婚姻殿堂。然而，与昔日恋人在一起工作时还会让他想起过去，偶尔与林舒羽四目交汇依旧怦然心动。为避免尴尬，他尽量不与林舒羽单独相处。不过，在工作上，孙利民对林舒羽极尽支持。现在林舒羽主动揽活，孙利民也非常高兴，随口说道：“需要你去了解一下市政府的态度，看他们到底支持不支持在南粤发展手机产业？”

“可以，明天就去找他们。”林舒羽爽快地应道。

第二天上午，林舒羽驱车来到南粤市信息产业局，敲开了牛副局长的房门。牛副局长大名牛锋锋，分管项目立项与审批工作，是局里的实权派人物。南粤人“h、f”不分，牛副局长常被人喊作“牛哄哄”。牛哄哄五十岁上下的年纪，保养得却非常好，看起来只有四十来岁，头发油光可鉴，面色红润饱满，四肢匀称健硕，若不是大肚腩太刺眼，简直可作保健品代言人了。牛哄哄虽然只是个处级干部，却很会摆谱,到企业或基层检查、调研时,喜欢前呼后拥的感觉,讲起话来,哼哼哈哈,拿腔作势,大有号令天下的威仪。不过,牛哄哄自首次见到林舒羽那一刻起,就像换了个人似的,不仅大肚腩挺得没有平时那么高,就连说话的声音也变得轻柔纤细。所以当他一眼瞥见推门进屋的林舒羽后,便一下子从椅子里站起来,远远伸出右手,迈开小碎步一直迎到房屋正中,嘴里还念念有词道:“林总呀,你说咱俩是不是很有缘分?我刚刚正在想你呢,你就来了!”说着,一把捞起林舒羽尚未完全抬起的右手,紧紧捏住,直接把她拽到房间一角的沙发里。

“真的?这么巧呀?牛局长这么重要的大领导还能在办公室里想到我这个民营企业的小工人,真是太感动了!牛局长,我走这么远的路,口有点渴了,能不能赏杯白开水喝呢?”林舒羽对这位牛哄哄并无好感,特别怕他拉住自己的手不肯放下,但是为了公司的业务发展,她又不得不跟他打交道,甚至在他攥牢自己右手时连直接抽回的动作都要精心准备好理由。刚才林舒羽说口渴其实就是为了把自己的手抽回来。

牛哄哄听林舒羽说口渴,才万分不舍地放开手,转身为她泡茶去了。林舒羽低头一看,自己的右手背上现出了几根清晰的白道道,忙用左手抚了又抚。

“我这里比较寒酸,没有高级饮品,林总将就着喝杯清茶吧。”牛哄哄很快把一杯散发着清香的热茶递到林舒羽面前,林舒羽起身接住,将茶杯放在茶几上,说:“牛局长真谦虚,这杯茶这么香,一看就是上等好茶!”

牛哄哄刚在侧面的沙发上落座,听到林舒羽夸茶好,兴奋地咧开大嘴,哈哈笑道:“林总不愧是才女呀,看来还挺懂茶的!”

“我哪里懂茶?纯粹瞎说的!”林舒羽道。

牛哄哄歪头盯着林舒羽姣好的面容色眯眯地看了一会,伸出右手食指点着林舒羽说:“你这个小机灵鬼,刚才你还说我谦虚,看来真正谦虚的是你!”

林舒羽感觉很不自在,却又不好流露什么,只好跟着傻笑了一下,试图转移话题:“牛局长是大忙人,我不敢耽误您太多时间,今天来是……”

林舒羽的话还未说完,牛哄哄指着茶杯说:“我再忙,你林总来也要好好接待嘛!刚才说茶还没说完呢!”

林舒羽只好打住,轻轻“嗯”了一声。

“你说得对,这茶还真不一般!从品种来说,它属于雀舌。只因它形状小巧,就像小鸟的舌头一样，所以叫它雀舌。雀舌来自茶树的嫩芽，非常稀少，非常金贵。从这个茶的产地来说，它来自贵州北部一处非常特别的山头，这座山土壤肥沃，常年烟雾缭绕，特别适合茶树生长，整座山只有几十颗老茶树，每年清明之前采茶，总共只能产几十斤。这里的雀舌与其他地方的又有很大不同，不仅色香味俱全，而且富含多种微量元素，常年饮用，可以滋阴壮阳，延年益寿。”牛哄哄说完，狠狠地盯着林舒羽看了一会，恨不得一口把她吞下去，半晌才意味深长地接着说，“待回儿我送你一盒，希望你越喝越嫩，嫩得跟杯里的雀舌一样！”

林舒羽被她说得满脸通红，忙摇手说：“哪敢贪领导的好东西？”

“啥领导不领导的？你记着，我在别人面前是领导，在你面前就是个大哥嘛，再说，你之前不也当过副处长吗？”牛哄哄边说边往林舒羽近旁挪了挪，并趁势把一只手搭在林舒羽的腿上。林舒羽吓了一跳，赶忙跳起来。

“坐下，坐下！”牛哄哄不慌不忙地伸手做出下压动作。

林舒羽重新坐下。

“喝水。你不是口渴吗？”

林舒羽只好端起茶杯，撮了一小口。

“怎么样？”

“很香。谢谢！”

“嗯，这才像我的妹子嘛！你是当过领导、见过大世面的，在我这里只管放松，我又吃不了你！”牛哄哄说完，嘿嘿干笑了两声，把身体往沙发后靠了靠，双手一摊，“说说吧，今天找我，有什么事？”

林舒羽简明扼要地介绍了鲲鹏通信对发展手机制造业务的兴趣。牛哄哄靠在沙发上闭着眼睛一声不吭地听着，直到林舒羽说完都没动弹一下。房间里静得出奇，牛哄哄腕上那只限量版劳力士表的指针转动声清晰可见。

“讲完了？”半分钟之后，牛哄哄终于从鼻孔里哼出一句话。

“讲完了。”林舒羽微笑着应道。

“我就知道你来是为这事，没说错吧？”牛哄哄得意地斜睨着林舒羽说。

“哈哈，牛局长料事如神，真是太佩服您了！”林舒羽只得跟在后面附和。

“你刚才说的这件事，我已经为你们考虑得很周全了，只要你们能够按我说的去做，今后的发展空间不可限量啊！”牛哄哄摇头晃脑地说。

“是吗？看来我今天真是来对了！”林舒羽故作欣喜地说。

“那当然！不过……”牛哄哄闭上眼睛，长长地吸了一口气。林舒羽伸长耳朵又等了足有半分钟，他才慢慢吐出口里的那股气，悠悠地说，“我马上还要出去考察一个项目，来不及跟你说了，这样吧，今天晚上，在南粤湾大酒店新开的那家海鲜馆，我来请你边吃边聊怎么样？”说罢，快速起身，做出准备出门的样子。林舒羽只得跟着走出牛哄哄的办公室。

林舒羽回到公司后把情况向曾善才等三人做了汇报。大家一致认为，牛哄哄那里即使没有值得当真的信息，这顿饭也要去，并且还要把买单的责任主动揽到自己手中。人家愿意吃你一顿饭，已经算给足了面子，哪能真让领导请客呢？不过，林舒羽一想到牛哄哄对她的骚扰，就不太想去吃这顿饭，至少不希望单独与牛哄哄吃饭，便极力劝说曾善才出面宴请牛哄哄。曾善才因为怕喝酒，这些年尽量不参加外面的应酬，一般大事小事都由孙利民和成勇出面。因为当晚林舒羽必须参加，成勇得留在家里陪孩子，最后，出面宴请牛哄哄的重任便落在孙利民的肩上。孙利民对于喝酒也不太感兴趣，所以当天晚上二人出发前特意带上了酒量不错的市场部经理小万。

孙利民一行三人早早到达餐馆包间。林舒羽亲自到一楼挑选上好的鱼虾贝蟹点足了菜。然而，过了约定好的6点钟开饭时间整整一刻钟，牛哄哄还没露面，林舒羽只好拨通他的手机。电话那一头，牛哄哄笑得非常灿烂：“哎呀呀，林总呀，真不好意思，说好了我请你，想不到我要迟到了，这边临时有事，可能还需要你再等十来分钟。没办法，太忙，太忙！”

三人又等了半个多小时，牛哄哄才在迎宾小姐的引领下，迈着八字步笃悠悠地踱进房间。三人立即起身相迎。牛哄哄扫视了一下房间，把目光落到林舒羽的脸上，略有不悦地说：“阵容还挺强大的嘛！”林舒羽明白，他是对房间里多了两个男人有所不满，就赔笑说：“我们孙总听说您今晚方便，开心得不得了，说一定要亲自到场给您敬酒！”孙利民也在一旁连连点头说：“是呀，是呀，牛局长在百忙之中关心咱们鲲鹏的发展，实在难得，我哪能不出面敬杯薄酒呢？！”牛哄哄没有搭话，只用鼻子哼了一声，径直走到主位上落了座，并伸手示意林舒羽坐在他的右侧。林舒羽赶忙过去落了座。孙利民和小万也先后在牛哄哄左侧坐了下来。

牛哄哄接过服务小姐递来的热毛巾，快速擦了把脸和手，把毛巾往桌上一掼，盯着桌上色彩缤纷的凉菜板起脸说:“我有言在先啊,今晚我请客!”

林舒羽心里感觉很好笑,心想:你要不是心怀不轨,连这顿饭都不可能来吃,还能请客?不过,想归想,嘴上却说:“牛局长能赏脸参加晚餐,我们已经受宠若惊了,哪能让领导请客呢?”

牛哄哄正色道:“这话讲远了!你也是当过领导的,我们都是人民的勤务员,哪能占群众的便宜?”

“是呀,是呀!牛局长真是难得的好干部!”林舒羽屏住笑,为牛哄哄夹了条又肥又壮的竹蛏,“来,趁热先吃起来!”

牛哄哄盯着自己盘里的竹蛏看了一会儿,突然扭头凑近林舒羽小声说:“这个竹蛏不错,你看他像不像男人那家伙?”说罢,剜了林舒羽一眼,便快速回身一本正经地端坐在那里。

林舒羽羞得满脸通红,为掩盖尴尬,只好假装嗓子不舒服,轻轻咳了两声。斜对面的小万似乎看出了门道,用胳膊肘碰碰孙利民,示意他赶快敬酒。孙利民会意,立马端起面前的极品 XO 说:“牛局长辛苦了,我先来敬你一杯。”

牛哄哄歪头瞅了瞅桌上的酒瓶,心里明白这正是他最喜欢的那一款,便拿过酒杯说:“哪有一开始就敬酒的?来,我陪大家一起喝掉它!”说完,手持酒杯向林舒羽扬了扬,“林总也要喝啊!”

林舒羽没法,只好端起酒杯陪着喝了一小口。

酒过三巡,菜过五味。牛哄哄的兴致变得高涨起来,主动谈起了鲲鹏通信所关心的手机生产问题:“国家现在已经开始给国内企业进行手机生产立项了,你们可要抓紧啊!”

“抓紧,抓紧,我们肯定抓紧!不过,该怎么做还要请牛局长多多指导呀!”孙利民迫不及待地说。

“我肯定支持!不为别的,单是看在林总的面子,也要支持!”牛哄哄说着伸出右手,试图拍一把林舒羽的左肩。林舒羽想躲,但又不想坏了他的兴致,便用右手护住自己的左肩。牛哄哄的手拍在林舒羽的手背上,发出了清晰的“啪嗒”声。

牛哄哄很兴奋,接着说:“我都替你们想好了,电子通信业是南粤今后要重点发展的产业,你们鲲鹏这些年一直在做通信,听说还积攒了不少研发人才,这在南粤绝无仅有啊。所以只要你们有意搞手机生产,市里肯定会大力支持,支持的力度你们可能做梦都想不到！不过，要想获得市里支持，还需要……”牛哄哄说到这里，开始低头享用碗里的鱼翅靓汤。

孙利民和林舒羽都很想知道他要说的条件到底是什么，便同时从两边发问：“需要什么条件？请领导明示！”

牛哄哄慢条斯理地喝完碗里的汤，重新端起酒杯，说：“急什么？来，继续喝酒！”

既然牛哄哄还要喝，孙利民哪敢不喝？更何况此次饭局的目的还远未达到！孙利民拎起小万新开的一瓶极品XO，摇摇晃晃地走到牛哄哄身边，恭恭敬敬地给他斟满，正欲转身回到自己座位，却被牛哄哄用手点着问：“为什么不给林总加上？”

“她喝多了。”孙利民赔着笑说。

“你怎么知道的？”牛哄哄不满地问。

“我的确喝多了，牛局长就饶了我吧！”林舒羽涨红着脸说，事实上，她从没喝过这么多的酒，现在正感觉天旋地转。

“看你说的，好像我欺负你似的！”牛哄哄说着凑近林舒羽用右手背触碰了一下她的左臂，轻声问道：“难道你不想听我的锦囊妙计了？”

林舒羽下意识地往右歪了歪，同时再次用右手护住左臂，故作生气地说：“牛局长一直说有锦囊妙计，可是我们都喝成这样了，您也没说，再过一会我们都烂醉如泥，您就是说了，我们也不知道您讲的是啥了！”

“哈哈哈哈！”牛哄哄一阵狂笑，把头偏到林舒羽耳边，嘴唇离林舒羽的脸颊仅剩不到半指的距离，说：“你倒是挺敬业的，看来我今天非说不可啰？好，君子一言，驷马难追！我既然答应你们了，就一定兑现！你看这样好不好：我俩喝个交杯酒，我立即说给你们听！”

林舒羽在牛哄哄嘴巴即将挨到自己时，就把护臂的右手挪到了左脸上，待牛哄哄说完，担心他又要趁机占自己便宜，便红着脸直摇头：“今天真喝多了，能不用喝酒吗？”

一直站在林舒羽身旁还没离开的孙利民似乎也看出了林舒羽的心思，非常不忍，再次替她打圆场说：“林总今天真喝多了，要不，我替她吧，您喝一杯，我喝两杯怎么样？”

“不行！不行！”牛哄哄梗着脖子道，“她是她，你是你，你替代不了她！你们要想听到我的真言，这个交杯酒必须喝！不过，林总可以以茶代酒，这样该行了吧？”

牛哄哄把话说到这个份上，林舒羽已经不好再推辞了。她低头想了片刻，心一横：不就是喝交杯酒吗？当着孙利民和小万的面，他牛哄哄还能把我吃了不成？于是，拍桌而起，举起面前的茶杯，正色道：“好，我喝！不过，我也有言在先，喝了这杯酒，您可一定不能再拖了啊！”

牛哄哄先是怔了一下，随即哈哈大笑，说：“那是，那是！君子无戏言，我老牛啥时说过谎？”说着就端起酒杯欲与林舒羽交杯。

林舒羽在心里骂道：“呸，你也配称君子？再说，你又说过几句真话？”当然，面子上她还得装着若无其事地迎合牛哄哄伸过来的手臂。

就在两人手臂交叉、即将把各自手中的杯子送到唇边时，牛哄哄将身体往林舒羽那边一偏，正好将自己油腻腻的胖脸贴到林舒羽的脸上。林舒羽虽然在第一时间就试图把头往右偏，怎耐自己的手臂被牛哄哄的臂弯紧紧夹住，根本就拉不开距离，牛哄哄则趁机一转头，使得自己的双唇在林舒羽的脸上快速划了小半圈。林舒羽羞得脸一下子红到脖子根。一旁站着的孙利民则感觉牛哄哄那两片邪恶的嘴唇就像两片利刃一样划过自己的心头，他不忍再看，低着头往牛哄哄身边跨了半步，连拖带拽将牛哄哄按回椅子上坐下。

得了便宜的牛哄哄并没计较，而是心满意足地回味了一下刚才的收获，表情很快回复到居高临下、正义凛然的模样。他清了清嗓子说：“好，我来跟你们谈谈正事吧！部里关于手机生产的5号文件出来以后，南粤市委市政府非常重视，立即成立工作组，研究我市抢抓手机生产机遇，推进电子通信产业跨越式发展的具体对策。从目前的研究结果来看，你们鲲鹏通信的条件最成熟，市里初步决定由我牵头推进鲲鹏通信的手机生产工作，还决定为你们的业务转型提供一笔不少于200万元的专项基金，不过，这笔基金不是白给你们的，而是要作为政府出资，占有相应的股份。”

刚刚还在为自己被牛哄哄占便宜而恼怒不已的林舒羽听到这里，心情悄悄好转了一点，心想：看来这个牛哄哄多少还能做点正事。而孙利民和小万见林舒羽脸色有了正向变化，悬在嗓子眼的心也多少放了一点下去。

“该交的底已经交给你们了，具体怎么合作，我们慢慢再谈。好，今天就到这里。”牛哄哄“啪”地打了个响指，吼了一嗓子：“小姐，买单！”

服务小姐马上推门指着小万道："刚才这位先生已经买过了。"

牛哄哄严肃地对林舒羽和孙利民说："不是说好我请客的吗？"又扭头问服务员，"多少钱？"

孙利民和林舒羽都说："牛局长的心意我们领了，哪能真让领导请客呢？再说，您给我们鲲鹏通信帮了这么大的忙，请您吃顿饭算什么？"

牛哄哄并不买账，伸手从兜里掏出银行卡，又问服务员："多少钱？"

"好像是58000。"服务员应道。

"好，不多不多。快去把他们的钱退了，我来付账！"牛哄哄仍在坚持。

孙利民和林舒羽赶忙起身将他拦住，经过一番劝说，牛哄哄才表现出非常不情愿的样子说："好，今天我就破个例，下次不允许这样了！"

孙、林二人头点得像捣蒜一样，说："行，行，下不为例！"

孙利民和林舒羽晃晃悠悠地把牛哄哄送上车，目送他的车远去，才在小万的搀扶下上了自己的车。两人坐在后排，小万坐在前排。小万虽然酒量大，但是今晚没少替两位领导挡酒，实际上喝得最多，所以一上车就呼呼睡着了。孙利民虽然头晕目眩，但是想到今晚这顿饭的成果和林舒羽所作出的牺牲，心里很不是滋味。他低声对林舒羽说："这个牛哄哄真不是东西，让你受委屈了！"林舒羽喝的不算太多，脑子也比较清醒。她苦笑了一下，说："在商场上行走，今晚这点事根本就不能算个事吧？"孙利民想想也是，但因为牛哄哄是当他面占林舒羽便宜的，他心里仍然愤愤不平。他突然有一种非常强烈的保护林舒羽的冲动，靠近林舒羽一侧的右手竟然不听使唤地摸索着抓住了林舒羽搭在腿上的左手。一股强大的电流瞬间传遍两人的全身。林舒羽一时不知如何是好，任凭孙利民轻轻地揉搓她的手心，就像当年她躺在他怀里任凭他揉搓一样。这些年她又何尝忘了孙利民对她的好呢？只是碍于自己对婚姻及成勇的忠诚，她极力控制着自己的思想和行为不越过雷池半步。她仿佛回到与孙利民同在大学校园里你恩我爱的青涩岁月。她甚至都想一头歪倒在孙利民的怀中，肆意享受一回那久违的温存，但驾驶员的一声轻咳立即把她拉回到现实。她意识到自己踩了红线，轻轻掐了掐孙利民的手心，努力把手抽回。孙利民也被驾驶员的轻咳声惊了一下，在林舒羽掐他之后，也顺势放开并收回了自己的右手……

第二天，孙利民和林舒羽都在各自家里睡到中午才醒过来。他们心里装着手机生产的事，不约而同地晃晃悠悠来到公司。两人见面时，相互对视了一下，仿佛什么都没有发生一样。事实上，当他们稍微清醒了一点之后，都不得不重归现实。他们都知道，有些事情过去了就永远没有机会再回来。通过昨天晚上的触摸，他们都知道彼此心中永远给对方留下了一块地方，这已经足够了！

曾善才见两人状态不佳，简单问了下情况，劝他们各自回家继续休息。但两人都坚持先开会，再回家，曾善才只好依从他们，叫来成勇一起讨论。

孙利民详细介绍了前一天晚上与牛哄哄吃饭时所了解到的信息，林舒羽作了补充。曾善才和成勇听后虽然对牛哄哄的表现有所不满，对继续与他打交道有所担忧，但考虑到手机生产是鲲鹏通信业务转型的关键，同时，孙、林二人也力陈机会难得，最后大家都表示应该积极对接南粤市政府发展手机产业的战略布局。

在此后的月把时间内，孙利民、林舒羽等人不知又陪牛哄哄等各路神仙喝了多少顿大酒、唱了多少次小曲，牛哄哄终于代表市信息产业局向孙利民宣布：鉴于鲲鹏通信具有良好的通讯业务发展基础，南粤市信息产业局决定出资200万元支持鲲鹏通信开展手机整机生产，条件是鲲鹏通信必须尽快拥有手机整机生产能力。得到消息后，鲲鹏通信内部从曾善才到一线工人无不欢天喜地。

为了弥补手机生产技术这块短板，曾善才亲自出马，带领孙利民和技术部门一班人辗转于几家欧美通信企业之间。总的来说，欧美通信企业对中国手机市场非常看好，但碍于我国对外资进入通信制造领域的严格限制，正愁无法入门呢，见到鲲鹏通信伸过来的橄榄枝，自然无法拒绝。因此，曾善才他们在与欧美企业进行合作谈判时，并不是太吃力。经过一番比选后，他们决定选择一家技术储备最多、生产经验最丰富的欧洲电子通信企业作为合作伙伴。

1999年4月底，在曾善才等人的积极推动下，由鲲鹏通信以固定资产加现金形式出资510万元，欧洲某电子通信公司以设备加现金形式出资290万元，南粤某国有企业代表市信息产业局以现金和土地形式出资200万元，注册资金总共1000万元的鲲鹏通信股份有限公司正式成立了。在这个新公司里，曾善才等人所占的股份虽然有所下降，但他们仍旧是控股者，更关键的是曾善才刚到南粤时所梦想的用别人的钱做自己的事一不小心成为现实。还有就是，通过引进外资入股，原鲲鹏通信获得了生产手机的关键技术和设备；通过引进国有资本入股，原鲲鹏通信获得了扩厂的土地及多方面的政府支持。这必将是一次三方共赢、互相成就的合资。

新公司成立后，立即着手进行手机生产的立项申请和厂房扩建、设备调试等生产前期准备工作。因为有南粤市信息产业局的直接支持，鲲鹏股份的手机生产项目在整体审批条件非常苛刻的情况下很快得以通过。为争取时间，曾善才他们连庆祝活动都没来得及搞，便立即启动生产活动。到1999年底的时候，鲲鹏股份已经累计生产出5000部手机并在市场上销售一空。按照每部手机平均出厂价2000元来算，鲲鹏手机共实现营业收入1000多万元，实现净利润500多万元。也就在同时，原鲲鹏通信生产的中文寻呼机已经不再有人问津。所以当曾善才与他的几个老伙计再次坐下来总结全年得失时着实捏了一把冷汗：幸亏他们为手机生产早早做了准备，幸亏信息产业部对手机生产设定了严格的立项条件，更幸亏他们这些公司创始人为了公司的再生而及时奔走……

然而曾善才还没来得及喘上一口气，成勇却在这次会后向他提交了一份辞职报告。曾善才看完报告，一下子愣住了。他怎么也想不通，这个与他共同打拼了十几年的亲密战友为何要在他们共同的事业即将迎来新发展的关键时刻离他远去呢？他把老朋友引到屋内的沙发上坐下，亲手为成勇和自己各倒了一小碗茶。曾善才举起小茶碗，欲与成勇碰杯。成勇会意，举碗相迎。两只小茶碗发出清脆的碰击声之后，曾、成二人几乎同时饮干碗中之茶。

"为啥辞职？"曾善才忍不住问道。

"俺想读点书。"成勇平静地应道。

"就这么简单？"

"还能有啥？"

"读书是好事啊，但是没有必要放下工作不干吧？咱们的手机生产刚刚有些眉目，接下来可能也不会太忙，你正好可以一边工作一边读书嘛。"

"正因为接下来可能不会太忙，俺走了不会影响公司正常运转，俺才决定辞职去读点书。"

"你不是在夜大拿到本科文凭了吗？还要读啥？"

"MBA(工商管理硕士)。"

"听说MBA都是在双休日上课，你有必要辞职读书吗？"

"但是MBA还是需要考的，俺辞了职好在家安心准备入学考试。"

“你不要辞职了,俺让利民少给你派点活,不影响你学习还不行吗?”

“这样不太好。”

“啥叫不太好?现在的公司虽然有了别人的股份,但大头还是咱哥仨的,咱自己不觉得不好,别人能说啥?你不要辞职,听说报考 MBA 不需要本科文凭,俺正好跟你一起准备考 MBA 怎么样?”

按说曾善才把话说到这个份上,成勇应该收回辞职报告才是,可他依然不为所动。两人对视了一下,成勇提起热水壶,将紫砂壶里加满热水,等了片刻后,为曾善才和自己斟满茶。

“这个职肯定得辞了。”成勇把小茶碗举到脑门处,动情地说,“俺敬你一杯!这些年一直蒙你照顾,现在不仅要照顾俺,还要照顾林舒羽。”

“啥叫照顾?这叫抱团取暖!对林舒羽来说,连抱团取暖都谈不上,她放着领导不当,跑来帮咱们这个小公司忙活,为了手机生产立项不知操了多少心,吃了多少苦!”曾善才也学着成勇的样子把小茶碗举到脑门处,动情地接着说,“敬你们两口子!”

成勇举碗回应。两人再次同时饮干碗中之茶。

“对了,你要辞职,舒羽咋说?”

“她还能咋说?两口子都挤在一处总不算个事!”

曾善才从成勇的话中听出了别样滋味,感觉他的辞职应该另有原因,就问:“你跟舒羽闹矛盾了?”

“没有。”成勇嘴上这么说,却把头扭向一边,明显是在回避曾善才的目光。

此时,曾善才一下子明白了八九分,便不再追问。两人又说了会儿闲话,曾善才叫成勇先回去,辞职的事回头再说。

第二天,曾善才抽空找到林舒羽。开门见山就问:“成总要辞职,你有意见吗?”

林舒羽淡淡一笑,说:“有意见又能咋样?!”

这下,曾善才算是彻底明白了,两人之间肯定发生了某种不愉快,便随口说道:“你可以再劝劝他,就算想去读书,也没必要辞职呀!”

“算了,劝不好的,读书只是个借口,辞职才是真正的目的。”

“为啥?该不是对俺有意见吧?”

“那倒不是。他是对俺有意见,说俺整天围着那些老爷们转,还要被他们占便宜，叫俺换个方向。俺对他说，俺做这份工作自有分寸，不会做出对不起他的事来，再说，公司也需要俺来做这份工作，换了别人不一定做得好。”

“哎，还是公司拖累了你们呀！”

“啥叫拖累？能为公司发展出点力，这是应该的！”

“可是因为工作，你们两口子的关系受到影响了！”

“其实影响也没那么大。俺俩在家都商量好了，成勇愿意辞职读书就让他辞吧，俺俩不在一块上班，他对俺的工作也就眼不见心不烦了。再说，他人虽然不在这里上班了，股份还在这里呢，将来公司做大了，他照样跟着分好处！”

“股份是股份，他还这么年轻，以后总不能待在家里不工作吧？”

“以后的事以后再说吧。其实，他对以后的工作多少还是有了点打算。”

“哦，他倒没有说。”

“可能他感觉时机还不太成熟吧。”

一番交流下来，曾善才感觉林舒羽想得很开，便不再多说什么。

几天后，曾善才接受了成勇的辞职报告。

第三十五章 融资只为做广告 请客也因欲借钱

成勇辞职后，经与另外两家股东协调，鲲鹏股份重新聘请了一位副总经理来接替成勇分管的市场开发工作。

新任分管副总是个三十岁出头的小伙子，姓宋，名如丰，南粤大学市场营销系毕业，拥有丰富的手机、寻呼机营销经验。宋如丰到任后不久就向曾善才和孙利民提出了一个大胆的建议：眼看春节将到，要抓住国产手机生产厂家不多、中国人喜欢观看春节联欢晚会的机会在央视春晚节目上投放鲲鹏手机广告，让鲲鹏手机一举成为家喻户晓的名牌手机。

曾、孙二人对宋如丰的建议高度重视，要宋如丰做个预算。宋如丰很快找央视问明了价格。可是当他把价格反馈给曾善才和孙利民时，他们着实被吓了一跳：仅零点倒计时广告就得至少500万元，如果想让观众的印象再深刻一些，那就应该至少再花1000万元。鲲鹏股份1999年全年的净利润才五百多万元，大家就算不吃不喝，也不够一个晚上的广告费。宋如丰见董事长和总经理对花钱打广告兴趣不大，便力陈在央视做广告的重要性，说“舍不得孩子打不得狼”，如果连广告都舍不得做，谁知道我们在生产手机？知道的人又能有几个相信我们的产品质量？宋如丰还以爱多VCD以2.1亿元天价中标1998年央视新闻联播标王和步步高VCD以1.59亿元中标1999年央视新闻联播标王的鲜活案例刺激曾、孙二人：你看人家爱多和步步高，要不是舍得花钱做广告，谁去买他们的产品？现在好了，钱花出去了，产品也大卖了，最后这笔广告费还不是消费者买单？

曾善才和孙利民在宋如丰三番五次的游说下，心思渐渐活络起来。但两人一时还是拿不定主意，于是便召集中层以上干部专门为此开了一次讨论会。令曾、孙二人意外的是，大家听说宋如丰要花大价钱在央视做广告，几乎一边倒地表示赞成。财务部门还做了个测算，假如2000年一年鲲鹏手机能因为广告而大卖10万部，他们就能净赚1亿元，而且卖得越多，赚得就会越多。曾、孙二人最后决定听从大家的建议，准备总共拿出5000万元，不仅要在央视春晚节目上做广告，还要争取在央视新闻联播上做广告。然而，5000万元对于刚刚起步的鲲鹏股份来说并不是个小数目，就算把财务部门的现金都翻出来，也不过千把万，接下来该怎么办呢？

财务经理见曾善才面露难色，不慌不忙地说："公司目前的确拿不出5000万，但是如果公司下决心去央视做广告，我们可以找银行借钱。"此话一出，会场一片哑然。曾善才眼睛瞪得像一对铜铃一样，紧紧盯着财务经理，因为在他的人生经历里，银行的钱并不是那么好借。他除了早年使用银行贷款赚过一笔巨款外，此后再跟银行打交道时，基本都是失败的记忆。即便早年那一次说服信用社开出承兑汇票，也是因为百货公司处理的商品足够低廉，他的账能算得过来，有能力付给信用社足够高的利息。所以这些年他干脆把银行完全放在一边，基本全靠自身积累才把公司越做越大。

财务经理似乎胸有成竹，继续不紧不慢地说："为应对1997年亚洲金融危机的影响，国家从1998年开始采取积极的财政政策，支持地方经济建设，银行对政府牵头的重点项目特别青睐。我们鲲鹏股份虽然不是国有控股企业，但我们的项目是政府重点支持的项目，银行肯定会另眼相看，况且我们的产品已经生产出来了，这在国内绝对处于领先水平，这么美好的市场前景，银行不可能看不到。"

曾善才经他这么一说，便不再担忧，心想：既然不太难，那就试试吧，便令财务经理抓紧时间找银行了解情况。

财务经理一圈电话打下来，便很快回复曾善才和孙利民，说是了解下来，银行的态度都非常积极，明天南粤发展银行滨海分行金融街支行行长就会亲自登门商讨贷款事宜。曾善才得到反馈后，感觉很有意思，心想，真是太阳打西边出来了！

次日，那位支行行长果然在财务经理的引领下敲开了曾善才的办公室房门。这是一位不到三十岁的美女，五官精致，皮肤白皙。见到曾善才，美女老远伸出葱白般柔嫩的小手："曾董您好！老早就想过来拜访您了，怕打扰您工作，一直没过来，如果有服务不到位的地方，还请您多多包涵呀！"

曾善才平时主要忙于公司内部事务，跟银行很少打交道，这些年公司的发展主要靠自身的积累，除了把多余的钱暂时存在银行以外，从没有向银行借过钱。在他的印象中,银行的人高高在上,你求他还差不多,哪有支行行长亲自登门的道理?所以对于这位支行行长的热情回应,曾善才竟有些不太适应了。他与行长及她带来的另外两位年轻美女交换了名片，得知行长有一个与她长相同样曼妙的大名:云彩云。

“云行长的姓很稀罕呀!”曾善才没话找话说。

“是吗?很多人都这么说,其实也没什么呀,听说云姓的老祖先在黄帝时做过夏官,但是比起你们曾姓,那可要差远了,曾姓可是纯正的夏禹之后呀!”云彩云来之前,专门对鲲鹏股份及公司高管情况做过非常认真的了解工作,这已经成为她拜访客户前的一个惯例,所以对曾善才的情况算是比较清楚了。

“哦,你知道得这么多呀!”曾善才对眼前这个美女不禁另眼相看。

“你们说什么呢?这么热闹!”两人正说着,孙利民推门而入,他是曾善才让财务经理叫过来的。

“哦,没啥,我们正在说云行长的姓比较特别呢!”曾善才应道。

云彩云赶忙起身向孙利民呈上名片,说:“如果我没猜错的话,您就是孙总吧?”

“没错,我正是。看得出你对我们公司情况很熟悉呀!”孙利民说。

云彩云莞尔一笑说:“您是我们的客户,我们当然要提前做好功课了!”

一旁的曾善才笑道:“怪不得你对我们曾姓了如指掌，原来你都做好功课了,厉害!厉害!”

几人围坐在曾善才办公室的沙发里又寒暄了一会儿,渐渐话归正题。

云彩云说:“听说你们最近有资金需求,我今天特地来拜访一下,看看有没有需要我们的地方。”

孙利民道:“需要肯定有需要,不是说做生意的永远都嫌钱不够吗?只是我们这一次的资金需求量非常巨大,不知道你们方不方便贷款?”

“你们大概需要多少钱?”云彩云问道。

“5000万吧。”孙利民答。

云彩云点点头,又问了贷款用途、贷款期限、还款来源等具体问题,孙利民一一作答。

云彩云边听边认真记着笔记,待自己的问题问得差不多了,笑眯眯地说:“依我看，这笔贷款需求问题不大，手机生产项目是市里重点支持的项目，我们支行理应配合市里的大战略，为地方经济建设出点力。另外，我们对鲲鹏股份的情况也比较了解，你们的信用评级不错，是AA级，所以我们非常希望能与鲲鹏股份达成合作。不过，为确保你们的贷款申请能顺利获得分行批准，你们最好能有一些担保措施。”

“担保没问题，可是我们的固定资产加现金合在一起也不过一两千万，远达不到5000万呀！”孙利民说。

“除了固定资产之外，你们还可以把职工工资和销售回款存放在我们支行。我们大概算了一下，按照你们现在的发展势头，这两笔钱加在一起很快就会超过5000万元。”云彩云说。

“这个问题不大，职工工资和销售回款总是要放到银行里的，放在哪里都是放，既然你们愿意贷款，那就放到你们支行吧。”孙利民说完，扭头看看曾善才，曾善才的想法与孙利民完全一致，便跟着点了点头。

没过多久，银行的5000万元一年期贷款便到了鲲鹏股份的账上。自2000年春晚开始，“鲲鹏手机，扶摇万里”的广告词连同某著名美女滑雪运动员风驰电掣般地身影反复牵动着国人的神经。“买手机，买鲲鹏手机！”这已悄然成为国人争相攀比的消费时尚。订单像雪片一般飞进鲲鹏股份，工厂的流水线日夜不停地狂奔着。到年中时，鲲鹏手机已出货30万部，按10万部盈净利1亿元测算，上半年盈利已达3亿元，大大超出当初的生产10万部、盈利1亿元的预期。

面对突然爆发的业绩，曾善才和孙利民高兴得成天合不拢嘴。他们做梦也想不到财富能如此势不可挡。两人及时总结经验，认为央视广告对鲲鹏手机热销起到了非常关键的推波助澜作用，决定趁热打铁，在还掉银行贷款后再从利润里拿出5000万元在央视其他栏目做些广告。

增加广告投入的决定很快付诸实施，鲲鹏手机的市场占有率迭创新高。年底时，鲲鹏手机的出货量达到80万部。也就是说，一年下来，鲲鹏股份实现利润至少8亿元，去掉1亿元的广告费用，这一年净赚了7亿多元！

仅仅两年时间，鲲鹏股份一下子成了能下金蛋的明星企业。曾善才和孙利民这两个企业主要负责人成了南粤各级政府的座上宾，各种荣誉纷至沓来。紧跟这些荣誉一起来的还有大报、小报、广播、电视的记者们，弄得两人连坐下商量公司事务的时间都很难得了。面对这些突如其来的变化，曾善才不由自主地忆起十几年前在河东县螺丝厂的辉煌岁月。同样的财源滚滚，同样的万众瞩目，但他不希望紧跟着到来同样的倒霉运气。他开始有意回避一些活动。不仅自己回避，还悄悄提醒孙利民也注意回避。然而，并不是所有的活动都能回避得掉。比如，市信息产业局牛哄哄局长组织的活动，他们是无论如何都不能推的。

牛哄哄因为推动鲲鹏手机量产等一系列有利于提升南粤电子通信产业跨越式发展的工作业绩而升任南粤市信息产业局局长，成为副厅级领导干部。当然，真正的原因是他上面有人。那个有意栽培他的大靠山正好抓住了鲲鹏股份大发展等一大把亮丽的业绩，把南粤市信息产业局原局长调到他处轮岗，牛哄哄自然就接任了局长一职。现在南粤市的电子信息产业正如日中天，牛哄哄的仕途也顺风顺水，并且已是南粤市副市长的后备人选。

当了局长的牛哄哄对鲲鹏股份关爱有加，得知鲲鹏股份2000年净赚7亿后，主动给林舒羽打来电话，说是要请鲲鹏股份的主要领导们吃顿便饭，一来对大家表示祝贺和慰问，二来也想帮鲲鹏股份介绍点业务。林舒羽不敢怠慢，及时向曾善才和孙利民做了汇报。几个人一商量，既然牛局长这么赏光，那这顿饭肯定是要吃的。当然，考虑到人家现在是一局之长，曾善才这次不好再不出面了，更何况牛哄哄对鲲鹏股份今天的大发展的确还是起了不少作用呢?!

聚会的地方根据牛哄哄的要求定在南粤另一处顶级餐馆。这实际是一家背山面海、闹中取静的私密会所。远远望去，在密密匝匝的荔枝树丛深处，一栋镬耳山墙高高耸立的广东民居若隐若现。曾善才、孙利民、林舒羽一行三人沿着崎岖的山路，驱车来到餐馆门前的观海平台。“各位贵宾，欢迎光临碧海山庄！”三人刚一下车，守在车门口的一列古装美女便齐刷刷地鞠躬欢迎。曾善才微笑着点头致意，孙利民和林舒羽也跟着笑了笑，算是回应。一阵海风吹来，三人不约而同地打了个寒战。毕竟是冬天了。尽管屋前屋后的紫花风铃木开得正艳，南粤的风还是有点凉。不过，他们还没来得及裹紧衣服，身体已在迎宾小姐的引领下进入了这栋神秘的民居。

屋内非常宽敞，屋子正中一个紫裙美女正优雅地轻抚着茶色古筝。曲声悠扬，如诉如泣。听得出这是《高山流水》。难道牛哄哄把自己看作曾善才等人的知音？三人来不及仔细欣赏便被迎宾小姐引入内室。曾善才率先进门，抬头一看，牛哄哄正在屋子的一角与一名美女对饮香茶，他赶忙加快步伐，几乎小跑着来到牛哄哄身边,弯腰打躬道:“让牛局长久等了,罪过罪过!”孙利民和林舒羽也紧跟着向牛哄哄问好。那牛哄哄倒是比较大度,大手一挥,“嘿嘿”干笑两声,道:“都不是外人,就不要客套了,来,我给你们介绍一下,这位是柳絮电子的柳总,她是今晚这场活动的东道主。”

牛哄哄话音未落,柳总便起身向曾善才等人点头微笑。曾善才料定此人来头不小,便恭恭敬敬呈上自己的名片。柳总接过名片,快速扫了一眼,说:“曾董事长,久仰大名,很荣幸您大驾光临本店!”曾善才还没弄明白怎么回事,柳总便扭头吩咐身边侍立的服务小姐:“去把我的名片取过来。”乘此空档,孙利民和林舒羽也分别向柳总呈上名片。柳总照例用清甜的嗓音夸他俩大名鼎鼎。二人礼貌地抱拳回应。

一直端坐未动的牛哄哄见他们寒暄得差不多了,伸手示意大家先坐下喝杯热茶。曾善才等人这才围着古色古香的根雕茶桌坐了下来。柳总执壶,清洗茶碗,用夹子把一只只小巧的青花瓷茶碗放在每人面前,再将每一只茶碗斟满茶,动作娴熟、连贯而优雅。金黄的铁观音茶液在洁白的茶碗里散发着深山幽兰的芳香,与外屋的古筝名曲相得益彰,令屋内的每一个人轻松而自在。柳总伸出葱白般纤细的小手,捏起茶碗,邀请大家共饮碗中之茶。大家齐刷刷端起茶碗,应声饮下。

柳总的名片来了。曾善才从服务小姐手里接过名片,仔细看了一回,这才得知柳总的芳名为柳絮,是南粤柳絮电子通信有限公司的董事长兼总裁,看得出这家公司正是以柳絮之名命的名。“柳总厉害呀,这么年轻就当老板了!”曾善才礼貌地夸着这位美艳的东道主。

“哪里哟,我这不过是一家小公司,比起曾董事长的鲲鹏股份要差十万八千里呢!以后还望曾董事长多帮忙哟!”柳絮说完,风情万种地瞅了一眼牛哄哄。

“是呀,是呀,柳总的电子公司刚开业不久,你们今后可要多带带她呀!不过,你们只管放心,柳总不仅人长得漂亮,还非常能干,里里外外一把手!”

“哪有你讲得那么厉害?!”柳絮朝牛哄哄嗔道。

牛哄哄没有吭声,而是盯着柳絮做了个鬼脸。

两人这么旁若无人地秀着暧昧,再傻的人也能看出点苗头,年近四十的曾善才当然也看得一清二楚。他感觉自己应该回应一下牛哄哄了,但又不知该说些什么。正当他心里犯嘀咕时,林舒羽似乎看出了他的心思,接过话茬说:“其实,不用牛局长介绍，自打我们进了这个门槛就已经看出来了，柳总绝对是业内高人，不然，牛局长也不会这么隆重地把柳总推出来呀！”

“那是，还是林总会说话！”牛哄哄扬了扬眉毛说。

“谢谢林总。”柳絮含笑道，“其实我这家电子公司刚开业不久，我对这个行当还是个门外汉呢，要不是牛局长给我做主，我做梦也想不到开什么电子公司！”

“那柳总以前做什么生意？”林舒羽问。

“这家会所。”柳絮答。

“哦。”林舒羽似乎明白了什么。她在脑子里快速构建一个假设：牛哄哄在某次应酬时来到这家神秘会所，被会所的主人柳絮深深迷住，牛哄哄主动进攻，或者柳絮故意露出破绽，反正二人一见倾心，遂暗通款曲，不久便如胶似漆；接下来，牛哄哄为了讨好柳絮，让她注册一家电子公司，以利用自己身为信息产业局局长的便利，令其治下企业为柳絮输送利益。想到这里，她瞅了瞅曾善才，心想：看来鲲鹏得出点血了。

“你们都看出来了吧？一个开会所的美女突然转行进入我们的电子通信领域，没有远超一般人的魄力，谁敢做出这种决定？”牛哄哄不失时机地说。

“你又来了！”柳絮白了牛哄哄一眼，说，“光有魄力有啥用？现在人家连流动资金都拿不出，公司倒是开出来了，今后的生意咋做，还一点方向都没有呢！”

“看你急的！”牛哄哄笑呵呵地责怪道，“你眼前这么多财神爷，他们随便拔几根毫毛，也够你用上一阵子的了！”

“是吗？这么说我今天遇到贵人了！”柳絮道。

“那可不是！快跟贵人们说说你现在缺多少？”牛哄哄眼巴巴地望着柳絮说。

曾善才等三人看着牛、柳二人的对答，心里开始紧张起来，曾善才更是暗暗叫苦，心想：咱们挣几个钱也不容易，你当我们的钱是西北风刮来的呀？

“不算多，眼前也就短缺 2000 万吧。”柳絮若无其事地说。

“嗯，2000 万的确不算多，这点钱对鲲鹏股份只能算毛毛雨了！”牛哄哄看了一眼曾善才，接着说，“这样吧，曾董事长这边帮柳总分担一下，先借给他 2000 万元，帮她解解燃眉之急，我呢，给你们做个保，你们看怎么样？”

“哦，我……”曾善才扭头看了看孙利民和林舒羽，见二人均神色严峻，就吞吞吐吐地说，“我……我也做不了主呀，公司不是我一个人的……”

“这么说就是不给我老牛面子了！”曾善才话没说完，牛哄哄立马阴下脸来。

“牛局长别急，曾董事长的意思是这不是件小事，回头公司还要走个程序啥的。”一直没怎么说话的孙利民赶忙出来解围。

“没错，曾董事长特别讲究程序。”林舒羽打完圆场后给曾善才使了个眼色。

“这还差不多，我想你们三人不至于连2000万元的主也做不了，否则我这么多年算是白帮你们了！”牛哄哄语气低沉却不失威严地说。

“哎呀，你这个人呀，就会说那些不着调的！”柳絮用手点着牛哄哄责备道，“人家要帮我这么大的忙，你还要吓唬人家！算了，算了，我也不借这笔钱了，生意做不下去就做不下去吧！”

“柳总别急，2000万元应该问题不大，只是你这边要稍稍宽泛我们几天，我回去还要做做其他股东的工作。”曾善才先前接到林舒羽递过来的眼色，心里早已有了清醒的认识，那就是这笔钱借也得借，不借也得借，所以他干脆把态度放漂亮点。

“哈哈，我就说嘛，我亲手培养的企业，哪有上不了台面的？”牛哄哄击着胖乎乎的双手站了起来，“扯了半天，都饿了吧，柳总，你是不是该上菜了呢？”

“对，上菜！”柳絮眉毛一挑，转身吩咐屋角侍立的服务小姐，“快点上菜！”

一桌精致的粤菜很快上桌，牛哄哄最爱的顶级XO也由侍者体贴打开。众人围着牛哄哄进入了温馨的就餐模式。因为有柳絮在旁，牛哄哄没有像往常那样牛饮狂喝，更没有精力骚扰其他美女，所以林舒羽算是吃了一顿轻松的晚餐。

回去的路上，林舒羽把她猜测的牛、柳二人关系说给曾、孙二人听，他俩也都认为猜得有道理，还说他们自己也是这么想的。既然大家都这么想，那么问题也就清楚了，这个钱肯定是不借不行了！

曾善才回去后为柳絮借钱一事发了整整一夜愁。虽然鲲鹏股份刚刚赚了七个多亿，但公司不是他自己的，他与孙利民、成勇三人加在一起不过拥有51%的股份，要做出出借2000万元这样的大决定，不能不征求另外两个股东的意见。国资这一块好说，牛哄哄会想办法让出资的那家国企同意。但是外资这一块就难说了，你得跟人家说明白，为啥要一下子借出这么多钱给一个几乎没有任何资质的小公司。当然，曾善才也想到他们三人的股份加上国资的股份相对外资要占绝对优势，但是考虑到大家今后还要合作，肯定不能以势压人。想来想去，他感觉这钱不能从鲲鹏股份借出去,要借也只能从他们三人的鲲鹏通信里出。而鲲鹏通信的钱又全部砸进鲲鹏股份了。怎么办?只有一个办法:那就是把鲲鹏股份赚到的钱通过分红部分回到鲲鹏通信里。想到这里,他不禁苦笑了:自己一直在设法用别人的钱做自己的事,想不到别人也把融资的算盘打到他头上了!

第二天,曾善才分别给孙利民和成勇打了电话,通知他们到公司一起碰个头。成勇正好有空,三人相约在曾善才的办公室里见面。

9点30分,三人的讨论正式开始。曾善才简明扼要地把前一天晚上的情况介绍了一下,请孙利民和成勇再确认一下是否要出借这笔钱。孙利民仍旧是昨晚的态度:不想借也得借!成勇则犹豫了半晌才说:"昨晚已听舒羽说过了。牛哄哄真他妈的不要脸,这跟明抢有啥区别?俺还缺钱呢,都不好意思向鲲鹏借钱,他何德何能,张口就替别人借2000万元?"

"那咋办?借还是不借?"曾善才试探着问。

"哎!"成勇叹了口气,说,"借吧,这种人渣好事做不来,做起坏事却不会含糊!他在那个位子上随便使个绊子,就够鲲鹏受得了!没办法呀,人在屋檐下不得不低头!"

曾善才点点头。他心里明白,成勇最终也同意借钱给柳絮,除了刚才成勇自己所说的原因外,还应该另有原因,那就是牛哄哄一心盯上柳絮了,今后对林舒羽的骚扰或许会少一些。不过,这话他不能说出来,只是说:"你说得对。其实,俺们自己也是一点点做起来的,当初资金紧张的时候,不也张罗着到处借钱吗?只是这个柳絮不像个能干企业的样子,还狮子大开口,一借就是这么多,而且她拿这些钱到底去干什么也没人知道,以俺看,这笔钱十有八九是肉包子打狗,一去不回了。"

"明知道一去不回也得借呀!"孙利民无奈地说。

"好,既然大家都认为必须借,那咱们再商量一下这笔钱从哪里出。"曾善才把他之前设想的方案跟孙利民和成勇说了一遍。两人并无多少疑义。

三人许久未聚,商量完柳絮借钱之事,自然又在一起聊了些其他事情。曾善才想起成勇已考取南粤大学的MBA并且已就读半年,就问他除了周末上两天学外,平时都干些啥?

"在创业。"成勇答道,"不然,怎么说俺也缺钱呢?这下好了,马上公司分红,俺多少也能分点。"

曾善才和孙利民一听来了兴致。曾善才问:“创啥业?”

“俺想进入汽车零配件市场。这大半年琢磨起来,汽车进入家庭的趋势已经开始形成,今后中国汽车产业可能会有三个十年的大发展,第一个十年是快速发展,第二个十年是平稳发展,第三个十年是转型发展。俺现在进入这个市场,正好干三十年,到七十来岁干不动了,中国汽车产业的黄金时代也结束了,那时,俺就退休享乐,把事业传给两个儿子。”

“传给儿子?亏你想得出!那时,中国汽车的黄金时代都结束了,你叫他们怎么发展?”曾善才取笑道。

“那不要紧,产业的黄金时代虽然会结束,俺打下的基础没结束呀,他们可以在这个基础上转型去做更有前景的事业嘛!”成勇说话的样子似乎很有把握。

曾善才和孙利民都认为成勇说的有道理,还称赞他眼光独到,问他具体做哪一块,是否需要帮忙?

成勇说,哪一块还没想清楚,初步考虑做安全带,这一块进入门槛不是太高,今后的市场规模非常可观。至于要不要帮忙,他的态度非常明确:“暂时不用,以前都是跟在你们后面干,这回俺想尝试一下自己单干能不能成。”

曾、孙二人不再多说什么。三人的话题又转到春节要不要回老家去了。孙利民和成勇这些年几乎每年都回,虽然也想老家,但思乡之情并不是十分强烈。曾善才自那年被迫南下,这十几年顶着个“劳改犯”的大帽子,只在前几年趁夜回去看过一次父母弟妹,在家里住了几天,连家门都没敢出去。事实上,他做梦都想回去,看看家乡的面貌,看看父母弟妹,看看自己那一双儿子,当然,如果可能的话,他还想看看周燕飞,告诉她自己当年的确是被诬陷的,最好能得到她的理解,如果能复婚那是最好不过的了!但是他仍然心有余悸,尽管他在南粤已经风生水起。

“丁零零……”一阵悦耳的手机铃声打断了曾善才的沉思。他掏出手机一看,是云彩云打来的,不禁苦笑了一下。自从去年春节前云彩云来鲲鹏股份拜访并结识了曾善才,就隔三岔五主动联系他。最近半年,云彩云更是频频示好,连要嫁给曾善才的话都说出来了。老实说,面对年轻美女的魅力攻势,曾善才不可能不动心。然而,他的心里仍然放不下周燕飞。一方面,周燕飞对他的误解成了他心中永远的痛,他非常希望她能理解他、原谅他,从而缓解一点内心之痛;另一方面,他感觉周燕飞一个人拉扯两个孩子很不容易,他希望已经发达的自己能够补偿一下周燕飞这些年所经历的痛苦。

“善才,你咋不接电话呢?”孙利民问。

“哦。”曾善才快速打开手机翻盖,对着电话“喂,喂”了两声,捂着电话听筒溜出门外去了。

“看他那神神秘秘的样子,一定是那朵彩云打来的!”孙利民指着曾善才的背影对成勇做了个鬼脸说。

关于曾善才与云彩云之间的关系,成勇从林舒羽那里听到一些消息。云彩云长啥样,他不清楚,只是从林舒羽的嘴中,得知她是一个青葱般水灵的女子,换了自己肯定招架不了这种极品美女的感情攻势,他想曾善才也未必能把持得住,况且曾善才还处在单身状态呢?但是曾善才到底咋想,他又很难说得清楚,就问孙利民:“你看善才董事长与云彩云能成吗?”

“很难说,不过他似乎有点动心了,俺俩前阵子还聊过这事,善才单身这么多年,也该再找一个了,但是他对周燕飞还是放不下,希望能够复婚,托过很多人去做周燕飞的工作。”孙利民答道。

“周燕飞同意了吗?”成勇迫不及待地问。

“听说一直没松口。”

“哦,爱之越深,恨之越切!”

“是呀,从她的角度看,既然你过去能背叛俺,将来仍然可以背叛,最艰难的岁月都挺过来了,现在两个孩子都已长大,夏生已经19周岁,上了大学,秋生也13周岁,上了初中,从分担生活压力来看,已经完全没有必要再与善才在一起了。”

“这么说,善才董事长与云彩云有戏了?”

“应该是这样。不过,善才心里还有一个坎,那就是云彩云比夏生大不了几岁,他担心夏生接受不了这个年轻漂亮的后妈。”

“这种担心没太大必要,他们父子俩这些年也就见过一两次面,关系早已淡了,夏生接受不接受能有多大影响?”

“影响肯定有。本来善才就感觉自己亏欠夏生、秋生兄弟俩,如果夏生再因为善才帮他娶了个后妈而恨他的话,他岂不是更加难过吗?”

“谁更加难过?”曾善才一脚跨入门内问。

“哦,没啥,俺俩在闲聊外面的事呢!”孙利民装作没事一般掩饰了过去,“你刚才接谁的电话呢,那么神秘?”

“一个……熟……人。”曾善才吞吞吐吐地说。

“可能不是一般的熟人吧?”孙利民做了个鬼脸道,“如果俺没有猜错的话,这个人应该是云彩云。”

“不是她,不是她,尽瞎说!”曾善才红着脸说。

他这么脸一红,孙、成二人心里完全明白了。成勇说:“董事长没必要躲躲闪闪,你打了这么多年的光棍,按说早该成家了!听说云彩云长得非常漂亮,人也不错,又在银行工作,很适合做老婆。”

“是呀,成总说得对,差不多就行了,你要挑到什么时候?”孙利民也替成勇帮腔。

“俺哪里挑了,你又不是不知道,俺心里更愿意与周燕飞复婚,不是说老婆还是原配的好吗?”曾善才终于说出了心里话。

“你说的没错,但是强扭的瓜不甜,周燕飞心里的误解很深,人家十几年苦日子都挺过来了,想要她彻底原谅你并跟你重回一个屋檐下,难度很大呀!”

曾善才低下头,不再言语。

“听说夏生放寒假会来南粤,要么你做做他的工作,再叫他回去做做他妈的工作。”成勇建议。

“嗯,这是个好主意!”提到夏生,曾善才立即来了兴致,虽然这个儿子与他隔膜很深,但他们毕竟血脉相连。随着夏生年龄的增长,他也逐渐明白了一些事理,对父亲已有所原谅,特别是得知父亲与两位好友在南粤辛苦打拼出一番天地后,对父亲甚至有些佩服了。曾善才对夏生态度的变化也有所感知,所以对他去做周燕飞的工作也多少心存幻想。

几天后,曾善才提议鲲鹏股份召开一次临时股东会,通过了年度分红方案,决定从公司7亿元净利润中拿出5亿元进行分红,其余2亿元部分转为资本公积,另一部分用于扩大研发规模和补充流动资金。鲲鹏通信按股份共分得约2.5亿元红利。曾善才建议拿出5千万元由哥仨按股份分配,其余留在鲲鹏通信。

牛哄哄得知鲲鹏股份分红后,立即给林舒羽打来电话。林舒羽知他用意,并且因为公司内部已做好准备,便主动告诉牛哄哄钱已准备好了,柳总可以过来签借款协议了。牛哄哄自然喜不自胜,在电话那一头连声夸奖林舒羽能干。林舒羽心想，啥能干，还不是让你满足借款需求了吗？

牛哄哄挂掉林舒羽的电话后立即拨通了柳絮的电话，把这个天大的喜讯告诉了自己的情人。柳絮当天下午就带人来鲲鹏股份，以柳絮电子通信有限公司的名义与鲲鹏通信有限公司签订了为期两年、年利率6%的借款合同。待柳絮一行人离开鲲鹏股份，孙利民没好气地说："6%的年利率比银行贷款利率只高不到0.5个百分点，这种生意真没意思！"曾善才则安慰他说："你还想着利息呢？到时候他们能把本金还上就阿弥陀佛了！"

第三十六集 周燕飞心如止水 曾善才无奈再婚

周末的早晨，和煦的阳光透过宽大的落地玻璃照进客厅。刚刚吃过早饭的成勇斜靠在乳白色的三人沙发里，眯着眼睛打量着正趴在茶几上对弈的成龙和成虎，试图找到兄弟俩的细微差别。他感觉很奇妙，这对儿子长得如此相像，以至于他们都已9岁，他还常常把他俩搞混。

“叮。”成勇的手机响了一下。他拿起手机一看，原来是533万元分红款到账了。“不错，这么快就到了！”他非常满意，脑子里快速算了算：按照自己在鲲鹏通信里13.33%的占股比例，再去掉20%的个人所得税，到手的钱应该就是这个数。“还是有股份好呀！这么说在鲲鹏通信剩下的2亿元里，还有2100万属于俺的呢！”想到这里，他随手打了个响指，不由自主地哼唱起Beyond的《海阔天空》：“今天我/寒夜里看雪飘过/怀着冷却了的心窝飘远方/风雨里追赶/雾里分不清影踪/天空海阔你与我……”

“啥事这么开心？”林舒羽搓着手走出厨房。她刚刚清理好早餐碗筷，准备到客厅里歇一会儿。

“好事，猜猜看。”成勇停下哼唱，却并不打算立即解答林舒羽的疑问。

“有人请你去当老总？”林舒羽说着话，顺手摸了一把成虎的头，在成勇身边坐了下来。

“边都不沾！俺不是早跟你说，要做就自己做，不给人打工吗？”成勇撇了撇嘴。

“俺也是打工的。你这么说，俺不该给你们的鲲鹏股份打工了？”林舒羽斜睨了他一下。

“啥叫‘你们的鲲鹏股份’，难道没你的份吗？”

“俺没发现有俺的份，不管是鲲鹏股份还是鲲鹏通信，公司股东名单上都找不到俺。”

“切,咱俩是夫妻,俺的不就是你的吗?”

“那不一样,没俺的名字就不是俺的。”

“好,哪天俺叫善才把俺的名字换成你的就是。”

“此话当真?”

“当然,小事一桩!”

“好,这样俺就放心了!”林舒羽故作开心地说。

“妈妈,为什么要把爸爸的名字换成你的?”

成龙刚把成虎的帅将死,听到父母的对话,好奇地问。

“这样咱们就不怕你爸到时不拿钱给你们读书了呀。”林舒羽对成勇挤了挤眼睛说。

“你妈逗你们玩呢。”成勇笑着对成龙说,然后又拍了拍林舒羽的大腿,“别跟孩子扯这些没用的,你还没猜到俺为啥那么开心呢!”

成龙听爸爸这么说,转身与成虎安心下棋去了。林舒羽则皱眉沉思片刻,说:“想起来了,你找到生产安全带的门路了?”

“也不是,这件事没那么快,也不必着急,俺打算先把这个行当的情况摸清楚了再说。”

“好,俺支持你!咱们不比当初,没必要冒太大风险,还是稳妥为好。”林舒羽说到这里挠了挠头,“那你刚才为啥那样开心呢?”

“继续猜,你已经猜得很接近了!”成勇鼓励道。

“你们 MBA 老师表扬你了?”

“本来已经很接近了,这下又被你扯远了!”成勇嘲笑道,“你当俺是幼儿园小朋友,被老师在脑门上贴个五角星也要高兴半天?”

“你以为自己不是?上个月你在你们研究生办的小报上发了篇关于重庆火锅的小散文,还兴奋得举着报纸在俺面前读了一遍又一遍,那样子跟小学生被老师表扬有啥区别?”

“好好好,你这么一说,俺跟个 3 岁小孩没啥区别了!算了,不跟你计较。别打岔,继续猜!”

“不猜了。”林舒羽起身回到厨房,几分钟后端了两杯茶过来,一杯放在成勇面前,一杯放在自己面前。成勇瞄了一眼,知道是他们都爱喝的家乡茶:瓜片。这杯茶一下勾起了他的思乡之情。他端起茶杯,把鼻子凑近杯口,闭着眼睛嗅了又嗅,感慨地说:“真香!可惜今年不能回去过年了。”

“那有啥办法?你倒没啥,又不用上班。今年年过得早,孩子们寒假放得迟,回去一趟挺折腾的,不回也罢。好在咱们去年刚回去过,比起善才董事长,咱们不知运气好哪里了!”

“是啊,他这十几年也就前几年偷偷回去过一次,还没敢在外面露面。”成勇同情地说。

“哎,真不容易!”林舒羽叹道,“对了,你刚才到底为啥那么开心?”

“好吧,既然你猜不到,俺就告诉你吧,俺那533万分红款到账了!”

“哦,原来是这事呀,这本是铁板钉钉的事,值得那么开心吗?”

“当然值得!以前知道公司赚了钱,但对自己能拿多少心里一直没有底,说白了,那是纸上富贵,只有把钱攥到自己手心里才踏实呀!”

“说得也是!你打算拿这笔钱干啥?”

“先拿出100万买套别墅,这俩孩子看看大了,房子不太够住了;再拿出100万去办安全带厂,如果亏光了还干不成,俺就回鲲鹏;剩下的钱全部交给你,你爱怎么花就怎么花吧!”

“哇,这么大方呀!那咱们中午不做饭了,一家人下馆子庆贺庆贺如何?”

“好呀,正好今天天气好,咱们现在就出去,逛到中午了就直接下馆子。”

“行。成龙、成虎,你们收拾收拾,咱们出去晒太阳去!”林舒羽分别拍了拍俩孩子的头,进里屋梳妆打扮去了。

俩孩子听说要出去玩,把棋盘一抽,欢呼雀跃起来,哪管棋子散落了一地。

南粤湾畔,游人如织;南粤湾上,碧波荡漾。成勇一家人沿着崭新的湖滨大道悠闲地散着步。这几年,南粤的面貌飞速变化,城内高楼林立,城外绿树成荫,就连10年前荒凉的海滩也被修葺一新……

“成勇,你看前面不是善才董事长吗?”林舒羽拍了拍成勇的后背说。

成勇循声望去,果然是曾善才,与他并排边走边聊的是个个头高挑的小伙子,看样子应该是夏生了。成勇快步追上去,从背后搭上曾善才的肩膀,兴奋地说:“真巧,董事长也在这散步啊!”

曾善才扭头一看,是成勇,也感觉非常惊讶,就问:“你一个人来这啊?”

“怎么可能一个?诺,舒羽娘仨在后面呢!”成勇道。

曾善才停下脚步,回头向林舒羽招了招手。林舒羽带着孩子很快赶了上来。曾善才弯腰拍拍成龙、成虎的头问了问他们的学习情况后,指着一旁的小伙子说:“这是哥哥。”曾善才的介绍证实了成勇和林舒羽的判断。

成勇本来是认识夏生的,只不过十几年过去了,夏生已由孩童长成了大人,面相变化很大,现在即已确认眼前的小伙子就是夏生,再仔细看时,依稀发现夏生当年的眉目。现在的夏生高大英俊,文质彬彬,有点像曾善才,却又比曾善才显得文气、高挑,看得出这些年周燕飞对培养这个儿子没少花心思。成勇突然感觉应该对夏生表示一下欢迎之意,便对曾善才说:“夏生难得到南粤来一趟,中午我们两家一起聚个餐如何?”

曾善才想了想,也感觉今天的偶遇有点奇妙,他用眼光征求了一下夏生的意见,见他没有表示反对的意思,便说:“行呀,难得聚到一起,我来请你们吧!”

成勇说:“谁请都一样,反正俺今天请客的钱也是跟着你一起赚来的!”

“分红也到账了?”曾善才问。

“嗯。俺本来就是要带他们娘仨出来下馆子庆贺一下的。”成勇说。

“难得在一起聚聚,要么把利民一家人也叫过来吧?”曾善才向成勇和林舒羽征求意见。

两人都表示欢迎,成勇说:“听说曹鹏和花巧凤新开了一家徽菜馆,咱们就去徽菜馆聚吧。”说罢,成勇亲自拨通孙利民的手机,孙利民很高兴,说一定准时到场。

成勇一家人和曾善才父子俩沿着滨海大道边聊边走,不知不觉就到了中午,也到了凤鹏徽菜馆楼下。曹鹏正好在饭馆门口送客,见到曾善才等人便热情地迎了上去,说孙利民一家人刚到不久,并亲自引导他们来到二楼包房。孙利民因为每次回老家时,会按照曾善才的托付抽空看望一下夏生兄弟俩,所以对夏生并不陌生。不过,他发现夏生又长高了不少,还是非常感慨。大人和孩子们互致问候以后,曾善才说,刚进门时发现这家凤鹏徽菜馆有样菜,看着样品点菜心里更有底,说着便要出门点菜。成龙、成虎正是好动的年纪,跟着溜了出去。成勇见儿子跑出去了,也撵了上去。孙利民和赵冬梅则因为要照顾刚刚两岁的阳阳,加上大家之间的关系本来非常随意，就留在包房没跟出去。

趁曾善才不在，孙利民两口子又都在哄阳阳玩，林舒羽小声问夏生："你妈妈还好吗？"

"还不错吧。"夏生答。

"你这次来南粤，妈妈有意见吗？听说你爸以前见你两次都是跑到你们大学里见的，不敢让你妈知道。"林舒羽又说。

"她现在已经无所谓了。"夏生转了转眼珠道。

"嗯，可能她已经明白你爸是被冤枉的吧。"

"那我倒不太清楚。反正对我来说，我爸无论以前做过什么或者没做过什么，都不重要，他终归是我爸。"

"你能这么想真是太好了！我和你成叔叔都是你爸的老朋友，我们知道他是老实人，也知道他是被人陷害的，你要相信他！"

"他是不是被陷害的，我没法判断，但我知道他是我爸，我和秋生这些年都希望爸爸能在我们身边。"

"哦，你爸这些年虽然在事业上闯出来一条路，但他心里一直很苦。"

"妈妈心里也很苦。"

"这个我们都知道，我们希望你妈妈能理解和原谅你爸爸，最好能与你爸爸重新在一块生活。"

"原谅不原谅已经不重要了，妈妈已经习惯了现在的生活。我也劝过她好多次，希望她能与爸爸重归于好，可她听不进去。"

"你爸爸为了取得你妈的原谅一直单身这么多年，你可以再劝劝妈妈，看能不能让他们重归于好。"

"我妈很固执，我不想再劝了，她现在过得很平静，我爸在外这么多年，他们之间的隔阂那么深，就算勉强凑到一起，也未必过得怎么样。"

"可你爸也需要个家庭呀！"

"这个我能理解，他要是与其他人重组家庭，我肯定没有意见。"

"真的？他要是重组家庭了，他的财产就不能全归你和弟弟了！"

"我弟弟还小，我不敢替他说，反正我没想过我爸的钱，他一个坐过牢的初中生都能凭本事赚那么多钱，我一个大学生也用不着为生存发愁。"

听完夏生的话，林舒羽心里不觉暗暗称奇，她从夏生的身上看到了曾善才的影子，感叹这些年曾善才虽没能直接对他进行教育，但这孩子的血管里依然流着与曾善才一样坚韧不拔、自立自强的血液；她还从夏生的身上隐隐看到周燕飞的影子，感叹这个女人以一种超凡的毅力影响着她的两个儿子。

“阿姨，是不是爸爸这边有人了？”

夏生的一句问话把林舒羽拉回现实，她淡淡地笑笑说：“你爸爸那么优秀，总有人能看上他的！”

“那太好了！拜托你们帮我爸多操操心，他也该重组家庭了！”

“你们一大一小聊啥呢？这么严肃！”成勇进门问道。

林舒羽和夏生不约而同地抿嘴笑笑，没有作答。此时，成龙、成虎和曾善才也先后跨入门内。大家的话题开始转到刚才都点了哪些好菜上了。

三家人欢享徽派美食，漫谈南北风情，其温馨畅快和轻松随意自不必说。两岁的阳阳乖巧可爱，自然是大人们关注的焦点。三个大孩子经过一顿饭的接触，也彼此熟络起来。9岁的成龙、成虎本来就处在调皮捣蛋的年纪，现在遇到个大哥哥自然不会放过嬉闹的机会。而夏生因为再次见到父亲，并从叔叔阿姨们的言语和他们对待父亲的尊重态度中进一步明白了父亲当年坐牢的无辜，心里一下子敞亮不少，所以也非常乐意配合两位异姓小弟弟疯上一把。

林舒羽趁孩子们玩得正疯，将饭前他与夏生之间的对话转述给曾善才和成勇听。曾善才听后沉默不语，看得出他心里面还没有完全放下周燕飞。成勇对这个老朋友了解很深，知道他是个重情重义之人，感觉这事急不得，就建议曾善才利用夏生在南粤度寒假的时机，多陪陪孩子，了解一下孩子的态度，并通过孩子准确了解周燕飞的态度。假如周燕飞那边希望渺茫，那就别再让人家云彩云干等着了！孙利民和赵冬梅也说曾善才眼看就到不惑之年，现在事业也算顺了，应该早点把另一半的问题解决掉。曾善才认为他们说的有道理，点头表示同意。

接下来的日子里，曾善才果然按成勇的建议抓住一切空闲时机开车带夏生玩遍南粤的角角落落，尽最大可能弥补这么多年无法陪伴儿子所留下的缺憾。当年曾善才出事时，夏生还很小，对父亲的记忆早已模糊不清。这次与父亲朝夕相处下来，感觉这个父亲的确不像个坏人，非但不像坏人，还那么有情有义、敢做敢当、坚韧不拔，他甚至为自己有这样的父亲而骄傲。不过，当曾善才尝试着向儿子述说自己除了想念他们兄弟俩，还非常不舍他们的母亲时，夏生却给他泼了盆冷水，说母亲这些年过得很平静，提醒父亲还是不要打搅她了。曾善才不死心，希望夏生回去做做母亲的工作。夏生则说，该做的工作他早已做了，因为在老家当初中老师的二叔和在省城研究所里搞研究的三叔把当年的真相告诉他以后，他也希望父母能够重新团聚，而母亲其实对父亲也早已没有了误解。她之所以不答应与父亲复婚的最大原因是，她自认为自己命中克夫，跟屠鹏远刚结婚不久，他就遭遇车祸，变成了残疾人，后来好容易过上了安稳的日子，屠鹏远竟掉到河里死掉了，再后来，曾善才历经艰辛把螺丝厂搞得风生水起，却被李冲父子俩设套关进了监狱。另外一个原因是曾善才现在又东山再起，虽不能说红得发紫，但也可以说大富大贵了，她不想让别人戳着脊梁骨说她是个势利眼！

曾善才听罢夏生传递的信息，长长地叹了口气。他告诉夏生，克夫的说法完全是迷信，没有文化的人说说也就罢了，你一个大学生还相信这个？至于势利眼不势利眼，自家人在一起过日子，管别人咋说干啥？夏生则说，他当然不信克夫这种迷信的说法，问题是母亲深信不疑，他也没有办法说服母亲，而对势利眼说法的担心那是母亲的一个心病，她自己转不过弯，别人怎么劝也没用！最后夏生劝父亲，说他这次来南粤正是母亲叫他来的，还说母亲告诉他父亲本质上是个好人，叫他多与父亲亲近亲近。夏生还劝父亲不要去打乱母亲的平静生活，两个人十几年未在一起，早已没有共同语言，就算重新回到一起，也未必能幸福。

曾善才很郁闷。他万万想不到，这么多年的坚持和等待却没有任何结果。他希望夏生回去再做做母亲的工作。夏生说，他会把父亲的近况告诉母亲，但他同时也告诉父亲，叫他不要抱太大希望，因为母亲的态度非常坚决，换句话说，母亲正是因为在乎父亲，才不想再给他带去噩运。夏生还劝父亲，如果有合适的可以再找一个，母亲、他和弟弟秋生绝不会有什么意见。曾善才苦笑了一下，告诉夏生，他母亲这些年相当不易，叫他用心照顾母亲。

一个月之后，当曾善才再次接到夏生打来的电话后，他彻底明白了那个曾经与他共度过艰难，也共享过富贵的周燕飞真的不可能回到自己的身边了，因为夏生告诉他母亲宁愿苦守青灯也不愿再把他拖入任何灾难。夏生还告诉他，母亲这是把他当作真正的亲人才做出如此决绝的决定，要他务必想开点。曾善才挂掉手机，抠掉电池，把自己重重摔在床上，蒙起头整整睡了一天没有出门，直到天黑时分，一阵急促的敲门声把他吵醒。

曾善才趺趺撞撞爬起来，摸摸索索打开了房门。原来是孙利民。曾善才把老友让进屋里，打开灯，关上门，示意孙利民坐下，自己则蜷缩在屋角的沙发里。

"怎么了，兄弟？"孙利民问。

"没啥。"曾善才有气无力地答道。

"知道吗？你今天整整失踪了一天，可把有些人急坏了！"

"谁还能为俺操这份心？"

"嘿，这就是你的不对啦！人家云彩云对你一往情深，你竟视而不见！她一大早打你电话就是关机，一天下来不知打了多少次，你的手机始终是关机状态，她急得没办法，担心你出事，才把电话打到俺这里，叫俺过来看看你到底咋回事。"

"哦。"

"兄弟呀，不管你为啥躲在屋里睡了一天，你都不能无视云彩云对你的一番心意。当然，你也可以说她看上了你的钱，但是她能这样在乎你，你也该知足了！"

"哦。"

"你就会'哦'，依俺看，你该给她回个电话才是，省得人家担心。"孙利民说罢，起身准备离开，没想到被曾善才一把拽住后襟。孙利民没好气地说："怎么还不让人走了呢？"

"再坐一会吧。"曾善才咕哝道。

孙利民只好重新坐下。曾善才把自己闭门不出的原因向孙利民仔仔细细地说了一遍。孙利民这才明白，他略微沉思片刻，说："周燕飞的想法有没有道理俺不敢说，但是，你自己可以好好想一想，你对她除了要证明自己的清白外，还有多少感情在里面？还有，这么多年，你们不在一起生活，假如她突然回心转意，主动要与你复婚，你会不会也认为她是贪图你的钱财？"孙利民等了一会，见曾善才不吱声，便再次起身准备出门。这下，曾善才没有拽他。孙利民跨出门槛的瞬间，扭头对曾善才说："这两个问题，你要是想明白了，抓紧给人家云彩云打个电话过去，难得人家对你一片痴情！"曾善才"嗯"了一声，把手机装好电池，给云彩云拨了过去。

曾善才与云彩云的关系迅速升温。2001 年 5 月 1 日，天气出奇地好，湛蓝的天空中悠悠地飘着几丝白云，一支十几辆豪车组成的婚庆车队在欢快的乐曲声中戛然停在位于南粤湾畔的凤鹏徽菜馆门口。司仪优雅地打开为首的加长雷电车门，身穿黑色燕尾服,系着红领结,脚踩锃亮黑皮鞋的曾善才春风满面地跨出雷电,紧接着便在亲友们热烈的掌声中绕到轿车另一面,亲手打开车门,牵出了一个头顶粉红纱网,身披洁白婚纱的美丽女子。这个女子不是别人,正是云彩云。没错,今天是曾善才与云彩云大婚的日子!云彩云站稳脚跟后,先是深情地望了一眼曾善才,接着环视了一下身边的亲友,向大家微微一笑,这才把右手插进曾善才的左臂弯里,跟随他一步步登上位于二楼的宴会大厅。

宴会大厅里,花团锦簇,红灯高挂。曾善才牵着云彩云在司仪的引领下走上大厅正中的圆台,开始一步步演绎新人必走的各项流程。圆台的周围,30张大圆桌如众星捧月般围绕圆台有序排开。成勇、林舒羽带着两个孩子正坐在最靠近圆台的一张桌子上。同在这张桌上坐的还有孙利民夫妻俩及3岁的女儿阳阳,曹鹏、花巧凤夫妻俩及5岁的儿子乐乐。成勇和曾善才两人自从当年在南粤证券公司首遇花巧凤,这些年来,他们之间一直保持着密切联系。因为在南粤的老乡本来不多,曾善才特意把婚礼安排在花巧凤与曹鹏的凤鹏徽菜馆举行,并把他们一家人也请来与孙利民、成勇两家人坐在同一桌。一桌四个孩子,并且都是贪玩的时候,几个大人也就放任孩子们在一起追逐嬉戏,他们自己则一边欣赏曾善才和云彩云的婚礼仪式,一边天南海北地闲聊着。

花巧凤原本在证券公司营业部任总经理助理,工作干得非常出色,但因为撞破顶头上司崔英才的苟且之事,惨失一指,伤好后,正好接到硕士录取通知书,此后,便在学校脱产读研直到现在。成勇现在与她同在南粤大学,知她刚好即将毕业,就问她接下来如何打算。花巧凤说自己考上了博士,接下来还将继续留在学校读书。成勇和孙利民两对夫妻自然要恭喜她一番。

花巧凤自谦道:“读个博士而已,有啥恭喜的!还是你们厉害,个个都是鲲鹏股份的大老板!”

成勇则说:“俺早已不是鲲鹏的老板了。”

花巧凤感觉很奇怪,就说:“俺知道你不在鲲鹏干了,但你的股份应该还在那里,股份在那里,你就仍然是老板!”

孙利民接过话茬说:“成总说得没错呢!他的股份已经全部转给林总了。”

花巧凤说:“转来转去还不是你们自家的!”

其他几人听后都笑而不语,花巧凤似乎想起了什么,就问:“你们公司现在业绩这么好，有没有考虑过上市？”

孙利民说：“考虑是考虑了，现在鲲鹏股份刚存续两年，时机还不成熟。”

花巧凤说：“差不多了，到年底就3年了，现在开始准备，说不定明年就可以上市了呢！”

大家一听都很兴奋，七嘴八舌地说，善才董事长刚到南粤时就萌生了上市的念头，一直没有条件，如果能上市，那当然再好不过了！

花巧凤则说：“既然你们都有此意，等曾董事长忙过这段时间，俺给你们介绍一家投行，帮你们把上市工作张罗起来！”

花巧凤的话音刚落，成勇率先奋力鼓起掌来，那掌声恰好与刚刚播放的婚礼进行曲交织在一起，令人陶醉，令人遐想……

第三十七章 鲲鹏股份欲上市 牛局趁机敲竹杠

曾善才与云彩云举办完婚礼，花巧凤介绍的通银证券投行团队便很快进驻鲲鹏股份。为此，鲲鹏股份成立了由曾善才、孙利民、林舒羽、公司外方董事和国企董事共同组成的上市委员会，以及由林舒羽牵头、董办、行政办、财务部、人力资源部、法务部等部门负责人共同参加的上市工作小组，林舒羽还同时兼任董事会秘书一职。鲲鹏股份的内部团队与通银证券的投行团队密切配合，上市辅导等准备工作有条不紊地进行着。

一切似乎都非常完美：鲲鹏股份从成立起就是冲着上市去的，因此，财务规范，制度健全；与此同时，鲲鹏手机持续热销，前三季度实现的净利润就超过7亿元，达到上年全年水平，不出意外的话，全年实现10亿元净利润根本不是问题。这样，到第二年年中时，公司将连续3年盈利，且平均盈利增速超过30%。拥有如此亮眼的业绩，到时候，鲲鹏股份通过上市审核应该不成问题。

然而，就在大家以为鲲鹏股份第二年下半年上市乃铁板钉钉的时候，意外发生的两段插曲差一点就断送了鲲鹏股份上市的大好前程。

第一段插曲与南粤市信息产业局局长牛哄哄相关。那是10月中旬的一天下午，林舒羽接到牛哄哄的电话，邀请她当晚去柳絮的会所餐叙。林舒羽略微迟疑了一下，刚想推说晚上另有安排，便被牛哄哄打断，他叫林舒羽务必放心前往，还说这顿饭实际上是柳絮请的，他不过跟在后面蹭顿饭而已。话说到这个份上，林舒羽不便拒绝，只好假装愉快地答应了。牛哄哄得到答复后显得很高兴，却同时又跟了个要求，说晚上以谈事情为主，不喝酒，要林舒羽不要带其他人。

林舒羽放下电话，抬头望着窗外的街景沉思起来。她感觉牛哄哄主动邀请自己一定又要出什么幺蛾子，所以拿起内部电话跟曾善才和孙利民分别打了个招呼。曾、孙二人都提醒她多留几个心眼。孙利民更是放心不下，生怕牛哄哄又趁机强占林舒羽的便宜，特意嘱咐负责公司领导出行的曾善田亲自开车护送林舒羽过去。孙利民自从那天晚上趁酒劲再次摸过林舒羽的手，而林舒羽也没有表现出明显的不悦，便明白了在林舒羽的心里他还有那么一丁点的位置。但是他也知道，他们之间不可能再有进一步的关系了。因为从他与成勇的关系看，林舒羽是朋友的妻子，而朋友的妻子是万万不能打主意的；从他与赵冬梅和阳阳的关系看，自己既然已经有了家小，肯定是要负起责任的；从林舒羽的人品来看，她也是绝对不可能再迈出哪怕半步了。不过，孙利民对林舒羽的那份特别情感总是挥之不去。特别是两人偶尔独处时，他总会有怦然心动的感觉。林舒羽那边也是一样。她常常怀念当年与孙利民在大学校园里相依相伴的美好岁月，对当年头脑发热离开孙利民并深深伤害孙利民悔恨不已，也像孙利民一样明白自己与他的关系只能止步于此了。就这样，两个人小心翼翼地保持着不远不近的距离，小心翼翼地享受着来自对方的关心与呵护。

当晚，林舒羽让曾善田把她送到柳絮的会所门口，自己独自一人走了进去。曾善田则按孙利民的叮嘱在会所不远处候命。和此前几次来这里一样，牛哄哄正与柳絮在里间面对面喝茶。柳絮见到林舒羽，连忙起身跑过去，一把抓住她的双手，笑容满面地说："林总大驾光临，有失远迎，您可千万不要怪罪呀！"林舒羽一听，心想：完了完了，一定是这个柳絮又要打鲲鹏股份的主意了。

果然，林舒羽坐下后刚刚喝完一小碗茶，牛哄哄便直奔主题来了："小林呀，你们鲲鹏的上市工作准备得怎么样了？"

"哦，还算比较顺利，自从通银证券投行部进来辅导后，我们一起做了几件大事：一是对以前的财务、税务资料作了内审，对一些前期没太注意的问题作了整改；二是按照上市公司的标准全面梳理和补充完善了公司的各项规章制度；三是几家股东按同比例增资的原则把鲲鹏股份的股本总数由注册时的1000万元增加到了8亿元。现在公司经营情况非常不错，到明年上半年，公司达到连续经营3年的时限时，经营业绩差不多能达到连续3年净利润增速超过30%的水平。那时候我们会及时上报上市材料，如果顺利的话，有可能在明年年内就实现上市，最迟后年上半年可以上市。"

"不错，不错！看来，我这些年没有看错你们，对你们的支持还是很有效果的嘛！”牛哄哄松松垮垮地把头枕在椅背上，盯着房屋正中的中式吊灯说。

“那是，我们几位高管平日里也常常念叨说，鲲鹏股份能有今天这样的规模多亏牛局长大力支持呀！”林舒羽顺着牛哄哄的话言不由衷地拍着马屁。

牛哄哄听了很得意，把头往柳絮那边一偏说：“听到了吧？看看人家多会说话！”

柳絮则说：“是呀，林总不光会说话，还特别会做事呢！我们这个小公司的业务全靠林总他们支持。”

林舒羽明白，柳絮所说的“业务全靠他们支持”指的是柳絮电子从鲲鹏股份借到钱后做起了电子元器件贸易生意，而下游客户又主要集中在鲲鹏股份，虽然鲲鹏股份从柳絮电子拿到的原材料价格要比之前渠道上拿到的高出不少，但因为有牛哄哄从中斡旋，鲲鹏股份也只好认了。

“哈哈，柳絮同志也很会说话嘛！”牛哄哄又把头偏向林舒羽问道：“小林，你说是不是呀？”

“哦，是，是！”林舒羽言不由衷地附和道。

“好！”牛哄哄兴奋得击了一下掌，双手一撑靠椅，坐直了身体，问道：“既然你们两位美女都是能说会道的明白人，那我再来给你们撮合一笔生意如何？”

林舒羽一怔，心想：看来真要狮子大开口了！

牛哄哄起了个头，便专注喝茶。林舒羽已猜到八九分，不想主动往人家设好的局里钻，也只管若无其事地品茶。柳絮瞧瞧牛哄哄，又望望林舒羽，突然伸手在牛哄哄大腿上拧了一把。牛哄哄顿时痛得龇牙咧嘴，却又碍于林舒羽在旁，不好发作。

柳絮倒像啥事没有一样，冲着牛哄哄发嗲道：“刚才看大局长腿上有只蚊子，哎，没抓住！”

牛哄哄明白柳絮的用意，却故作生气地瞪了他一眼，说：“我怎么没看到哪有蚊子？今天为了你的事，我局里的会没开完就往你这跑，你却趁机陷害我，真是狗咬吕洞宾，不识好人心！”

柳絮嘴一撇，两眼往上一翻，双手往胸前一抱，也假装生气地说：“哎哟哟，我的大局长，好人都被你做尽了！人家林总是个明白人，你没必要藏着掖着，现在就我们三个人在场，老实说，如果只是我个人的事，你能有这么上心吗？”

牛哄哄干笑几声，用手点着柳絮说："你这张小嘴太厉害了！我算是怕你喽！"接着扭过头严肃地对林舒羽说："我这个人就是菩萨心肠，见不得你们这些做企业的有什么难处！情况是这样的：柳总听说鲲鹏股份要上市，想弄点原始股，她自己又不好意思说，天天缠着我帮她说，你们看能给她匀一点吗？"

牛哄哄的话证实了林舒羽的判断，但是林舒羽的确没法回答他的问题，只好说："牛局长真是咱老百姓的好干部呀！连公司上市前的原始股都替大家想到了。不过，据我了解，公司股份在上市前还是变动越少越好，最好不要变动。因为一旦变动，原来所做的工作又得重做。"

"哎！小林呀，不就是重做一遍吗？多大的事？！"牛哄哄脸露不满神情。

林舒羽见他如此说，也不好反驳，只是默默地低头喝茶。

牛哄哄接着说："其实，柳总想要的也不多，10%也就足够了，再退一步，5%也行嘛！"

林舒羽有些目瞪口呆了。因为她知道，10%可不是个小数目，即便5%也不少！况且柳絮到哪里去弄这大一笔钱，到时候，还不是只要股份，不出钱吗？

牛哄哄若无其事地继续说："你们鲲鹏自从转行做手机业务，我这里可没有少支持你们呀！更准确地说，当初如果不是我在这里支持你们上手机生产线，原来的鲲鹏通信早已就不存在了！"

"是呀，是呀，我虽然加盟得比较晚，但对这段历史还是比较了解的！"林舒羽只好随声附和。

"了解就好！"牛哄哄给自己加满茶，接着说，"有句话叫喝水不忘挖井人，希望你们也不要忘了这段历史！"

"不会！"林舒羽肯定地答道，"只是，调整股份不是一件小事，鲲鹏股份是中外合资公司，除了我们几个和国资外，还有外资在里面，现在上市工作千头万绪，临时加上股份调整议题，外资也不一定同意呀！"

"哈哈哈哈！"牛哄哄把茶碗往桌上一掼，放肆地大笑起来，"外资算什么？我知道你们有的是办法！"

林舒羽被他如此一笑，直愣愣坐在原处，不知如何才好。还是柳絮眼明手快，伸手推了一把牛哄哄，说："你呀，就会耍官僚主义那一套，本来我是准备求林总的，现在好了，变成霸王硬上弓了！"

“没有，没有！”林舒羽连连摆手说，“我只是小股东一个，也没法替大家做主啊！”

“小林一直很谦虚，据我所知，你的股份也不算少，至少在10%以上，更重要的是，你现在说话很有分量，曾善才和孙利民都听你的！”

林舒羽心想，听不听还不是看你说话在不在理？但她不能把话直说出来，只是微微一笑说：“我哪有那么大的面子？”

“有没有那么大的面子，我也不管。有，最好。如果没有，请你回去给我带一句话，就说，市场上对你们鲲鹏股份意见很大，特别是对你们的质量问题和财务作假问题意见最大，我这里就压了好几封举报信。”牛哄哄一边喝茶，一边慢条斯理地说。

林舒羽彻底无语了。她明白，尽管鲲鹏股份产品质量过硬，更不存在财务作假问题，但要是被举报了，至少会延缓上市进程。面对牛哄哄的威胁，她的确非常为难，只好赔笑说，自己会想办法做好其他几位股东的工作。牛哄哄说他不急，让林舒羽慢慢想办法。林舒羽感觉该聊的已经聊得差不多了，便借口家里还有事，饭也没有吃他们的，就匆匆告辞了。

回去的路上，林舒羽忍不住分别拨通了曾善才和孙利民的手机，向他们汇报了牛哄哄的无理要求。电话那一头，曾、孙二人异常愤恨，却一时也拿不出什么好主意，只好叫林舒羽先不要着急，第二天大家一起好好想想办法再说。

第二天一大早，孙利民和林舒羽几乎同时走进曾善才的办公室。此时的曾善才正双手背在身后望着窗外发呆，听见声响才木然地转过身来。

“都坐吧。”曾善才有气无力地招呼孙、林二人，自己也在沙发里坐了下来。

“你眼睛通红，一定是昨晚没睡好，熬的吧？”孙利民看了一眼曾善才，问道。

“嗯。”曾善才点点头，“牛哄哄的胃口可不小啊！”

“是啊，俺简单测算了一下，依鲲鹏股份目前的盈利能力，如果按20倍的发行市盈率，它至少值200亿元，10%的股份就是20亿元呀！况且公司上市后，盈利能力还会继续提高，两三年后市值再翻一番至两番完全可能，那样的话，目前的10%股份，可能就值40亿至60亿了，这还是不考虑股市牛熊的保守测算呢！”孙利民说。

“这个数额太大了！鲲鹏股份能有今天一是靠国家的改革开放政策，二是靠咱们自己的辛苦经营，与他牛哄哄有多大关系？他只是碰巧当了信息产业局的头头而已！”曾善才气愤地说。

“没错，换了别人当这个局长，咱们公司一样能有今天。”林舒羽说，“但是他却把国家给咱们的机会硬说成是他给的了，真够无耻的！”

“说他无耻已经算是给他面子了，这种人与强盗有什么区别？”曾善才越想越气愤，“俺昨晚愁到现在，实在想不出什么好办法，要不，咱们干脆拒绝他，你们看咋样？”

“未尝不可。”孙利民说，“大不了咱们不上市了！”

“拒绝他就一定上不了市吗？”曾善才问。

“极有可能。”林舒羽说，“如果拒绝他了，他必然对咱们进行报复。目前来看，鲲鹏股份一直清清爽爽，没啥见不得人的东西，要是牛哄哄使坏的话，大不了会推迟咱们的上市进程，不会对公司的发展造成致命伤害。不过，这也就彻底得罪他了，他手里握有权力，想对鲲鹏股份使点坏，太容易了！还记得你当年在河东螺丝厂是怎么被李宏达算计的吗？”

提起螺丝厂，曾善才的脸唰的一下白了，那是他最不堪回首的往事。事实上，曾善才两眼布满血丝就与他想起往事有关。他喃喃道：“咋能忘得了呢？想不到咱们躲到南粤仍躲不开李宏达这样的败类！”

“是呀，”孙利民摇摇头说，“只是这个牛哄哄更加贪得无厌！俺原想咱们把自己的钱借给他情人开公司已经够照顾他面子了，没想到人家用咱们的钱作本钱，再转手倒卖元器件给咱们，价钱还比市场上高出一大截。更可恶的是，那个柳絮还常常把一些劣质产品掺夹在里面，害得鲲鹏手机这一年出了好几次质量问题，要不是眼下市场上手机不愁销，咱们的苦头可要吃大了！”

“对了，提起质量问题俺倒是想起来了，要是牛哄哄把这档事添油加醋地披露出来，咱们的上市进程不仅可能受阻，还很有可能错失当前手机发展的大好时机。最近一些小厂组装的手机开始出现在市场了，功能不比咱们的差多少，价格却比咱们的便宜多了。”林舒羽说。

“这正是俺现在最焦虑的问题。咱们为啥要上市？还不是想趁热打铁，利用市场资金，把国外的技术买过来吗？没有核心技术，迟早会被那些小公司超越呀！”曾善才说，“看来，咱还真不能把牛哄哄给得罪了！”

“是呀！”孙、林二同时点头表示认同。

“可是10%的股份不是个小数目,而且目前的三方股东,除了咱们,谁肯让出这么多的股份?”曾善才说。

“那就按上次借钱给柳絮一样处理吧,要让也只能让鲲鹏通信的股份给他们,还是10%,却差不多给他们打了个对折。他们要是嫌少,咱们可以用林总在鲲鹏通讯也不过12.3%的股份来搪塞他们。”孙利民无可奈何地说。

“也只能这么办了。俺的股份多一些,咱们还是按股份占比让给他们吧,我让给他们鲲鹏通信7%的股份,利民你让2%给他们,林总你让1%给他们。”曾善才说。

“好吧。”孙、林二人表示没有疑义。孙利民补充道:“行是行,但必须让他们拿出真金白银来买,钱到账,或者等价的资产到账,咱们才把股份划转给他们。”

“他们要是拿不出这么多钱呢?”曾善才问。

“拿不出钱的可能性很大,毕竟得十来亿呢!但是咱们却可以稳住他们,到时候可以说,不是咱们不愿意转让给他们。”孙利民说。

“对,还有就是,先凉他们几天,等他们催了,才告诉他们具体方案,反正,转让鲲鹏通信的股份也不会影响股份公司的上市准备工作。这样一来,牛哄哄就被稳住了,省得他在里面瞎搅和。”林舒羽说。

曾善才和孙利民也都认为能拖一天就拖他一天,没有必要巴巴结结,实在拖不过去了再说。

然而,就在曾善才他们做好准备出让鲲鹏通信股份后的第三天下午,林舒羽听到一个传言,说牛哄哄被抓起来了。她起初并不相信,心想,这家伙正处在春风得意的势头上,咋就一点征兆没有就被抓起来了呢?为证实传言,她开始拨打牛哄哄的电话,听筒里却传来清晰的女声:“对不起,您拨叫的电话已关机!”

第三十八章 一波刚平好事近 一波又起愁煞人

林舒羽又拨了几次，牛哄哄的手机一直处于关机状态。没办法，她开始尝试拨打信息产业局办公室一位副主任的手机。这位副主任是个年轻的母亲，平日里与林舒羽关系不错，听说林舒羽打听牛哄哄的情况，特意压低声音告诉她：情况的确属实，至于具体原因，现在还不好说。林舒羽大喜，立即把情况通过内线电话转告曾善才和孙利民。他们两人也都非常高兴，因为不管为啥，进了局子的牛哄哄不可能再像以前那样利用手中权力给他们使绊子了。放下电话，曾善才抬眼望着窗外明媚的阳光，自言自语道："真乃天助我也！"

又过了几天，关于牛哄哄被抓的细节才慢慢浮出水面。原来，就在牛哄哄找林舒羽索要鲲鹏股份原始股的第二天晚上，他参加了另外一场饭局。在这场饭局上，有位妙龄女郎被身为某房地产大佬的东道主安排在牛哄哄身边的座位。这位女郎年刚二十出头，肌肤白皙、眉眼清甜，那身做工精细的淡紫色碎花真丝旗袍把她丰腴的身材包裹得凹凸有致，那坚挺高耸的双乳、那浑圆肥硕的翘臀，以及那旗袍开叉处若隐若现的白嫩大腿即便被某位品德高洁之士看了都免不了浮想联翩，更何况牛哄哄这种酷爱拈花惹草、追蜂逐蝶之人！而女郎似乎有求于牛哄哄，一会儿给他夹块鱼，一会儿给他剥只蟹腿，一会儿凑近他的耳际娇滴滴地劝他饮酒，直把牛哄哄撩拨得血脉贲张，豪饮不止，心里面更似有千万只爬虫齐抓共挠，恨不得一口把她吞进嘴里。

在妙龄女郎的劝说下，待饭局结束时，牛哄哄已喝得东倒西歪，舌尖僵硬，即便这样，仍死死拉住女郎白玉之手不肯放下。东道主见状，巴不得做个好人，令自己的驾驶员开来那辆接送贵宾的限量版雷电轿车，与女郎一左一右将牛哄哄搀进轿车后座，并叮嘱女郎照顾好牛局长以后，便啪的一声关上车门。

轿车很快驶入幽深的林荫大道,昏暗的灯光透过厚厚的玻璃照进车内,女郎的容颜更显娇艳而神秘,而她身上持续散发的茉莉花的幽香更令牛哄哄感到窒息。他忍不住伸手揽住她的香肩。然而女郎并不配合。她试图掰开他的大手,却因力量太小,反被牛哄哄搂得更紧。非但如此,牛哄哄还将另一只手伸向他早已垂涎欲滴但碍于饭桌上人多眼杂而没敢下手的女郎的傲人双峰。女郎开始挥舞双手左推右挡,牛哄哄却变得越来越强悍。他死死钳住女郎柔软的腰肢,并把肥厚的双唇紧紧盖在女郎殷红的小嘴上。女郎无法张嘴,只能从鼻腔里发出"救命,救命"的呼叫声。然而她的呼声是那样的微弱,又是那样的含混,以至于驾驶员就像没事一样,只管平静地直视前方。牛哄哄更加肆无忌惮了,开始把手顺着袍叉伸进她的下身。哇,这里就是他琢磨了整整一个晚上的神秘之境,他一边用嘴猛吸她的香唇,一边在她的袍底胡揉乱搓。女郎挣扎得更厉害了,奋力扭动着……突然,"呲啦"一声,女郎的三角底裤被牛哄哄撕出一道大口子。牛哄哄得意地狂笑起来。然而正当他调整好姿势准备发起新的攻势时,轿车戛然停下,一个身穿藏青色制服的公安民警打开了车门。"住手!"民警威严的呵斥声令牛哄哄的邪劲一下子丢到了九霄云外,他浑身瘫软,硬是被公安人员像拖死猪一样拖下了轿车。原来,那位东道主的驾驶员并非什么都没听见,而是不露声色地直接把车开进了派出所大院!

牛哄哄被抓的消息像长了翅膀一样在南粤街头巷尾被人热议。有的说,牛哄哄色胆包天,咎由自取,只要他还爱这一口,出事是迟早的事;有的说,那位驾驶员满身正义、智勇双全,做了件为民除害的大好事;有的说,牛哄哄肯定在什么地方得罪过那天请客的房地产大佬,为报积怨,竟费尽心机为牛哄哄量身打造了一个情色圈套……然而,不管是什么原因,这位大权在握的牛锋锋局长算是栽了,再也不能胁迫鲲鹏股份把原始股转让给柳絮了,再也不能强行让鲲鹏股份借钱给他的情人经商了,再也不能……

几个月之后,《南粤日报》等南粤主流媒体同时登出了这么一则新闻:南粤市信息产业局原局长牛锋锋同志因涉嫌严重猥亵女性,受到降级处分,由副厅级领导职务降为副科级非领导职务,同时给予其留党察看处分。消息一出,有人说处理重了,也有人说处理轻了,还有人为牛局长感到不值……但是只有曾善才他们几位鲲鹏股份的高层知道,若不是牛哄哄出此意外,他们或将被迫低价向他的情人转让市场价值40亿至60亿元的鲲鹏股份原始股。所以在消息正式披露的那天晚上,曾善才忍不住把孙利民一家和成勇一家都请到凤鹏徽菜馆里着着实实地庆贺了一番。

没有了牛哄哄的干扰,鲲鹏股份的上市准备工作进展得出奇顺利。2002 年 7 月,鲲鹏股份以其半年盈利 6.5 亿元人民币的骄人业绩紧锣密鼓地准备着首发上市的相关材料,并在上市静默期开始之前马不停蹄地奔走于大江南北开展路演活动。然而,就在这个时候,又一件突如其来的意外事件发生了……

那是 7 月中旬的一天,曾善才一行人刚刚走出机舱,便被一股滚烫的热浪紧紧包裹。他们加快步伐,小跑着挤进了飞机近旁的摆渡大巴。"真够呛,没想到江海市的气温比南粤还要高,看来这几天的路演场场都是恶战了!"曾善才一边用手背擦着额头的汗,一边向孙利民和林舒羽等人嘀咕道。曾善才说得没错,他们的确将面临多场恶战,但恶战绝不仅仅因为天气。

鲲鹏股份在江海市的首场路演就在他们下榻的酒店会议室里举行。这是一间空间开阔、装修考究的会议室。会议室的正中安放着巨大的椭圆形会议桌。曾善才他们进门时,会议桌周围和四周靠墙的椅子上已经坐了好几十号人。看得出,虽然最近股市行情低迷,但是江海人对新股发行的热情并不低。曾善才按通银证券投行人员的安排在会议桌长边一侧的中间位置坐定,孙利民和林舒羽等人则在他两侧依次坐下。曾善才下意识地抬头往四周扫了一眼。突然,在他斜对面靠近桌子拐角处一张熟悉的面孔令他大大地吃了一惊。这是一张相当漂亮、相当精致的少妇的面孔,白皙、清丽、高冷。曾善才快速搜索着自己的记忆,想弄清楚自己在什么地方见过这位美少妇。此时,那个美少妇竟然冲他莞尔一笑,拿起桌上的名片夹朝他走来。他顺着少妇运动的轨迹看过去,突然,一个名字蹦了出来,是她?他扭头看了下孙利民,发现孙利民也张大了嘴巴,目光中满是惊诧。

"曾总、孙总,你们好啊!"已到近旁的美少妇边说边向曾善才和孙利民各递了一张名片。曾善才快速扫了一眼,名片上赫然写着:江海市艳娥贸易有限公司、钱艳娥、董事长等字样。他一下子明白了,心情复杂地瞄了一眼坐在他另一侧的林舒羽道:"怪不得看着面熟,原来是你!十来年不见,你已经当董事长了,不错,不错,祝贺你呀!"孙利民也结结巴巴地附和道:"真是太巧了,没想到能在这里见到你,看来我应该喊你钱董了!"那钱艳娥倒像是有备而来,不慌不忙地自谦道:"做点小生意而已,与你们两位比起来不知道要差多远呢!"钱艳娥说着向林舒羽瞟了瞟。

曾善才明白,她是对林舒羽的身份感兴趣,却不知该如何介绍。孙利民心情非常复杂,既担心林舒羽知道真相后受不了刺激,又担心钱艳娥会制造什么麻烦,搅乱这场路演,不过,他的反应还算快,指着林舒羽对钱艳娥说:“来,我给你们介绍一下,这位是我们鲲鹏股份的董事、副总裁兼董秘林舒羽。”随后又指着钱艳娥对林舒羽说:“这位是我们公司刚刚创立时的销售经理钱艳娥,她是个水平极高的销售能手,可惜我们的庙太小了,没能把她留住,人家现在已经自己做贸易公司董事长了!”钱艳娥大方地朝林舒羽笑了笑,说:“林总好!别听孙总瞎说,我哪有那么好!事实上是孙总他们嫌我干得不好,把我开除了!”说着,递上自己的名片。林舒羽也赶紧回送了自己的名片。“路演马上就要开始了,这样吧,你们还要忙路演,我就不在这里占用你们时间了,今晚给我一个机会,我要为你们尽一尽地主之谊!”说完,不待三人回话,便优雅地伸出纤纤玉手同曾善才等人各自握了握,回到自己座位去了。

路演活动有条不紊地进行着。江海的投资人对鲲鹏股份的首发上市充满了期待和热情,就在主持路演活动的通银证券投行部副总吕莉莉宣布路演活动圆满结束之后,还有不少人围着曾善才等人问这问那。钱艳娥没有过来凑热闹,而是坐在原处静静地等待着,直到参会的投资者走得只剩三四个时,才笑眯眯地走过来对曾善才说:“走吧,我已叫秘书在附近订好了包房,今天要请你们品尝一下江海本帮菜!”曾善才看了看孙利民,又看了看林舒羽,最后把目光落到吕莉莉的脸上。说实话,曾善才根本不想吃这顿饭,他担心钱艳娥与林舒羽搅到一块会出事情,趁现在她们彼此还不清楚对方怎么回事时赶快逃离才是上策,而刚才孙利民的眼神似乎也鼓励他这么做,所以他希望吕莉莉能帮他解这个围。吕莉莉经常组织这类活动,当然明白曾善才的用意,就对曾善才说:“曾董怎么忘了,我们晚上还有一场晚餐会!”曾善才和孙利民似乎抓到了救命稻草,一起连连点头说:“哪能忘掉?”紧接着,曾善才向钱艳娥双手一摊,假作为难地说:“哎呀,真是太不巧了!你的心意我们领了,这次时间实在太紧张,要不放下次吧,下次来江海,我一定提前跟你联系,反正现在都留下联系方式了!”哪知钱艳娥并不死心,坚持道:“你们这次再忙,我也得请你们吃顿便饭!实在不行,我跟你们一起参加晚餐会,曾董该不会说晚餐会恰好就多我一个人吧?”曾善才没办法,只好说:“不多不多,欢迎你一起参加我们的活动!”得到应允后,钱艳娥显得非常兴奋,一个劲地说:“还是老领导好!还是老领导好！我这就让他们把饭店退掉，跟你们一起活动！”

曾善才他们当晚并没有什么晚餐会。吕莉莉见钱艳娥把晚餐会当真了，感觉非常尴尬，只好向曾善才使了个眼色说：“曾董，你们在这儿稍等一会，我去安排一下！”说完带着手下人先行离开了。几分钟之后，曾善才的手机响了。他打开手机一看，是吕莉莉的，便走到一旁接听。吕莉莉在电话中向曾善才抱怨说，没见过这样不识眼色的，还为曾善才支招，就说原定的晚餐会因为主要参加人员家中老母病重临时取消。曾善才感觉没有更好的托词了，只好按吕莉莉提供的方法满脸遗憾地对孙利民、林舒羽及钱艳娥说了。孙利民与林舒羽心里明白是咋回事，故意说些遗憾之类的话。钱艳娥似乎深信不疑，并努力安慰曾善才他们说：“计划赶不上变化，看来今晚我做东是做定了！”说完掏出手机往外拨了个电话，听得出是指示秘书重新订包房。曾善才等齐声说不用麻烦，钱艳娥哪里听得进去，挂掉电话后得意地对曾善才说：“还好刚刚退房，那间房还在！”曾善才不好再推，只得代众人应了下来。

林舒羽不太喜欢跟陌生人一起吃饭，临行时，推说身体不太舒服，需要回房休息。钱艳娥坚决不同意，说她是董秘，那么关键的人物哪能不参加晚上的宴请呢？不仅她要去，这次同来的所有鲲鹏股份的朋友都得去。在钱艳娥的盛情、坚决邀请下，曾善才一行五人全部跟随钱艳娥来到楼下。到达宾馆大堂时，钱艳娥向门口一挥手，立即跑过来两名打扮入时的漂亮姑娘，一左一右毕恭毕敬地伴随着钱艳娥的脚步一齐往前移动。出得宾馆大门，两辆最新款雷电牌轿车早已恭候在那里。钱艳娥引导曾、孙、林等三人坐上第一辆车的后排，自己坐进同一辆车的副驾驶室，其他人全部挤进后一辆车。此时正值下班高峰，江海市的马路上大小车辆密密麻麻，他们的车也只好缓缓前行。好在车内空间宽敞，空调也打得够足，所以待在车里并不是一件多辛苦的事，要比在外面被热浪包裹着舒服多了。

堵车的工夫，钱艳娥断断续续地介绍了自己这些年的情况。原来，离开鲲鹏贸易公司后，钱艳娥便北上来到江海市，凭借着自己做过程控交换机贸易的经历，很快就在一家外资通信器材公司找到了做业务员的工作。她非常珍视这份工作，不仅常常加班加点，还动了不少脑筋改进工作效率，一年后便因工作业绩突出被主管提了职加了薪。钱艳娥越做越顺，前程似锦。然而仅仅做了两三年，她便不甘心继续做个打工妹了，开始琢磨起自己开贸易公司来。没多久，她悄悄申请的贸易公司营业执照就下来了。因为手里握有大量的客户资源,她果断辞职。此后的六七年时间内,她虽然也遇到过不少困难和波折,但总体上越做越大。现在,她的贸易公司拥有三十来号员工,年利润已在百万以上。随着手中闲钱越来越多,她又开始在这个有“冒险家乐园”之称的城市里发现了一条钱生钱的途径——炒股,稍作准备后,便一头扎了进去。没想到正好赶上了一波牛市,初期投入的10万块钱很快就翻了一番。于是她不断追加投资。这些年下来,虽然起起伏伏,也时常被套,但总体上赚多赔少,目前在股市里的现金和股票加在一块已有三百多万元了。因为在股市里赚的最多的钱来自打新股,她对一切上市前的路演都非常关注,这次参加鲲鹏股份的路演活动自然不算意外了。

大概一个多小时以后,轿车终于在一座富丽堂皇的欧式建筑门口停下。身披绶带的迎宾小姐热情地把钱艳娥和各位客人引至大厅,又沿着开阔的台阶拾级而上,辗转来到位于二楼的一间包房门口。迎宾小姐推开房门,一股浓郁的百合花香扑面而来。这是一间宽敞、豪华的包间,屋子的正中一盏硕大的欧式吊灯自天花板垂下,吊灯的下面是一张巨大的圆桌,圆桌周围整整齐齐地摆着十张宽大厚实的真皮靠椅。钱艳娥走到门对面的墙边,“唰”的一声拉开了窗帘,宽大的落地玻璃外面立即呈现另外一番景象:灯火辉煌,水天一色,大小游轮穿梭往来,好不热闹!“窗外就是江海市的母亲河——东江,这家饭店是这一带最好的江景饭店,幸好你们今晚的晚餐会取消了,要不然,我就失去了一次带老领导领略江海风情的大好机会!”钱艳娥说。曾善才等人只好相互对视一下陪着笑了笑。

主、宾双方很快落座。钱艳娥按江海的规矩坐在上首居中位置,其左右两边分别是孙利民和曾善才,林舒羽则坐在曾善才的右侧,其他各位按宾主交叉方式依次坐下。精美的菜肴很快上了一大桌,每上一道菜,钱艳娥都要热情地向客人们介绍这种菜品的名称和特色,并亲手给她身边的曾善才和孙利民夹到盘子里。钱艳娥知道曾善才不喝酒,但还是开了一瓶高级进口红酒,说多年不见,少喝一点,助助兴。酒过三巡,菜过五味,大家的话也越来越多起来。曾善才问钱艳娥现在结婚了没有,钱艳娥却叹了口气说:“曾经沧海难为水,除却巫山不是云!”曾善才摇摇头说自己不懂,钱艳娥苦笑了一下,对他解释道:“这些年忙着挣钱,一直没有时间找,也的确没遇到过合适的。不过,找不找对象也都无所谓,反正我也有自己的孩子了!”说罢,从手袋里掏出一只皮夹,又从皮夹里取出一张彩照递到曾善才手里。

曾善才不看则已，一看目瞪口呆。而他右侧的林舒羽凑过来看过以后，也愣住了。这是一张十来岁女孩子的照片，从眉眼上看像极了一个人。

钱艳娥又把照片从曾善才手里传给孙利民。孙利民看后也大吃一惊，差点脱口说出"怎么跟成勇长得那么像？"但抬眼看到林舒羽满眼疑虑的表情，便把已到嗓子眼的话又吞了回去。

"我女儿长得漂亮吧？"钱艳娥仔细收好照片，似自言自语，又似向大家发问。

"太漂亮了！孩子几岁了？"曾善才呼应道。

"再过一个月正好10岁。"钱艳娥答。

曾善才和孙利民两人的脑子里飞速盘算着：那孩子大概是1992年8月出生，成勇早在1991年春天就在他俩的坚决反对下与钱艳娥分开了，这个孩子不应该与成勇有关呀！然而，从孩子与成勇的相似度来看，这孩子又非常可能就是成勇的。难道他们明着分开，实则继续往来？两个人谁也不敢把事情说破，只能隔着钱艳娥相互使个眼色。孙利民则为自己没能阻止成勇的出轨深感内疚。他既心疼林舒羽，又痛恨成勇。他不敢看她，生怕她从自己的眼里读出了真相。

"曾董事长，我想请教一个问题，不知方便不方便？"钱艳娥侧身问曾善才。

"啥请教不请教的，有问题只管问吧！"曾善才说。

"也没啥，可以买点鲲鹏的股份吗？"钱艳娥漫不经心地问。

曾善才愣了一下，他的脑子里很快闪现出牛哄哄要买原始股的事，但钱艳娥没有明说想买什么类型的股份，他也没必要先把话说破，便假装热情地应道："没问题，欢迎你成为鲲鹏的股东！我们很快就会提交上市申请，如果顺利的话，明年上半年你就可以买到了。"

"这个我知道，你们刚才路演时已经说过了。我是想问现在能不能买？"钱艳娥明确了自己的问题后并没有显出迫不及待的样子，而是优雅地提起高脚杯缓步走到林舒羽身后说，"林总，听说董秘在上市公司里权力很大，拜托你帮我在曾董事长面前多说说好话，都是女人，你肯定理解我一个人带娃有多不容易！"

林舒羽赶忙端起高脚杯站起来说："我哪有什么权利?！不过，你一个人带着孩子的确不容易！"

"还是林总体谅人！"钱艳娥做出感动的样子，说，"所以我要拼命赚钱呀。原始股好，赚钱快！我想弄点原始股，给孩子攒点学费。"

曾善才和孙利民见两个女人的话题又回到了孩子上，紧张得心都悬到了嗓子眼。然而，事态的发展并非他们能控制得了的。只见林舒羽不紧不慢地说："原始股没机会了，上市方案已经做好了。"

"林总，是方案就应该能改吧，我又不是不给钱！不是为了孩子，我绝不会开这个口，当年我在鲲鹏贸易时就不愿给别人添麻烦！"钱艳娥说完歪头看了一眼曾善才问道："曾董事长说是吧？"

曾善才心里暗暗叫苦，他明显感觉到钱艳娥话里有话的压力，为避免事态恶化，他赶忙接过钱艳娥的话说："没错，钱董事长做事认真，做人也大气，只可惜我们那时候庙太小，没法留住你这样的大能人！"

钱艳娥听后粲然一笑说："曾董事长真会说话，你要是不嫌弃，我现在还可以重新加入你们鲲鹏呀！"说完，举杯与林舒羽碰了碰，稍稍抿了一小口红酒就折回自己座位了。

曾善才和孙利民悬着的心稍微放下了一点。钱艳娥也非常善于适可而止，归位后，不再提原始股，而是热情招呼大家吃喝。直到吃完饭，钱艳娥把曾善才一行送到他们下榻的宾馆门口时，才在与曾善才握手道别时重提原始股的事："曾董事长，原始股的事请你多关心一下，不是为了孩子，我也不会麻烦你们！你们可不要让我等太久哟！"曾善才明白她的意思，碍于林舒羽在旁，只好应付道："这事比较复杂，一是时间太紧了，再说我们几个也做不了主，我们回去要跟其他股东商量一下。"钱艳娥说："行，那就拜托你啦，我知道你会考虑的！"

室外的气温依然很高，没待钱艳娥的雷电豪车消失在夜幕之中，曾善才等人赶忙进入酒店大堂。这里气温凉爽，环境优雅。然而，林舒羽的心情却莫名烦躁起来。她一步跨到曾善才和孙利民的前头，挡住了他们的去路。

"林总怎么啦？"曾善才故作镇静地问。

"没啥，就是感觉这个钱艳娥有点怪怪的。"林舒羽说。

"哦，怪吗？"曾善才睁大眼睛问孙利民，"你觉得怪吗？"

"没有呀！"孙利民摇摇头。

"你们就合着谋地哄我吧！我问你们，第一，她不过是一个鲲鹏贸易的老员工，为啥有那么大的口气向咱们要原始股？而且还能搬出女儿来当理由？第二，她一个没结过婚的女人偷偷生个孩子也就算了，现在竟敢毫不害羞地在我们面前说出来,你们不觉得奇怪吗?第三,那个女孩怎么那么像成勇?你们两个看到小孩照片时表情怎么都那不自然?”林舒羽一连串的问题把曾善才和孙利民问得不知所措。他们原以为林舒羽没有往这上面想呢,现在看来,她早已心知肚明了!孙利民心里非常不安,他担心林舒羽想不开,会出什么差错来,却又不知该如何安慰她,为避免尴尬,他抬腕看了看表说:“你也不要想多了,估计钱艳娥自以为现在很风光,见到以前的老板,想显摆显摆,咱们不理她就是。天不早了,今天累了一整天,还是早点休息吧!”说罢,大踏步奔向电梯口。

曾善才紧随孙利民快步走进电梯,到达自己所在的楼层后与林舒羽打了个招呼便一步跨出电梯。

“善才,你抓紧时间给成勇打个电话吧。”孙利民提醒道。

“对。”曾善才立即掏出电话,给成勇拨了过去。占线。曾善才掏出门卡,打开房门。孙利民也进了他的房间。曾善才再拨成勇电话。仍然占线。两人在房间里轮番拨打成勇的电话。一直占线。中央空调的凉风顺着风口卖力地往房间里挤,但他俩仍感燥热难耐。“千万不能被钱艳娥坏了上市的好事呀!千万不能被钱艳娥坏了上市的好事呀!”曾善才一边双手合十念念有词,一边在狭窄的房间内焦躁不安地来回踱步。孙利民则斜躺在沙发里一遍又一遍地拨打成勇的电话。仍然占线。他恨不得把手机摔个稀巴烂。“善才,别晃了,坐下来歇歇吧,俺都被你晃晕了!”孙利民开始把注意力转到曾善才身上。“啥?你晕了?俺比你还晕呢!”曾善才话音刚落,他的手机响了。孙利民立即安静下来,伸长脖子看曾善才的反应。曾善才赶忙打开手机。

电话是钱艳娥打来的,声音听起来很轻松:“曾董事长,今晚招待不周啊!”

曾善才马上说:“哪里,哪里,今天的饭菜很丰盛,让俺们见识了江海名菜,果然别有味道!”

“是吗?你们觉得不错,我就放心了。”钱艳娥稍稍停了停说,“其实这么晚还给你打电话,主要是想跟你说,我是鲲鹏出来的,希望你们好,不想坏了你们上市的好事。我想买一点原始股主要是为女儿考虑,没有别的意图。”

“哦,明白,明白。”

“你明白什么了?”

经钱艳娥这么一问,曾善才还真不知说什么才好,脸憋得通红,半晌才说:“做父母的,没有不为子女考虑的！”

“对,说得太好了！但我为这个女儿已经考虑10年了,他的父亲也该多少关心关心她了吧？”

“是,是,我完全赞成！”

“赞成就好。那你愿意替我向她爸爸传个话吗？”

“她爸爸？哦,我也不知道是谁呀！”

“哎,曾董事长,你可真会装糊涂！”

“没有装呀,你又没说,我怎么知道？”

“哈哈,好,就算你真不知道吧。她爸爸就是你的好兄弟……成勇！”

“噢,是……是这样呀,怪不得……”

恰在这时,孙利民的电话也响了。他打开一看,是成勇的,忙向曾善才使了个眼色。曾善才明白他的意思,对着自己的手机接着说:“怪不得看着眼熟呢！这样吧,我手机快没电了,咱俩先说到这,回头再给你打过去。”说完,没等钱艳娥再说话便匆匆挂掉电话。

孙利民把自己的手机递给曾善才。曾善才开口便说:“兄弟,出事了,出大事了！刚才打你手机总占线,急死俺俩了！”

“俺都知道了。”成勇在电话那一头有气无力地说。

“你知道啥？”

“刚才电话占线是因为舒羽在打。”

“哦,她那么快就打给你了？”

“嗯,她说有个叫钱艳娥的女人拿出一张小女孩的照片,还说那个小女孩长得跟俺一样,问俺跟这人还有啥关系？俺说没啥关系,她就是很久以前在鲲鹏贸易做过销售员而已。”

“她信了吗？”

“她不信！她说如果只是一般的关系,钱艳娥哪有那么大的底气要买咱们的原始股？”

“那你跟她说实话了吗？”

“还没有。因为俺对你们这边的情况还不太清楚。”

“那就好。看来还有回旋的余地。”

“好什么？舒羽要我好好想想，给他一个诚实的说法，否则……”

“否则什么？”

“她没说明，但俺感觉她一定不会善罢甘休！你说俺该咋办？”

“俺也说不清楚。但看来事情比较复杂，钱艳娥手里的那张女孩照片的确长得跟你一模一样，但是从时间上推算应该跟你没有关系，因为那孩子是1992年8月出生的。”

成勇沉默了一会才说：“如果是1992年8月出生并且长得也跟俺一样的话，估计很可能就是俺的孩子。”

“什么？你跟钱艳娥不是1991年初就不在一起了吗？”

成勇再次沉默了一会，吞吞吐吐地说：“其实……其实，俺跟她还在来往，只是没让你们知道。”

尽管成勇的声音非常轻，但这句话还是如同晴天霹雳一般令曾善才非常震惊。他对着话筒怒不可遏地吼道：“你……你……你混蛋！俺跟利民那么劝你，你也答应了，你……你居然……唉！”

一旁的孙利民停得真真切切，心里比曾善才更加愤怒。如果此时成勇要在跟前的话，估计他都会不顾一切地把他扑倒在地，再狠狠揍上一顿，当然，除了对成勇的行为不能原谅外，更多还是出于对林舒羽的维护。

成勇待曾善才发完脾气，又结结巴巴地说：“这……这么说，舒羽……说的都是实情了？”

曾善才强忍着怒火，说：“嗯，基本是实情了，刚才钱艳娥又打电话过来，证实了孩子的确是你的。”

“她到底想干什么？”

“要买鲲鹏股份的原始股，说是替她女儿买的。”

“那咋办？在这么关键的时候，她这么一搅和，上市的事说不定就黄了！”

“哎，比起你与林舒羽的关系，上市算什么？”曾善才叹了口气说。此时，他已经非常明白，木已成舟，再责备成勇已经意义不大，当务之急是如何把这个棘手的问题解决掉。于是他接着对成勇说：“现在先要想办法把钱艳娥稳住，而要稳住她，又需要先把林舒羽的工作做通。”

“哎……太……太复杂了！俺这都……都造的啥孽呀！”成勇在电话里长吁短

叹道。

“现在后悔也没用了！咱俩先说到这，你再想想怎么去做林舒羽的工作吧！”曾善才挂掉电话，把手机往床上狠狠一掼，抱头坐到床沿上，使劲拉扯着自己不长的头发，叹道：“哎！咋弄成这个样子！当年俺被郑艳娥算计进了监狱，现在成勇又钻进了钱艳娥的圈套，两个‘艳娥’，都不是省油的灯呀！”

孙利民自己虽然也烦躁不安，却不得不耐着性子安抚曾善才：“赶巧了，与她俩叫不叫‘艳娥’没啥关系！不过，听俺说句瞎掰的话，当初你们要是不招惹她们，哪能有后来的麻烦？当然，你是被李冲恶意下套的，成勇却是主动往套子里钻的，还是有一点点区别的！”

“别说了，都怪俺！都怪俺呀！”曾善才不停地用拳头捶打着自己的脑袋，“俺咋能眼睁睁看着他跟俺犯一样的错呢？！”

“算了，你也甭自责了！说怪你，其实也不太公平，大家都是成年人，自己做事会有啥后果，还能不知道吗？”孙利民咽了口唾沫，接着说：“其实俺心里比你更难受！知道俺和林舒羽是什么关系吗？”

“你和林舒羽？”曾善才猛地从床上弹跳起来，两只眼睛瞪得像铜铃一样盯着孙利民。

“看把你吓得！俺俩的关系很健康！如果真有啥，俺就不跟你说了！”

曾善才略微放松了一点，坐回床沿耐心听孙利民简要回顾他与林舒羽的关系。当孙利民说到林舒羽初到南粤时，自己如何别扭，后来两人又如何强忍着内心的冲动达成默契时，曾善才忍不住走到孙利民身边，扶住他的肩膀说：“好兄弟，啥也别说了，你才是真正的爷们！眼看初恋情人就在身边，却能忍住冲动，不去招惹是非，既保全了自己和朋友的面子，也保全了初恋情人的面子和家庭！俺要替成勇好好感谢你！”

“谢啥？咱们都是患难兄弟，就算没有这层关系，咱也得洁身自好，不要做让亲人难堪、也让自己遭罪的事！”孙利民深呼一口气，又慢慢吐了出来，望着窗外幽暗的夜色喃喃道，“这些都过去了，以后不要再提，现在还是多想想怎么帮成勇渡过此劫吧！”

“难呀！”曾善才长叹一声，接着说，“有一句古话不是说解铃还须系铃人吗？他们自己的事，咱们也插不上嘴呀，更何况现在林舒羽已经知道了呢？”

曾善才说得没错。尽管钱艳娥的突然出现对鲲鹏股份顺利上市是一种潜在的威胁，并可能最终损害他和孙利民的利益，但解决成勇的家务事，还真得他自己想办法才行。好在成勇弄清事情的来龙去脉以后，并没有回避矛盾，而是在结束与曾善才的通话后，按照林舒羽给他的电话号码拨通了钱艳娥的手机。

“你是成勇？”成勇刚刚“喂”了一声，钱艳娥就欣喜地问道。

“没错。你们那边的情况我都知道了，你到底想干什么？”成勇平静地问道。

“哈哈，你说我想干什么？当年我是小推销员时也没有缠着你不放，难道现在还有必要纠缠你吗？”

成勇沉默了一会，说：“听说你现在干得不错。”

“还算凑合吧。”

“孩子是怎么回事？”

“孩子是你的。”

“你确定吗？”

“成勇，这就是你的不是了！你可以不认孩子，但你不能侮辱我的人品！”

“嗯，知道你对我好！可是你那年为啥走得那么绝情呢？”

“不是我绝情，是没办法！你有老婆孩子，我算啥？我那时年轻，不知咋就那么迷恋你。可是我也知道，我们之间不会有任何结果。所以我只能忍痛离开你。孩子是个意外。但既然我怀了她，就不忍心伤害她。我把她看成上天给我的礼物，所以就厚着脸皮把她生了下来。”说到这里，钱艳娥有些哽咽了，“这些年多亏有她，不然我根本撑不到今天！”

成勇被钱艳娥说的心情非常沉重。他极力想象着一个单亲母亲是怎样顶住周围人的异样眼光把孩子一点点带大，又是怎样在一个陌生环境里一点点打拼出一番天地来的。“辛苦你了！”他不由自主地蹦出四个字来。

电话那一头，钱艳娥“哇”的一声大哭起来。那哭声令成勇愁肠百结，恨不得一步跨到她面前，一把将她揽进怀里。“别哭了，知道你不容易。”成勇轻声安慰道。

钱艳娥哭得更厉害了。成勇只好默默地听着。过了一会，钱艳娥哭声渐稀，有气无力地说：“你放心，我不会再纠缠你了！但是你的女儿你不能不管，我说要你们的原始股，也不是白要，是要给钱的。”

成勇不知该如何接话，沉默片刻后，对着手机说：“天不早了，先休息吧！”便挂掉电话，闭上眼睛。钱艳娥的声音仍在他耳边回响。整整10年了，她的声音依然那么清脆。她的身影也开始在他的脑海里闪现：10年过去了，她会不会变得苍老了呢？毕竟一个人既要忙生意，又要照顾孩子！对了，孩子还好吧？还有，孩子真是俺的吗？既然都说长得跟俺一模一样，那应该真是俺的！这么说，俺该去看看孩子才是。不过，真要是去看孩子，不能不取得舒羽的同意啊！想到这里，成勇拨通了林舒羽的电话。

林舒羽刚刚冲过澡，正慵懒地躺在床上，绝望地望着天花板发呆，似乎在等成勇的来电。"喂，这么晚了，你还打电话干吗？"林舒羽问。

"你还没睡？"成勇试探着问。

"没睡。出了这么大的事，能睡得着吗？"

"嗯，都是俺不好。不仅给你，也给两个孩子添麻烦了！"

"是三个孩子！"

"对，是三个孩子。也许那个小姑娘真是俺的。但没见着面，还不能这么说。"

"见到面也没法判断！你以为长得像你，就一定是你的孩子？"

成勇无语了。本来他是想飞到江海市看看孩子的。

林舒羽没有等来成勇的回应，接着说："你……你真是太不像话了！真想一刀剁了你，然后俺也跳进大海里，死了清静！"

这下成勇慌了，忙在电话里说："舒羽，你千万不要想不开，都怪俺不好！你要有个三长两短，叫成龙、成虎怎么办呢？"

林舒羽本来还想发泄几句，但是想到电话里说再多也不解决实际问题，便强压着心头的怒火说："不是想到两个孩子可怜，你以为俺能饶得了你？你倒是说说接下来该咋办？"

成勇更加无语了。

"你要是不说，俺就挂电话了！"林舒羽催促道。

"能怎么打算呢？俺跟钱艳娥绝不可能再走回头路了，只是那个孩子……"

成勇的话没说完，便被林舒羽打断："好，俺就信你一次！你把家里的事好好安排一下，明天就来江海。"

第二天中午，成勇火速抵达江海机场。飞机还在跑道上滑行时，他便迫不及待地给林舒羽发了一条短信：已顺利抵达江海机场。然而，过了好几分钟，他都有没有收到林舒羽的回复。他随即又给曾善才发了条短信。曾善才的回复很快到达，但内容却令他心如刀绞：来了就好。你要做好思想准备，林舒羽已经连续两顿没有吃饭了，打电话，她不接，去敲她门，她也不理，好像一个人在房间里哭呢！

成勇不敢耽搁，下飞机后，几乎一路小跑着冲出机场出口，连价也没讲，便胡乱上了一辆黑车。一路上，他不停地翻看手机。林舒羽的回复一直没到。“估计不会回复了。”他想，“换了俺自己也不会轻易原谅对方！”他忐忑不安地望着窗外。白晃晃的太阳把路边的香樟树烤得无精打采，偶尔出现的行人懒懒洋洋。无意中，他发现一间奶茶店快速往身后退去。“停车！停车！”黑车司机不知发生了什么情况，猛地一踩刹车，车轮在地面上发出刺耳的摩擦声，也令成勇一头撞到前面的椅背上。“等我一下。”他顾不上黑车所停的位置是否合法，便一把打开车门，翻身跳到地面，向刚才那家奶茶店飞奔而去。黑车司机还没有完全反应过来，只能对着他的背影狠狠地骂了一句：“神经病！”

黑色司机刚把车在路边停好，成勇便双手捧着一大杯奶茶呼哧呼哧喘着粗气回到车上。“就为了这杯奶茶？”黑车司机不满地嘀咕了一声，重新开动了汽车。成勇根本没有心思跟他解释，双手捧紧奶茶，生怕自己好容易买到的宝贝会一不小心洒出来，连满身的汗水都顾不上擦一把。

黑车终于到达林舒羽他们下榻的宾馆。成勇直接甩给司机两张百元现钞，顾不上等待找零，便直奔林舒羽的房间。可是到达门口时，他却没了敲门的勇气，好几次手即将挨到门时，又哆哆嗦嗦地缩了回来。门内，林舒羽的抽泣声断断续续地撞击着他的耳膜。在他听来，既似狂风怒吼，又似血泪控诉。他更加不敢贸然而入，掏出手机，查看了一下曾善才的房间号，便折身找曾善才去了。

曾善才打开房门，见是成勇，狠狠地瞪了他一眼，才把他让进来。未等成勇说话，曾善才伸手往他胸口上捅了一拳，说：“哎，看你干的好事！当初那么劝你，你就像着了魔一样，三头老叫驴也拉不回来你！”

成勇自知理亏，耷拉着脑袋一动不动地站在原处，他甚至希望曾善才再给他捅上几拳。曾善才没再捅他，却拿起内线电话告诉孙利民说成勇到了。几分钟后，孙利民便来到房间，见到成勇，气不打一处来，握紧拳头重重地砸在他的后背上。成勇一个趔趄，差一点摔倒。

曾善才也不阻拦，白了一眼成勇，说：“包还在身上背着，看来你还没去林舒羽那里！”

成勇放下背包和奶茶，一屁股坐在床沿上，目光呆滞地说：“去了，没敢敲门。”

“哎，你也有不敢的时候！”曾善才没好气地说。

孙利民打过成勇一拳，胸中的怨气多少释放了一点，插话道：“善才，别光顾着埋怨他，现在埋怨也没有用，咱们赶快商量商量底下该咋办吧！”

曾善才焦急地搓着手说：“咋办？俺俩昨晚一直想到现在，哪有啥好办法？火是成勇烧起来的，也只有他自己能灭得了！”

成勇说：“这个俺懂。”

曾善才眼睛又一瞪，说：“你懂个屁！连林舒羽的门都不敢进，还好意思说你懂？！”

孙利民也说：“善才说得没错，现在情况非常复杂，鲲鹏上不上市都在其次，你与林舒羽和钱艳娥的关系一定得处理好。俺问你，她两个人，你选择跟谁过？”

成勇想都没想，便脱口而出：“当然是林舒羽了！”

孙利民点点头，说：“好！既然这样，你必须先取得林舒羽的原谅，她连续两顿没吃饭了，俺担心她气坏了身子，你还是赶快过去负荆请罪吧！”

成勇犹豫了一下，说：“刚才到她门口了，没敢进。”

孙利民“刷”的一下站了起来，快步走到成勇身边，拍了拍他的肩膀，说：“走，俺和善才陪你过去！”

成勇在曾、孙二人的陪同下，重新来到林舒羽房间门口。然而，他依然不敢敲门。曾善才没有办法，只好干咳两声，敲响了房门。林舒羽泪眼婆娑地打开房门，看到成勇的一刹那，眼中突然迸出一道闪电，但碍于曾善才和孙利民也在一旁，强忍着垂下眼睑。曾善才和孙利民相互使了个眼色，悄悄退出房间，顺手带上房门。他俩刚走出四五步的样子，就听见林舒羽“哇啦”一声惨叫，随后便是东西滚落的噼里啪啦声。

原来，成勇见曾善才和孙利民出去了，自己独自面对林舒羽感觉很不适应，便放下背包，双手把奶茶捧到林舒羽面前说：“听说你两顿没吃饭了，这是你最喜欢喝的……”没想到，林舒羽突然一声大叫挥手打在奶茶杯子上，杯口正好盖在成勇的脸上，乳白色的液体和黑色的小丸子顺着他的脸和脖子噼里啪啦落了下来。他闭上眼睛，一动不动地站在原处，任凭林舒羽的拳头雨点般地砸在他的身上。

不知过了多久，林舒羽捶击的力度渐渐小了下来，就连她的哭声也变得那么虚弱不堪。成勇不忍地抚了一下她的长发。林舒羽厌恶地拨开他的手腕，一头扑在床上，呜呜哭了起来。成勇偷眼瞧时，林舒羽浑身颤动，痛苦不堪。他想去安抚一下，又怕林舒羽像刚才一样把他的手打开。他去卫生间找来毛巾，仔细擦拭干净地面上的污渍，便老老实实坐在椅子上等待林舒羽平静下来。

不知又过了多久，林舒羽哭声渐息。成勇呆呆地坐在椅子里大气都不敢出一声。突然，他的手机"叮"的响了一声。他拿起来一看，是钱艳娥的："听你老婆说，你要来江海，不知啥时到？你要是到了，就通知我一声，我让你见见你女儿。"成勇的心头一颤，想象着那个从未谋面的女儿的样子，心中充满了无限的期待。然而，他又不知道是否该回复这条短信。从短信的内容看，他来江海一事应该是林舒羽与钱艳娥商量好的，要见钱艳娥和她所说的女儿，应该有林舒羽在场才行，但林舒羽目前这个样子……

"那个野女人给你发短信了？"林舒羽身子一翻坐了起来，睁着两只通红的眼睛，死死地盯着成勇问。

"是……是的。"成勇不敢撒谎，如实回答。

"那你还愣着干啥？赶快出去会她呀！"林舒羽撩了撩杂乱的头发说。

成勇不知如何回应，只好垂头沉默。

"做都做了，好像很害怕似的，你还是个男人吗？"林舒羽跳下床，冲到成勇面前，从喉咙深处又挤出一句话，"你要是个男人，就给她回过去，叫她把女儿带过来，3 点半在宾馆大堂见！"

林舒羽的指令完全出乎成勇的意料。他抬头看了她一眼，那双布满血丝的眼睛里充满了愤怒、哀怨和不甘，但他仍能感觉她是认真的。"咱们四个人碰面？这……这……合适吗？"成勇嗫嚅着问。

"有啥不合适的？你当初敢做，现在不敢面对了？"林舒羽狠狠地剜了他一眼，接着说，"要不是涉及鲲鹏的上市，还有曾善才、孙利民的利益，俺才懒得理你这破事！"

林舒羽说到这个份上，成勇不敢怠慢了，拿起手机按林舒羽的意思给钱艳娥回了短信。林舒羽自己则进了卫生间。

约莫半小时之后，林舒羽走出卫生间。此时的她已穿戴整齐，除了眼里还布满血丝外，已与之前判若两人：微卷的长发丝丝净朗，淡雅的彩妆冷艳高贵，素雅的衣裙超凡脱俗。“还愣着干啥？该下楼了！”林舒羽撂下这句话，昂首开门而去。成勇见状，就像个犯了错的小学生连忙跟了出去。

林舒羽在大堂角落一处安静的茶室里选了个靠窗的位子坐了下来。成勇与她并肩坐在桌子的一边。“通知那个女人我们所在的位置！”林舒羽瞅着窗外池塘里盛开的莲花道。成勇不敢违抗，立即照做。

钱艳娥很快出现。与她一同出现的还有个十来岁的小姑娘。当成勇与小姑娘四目相对时，他的热血立即涌遍全身。原来，这个小姑娘不仅衣着干净，而且长相与成勇几乎一模一样：双眼皮，大眼睛，高鼻梁，这些都是他们老成家最明显的家族标记！他真想一把抱过小女孩，狠狠地亲她几口，然后温柔地对她说：“老爸对不起你呀，你都长这么大了，老爸竟然没在你生命里出现过！”然而他不能有任何表示，因为在他的身边，毕竟还有一个林舒羽！小女孩看到成勇的一刹那也愣了一下，但很快被大人间冷漠的招呼声转移了注意力。她低垂下眼睑，在妈妈的安排下坐在成勇的对面。气氛非常凝重，谁也不愿开口说第一句话。好在茶室服务员手拿价目单过来问他们喝什么茶，这才多少化解了一点尴尬。

服务员转身备茶后，林舒羽扫了一眼对面的钱艳娥，又仔细看了看斜对面的小姑娘。小姑娘腼腆地低下头。林舒羽则尽量友好地对小姑娘笑了笑。过了一会，她用胳膊肘碰了一下身边的成勇，说：“你带孩子出去转转，我要跟钱董事长单独聊几句。”成勇正被眼前的尴尬深深折磨，得到林舒羽的指令，立即站起来向小姑娘伸出了右手。小姑娘不动。钱艳娥拍拍她说：“去吧，他就是你爸！”小姑娘这才不情愿地随成勇出门去了。

成勇带小姑娘出门后，极尽慈父之爱陪她说话和玩耍，其间的温馨自不必说。却说林舒羽与钱艳娥单独对面，开始时心里还异常烦乱，恨不得伸手给对方几个大嘴巴子，或者把她的衣服撕烂，骂她是个婊子，但内心里另一个林舒羽对她叮嘱道：“你好歹是个知识分子，而且成勇现在已有悔意，绝不能像个怨妇一般胡搅蛮缠！”经过一番激烈的思想斗争，她强压怒火对眼前的这个情敌微微一笑说：“你也看到了，我把成勇给你带过来了，也让他和孩子一起出去玩了。我现在只想问你一句话：这个男人你还要吗？”

钱艳娥没有立即回答，而是把头转向窗外，盯着荷叶上的一只蜻蜓发了一会呆,半晌才低声说:“其实,该说的昨天我都说过了,虽然我曾经非常迷恋成勇,但我也知道那是件不道德的事,所以后来果断离开了他。我也知道,无论自己怎么解释,对你的伤害都已经发生,除了再次向你道歉,我没有其他办法。至于成勇,我能看得出,你们俩谁也离不开谁,所以我不会再去做伤害你的事了。”

林舒羽苦笑了一下,说:“难得你能想得这么明白!不过,我必须告诉你,你想要的原始股因为上市材料都已经准备齐全,从时间来看已经不允许重新调整股份了,而且就算时间允许,这件事也不那么简单,股权变动必须取得其他两个股东的同意才行。”

“哦。”钱艳娥失望地低下头说,“真不行就算了,其实,我只是担心……”她没再说下去,怔怔地看着茶碗。

“担心什么?”林舒羽追问道。

“没什么。就是担心哪一天我不在了,这孩子没着落。”钱艳娥的声音更轻了。

“不在了?你……”林舒羽睁大了眼睛。

“嗯,实话跟你说吧,我有先天性心脏病,医生说,如果不注意,随时可能没命。”钱艳娥说。

“是这样啊。”林舒羽吃惊得张大了嘴巴,“我也跟你说句实话吧,在我们见面之前,我已经想好了满足你获得股份的变通办法。”

钱艳娥的眼睛一下亮了起来,她抬头仔细看着眼前这位高贵的妇人。

“我打算把我持有的鲲鹏通信股份转让2%给你女儿,这2%的鲲鹏通信相当于1%的鲲鹏股份。按照发行价格算要值两亿多元,如果将来股价涨起来,说不定能值十来个亿。”林舒羽平静地说。

“两亿?”钱艳娥再次垂下头,“可惜我拿不出两亿,几百万问题不大。”

“我没打算让你拿钱,这2%的股份是送给你女儿的。”林舒羽说。

“送给她?”钱艳娥似乎不相信自己的耳朵。

“没错。送给她!”林舒羽确认道,“不过我有个条件。”

“条件?”钱艳娥问。

“嗯。你说女儿是成勇的得有证据才行,光凭长得像没用。”林舒羽说。

“证据?”钱艳娥又问。

“对,亲子鉴定的证据,只有这个证据才是有效的!”林舒羽不容置疑地说。

一场原本可能闹得不可开交的出轨、私生子及股权争夺大戏就这样在林舒羽的隐忍中化解了。从此以后,成勇对林舒羽又增加了一层敬重和愧疚之情,而曾善才和孙利民也对林舒羽更加高看一眼。

第三十九章 吃芡实勾起乡愁 回故土智斗李冲

成勇与钱艳娥之女成娟的亲子鉴定结果很快出来了，亲子鉴定数值大于99.99%，成娟系成勇亲生女已确凿无疑。而林舒羽也果真没有食言，以最快的速度将自己名下13.33%的鲲鹏通信股份划出2%给成娟。与此同时，鲲鹏股份的各项上市准备工作有条不紊地进行着。

2002年12月18日，鲲鹏股份正式登陆南粤证券交易所。尽管股市已连跌了一年半之久，鲲鹏股份上市当天仍得到二级市场投资者的热烈追捧，开盘后涨幅瞬间达到122%，至当天收盘时，涨幅稳稳地收在135.5%，总市值达到517亿元。按首发后鲲鹏通信占鲲鹏股份的股权稀释到35.7%计算，鲲鹏通信占有的市值约184.6亿元，分摊到曾善才、孙利民、林舒羽、成娟4位股东的市值分别为123亿元、36.9亿元、20.9亿元、3.7亿元。在南粤这块神奇的土地上，经过整整12年的艰苦奋斗，曾善才和他的两个兄弟悉数成为亿万富豪。

很快又要到春节了，依然沉浸在上市喜悦之中的曾善才开始面临如何过这个大年的问题。12年了，他无时无刻不思念着家乡的一草一木，思念着年过六旬的父母。虽然前几年他把父母接到南粤住过一段时间，但是他们不太适应大城市的生活，没多久就回老家去了。因此，曾善才还是比较思念他们。

一天晚饭后，曾善才像往常一样逗着摇篮里的女儿春雨。云彩云走过来递给他一只小碗，碗里面装着热腾腾的芡实。这是他的最爱。在老家，他们叫它“鸡头”，他的心头不由得一热，眼前浮现起小时候跑到大泮湖边“打鸡头”的情形。那时候，没得吃，到夏秋之交的时候，他们会在长竹棍上绑上镰刀，对准大泮湖里果实饱满的“鸡头”轻轻一勾，“鸡头”便掉到水面，再用镰刀小心捞至岸边。“鸡头”的外面长满了小刺，所以尽管他们非常小心，在捞取鸡头时还时常被扎得满手是血。把鸡头米弄出来更得小心,他们的办法是把“鸡头”放在簸箕里,穿上胶底鞋,往上面轻轻一踩,“鸡头”米便从“鸡头”尖口处挤了出来……

“想啥呢?”云彩云搂起春雨问曾善才。

“哦,没想啥。”曾善才伸手在春雨的小胖脸上轻轻抚摸了一下,春雨“咯咯”地对他笑了起来。春雨是2002年3月底出生的,因为那段时间一直春雨绵绵,曾善才就仿照夏生、秋生的名字,给这个宝贝女儿取名春雨。

“你肯定有什么心事,因为刚刚你还在发呆。”云彩云说。

曾善才笑了:“看来什么都瞒不过你!”

“那当然!难道你还想瞒我什么吗?”云彩云冲他做了个鬼脸。

“有啥好瞒的?我刚才又想家了。”曾善才如实说道。

“知道你想家了,所以特别把春雨奶奶寄过来的芡实煮给你吃呀!”

“你不懂,不吃芡实还好,这一吃更想家了!”

“想家就回去嘛,我和春雨一起陪你回去,也好把孩子送给她爷爷、奶奶看看。”

“我从1987年来南粤到现在,只是在前几年悄悄回去过一次,你知道为什么吗?”

“没有时间?”

“不是。”

“没有钱?”

“也不是。虽然现在表面上是亿万富翁了,但10年前我已经不算穷了!”

“哦,那是为啥?”

“哎!看来你还是不懂我。我是坐过牢的人,这一点你知道。”

“嗯,坐过牢又怎么了?”

“没怎么,那是我的伤心地,以强奸犯的罪名坐牢,我总感觉没脸见人。”

“哦,我懂了。不过,现在不同了,你想回去就回去吧,不说衣锦还乡了,单就我和春雨坚定地跟你站在一起就可以证明你不是坏人!”

“真的?”

“哄你是小狗!”云彩云用手在茶几上做出小狗在地上爬的样子。

“好,一起回去!”曾善才笑了,就像个孩子一样,他抱起春雨往半空中一扔,春雨再次"咯咯"笑起来……

曾善才要回河东过年的消息就像长了翅膀一样迅速传遍整个河东县城。这也难怪,河东的经济发展水平不高,仅曾善才一个亿万富豪回乡就已经非常引人注目了,更何况三个亿万富豪拖家带口结伴回乡!

事情是这样的,本来曾善才打算带着老婆孩子悄悄回去的,就像前几年他一个人悄悄回去那次一样。但是当他把准备回乡的打算告诉孙利民和成勇时,他们都兴奋地说要跟他一起回去。曾善才说,咱们不能都回去了,工厂还要继续生产呢!孙利民和成勇则说,现在公司都上市了,你聘请的那些职业经理人正好可以发挥作用。曾善才想想也是,就与孙利民和成勇两家人相约买了同一个航班的机票。到达中原机场后又各自包了一辆轿车直接返乡。

曾善才一行人的包车不紧不慢地行驶在坑坑洼洼的省道上。曾善才把头偏向窗外,外面银装素裹,只有路面是黑色的,看得出前几天刚刚下过大雪。他不由得想起小时候冬天上学为了抗寒相互"挤油"的情形。

"是不是又在怀念过去了?"身边的云彩云推了他一把,问道。云彩云怀里的春雨也吮吸着自己的小手发出"嗯嗯啊啊"的声音,似乎在呼应着妈妈的问题。曾善才俯身在春雨的小脸上亲了一口,说:"这么多年没回来,看到啥都感觉亲切。""理解,你好好看吧。"云彩云说。两人说话的工夫,曾善才的手机响了。他拿起手机一看,是曾善兵打过来的,问他们到哪了,并提醒他车快到河东地界时开慢一些,说县领导听说他们要回乡,正在省道通往河东的界碑处准备迎接他们,还让他把车牌号报了两遍。曾善才放下电话,无奈地摇摇头,把接近县界要慢点开的话告诉了驾驶员,然后又分别给孙利民和成勇打了电话。孙利民没说啥,成勇有点不太开心。他在电话里对曾善才说:"听说李冲现在是分管工业的副县长,善兵说的那个县领导千万不要是这个王八羔子!"

挂掉成勇的电话后,曾善才开始烦躁起来。他无心再看窗外之景,却在脑子里浮现出李冲的模样来,那豁口的门牙、塌陷的鼻梁,以及皮笑肉不笑的狰狞面孔令他阵阵作呕。

"到县界了。"驾驶员提醒道。曾善才透过挡风玻璃往前一看,横跨在省道上的一条红底黑字横幅一下子映入眼帘,横幅上书"热烈欢迎我县著名企业家曾善才孙利民成勇返乡",再看路边,4辆轿车一字排开,而最前方那辆闪着警灯的警车格外引人注目。他的心里一阵慌乱,因为那忽闪忽闪的警灯突然让他想到了当年因“强奸罪”被抓的情形。“难道他们又要给俺安上啥罪名?”他突然有一种跳车逃窜的冲动。然而,一切都晚了,轿车尚未停稳,刚刚还在路口张望的那帮人“呼啦”一下围了上来。曾善才暗暗叫苦:“完了,完了,早知不回来了!”

正当曾善才追悔莫及之时,车门被人从外面打开了。开门的那个人大声咋呼道:“哎呀,我说老同学呀,家乡人民终于把你盼回来了,我代表家乡人民欢迎你们全家回乡省亲!”曾善才抬头一看,开门人原来是李冲。他还没站稳脚跟,李冲就一把抓住他的双手,热情地重复着刚才那番话,似乎他们俩原本就是非常亲密的朋友并且李冲从没有陷害过他一样。曾善才有点丈二和尚摸不着头脑了,碍于众人在场,只好礼节性地挤出笑意来。

李冲跟曾善才寒暄两句之后,又伸头往车里看看,对云彩云和春雨娘俩挥了挥手,拍拍曾善才的肩膀凑近他的耳朵说:“老同学艳福不浅呀!”曾善才没理他。李冲并不介意,又走到成勇的车前。坐在副驾驶室的成勇没下车,只是把车窗按下来,对李冲点了点头。李冲却弯腰顺着成勇的肩头瞄了一眼坐在后排的林舒羽和成龙、成虎,说:“林大小姐还是那么年轻嘛!”林舒羽内心极其厌恶,瞪了他一眼,把头转向一边去了。

李冲“嘿嘿”干笑两声,又向孙利民的车旁走去。孙利民已经下了车,往李冲走来的方向迎了两步。李冲笑得一朵花似的,一把抓住孙利民的手使劲地摇了起来:“还是大学长有风度呀!怪不得你能当上亿万富豪呢!”孙利民内心对李冲也十分厌恶,不想跟他瞎掰,只是淡淡一笑说:“上车吧!外面挺冷的。”李冲满脸堆笑地说:“不冷不冷,看到你们回来,俺心里热乎着呢!今晚你们先别忙着回家,县委、县政府要给你们接风洗尘。”孙利民感觉很意外,指了指前面的曾善才说:“这个你得问善才。”李冲又走过去问曾善才。曾善才也感觉意外,连忙摇手说:“不用!不用!”李冲则说:“这个决定是咱们书记做的,你们可以不给我面子,不能不给书记面子呀!”曾善才见李冲把话说到这个份上,只好点头应允,并分别走到成勇和孙利民两家的车前跟他们打了招呼。

李冲得到曾善才的肯定答复后,快步回到自己车上。最前方的警车首先启动,曾善才的车经路边交警的指挥紧跟着开了出去,成勇和孙利民的车则依次跟在曾善才的车后,李冲等其他3辆车在后面压阵。警车的报警声响了起来。包括警车在内的7辆车组成的车队风驰电掣般向前飞奔,不到半小时便抵达位于大沣湖畔的河东迎宾馆大院。

太阳已经西下,河东迎宾馆大院内却人来人往,一派繁忙景象。曾善才乘坐的轿车刚一停稳,车门就被接待人员从外面打开了。曾善才走下车,李冲引着一个方面大耳的五十来岁男人走了过来。“这是咱县的宋书记。”李冲说。“宋书记好!”曾善才礼貌地伸手与宋书记相握,没想到宋书记握手的力度挺大,似乎特意要传达一种当地官员对远归游子的热情欢迎之意。出于礼貌,曾善才把云彩云和孩子介绍给宋书记。宋书记同样热情地捏了捏云彩云的手,又满脸慈爱地逗了逗春雨。接下来,宋书记又分别与孙利民和成勇两家人打了招呼。看得出,宋书记对他们两家人也同样热情。在与林舒羽握手时,宋书记还特别说出了林父的名字,称自己当年在临河专区当小科员时就仰慕他老人家的大名,可惜那时自己年少不懂事,没能跟老爷子多学几招执政本领。林舒羽在省城机关当过副处长,从面相上一眼就断定这个宋书记不是个清正好官,但碍于场面,只好随便敷衍了几句。

三家人在宋书记等县领导的簇拥下走进灯火辉煌的小礼堂。小礼堂的包房里,席面已经摆好,两张大圆桌上都摆满了丰富的冷热菜肴,每张桌子的正中是一只热气腾腾的黄铜火锅,还不时发出“嗤嗤”的响声。根据宋书记的安排,林舒羽应与曾善才、孙利民、成勇同坐主桌,云彩云及孙利民的妻子赵冬梅则带孩子坐在另一桌。然而,林舒羽对宋书记没有好感,更加上李冲也在主桌,所以坚决要与云彩云等坐在另一桌。

众人很快坐定。主桌上除了宋书记、李冲外,还有县长、县人大常委会主任、县政协主席等四大班子头面人物。林舒羽那一桌则由女副县长、县妇联主席等女性领导陪同。宋书记正襟危坐,清了清嗓门,开始发表热情洋溢的简短致辞:“尊敬的曾善才董事长、孙利民总经理、成勇董事长、林舒羽总经理、云彩云行长、赵冬梅教授……”赵冬梅凑近身边的云彩云说:“瞧这位宋书记多会讲话,他把我们全部扶正了!”云彩云明白,赵冬梅指的是宋书记特意把她和林舒羽职务前面的‘副’字省掉了,冲她会意一笑。宋书记似乎并没有注意到另外一桌的反应,继续说道:“你们是俺们河东县的杰出企业家和杰出家属,你们是河东80万人民的楷模和骄傲!你们一路颠簸回乡,辛苦了!俺代表县委、县政府和80万河东百姓欢迎你们回乡过年!闲话少说,请大家干掉门盅,开吃!”

曾善才突然有一种恍若隔世的感觉,他万万想不到自己这个曾经的“强奸犯”一不小心又变成了“河东人民的骄傲”,就像19年前他当河东县螺丝厂厂长那阵子一样。“曾董事长,你咋不喝哩?”宋书记端着酒杯问他。“哦,宋书记,俺早就戒了。”曾善才不好意思地笑了笑。“哦,那你喝饮料吧!现在大城市人都讲究养生,这个俺懂。”宋书记设身处地的话令曾善才心里微微一热。他端起大杯里的雪碧与宋书记碰了一下并连声称谢!

继宋书记之后,县长、县人大常委会主任、县政协主席分别发表了热情洋溢的祝酒词。大家边吃边聊,气氛逐渐热火起来。轮到李冲致辞时,他讲得特别煽情:“今天俺特别高兴,善才董事长是俺初中同学,利民总经理是俺初中、高中和大学的学长,舒羽总经理是俺大学学姐,成勇董事长是俺在县螺丝厂时的同事,一次见到这么多优秀的老朋友真是三生有幸呀!俺爸没退休的时候就常教育俺多向善才、利民这样的优秀同学学习,可惜俺天资愚笨,咋学也赶不上他们。哎!没办法,你们看,俺连话也讲不好了。为了表示俺对各位老朋友的欢迎之意,俺先干为敬!”说完“吱溜”一声把满满一大杯白酒喝个底朝天。李冲的致辞与喝酒表现赢得了宋书记等当地领导的热烈掌声。曾善才等人虽然明知他逢场作戏、言不由衷,但碍于场面,也跟在后面鼓起掌来。

宋书记兴致特别高,不仅鼓掌特别起劲,还袖子一撸站了起来。他环顾四周,轻轻咳了两声,整屋子人立刻安静下来。“各位,俺再说两句,这个……李副县长刚才的致辞特别感人,没想到你们还有这层关系!河东县人口多,底子薄,比起南粤这样的大城市还落后得狠,既然曾董事长你们与李副县长都是老朋友了,今后一定要多帮帮他!俺在这里给大家透露一个重要的信息,咱们县刚刚发现了一个大型铅锌矿,这个矿品位高、储量大,在全国也是排在前十位的优质大矿,目前,所有的前期准备都搞得差不多了,县里准备春节过后就开始招商引资,欢迎曾董事长你们回家乡投资!”宋书记说到这里,看了一眼李冲,接着说,“李副县长分管工业,铅锌矿的招商引资也归你负责,俺给你布置一个任务,这些天你一定要把你的这些老同学、老同事们照顾好,把咱们县招商引资的优惠政策给他们讲清楚!”宋书记话音刚落,李冲立即把头点得像捣蒜一样:“一定!一定!”

曾善才等人心里一下子明白了八九分,他们相互使了个眼色,似乎在说:“怪不得这么热情,原来另有深意!”不过,大家也都经历那么多了,知道该如何应对这种情况，反倒在对方底牌亮出后一下子没了心理负担，该吃吃，该喝喝，就是不对投资与否主动表态。

县委、县政府的招待活动持续两个小时以后，林舒羽那一桌的几个孩子开始烦躁不安起来，不满周岁的春雨更是不时啼哭几声。宋书记见宾主已经尽欢，宣布招待活动圆满结束，并再次叮嘱李冲照顾好各位贵宾。李冲自然满口答应。曾善才他们因为包的车早已返回，李冲特意安排3辆政府轿车把他们送回到各自父母家中。

曾善才到家时，父母、弟妹、子侄总共近二十人已等候多时，看到多年不敢光明正大归家的曾善才居然是县政府的轿车送到家里的，都别提有多高兴。一家人相互问候，其乐融融。云彩云和春雨更被大家众星捧月般围着。曾善才忽然有一种渡尽劫波的庆幸感。已经22岁的夏生懂事地抱起相差21岁的异母妹妹，17岁的秋生则在一旁做着各式各样的鬼脸，春雨一下子见到这么多友善的陌生面孔，开心得"咯咯、咯咯"笑个不停……

在父母家里住了两三天以后，曾善才开始想念起周燕飞来，但碍于云彩云在旁，自己不好开口说出来，也不确定周燕飞愿不愿意见他。云彩云似乎看出了他的心思，旁边没人的时候悄悄地问他是不是又有什么心思了。曾善才说没有。云彩云说她才不信呢，还说，她已经跟夏生求过情了，夏生也答应帮忙说服他妈妈跟爸爸见上一面。曾善才非常感动，再三向云彩云道谢。果然，当天晚上夏生就打电话给他爸，说已经跟妈妈说好了，第二天中午，他妈妈邀请曾善才带着云彩云和春雨一起过去吃中饭。曾善才得到答复后，激动得一夜都没有睡好觉。

第二天，曾善才早早起床，草草喝了两碗稀饭，便在院子里一圈又一圈地转起来。这一切都被云彩云看在眼里，她心里明白，看来自己的男人还是舍不得那个旧爱，要是不让他们见上一面，这个年肯定也过不安。不过，她是个有涵养、也非常自信的人，既然眼前这个男人跟自己是合法夫妻，她是不怕他被一个已经分手快二十年的人再抢回去的。

10点刚过，曾善才就叫老四曾善田准备出发。曾善田自从大哥在南粤生意做大以后，就投奔大哥而去，开始时在厂里打打杂，后来曾善才让他去学了驾驶，学成以后，他就在鲲鹏股份专门负责领导出行。这次大哥回乡，他提前回去，还租了一辆小车，以备大哥一家出门使用。曾善田得到指令后，快速发动汽车，载着大哥一家人很快到达周燕飞的院门口。

曾善才下车后，看到锈迹斑斑的铁门和东倒西歪的院墙，心里百感交集。这处院落原本是他与周燕飞共同建造的，在当时的县城里还算是非常气派的民居，然而，二十多年过去了，因为缺少维修，这处院落竟显得如此破败！

门开了，一个头发灰白、满脸皱纹的微胖小老太太出现在大家的面前。这个小老太太不是别人，正是周燕飞。无情的岁月已经把她折磨得完全没了当年的灵气。本来就比曾善才大五六岁的她与眼前这位意气风发的前夫简直就不像同一个时代的人了。曾善才心里不禁一阵酸楚。周燕飞也稍稍愣了一下，随即便恢复了平静，不慌不忙地招呼曾善才和云彩云进院，还冲春雨笑了笑说："这个就是春雨吧，长得真可爱！外面冷，都快进屋吧！"夏生和秋生兄弟俩此时也走出大门，夏生还接过云彩云怀里的春雨。

曾善才做梦也不曾想到自己会以一个客人的身份重新走进这座熟悉的院落。他百感交集，东瞧瞧，西望望。他对院子里面的一切都好像非常熟悉，又好像非常陌生。他暗暗感叹岁月无情，感叹造化弄人。然而，当他看到眼前的云彩云和春雨后，他又感觉自己非常幸运。也许这就是命吧！它不会让你永远走运，也不会让你永远倒霉，既然命运这么安排，那自己就接受它吧！

周燕飞很快做好一桌丰盛的菜肴，曾善才打眼一看，都是自己最喜欢吃的，一股暖流瞬间流遍全身。周燕飞请曾善才与云彩云坐在八仙桌对门的上首位置，自己紧挨着怀抱春雨的云彩云坐下，曾善田挨着大哥坐下，夏生、秋生则分别与四叔、母亲坐在一边。这顿饭吃得非常平静，甚至有些压抑，有些凄凉。好在有春雨在，大人们总可以在无话可说的时候把注意力转向孩子。而春雨也似乎比较配合，总能在大人们拿她说事时，发出"咯咯"的笑声。

饭后，周燕飞叫夏生兄弟俩收拾碗筷，自己拉着云彩云走进了里屋。曾善才和曾善田兄弟俩则老老实实坐在已经比较陈旧的沙发里喝茶。云彩云不知周燕飞何意，但凭感觉认为周燕飞并无恶意。周燕飞与云彩云并排坐在沙发里，平静地对她说："彩云妹妹，今天你能来俺这里，俺心里别提有多高兴了！你跟善才很般配，对他也好，这下俺也放心了。俺跟善才好过，也知道他是个好人，当年坐牢那是被人陷害的。俺命不好，克夫，前面死了一个，后面跟善才吧，他又坐了牢，俺没办法，只能跟他离了。现在看，幸亏俺跟他离了，要不然他肯定不会有今天这样过得好！"云彩云不知该怎么回应她，只是一个劲地点头。周燕飞又说："俺这些年过得还行，当初离婚时善才把大几十万都留给俺了，不愁钱花，其他也没啥，时间久了，什么也就习惯了。现在俺没啥想法，就是想拜托你两件事，不知当说不当说？"云彩云忙说："没关系，大姐只管说吧！"周燕飞理了理头发，说："第一件呢，拜托你照顾好善才，他是个好人，也重情。"云彩云连连点头。周燕飞笑了，满脸的皱纹更深更密。"这第二件呢，是拜托你照顾好夏生，他过了年就快大学毕业了，你们在大城市，门路广，将来他想找个工作啥的，你也帮着操操心吧！""行，我全答应你！"周燕飞又笑了，脸上的皱纹如花般颤动起来……

在曾善才和孙利民、成勇三家人待在老家的这段时间里，李冲几乎每天都要打电话过来，不是约吃饭，就是约开会，但他们三家人已经达成了共识：对家乡的热爱和回报可以有多种形式，未必要参与铅锌矿的投资，就算参与，那也是商业行为，与爱不爱家乡没有直接的关系，况且还有李冲这样的无赖当权！所以无论李冲如何甜言蜜语、软磨硬缠，他们一律以各种理由予以回绝。

另一方面，他们回报家乡的脚步也确实没有停歇：曾善才和孙利民一起去看望了小学和初中的老师，并联合向他们当年就读的小学和初中各自捐献 20 万元用于修缮校舍和奖励优秀师生；曾善才和孙利民还另外拿出 50 万元用于本村修桥铺路和补贴困难家庭；成勇则联合曾善才把当年螺丝厂的工友们请到县城最好的饭店里聚了一顿餐，对家庭有困难的工友当场奉送几千、上万不等的红包，并承诺他们的安全带和手机工厂大门随时向工友们敞开……

大年初五，三家人在与各自亲友度过十来天的温馨时光后再次登上了南下的航班。

"李冲花了那么大的功夫，也没能把咱们诓进他的局里，估计要恼羞成怒了。咱们几个不要紧，就怕留在老家的亲人要被他报复！"曾善才在飞机上对坐在后排的成勇两口子说。

"是福不是祸，是祸躲不过。总不能明知他是骗子，还闭着眼睛往他的圈套里钻吧？"成勇道。

"对，不用怕他，要相信国家、相信正义！他要是胆敢报复，咱们就拿起法律武器保护自己和家人！"林舒羽紧跟了一句。

曾善才不再言语。他把头转向窗外，看着飞机下面如棉絮般柔软的白云，脑子里渐渐浮现出小时候躺在草地上看天的情景。他感觉很不可思议:同样是云,从上往下看与从下往上看的感觉咋就那么不同?看着看着,他的眼前又浮现出李冲的狰狞面孔。这次回乡,他又听说不少关于李冲的传言,比如,李冲继任螺丝厂厂长后,如何把螺丝厂当成自己的后宫,整天花天酒地,仅用三四年就把曾善才好容易打下的底子败个精光,让螺丝厂重新回到负债度日的老路上;又比如他爹李宏达如何在自己担任县委书记的最后几年,仅用不到5年时间就把李冲从螺丝厂厂长火线提拔为县工业局副局长、局长和县委常委兼副县长;再比如李冲如何打着"贯彻中央国有企业改革脱困精神"的旗号,将他分管的螺丝厂、水泥厂、食品厂等县属企业以超低价卖给与他交好的外地商人,据说李冲私下里至少拿到1000万元的好处费……"哎!权力被这种人掌握真是太可怕了!"曾善才无奈地摇摇头,他不敢想象家乡那个在全国名列前茅的铅锌矿最终会被李冲、宋书记这样的人弄成啥样子。

第四十章 初上市即走麦城 强起飞终致大亏

曾善才一行人回到南粤后，立即投入到各自的工作中。鲲鹏股份在上市的募资投向中清清楚楚写明了四个投向：一是再建一条生产线；二是铺设全国性的营销网络；三是把欧洲某国的相关手机专利买下来；四是扩建公司研发中心。春节前时间仓促，没来得及去办。现在可以逐项落实了。

然而，因为"非典"的意外暴发，到处人心惶惶，人员、货物的流动受到极大的限制，计划中的四项工作也分别受到大小不等的拖累。尽管如此，到2003年中的时候，鲲鹏股份在募资时的四个投向基本都得以落地，首发上市募集的六十多亿元资金也接近花光，仅购买欧洲某国的相关手机专利就花费了二十多亿元。这一切进行得都似乎非常顺利。然而，一个不太好的迹象出现了：尽管鲲鹏股份又在全国各地铺设了很多新的网点，这些网点的门面也装修得非常大气、销售人员的形象也非常干净利索并得到了系统培训，鲲鹏手机的市场销售量却没有与他们在销售网络上的投入同步增长。非但没有同步增长，甚至还开始出现下降趋势。到年底的时候，鲲鹏手机的销售量比上一年减少了20%以上。

一上市就走下坡路，这是曾善才万万没有想到的。他倍感压力，经常整夜整夜地睡不着觉，不仅因为自己名下那点股份的价值不断缩水，也因为自己向投资者的业绩承诺不能兑现。事实上，当鲲鹏股份公布年度盈利可能下降的预测以后，其股价便在全年连续下跌近30%的基础上，一连收了两个跌停板，股价相对于上市当天收盘价累计下跌了近40%，总市值也由上市当天的517亿元，缩水到310亿元。

虽然鲲鹏股份的股价回调与大盘总体处于熊市这一背景有一定的相关性，但是买入鲲鹏股份被深套的股民可不这么看。在他们眼里，鲲鹏股份经营管理不善才是最根本的原因,并且他们的理由非常充分:再熊的大盘,都会有牛股,那个某某科技不是因为年度盈利预测翻倍连封了三个涨停板吗?你们鲲鹏股份要是也能业绩翻番,怎么至于跌成这个熊样?作为董事会秘书的林舒羽更是变成了股民们的出气筒。也不知道她的手机号是怎么泄露出去的,那些亏红了眼的股民成天打她电话,质问鲲鹏股份到底是怎么对股东负责的,刚刚上市就业绩下滑?还问她上市前的公司业绩到底掺了多少水?这些还算好的,有的股民干脆一接通电话,就破口大骂,连解释的机会都不给她留下。她真想拒接这些电话,然而,作为董秘的职责又不允许她那么做。她感到从没有过的沮丧。

面对公司的业绩下滑,曾善才等公司高管不敢怠慢。他们尝试采取了多种措施,包括最大限度地压低各项成本,开展一个又一个别出心裁的营销活动,设计并推出一系列造型别致的新机型……然而,无论他们如何努力,鲲鹏手机的销售数据就是得不到好转。

怎么办?2004年元旦刚过,曾善才再次把公司的高管召集在一起。这次会议的议题除了分析市场环境对鲲鹏手机的不利影响外,还特别检讨了募资的四个投向是否合理的问题。经过反思,大家一致认为,市场环境正在变得越来越恶劣,这一点是导致鲲鹏手机销量下滑的最重要原因。

分管销售的副总经理宋如丰忧心忡忡地说:2000年之前, 手机生产需要审批的时候,谁拿到生产许可证,谁就能获得市场先机。鲲鹏股份抢先拿到了生产许可证,所以过了几年的好日子。现在手机生产虽然还是要审批,但是技术门槛并不高。咱们南粤电子市场上各种手机元器件又都能廉价买得到。随便一个小作坊就能把手机组装起来。并且这些小作坊连自己的牌子都不用注册,直接贴上国外名牌手机的牌子就行了。这样的山寨手机除了质量比不上正品手机,价格可要比正品手机便宜多了,样子也比正品手机更加花哨。消费者都是讲实惠的,只花不到名牌手机一半的价钱,就能拥有与正宗名牌一模一样甚至更酷的手机,多数人都会去买山寨的。宋如丰还特别安慰曾善才和孙利民说,不仅鲲鹏手机销售额下降得厉害,那些国际一流的名牌手机也照样没有以前好卖。曾善才不死心,就问宋如丰:"这么说咱们销售量下滑的问题算是没法解决了?"宋如丰说:"没有办法,除非我们降低对手机品质的要求,用价格低廉的劣质电子元器件进行组装,并且开发出更多的功能,设计出更美的外观。"与会的高管们都认为宋如丰说的有道理,但对于牺牲手机品质以降低生产成本的路径全部予以否决，对于开发新功能和优化外观倒是持肯定态度。

至于当初募资时的四个投向，大家经过认真讨论，最后认为都没有问题——建设新的生产线，也是为了适应当时供不应求的市场环境，谁能想得到市场会在这么短的时间内就发生如此巨大的变化？而铺设全国性的营销网络，应该也是必要的，虽然成本高了一点，但是如果没有这些新的营销网点，鲲鹏手机的销量可能会下滑得更加厉害。谈到购买国外的手机专利和扩建研发中心，大家认为，当下虽然难以评估投资效果，但是从长远来看，一个企业要想获得持久发展必须在核心技术上下足功夫。也许在不久之后的某一天，鲲鹏股份会因为注重研发而重新超越同行。

这次讨论会整整开了一天。下一步的路到底如何走下去，曾善才并没有当场表态。因为他感觉很多问题自己还不是非常明白，他需要时间再仔细考虑一下。他在会议最后忧心忡忡地告诉大家：苦日子可能才刚刚开始，大家务必要做好思想准备！

极度苦闷的曾善才和孙利民相约来到南粤电子交易市场。这是一座占地足有两个足球场大小的方方正正5层楼房。楼房第一层是密密麻麻的手机摊位，每一个摊位也就七八平方米大小。哥俩边走边看。他们发现，在这里，每一个摊位基本只卖一种品牌的手机，而且当今世界上流行的所有款式手机应有尽有，不仅有爱立信、诺基亚、摩托罗拉、阿尔卡特、LG、三星等国际品牌手机，还有波导、中兴、华为等国产品牌手机，只是这些品牌手机旁边标注的零售价格无一例外地要比正常零售价低出40%以上。

“善才，咱们的鲲鹏手机！”孙利民指着一处摊位说。曾善才走进一看，果然是鲲鹏手机！但一看价格，傻眼了。心想，这价格比咱们的出厂价还要低呀，咋赚钱呢？

“老板娘，你这里的手机好像挺便宜呀，够本吗？”曾善才忍不住问道。

老板娘是个三十多岁的时髦少妇，见有人询问手机价格，立马春风满面地回应道：“现在生意难做呀，你看市场里这么多牌子，哪个牌子敢卖高价？”

“我们的意思是你们做生意至少要先把本钱赚上来吧？”孙利民在一旁解释道。

“这个就不用你们担心了,我们也就是少赚一点,薄利多销嘛！”老板娘一脸轻松地说。

“看来你没有明白我的意思！据我所知,这一款手机的出厂价是每台500元,市场价每台800—900元,你这里却每台标价400元,不是比出厂价还低吗？”曾善才说。

“这个你就不用管了,反正我有可靠的渠道。”老板娘的态度开始变得谨慎起来,“你们要是买得多,我还可以给你们再放低一点。”

“还可以再低？”曾善才简直不敢相信自己的耳朵。

“当然！”老板娘肯定地应道。

曾善才更加难以置信了,心想,如此便宜,其中定然有诈！俺得把她的老底摸清楚！他扭头看了一眼孙利民,假装很感兴趣的样子说:“要么咱们买点回去？”

孙利民明白曾善才的意思,也假装很赞同他提议的样子说:“买点就买点,不过要先看看质量怎么样。”

老板娘感觉有戏,急忙拿出一盒样品放在柜台上。

曾善才和孙利民打开样品,仔细检查。这款手机和他们刚出的一款低价手机几乎一模一样,甚至手机外壳比他们的做工还要精细。他们越看越感觉不对劲。孙利民忍不住嘀咕了一句:“你这该不是假冒的吧？”

“什么？现在市场监管这么严,谁敢假冒？”老板娘理直气壮地说。

“你敢打保票吗？”孙利民问。

“当然敢！”老板娘一甩头发,摆出一百二十个不含糊的造型。

“好,我问你,你这个手机从哪进的货？”孙利民问。

“不用进货,这是我们自己生产的！”老板娘说。

“我们就是鲲鹏手机的老板,你怎么能说这款手机是你们自己生产的呢？”曾善才忍不住报出了自己的家门。

老板娘似乎一点也不怕。她双手往胸前一抱,眼皮往天上一翻,一副不屑一顾的样子说:“你说自己是鲲鹏手机的老板,谁信呢？”

曾善才被她这句话噎住了,情急之下,从衣袋里摸出名片夹,从中拿出一张,“啪”地往柜台上一放,气呼呼地说:“自己看吧,咱行不改名,坐不改姓！”

老板娘瞄了一眼,突然尖叫一声:“鲲鹏股份有限公司,哇,你们就是前年刚上市的那家鲲鹏股份吗？听说你们现在公司业绩不好，哎，我手里买了那么多你们的股票，被套得好苦哟！现在好了，既然你们来到我的摊位前，也算咱们有缘吧，有没有什么内幕消息给我透一下，我也好再做一波，让手中那点股票早点解套！”

老板娘的反应令曾善才和孙利民倍感意外。他们万万想不到，这个老板娘不仅不怕他们识破造假行为，反倒逮住他们打听起内幕消息来。不过，曾善才很快恢复了镇静。他指着柜台上的手机样品说：“请你不要转移话题，我现在要问你这款手机到底从哪里进的货？”

谁知老板娘却生起气来，撅着嘴说：“刚才已经跟你们说过了，这是我们自己生产的，不要以为你们是上市公司就可以欺负我们这样的小店！”

“谁欺负你了？明明这款手机与我们刚出的一款手机一模一样，你这里的标价却比我们的出厂价还要低，我怀疑你这款手机是假冒的！”曾善才的话音不由得提高了几分。

他们的争论很快吸引一大批人前来围观。老板娘一副十分委屈的模样对围观的人喊道：“你们都来给我评评理，这两位鲲鹏股份的老板说我的手机假冒，我倒是要问问，我哪里假冒了？”

曾善才本是小贩出身，对这种架势见的多了，所以并不感觉尴尬。他不慌不忙地对老板娘说：“我们生产的手机叫鲲鹏，你们的手机也叫鲲鹏，而且还跟我们的一模一样，这不是假冒，是什么？”

谁知曾善才的话还没有落音，老板娘“扑哧”一声笑了，她指着手机盒子上的字说：“我当你们血口喷人呢？原来是说手机的牌子呀！来来来，你们仔细看一看，我的手机到底是什么牌子？”

曾善才和孙利民定睛一看，原来老板娘的手机牌子是“醌鹏”，与他们的“鲲鹏”仅一字之差，但她的“醌”与自己的“鲲”又极为相似。曾善才就像一只泄了气的皮球一样，脑袋顿时耷拉下来。还是孙利民反应快，拉起曾善才就冲出了人群。

他们不死心，继续在电子交易市场里转悠。一圈下来，他们发现了不下十家与鲲鹏手机几乎一模一样，但牌子存在细微差别的摊位。这些手机有的叫“鲲朋”，还有的叫“鯤鹏”“坤鹏”“昆朋”“昆鹏”“坤朋”“鲲鹏”……看得曾善才和孙利民气血上涌、眼睛发绿！

曾善才回去后，越想越烦，自己做了几十年的生意，好容易做大，却被一帮山寨小厂盯上了。不行,如果被这帮山寨小厂打败,那也太没有面子了!一个主意从曾善才的脑子里冒了出来。他拿起手机给孙利民和林舒羽拨了过去,通知他们次日一早到他办公室商量对策。

第二天一早,孙利民如约敲开了曾善才的办公室。孙利民发现林舒羽已经提前到了,就自嘲道:"原以为俺要考个头名呢,林总比俺更积极!"林舒羽苦笑了一下,说:"这不是积极不积极的事,俺的手机都快被那帮投资者打爆了!他们天天追着俺问,公司业绩这么差,管理层到底有啥应对措施?俺也没招呀,只能跟他们说,正在想办法。可他们根本就听不进去,不是破口大骂,就是威胁要卖股砸盘。"说话间,林舒羽的手机就响了。她瞄了一眼来电显示,捂住话筒对孙利民和曾善才说:"十有八九是投资者打来的!"待她接通电话一听,自己猜得果然没错,就对曾善才挑了挑眉毛,耐心对着话筒说:"谢谢您的关心!公司管理层正在积极应对,请您耐心等待,相信您很快就能看到鲲鹏股份的应对措施。"林舒羽挂断电话后,对曾善才俏皮一笑说:"俺说得没错吧?""没错!"曾善才右拳在桌面上猛捶了一下,起身移步沙发上坐了下来。

曾善才请孙利民把他俩前一天在南粤电子交易市场上看到的情况跟林舒羽简单介绍一遍。待孙利民说完,曾善才看了一眼林舒羽说:"要不是亲眼所见,还真不会相信,这等于在咱们眼皮底下做假呀!怪不得咱们的手机不好卖呢!"

林舒羽点点头,随即问道:"董事长说想到办法了,是不是要采取措施,把这些假冒小厂消灭掉呀?"

曾善才摇摇头,说:"不是。咱哪有那么大的能量?人家的手机只是看起来跟咱们的差不多,要是较起真来,还真拿他们没办法。还有就是,这种打擦边球的现象非常普遍,受害的企业也不是咱们一家,那些国际大品牌不是同样被人打擦边球吗?要是有好办法,人家早就动手了!再说了,那些小公司都躲在暗处,可以打一枪,换一个地方,估计一时半时是灭不了的。"

"可是这种外观设计和品牌名称刻意模仿原产厂家的行为也应该属于侵权行为呀!"林舒羽说。

"这个俺也懂, 但是打击假冒伪劣是持久战, 而且光靠咱们一家企业远远不够。"曾善才说,"咱们当务之急是如何把销售额再做上去!"

林舒羽低头不语。

孙利民似乎认同曾善才的分析,催促道:“那就把你的锦囊妙计说出来听听!”

“俺哪有啥锦囊妙计?俺是做销售出身的,土办法倒是有一些。现在那些小工厂不是要山寨咱们吗?那咱们就加大宣传力度,让全国人民都清楚咱们的鲲鹏手机到底长啥样。还有就是,要把咱们的营销渠道继续往下沉,办事处要从地级市继续下沉到小县城。”曾善才说。

“这样得花不少钱呀,咱们现在资金有些紧张。”孙利民提醒道。

“不能怕花钱!你们忘了,当初咱们借钱还去到央视做广告呢,何况现在还不需要借钱?!咱们现在加大营销力度,不过是把原来打算用在其他方面的钱抽到营销上罢了。”曾善才坚持道。

“可是咱们也不能把钱全都花在营销上啊!一个企业要想长久发展必须有自己的绝活才行,鲲鹏手机现在最缺的就是绝活。既没有核心技术,也没有过硬的产品质量,靠烧钱做广告打出来的品牌不可能长久!”孙利民忧心忡忡地说。

“你说得没错,咱们的确没有核心技术,但是比起国内其他手机企业,咱们还算好的,前有外资带来的一些技术、设备,后有上市后收购来的一批专利,那些在咱们后面才杀进来的新手机厂就没有这些东西了。对于质量问题,倒是要注意一下,特别是信号接收不稳定的问题,你回头要多抓一抓!”曾善才说。

“你让我抓质量,完全没有问题。但是质量问题也与核心技术关系密切,技术水平不提上来,质量问题也很难一抓就灵啊!所以,俺还是要建议你不能把赌注全都押在营销上了。”孙利民说。

“对,俺也同意孙总的意见!”林舒羽紧跟着说。

曾善才万万想不到孙利民和林舒羽同时向自己提出不同意见,一时不知该如何应对。为避免尴尬,他起身为自己和孙、林两人各泡了杯热茶。一股清香很快在房间里弥漫开来。当他把几杯茶在各自面前的茶几上放好时,他已下定决心要说服这两个战友了。

“你们两个都是大学生,水平比俺高,俺也知道核心技术和产品质量是企业的命根子。但是核心技术问题不是一天两天能够解决得了的。咱们现在既有内忧,又有外患。内忧,你们一个亲眼看到了,一个刚才也听到了。外患,你们应该也清楚,现在摩托罗拉、爱立信这些国外品牌势头更猛。原本它们走高端路线,咱们走低端路线,井水不犯河水。可现在,人家也瞄上咱们的低端市场了,如果高端、低端市场都被它们垄断，咱们也就完蛋了。所以没办法，非常时期，必须用非常的手段！”曾善才一口气说完了自己的理由。

“善才，看来你是准备孤注一掷了？”孙利民问。

“也可以这么说吧。你有更好的办法吗？”曾善才反问道。

“没有，反正俺就是觉着重视营销没有错，但是不能把研发资金挤占了。”孙利民说。

“林总怎么看？”曾善才又问。

“俺跟孙总想法一样。”林舒羽答。

孙、林二位继续坚持自己的观点，这令曾善才很为难，他在脑子里快速盘算：这两位朋友还是没有理解俺的用意啊！不行，不是说真理往往掌握在少数人手中吗？看来俺必须坚持一下了！想到这里，曾善才果断地说：“咱们现在能调用的资金不多，把这些钱全用到营销上都不够，只能暂时牺牲一下研发了！”

“你当真打算这么做？”孙利民问。

“当然。”

“好吧，你一定坚持，俺也没啥好说的了。只是提醒你一下，不要抓住了现在，丢掉了未来！”孙利民说。

“俺担心现在也不一定抓得住。”林舒羽添了一句。

“有数了，现在是非常时期，留给咱们的时间不多了，今天就商量到这里，你们回头把任务分解下去，越快越好！”曾善才差不多下了逐客令。

孙利民和林舒羽见曾善才态度坚决，并且两人的股份加起来也没有他的多，就算投票，也是曾善才说了算，只好点头答应。就这样，曾善才第一次在与孙利民和林舒羽这两个合作伙伴存在重大分歧的情况下强行做出了决策。

从曾善才办公室出门后，林舒羽瞥了一眼孙利民，笑笑。孙利民心头颤动一下，也跟着笑笑。两人都没有多说什么，却都非常明白：他们又一次在工作立场上完全一致。这就是默契，这就是心灵相通！不知为什么，已经四十出头、容颜也略有衰退的他们，仍然不能放下对方，往往一个眼神、一个动作都能令对方心驰神往。尽管他们的关系仅止步于此，但这已经足够了。特别是林舒羽，虽然在前年以快刀斩乱麻的魄力避免了成勇与钱艳娥婚外情对鲲鹏股份上市的冲击，但她心中留下的阴影一直挥之不去，苦楚更无人倾诉。要不是孙利民时常以交织着同情、理解、关爱的眼神给她以力量,她的日子可能更加难熬。从一定意义上说,林舒羽已经对孙利民产生了依赖,不管遇到什么烦心事,只要看到孙利民或者听到他的声音,心情很快会变得豁然开朗。

按照曾善才的要求,自2004年元月中旬开始,鲲鹏股份在总体资金非常有限的情况下,不断加大营销投入力度。不久之后,人们随便打开一台电视或收音机,随便翻开一份报纸或杂志,都可以看到或听到"鲲鹏手机,扶摇万里"的广告词,哪怕你走到偏僻的农村,也会在东倒西歪的农舍外墙上,或在偏僻街角的电线杆上看到鲲鹏手机广告。销售渠道的建设就更不用说了。没有多长时间,全国东、中部地区几乎所有的县城都有鲲鹏手机的专设营销点。这些营销点不仅店面装修讲究,就连营业员也是统一着装的漂亮姑娘。截至6月底时,鲲鹏手机在国内市场的占有率果真一举击败众多洋品牌,跃居榜首。

然而,超常力度的营销投入也快速消耗着鲲鹏股份的能量,曾善才还没来得及庆贺鲲鹏手机市场占有率挤进第一,另一个数据却令他的心情降至冰点:因为营销投入巨大,鲲鹏股份上半年累计亏损八千多万元。他感觉一场更大的危机正一步步向鲲鹏逼近,但是除了咬牙坚持外,自己却没有更多的办法。

孙利民和林舒羽看到曾善才情绪低落,多次向他进言,说照此下去,只会亏得更多,建议他尽快削减营销投入。困境中的曾善才不想轻易改变自己的决策,稍稍稳定了情绪,就反过来安慰他们,说鲲鹏股份好容易把市场占有率拼到全国第一,如果不咬牙坚持,前面的功夫就白费了。为保住好容易打下的地盘,曾善才要求孙利民进一步压缩研发投入,先渡过难关再说。此时,孙利民也没有更好的办法,只好照办。

在鲲鹏股份拼命抵抗的时候,国外品牌手机企业和国内山寨手机企业也没有闲着。它们也都在使尽浑身解数,拼命蚕食鲲鹏股份的地盘。到2004年底的时候,鲲鹏手机的国内市场占有率虽然还暂居第一,但是全年净利润却出现了两亿多元的巨额亏损。

眼看又要过年,鲲鹏股份连工人的工资也发不上了。情急之下,曾善才开口向担任南粤发展银行滨海分行副行长的云彩云提出了借钱发工资的请求……

自打结婚后,云彩云对曾善才的公司事务坚持不管不问。她相信这个身经百战的男人能够做好自己的事情，如果动不动就问这问那，既显得自己没有涵养，又会干扰男人做出正确的决策。但是这次不一样了。因为曾善才要代表公司通过她向她所在的分行借钱，这明显属于公对公的关系，既然是公对公，她就应该代表分行把该说的话说明白了。

"善才，鲲鹏股份的信用评级是'3A'级的，你们从银行贷点款没问题，但是银行贷款到期是要还的。"吃晚饭时，云彩云把憋了一天的话对曾善才说了出来。

"借债还钱，天经地义，这个俺懂！"曾善才说。

"如果逾期不还，银行会起诉你们。"云彩云又跟了一句。

"没有人会存心赖账，如果到时候鲲鹏真要还不起账，你们真会起诉吗？"

"那当然。就算我想帮你，也帮不了呀！银行不是我个人的。"

"哦。"曾善才眉头紧锁起来。

"那你还借吗？"

"借。不借不行呀，工人的工资都拖欠三个月了，再不发工资，别说他们可能会闹事，俺自己也于心不忍呀！"

云彩云不再说话。她默默地为曾善才递上一杯热腾腾的酸枣仁汤。"刚煮的，听说有助睡眠，你这半年睡眠越来越不好了……"

几天后，鲲鹏股份从南粤发展银行滨海分行得到5亿元3年期贷款。按照曾善才的要求，这些钱将全部用于发放工人工资和补充流动资金，特别是补充营销费用，他希望利用春节消费高峰，再搞一次大力度促销活动。尽管孙利民和林舒羽再次苦口婆心地劝说曾善才重视研发投入，但他根本就听不进去，说要想重新盈利，必须咬牙坚持，盯牢销售，实施"强行起飞"战略。事实上，已经铺开的营销网络建设，也不容许他半途而废。

曾善才的"强行起飞"战略进展得非常艰难。因为自2005年开始，国家部委取消了手机生产审批制度。花样繁多的山寨手机更加肆无忌惮地出现在鲲鹏手机长期耕耘的低端市场上。这些山寨手机与鲲鹏手机功能相同，造型相近，价格又便宜得多，很快便吸引了老百姓的关注。另一方面，国外的品牌手机也开始看重巨大的中国低端消费市场，采取渠道下沉战略。那些更加看重国外品牌的消费者转而把目光转向外国手机。鲲鹏手机花费重金精心打造的渠道优势很快便不复存在。就这样，在国内山寨手机泛滥和国外品牌手机渠道下沉的双重挤压下，鲲鹏手机开始大量积压到各个销售渠道,原来的渠道优势转眼间变成了巨大的成本压力。

看着逐月增加的存货数据和不断增加的亏损数据,曾善才如坐针毡,经常整夜整夜地失眠,好容易睡着,要么全是乱七八糟的噩梦,要么突然惊醒。但是担心也好,害怕也罢,该来的终究还是来了。继上年亏损 2.5 亿元之后,鲲鹏股份 2005 年再亏 4.2 亿元。ST 的大帽子终了在 2006 年 4 月牢牢地戴到了鲲鹏股份的头上。鲲鹏的股价更是一泻千里,到 2005 年底时,市值仅剩 45 亿元,相比上市后最高市值 517 亿元,跌幅达到 91.3%。上市两年后,开始亏损,上市 3 年后,戴上 ST 的帽子。这令做梦也想上市融资的曾善才足足过了一把坐过山车的瘾。

接下来怎么办?曾善才没了方向,整个高管团队似乎都没了方向。虽然曾善才早已知道鲲鹏股份会被戴上 ST 的帽子,但当南粤证券交易所的处置通知送达后,他还是无法接受。他把自己关在办公室里,苦苦思索着今后的出路:继续把赌注压到营销上吗?鲲鹏股份已经没有钱去搞营销了,它连工人的工资都不能正常发放,向银行借的贷款已累计快有 10 亿元,哪里还有钱去搞营销?就算还能借到钱,曾善才也不敢再把赌注全押到营销上了,鲲鹏的营销网络已经足够庞大、足够精细了,结果不还是在成千上万的山寨手机工厂和实力强大的外国手机企业的共同挤压下大败?听孙利民和林舒羽的话把研发重新抓起来吗?现在看似乎有点迟了,况且资金情况也不允许这么做啊!

“咚咚咚”,就在曾善才苦苦思索却没有方向的时候,有人敲响了他的房门。他不想开门,但那人似乎不愿离开,又“咚咚咚”地敲了起来。

第四十一章 将信将疑找灵感 鬼使神差遇熟人

曾善才非常不情愿地打开房门。来人不是别人,是孙利民。曾善才惭愧地把老友让进屋内,没待孙利民坐稳就低声说道:“兄弟,当初没有听你的,你不怪俺吧?”

“看你说的,咋能怪你呢?要不是你来南粤,俺可能还在南粤电子集团当一个小打工仔呢,不可能成为上市公司的董事兼总裁。”

“可是公司的股价跌成这个样子,你的身价也缩水不少了!”

“善才,咱们的身价的确缩水不少,但是按现在的市值算,咱们仍然是亿万富豪,你的股份折合成现金大概还值10个亿,俺少一些,也还值三个多亿。咱们小时候连饭都吃不上,做梦也想不到能当上亿万富翁呀?”

“想不到,做梦也想不到!”

“那不就成了吗?走,不要老憋在屋里,咱俩出去转转!”

“去哪转?”

“电子交易市场。”

“还去那里?”

“嗯。去找找感觉。”

“能有啥感觉?一想到那里面的假冒伪劣产品,心里就堵得慌。”

“兄弟,要么咱们换个角度,如果咱们没有现在这么大的家当,正好看到做山寨手机有钱赚,而且门槛又不高,你会做吗?”

曾善才想了想说:“应该会做,做生意不就这样吗,只要有钱赚就会做。”

“那不就得了吗?如果要怪还是怪咱们的东西门槛不高。”

曾善才想想也是,就叫曾善田开车把他们送到南粤电子交易市场。

电子交易市场里的气氛与他们前年来的时候差不多。曾善才看到“坤鹏”之类的摊位还有不少,但他明白跟他们理论也没有啥用,只好假装没看见。不过,走着走着,他们也看到了很多新奇的东西,比如,有的给手机外接一只小喇叭,喇叭里播放着节奏感超强的音乐;有的给手机添加了验钞功能;有的给手机装上了激光笔;有的给手机装上了超大屏幕,往台子上一放,就可以收看电视……

曾善才看着看着灵机一动,拍了拍孙利民的肩膀说:“兄弟,俺突然有个主意!”

“啥主意?”

“咱们干脆不做手机了!”

“那做啥?”

“咱们可以学学这些山寨手机,把音乐、电视、图片、收音机这些功能集合到同一件产品上,从技术上来说,对咱们不是障碍。”

“你说的这些早就有人做了, 它叫 MP4,2003 年时有家叫爱可视的外国企业就把它带到中国市场了。”

“他们做他们的,咱们做咱们的,先做起来看看效果。”

“行,反正现在手机市场没法再玩下去了。只是设计这玩意还是要再花点钱的!”

“干啥不得花钱?走,咱们回去想办法去!”曾善才的兴致一下子高涨起来,扭头就往外走,恨不得立即把这个什么 MP4 弄出来。

孙利民呼哧呼哧喘着粗气跟在曾善才后面,刚走出门口,就看到一个熟悉的面孔一晃而过:这是一个不到三十岁的时髦女郎,身着一袭华丽的淡紫色连衣长裙,那头咖啡色的波浪长发随着乳白色高跟鞋的“噔噔”声有节奏地飘荡着。孙利民猛地扯了一把曾善才,压低嗓门说:“快看,柳絮!”曾善才顺着孙利民手指的方向一看,果然是她。“快,跟上去!”曾善才立即改变方向从后面大步追了上去。眼看柳絮走近一辆豪华轿车旁边即将拉开车门,曾善才忍不住喊了一声:“柳总这是要去哪里呀?”柳絮回头看到曾善才和孙利民,便停下拉车门的动作,伸手撩了下额前的头发,故作惊喜地说:“曾董事长、孙总,这么巧,你们也在这儿?”说话间,曾善才和孙利民已经走到柳絮的身边。两人一左一右将柳絮夹在了中间。

原来,柳絮自从 2002 年牛哄哄被抓,便在她拿到鲲鹏股份的最后一笔货款后迅速切断了与鲲鹏股份所有人的联系,连同她之前断断续续借鲲鹏通信的两千多万现金一直下落不明。林舒羽想尽办法,都未能找到她,所有她曾经经营过的地方要么人去楼空,要么已经换了主人。原以为柳絮借的那些钱打水漂了呢,没想到在这里被孙利民发现了。曾善才心里不禁暗喜起来。

柳絮见到两个债主,似乎并不慌张。她从容一笑说:“你们两位上市公司大老板也会到这种地方来?”曾善才接过话茬说:“柳总这话说的!这种地方怎么啦?像你这种金枝玉叶一样的大美女都能来,我们咋就不能来呢?看来,咱们算是有缘人,美女要是没什么重要的事,能不能赏光跟咱哥俩去喝杯咖啡呢?”柳絮听后抿嘴一笑说:“啥赏不赏光的,有你们两位大老板陪着,我开心还来不及呢!”

南粤电子交易市场的一楼临街房多的是餐馆、茶馆、咖啡馆。三人随便找了一家咖啡馆走进去,很快点好各自喜欢的咖啡。柳絮从随身携带的鳄鱼皮坤包里掏出名片,双手递给曾善才和孙利民。曾善才接过名片一看,柳絮的“抬头”个个亮眼:南粤市柳絮小额贷款有限公司CEO、美国菲仁特大学MBA、朗格商学院EMBA,便客套地赞了一句:“几年不见,柳总厉害呀,不仅转行成金融家,还成学问家了!”哪知柳絮似乎当真了,忸怩着说:“哪有呀!也就是为了适应社会潮流嘛!”

原来,柳絮得知牛哄哄被抓的消息后,出了一身冷汗。她担心牛哄哄进去后经不住审讯,把之前偷偷存放在她这里的巨额受贿款和各种名贵物品供了出去,自己受连累不说,还会竹篮打水一场空,便快速结束了手中的生意,退租了门店、会所、办公室之类,拖起拉杆箱飞到美国投奔自己的旧爱去了。

柳絮的旧爱是她在内地老家同一个镇子上的邻居,名叫庄驼茑,读初中时正好比他高一届。小伙子家境殷实,身体发育比同龄人要早,学习成绩也非常不错,从初二开始就对长相出众的柳絮动了心思,常常在上学或放学的路上塞给柳絮一封厚厚的情书或者一包精致的糖果。柳絮的心很快被他俘获。两人偷偷来往了一年多时间,有时还会借口学校要求上晚自习,溜到学校后面的一处小树林里耳鬓厮磨。不过,他们的关系很快被两家大人发现。有一天晚上,正当两人手拉手走到一截矮树桩旁准备坐下亲热时,一旁的大树后面齐刷刷亮出了几道刺眼的手电筒光,两人吓得赶紧撒手。与此同时,一根树条“啪”的一声抽在男孩的头上,柳絮也被一巴掌打得眼冒金星。她借着手电筒的亮光一看,打人的不是别人,分别是她与男孩的父母。从此以后,两家大人严令他们接近。男孩后来考上县里的重点高中,去县城住校。柳絮初中勉强毕业,无心再读,跟随做生意的父母去过几次南粤,感觉南粤不错,决定留下来打工。后来,在茶楼打工的柳絮被牛哄哄看上,两人很快就发展成情人关系。有了钱的柳絮在一次回乡看望父母时,再次碰到那个男孩。彼时,男孩已经长成一个风流倜傥的青年,并且在美国留学多年后留在一所大学任助理教授。意外的重逢,令他们都非常惊喜。他们避开父母,跑到县城的宾馆里昏天黑地厮混了三天三夜才彼此留下联系方式,依依不舍地各奔东西。

柳絮到达美国后,住在旧爱的公寓里,开始时也不敢跑得太远,只在附近的几个街区里逛逛。半个月以后,柳絮渐渐感觉无聊起来,缠着旧爱开车带她去更远的地方游玩,旧爱对她宠爱有加,当然言听计从,反正柳絮有的是钱。再后来,柳絮在美国该玩的地方都玩过了,那边除了旧爱也没有其他的熟人可以交流,自己英文又不行,没法找老外搭讪,她再次感觉无聊起来,有事没事就登陆国内的网站,查看有关牛哄哄的消息。当她看到牛哄哄只因强制猥亵被降为副科级非领导职务并受到留党察看的处分后,压在心里的一块石头终于放了下来。她在庆幸自己平稳落地的同时,开始酝酿回国计划。谁知那个旧爱对他动了真情,竭尽全力地挽留她,说自己等她这么多年,好容易重新走到一起,希望她能留在美国与他共度余生。柳絮经不住他的软磨硬缠,心想,尽管他只是个穷酸的大学教师,但毕竟拥有美国国籍,自己能有个美国的老公也不错,如果国内发展不顺,随时还可以躲到美国。于是两人就在美国注册结了婚。

婚后,柳絮回国发展的念想越来越强烈。庄驼茑见两人已经结婚,留又留不住,也就不再劝阻。不过,柳絮不想空手回国,她在出国前就非常羡慕那些名片上印有这博士、那MBA之类头衔的人,心里面也非常希望自己拥有这些头衔。当她把想法同庄驼茑一说,他当即表示,小事一桩,几千美元而已。没几天便把一张菲仁特大学MBA的文凭交到她的手里。

柳絮揣着洋文凭回到南粤以后,没有再去找牛哄哄。对她来说,牛哄哄早已是过眼云烟。就算牛哄哄过来找她,她也会避而不见。当然,离开了牛哄哄,以前的电子元器件生意也没法继续下去。柳絮在回到南粤之前就已经想好了,再租一处山清水秀的幽静小院把高级餐饮会所重新开起来才是当务之急。经过反复比选,柳絮很快就实施了自己的计划。

新的会所坐落于南粤公园内一个人工湖中央的小岛上。岛上绿树如荫、鸟语花香，一座两层小楼藏于密林深处，进出小岛都需乘船才行，非常隐秘。柳絮的新会所开业之后，很快便高朋满座，生意兴隆。通过会所，柳絮再次结识了一帮政商要人。有一次，她与一个客人交换名片时，客人问她的MBA在哪读的，她非常骄傲地说在美国读的。岂料这个客人撇了撇嘴告诉她，都什么时代了还去美国拿MBA？在咱中国有一家比美国还牛的商学院，这家商学院专门培养中国顶级企业的大老板，如果能进这家商学院，能学到多少知识不敢说，至少可以跟中国顶级企业家做同学。柳絮心想，这样的学校正合自己的心思，便问需要什么条件。客人说，只要是公司高管就行，美女更受欢迎，就是学费贵了点，一年得100万元。柳絮轻松地笑了笑，因为对她来说，100万元根本就不能算大钱。

柳絮很快就成为朗格商学院的新生。那位客人说的没错，柳絮这届总共就招了30人，这些人非富即贵，没有一个是等闲之辈，唯一不足的是，美女还是有点稀缺，但对柳絮而言，这恰巧是天大的机会。柳絮入学没多久，便同时被几个富豪同学盯上，这些人眼馋柳絮的年轻貌美，有事没事就请她吃饭、泡吧、旅游。柳絮则来者不拒，对每位大佬都做出清纯可爱、若即若离的模样，她还隐瞒自己的婚姻状况，私底下却对这些人的真实身价暗暗考察。大佬们一时不能得手，反倒更加神魂颠倒，更加频繁地献上各种殷勤。柳絮经过一番比选，最终锁定了吴姓大亨。说起这位吴姓大亨，那可是个响当当的人物，早在改革开放初期就凭借自己的敢闯敢干和精明头脑成为家喻户晓的创业先锋。他依靠炒地皮起家，不到二十年的功夫，就从一个土里土气的小包工头变成了坐拥银行、保险、典当、地产等多个产业的金控集团老板，据说身价至少二百亿元。其实，吴老板虽然年近六旬，老婆孩子一大家人，并且身边也根本不缺年轻美女，但他对重新坐进教室正儿八经地谈一场浪漫的恋爱特别感兴趣，甚至可以说沉迷于此，因为他当年家境一般，没熬到懂得谈恋爱的年龄就被父亲强行扣在家中放牛了，等他稍稍懂事，看到别人羞答答地你恩我爱，心里特别羡慕。现在好容易有了谈恋爱的机会，当然不会放过。

柳絮与吴老板很快进入如胶似漆的热恋状态。吴老板也的确没有辜负柳絮对他的一颗芳心，今天送颗戒指，明天赠套房子，后天赏辆跑车。对此，柳絮的态度是来者不拒，多多益善。然而，柳絮结交吴老板的志向远不在此，没过多久，她就在一次金融业发展趋势的讨论课后向吴老板表达了自己想开一家小额贷款公司的意愿。吴老板开始没有接茬，心想，有我养着你就行了，你一个女人家能做成啥生意？

但柳絮很快就还他以颜色，开始积极接受班里另一位大佬伸过来的橄榄枝，不是陪他吃饭，就是陪他跳舞。这下吴老板慌了，不是怕失去柳絮，而是怕丢面子，如果自己的女朋友被别人明目张胆地抢去，这在他们这个小圈子里是件非常丢人的事情。吴老板很快出资2000万元为柳絮注册了一家小额贷款公司，并把自己银行里的客户介绍给柳絮。

柳絮本来就悟性不低，在吴老板的支持下，很快就熟悉了小额贷款业务流程和一些商业上的门道。她琢磨着自己迟早会与吴老板分道扬镳，便开始自己开拓业务。因为熟悉电子市场，她尝试把部分小贷业务转向这个领域。最近半年来，她已经为几十家山寨手机企业提供过几十万至几百万元不等的贷款服务。令他惊喜不已的是，这些山寨企业在她的扶持下，很快发展壮大，她贷出去的款也没有一笔坏账。她今天来电子交易市场，正是受一家山寨企业之邀，进行实地考察的。

当然，在曾善才和孙利民面前，柳絮是不会如实说出自己这些年真实经历的。她只是说，这些年生意不好做，不得已去美国求学，没想到去了国外眼界大开，灵机一动便回国开了这么一家小额贷款公司。她还表现出非常善解人意的样子说："你们鲲鹏股份是大公司，不需要小额贷款，要不然我也能帮你们提供点啥服务，也好报答当年你们对我的支持之恩。"

曾善才一听急了，就说："柳总真不愧女中豪杰呀！佩服！佩服！其实咱鲲鹏现在日子也不好过，眼前正愁没钱上新产品呢，要不，你先把前几年借鲲鹏的两千多万还上？"

孙利民也在一旁帮腔说："是呀，是呀，咱们现在日子难过呀！"

柳絮用汤匙舀了一点咖啡送进嘴里，抬眼看了下曾善才和孙利民，没好气地说："唉，怎么说你们呢？一个是堂堂上市公司董事长，一个是总裁，两千来万也能算钱吗？好，明天就还你们！"

曾善才见柳絮根本没有赖账的意思，虽然话说得比较难听，却一点也不往心里去，反倒兴奋得像个孩子一样，连声说："有救了！有救了！"

柳絮放下汤匙在杯子里慢慢搅了两下，嘴角不由得露出鄙夷的神色说："真没想到你们已经困难到这种地步了！"

孙利民不想被一个女人藐视，急忙辩解道："柳总也是生意人，做生意的有几个不栽几次跟头？你难道就一直顺风顺水？”

柳絮被她这么一问，反倒愣住了，她明白自己在这两个男人面前是没有资本说大话的，更何况自己还欠人家两千多万呢！不过，她很快恢复了镇静，以她这些年修炼出的特有的圆滑口气说：“我哪敢取笑你们？我只是不敢想象你们这样能力过人的大老板还会有手头紧的时候，可惜，我的公司不大，本钱小，资金量有限，也帮不了你们什么！”

孙利民见她态度转变，也改口说：“不烦劳你了，我们需要的资金量大，不敢轻易给你添麻烦！”

令曾善才和孙利民意外的是，柳絮反而追问了一句：“你们到底缺多少钱？”

“2 亿吧。”曾善才答。

“为何不向银行借？”柳絮又问。

“银行的授信额度用完了。”孙利民答。

“哦，明白了，看来你们真缺钱了。”柳絮说完这句话，又低头搅了一会咖啡，慢慢抬头看了眼窗外。路边的人行道上，火红的凤凰花开得正艳，那长长的花蕊恰似神鸟的尾巴在微风中轻轻荡漾。“我有朋友专门做大额资金融资，两个亿问题不大，就是利率有点高。”柳絮看着窗外说。

“多高？”曾善才迫不及待地问。

“估计至少得年化 15%。”柳絮答。

“啊？！”曾善才和孙利民不约而同地叫了一声。

“这个不算高！我的小额贷款年化都到 18%了，房地产的融资成本更高，一般都在 20%以上。”柳絮解释道。

曾善才和孙利民你看看我，我看看你，一时都不知该说啥才好。

柳絮用眼睛的余光看到二人的表情，心里便明白了八九分。她低头挑了几汤匙咖啡送进嘴里，接着说：“现在的行情就是这么个样子，你从银行借还得付6%的年化成本，人家做融资的也要吃饭的！你们先考虑一下，如果需要的话，可以随时打我电话。如果没别的事，我先走了。”说着，就要起身。

曾善才心里念叨柳絮那两千多万还没还，便拦住她说：“柳总别忙着走呀，话还没有说完呢！”

柳絮笑笑说：“我还有事，你们要是不放心，现在可以一起去我公司，我当场把那 2000 万还款手续给你们办了,怎么样?”

曾善才被她这么一说,反倒不好意思了,忙说:“你误会了,我不是怕你不还钱,只是想问一下,你刚才说的那种融资还需要其他什么条件吗?鲲鹏股份的授信额度可是用完了的啊!”

柳絮重新坐下,表现出非常耐心的样子说:“人家不需要授信额度,只需要你们把手里的股份质押给他们就行。”

“就这么简单?”曾善才又问。

“当然。另外,你们质押的股份是需要打折的,一般的做法是按股票的 20 天均价打对折。也就是说,要借 2 亿的话,大概需要质押市值 4 亿的股票。这还不算,要是到时候你们公司的股票下跌一定的比例,还需要追加质押股票。”柳絮进一步解释说。

“行,我们都明白了,等我们回去想好了,再找你帮忙。”曾善才说完这句话,便招手让服务员过来结账。

第四十二章 柳絮联手吴老板 鲲鹏融资渡难关

柳絮回去后，刚走出车库便给吴老板拨去了个电话。吴老板听到柳絮的声音，骨头都酥了，忙问："小宝贝，你是不是想我了？"柳絮嗲道："想，快过来，有好事！"

吴老板刚从外地谈生意回来，想柳絮想得肝热目赤，正计划找柳絮泄泄欲火呢，所以挂掉电话就亲自驾车以最快速度直奔柳絮居住的滨海豪宅第38层。吴老板想给柳絮一个惊喜，没有敲门，而是直接用自己兜里的钥匙去开房门。门开了，吴老板眼前一亮，顿时气血上涌。他"啪"的一声关上房门，一边声音颤抖地呼唤着柳絮的名字，一边小跑着向前冲去。原来，一丝不挂的柳絮正跪趴在弯曲的转椅靠背上凝视着游船如织的南粤湾，那雪白圆润的后背和光滑厚实的翘臀在饱满的日光包裹下显得异常曼妙。柳絮回头时，吴老板已经冲至近前。他伸出双手，从背后一把抱住柳絮，对准她的后背就是一阵狂吻。柳絮左右晃了两下，娇滴滴地嗔道："讨厌，猴急巴拉的，手也不洗就乱摸乱咬！还不赶快冲个澡去！"吴老板"嘿嘿"干笑两声，又在柳絮胸脯上捏了一把，才一步三回头地走进淋浴间……

几十分钟后，当吴老板和柳絮双双筋疲力尽时，吴老板才想起问柳絮到底有啥好事。柳絮假装生气地转过身去，说："发泄完兽欲，终于想起还有好事了？"

吴老板翻身从背后贴上去，嬉皮赖脸地说："啥叫兽欲？别说那么难听好吧！快告诉我你有啥好事？"

柳絮这才把她在电子交易市场偶遇曾善才和孙利民以及他们可能会采用股票质押融资的事大致跟吴老板说了一遍。

吴老板一听，说："好呀！就让他们找我好了，等这桩生意做成了，我给你两个点的回扣。"

"就两个点？看你那出息！"柳絮撅起屁股往后一撞，正好撞到吴老板的关键部位,痛得他嗷嗷直叫。

“有你这么撞人的吗?要是撞废了,你今后就没得福享了!”吴老板伸出拳头轻轻在柳絮的后背上一敲说。

“谁稀罕你那破福?”柳絮嗔道。她说的没错,比起她远在美国的老公庄驼茑,吴老板不过是个棺材瓤子,要不是手里有点臭钱,她怎么可能跟他躺在一张床上?

“好好好,不稀罕就不稀罕,那你稀罕什么?”吴老板明知故问。

“我是生意人,当然稀罕利润了!这么大一笔生意,你只给两个点,你的良心能安吗?”柳絮毫不掩饰自己对金钱的追求。

“呵呵,胃口倒不小,说说看你到底想怎么样?”吴老板摩挲着柳絮细长的脖子问。

“很简单,你赚你的,我赚我的,我也不想占你的便宜。”

“好!能不能再说得细致点?”

“从你控制的银行里贷两个亿给我的小额贷款公司,底下的事我自己来办。”

“哦,我明白了,你这是要踢开我,自己赚大头啊!”

“别废话,就说你答应不答应吧?”柳絮突然一个转身,两只眼睛死死盯住吴老板。

吴老板感觉那双眼睛传递了非常复杂的信息:有催逼,有幽怨,还有诱惑……他不敢再与她对视下去,便翻身朝上,看着屋顶正中的欧式吊灯,故作轻松地说:“行,我答应你还不行吗?”

“真的?”柳絮一咕噜翻到吴老板的身上,撅起小嘴,像小鸡啄米似的在吴老板油腻腻的胖脸上亲个不止。吴老板被撩拨得欲火重新燃起。两人遂再次温存起来……

却说曾善才与孙利民回去后找来公司众高管,把他们在电子交易市场上看到的情况及准备以股票质押融资生产 MP4,以走出当下鲲鹏手机在市场竞争中节节败退不利局面的想法跟众人交了交底。大家听后纷纷表示,生产 MP4 是一种不得已而为之的尝试,在技术上没有障碍,还可以利用现成的手机销售渠道,可以投入一定的人力物力进行探索。也有不少人提醒说,鲲鹏股份的主业是做通信产品,当下出现困难的原因是自己的手机跟市面上大多数中低端手机没有明显的功能区别,甚至还没有一些山寨手机的功能齐全,而且质量问题也是个软肋,说到底,根本原因还是没有核心技术，公司上市后虽然花不少钱买来国外的专利，但那些专利基本上都是些外围技术专利，不解决根本问题，今后公司一旦公司财务状况好转，还是要在研发上多花气力。曾善才感觉大家说得都很有道理，但眼下的问题是怎么活下来，等公司财务状况好转了，一定大幅提高研发力度。

这次会议以后，曾善才推动鲲鹏股份董事会函签了一份“关于同意公司以鲲鹏通信所持鲲鹏股份为担保向第三方借款、利息由鲲鹏股份承担的决议”。

曾善才这边做好融资准备后，就派林舒羽和财务总监具体对接柳絮。柳絮好容易说服吴老板，却不见曾善才他们找她谈融资之事，正在翘首以盼时，林舒羽的电话打来了。柳絮很高兴，双方当即约定次日上午在柳絮的小额贷款公司见面。

第二天上午，林舒羽带领财务总监和财务经理准时来到柳絮处。漂亮的前台小姐非常礼貌地把他们带入装修考究的小会议室。柳絮很快夹着一个巨大的笔记本走进来，身后还跟着一个与前台小姐同样漂亮的秘书。

“林总呀，欢迎，欢迎！多年不见，你还是那么漂亮！”柳絮在与林舒羽四目相对的同时，满脸堆笑地快步朝她走去。

林舒羽赶忙起身相迎，自谦道：“柳总才叫会保养呢，你这几年一点变化都没有啊！”

两人站着寒暄了一会儿，分别把自己的随行人员向对方介绍并交换名片后，才相对而坐。

林舒羽简要介绍了自己此行的目的。柳絮边听边煞有介事地在笔记本上做着记录。待林舒羽说完，柳絮感慨道：“世界真小，没想到在大街上也能碰到老熟人！”随后便收起笑容，一本正经地说：“那天曾董事长和孙总亲口说出你们鲲鹏也遇到困难后，我心里很难受。咱们算老朋友了，你们当年对我的生意给过不少帮助，现在无论如何，我也得尽尽绵薄之力。所以回来以后我挨个向那些实力强的朋友求助。也是咱们有缘，很快就有一个朋友愿意帮你们提供融资，不过，他不想出面，说是要把钱放在我这儿，由我全权代他办理。”

柳絮说话的时候，林舒羽暗暗在想：这个女人的表演功夫越来越厉害了，明明自己欠了鲲鹏这么多年的账，现在却把自己打扮成大善人一样！不过，林舒羽也只是想想而已，现在既然是谈生意，她当然得按生意的套路来，就顺着柳絮的话回应道：“柳总这么上心，我先替曾董和孙总谢谢你了！既然由柳总全权代理，能说说具体怎么操作吗？”

柳絮说：“融资规模、融资年限、融资成本、质押标的和质押率这些内容，我上次已经与曾董事长和孙总谈妥了，如果你们接受的话，咱们就照此执行怎么样？”

“其他都没问题，我们来的时候董事长已经说清楚了，就看融资成本能不能往下降一点？”林舒羽问。

“林总，你真是哪壶不开提哪壶呀！融资成本嘛，我上次跟曾董事长已经说过了，年化15%，这在行业内已经算相当低的了！再说，我只是帮朋友代办，又做不了这个主！”柳絮双手一摊，为难地说。

然而，林舒羽并不死心，又跟了一句：“要么你再问问那位朋友，能降一点是一点吧。”

柳絮沉默片刻，咬咬牙说：“你们稍等一会，我打电话再问下朋友，谁叫咱们这么有缘呢？”说完，“噔噔噔”走出了会议室。

大约十分钟之后，柳絮笑眯眯地重新走进会议室。林舒羽正坐在原处无聊地品咖啡，见柳絮的表情比较放松，心想，大概真降下来了，便坐直身体等待柳絮揭晓结果。

柳絮还没坐稳，就笑呵呵地说：“我跟这位大哥磨了半天嘴皮子，他终于被我说动了，同意把融资成本下降一个百分点。”

林舒羽心想：降一点是一点吧，一个百分点一年就能省200万元利息呢！就说：“难为你了，回去我跟曾董、孙总汇报，也许他们也很高兴！先谢谢你了！”

“不用谢！你们帮我那么多，我还没来得及谢呢！不过，我这里还有个小请求。”柳絮喝了口茶说，“我不是还欠你们2100万吗？我自己目前手头也比较紧，你们看能不能用你们这2亿元融资的利息抵扣，就是说，1年以后，你们到期还款付息时，除了本钱，只需付700万元利息就行。”

林舒羽心想，这个柳絮小算盘打得挺精的，她借我们的两千多万元这么多年一分钱利息不打算付，反倒要从我们这里赚利息，谁知她这两个亿从哪里来的，她自己到底能从中捞到多少好处?!

“林总还没有回答我呢。”柳絮提醒道。

“哦。”林舒羽从沉思中缓过神来，歉意地笑笑说，“这个我得回去跟鲲鹏的两位当家人汇报了再行！”

“行,等你们商量好了,再给我打电话吧!”柳絮起身准备送客,看得出她似乎并不急于等待答复, 或许她心里非常清楚,14%的年化成本在当下的融资市场上并不算高,这对于急需资金的鲲鹏股份来说是个难以抗拒的诱惑。

林舒羽一行人回去后及时把商谈的情况向曾善才和孙利民做了汇报。曾善才和孙利民都不认为其中有什么大问题,又让林舒羽和财务总监再打听一下能不能找到融资成本更低的资金。他们打听后才知道,14%的年化融资成本的确不是太高。另外,考虑到柳絮还欠鲲鹏通信 2100 万元,如果不通过她融资,还不知道这笔钱什么时候能要回来,曾善才最后拍板通过柳絮融资。

几天后,也就是 4 月下旬的某一天,由鲲鹏通讯以 20 天均价计算的市值 4 亿元的鲲鹏股份股票作质押、融资期限 1 年(到期可续约)、融资成本年化 14%、到期后扣除柳絮 2100 万借款再还本付息的 2 亿元融资款从柳絮小额贷款有限公司转到了鲲鹏股份的账户上。

鲲鹏股份的几个当家人拿到钱以后,重新抖擞精神,全力以赴聚焦到 MP4 的研发设计和生产经营。然而,还没等他们的产品上市,鲲鹏的股价却继续一路下跌。到 2006 年 6 月下旬的时候,ST 鲲鹏的股价便在 4 月底的基础上再次下跌 20%。按照融资时的约定,跌破 80%补仓线时,鲲鹏通信必须在 3 个交易日内补齐质押。可是鲲鹏通信补齐质押后没多久,鲲鹏股份再次下跌 20%。当财务总监把柳絮那边催收补质押的情况告诉林舒羽时,她有些着急了,忙找曾善才和孙利民商量对策。

讨论地点仍然在曾善才的办公室。林舒羽开门见山表达了自己的担忧:“咱们向柳絮融资那会,鲲鹏通信持有的鲲鹏股份市值还有 15 亿,上次补质押时缩水到 12 亿,现在只有 10 亿不到了。俺担心这样跌下去,咱们手中的股票不够质押呀!”

孙利民见她比较紧张,很是心疼,就故作轻松地安慰她:“应付这 2 亿元的质押肯定够了! 鲲鹏股份的股价再怎么跌,总市值也不会低于 25 亿,按说现在已经有点跌过头了,因为就算卖一个上市公司的空壳,也不只收回 30 亿元,更何况咱们还有这么多资产在呢!”

“资产是有一些,但咱们的负债也有十多个亿呢!”林舒羽提醒道。

孙利民想了想,又说:“现在的情况的确比较严峻,不过,鲲鹏股份在一年之内应该还不至于资不抵债! 所以我们现在必须开足马力把 MP4 弄起来,早挣钱,早安心！”

“俺现在就担心股价这样跌下去，不到MP4赚钱就出什么意外。”林舒羽说。

“啥意外？”曾善才问。

“现在鲲鹏通信持有的上市公司市值只有十亿元左右，要是有人出手通过二级市场收集一定量的股票后，对咱们来个要约收购就麻烦了！”林舒羽忧心忡忡地说。

“对，这倒是个大问题。能拿得出10亿元的企业多得是，这可咋办？”曾善才也开始担心起来。

“这么说倒提醒我了！”孙利民说，“怪不得鲲鹏股价最近越下跌，交易量越大，难道有人在暗暗收集咱们的股票？”

“是呀，收集股票的如果是那帮炒股的庄家也就罢了，要是有人瞄准咱们的控股权，那就糟了！”曾善才说。

“对，其实咱们的股权占比也就35%，占第二位的外资股权比例是23.3%，要是有人暗地里通过二级市场收集到12%左右的股份，再与外资联手，就可以把咱们赶出第一大股东的位子了！”孙利民说。

“悄悄收集到12%？没那么容易！因为一家机构增持上市公司股份达到5%时，就必须公告！”林舒羽说。

“这个太好办了！人家可以找两三家关系好的公司同时增持嘛！”孙利民说。

讨论进行到这里，曾善才清楚地意识到形势的紧迫了。他清了清嗓子说：“你们说的我都听明白了。现在形势紧迫，为了避免被人恶意收购，我们必须双管齐下。一方面，要全力做好MP4的生产和经营工作，力争早日盈利，只要公司盈利了，股价就会走高，想收购咱们的股份就必须掏出更多的真金白银来。另一方面，盯住股价，防止有人恶意砸盘，然后趁机收集更便宜的股票。”

三人随后又商讨了“双管齐下”的一些细节问题，才结束这次讨论。

事实上，他们的担心没错，的确有人盯上了鲲鹏股份的控制权并早已开始了行动。曾善才他们很快就要面对一场艰巨的股权保卫战。

第四十三章 外资股东欲退出 鲲鹏融资再加码

7月的南粤,天气异常湿热。比天气更加令曾善才等人烦躁不安的是鲲鹏股份第二大股东所持20.3%股份的部分转让问题。因为鲲鹏股份股票价格持续下跌、曾善才等又将公司借来的钱用于生产与手机无关的MP4,这令外资多少有些不满。再加上这家外资股东在欧洲本土的业务也出现严重亏损,与曾善才等人合作7年后不得已萌生退意。根据他们当初合资时达成的协议,任何一方若退出合资,应在第一时间通知其他股东并首先满足其他股东收购股份的需求,只有在原有股东不愿收购这部分股份的情况下,才能向第三方转让。所以外资股东第一时间通知了鲲鹏通信和另一股东某国企,说他们拟转让自己持有股份的一半。因该国有企业对手机产业的前景和曾善才等公司高管的经营现状也非常不满,能勉强维持目前14%左右的股份已经不错了,所以接收这部分外资股份的重任便落到了鲲鹏通信的头上。根据鲲鹏股份当前的股价,10%股份的市值此时大概值2.8亿元,但是鲲鹏股份之前开工的钱都是从柳絮那里借来的,哪里还能拿出钱来收购这部分股份?

情急之下,曾善才再次找来孙利民和林舒羽。两人对曾善才找他们的目的非常清楚,所以一进曾善才的办公室,孙利民便说:“为外资股份转让的事吧?”

“没错,你有什么高招吗?”曾善才问。

“俺哪有什么高招?!现在咱们的股价这么低,俺要是有钱,自己就把这部分股份接下了!”孙利民说。

“俺也是,可惜手中没有多余的钱呀!”林舒羽说。

“2.8亿你们家可能拿不出,千把万你们应该还是能拿得出来吧?”曾善才问。

“哎!董事长也太高看我们了!首先,就算有千把万也解决不了啥问题,况且现在俺手头真有些紧了。”林舒羽苦笑着说。

“怎么一下子这么紧张了？”孙利民也表示不太相信。

“你们不知道，这几年成勇为了搞他那安全带，把前几年攒的钱差不多全搭进去了！”林舒羽说。

“怎么回事？”孙利民问。

“他先前不是看中汽车产业发展机会吗？说从21世纪初开始，中国汽车产业可能会有三个10年的大发展，说现在正好是第一个10年走了一半多一点的时候，很多人还没有反应过来，是进入这个产业的好机会。他经过深入考察，感觉这个行业涉及的领域比较广，很多技术含量高的领域，不适合一般的民营企业做，另外一些技术含量太低的领域，进入门槛也太低，所以他最后决定搞汽车安全带。这个领域需要一定的技术含量，建个厂几百万就可以了，比较适合他去做。但是他对这个领域又差不多两眼一抹黑，为尽快熟悉这个领域，并且积累下游客户，他就扮演安全带销售员的角色。一方面，从生产厂家那边以稍稍高于正常水平的价格购买产品，借机与生产厂家交朋友，了解安全带的生产工艺和市场空间。另一方面，把他从生产厂家那边高价买来的产品以稍稍低于市场水平的价格卖给下游客户，以达到慢慢积累客户的目的。就这样，几年的高买低卖把咱们那点家底快赔光了！”林舒羽滔滔不绝地把成勇这些年的创业经历说了一遍。

“你别急，成勇不是那种抓头不顾屁股的人，他这么做一定有自己的道理！”曾善才还没有想到解决外资股份的办法，倒安慰起林舒羽来。

“急也没用，所以俺也不替他操这份心。不过，他最近已经把自己设计的纺织、印染一体化车间建起来了，下游的客户也积累了不少，等机器一转起来，日子应该可以好起来。”林舒羽补充道。

听林舒羽这么一说，曾善才和孙利民齐声说：“那就好！那就好！”

“噢！”林舒羽拍了拍脑袋，说，“不好意思啊，怎么说着说着扯到成勇头上了！还是回归正题吧，既然咱们个人都没有能力接手外资的股份，大家又都不愿意看到这部分股份落到别人手里，那办法就只有一个了！”

“什么办法？”听林舒羽说有办法，曾善才和孙利民的眼睛同时一亮，齐声问道。

林舒羽并不急于回答提问，却反问了一句：“知道咱们在鲲鹏股份里的股份还值多少钱吗？”

孙利民似乎马上反应过来了，说：“大概还值10亿元，怎么着，你又打算质押借款吗？”

林舒羽点点头：“除此之外，好像也没有其他办法了！”

“可以是可以，就是风险太大！咱们前期借柳絮的2亿元，用了4个亿的市值质押给她，如果按照之前的融资成本和质押率，拿下外资这10%股份还得质押5.6亿元市值给她，这么一来，咱们手中就只剩4000万元市值了。如果股票从此不再下跌那就没啥麻烦，但是假如再下跌20%，咱们就拿不出东西质押了！”孙利民提醒道。

“要么咱们不接手这部分股份，管他卖给谁去；要么就冒一次风险，毕竟大盘今年走势还行，也许鲲鹏股份不会逆势下跌那么多，真要是再跌20%，咱们再想办法。”林舒羽说。

“不接手肯定不行！就算别人接手不图谋第一大股东的位子，但是如果接手的人跟咱们意见不合，将来合作起来也比较麻烦。真不行就再冒一次险吧！”孙利民说。

林舒羽和孙利民讨论时，曾善才没有接话。他把头枕在沙发上，眼睁睁地盯着天花板。他感觉自己和鲲鹏股份再次走到十字路口，稍不留神，自己和鲲鹏股份就可能坠入万丈深渊。

“善才，该你总结了！”孙利民提醒道。

曾善才扭动了一下身子，从鼻孔里发出一声叹息，随后坐直身体，神情严峻地分别瞧了瞧眼前这两位合作伙伴，说：“你们刚才说的我都听到了，股份咱们一定要接过来，别人对鲲鹏股份没信心，咱们自己不能没有啊！钱嘛，再找柳絮试一试。”

这次融资是鲲鹏通信自己的事，所以曾善才等三个人决定以后，就可以执行了。执行人仍然是林舒羽。当她在电话里跟柳絮把融资需求大致说过以后，柳絮很是惊讶，继而又有些激动起来。柳絮在心里暗暗盘算：上次他们借2亿元，自己就把欠鲲鹏通信的钱还掉了，这次他们要借2.8亿，自己至少可赚2000万！她极力控制着自己的情绪，表现出很为难的样子，对林舒羽说：“现在股市行情好，市场上钱比较紧张，你们需要的资金量又大，我帮你们问问再说吧。”

挂断电话后，柳絮双手握拳，牙关紧呀，足足在自己的办公室里兴奋了好几分钟才想起给吴老板打个电话过去："喂，老吴，猜猜我是谁？"

老吴乐得嘴都合不拢，却故意装糊涂："你是谁？不会是小红吧？"

"不是。"

"那就是小翠了！"

"不是。"

"哦，那就猜不出了，估计你打错电话了，我要挂了啊！"

"爱挂不挂！到时候可别怪我……"柳絮呵呵冷笑了两声接着说，"别怪我有发财的机会瞒着你！"

"真的？"吴老板故作惊讶地问。

"当然！我什么时候哄过你？还不快过来！"柳絮娇滴滴地说。

"去哪里？"吴老板问。

"你说呢？"柳絮翻着眼睛，以一种极具诱惑力的声音反问道，似乎吴老板就在他的对面。

"哈哈，宝贝，就知道你想我了！好，半小时后滨海豪宅见！"

"嗯，这才像我的小狼仔嘛！"柳絮对着话筒亲了两口，"啪"的一声挂掉电话，飞快下楼，一头钻进自己的跑车里。一路上，柳絮开心地哼着小调。突然，一个念头蹦了出来，她兴奋地心都要跳出来了！

不到半个小时，柳絮几乎与吴老板同时到达滨海豪宅。两人少不得又是一番亲热。

待两人都筋疲力尽，吴老板再也忍不住他那颗好奇的心，就问："快说说，到底是啥好事？"这时，柳絮才把林舒羽代表鲲鹏通信找她再融2.8亿的事大致说了一遍。

哪知吴老板听后并不怎么兴奋。柳絮有些不乐意了，用手指戳着他的脑门说："就知道你是个小气鬼，怕我赚多了，不肯帮我找钱了是不是？"

吴老板吞吞吐吐地说："现在股市、房市都很热，我能调动的资金也不多了。"

"那这次咱们跟他们多要一个点行不？"柳絮摇晃着吴老板的肩膀问。见吴老板不表态，柳絮凑在他耳朵边一阵嘀咕。吴老板听罢，腾地一下从床上跳到地上，手舞足蹈地来来回回走了好几趟，边走边啧啧赞叹："太妙了！太妙了！我怎么就想不到！”他一个饿虎扑食，再次骑到柳絮的身上……

当天晚上，林舒羽就接到柳絮的回电，说钱已经帮他们找到了，除融资成本要根据当下市场行情上调一个百分点以外，其他的条件与上次一样。林舒羽不敢怠慢，立即通知了曾善才和孙利民，他们都表示，又没有更好的办法，只能再走柳絮这条路了！

几天后，鲲鹏通信以20天均价计算的市值5.6亿元鲲鹏股份股票作质押，从柳絮小额贷款公司又获得了2.8亿元资金，融资成本年化15%，融资期限为一年。有了这笔钱以后，外资股东的10%股份很快就划至鲲鹏通信名下。至此，鲲鹏通信共持有鲲鹏股份45%的股份。

第四十四章 因传闻股价重挫 防爆仓百计全施

曾善才等人解决了外资转让的10%股权问题以后，开始全力推进MP4的生产和经营活动。因为他们明白，只要这条路走通了，公司就可能逐步走出困境。在大家的共同努力下，鲲鹏股份的MP4很快就设计并生产出来了。这些MP4进入他们已有的销售终端后，令大家耳目一新，都说外观设计和质量效果与国外同类产品不相上下，但售价却比国外的便宜多了，于是纷纷抢购。销售一线的利好消息很快反馈到公司本部，曾善才和孙利民等人都非常高兴，准备进一步加大生产和销售力度。

然而，就在他们开足马力搞生产的时候，社会上开始出现鲲鹏股份的负面消息。这些负面消息说，鲲鹏股份做不下去手机是因为质量太差，经常发生爆炸问题，还说他们现在做的MP4比手机好不了多少，已经出现好几起爆炸事件了，甚至还绘声绘色地说某某小伙因为把MP4装在裤兜里听歌，结果MP4爆炸把小伙命根子都炸掉半截……这些负面消息出现当天，鲲鹏股份的股价开始破位下跌，直接封死在跌停板上。与此同时，林舒羽的电话再次被投资者打爆，向他求证到底有没有这类爆炸发生。林舒羽不敢怠慢，立即向公司各部门及销售网点求证，结果都说压根没有那种事。她立即通过交易所指定媒体刊登澄清公告。可是股票市场根本就不信他们的澄清，有关鲲鹏股份的负面传言更多了。有分析师甚至在电视上振振有词地以波浪理论推导说，鲲鹏股份正处在主跌浪上，对其经营前景也非常看淡。此言一出，投资者争相抛售手中的持股，生怕稍晚一步，再也逃不出来。

就在林舒羽焦头烂额地应对负面传言时，柳絮的电话打来了。柳絮在电话里非常客气，先问林舒羽鲲鹏股份是不是真像外面传说得那样质量问题严重，林舒羽当然坚决否认，说该公告的已经公告了，外面那些传说纯粹是谣言，还叫柳絮宽心。柳絮说自己不信外面的传言,就是想顺便求证一下,她打电话的目的是想提醒林舒羽,鲲鹏通信该补质押了。林舒羽说自己明白,已经叫人准备了。

林舒羽说的没错。她一见是柳絮打来的电话,心里便明白八九分。因为鲲鹏股份的股价自他们第二次向柳絮借款起又下跌了20%,目前的市值仅剩22亿元了。好在鲲鹏通信持有的鲲鹏股份市值还有大约十亿元,补质押后还能剩下几千万元的市值。只是这次质押以后,如果鲲鹏股份再次跌破补仓线就麻烦了。柳絮没有主动提及这个问题,林舒羽也不会主动去说,双方都有意无意地回避这个敏感问题,只在电话结束前,约定第二天由业务人员具体办理。

受谣言的影响,鲲鹏股份新出的MP4开始被市场抛弃,各销售网点又出现了与手机同样的积压现象。鲲鹏股份的现金流越来越紧张。曾善才和孙利民急得像热锅上的蚂蚁一样,整天坐立不安。林舒羽的电话更是没有一刻空闲,她的手经常被手机烫得难以忍受,只好把手机不停地在两只手之间传来传去。

人们经常说,“资本市场不相信眼泪”。现在这句话开始在鲲鹏股份身上应验了。曾善才等人越是紧张,鲲鹏股份的股价跌得越狠,市面上的谣言也就越多,他们新推出来的MP4也就越是难卖,整个一个恶性的死循环……而此时的大盘已在蓝筹股的带动下,连续好几个月拉出阳线!

没多久,令曾善才等人更担心的事终于发生了:鲲鹏股份再次跌破补仓线,而此时,鲲鹏通信能拿得出的股票市值只有3000万了。林舒羽知道曾善才正在上火,就主动找柳絮商量,说公司目前运行非常困难,请求柳絮看在老朋友的面子上通融一下,先把这3000万市值质押过去,好歹也能把质押市值拉到补仓线以上。柳絮开始不同意,说她也没办法,钱是别人的,她做不了主。林舒羽就动之以情,晓之以理,说鲲鹏股份正在非常努力地改变当前的被动局面,请她跟资金方再说说情。柳絮最后才很不情愿地说,她会去试试,但是如果再跌破补仓价,自己就帮不了鲲鹏了。林舒羽听了,千恩万谢。

鲲鹏通信质押过去的那最后3000万市值果真没什么大用。鲲鹏股份就像泄了气的皮球一样,越跌越低。9月中旬的一天上午,鲲鹏股份开盘后便快速封死-5%的跌停板上,鲲鹏通信质押给柳絮的股票市值眼看就要跌到70%的平仓线。林舒羽再也坐不住了。她快速起身,先去孙利民办公室打了个招呼,然后两人一起来到曾善才办公室。

孙、林两人一起进来，曾善才没等二人开口便猜出怎么回事了，他无力地坐在老板椅里，木然地指了指老板桌另一边的椅子，示意二人坐下。

“是股票的事吧？”曾善才懒洋洋地问。

林舒羽点点头说：“今天跌停封得很坚决，卖单封了好几百万股，像是有大资金在刻意砸盘。不出意外的话，明天还会封跌停。那样的话，咱们质押给柳絮的股票就要被强制平仓了！”

孙利民眉毛紧锁，问林舒羽：“你看柳絮那边还能通融一下吗？”

曾善才也附和道：“对，只有找柳絮了！咱们当年帮她那么多忙，她总归能帮咱们一把吧？”

谁知林舒羽不听“柳絮”二字还好，听到曾善才和孙利民都把希望寄托在柳絮身上，急得脸都绿了，她瞅着曾善才身边的发财树，凄然地说：“她是个什么样的人，你们两位应该都很清楚，当年为了钱能与牛哄哄勾搭在一起，牛哄哄一倒霉，她就来个人间蒸发，要不是你们在电子交易市场碰到她，她能主动找咱们还钱吗？”

“不会！”曾善才和孙利民齐声说。

“那不就得了！对这种人只能按规则办事，别指望她通融！不但不能指望她通融，还要防她从中作梗呢！”林舒羽说。

“哦？你是不是有什么发现？”曾善才紧张地问。

“发现倒没发现，只是有些怀疑。”林舒羽说。

“快，说说看！”孙利民在一旁催促道。

“俺就是感觉咱们的股价下跌得有些蹊跷，现在大盘那么好，不仅绩优股大涨，很多ST股票也都很活跃，最近半年，股价翻番的ST股票遍地都是。这些T股票，要是比咱们业绩好也就算了，很多ST股票的净资产都是负的了，照样每天封涨停。可咱们的呢？”林舒羽摇摇头，表示非常无奈。

林舒羽的话戳到了孙利民的痛处，他神色严峻地说：“是啊，就算卖壳，咱们的公司也能卖三四十亿元，可现在跌得只剩十六七亿了，俺就担心这时会被人抢走第一大股东的位子啊！”

“俺前面说跌得蹊跷，就是感觉有人在故意砸盘。”林舒羽说。

“如果真有人故意砸盘，你估计会是什么样的人呢？”曾善才忍不住问道。

林舒羽反问道:“你们看柳絮会不会呢?”

“她?”曾善才瞪大了眼睛。

“这种可能是有的。她可以自己,也可以联手别人一起做这些事。”孙利民说。

“没错。俺就是这么想的,因为她手中有咱们的全部股票。如果强制平仓的话,加上利息,她可以拿到咱们手中七成五左右的股票,这就相当于拥有鲲鹏股份33%的股份,这还不包括她可能通过二级市场收集到的股票。这样的话,第一大股东就非她莫属了!”林舒羽为曾善才和孙利民简单地算了一笔账。

真是一语点醒梦中人!曾善才一下子站了起来,背着手在办公室里急躁不安地来回踱着步,连声说:“没想到,没想到呀!看来咱们必须提前想办法了,免得被她抢去股权!”

“董事长先不用急!俺也只是瞎猜猜,她未必有此目的,也未必有那么大的资金去砸盘!”林舒羽反过来劝道。

“她可能没有那么大资金量,但是可以联手别人一起做呀。提前想办法是对的!俗话说,害人之心不可有,防人之心不可无嘛!有备无患,防止一旦出现那种情况会比较被动。”孙利民说。

曾善才又踱了几步,一屁股坐回自己的老板椅,盯着孙利民说:“情况危急,必须尽快想到破解办法!”

“难呀!关键是咱们手头紧张,外面负债太高,咱们几家人自己手中的钱又都压到鲲鹏通信上了!”孙利民说。

“看来……只能从外面想办法了!”曾善才的脑袋里突然蹦出来一个名字,他兴奋地一拍桌子问:“你们还记得花巧凤吗?”

“咋不记得?上个月咱们还在他老公开的凤鹏徽菜馆里招待过客人,据说她现在是什么基金公司的基金经理了。”林舒羽抢着说。

“行,这事就交给舒羽办吧!你们都是女同志,又是老乡,快点找她来帮咱们救急!”曾善才说完,一头靠在椅背上……

林舒羽回到自己办公室,刚喝了两口水,电话便响了起来,打开一看,原来是花巧凤打过来的。她感觉非常意外,慌乱中差点打翻水杯。

“巧凤妹妹,你说巧不巧?俺正准备打电话找你呢,你的电话就来了!”

“是吗?怪不得这两天俺左眼老是跳!都说‘左眼跳财’,舒羽大姐想必是有什么发财的机会想到俺了吧？”

“哪有？俺正好有事想请你帮忙呢！”

“啥事？快说说看。”

“俺这里呀……唉！有点张不开口，你先打的电话，还是你先说吧！”

“大姐太客气了！那俺就先说了啊？”

“你先说吧。”

“是这样的，想了解一下，你们公司最近的经营情况咋样？怎么股价跌得那么厉害？”

“经营一切正常，就是市场上好像有人故意砸盘，还到处散布谣言。”

“你们生产的手机、MP4 这类产品有没有像外面传言的那样经常发生爆炸？”

“没有，肯定没有！其他品牌的手机、MP4 有没有爆炸的俺不敢瞎说，反正鲲鹏的产品还不至于发生爆炸！”

“噢，这些传言对你们的日常经营活动有影响吗？”

“有，还比较大的。”

“你们有没有打算采取什么对策呢！”

“已经陆续采取了一些，比如，在指定媒体刊登澄清公告，加大营销宣传力度，加大研发力度，推出性价比更高的新产品……”

“你估计这些措施采取以后，公司业绩会有所回升吗？”

“应该问题不大，咱们公司上下都在全力以赴想办法。”

“听说你们现在现金流非常紧张，而且公告显示鲲鹏通信拥有的上市公司股票已经全部质押出去了，现在股价跌得这么厉害，如果跌破平仓价，你们有没有应对的办法？”

“哎！这个问题被你问着了，刚才说有事请你帮忙，说的就是这个事呀！”

“噢。看来外面的传言没有错啊！”

“外面乱七八糟的传言很多，大多数都是瞎说的，但是公司资金面比较紧张，押出去的股票可能被强制平仓，这一点倒是真的。所以想请你帮忙，看看能不能出手把股价稳住。”

“舒羽大姐，你别怪呀，这个做不了，咱们是公募基金，俺个人又遵循价值投资理念，只买那些低估品种，对 ST 股基本不碰，除非个别 ST 股票的公司经营前景非常明确,更不能与上市公司合谋操纵股价!”

“哎呀,那可咋办?要是手头有钱,咱们早就自己出手增持了,可是现在公司的授信额度全部用完了,不然也不会去市场上借那么高成本的资金呀!”

“你是说,你们自己也想增持吗?”

“是呀,股价现在这么低,都跌破净资产了,如果有钱,傻子才不增持呢!”

“嗯,其实俺也感觉你们的股价低估得厉害,刚才听你这么一说,俺心里也放心了,等明天再跌跌俺就要进场了。不过,你千万不能告诉别人啊。谢谢舒羽姐!”

“谢什么?你这是在帮俺们呢!你们一进场,俺就放心了,质押出去的股票就不会平仓了!”

“舒羽姐,你先别高兴,俺这边有这边的规矩,一般是分批建仓,不会像涨停板敢死队那样,一把帮你们拉涨停,使你们迅速脱离平仓线。再就是,因为鲲鹏属于ST股,也不会配置太多。所以你们要想脱离危险区,还是得另想办法。”

“你有什么好主意吗?”

“谈不上好主意。如果你们真对自己的公司有信心,确信现在股价低估,可以从外面再融点资,有了钱以后,很快就可以把股价拉起来。”

“又要融资?可咱们没有股票可质押了!”

“固定资产也行。”

“固定资产都在股份公司名下,鲲鹏通信名下除了一堆股票,已经没啥资产了。”

“噢,那就比较麻烦了。”

听到花巧凤也说比较麻烦,林舒羽刚刚燃起的希望之火一下子又熄灭了。她拿着手机“哦”了一声,便沉默下来。

花巧凤明显感觉到林舒羽情绪的变化,就在电话里安慰她说:“先别急,再想想其他的办法。”

“哪里还有办法?”

“你们有没有考虑过寻求国资股东的帮助?”

“以前外资股东转让股份的时候,找过他们,但是他们不肯接手。”

“那是以前,现在情况有变化了。第一,如果作为第一大股东的鲲鹏通信被强制平仓,那么股份公司必然会乱一阵子,国资股东肯定不愿意看到公司出乱子,这对他们没任何好处。第二，当时外资股东转让股份时，股价还没有现在便宜，现在股价超跌，他们应该也能看得到。所以如果这时候再去找他们，他们应该会出手。不过，你们必须抓紧行动！”

林舒羽感觉花巧凤说得有理，心情稍稍好转一些。挂断电话后，林舒羽不敢耽搁，立即又去找曾善才和孙利民商量对策。

听说花巧凤虽然手中拥有重金，却也无法配合维持鲲鹏股份的股价，曾善才多少有些失望。孙利民则表示理解，说花巧凤有职业操守，不能为帮自己的私人朋友而坏了规矩，还说如果她自己有那么多钱，应该会出手帮忙。对于花巧凤提出的建议，他们一致认为可以尝试一下，反正现在也没有更好的办法。

曾善才亲自拨通国企股东董事长的电话，委婉地表达了对鲲鹏通信质押出去的股份有可能被强制平仓的担忧，希望国企股东看在他们质押融资的初衷是为股份公司解困的情分上出手托一托股价，并且承诺一旦平仓风险解除，他会带领管理层全力搞好生产经营，力争今年公司业绩扭亏为盈。这位国企董事长对曾善才等公司高管印象不错，知道他们是能干实事的人，这些年双方合作也比较愉快，担心第一大股东换成别人会引起公司动荡，将来也未必好合作，再加上鲲鹏股份的股价的确过分低估，便爽快地答应逢低增持，决不让鲲鹏通信质押出去的股份被强制平仓。

有了国企股东的许诺，曾善才等人稍稍松了一口气。但是他们仍然不敢丝毫放松。第二天上午刚过 9 点，林舒羽就忙不迭地打开股票行情软件，把窗口定格在鲲鹏股份的 K 线图上。9 点 15 分刚过，她就心急火燎地看着集合竞价时不断跳动的股价和买卖数量。然而，那些数据让她看了非常揪心。因为股价基本上锁定在跌停板的位置，而卖单数量越来越多。这意味着今天继续跌停基本没有悬念，打开跌停板却需要更多的资金，粗粗一算，至少需要 5000 万元，这还不考虑跌停板被打开以后还会有多少股票等着卖出。

9 点 25 分，鲲鹏股份死死地封在跌停板上。该想的办法都想过了，林舒羽只能静坐在电脑前等待奇迹发生。时间一分一分地过去。9 点 30 分正式交易后，跌停板上的封单仍然保持在三万多手。林舒羽双手合十，心中默念：“快来买！快来买！”然而，稀稀拉拉的买单根本无法撼动巨量的卖单。她想给花巧凤打个电话，问她有没有买入，但考虑到交易时间给一个基金经理打电话非常不妥，也可能根本就打不通，电话号码没拨完就随手挂掉了；她也想给国资股东那边拨个电话，转念一想，刚刚开盘就给人家打电话，似乎有点对人家不信任的感觉，也只好作罢。

然而，跌停板上那巨大的封单，就像压在他胸口上的一块巨石，令她喘不过气来。她无法再看电脑显示屏，起身朝门口走去。去哪呢？找曾善才吗？然而，当她走到曾善才办公室门口时，却止住了脚步，这个时候去，除了把焦虑传给他还能有啥用呢？找孙利民吗？也似乎不妥，虽然她暗暗把他视为自己的守护神，但为了两个家庭，也为了他对成勇的那份忠贞，她一直努力克制内心的冲动，小心翼翼地与他保持着适度的距离。她特别担心自己在感情脆弱时找孙利民会一时冲动而使两个家庭都陷入万劫不复。于是她干脆顺着楼梯从10楼一级一级地往下走。她越走腿越软，越走越浑身乏力，也不知用了多久，才挪到一楼。她拖着沉重的脚步，走出办公大楼。一阵凉风扑面而来。她稍感舒服了一些，不由自主地抬腕看了看表，已经10点15分了。“也不知道现在咋样了？要不要回去看看？”她抬头望了望天空，阳光很刺眼，“天气不错！”她突然感觉这么好的天气似乎在向她传递一个吉利的信号，那就是鲲鹏通信的股票不会被强制平仓。但是她依然不敢回去看电脑，便沿着马路边的步道漫无目的地往前行进……

林舒羽在外面走走停停，停停走走，太阳也渐渐移到天空正中的位置。她再次看了看表——11点10分，该回去了！她没再走楼梯，而是选择乘电梯上楼。林舒羽刚走出10楼电梯，前台小姐就大声告诉她：“林总，曾董和孙总都在到处找你呢！”林舒羽明白他们大概是为鲲鹏股份跌停的事，便直接敲开曾善才的办公室。孙利民正好也在。这两个饱经沧桑的中年男人都相当阴郁，看得出，他们正在经历一场极其艰难的煎熬。

“对不起，实在不忍心看电脑上的股价，刚才出去转悠了一圈，走的时候也没有带手机。”林舒羽抢先解释道。

“不要紧。找你主要是因为刚刚柳絮打电话来了，说是找不到你，就直接打到俺这里了。”曾善才说。

“是催咱们给她划转股权吧？”林舒羽问。

曾善才“嗯”了一声。

“她倒挺猴急的，今天的交易才进行一半呢，甭理她！”林舒羽气愤地说。

“理不理都一样。”曾善才无力地指着自己桌上的电脑显示屏说，“你看上面的封单有多大,看来今天这个跌停板是打不开了,空方实力非常强大呀!”

“那也要等到今天的交易结束了再说!”林舒羽果断地说。

林舒羽回到自己办公室,打开手机,果真有十来个未接电话,一查,大都是柳絮打来的。她把手机往桌上一撂,狠狠地骂了声“可恶!”就去食堂吃饭去了。

下午1点整,林舒羽准时坐在电脑前,重新打开鲲鹏股份的K线图,上面的卖单仍有二万多手,唯一令她稍感宽心的是,上午已经有了一些成交量。她在心里默默地祈祷:再多点买单!再多点买单!林舒羽的祈祷似乎感动了上苍,自13点15分开始,几十手、几百手的买单多了起来。开始时,上面的卖单很快就能补上。渐渐地,上面的卖单少了起来,由两万多手变成了一万多手,又由一万多手变成几千手。突然,一笔5000手的买单瞬间吃掉了所有的卖单。紧接着,又是一笔5000手的买单直接把股价拉到涨停板的位置。

“这是真的吗?”林舒羽揉了揉眼睛,又仔细看了看,没错,的确是真的!涨停板上的封单越积越多,很快达到二万多手、三万多手……林舒羽的心“怦怦”直跳。她双手合十,对着电脑显示屏不停地念叨:“老天有眼,谢谢了!谢谢了!”内线电话响了。曾善才叫她过去一下。林舒羽拿起手机就冲了出去。

曾善才情绪很好。看得出他应该也在看股市行情。“这下好了,警报解除!”曾善才抑制不住内心的激动,一边捏着拳头,一边眉飞色舞地说。

“董事长先别忙着激动,如果涨停能一直封到收盘才能算!”林舒羽提醒道。

“应该没问题了吧?你看下面的封单多大!”曾善才指着电脑屏幕说。

林舒羽伸头一看,封在涨停板上的买单已有八万多手了,果真封得严实!也开心地说:“吉人自有天相!看来老天在有意保护鲲鹏!”

“哪有什么老天?!估计还是咱们的国有股东发力了,等收了盘俺得给他们打电话感谢一下!”曾善才说。

“对了,你找我还有什么事吗?”林舒羽问。

“没啦。就是跟你分享一下。”曾善才说。

两人正说着话,有人敲门。林舒羽顺手打开房门。孙利民笑呵呵地走了进来。

“你们俩是在说股票吧?”孙利民说着一屁股坐在沙发里。

“不说股票,还能说啥?”曾善才反问道,“咱们费尽千辛万苦弄起来的公司不会被别人抢走了,能不高兴吗?”

“高兴！”孙利民说，“这次难关渡过去以后，咱们得加大生产经营力度了！”

三人围绕下一步的生产经营问题没聊太久，时间便到了15点。

曾善才指着自己的电脑屏幕向孙、林二人招了招手说：“快来看，封得牢牢的！”

孙、林二人凑过去一看，果然封得挺牢，封在上面的买单仍然有八万多手！

“我得给国企股东打电话感谢一下！”曾善才拿起手机拨了出去。谁知他刚说完感谢的话，对方就连声说：“不用谢！不用谢！其实我们今天也没吃进多少，总共才买不到3000万元的股票，看来还是鲲鹏股价低估得厉害，吸引实力买家进场了！”曾善才被他说得一头雾水，放下电话便问林舒羽：“你说这个实力买家是不是花巧凤呢？快给她打个电话，谢谢人家！”

然而，花巧凤也不认为是她拉上去的，她说自己只在跌停板的价位下了个500万元的买单，后来股价快速涨停，她就没再追了。

国企股东和花巧凤的基金加在一起才买不到3500万元，而且他们又都是在跌停板上接的货，看来，今天打板的肯定不是他们。那么到底是什么人在此关键时刻救他们于水火之中呢？三个人猜了半天也猜不出结果。最后，还是曾善才说了一句：“管他呢！也许是哪个游资看上了吧，毕竟咱们的股票严重低估，这大半年股市涨得又厉害，很多股票的价格都高高在上了，人家抄底鲲鹏也正常！”

孙利民感觉曾善才说得有理，就故意逗他：“我说善才，没想到你说起股票也头头是道了嘛！”

“啥叫头头是道，还不是被这两笔融资给逼的？不关心股市不行啊！对了，紧张了这么多天，好容易脱离险境，今晚咱们三家去凤鹏徽菜馆庆贺一下吧！”曾善才说。

孙、林二人一口答应，都说的确该好好庆贺一下。林舒羽还问曾善才要不要给柳絮回个电话。曾善才和孙利民都说别管她，现在又不用把股票过户给她了，还说，一想到她中午就急吼吼地打电话要平仓过户，心里就来气。

晚上聚餐的时候，三家人还在眉飞色舞地谈论鲲鹏股份白天的惊险历程。曾善才表示，如果有机会一定要好好感谢一下那个出手拉涨停的人。他的话音刚落，成勇便若有所思地嘀咕道：“你们说的那个人该不会是她吧？”

第四十五章 脱险境鲲鹏摘帽 谋做强夏生献计

尽管成勇的嘀咕声很小,还是被坐在旁边的曾善才听到了。他追问成勇,那个人到底是谁?成勇扭头看了看林舒羽,才吞吞吐吐地说出了一个线索。

原来,就在前一天,成勇接到了钱艳娥的电话,问他鲲鹏股份的股价怎么回事?公司是不是真像外面传言那样出了大问题?成勇说自己现在不在鲲鹏工作,具体情况不太清楚,经营上的确出现一些问题,但绝没有传言说的那么邪乎,还说鲲鹏产的MP4性价比很高,外面的销售正在放量,公司今年的业绩不会太差。至于股价嘛,可能有什么人在恶意打压,啥目的,还不太清楚。钱艳娥说她有数了,只要公司业绩能好转,股价就不应该那么低,现在股价都跌破净资产了,多好的买入机会啊!成勇就问她是不是准备买入。钱艳娥说,当然要买,现在是大牛市,很少能找到这么低估的品种了,她还说,这年把抓住了好几只大牛股,赚了不少钱,现在手头资金有一个多亿,正愁找不到还在低位的好股票呢,现在好了,可以放心做一把了。成勇听说钱艳娥手中有那么多钱,心想,这下鲲鹏有救了,就把鲲鹏股份如果第二天再跌停,鲲鹏通信质押出去的股票就要被强制平仓的险情告诉了她,还说如果被平仓,她女儿成娟名下那点鲲鹏通信的股票也就没啥价值了。钱艳娥要他放心,鲲鹏不会被平仓,就挂断了电话。当天晚上,成勇本想跟林舒羽说说钱艳娥打电话的事,但听说国企股东会出手增持,花巧凤也会多少买一些,又怕林舒羽多心,就憋在心里没说。

曾善才听完成勇的介绍,就要给钱艳娥打电话表示感谢,却被成勇拦住了。成勇说,算了,是不是她拉的涨停,还很难说呢,何况林舒羽还在!曾善才想想也是,便放弃打电话的念头。

鲲鹏股份自从底部收了根地天板大阳线以后,又连续收出七八个一字涨停板。股价远远脱离危险区域,柳絮也按合同约定归还了前期鲲鹏股份补质押的股票。曾善才等人暂时没有了来自股票市场的压力,心情格外舒畅,正好把全部精力都用到了生产经营上。有意思的是,随着鲲鹏股份股价的报复性反弹,市场上对鲲鹏股份的负面言论一夜之间销声匿迹,代之而起的是各种利好鲲鹏股份的言论。有的说,鲲鹏股份被一家非常有实力的通信企业看中,准备借壳上市;有的说,鲲鹏股份被某涨停板敢死队看中,准备把股价做到百元;还有的说,鲲鹏股份的 MP4 根本就不存在质量问题,现在正产销两旺,单凭 MP4 今年就可以扭亏为盈……这些消息真真假假,但大部分是假消息。与此同时,作为董秘的林舒羽电话再次被打爆,这些电话都是向她求证消息是否真实的,她来不及一一回复,只能按照交易所要求在指定媒体不停地刊登澄清公告。与之前负面传闻不断时越澄清股价越下跌一样,无论林舒羽如何澄清,鲲鹏股份的股价都像一匹脱缰的野马,拦都拦不住。至 2006 年 12 月 29 日全年收盘时,鲲鹏股份的股价已从底部上来整整涨了一倍。财务部门出来的数据也同样亮眼:虽然有些数据还没有完全统计出来,但全年扭亏转盈几乎已成定局,盈利总额可望达到 8000 万元以上!

然而,曾善才他们顾不上庆祝,便立即投入到更为紧张的生产经营中去。因为春节将至,他们必须利用这段时间把 MP4 多卖一点出去。

春节前几天的一个晚上,难得清闲的曾善才正在客厅里逗春雨玩,夏生敲门进来了。春雨看到大哥,一头扑过去求抱。兄妹俩玩耍了一会,夏生又分别向父亲和后母云彩云问过好才坐下来。夏生大学毕业后,曾善才送他去美国读了两年硕士课程。夏生学的是电子工程专业,硕士毕业后去硅谷的一家著名通信企业工作了一年多,上一年 9 月份刚刚回国。曾善才考虑到鲲鹏股份的未来在研发,夏生的专业又比较对口,就叫儿子去研发中心做技术员了。夏生一个人在外面住,平时不大回来。曾善才问夏生过来干啥,夏生没说话,却从兜里掏出一张彩色打印纸递给父亲。

曾善才把这张纸展开,一个胡子拉碴的老外赫然出现在他的眼前。他看了半天,自己并不认识这个老外,就问夏生什么意思。夏生说,这个老外叫乔布斯,这张照片是他在 2007 年 1 月 7 日美国加州一次新产品发布会上拍下的,乔布斯手中拿的东西是被他称作 iPhone 的新款手机,这款手机的厉害之处在于它把带触摸屏的 iPad、手机和互联网设备三个功能集合在一起了。曾善才盯着乔布斯手中的 iPhone 看了又看,抬头对夏生说:“这个东西有意思,你是搞研发的,要多留心,早跟进！”夏生说，他把这张图片拿过来，就是要提醒父亲，以前的手机老路走不下去了，搞 MP4 只能算权宜之计，等这种 iPhone 流行起来，MP4 肯定又要被淘汰，因为 iPhone 把手机、MP4、手表、游戏机等多种功能都集中在一个东西上了，而且它还不用按键，只用手触摸就行！曾善才感觉夏生说得非常有道理，不禁对夏生高看一眼。夏生接着又说自己想回老家过年，问父亲过年回不回去。曾善才说，太忙了，走不开，并叮嘱夏生与他四叔曾善田一起回去，多陪陪他母亲和爷爷、奶奶。

曾善才对夏生带给他的 iPhone 信息非常重视，第二天便召集孙利民、林舒羽等公司高管和研发中心负责人，要他们做好对 iPhone 的跟踪和相关研发工作。

2007 年春节过后，股市先是快速下跌了两天，紧接着便一路走高，到 5 月底时，南粤股票指数便创出了历史新高。恰在此时，管理层突然推出了将印花税由 1‰提高到 3‰的政策。受此影响，已经泡沫极大的股市连续暴跌 5 天，南粤股票指数最大跌幅达 21%。ST 鲲鹏也跟随大盘连续吃了 8 个跌停板才稍稍止住。即便如此，曾善才及他的合伙人们也不用担心再被柳絮强制平仓，因为 ST 鲲鹏的股价仍处在上市以来的较高位置。鲲鹏 MP4 因为性价比高，更成了抢手货，已经连续 5 个月实现两位数的销售环比增长，公司的净利润也同样节节攀升。

股市的火爆和 MP4 的热销使得鲲鹏通信很快又有了余钱。鲲鹏通信先是在 4 月份时如期偿还了从柳絮那里融得的第一笔 2 亿元资金，并结清了扣除柳絮当年借款本息的利息。7 月，鲲鹏通信又如期偿还柳絮小额贷款公司 2.8 亿元融资本息。林舒羽清楚地记得，在她办完第二笔还款手续，向柳絮道谢时，却发现柳絮笑得很凄惨。林舒羽问柳絮是不是最近遇到什么困难了。柳絮苦笑着摇头说了句不明不白的话：“亏大了！”林舒羽回去后把柳絮的话学给曾善才和孙利民听。他们一致认为，柳絮应该真是去年砸盘鲲鹏股份的幕后黑手。

曾善才他们猜得没错。吴老板听信柳絮的主意，除了先后给她提供总计 4.8 亿元用于向鲲鹏通信质押贷款，还另外拿出 2 亿元用于做空鲲鹏股份。经过几个月的高买低卖，眼看着就可以对鲲鹏通信进行强制平仓了，没想到风云突变，ST 鲲鹏的股价硬是被不知哪来的巨额资金由跌停直接拉到了涨停，而吴老板手中的 ST 鲲鹏已在不断打压 ST 鲲鹏股价的过程中消耗光了，只能望着不断飙升的股价借酒消愁。后来，吴老板对柳絮说，他在打压 ST 鲲鹏的过程中总共赔进去将近八千万元，要柳絮放弃在银行贷款利率之上的 8%左右收益，这样他才能勉强保本。

柳絮想到若放弃全部收益，当初借鲲鹏通信的钱又得自己掏腰包偿还，便使出一哭二闹三上吊的绝技，迫使吴老板给她留了两千多万。所以说，柳絮跟林舒羽说“亏大了”还是有点缘由的。不过，柳絮所说的“亏大了”并不是她自己亏大了，而是吴老板亏大了，她自己毕竟还从吴老板那里虎口拔牙截留了两千多万元。或者说，对于她和吴老板这种嗜血之人来说，费了九牛二虎之力却没能实现抢下鲲鹏股份控股权的目标，这本身就是一桩“亏本”买卖！

2007年7月开始，南粤股票指数又展开了一波持续四个月的大幅拉升。不过，这一波上涨的股票主要都是大盘蓝筹股，与ST鲲鹏这样的小市值ST股票关系不大，鲲鹏股份的生产经营暂时也没再受到来自股市的干扰。到2007年底时，鲲鹏股份年度盈利再次大幅回升，预决算显示年度净利润达到4.5亿元。根据有关规定，ST股票连续两年盈利即可摘帽，所以曾善才的注意力开始转到下一步如何做强上了。

2008年4月，ST鲲鹏因为连续两年盈利终于被交易所摘帽。然而，曾善才等公司高管还没有高兴几个月，一场席卷全球的金融风暴开始从美国爆发开来。鲲鹏股份的股价再次跟随大盘快速回调。事实上，回调从年初就开始了，只是那时候还没有全球金融危机的概念，很多人还以为是泡沫太大，正常调整。到2008年底的时候，鲲鹏股价从上年10月高点一路下跌70%以上。这次系统性的股市大跌，也令曾善才等人再次领教了股市的风云难测。好在股权质押风险解除后，这样的大跌对公司生产经营的影响远没有先前那么强烈了。

进入2009年以后，全球金融危机对实体经济的影响开始显现出来，出口下降趋势明显，一些劳动密集型行业的日子越来越艰难，居民收入也明显缩水，消费意愿随之下降。再加上鲲鹏MP4热销后又引起不少企业跟风模仿，鲲鹏股份再次出现销售数据逐月下滑的局面。

曾善才又一次感觉危机步步逼近，不敢有丝毫懈怠。他多次组织公司高管研判形势，讨论对策。然而，大家给出的最多的建议只是“活着”。他和孙利民、林舒羽也在私下里反复讨论过。最后，他们被迫接受这个建议。理由很无奈：第一，全球金融危机的负面影响实在是太大，居民收入普遍大幅减少，与其把钱花在鲲鹏MP4这样的非生活必需品上面，还不如把这笔钱省下来多买点油盐酱醋；第二，鲲鹏MP4这么快又被市场山寨，说明鲲鹏没有拿手绝活，自己当初能模仿国外的东西，人家也可以跟在后面模仿鲲鹏。痛定思痛，曾善才决定公司将实施“两条腿走路”

的战略：一方面，千方百计稳定现有产品市场，并在现有技术和生产能力上做一些力所能及的改良，比如把MP4与以前的手机技术结合起来，并在产品功能和外观设计上多做些文章；另一方面，千方百计培养自己的绝活，并且这种绝活一定要有比较高的进入壁垒，为此，他提议把研发投入由销售收入的5%大幅提高到9%。

由于考虑及时，应对有序，鲲鹏股份在2009年和2010年连续两年时间内虽然总体业绩惨淡，每年仅有几千万元的净利润，但总算还能维持下去。可惜，在培养绝活方面，鲲鹏股份虽然花出去不少钱，却没有啥明显进展。对此，曾善才内心非常焦虑，特别是当他看到国内某著名通信企业已推出自己的安卓智能手机后，更是心如刀绞。

情急之下，曾善才把夏生找回家里，问他有没有什么好办法。夏生对父亲表现出来的焦虑非常理解，认为父亲重视研发非常必要。不过，他还是提醒道：研发是一项长期、艰苦的过程，别指望一口吃个胖子！当然，你要是有钱，可以把别人现成的研发成果买过来。曾善才听说可以买别人的成果，眼睛里闪烁出一丝光亮，但很快就熄灭了，因为他心里非常清楚，公司拿不出足够的钱去买别人的好东西。夏生体谅父亲的苦心，劝他不必苦恼，公司拿不出钱，可以从资本市场搞钱，还帮他分析说，全球金融危机已经进入尾声，资本市场也开始企稳反弹，鲲鹏股份的ST帽子已经摘掉了，眼下是最好的定向增发时机。曾善才的热情再次被儿子点燃，直夸儿子有眼光，不仅懂技术，还懂资本运作。已经29周岁的夏生被父亲夸得有点不好意思，红着脸劝曾善才不要高兴得太早了，叫他先想明白从市场上募到钱以后具体准备怎么干。曾善才想想说，自己对技术这一块还不太明白，问夏生有没有什么好建议。夏生说，研发中心那边这两年的工作效率还是很高的，虽然比国内那家著名通信企业动作慢了一点，但鲲鹏股份自己的安卓智能手机很快也能开发出来，如果有合适标的，将来最好能收购一些与智能手机产业链相关的企业或项目。

与夏生的一番交流，不仅让曾善才对这个大儿子又高看了一眼，还对鲲鹏的前景重新燃起了希望之火。他把夏生的建议与孙利民和林舒羽一说，两人也都认为夏生的建议好，可以立即着手实施。孙利民还提议说，夏生学历高、脑子活，在一线研发岗位也锻炼好几年了，应该把他提拔到更重要的岗位上来，这对鲲鹏的未来也有好处。林舒羽则呼应说，干脆让他做研发中心主任助理吧。曾善才替儿子谦让了一番，说他年龄小、资历浅，但禁不住孙、林二人的一再坚持，也就答应下来。

第四十六章 曾夏生提议融资 两元老鼎力支持

2011年春节刚过,曾夏生便经孙利民签批正式出任研发中心主任助理。夏生走马上任后的第一件事就是主动请缨具体负责推进智能手机的研发工作。研发中心主任本是孙利民从南粤大学电子工程系请来兼职的教授,加上智能手机的研发方向最初是夏生提出来的,故而当即就答应了夏生的请求并给他配备了精兵强将。夏生深知智能手机研发成功与否直接关系着鲲鹏的未来,所以干得特别卖力,还给他带领的这支攻关队伍起名"雄鹰突击队"。

孙利民对夏生的研发进展非常关注,暗中观察并默默给予支持。曾善才对儿子本来也是寄予厚望的,但听说夏生把那支科研攻关队伍起名"雄鹰突击队",心里有点不太自在。有一次,孙利民与曾善才聊起智能手机研发攻关,话里话外流露出对这个新生代后辈的溢美之词。岂料曾善才并不买账,还明明白白地提醒孙利民说,"他还是个娃儿!"孙利民笑了,反问老同学:"你当年承包县螺丝厂的时候多大?"曾善才不好意思地说:"23岁。"孙利民笑眯眯地指着曾善才说:"你23岁就当厂长,夏生再过几个月就要满30了,你倒说人家是娃儿!"曾善才无话以对,只好说出了憋在心里的话:"俺起初也对他抱有很大希望,可是听说他把那个攻关队伍取名'雄鹰突击队',就觉着这孩子有点'骚包蛋',咱'鲲鹏'还不够过劲?非得叫什么'雄鹰'?"孙利民终于明白他这位老同学的心结所在,笑着安慰曾善才说:"年轻人有年轻人的想法,他另外给自己的队伍起个名字表明他不想重复咱们的老路,你咋还计较上了?估计他要是给这支队伍起名'鸿鹄',你肯定更看不惯!"曾善才心里感觉孙利民说的有道理,但又不想承认自己说错了,便自找台阶地甩出一句话:"雄鹰不雄鹰,把智能手机弄出来才算本事!"孙利民明白曾善才的心思,便拍了拍他的肩膀说:"俺看要不了多久,你就能偷着乐喽!"

果真没过多久,在曾夏生领衔的"雄鹰突击队"夜以继日地攻关下,鲲鹏股份的首部安卓智能手机样机正式推出了。当他把这部样机放在父亲的办公桌上时,曾善才腾地从老板椅里站了起来。他看看儿子,又看看样机,看看样机,再看看儿子,明知这部样机是儿子带领团队做出来的,却仍然用颤抖的声音问:"这,这是你们做出来的?"当夏生明确无误地告诉他"没错"后,他小心翼翼地拿起样机,前前后后、左左右右看了一遍又一遍,抚了一把又一把,随后才在夏生的引导下一个图标一个图标地点开。约莫十几分钟后,曾善才终于亮开嗓门说:"儿子,干得不错,跟那个什么苹果差不到哪里去!"

夏生得到父亲的夸奖,心里自然也很高兴,因为这款智能手机从最初提议研发,到后来付诸实施,再到由他带队冲刺攻关,没少花费心血!不过,夏生很快便镇定下来。他从父亲手里拿回手机,非常认真地说:"没有那么好,跟苹果手机比,还有很大差距!"

曾善才还以为儿子谦虚,就问儿子:"俺咋看不出来?"

夏生说:"可能是你刚拿到,还比较兴奋吧!这款智能机跟苹果的差距还是很大的,先是外观,等于抄人家的;再就是使用体验也不如人家,屏幕忽明忽暗,图标经常重影,耗电量也大,使用时间稍长一点,就会烫手,拍出来的相片也常常模糊……最关键的还是没有自己的处理器。"

曾善才被儿子这么一说,感觉有些失望,却又不想扫儿子的兴,就安慰儿子说:"第一款嘛,能做出来就行!"

哪知夏生并不需要安慰,而是平静地说:"虽然差距还有不少,但应该还是有市场的,咱们可以先打性价比的牌,迅速占领国内市场,等利润回来了,再不断改进,俺就不信永远落在苹果后面!"

曾善才被儿子的一番话说得直愣。他仔细打亮着夏生,在儿子那棱角分明的脸上,他分明看到了年轻的自己,那个低调而不失进取雄心、自信而不失冷静自省的自己!他忍不住一拍桌子说:"好!你放心干吧,需要啥支持尽管说!"

夏生答应了一声,开开心心地拿起样机离开父亲的办公室。

鲲鹏股份首款智能手机的问世令公司上下一片欢腾,大家无不为鲲鹏股份终于赶上智能手机大潮而兴奋不已。在大家的共同努力下,鲲鹏首款智能手机很快量产并进入市场,鲲鹏股份的销售收入再现了久违的逐月增长势头。

面对公司取得的新进展，曾善才和孙利民、林舒羽这些核心高管稍稍喘了口气，便在曾夏生的推动下开始酝酿新一轮融资活动。

鲲鹏股份三季报公布后的当天下午，曾善才正在与孙利民、林舒羽一起围在自己的办公室里，津津有味地谈论鲲鹏股份当天收出的那根巨量大阳涨停板，夏生敲门而入。

“夏生，你来得真巧，俺们正在说你呢！”林舒羽兴奋地表达自己对夏生的欢迎。

“说俺？”夏生瞅准孙利民旁边的沙发空档坐了下来。

“对，你对鲲鹏三季报的贡献很大呀！”林舒羽夸道。

夏生脸红了。尽管他已过而立之年，可在屋子里的几个人面前，他还是不折不扣的后辈。

林舒羽见夏生脸红，感觉挺有意思，心想：都这么大人了，还会害羞。不过，她很快就对夏生的害羞表示理解：十来岁时就背负“强奸犯”之子的污名，这对任何一个孩子都是难以想象的。也许正是这段经历留下的阴影令夏生至今还是单身。她之前与曾善才和云彩云都谈过夏生的婚姻问题。他们都说，催过他，也帮他介绍过，可这孩子一直不太起劲，反倒显得俺们剃头挑子一头热。现在时机不错，她决定当面试探一下夏生的态度，就明知故问：“夏生今年30了吧？”

曾善才和夏生同时答道：“是。”

林舒羽看了眼夏生说：“哎，时间过得真快！一眨眼你爸咱们这辈人就要老了！”

“林阿姨还年轻呢，俺爸倒是老了！”夏生的回应惹得大家都笑起来。

林舒羽笑了两声，停下来说：“你倒是挺会说话的，知道像你爸这么老的人，现在最想做啥吗？”

夏生挠挠头说：“不知道。”

“抱孙子！”林舒羽脱口而出。

夏生的脸再次红了，他低下头，两手不停地揉搓着，小声说：“没遇到合适的。”

林舒羽笑了，说：“行，阿姨有数了，以后俺也帮你留个心。”

曾善才很开心，对林舒羽道过谢后，问夏生过来有啥事。

夏生说：“俺发现了一个并购对象。”

“说说看。”曾善才说。

“这是一家手机处理器公司,要拿下来估计得十几亿。”夏生补充道。

“天呀!咱们日子刚刚好过一点,哪能拿出这么多钱?”曾善才说。

“不用花自己的钱。”夏生说。

“夏生说得对,咱们可以到市场上融资,搞定向增发、发行可转债都可以,反正,咱们也不用质押股权借高利贷了。”半晌没怎么说话的孙利民说,“但是,关键还得看这个标的对咱有没有用?还有就是这个公司的质地到底怎么样?”

“用处肯定是有的,而且还非常重要!手机处理器相当于手机的心脏,咱们现在使用的处理器主要靠买进口货,价格高不说,如果一直靠买人家的东西过日子,将来就只能跟在外国人的屁股后面混了。能一直混下去还算好的,就怕人家哪天一不高兴,不向咱们供货,那可就麻烦大了。所以越是关键的部件越得控制在自己手里。据我了解,这家处理器公司的技术积累和产品都还不错,如果能买下来,在现有的基础上,继续投入些人力物力,还可以做得更好。这样,将来咱们就能有赶超国际一流水平的资本!”夏生越说越起劲,脸上洋溢着志在必得的神情。

待夏生说完,孙利民兴奋地说:“夏生分析得很好!咱们做制造业的没有几样核心技术是不行的。核心技术主要靠自己干,一般是买不来的。但也有例外,比如,拥有核心技术的企业因大环境不好,或者自己经营方面出了问题,导致业绩出现巨额亏损,不得不卖资产保命;还有的企业虽然业绩没问题,但是有与其他企业强强联合的需求。不知你说的这家企业属于哪种情况?”

“他们的经营情况很好,目前有没有强强联合的打算还不太清楚。”夏生说。

“哦,那就有点麻烦了。这个标的虽然不错,但是人家不卖也白搭呀!”孙利民说。

“可是处理器对咱们太重要了!如果咱们从现在起自己搞,也不是搞不出来,但至少得个三四年。如果把它买过来,咱们要少走很多弯路,可以很快在它们现在的基础上搞出更好的东西来。”夏生说。

“你跟他们接触过吗?”曾善才忍不住问道。

“还没有。收购这种事不是不能提前透露风声吗?”夏生说。

“好样的!看来夏生不仅懂技术,对资本运作也很熟嘛!”孙利民夸道。

“俺就是说说,对资本运作还真不太懂。”夏生说。

"不懂没关系,你要是有兴趣,今后可以关注起来。"孙利民对夏生说完,转身对曾善才说,"俺看夏生今天提的这个建议非常好!搞企业既需要自己脚踏实地,也需要适当借助外力。俺有个建议,你看行不行?"

曾善才点点头。

孙利民继续说:"尽快成立一个并购工作组,俺具体负责,林总、夏生一起参与进来,工作组就从夏生说的这个案子入手如何?"

曾善才和林舒羽稍稍想了想,都说:"好!"

第四十七章 曾夏生走上前台 孟欣艾以身相许

鲲鹏股份的并购工作组悄悄开始运行了。根据计划,孙利民派曾夏生作为先锋官带领两名研发中心骨干人员先去目标企业探探路子。

曾夏生得令后辗转与目标企业分管研发工作的副总经理取得了联系。这位副总经理姓赵,听说上市公司的研发中心主任助理要来,当即表示热烈欢迎。几天后,曾夏生带着两名技术骨干驱车一百多千米来到与南粤毗邻的中粤市灵跃电子科技有限公司。赵副总经理热情地接待了他们,详细介绍了灵跃电子的发展历程、研发投入、研发成果等,还带领他们参观了现代化的实验室和处理器生产线。原来,灵跃电子是一位早年在股票市场掘到第一桶金的孟姓投资高人花了2亿元真金白银创建的。这位高人大名孟跃林。他虽然自己不懂电子技术,却明白手机处理器地位相当重要,便于5年前聘请了一批国内顶尖电子信息专业人士,从无到有,从小到大,一点点把企业做出了眉目。此后,又搞了三轮融资,前前后后共投入近十亿元。目前,已经可以少量生产具有自主知识产权的手机处理器,并拥有一大批中外发明专利。曾夏生听完介绍后非常高兴,感觉这家企业正是鲲鹏股份最合适的并购标的,就对赵副总说,自己非常佩服孟董事长,希望当面向他请教几个问题。赵副总犹豫了一下说;“孟董平时很忙的,不太愿意接待陌生人。”曾夏生好容易来一趟,不想错过这个机会,就再三与赵副总商量。赵副总经不住他软磨硬缠,终于答应试试看,谁知他的电话打过去没说几句话,孟董事长便爽快地答应了。

一身咖啡色唐装的孟董事长在他宽敞的办公室里接待了曾夏生和他的两个同伴。赵副总作陪。孟董事长接过曾夏生呈上的名片后,抬头凝视了他一眼说:“哦,你也姓曾,跟你们董事长一个姓嘛!”曾夏生还没来得及反应,他带来的一位同伴随口就说:“曾董事长是曾助理的爸爸。”曾夏生想阻拦,但已经来不及了,只好咧嘴笑笑，算是承认。孟董事长看曾夏生笑得比较腼腆，就笑着开了句玩笑说：“小曾，你这么腼腆，该不会没谈过恋爱吧？”曾夏生的脸瞬间红了，刚才那位同伴又接过话茬说：“曾助理的确是钻石王老五，孟董事长太有眼光了！”孟董事长抿嘴一笑，没再接着这个话题说下去，转而询问曾夏生对他们灵跃电子的印象。“非常了不起！”曾夏生把他对灵跃电子的印象如实说了一通，说到关键技术方面，流露出由衷的钦佩之情。孟董事长又向他了解鲲鹏股份的一些情况。曾夏生在不违背上市公司保密原则的前提下，尽可能详细地向孟董事长作了介绍。当曾夏生说到鲲鹏股份正在把技术创新作为公司生存和发展的重要基石时，孟董事长也流露出由衷的钦佩之情。这次会面差不多进行一个多小时的时候，曾夏生感觉时间差不多了，想起身告辞，孟董事长却笑着说：“午饭点到了，哪能让客人这个时候回去呢？刚才我已经让他们安排了，中午就在这里吃顿工作餐吧！”曾夏生不便推辞，又想与孟董事长多交流一下，就客客气气地答应了。

曾夏生一行跟随孟董事长走出办公室，穿过工厂院内一条爬满了凌霄花藤的长廊，直接走向灵跃电子职工食堂的一间包房。就在房门打开的一瞬间，曾夏生心里一颤。原来，一位身穿淡紫色连衣裙的美丽女子早已羞答答地在门后侍立。这位女子见到孟董事长时轻声叫了一声“爸”，便快步走到主座位旁替孟董事长拉开了椅子。孟董事长张罗着让曾夏生和他的两位同伴坐好后，才不慌不忙地坐下来。此时，赵副总和那位女子才在靠门的位子上坐下。而女子坐的位子恰好就在曾夏生的斜对面。当曾夏生下意识地抬头时，女子正好也在抬头。四目相对，两人的脸竟然同时红到耳后根。孟董事长似乎看出了曾夏生和女儿的表情变化，又似乎没有在意，指着女子对曾夏生说：“这是我女儿，叫孟欣艾，刚从国外读完MBA，我有客人的时候常常叫她一起参加，算是社会实践吧。”紧接着又指指曾夏生对女儿说：“这位是曾夏生，鲲鹏股份研发中心的主任助理，水平很高的，今后你要多向人家学习！”曾夏生没想到孟董事长会这样介绍自己，手足无措地欠欠屁股向孟欣艾点了点头。

曾夏生魂不守舍地吃完了这顿不知啥味的午餐，稀里糊涂告别孟董事长父女，登上了返程的汽车。车子驶出灵跃电子很远了，曾夏生还在心神不宁地回头张望。此时，坐在他身边的同伴用胳膊肘碰碰他，示意他查看一下手机短信。他打开一看，原来是同伴转过来的孟欣艾手机号码。曾夏生耳朵根子一热，心想，这个多嘴多舌的家伙,还挺会来事的嘛!

回公司后,曾夏生把他了解到的情况如实向孙利民和林舒羽做了汇报,并极力称赞这家企业适合鲲鹏并购。孙利民听后很高兴,指派曾夏生作为联系人协调一下自己亲访灵跃电子事宜。曾夏生接到这份工作,心中不禁暗喜,心想,正愁没有借口跟孟欣艾联系呢,这下好了!他一走出孙利民的办公室就迫不及待地给孟欣艾发了条短信:“孟小姐,你好!方便通话吗?想请你帮忙协调下灵跃科技的事情!曾夏生。”孟欣艾收到短信后,开始还感觉很奇怪,心想,这个曾夏生怎么把短信发到我这里了?我又不是灵跃的员工!不过,仅仅过了几秒钟,她就明白了:他没向我要过手机号码,却给我发来短信,应该不仅仅是为了工作,便爽快地回了一句:“方便的。”曾夏生收到回复,心都快跳到嗓子眼了。他快步回到自己办公室,麻利地关上房门,以最快的速度拨出了电话。话筒里很快传来一个甜美的女声:“喂,曾助理,你找我?”曾夏生对着话筒断断续续说了两个“我”字,突然脑子里一片空白,不知底下该说什么才好了。孟欣艾见对方说不下去,更加清楚之前的猜测,心里也不禁慌乱起来。两个人同时对着话筒愣了一会儿。曾夏生终于稳定了情绪,说:“我们……我们总……总经理……想……想去拜拜访你爸。”孟欣艾抚了抚胸口,做了个深呼吸,说:“哦,你不是有我爸电话吗?直接联系他就行。”曾夏生答:“我……我怕打扰他。”听了这句话,孟欣艾差一点笑了出来,心想:就不怕打扰我?当然,这种话她是不会直接说出来的。她甚至有一种希望被他打扰的冲动。她再次平复了一下情绪,明白地告诉曾夏生她一定会把这事办妥。两人的首次电话联系就这样结束了。

在曾夏生和孟欣艾的共同协调下,孙利民等人拜访灵跃电子的行程很快确定下来。动身那天一早,曾善才临时决定一起过去。他对孙利民说:“既然你们都认为这是个好项目,那俺也去长长见识,省得另外再跑一趟!”

当曾善才一行四人到达灵跃电子接待大厅时,大厅正墙LED大屏幕上一行醒目的红色大字首先映入眼帘:“热烈欢迎鲲鹏股份总经理孙利民一行光临指导!”孙利民感觉有点不对劲,低声问曾夏生:“咋没说你爸要来?”夏生说:“没来得及呀!”孙利民摇摇头说:“你爸是董事长,他就算临时决定来,也要打人家一声招呼!”两人正说着,孟董事长带领公司高管迎了出来。孙利民拍了拍曾夏生说:“快给你爸引荐一下!”曾夏生挺了挺胸,向前大跨一步,走到孟董事长身边恭恭敬敬地问了声好，指着父亲说："这位是我爸，他了解灵跃电子的情况后，临时决定来的。"孟董事长听说后，激动得一把抓住曾善才的双手，连声说："有失远迎，失敬！失敬！"曾善才则不停地说："久仰！久仰！"曾夏生接着又把孙利民和林舒羽介绍给孟董事长。大家在接待大厅里寒暄了一会，便在孟董事长的引导下，走进会议室，分宾主坐下。

著名通信类上市公司董事长、总经理、董秘的同时到访令孟董事长非常激动。双方就各自企业的发展历程、经验得失等进行了深入的交流，之后，大家又在孟董事长的亲自陪同下参观了灵跃电子的实验室和流水线。曾善才和孙利民、林舒羽看后非常震撼，一个劲地夸孟董事长有眼光、有魄力。中午，孟董事长照旧留客人用工作餐。曾善才等稍作推辞，就客随主便，留了下来。曾夏生心中暗喜，心想，估计中午又可以见到孟欣艾了。

曾夏生的期盼没有落空。当他们跟随孟董事长走进食堂包房后，那个令他这些天朝思暮想的美人儿果真又在那里出现了。只不过，这一次她衣着打扮更加用心，模样也更加令人怦然心动。曾夏生没敢多看，很快侧过头去。孟欣艾同样不敢直视曾夏生。宾主就座后，孟董事长向大家隆重介绍了自己的宝贝女儿。客人们自然都是一番夸奖。林舒羽则更加有心，问孟欣艾多大了。孟欣艾红着脸说："26了。"林舒羽试探性地开了句玩笑："孟董事长女儿这么优秀，你们家的门槛该被媒人踢破了吧？"一句话说得大家哄堂大笑，孟欣艾羞得趴在桌上不敢抬头。孟董事长也乐了，说："我这个女儿在国外读书刚回来，别人也不知道情况，所以还真没有多少人跟我们提这事。"林舒羽心里全明白了。她担心继续拿姑娘说事，会令孩子尴尬，就把话题重新转移到灵跃电子上了。

吃饭的时候，曾善才和孙利民抽空简单交换了一下意见，两人都认为灵跃电子是一个比较合适的并购标的。曾善才暗下决心把这件事情做成功。饭后，他瞅准一个空档，悄悄地问孟董事长愿不愿意转让灵跃电子的股权。孟董事长想了想说："可以考虑。"曾善才很高兴，握住孟董事长的手说："放心，不会让你吃亏，细节方面回头让孙总他们跟你这里指定的人员具体商量如何？"孟董事长点头答应。

这次实地考察后，鲲鹏股份收购灵跃电子的相关工作便紧锣密鼓地推进起来。有意思的是灵跃电子方面指派的联系人是孟欣艾。一个月之后，双方便就股权收购细节问题初步达成共识。紧接着，孙利民带领工作小组与中介机构一起马不停蹄地走访了十几家潜在机构投资者，最后锁定了包括花巧凤所在的大为基金等共7家愿意参加定增的机构。

经过参与各方的反复磋商，鲲鹏股份将这次定向增发方案初步定为：在鲲鹏股份当前10亿股本基础上向8家机构投资者再定向增发2亿股新股，拟募资总额20亿元左右，募资投向主要用于收购灵跃电子100%股权及补充流动资金、扩建研发中心等。8家机构投资者包括控股公司鲲鹏通信。说服曾善才等鲲鹏通信股东参与定向增发的，不是别人，而是曾夏生。他最初提出这个理由时，孙利民和林舒羽都认为可以考虑，但曾善才却兴趣不大，说鲲鹏通信这两年刚刚通过分红攒了5000多万余钱，将来还准备拿这些钱应个急啥的，不能参加定增，再说，就算参加也买不了多少股。曾夏生却据理力争，说他最近对定向增发做了一些研究，感觉作为控股公司的鲲鹏通信非常有必要参加这次定向增发。他的理由是：第一，鲲鹏通信参加定向增发，可以给其他参与者和二级市场投资者信心，有助于这次定向增发顺利完成，况且经过反复磋商，灵跃电子的要价不高，收购市盈率只需12倍，比鲲鹏股份当前20倍的市盈率低得多，收购完成后，能增厚鲲鹏股份的每股收益；第二，目前鲲鹏股份的股价经历2009年到2010年连续两年的反弹后，又跟随大盘回到了比较低的位置，股价已经非常便宜了，更何况定向增发价相对于二级市场股价还有10%以上的折扣呢？第三，虽然鲲鹏通信手中余钱不多，却可以用它作杠杆向帮忙推进这次定向增发的通银证券进行融资，他建议按1:3的比例进行融资，也就是说再融1.5亿，加在一起拿出2亿元参与这次定向增发，所有定增股票都质押在券商那边就行，等将来定增股解禁了再拿出来，他还在通银证券的帮助下设计了一套盘活这笔资产价值的具体办法，说，到时候市场走好说不定还能卖个好价钱，就算股价稍微比现在低一点，也不会亏着。曾善才感觉儿子说得很有道理，加上孙利民和林舒羽也帮曾夏生说话，也就同意了。

公司高层意见统一后，孙利民和林舒羽一起有条不紊地推动这次定向增发经历了与中国证监会初步沟通并获初步认可、召开董事会并公告定向增发预案、向省国资委备案确认并获批准、召开股东大会并公告定向增发方案、将正式申报材料上报中国证监会并获核准、董事会审议通过定向增发的具体内容并公告等所有具体流程，并按照惯例以董事会决议公告那天作为本次定向增发的基准日。

2012年4月16日，鲲鹏股份上市以来的首次定向增发融资正式实施。这次定向增发以4月16日为基准日,以鲲鹏股份20天均价打9折向包括鲲鹏通信在内的8家机构投资者累计增发新股2亿股。因为鲲鹏股份定向增发预案公告以后受到市场的热捧,鲲鹏股份的股价在公司刚开始推进定向增发后有了一定的上升,所以虽然定增价格打9折,每股定增价还是达到了11.2元,这样一来,本次募资也稍微超出预期,总共募集了22.4亿元。

有了钱以后,鲲鹏股份对灵跃电子的收购工作进展得也非常顺利。因为在定增实施之前,相关资产评估、商业谈判已经做得差不多了,所以,到4月底时,收购工作基本完成。按照约定,收购完成后,灵跃电子的董事长由鲲鹏股份派出,孟跃林董事长不再担任灵跃电子的董事长,而是留任灵跃电子总经理。本来在考虑灵跃电子董事长人选时,曾善才推荐孙利民去做的,可孙利民死活不同意,还说,这次定向增发和并购是夏生最先提议的,后来很多好建议也是夏生提出来的,夏生全程参加了这次定向增发和并购工作,得到了完整的锻炼,况且孩子年龄也不小了,该给他压些担子,所以他坚决推荐曾夏生任灵跃电子董事长。林舒羽感觉孙利民说得有理,也一起劝曾善才给儿子压压担子。她还另外提议,提升曾夏生任研发中心执行主任。就这样,经历此次定向增发,曾夏生开始成为鲲鹏股份一颗耀眼的新星。

灵跃电子的加盟令鲲鹏股份当年业绩就比之前增厚不少。不过,从曾善才、孙利民、林舒羽到曾夏生,都没有止步于将灵跃电子仅仅充当短期增厚业绩的工具。他们当初并购灵跃电子看中的是它的手机处理器核心技术和生产能力,所以自从完成收购起,鲲鹏股份就把灵跃电子的研发工作纳入公司的研发体系并对其投入了更多的人、财、物支持。

为聚集全球资源,拓展全球市场,鲲鹏股份还在曾夏生的极力推动下,把研发中心建到了欧、美、日等发达国家和地区。从此以后,鲲鹏股份围绕智能手机和3G、4G、5G应用积累的发明专利越来越多,推出的各种新机型也越来越受市场欢迎。并且,因为坚持专注核心技术的自主创新战略,鲲鹏智能手机不仅在"乱哄哄,你方唱罢我登场"的国内智能手机混战中顽强地挺了下来,还稳步提高了市场份额。更为重要的是鲲鹏智能手机还因为过硬的质量和配置、时尚的外观设计和良好的使用体验,一举改变欧美消费者对中国制造的偏见,被摆上欧美精品柜台,成为当地消费者争相追逐的时髦用品。

技术创新上的成功反过来提升了鲲鹏股份的业绩。自2012年起，鲲鹏股份的净利润就以30%—40%的复合增长率连续保持了多年的稳定快速增长。

刚过而立之年的曾夏生不仅在事业方面进入了上升通道，在爱情方面也终于有了结果。经过几个月的工作接触，曾夏生与孟欣艾之间的感情迅速升温。林舒羽对两个孩子之间的关系一直比较关心，时常不经意地推动一下，或故意给他们创造点机会。眼看两个孩子已经彼此接受对方，林舒羽决定再从旁边推动一把。她先找到曾善才，把她掌握的两个孩子交往情况向曾善才作了详细透露，并建议曾善才早日把孩子的大事办了。曾善才了解情况后，不禁喜上眉梢，当即请林舒羽做媒促成这桩好事。林舒羽接受请托后，立即联系孟欣艾的父亲孟跃林。孟跃林了解情况后，也非常高兴，并开玩笑说，为了避免将来在女婿手下当差尴尬，等两个孩子事情定下后，他将辞任灵跃电子总经理一职，另外再找个事情干干。

因为林舒羽的积极推动，曾夏生和孟欣艾的婚礼很快提上议事日程，婚期就定在10月1日国庆节这天举行。曾善才历经磨难，好容易把鲲鹏股份重新带入快速发展轨道，又是在自己刚刚进入知天命之年为儿子解决终身大事，自然想把事情办得风光一些。可是当曾善才征求夏生的意见时，却遭到他的反对。夏生说，现在国家提倡低碳生活，大操大办的婚礼不仅与低碳生活主张相悖，还显得庸俗，说他已经跟欣艾商量好了，婚礼越简朴越好，省下的钱可以用到公益上去。曾善才理解夏生的心思，就说，简朴可以，但千万不能不热闹。夏生说，不要紧，他打算联合一批公司年轻人举行集体婚礼。曾善才想想挺好，也就由着夏生自己去拿主意了。

10月1日这一天，鲲鹏股份能容纳500多人同时就餐的职工食堂兼演艺会堂里张灯结彩，人头攒动。曾夏生、孟欣艾和公司其他7对新人在主持人的安排下轮流走上精心搭建的舞台。为避免这次集体婚礼突出自己，曾夏生事先建议8对新人采用抓阄方式决定上场的先后顺序。曾夏生抽到的序号是第6号，所以他与孟欣艾是第6对出场新人。当身穿黑色西服、扎红色领结的曾夏生挽着身穿白色婚纱、头戴红色小花冠的孟欣艾走上前方的舞台时，曾善才抑制不住内心的激动，差点落下了眼泪。而与他仅隔云彩云一人、由云彩云和曾夏生一起专程从河东老家请来的周燕飞更是直接掉下了眼泪。整整25年了，这是她最幸福、最放松的时刻。她受了那么多年的委屈、经历了那么多年的孤独，含辛茹苦，忍辱负重，把这个儿子培养成人，不就是为了看到他能有今天吗?!曾夏生开始讲话了，他说，今天能和心爱的人一起站在这里，多亏自己有一个异常慈爱、异常坚韧的母亲以及非常正派、非常能干的父亲，还说，自己的父母不仅给了他生命，还以实际行动教会他如何做人，做一个大写的人！曾夏生和孟欣艾还一起感谢了自己的父母和对方的父母，当着五百多人的面表示，他们不会躺在父母的功劳簿上睡大觉，而是要通过自己的艰苦努力，把父辈的事业做得更大更好……周燕飞眼见着儿子如此懂事，眼泪就像断了线的珍珠一样流了下来。云彩云对丈夫的这位前妻怀着深深的敬意，一边悄悄地安慰她，一边不停地给她递上纸巾。

8 对新人分别亮相并讲话之后，开始在主持人的安排下进行节目表演。第一个节目是 8 对新人共同表演的交谊舞。伴随着悠扬的圆舞曲，曾善才的眼泪再次泛起。看着舞台上的儿子、儿媳及其他 7 对新人，曾善才突然发现自己老了。是的，他虽然刚过 51 岁，并不是真正老了，但孩子们一个个都长大了，夏生 31 岁，秋生 25 岁，春雨也满 10 岁了！他从坐在同桌的秋生、春雨挨个看到在临桌与父母坐在一起的成龙、成虎和孙阳阳，这些孩子也老大不小了，成龙、成虎 21 岁，孙阳阳稍小一点，也已经 14 岁了！

“善才，你怎么发愣了？”曾善才抬头一看，原来是孙利民、赵冬梅两口子和成勇、林舒羽两口子，他们每人手里捏着一只高脚杯来向他敬酒。他赶紧站起来憨憨地向四位老朋友笑笑说：“俺在想，咱这辈人走着走着就老了，今后的世界是孩子们的了！”

第四十八章 舒羽推内部融资 成勇闯国际市场

曾善才说“老了”的那句话对林舒羽刺激很大。与曾善才相比，她稍微要年轻一些，但也有48岁了。作为女人，她最俏丽的岁月已经一去不返。一双儿子再过1个月就满21岁了，自己能不老吗？在与周燕飞碰杯时，她下意识地多看了她几眼。这是一个标准的老太太形象：头发花白、凌乱，脸上肌肉松弛、多褶，色泽灰暗，甚至还有好几块老人斑……她知道周燕飞今年57岁，更加接近老年这道门槛，但现在这个样子未免太老气了一点。她对周燕飞这么多年的艰苦和隐忍深感同情。由周燕飞她又想到了自己，想到了那个夺过她爱的钱艳娥。她感觉在对待男人出轨的问题上，自己远没有周燕飞那么决绝、那么豁达，可周燕飞也太苦了！她有些惆怅。不过，婚礼未散时，她全程都在以笑脸示人。

尽管林舒羽极力掩饰自己内心的感受，还是没有逃过成勇的眼睛。躺上床之后，成勇终于忍不住问道：“你今晚怎么啦？”

“啥怎么啦？”林舒羽一边脱衣服，一边反问。

“你今晚情绪不太对。”成勇说。

林舒羽已经钻进被窝。成勇试图伸手将她揽进怀中，却被她身子一歪，躲了过去。

“看来真有点不太对头！”成勇自言自语道。

“你就会瞎猜！”林舒羽躺平了身体嘀咕道。

“肯定不是瞎猜，咱俩一个被窝睡了这么多年，你那点小心思还能瞒得过俺吗？”

“就你能！”林舒羽身子一扭，把背对着成勇，“你跟钱艳娥还睡过一个被窝呢！”

“咋又提她了？那都是20年以前的错误了，该认的俺都认了，以后又没有再犯。”

“没犯也不行，想起来就来气！今天看到周燕飞，那么苍老，哎！你们这些男人呀，都是一个德行，吃着碗里的，看着锅里的！”

“都是年轻犯的错！”

“知道错就行，算你还有良心！”

成勇再次把手搭在林舒羽的小腹上。这次林舒羽没有躲闪，而是顺势翻个脸朝上，喃喃道：“走着走着就老了。”

“是啊，善才今晚就是这么说的。”

“可俺不想这么快就退出历史舞台，感觉还有好多事情没做呢！”

“该退出还得退出啊，孩子们都长大了。”

“俺也这么想，就是有点不甘心。”

“不甘心也没办法，历史规律躲不过。真不行，你来俺的小工厂里一起干，反正成龙、成虎对做工厂也不感兴趣，咱俩可以再干20年，到70岁时，把工厂盘给别人。”

“现在还不想离开鲲鹏股份，这里还需要俺。”

“也行，你自己看着办吧，反正这个工厂完全是自己的，你啥时候想来就啥时来吧。”

“嗯，睡吧。”

林舒羽是那种有了想法就千方百计去做的人。在她打算趁自己尚未步入老年再为鲲鹏做点贡献之后，开始动起了脑筋。经过一段时间的调查研究，她决定从推进内部融资和建设人才梯队做起。

在一个阳光明媚的下午，林舒羽敲开了曾善才的办公室房门。

“有事吗？”

“嗯，有点。”

“说吧，看你心情不错，应该是件大好事！”

“当然。俺有个建议。”

“好呀，说说看。”

“公司能不能再搞一轮融资？”

“又要融资？俺没有听错吧？”

“是的，你没有。”

“咱们上半年不是刚搞了一次定向增发吗？暂时也不缺钱，干啥又要融资？”曾善才大惑不解。

林舒羽笑了笑，说：“跟缺不缺钱关系不大，跟鲲鹏的未来关系巨大。”

听说关系到公司的未来，曾善才不敢怠慢。他伸手拿起内线电话，说：“叫利民一起过来吧。”

“也好，把夏生也叫来吧。”林舒羽添了一句。

都在同一栋办公楼上，孙利民和夏生很快就先后到达。

待大家都坐定，曾善才说：“林总刚才建议公司再搞一次融资，说是关系到鲲鹏的未来，所以把你们两位叫来一起讨论讨论。”

与曾善才先前一样，孙利民和夏生也都面呈诧异之色。

林舒羽不慌不忙地说：“俺这次建议的融资方式是内部融资。内部融资方式在鲲鹏早期发展中用得多，比如，你们通过三个人集资的方式注册成立公司，有了公司后，主要靠留存收益和折旧来维持和扩大公司的再生产，很少向银行和社会公众进行融资。”

“不管是内部融资还是外部融资，都是因为公司发展需要用钱。可是咱们 4 月份刚刚通过定向增发从市场上融了二十多亿，这笔钱还有一部分没用掉，暂时也不急着用钱呀！”孙利民表示不解。

“俺提议的内部融资与资金需求关系不大，甚至还需要公司先垫上一点钱。”林舒羽说。

她这么一说，曾善才等三人更加糊涂了，都怔怔地看着她。

“你们说说看，一个公司要想做成百年老店，最关键要靠什么？”林舒羽没有立即解释为啥搞内部融资还需要公司垫钱，而是抛出了一个问题。

“人才。”曾善才父子及孙利民几乎同时回答。

“好，俺也认为是人才。那人才从哪里来？”林舒羽又问。

“一靠培养，二靠引进。”夏生很快对答。

“好，那有了人才怎么才能让他们心甘情愿多做贡献？”林舒羽又问。

“靠激励。”夏生又答。

"非常好！"林舒羽满意地点点头，接着说，"鲲鹏股份应该有一种更长期、更有效的激励措施，这种激励措施要能够使员工实实在在分享到公司成长的红利，俺的设想是推行'虚拟受限股'。"

"你说的这种内部融资方式外面有企业在用，据说因为不合法合规，国家已经不让搞了。"孙利民说。

"国家没有说不让搞，只是不允许银行以'个人助业贷款'的方式向搞内部融资的企业员工进行贷款，员工自己掏钱买'虚拟受限股'还是可以的。"林舒羽答。

曾善才对"虚拟受限股"不是太明白，就问："你们说的虚拟受限股俺也不明白咋回事，但俺知道，你们说的应该是股权激励，咱们是上市公司，可以光明正大地搞股权激励，为啥要搞什么'虚拟受限股'？"

"上市公司搞股权激励只能通过发行新股，或者老股东出让老股。咱们上半年刚搞过定向增发，按规定两年内不能再搞，所以发新股的办法在时间上不灵活。出让老股吧，你说现在几家上市公司股东，谁愿意呀？就算咱们鲲鹏通信愿意，其他几个股东也未必愿意。就算前十大股东都愿意，还得股东大会批准才行，协调和操作起来太麻烦，成本也太高。虚拟受限股就不一样。它不需要真正发行新股，股票也可以无限供给，而且内部发行几乎没有监管成本。"林舒羽说。

"这么好的办法，为啥以前没怎么听说过？"曾善才较真的劲头又上来了。

"这很简单呀。可能很多上市公司只是把上市融资作为套现财富的手段，本身并没打算把公司做成百年老店。也可能有的上市公司只打算对少数高管进行激励，并不打算与更多的员工分享公司成长。"林舒羽说。

曾善才点点头，表示认同。

"虚拟限受股着眼于公司长期持续发展，它本质上是一种分红手段。"林舒羽补充道。

"的确是一种好办法。你打算具体怎么做呢？"孙利民问。

"俺初步设想了几个原则：第一，虚拟受限股的发行对象，首期先考虑公司董、监、高和各部门、各分公司的正副职管理人员，以后根据试行的效果再向有贡献的普通员工扩大；第二，发行规模，先按 200 万股发行，以后再根据需要扩大；第三，发行时间，每年底发放奖金时发行，以确保员工有钱购买；第四，发行价格，与上半年度经审计的净资产同价；第五，持股福利，从每年预留的奖金总额里划出一部分资金用于虚拟受限股分红，这样可以同上市公司的正常年度分红保持区别，另外一部分收益就是净资产的增值部分；第六，福利兑现，对那些在鲲鹏股份服务满3年并且希望兑现的员工，可以由公司按最新的净资产回购，不满3年离职者，公司只按最初卖出价回购，若现价低于最初卖出价，则以现价回购；第七，股份的代持，由公司工会成立职工虚拟股权持股会代持……”

林舒羽一口气说了七条原则，把曾善才听得眼都直了。“看来你这是经过深思熟虑的呀！”他感叹道。孙利民和曾夏生也都说她的考虑周到，说这种虚拟受限股既有利于稳定人才，聚集人心，又能在一定程度上满足公司的融资需求，可以立即着手实施。

林舒羽谦逊地笑笑说：“还很不完善，如果你们都认为可以考虑，建议成立个班子专门把这事细化一下。”

对于林舒羽的提议，曾善才和孙利民都表示同意。曾善才说：“这事既然是你提出来的，那就由你牵头抓一下吧。”

林舒羽说没问题，又问夏生愿不愿意参与进来。夏生很高兴地答应了。曾善才心里明白，林舒羽这是特意要给夏生锻炼机会，对林舒羽连声称谢。林舒羽反倒不好意思了，红着脸说：“谢啥？咱们奋斗这么多年，不就是为了给他们打个好基础吗？另外，俺还有个想法，俺在鲲鹏兼任董秘已经整整10年了，现在外出开会，很多上市公司的董秘都是二三十岁的年轻人，俺也该把这个位置让出来了。”

曾善才想了想问：“你有中意的人选吗？”

“俺看欣艾这孩子不错，有文化，人也机灵。”林舒羽答道。

“欣艾不行，她还年轻。”没待父亲表态，夏生赶忙替老婆婉拒了。

“这孩子还挺谦虚的呀！”林舒羽笑着说。

“不是谦虚，除了资历外，还有就是不能一家人都挤在同一个公司做高管，这对公司广收天下英才也不太有利。”夏生说。

夏生的对答更令林舒羽刮目相看。她不再坚持，而是感叹道：“夏生能有这么远的见识，真是咱们这代人的福气啊！”

“先别忙着夸他，既然你已经决定不再兼任董秘，那就从公司内部或市场上选一位合适的继任者吧，俺就不拦你了。不过，为了便于你推动虚拟受限股方案，俺提议你做鲲鹏股份副董事长。”曾善才说。

“不行！不行！不行！”林舒羽一口气说了三个“不行”。

“这你就不要谦虚了，反正也是为了工作。只是还得走一下程序。”曾善才说。

孙利民和夏生都说这个提议好，便于开展工作。

在林舒羽的具体推动下，虚拟受限股内部融资方案很快得以细化和执行。2013年春节前几天，首期200万股虚拟受限股发行完毕，以2012年中期报表每股净资产5.5元计价，共计为鲲鹏股份融资1100万元。在此之前，林舒羽已升任公司副董事长，她所兼任的董秘一职已由公司原证券事务代表接任。

对于虚拟受限股这一方案，公司其他高管和部门负责人起初并没有太当回事，因为首期发行量并不大，具体到每个人，最多也就是花费几十万元而已，没指望这几十万元能给自己带来多大的收益。直到第二年底的时候，参与购买首期虚拟受限股的高管们才发现，他们不仅拿到了每股5毛钱的红利，每股的净资产也由5.5元上升到6元，也就是说，他们每股实际获得了1元钱的收益，去掉一些税费，每股收益有9毛钱，收益率达16%以上。这种高收益、低风险并且还不受股市波动影响的投资机会可是打着灯笼都难找啊！所以尽管公司将发行规模和发行对象扩大了一倍，凡是有资格购买虚拟受限股的，没有人不想方设法筹集资金踊跃购买。对于那些实在手头不宽裕的员工，公司还从内部融资款里帮忙垫付，只是要按银行贷款利率收取一点利息而已，反正对鲲鹏股份来说，内部融资的主要目的是激励。第三年，鲲鹏股份再次将虚拟受限股的发行规模和发行对象扩大一倍，也就是再发行800万股。3年下来，公司通过内部融资获得了8000多万元的现金，这对于改善公司的现金流也起到了一定的作用。

鲲鹏股份的虚拟受限股制度不仅大大增强了公司内部的凝聚力，还极大地提高了公司对外部人才的吸引力。在林舒羽的推动下，鲲鹏股份乘势扩大了延揽顶尖技术和营销专业人才的力度，一大批名校硕士、博士、博士后慕名而来。人才的聚集带来了技术的提升，技术的提升又进一步强化了鲲鹏股份的核心竞争力。鲲鹏股份开始像一只真正的神鸟，扶摇万里，日新月异，连续3年保持了净利润增速超30%的优异成绩。而具体推动虚拟受限股制度并使鲲鹏股份的人才、技术、企业文化、公司业绩进入更加良性循环的林舒羽个人威望也因此大大提升。她已经被视为隐身在曾善才、孙利民之后的鲲鹏灵魂人物。于是各种会议邀请、各种媒体采访纷至沓来。然而，林舒羽推进虚拟受限股制度的初衷并不是为了出名，甚至也不是为了自己获利(尽管她3年总共在虚拟受限股的购买上累计花了近百万元并名义获利二十多万元),她只是为了鲲鹏股份能有个更加前途无量的未来。现在,她的这些愿望开始一步步变为现实,她也该往后站一站,享受一下美满人生了。

对于林舒羽这几年的辛劳,成勇看在眼里,急在心里。2015年春节期间,他恰好有一笔北美的安全带生意要谈,于是便琢磨着一家人趁此机会过去好好度个假。当他把自己的打算跟林舒羽一说,当即得到她的积极回应。林舒羽还开玩笑说,以前看到别的女人跟着老公玩遍天下,自己只有嫉妒的份,现在好了,自己也可以跟着老公沾光了。

这几年,成勇的安全带生意越做越红火,每年的销售额都在好几千万元人民币以上,净利润也有五六百万了。更为可喜的是,因为质量优异、性能可靠,一些国外著名汽车企业也开始把眼光聚焦在他身上,这次北美之行若能有所斩获的话,公司的销售额和净利润将很快再上一个台阶。

春节前几天,成勇一家四口顺利抵达多伦多机场。稍事休息以后,成勇便准备与外方进行谈判。林舒羽本身就是企业高管,对类似谈判经多见广,成龙、成虎都在南粤大学读商科研究生,英语水平高、专业知识丰富,所以谈判那天,一家人齐上阵,连个翻译都不用聘请。谈判效果出奇地好。外方本来就对成勇的安全带比较了解,又亲眼看到这么一个有活力的谈判团队,双方很快就在一些关键细节上达成了共识,并当场签署了每年5000万元人民币的采购合同。对方承诺,若合作顺利,第二年还会进一步提高采购规模。

谈完了业务,一家人彻底放松。他们登雪山,下冰湖,进森林,逛社区,把工作的辛劳彻底抛到脑后。

第四十九章 众元老甘当人梯 新生代茁壮成长

天气一天天暖了起来,风铃般的紫花、黄花相互簇拥着挤满紫花铃木和黄花铃木的枝头,空气中到处弥漫着淡雅的花香,行走其间仿佛置身于浪漫的梦幻世界。

南粤股票指数就如同不断变暖的天气也一天天高涨起来。截至 2015 年 4 月 16 日,南粤股票指数已由上一年年中时的一千多点快速飙升到两千多点,同期鲲鹏股份的股价更是大涨两倍以上。而 4 月 16 日正是 3 年前鲲鹏股份首次定向增发股的限售解禁日。相比于定增价,鲲鹏股份的股价已经上涨了 2.5 倍以上。而鲲鹏通信当初以 2 亿元参与定增的这部分股票市值已增加了 5 亿多元,如果全部卖出的话,去掉相关税费应该还可获利 4 亿多元,以鲲鹏通讯当初投入的 5000 万元原始成本算,整整赚了 8 倍多。

鲲鹏通信几位创始人开始面临要不要兑现的问题。曾善才认为股市现在很强劲,说不定还能继续大涨一段时间,并且如果作为大股东的鲲鹏通信卖出定增股消息公告出去以后,可能对上市公司形象和市值的维护都不太有利,所以他不主张卖出。孙利民和林舒羽则以当前股市泡沫太大为由极力主张落袋为安,他们的理由是,目前整个市场还处于上升阶段,卖出定增股不仅不会有太大的负面影响,还能起到提醒投资人当心股票泡沫的作用。正当曾善才犹豫要不要接受两位老战友的建议及时卖出时,曾夏生得知了三位前辈的分歧。他找到父亲,力陈尽快卖出定增股的必要性。曾善才原本就是一个从善如流的人,既然大家都认为应该卖,那就卖吧。于是自 4 月下旬开始,他们在半个月之内分批卖出了那批定增股,最后锁定了 4.2 亿元净利润,又一次大大地赚了一笔。差不多二十天以后,这一轮由杠杆配资堆积起的泡沫在做空工具上证 50 和中证 500 股指期货的合力围剿下,迅速破裂,南粤股票指数一鼓作气暴跌了 4 个月、最大跌幅超过 50%。情况相当危急,国家队不得不出巨资救市。然而,泡沫一旦破灭,很难在短期得到修复。南粤股票指数在救市资金的推动下反弹三个月之后，便在2016年开局一周内经历四次熔断,短短的一个月之内再次暴跌26%。资本市场的反复猛烈下杀令众多杠杆融资客纷纷爆仓,市场气氛降至冰点。

鲲鹏通信虽然没有把定向增发股票卖在最高点，但基本卖在了次高点附近。半年之后,当曾善才再度回首当初的减持价时,才发现那已经算是高在云霄的价格了。为此,他不由得对孙利民和林舒羽心生感激之情,也对夏生更加倚重。

“该庆贺一下了！”曾善才在年底的一次闲聊中对孙利民说。

“是啊,今年侥幸在高位卖掉定增股,的确该庆贺一下！”孙利民提起6月份开始的股市崩盘仍心有余悸。

“不能算侥幸吧？高位套现的首功应记在你和舒羽的头上,因为你们早早发现风险并且坚持卖出,咱们才做得那么干脆。”曾善才说。

“俺要啥头功？要记头功也应该记在夏生头上,这事从头到尾都是他张罗的。再就是舒羽,她推动的虚拟受限股制度给上市公司增加了不少活力,投资这种虚拟股既比二级市场炒股省心得多,又安全得多,基本不受股市波动影响,今年的虚拟股收益率继续保持15%以上完全没问题。”孙利民说。

曾善才没有立即接话，其实在他的心里对老友的这番评价还是比较认同的，特别是林舒羽,这些年对鲲鹏所做的贡献真是无法估量呀！

“夏生这孩子真不错,俺有个建议,你看成不成？”孙利民又接着说。

“哦。”曾善才的思路被孙利民打断了。

“把夏生再往上提一提。”

“嗯,可以考虑起来了,谢谢你想着他啊！”

“谢啥？咱们累死累活还不都是为了下一代？咱们哥几个的孩子也就夏生年龄大一些,又有做大事的魄力,不培养他培养谁？”

“说的也是啊,你家阳阳才17岁,大学还没上,成龙、成虎倒是24岁了,但在读研究生,听说他们有自己的想法,对咱们这一块也不感兴趣。”

“秋生今年28岁了吧？”

“嗯。他喜欢搞科研,想明年博士毕业后去大学当老师。”

“噢,看来也不会来鲲鹏了,那咱们就先重点培养夏生吧,回头俺跟舒羽说说,先推他做个常务副总吧。”

“行，俺先替孩子谢谢你了！”

“谢啥？又说远了！”

然而，曾善才所提的庆贺一事却被一件意外事件耽误了。那是2016年元旦前的一天，正在车间巡视的成勇突然接到一个电话。他掏出手机一看，原来是成娟打来的。“爸，我妈没了。”成娟在电话里哭诉道。成勇头脑一阵晕眩，忙问：“你说啥？”成娟继续哭诉道：“我妈刚刚心脏病突发，没抢救过来，走掉了。”成勇这才反应过来，挂掉成娟的电话后立即跟林舒羽打了个招呼，便以最快的速度订好了飞往江海市的机票。当他赶到钱艳娥与女儿成娟的住处时，已经是次日深夜1点钟了。

这是成勇第一次走进这套住房。房间非常宽敞，室内也收拾得井井有条。然而，满屋的香烛味和电视柜上方挂着的钱艳娥黑框照片还是令成勇倍感凄凉。女儿哭得像个泪人一样。钱艳娥的父母也在，都哭得不成样子。成勇以前没见过他们，跟女儿也很少见面，不知该如何安慰他们，只能反复自责：“来晚了，来晚了，都怪我不好！”他无力地坐下来，看着钱艳娥的遗像发呆。他完全不能接受这个现实，尽管他们这二十多年来，只是在鲲鹏股份上市前见过一面，但是在他的心中她永远那么青春靓丽并且充满活力。他怎么也想不通，好好的一个人咋说没就没了呢？成娟哭得依然厉害。成勇关切地看了看她。他发现成娟长得跟自己越来越像：双眼皮、大眼睛、高鼻梁，只在嘴角处依稀能看得见钱艳娥的影子。相依为命的妈妈不在了，这孩子将来可怎么办呢？

“爸，这是我妈留给你的信。”成娟终于强撑着从里屋拿出一封信递到成勇手上。

成勇颤抖着双手缓缓打开信封，从里面抽出信纸。信不长，总共只有两页，字体依然那么娟秀。他逐字逐句地看下去：

> 成勇：你好！当你看到这封信时，我肯定不在了。我有心脏病，医生说随时都可能没命。所以自从有了成娟，我每年年中和春节时都要给你重新写一封信，把成娟托付给你。幸运的是，成娟已经23岁了，我的命还在。爱上你既是一个错误，也是一种造化。感谢你曾经给过我的爱，也感谢你给了我一个精灵般的孩子。有了她，此生无憾。她长得像你。在没有你的日子里，只要看

到她，就仿佛你在身边一样。我这些年全部的努力都是为了她，因为我知道，她是我生命的延续。我这些年攒了一些钱，一部分那年抄底鲲鹏股份，今年5月高点时全部卖掉了，本利加在一起大概有3亿；另一部分是生意上赚到的，现在还有500万左右。另外，我还有两套房子，一套是现在住的，另一套租给别人了。现在麻烦你帮我处理一下这些财产。我打算给成娟3亿元现金和这套现住的房子，另外一套房子和500多万现金留给我父母，他们都是农民，年龄也大了，不太会花钱，这些钱应该够他们花了。成娟明年大学毕业，如果我不在，你就是她唯一的亲人了，你要帮她找份合适的工作。还有，这孩子比较腼腆，到现在也没有谈过对象，你要帮她找个合适的人家。好了，啰里啰唆写了这些，希望你看了以后不要嫌麻烦，这也是我最后一次拜托你了！谢谢！另外，因为当年执意充当第三者，给林舒羽和你的两个儿子造成很大的伤害，这一点，我永远无法向他们解释并祈求他们的原谅，只能再次说声对不起了！

钱艳娥

2015年6月30日

成勇看完这封信，终于忍不住落下泪来。他感觉自己亏欠钱艳娥很多，但是因为他又深爱着林舒羽和成龙、成虎这两个儿子，实在无法分身……

成勇花了一周多时间处理钱艳娥的后事。待他回到南粤，已无心与曾善才、孙利民他们聚会庆贺定向增发和内部融资成功了。他把钱艳娥留下的信给林舒羽看。林舒羽也很难受，并在心里彻底原谅了钱艳娥。

和成勇一样，林舒羽开始关心成娟。眼看就要过年了，她对成勇说："你跟成娟联系一下，叫她来南粤过年吧，她妈妈不在了，一个人多冷清呀！"林舒羽说着说着，嗓子竟有些哽咽了，她甚至对钱艳娥当年在鲲鹏通信即将爆仓时抄底鲲鹏股份心存感激，而所有的怨恨全部随着那位情敌的意外离世而烟消云散。对于林舒羽释放出来的好意，成勇当然非常欢迎。他很快就与成娟取得联系，并为女儿买好了来南粤的机票。

腊月二十六那天下午，林舒羽陪成勇一起开车去机场接成娟。在看到成娟的一刹那，林舒羽母性大发，一把拉住成娟的双手，把她揽入怀中。而成娟自从妈妈走后，一直没能走出失去至亲的阴影，林舒羽的举动一下子触及她内心深处最柔弱的地方，她不禁潸然泪下，从此便视林舒羽为自己的亲妈。站在一边的成勇见两人如此亲密，心中非常感慨，对林舒羽生出几分敬意来。

成娟与林舒羽很快就成了无话不谈的忘年交。成娟不再叫林舒羽“阿姨”，而是直接改叫“妈妈”了。林舒羽除了叮嘱两个儿子要善待这个妹妹，还亲自关心起成娟的工作和婚姻大事来。林舒羽先问成娟大学毕业后想不想来南粤工作，成娟想了两天，感觉南粤环境不错，自己的至亲又都在南粤，便愉快地答应了，说毕业前自己会来南粤人才市场碰碰运气。林舒羽对她说，鲲鹏股份正好需要人，问成娟愿不愿意，又把鲲鹏股份的基本情况全面、系统地向成娟介绍一番。为了让成娟对鲲鹏股份有个直观的认识，林舒羽还陪成娟在公司办公楼及工厂车间参观一遍。成娟看后非常满意，说，如果鲲鹏股份能录用她，她肯定首选鲲鹏。林舒羽笑着说：“傻孩子，哪能不录用你，再怎么说，你还是鲲鹏股份持股将近1%的股东呢?!”随后，还把钱艳娥当年要买鲲鹏股份原始股的故事说给成娟听。成娟听后苦涩一笑。她想不到大人们之间还有那么复杂的关系，也更加体会到妈妈对她的疼爱了。

听说成娟来南粤了，曾善才和孙利民都很关心。曾善才还提议他们三家再加上花巧凤一家一起过除夕，这样也好让成娟感受一下南粤这边大家庭的温暖。成娟还没有走出失去母亲的心理阴影，对过不过年兴趣不大，但也不想扫了大人们的兴致，便答应下来。

除夕那天下午，三家人分别驱车来到位于南粤湾畔的凤鹏徽菜馆。成勇一家到达时，曹鹏和花巧凤两口子已在饭店门口恭候多时。看到林舒羽下车，花巧凤快走几步迎上去，一把抓住林舒羽的双手，“舒羽姐、舒羽姐”地叫着。两人相互夸了一会对方年轻漂亮、衣着得体，林舒羽便把成娟介绍给花巧凤。花巧凤对成娟的情况大致了解一些，心里暗暗对这个孩子表示同情，并连夸成娟长得漂亮。成娟有些羞涩，依偎在林舒羽的臂弯里，红着脸向花巧凤问了声“阿姨好”，便低头不语。看到林舒羽和成娟之间如此亲密无间，花巧凤好生羡慕。成勇停好车，带着两个儿子向曹鹏夫妇问过好，两家人便说笑着一起上了楼。

待他们走进包房，曾善才和孙利民两家人早已在屋里围着曾夏生和孟欣艾的儿子华旺逗乐了。华旺是2014年春天出生的，差两个月就要两周岁了，刚刚牙牙学语，奶腔奶调地非常好玩。成勇和曹鹏两家人也跟着逗了一会华旺，才按照曾善才的安排分别落了座。4家老少合在一起共18人，紫漆大圆桌足够大，大家按长幼落座后并不拥挤，反倒有一种济济一堂的感觉。曾善才因为年龄最大，自然与云彩云坐在最上首，孙利民夫妻俩、成勇夫妻俩和曹鹏夫妻俩依次在两边坐开，孩子们则一律坐在下手。

冷热菜肴上了一部分之后，林舒羽建议曾善才致个祝酒词，大家都认为是个好建议，便齐声鼓起掌来。

曾善才清了清嗓子，笑了笑说："都是自家人，有啥好说的？就是感觉时间过得太快，从1990年来南粤找路子算起，一晃26年过去，过了年，俺就55岁了。当初，就咱哥仨在这里闯荡，现在，咱们三家加在一起有15人，加上曹总一家，总共18人了。不容易呀，不容易！大家先吃吧，等吃得差不多了，每个人都说几句。"话不多，却说得大家感慨万千。

大概半小时之后，曾夏生拉着孟欣艾起来给长辈们敬酒。在小辈中，他最年长，过了年就35岁了，自然要带起头来。曾夏生和孟欣艾先走到孙利民和赵冬梅身后，要给他俩敬酒。孙利民坚决不同意，叫他先从自己爸爸和阿姨那边敬起，成勇两口子和曹鹏两口子也认为应该先从年长者开始。曾夏生拗不过大家，便恭恭敬敬地举杯走向父亲和后母，深情地说："前面爸爸让大家都说几句，那俺就开个头吧。俺以前对爸爸不太了解，来南粤后才知道爸爸这些年有多不容易，俺和欣艾都以有这样的爸爸为荣，您放心，俺一定努力把你们几位前辈辛苦创建的鲲鹏股份做得更好！也非常感谢阿姨，您不仅辛苦照顾爸爸和妹妹，对俺和秋生哥俩也照顾得无微不至！"孟欣艾也紧跟着说："是啊，爸爸和阿姨为我们树立了好榜样，我们一定要向你们学习！"大儿子和大儿媳这么懂事，曾善才和云彩云心里面非常舒服，好多年不曾沾酒的曾善才竟然把杯中的红酒一饮而尽。

曾夏生和孟欣艾接下来依次走向孙利民与赵冬梅夫妇、成勇与林舒羽夫妇、曹鹏与花巧凤夫妇，向长辈们表达了崇敬与感谢之意。有了曾夏生和孟欣艾的示范，曾秋生、成龙、成虎、成娟、曹乐乐、孙阳阳、曾春雨按年龄大小分别向长辈们敬过酒后，又相互碰杯，敬酒。包房内的气氛越来越热闹，华旺再也无法安坐在儿童椅里，吵着要下地玩耍。孟欣艾没办法，只好把儿子抱下来，随他在地上爬来爬去。众人看孩子好玩，话题便转到华旺身上。

华旺不知大人们说啥，只顾边爬边咿咿呀呀地叫着。待华旺爬到林舒羽身边时,她一把抱起华旺,先对准他的小胖脸亲了一口,紧接着跟孩子做了个鬼脸。华旺被逗得“咯咯”直笑。林舒羽顺手从兜里掏出红包递到孩子手里,华旺拿到红包后笑得更甜了。孟欣艾赶紧走过来,对孩子说:“快谢谢奶奶!”华旺一边用不太利索的发音说“奶奶”,一边两手打躬作揖,逗得满屋人哄堂大笑。赵冬梅、花巧凤、云彩云也分别从兜里取出红包塞进华旺手里,而华旺也在妈妈的引导下挨个叫着“奶奶”“爷爷”。

林舒羽在被华旺叫“奶奶”时,心情有点五味杂陈。她既非常享用这种被晚辈的尊敬,也明明白白地意识到自己正在快速逼近老年。她下意识地看了眼斜对面的成龙、成虎,两个儿子已经长成玉树临风的帅气青年,自己还能不老吗?她又看了眼成娟,发现成娟虽然面带微笑,却无法抑制刚刚失去亲妈的愁苦。林舒羽心里咯噔一下。该给这孩子找个对象了,等有了对象,或许能减轻一点失去妈妈的苦痛,她想。恰在此时,华旺爬到秋生跟前。秋生抱起侄儿吧唧吧唧猛亲了几口。林舒羽开玩笑说:“秋生这么喜欢孩子,早点成家生一个不就成了?”秋生被她说得满脸通红。云彩云说:“秋生还没对象呢,林总看到合适的帮他物色一个吧!”林舒羽笑笑没有说话,其实,一个念头已经在她脑海里闪现……

回到家以后,林舒羽见成龙、成虎、成娟各自回屋就寝,就悄悄地问成勇:“你看秋生这孩子咋样?”成勇不知林舒羽何意,就答:“很好呀,老实、懂事,也很有上进心!”林舒羽又问:“你这么喜欢他,招他做你女婿怎么样?”成勇突然被她这么一问,一时没反应过来,支支吾吾地说:“哦,可以是可以,就不知两个孩子怎么想。”林舒羽说:“只要你没意见,底下的事就交给俺了!”成勇点点头说:“难为你这么大度,以后你就是她亲妈了!”林舒羽苦笑了一下说:“人生苦短,哪有那么多好计较的?咱们这辈子人眼看都老了,与其计较这计较那,不如多为孩子们想想。秋生过了年29岁,成娟过了年24岁,两人挺般配的,你既然同意了,底下的事俺来办吧。”成勇说:“行,你不觉得累就行!”林舒羽说:“能有机会累也算是一种福分吧!俺想再累上两年,给孩子们把基础打好,就退居二线,养养花,种种草,抱抱孙子。”成勇说:“行呀,你自己开心就成!”

在林舒羽的撮合下,成娟与曾秋生很快谈起了恋爱。成娟大学毕业后就来到鲲鹏股份,从行政办公室开始,一个部门一个部门地轮起岗来。一年后,两人走进婚姻殿堂。曾善才和成勇成了儿女亲家。

同样在林舒羽的提议和推动下,2017年底时,曾善才和林舒羽在依然保留鲲鹏通信董事职务的同时,辞去鲲鹏股份董事职务,他们在鲲鹏股份的董事职务分别由曾夏生和成娟接任。孙利民则接任鲲鹏股份董事长一职,其先前担任的总裁一职由曾夏生接任。从此以后,作为新生代代表的曾夏生、成娟等人开始挑上了更重的担子。

第五十章 老友合力抓逃犯 鲲鹏展翅飞万里

曾夏生接任鲲鹏股份董事兼总裁以后，以研发和内部融资为抓手，全力配合董事长孙利民开展工作。一切都在有条不紊地进行着。因为经营稳健、务实，鲲鹏股份甚至丝毫没有受到2018年频频出现的上市公司大股东质押爆仓影响。

不过，树大招风，鲲鹏股份所取得的骄人业绩引发了某些外国同行的忌恨，一场针对鲲鹏股份的全方位围剿自2018年底便悄然布局。所以进入2019年以后，鲲鹏股份被外国政府和同行起诉的事件越来越多，鲲鹏股份所处的国际营商生态也越来越恶劣。

2019年夏末秋初的一个周末上午，备受压力的孙利民约上曾善才、成勇两位老伙计，决定趁天气不错去南粤湾海滨浴场放松一下。两位老伙计正好都有空，便都爽快地答应了。

南粤湾海滨浴场是前两年刚刚开发出来的，这里沙细、浪平、水蓝、天净。当三个老伙计穿着花花绿绿的沙滩短裤，披着白色浴巾走出更衣室时，他们都被彼此的大肚腩逗乐了。

“善才，看来咱哥几个真老了！”孙利民指着曾善才和成勇的大肚腩，又拍了拍自己那松塌塌的大肚皮说。

“可不是吗？俺今年都58了，你们俩稍小一点，也是一个57，一个56了！”曾善才无奈地仰天长叹一声，“岁月不饶人呀！哎，不说了，咱们先下水游一圈去！”说罢，他把浴巾往沙滩椅上一丢，端起跑步的架势，摇摇晃晃一头冲进大海。孙利民和成勇在后面紧紧跟上，也扑通扑通跳进海里。

南粤湾里，阳光明丽，风平浪静。三个老伙计就像三个不足十岁的顽童一样，你追我赶，嬉笑打斗，直惹得岸边观海之人犯嘀咕：“这三个小老头该不是精神病犯了吧？”闹累了，他们就平躺在海面上，任凭温婉的海浪轻抚他们鼓囊囊的大肚皮。休息得差不多了，三个老伙计又重启打斗模式。如此三番两次，他们终于筋疲力尽。成勇率先提议回到岸上晒太阳去。于是三人同时上岸，并排在沙滩椅上躺了下来。

“好久没有这么放松了，真爽！这几年真是太累了！”孙利民打着呵欠懒洋洋地说。

“累就少干点嘛，谁叫你成天操那么多的心？”成勇说。

“你以为俺乐意操劳啊？善才把夏生交给俺带，你和舒羽又把成娟交给俺带，这个责俺得负起来，总不能让你们失望吧？”孙利民说。

“真是难为你了！”成勇对孙利民表达谢意后，又扭头对曾善才说，“亲家呀，咱们得好好谢谢利民才行！”成勇因为去年将女儿成娟嫁给了曾秋生，与曾善才的关系更加亲密，说起话来也更加直截了当。

“利民的确有点辛苦。秋生有自己的事业，成龙、成虎又在国外打拼，阳阳暂时还在上大学。咱们下一代人数虽然不算少，现在没人能直接帮得上夏生和成娟呀，还不得靠利民多给他们帮衬帮衬吗？”曾善才说。

成勇“嗯”了一声表示同意。孙利民却谦虚道：“善才，俺老早就想跟你说了，其实孩子们有他们自己的办法，这些年观察下来，夏生的能力还是蛮强的，他的好点子也真多。等再过两年，夏生威信更高了，俺就把董事长的位子给他让出来，让夏生自己去招个职业经理人做总裁吧！”

“行！俺没意见。你自己把握火候吧！”曾善才说。

“还是你们两位爽啊！俺那两个娃儿在国外待着不肯回来，俺也不知道啥时才能像你们那样轻松下来！”成勇艳羡道。

“别急，你还年轻嘛！”曾善才刚说完这句话，突然发现不远处有一个熟悉的身影，就轻轻提醒两位老伙计说：“快看前面那个正在翻垃圾桶的人！”

孙利民和成勇定睛一看，一个蓬头垢面、胡子拉碴、衣衫褴褛的瘦削老头正把垃圾桶里翻出来的小半瓶饮料往嘴里送，脸上还露出非常享受的神情。

“李冲！这个贪污犯竟然躲到这里了，怪不得通缉令下达这么多年都没有抓住他呢！”成勇唾了一口吐沫说。

“快，抓住他！”孙利民一骨碌翻起来，直奔李冲跑去。曾善才和成勇紧跟着追了上去。

正在享用剩饮料的李冲发现有人朝他跑来,感觉不对,掉头便跑,怎奈三人已至近前。成勇一把薅住他的衣领,随后赶来的曾善才对准李冲的屁股猛踢一脚,李冲便一头栽倒在沙滩上。三人一阵忙活,把他从地上拽了起来。沙滩上不明就里的人刚刚还在七嘴八舌地指责三人不该为难一个乞丐,待三人说出内情,也纷纷加入助战。在大伙的共同努力下,李冲很快便被扭送到附近的派出所。

几个月以后,李冲因贪污、受贿数额特别巨大被判有期徒刑10年。然而曾善才和他的伙伴们还没来得及为李冲的最终受惩而庆贺,一场起于中部大城市的新型冠状肺炎疫情迅速席卷全国,也令曾善才等人陷入了深深的忧虑之中。

这场疫情不仅严重影响了全国老百姓欢庆新春,还因疫情防控力度不断升级而使众多企业的复工日期由2020年1月31日而一推再推。直到2月15日晚,鲲鹏股份还因很多员工无法正常返回而暂缓开工。再这样下去,今年企业亏损还是小事,若因此丢掉了好不容易打拼下来的国际市场,那就麻烦大了!怎么办?曾善才不禁为鲲鹏股份担忧起来。

2月16日,曾善才匆匆吃过早饭,便戴上厚厚的N95口罩出门前往与自己小区一路之隔的儿子住的小区,敲开了曾夏生小两口的房门。曾夏生和孟欣艾见父亲大清早就过来,忙让座倒茶。8岁的孙子华旺见到爷爷也开开心心地跑过来问好。曾善才慈爱地抚摸着孙子的后脑勺,却一点也高兴不起来。他把自己的忧虑说给儿子、儿媳听,希望他们能早点想想办法。谁知夏生听了之后,反倒安慰他,说该想的办法他已经配合孙利民叔叔想过了,目前公司主要推行网上办公,除了生产装配暂时还搞不起来,其他很多工作早已通过网络系统进入正常状态了。曾夏生还说,鲲鹏股份是做智能手机的,他当然要在这个关键时刻把自己的优势发挥出来。曾善才听后连连点头说,这样他就放心了。曾夏生接着又劝父亲说,要相信国家控制这次疫情的决心和能力,要看到我们这个国家还有很多勇敢的逆行者!曾善才说他当然相信,并缓缓起身,从兜里掏出手机,翻出老朋友长虹昨天深夜给他发过来的小诗《致逆行者》,望着窗外碧蓝的天空,声情并茂地朗诵起来——

背影是图腾/步伐是使命/肩膀是担当/为什么亲人们眼含泪水/什么让你

们向死亡出发/民族危难时/不顾生死/看淡名利/负重前行/挽救生命/你们是民族复兴的力量

橄榄绿军装/白色防护服/奔放而纯洁/2020 最美的颜色/亲人们记住了你们/民族的脊梁/家国的栋梁/传承的光芒/有了你们/中华文脉源远流长

附录 点评摘录

《融资风云》(初稿名《融资记》)在2019年5月30日至2020年2月16日连载期间,得到众多师友的热情鼓励和大力支持。一些师友还在“艺眼投资”微信公众号及本人的微信中留言,或对小说给予及时肯定,或提出中肯意见和建议。现将他们在200集初稿中的留言摘录如下——

第1集:怀旧情结,也许是我们这代人的共性。怀旧,当然不迷恋因穷而来的伤痛,实则怀念昔日人与人之间的清欢、纯粹与甜蜜。 ——彤丽炜

第2集:老师批评学生的情景似乎熟悉。渴望食物,寻找食物,共享食物,描绘了主人公的同学缘、兄弟情! ——玉笑

第3集:物质匮乏、家庭拮据、食不果腹的年代,大人为孩子们吞糠咽菜,忍饥挨饿,一心只为孩子们的茁壮成长,不料仍然杯水车薪,饥饿难耐。本集层层递进,生动有趣,耐人寻味。 ——彤丽炜

第4集:此集满满的怀旧和乡愁气息,勾起了童年的回忆,在文中可以找到自己童年的影子。感叹作者娴熟的文字驾驭能力和对生活的热爱! ——Mr.Pan

第5集:唉!穷人的孩子早当家!当大哥曾善才把借条留给弟弟妹妹的时候,一个独立意义上的企业家就已经诞生了! ——沧浪之水

第6集:小说一如既往,铺垫到位,人物形象鲜活,环境描写鲜明。 ——彤丽炜

第7集:这集精彩!木手枪制作成功的喜悦及出售成功换来了更多的钱,这个动力是巨大的!一生会为此奋斗下去了! ——玉笑

第8集:融资路上的酸甜苦辣,需一味一味品。手抄本大行其道的年代里有一

代人对精神食粮的追求。
——彤丽炜

第 9 集:无学可上的主人公怎样开启人生新模式呢?不要看题目继续读蓼痴兄的草根逆袭史!
——沧浪之水

第 10 集:年幼的曾善才在辍学摆摊出租连环画的岁月里,吃尽了苦头。小说一波三折,扣人心弦。
——彤丽炜

第 11 集:好文醉人心扉,润人双目,发人深思,引人入胜,作者做到了!
——作家诗人编剧石生

第 12 集:冰冻三尺非一日之寒,胯下之辱击醒梦中人。曾善才梦醒之日便是奋斗史诗开篇。
——罗永琳

第 13 集:一个人的性格发展,跟他的成长环境有密切的关系。小说中的人物形象塑造往往通过一些最具体的细节来呈现。
——海滨

第 14 集:学校折射世间百态。
——彤丽炜

第 15 集:读这一集,感受到了 20 世纪 70 年代的一种经济政治背景。“投机倒把”这个词似乎已经是一个历史名词。
——海滨

第 16 集:手足之情,令人感动。想起了《平凡的世界》中的孙少安和孙少平兄弟俩,想起了余华的小说《兄弟》。
——海滨

第 17 集:本集惟妙惟肖地演绎了疤痕男劣性难改、欺骗成性的嘴脸。
——彤丽炜

第 18 集:那种假大空式的作文腔调,是那个时代特有的一种痕迹。塑造人物,从这样的一个角度入手,让李冲的言语与行为之间产生极大的反差,耐人寻味。
——海滨

第 19 集:蓼痴老师总能在一个特定的环境里布局一个悬念,将读者引入一个新的境界。
——彤丽炜

第 20 集:《数理化自学丛书》令人记忆犹新。佩服作者总能挖掘真实生活素材,巧妙围绕“融资”,为主人公曾善才积累第一桶金储备更多的实战经验。
——彤丽炜

第 21 集:虚拟的世界里存有现实中的一面。
——孤飞雁

第 22 集:在这个新旧观念冲突的崭新时代,曾善才与少妇的奇缘中充满了诸多青涩、祈愿、期待与不可预知。
——彤丽炜

第 23 集:故事情节峰回路转,许多人与事都打上了时代的烙印。——海滨

第 24 集:跟随作品唯美的联想,小说开启曾善才致富路上的青春艳遇,将善才与燕飞心底最细腻而微妙的男欢女爱之幽情刻画得淋漓尽致。——彤丽炜

第 25 集:想起一部电视剧《汉正街》。那个时代,做服装生意的大多有此番经历。——海滨

第 26 集:高明的作者让人物自己按照性格发展的逻辑往前走。——海滨

第 27 集:情节进入多变环节!喜中带忧正是跌宕起伏的人生啊!

——沧浪之水

第 28 集:跟随作品推进,故事好像就是 20 世纪 80 年代改革开放初期"严打"时车匪路霸猖獗的缩影。——彤丽炜

第 29 集:让人物按照自己的方式思考、说话、做事,让故事按照生活的逻辑发生、发展、变化,小说的本质就是生活与语言的艺术。——海滨

第 30 集:曾善才靠体力和社会经验在号子里没吃亏,但是伏笔又开始埋藏了!——沧浪之水

第 31 集:本集是过渡段,但必不可少。伏笔继续隐藏。主人公曾善才又将面临新的选择。——沧浪之水

第 32 集:座次、菜谱和小酒壶好熟悉亲切。大半夜的,也想就着肫爪喝两杯啊。——Mr.Pan

第 33 集:故事里的故事,像俄罗斯套娃,又让人联想起《平凡的世界》里的孙少平与田晓霞的初识,让人物自己登台亮相,自说自话,自导自演,读者是最好的观众。——海滨

第 34 集:《资本迷局》看过来,读到此处玄机开。为达目的专设计,假装凄惨再使坏。男无赖,女也爱,糖衣炮弹正中怀。岂因一张电影票?虚荣恻隐在作怪!

——彤丽炜

第 35 集:劣迹斑斑的李冲为追求纯情女孩无所不用其极。天真的女孩林舒羽会不会陷入一场错爱呢?——彤丽炜

第 36 集:人物形象刻画鲜明,孙利民隐忍、仗义、善良的形象跃然纸上,令人钦佩。——彤丽炜

第 37 集: 夏生的出生意味着什么, 令人几许期待, 为文章注入新鲜活力。

——彤丽炜

第 38 集：处理商品仅是百货大楼改制之路上的一件小事，作者从普通人的道听途说，到善才实地考察，细致刻画了当时国企员工的专业水平及复杂心态。

——玉笑

第 39 集：敢担风险才能赚大钱。这样简单的道理都懂，敢于行动的不多！

——十八帮主

第 40 集：曾善才成长的道路上，开始涉足金融专业领域。作者充分发挥个人专长，把人物引向一个充满希望与风险交织的全新领域。 ——海滨

第 41、42 集：成功的小说基本上都离不开性或暴力，本大作这两个元素目前已经都有了，目测要火……作者对善才和女主之事的描述虽较为含蓄温婉，却给读者留下了更多想象空间，让人感受到熊熊烈火一点没少、欲罢不能，符合人物及情境发展。

——Mr.Pan

善才与燕飞这样的奇妙合作，令人读来感觉莫名。畸形的夫妻关系与姐弟恋交织，生意场与情场的交织，感情与欲望的交织，让资本带着红尘里有些罪恶感的气息登场。

——海滨

第 43 集：让我想起蚌埠到广州东的绿皮火车。24 小时的旅途，一夜一昼甚是难熬，蚌埠二马路的批发商常年在这趟车上晃荡。 ——十八帮主

第 44 集：曾善才与孙利民之间看似不经意的问答，其实暗藏着曾善才的隐忍之心与孙利民的一语双关。二人之间的对答，若非知己之交，断不会触及内心最深处。

——彤丽炜

第 45 集：梦里梦外，爱恨情仇尽有！ ——十八帮主

第 46 集：本集如幻灯片般再现了改革开放初期南粤发展的面貌，读后感慨颇多。

——彤丽炜

第 47 集：环境描写很有时代特色，真实再现了那个时代。在对话中巧妙地交代了店主的弟弟逃往对岸的真实原因，自由而充满活力的市场经济将应运而生，也为金融市场的出现埋下伏笔。

——海滨

第 48 集：孙利民怀着对南粤的极大兴趣，对店老板继续就改革开放初期感受细加寻问。店老板并不看好，甚至有贬损之意。这使我联想到《红楼梦》中的贾宝玉。他虽然对封建礼教充满厌恶，却身在其间，安享奢华。不同的是，贾宝玉是封建

社会的革命派,而文中老板则是改革开放潮流中的守旧派。这就进一步表现了改革开放的复杂性和艰巨性。 ——彤丽炜

第49、50集:中英街是一个旧时代的见证。作者笔下的南粤很写实。只是觉得曾善才与孙利民的对话与见识,超越了当时祖国大陆的部分经济学家。 ——海滨

第51集:50集的铺垫、烘托,似乎嗅到了"融资"的气息,"山雨"之前,应是"满楼风"。 ——云卷云舒

第52集:要起飞了。这集入高潮,三人紧跟政策走的伏笔已埋好。 ——玉笑

第53集:国有螺丝厂欠银行债,久拖不还,万般无奈,向民间个体户借款。这也为小说的进一步发展埋下了很重要的伏笔。 ——海滨

第54集:屠鹏远这个人物在《融资记》里究竟是一种怎样的存在?绿毛龟?似乎太过脸谱化和简单化。连死都如此突兀,毫无征兆。如何能更加顺理成章,更合乎人物性格和生活的逻辑?请作者三思。 ——海滨

第55集:作品把周燕飞对曾善才这份深挚的感情拿捏得非常准确、到位。女人对男人的爱同男人对女人的爱是不一样的。周燕飞的坦诚、理性、有牺牲精神与曾善才的商业敏感之外的真挚、单纯,有很大不同。这是一个亮点,为后文人物性格和情节发展埋下伏笔。 ——海滨

夹缝里生长出的爱情虽然一时甜美,总有许多丝丝缕缕的苦涩夹杂在内!唉!人生就是一出戏,越来越形象生动! ——沧浪之水

第56集:曾善才的父亲与母亲这两个人物形象塑造比较成功,属于典型的严父慈母。当曾善才说出孩子是自己的亲骨肉时,母亲的眼睛里闪过一道光。这个细节写得好,很传神。人物对话也比较生活化。父亲的态度转换,还可以再做一些更充分的铺垫。 ——海滨

机灵的善才适时把亲儿子的事实告诉二老,面对亲骨肉,二老心态慢慢转变。作者细致入微地用动作、语言表达出来,这集是个对话的好剧本!情景、形象生动展现。只需三个人,学生们可以据此排演一场戏。 ——玉笑

第57集:作为读者,我对作者设置孙林民这个人物是有一些想法的。《融资记》发展到后来必须有更加广阔的舞台,而这复杂的人脉和舞台需要时机。这里必须要有大布局,做出更多铺垫。 ——海滨

第58集:善才敢爱敢恨,不畏人言。大丈夫! ——阳光小子

第 59 集：小说渐入高潮，似柳暗花明，又似峰回路转，历历在目，步步惊心。

——彤丽炜

第 60 集： 这一集很有生活气息。看门人的势利嘴脸也有现实的生活基础。

——海滨

纳烟点火、深吸慢吐、手夹耳扛、接续香烟的细节，把烟鬼写活了！

——十八帮主

第 61、62 集：一个国有螺丝厂走到了山穷水尽的时候，厂长的家里却是这样的风光无限。小说的描绘和刻画深藏着批判的目光。——海滨

好一个贪财的厂长！描述细腻，刻画生动。——玉笑

第 63、64 集：小说情节跌宕起伏，渐入佳境……那就是在融资道路上，曾善才面临的种种挑战和难关。环环相扣，让读者不禁为曾善才捏一把汗。——海滨

第 65、66 集：从此渐入佳境矣！曾善才从摆地摊的个体户一步步跨入企业家行列。故事说来似乎荒唐，但正是 20 世纪 80 年代的真实写照！——沧浪之水

第 67 集：时势造英雄！曾善才被迫一步一步成了著名的企业家，就从 50 万借款讨要不回来开始了。越写越妙！行文真实生动，再现了当年改革开放初期“先富起来”那一批人的苦与痛！

——沧浪之水

第 68 集：公私合营的新型企业家一步一步成长起来了。虽然如履薄冰，虽然摸着石头过河，但是曾善才也算遇到了人生第一个大转折点。——沧浪之水

第 69 集：很写实！这一章应该放写，细细描绘一下肥头大耳的前厂长遭遇工人冷嘲热讽的情景。忐忑不安的曾善才终于迈出了人生一大步——他从街边摊主变成了企业家，尽管现在他自己也不晓得能走出一条什么道来！——沧浪之水

第 70 集： 县委书记李宏达的诡异讲话与神秘表情在此重大而且关键时刻展露无遗。

——彤丽炜

第 71 集：六周是江淮民俗文化的一个记号，是江淮儿女智慧的结晶！写曾善才和成勇爱下六周，看似闲笔，实有用意！

——十八帮主

第 72 集：通过一“玩”字，把社会关系学阐释得淋漓尽致。妙！——岸芷汀兰

第 73 集：读罢全篇，有拍案叫绝之感！新任厂长曾善才仿佛当年清朝重臣左宗棠遇到天下第一棋手一样，竟然遇到有如此境界的才子成勇，真可谓历史总有惊人的相似之处！

——彤丽炜

第 74 集:写人有《古今小说》的笔法!——十八帮主

第 75 集:强将手下无弱兵——为曾善才手下多才多艺的成勇点赞!

——彤丽炜

第 76 集:成功的小说总是伴随着对人物心理活动的准确刻画。成勇心中的美女鲜活完美,这叫两个同行美人怎一个五味杂陈?林美人的再次出现(曾是孙利民的初恋、后被疤痕男李冲糖衣炮弹裹挟)令人遐想。——彤丽炜

第 77 集:小说环环相扣,衔接自然,渐入佳境!——彤丽炜

第 78、79 集:人物描写入木三分。——王海凤

第 80、81 集:构架宏大,用笔细腻,细节描写每每深入浅出,寓大于小,寓情于景。——彤丽炜

第 82、83 集:国进兄的武功不废,反而精进了。——海上游泳客

第 84 集:环境描写与心理刻画鲜活生动。——彤丽炜

第 85 集:新的矛盾又将升华新的思想,善才又有何新的主意拿出来呢?

——彤丽炜

第 86 集:林舒羽的几度出现总是伴随着故事情节的柳暗花明。我们是否有理由预见林舒羽将成为融资局里的重要人物呢?——彤丽炜

第 87 集:曾善才、孙利民、成勇其实都离不开一个女神——林舒羽。

——彤丽炜

第 88 集:故事情节引人入胜。——孤飞雁

第 89 集:成勇之噩梦实为好梦。——彤丽炜

第 90 集:本集通过点面结合的细节描写,鲜活地刻画了新任厂长曾善才创业路上的艰辛。——彤丽炜

第 91 集:本集通过对话将曾善才竭尽全力为螺丝厂化解危局的挫败经历刻画得淋漓尽致。——彤丽炜

第 92 集:典型而翔实的细节特写将曾善才刻画得入木三分。——彤丽炜

第 93 集:门卫也好,远方亲戚也罢,无疑是曾善才运气逆袭的信号!

——彤丽炜

第 94 集:走投无路的曾善才被迫求助高利贷,融资之路注定不会一帆风顺。

——彤丽炜

第95集：一看作者就是企业管理高手，从市场到生产，从财务到供应，门清！

——散人

第96集：细节描写强化了主人公胆大心细、有勇有谋的形象。——彤丽炜

第97、98集：欲扬先抑的表现手法使文章更具艺术感染力。——彤丽炜

第99、100集：看这样的创业史，总有强大的时代烙印，就像一代创业者的胎记，那么清晰，那么引人入胜。没有不好的员工，只有不好的制度。窥此一斑，得知作者心中全豹。

——邹秀英

第101集：八六注定成功时，上行下效天地知。群龙无首多雪雨，创业维艰化史诗！

——彤丽炜

第102集：文笔相当好，刻画人物活灵活现。——汤圆奶奶

第103集：眼神传情，言语默契，作者的细腻描述预示恋情将向纵深发展。

——玉笑

第104集：好期待螺丝厂峰回路转啊。刚刚看过李达康原形之一的山西耿彦波，期待更多务实肯干的领导人出现。

——邹秀英

第105集：仙人指引花明路，家风倡导业途通。善才成勇有一比，管仲乐毅与周公。

——彤丽炜

第106集：捞骚、老马子，多么亲切的乡语！文笔细腻，生活画面感十足，引人入胜。

——陆前安

第107集：不愧文坛实力派，寓情于景，妙趣横生。——彤丽炜

第108集：细节描写中暗藏大主题下主人公心灵的豁达与率真！

——彤丽炜

第109集：最后一行看出了眼泪水。想起老家发小，遇到几件自己绕不出来的事，就往我身上一推，我就敢包办。而我老家父母有什么事，我天高路远，也往闺蜜身上一推，她们包办。这样的情义，真好！

——邹秀英

第110集：换个场景，人性依然。这是人类世界本来的模样。写透人心人性，就是传奇。

——邹秀英

第111集：曾善才这下把营商秘诀兜底翻了，主动进入坏人伏击圈吗？像看侦探小说一样。

——邹秀英

第112集：李宏达不愧为官场老手！作者的刻画很有立体感和表现力，给人留

下很深的印象。 ——彤丽炜

直到现在，1.0、2.0、3.0、4.0版的李宏达一直存在，新一代还趋之如鹜。改变，是如此艰难曲折。 ——邹秀英

第113集：人在江湖走，怨冤几时休。而今曾善才，已陷饭局忧。

——彤丽炜

第114集：怎么也没想到李氏父子能整出美人计来。人性，往往不堪考验！

——邹秀英

第115集：这一部终于放手写酒色之祸了。资本市场的幕后交易1.0版：茅台+美色。 ——邹秀英

第116集：场面描写还原了曾善才坠入陷阱的过程，心理描写还原了曾善才掉进陷阱后的心理落差，细节描写勾勒出曾善才本有的善良心理与些许龌龊心态。 ——彤丽炜

人性的弱点，自省、自罚、自沉沦是主流。人性的复杂，没有泾渭分明的好坏，重视动物性的人性，防患于未然，珍惜一念天堂、一念地狱的转换机缘，爬起再来。

——邹秀英

第117集：时代一直在变，人性还是千年。公道难得在那么少的几颗心里。

——邹秀英

第118集：兄弟情、朋友情，在最需要的时候见真情。 ——孤飞雁

第119集：李冲的艳门事被几个小三演绎得活灵活显。 ——彤丽炜

第120集：乱起于宫斗。 ——十八帮主

第121集：初出监狱大门的曾善才更加谨言慎行了！ ——彤丽炜

第122集：改变命运的路上，总是有那么多考验。愿老曾此后一直遇到好人，和燕飞也从头再来。只是燕飞燕飞似乎预示着劳燕分飞，令人不忍啊。求作者慈悲，给个大团圆。 ——邹秀英

这一章写得细腻，心理和情感充满了矛盾、火药味，女人对前夫的埋怨溢于言表，男人表面的软弱实则充满了对这个家的呵护与理解。 ——玉笑

第123集：一年之计在于春，南粤有梦付诸行。举步维艰异乡路，谁能化解念乡情？ ——彤丽炜

第124集：下套了，那也是因为他在某些方面露出了可被下套的破绽。

——静湖金波

第125、126集:终于冲出螺丝圈圈了! ——十八帮主

第127集:骑驴找马不失为一种策略。 ——彤丽炜

第128集:聆听利民讲投资,善才成勇如醉痴。人在江湖似蹚水,摸石过河谈何易? ——彤丽炜

第129集:花巧凤的出场就像是黑夜里的灯塔,点亮了曾善才与成勇心中的迷茫,也许会带来些许希望。 ——彤丽炜

第130集:成勇、善才二人对此次南粤行底气足,认知高。 ——彤丽炜

第131集:南粤鲲鹏贸易有限公司的正式成立犹如鲲鹏展翅,令人不由得产生无限遐想。 ——彤丽炜

第132集:喜庆元旦佳节时,一年辛苦成功至。人在江湖多风雨,美女煽情为何事? ——彤丽炜

第133集:不忍看曾成二位又一次阴沟翻船,有没有点高智商谍战?

——邹秀英

第134集:终于有个花木兰了。可是雷也深深地埋下了。 ——邹秀英

第135集:成勇和林舒羽的娃也要四五岁了,创业者的时间过得真快。本读者就像坐在墙根儿晒太阳做针线的老奶奶,脑子里旧事浮现。 ——邹秀英

第136集:一波三折的故事情节把人性的复杂变化演绎得入木三分。

——彤丽炜

第137集:林舒羽的到来,恰如春风拂面,又似都市里辛苦创业男人的润滑剂。 ——彤丽炜

第138集:看到了孙亚芳的影子。愿有大智慧,鲲鹏舒靓羽。 ——邹秀英

第139集:林舒羽加盟鲲鹏,无疑是鲲鹏通信展翅翱翔之时。 ——彤丽炜

第140集:哪个办公室没有政治呢?不服不行。 ——静湖金波

第141集:又到了年底做总结的时候了。年年难过年年过,想想不通想想通。

——静湖金波

第142集:哇,手上都捏出了白道道!活脱脱官场现形记啊! ——岸芷汀兰

第143集:这一场饭局以林舒羽为主角,精彩细节扣人心弦。 ——彤丽炜

第144集:生意场上的交易不是来自于阳光下。好色牛哄哄是社会上绝色的

代表,心怀不轨的举动失去了善德之本,这样的人不会有好下场。——孤飞雁

第145集:成勇辞职这个包袱有意思,坐等抖包袱。——邹秀英

第146集:本集通过人物对话还原了成勇辞职的真实缘由,作者对人物心理和细节的描写,手法娴熟,游刃有余。——彤丽炜

第147集:企业发展方向对了,想象中的大困难瞬间逆转为顺水行舟的好事。——彤丽炜

第148集:牛哄哄要打秋风了。不管东南西北风,这就是世道常情。且接招,且化解。所有的考验都是上升的台阶。——邹秀英

第149集:喝茶喝出了苍蝇。这也是世间常有。——邹秀英

第150集:旧体制檐下低头,新伙伴面前守矩。新旧两股力量历练创业三人组,精彩!旧人故里寒心茹苦,新人眼前乱纷纷。新旧两股情感考验创业三人组,守正不阿。——邹秀英

第151集:细节描写引人入胜。——彤丽炜

第152集:玉树临风人帅气,智勇双全成精明。勤劳踏实终分利,开心快乐家业兴。——彤丽炜

第153集:幸福来得如此突然。新一轮考验也要来了。——邹秀英

第154集:此集构思既出人意料,又符合特定人物身份。——彤丽炜

第155集:花巧凤还是当导游带人参观营业部时晃过一脸,中间的间隔好长啊。——邹秀英

第156集:见微知著,多少狼闻到了肉味儿啊!——邹秀英

第157集:真小人能够在台面上说事儿,算君子;伪君子总是在桌子底下使绊子,真小人!——邹秀英

第158集:剧情安排巧妙,国家反腐及时,为公司上市扫清障碍,深得民心。这部作品的意义升华了,可拍电视剧上央视。——玉笑

第159集:出人预料啊,居然是另一波被欺压的陈胜、吴广,天下苦于牛哄哄的企业真多啊!——邹秀英

第160集:钱艳娥的二次出场显然是铆足了劲儿,有备而来。——彤丽炜

第161集:以钱艳娥高调行事的性格注定她是不达目的誓不罢休的人。曾董、林总一行人左躲右闪,无奈还是进了她的饭局。——彤丽炜

第162集：鲲鹏唐僧肉，蜘蛛精来了。真希望钱总不至于那么恶劣，而现实世界里全都是胃口太大的蜘蛛精。 ——邹秀英

第163集：戏剧了。曾善才、孙利民两位兄弟需要后悔和检讨，尤其曾，掉进过别人的陷阱，又没努力阻止成勇脑子发热，无论如何，他都得付出一位带头大哥的代价！ ——邹秀英

第164集：林舒羽这样通情达理，简直是太空人！不能理解她为什么会这样豁达，她的心理起伏需要反复，不能这样云淡风轻。她于无声处的惊雷，需要释放，她需要大哭一场，不能让她憋出毛病来。 ——邹秀英

第165集：蓼痴不愧是演绎大师，既是金融专家，又能将枯燥的金融业务以小说的形式呈现，此处细节描写绘声绘色，精彩至极。 ——彤丽炜

好了，只有在林舒羽的世界天崩地裂、地动山摇、暴风骤雨之后，新纪元才会到来。 ——邹秀英

第166集：幸福的家庭不是没有矛盾，而是遇到矛盾如何解决。方法不同，结果迥异。感谢王总为我们提供了鲜活的智慧人生教材！ ——彤丽炜

第167集：每临大事不糊涂，成功还需林舒羽。踩上风口都成才，衣锦还乡起新篇。 ——邹秀英

第168集：衣锦还乡三董齐，情满乾坤天地知。 ——彤丽炜

第169、170集：看了兄弟的小说，佩服啊，写得不错，不由手痒痒，也想写写！ ——天行健

第171、172集：衣锦还乡后，断崖考验来。漏了一个"非典"事件对南粤的影响吧？那时大家都看电视，股市大跌。 ——邹秀英

第173集：本集揭露了普遍存在的模仿品牌现象。作者描绘细腻，让品牌生产厂家的人员也误以为真，佩服。剧情惊险，矛盾激化，让人揪心！ ——玉笑

第174、175集：这两集我们又看到以曾善才为首的三董应对行业普遍存在的假冒伪劣商家的实力。 ——彤丽炜

第176、177集：这一波跌宕起伏有戏剧效果了，喜欢看！精彩！尤其是柳絮的出现，可谓塞翁失马焉知非福？！ ——邹秀英

第178、179、180集：且看这三章的融资术语——质押、年化、授信额度……学习了！再看柳絮的浪漫野性、风情万种、圆滑精明，都被作家淋漓尽致地刻画出

来了。——彤丽炜

第 181、182、183 集:在这三集里,我们既看到了柳絮的财色交易戏,又欣赏了鲲鹏三董股权保卫戏。大鳄浮头、轻翻巨浪,被作者演绎得炉火纯青。

——彤丽炜

第 184 集:在股权保卫战打响的关键时刻,鲲鹏第二大股东外资所持 20.3%股份的部分转让问题提上了议事日程。成勇的汽车安全带投资被林舒羽描述得犹抱琵琶半遮面,这其中到底蕴藏多少融资信息呢?——彤丽炜

第 185 集:吴老板的装与柳絮的作被作者描绘得鲜活到位!作者这样花浓墨重彩描写柳絮的财色交易戏,其实也是向我们再现了现实生活。非常精彩!

——彤丽炜

第 186、187 集:谣言令股价猝不及防地一路下跌,鲲鹏股份再次站到了濒临危险的关头!花巧凤的第三次出场将会带来新的转机吗?故事再次掀起波浪,令人看到资本市场的残酷性。——彤丽炜

第 188 集:无巧不成书。从《资本迷局》里走来的花巧凤依然充满真情与睿智。这个美丽的天使在《融资记》里就是林舒羽——能曲径通幽的林舒羽!

——彤丽炜

第 189、190 集:三个女人一台戏,居然可能是四个女人一台戏。钱老板逢低出手了?——邹秀英

第 191、192 集:惊涛骇浪千帆过,一波三扬须小心。——邹秀英

柳絮阴险狡诈、不择手段。钱艳娥出手托股价,帮助公司渡难关。面对不同的女人,林舒羽沉稳、睿智,三女三男演了一出资本市场的大戏。下一代夏生登场,又将给公司带来怎样的飞跃?——玉笑

第 193 集:能够写如此大部头的小说,比较艳羡!佩服老师的文笔思路!

——七星神龙(付用奎)

第 194 集: 当曾夏生将费尽心血研发出来的安卓智能手机摆在父亲面前时,鲲鹏股份又要在商海中展翅高飞了。——彤丽炜

第 195 集:如同今日暖阳,普照天地,看着舒坦、顺畅!终于有 80 后扎扎实实地干出来,挑担子了。——邹秀英

第 196 集:有看头,有盼头,江山代有才人出,一代更比一代强。——邹秀英

第197集:本集的美好结局于双方高层正式接洽中逐渐展现。 ——彤丽炜

第198、199集:狮子滚绣球,好事在后头。我们欣喜地看到,而立之年的曾夏生事业、爱情双丰收。 ——彤丽炜

第200集:贪官李冲的最终凄惨落网与曾善才等三兄弟在美丽风景中谈笑风生、展望未来形成鲜明对比,印证了善恶有报的天理。读罢全篇,油然生出荡气回肠、流连忘返之感! ——彤丽炜

文章合为时而作,为事而作。抓住时代脉搏进行加工创作,本身就成功了一半。 ——王诚

李冲落网,而且是被故事中的男主角抓到。太令人振奋了! ——水中花

笔落惊风雨,书成泣鬼神。 ——朱卫文

李冲落网,大快人心!缜密的架构、宏伟的布局! ——邹秀英

再次对师友们不弃不离的陪伴致以衷心的感谢!

致 谢

经过近十一个月的煎熬,今天我终于可以把这部《融资风云》阶段性地画上句号了。回首这部小说的写作,我依然忍不住要对那些给了我勇气、力量和信心的师友们致以衷心的感谢!

首先要感谢的还是我的老师们。在这部小说动笔之初,我就向他们做了汇报。老师们一如既往的理解和支持,是这部书得以推进下去的力量源泉。我的中学老师陈勇董事长不仅全程关注本书的写作进程,还以其传奇经历为本书提供了大量的鲜活素材;我的师专班主任卢佑诚教授两次为我的《资本迷局》发来热情洋溢的点评,令我对自己的写作潜力充满了信心;我的硕士导师倪大奇教授在病榻之上仍不忘关心我的小说写作,他得知《融资风云》完成初稿后,在我们的师生微信群里一字一行地发出了"好、祝、贺"三个字,欣喜之情溢出手机屏幕;我的硕士导师王伯军教授不仅亲自出席《资本迷局》的首发式,多次给我发来高屋建瓴的点评,还始终关注着这部《融资风云》的点滴进展;我的博士导师苏东水教授在出席苏东水管理教育基金成立捐赠仪式之前的休息时间满面春风地摩挲《资本迷局》的情景至今仍令我倍感温暖;我的博士导师王家瑞教授对我的小说写作多次表示理解和支持,就在他收到我寄过去的《资本迷局》后,还不忘在发给我的短信中提醒我"继续努力"……师恩难忘,无以为报,唯在此俗套地致以衷心的感谢!

众多好友的鼓励与鞭策是小说最终完稿的又一力量和智慧源泉。中桐资本邹秀英女士、财经早餐副总经理谢潞锦先生、中泰证券上海分公司副总经理姚燕萍女士、深圳文友彤丽炜女士、上海文友明春华女士、文友沧浪之水、文友海滨、上海市虹口区民政局罗永琳女士、上海立信金融学院副教授潘辉博士、上海市徐汇区体育局副局长陆前安先生、我的大学同学乔木和王诚先生、上海广创建筑装饰工程公司总经理朱卫文先生等，在我写作过程中及时提出各种意见和建议，从而使这部小说思路更加开阔、情节更加生动、语言更加接地气，所以从某种意义上说，这部小说也凝聚着他们的智慧。

在这部小说写作及修改期间，安徽省人民政府驻上海办事处原主任高洪博士、上海市粮食和物资储备局副局长沈红然先生、北控城市资源集团副总裁李中军先生、中国建设银行股权与投资管理部副总经理孙明新先生、宁波银行上海分行行长徐雪松博士、交通银行福建分行副行长张兵先生、上海元合集团董事长马成樑先生、上海市信访办秘书处处长胡建会先生、上海柏科咨询股份董事长曹鹏先生、兴业证券投行总部董事总经理胡乾坤博士、鸿海环球控股集团华东区总经理于利多先生等友人以其丰富的人生阅历为我打开了还原历史的方便之门，也使得这部小说更有生活气息。

老虎基金中国公司总经理周治先生、上海壹杰信息技术董事长黄震先生、恒泰证券投资总监胡三明博士、上海普哲实业董事长张长翔先生、恒泰期货董事长付立新女士、珠海市资深投资人张亮先生、巴沃资产常务副总经理戚丽雅女士、龙徽置业董事长周桂贤先生、上海大可公司董事长陈红苗女士、申雯科技总经理丁玮小姐、浙江元核科技董事长何红庄先生、上海阳山装卸总经理邓海滨先生、资深投资人蔡志强先生、上海电视大学张斌先生、中海基金副总经理陆成来先生、申银万国期货保险开发部总经理王海凤女士、国际金融报副总编张俊才先生及其夫人仰永秀女士、中国政策科学研究会经济委员会副主任徐洪才先生、中泰证券首席经济学家李迅雷先生、华尔街见闻首席经济学家及研究院院长邓海清博士、长城基金投资管理部董事总经理余鹏举先生及其夫人、河北省作家协会会员杨红霞小姐、苏美达股份总经理助理辛中华先生、东方网创新研究院副院长张海新博士、久乘投资董事长陈军先生及其夫人刘靖林女士、中国建设银行高级研修院前院长王博之先生、北京走进崇高研究院副院长王利群教授、中南财经政法大学兼职教授柯美成先生、资深投资人宋艺宏先生、资深投资人陈裕先生、上海奥达科董事长燕存露先生、扬州大学经济学院李春来教授、招商银行上海分行李国富博士、上海甄投资产总经理汤玮立先生、联控资本副总裁崔玉庆先生、我的搭档郝永清先生、资深投资人连通先生、资深投资人黄钦燕女士、资深投资人王玉凡先生、资深投资人王德慧先生、上海文广资本总经理孙峥先生、荣正资本创始合伙人郑培敏先生、资深投资人陈大荣先生、陆家嘴文化传媒总经理韩圣海先生、农业发展银行上海分行纪委书记唐亮女士、中信证券上海东方路营业部汤奇先生、青岛昊浉投资总经理仇晨领先生、君悦律师事务所合伙人聂华军先生、宝磐投资总经理金晔先生、著名制片人曹钢先生、国投电力许新兰女士、北京蓝海华业商务经理李静女士、安徽霍山智道生物董事长金国辉先生、上民投资产管理执行董事姜星宇小姐对本书的写作给予过各种鼓励和支持,使得本书的写作能够顺利进行下去。

还有众多师友,如河海大学世界河谷研究院院长张阳教授、同济大学发展研究院院长任浩教授、复旦大学管理学院苏勇教授、上海东湖集团董事长朱伟东博士、深圳大学经济学院钟杏云教授、国信弘盛创业投资李信民博士、浦东新区编办主任及组织部副部长张长起博士、复旦大学能源研究中心副主任潘克西博士、复旦大学纪委副书记胡华忠博士、南昌市委常委及副市长肖云博士、复旦大学伍华佳副教授、复旦大学经济学院陆前进教授、复旦大学地产金融同学会执行会长李元红小姐、复旦大学管理学院李旭教授、东华大学管理学院赵晓康教授、复旦大学MPAcc项目主任娄贺统教授、同济大学管理学院孙遇春教授、同济大学发展研究院副院长朱国华教授、中比基金副总裁顾弘博士、刘建成先生、罗进博士、陶志峰博士、吴冰博士、杨文斌博士、杨初先生、卢爱国先生、闵长虹博士、吴强玲博士、吴红燕教授、李建华博士、王贺林先生、汪春林博士、汪中平副教授、刘福元律师、郑昶总经理、赵德威董事长、陶小刚总经理、张修成董事长、李结兵先生、吴敦才先生、李晖总经理、王昌先生、杨玥玫女士、黄玉茹女士、沙丛林先生、聂铣峰先生、夏阳律师、冯永红先生、陈龙警官、邢军女士、曾红洁女士、罗梅芳小姐、狄思羽小姐等,都曾以各种不同的方式给我以鼓励与支持。

我的财经小说写作还得到了众多媒体的关注和支持,东方网总编室主任陈旭东先生、《文汇报》记者赵征男先生、《新闻晨报》记者徐斌忠先生、《上海证券报》编辑沈飞昊先生、《新民晚报》副刊部主任编辑郭影女士、《新民晚报》记者吴南瑶小姐、《市场星报》记者刘冬梅小姐、《人民日报》社浙江分社江南女士、《中国银行保险报》记者方磊先生及中新社、《经济日报》《天津日报》、中国出版传媒网、财经头条、证券之星等媒体对我的首部长篇财经小说《资本迷局》进行了报道或发表了书评、专访等,从而使得这部小说得以让更多的读者所熟悉,也极大地激发了我创作《融资风云》的激情。

本书能顺利完成也离不开家人们一如既往的支持。我的夫人姚伟教授依然是我小说的第一个读者，我的父母、岳父母对我的写作也非常关心，他们的及时肯定是我坚持写作的不竭动力。

天津人民出版社社长刘庆先生、总编辑王康女士和第三编辑室副主任岳勇先生对本书的写作和出版事宜给予热情帮助，谨向他们致以诚挚的感谢！

写到这里，似乎可以结束了。但是还有众多亲朋好友对这部小说的写作给予过关心与支持，恐有疏漏，谨在此一并致以衷心的感谢！我的财经小说“四部曲”刚刚过半，在接下来的金融创新和国企改革题材的两部小说写作中依然需要您的鼓励与支持！

2019 年 5 月 30 日至 2020 年 2 月 16 日第一稿

2020 年 2 月 17 日至 2020 年 3 月 26 日第二稿

2020 年 3 月 27 日至 2020 年 4 月 19 日第三稿